國家出版基金項目
NATIONAL PUBLICATION FOUNDATION

明清戲曲序跋纂箋

十

郭英德
李志遠 纂箋

人民文學出版社

卷十一　戲曲選集

盛世新聲（臧賢）

《盛世新聲》，明臧賢編校，收録元明兩代散曲、戲曲曲文，凡十二卷。現存正德十二年（一五一七）臧賢序初刻本（中國社會科學院文學所圖書館、上海圖書館均存殘本）、嘉靖間重刻本（一九五五年文學古籍刊行社據以影印）、萬曆二十四年（一五九六）内府重刻本。

臧賢（？—一五一九），字愚之，一字良之，號雪樵，别署樵仙，夏縣（今屬山西）人。疑爲成化間教坊奉鑾臧庸子。正德間，任教坊司左司樂，深得朱厚照（一四九一—一五二一）寵愛，陞教坊司奉鑾。後因交通朱宸濠（一四七九—一五二〇），正德十四年（一五一九），事發，杖於午門。因供詞連及錢寧（？—一五二一），及發配，寧使校尉殺之。傳見《皇明紀略》等。參見王鋼、王永寬《〈盛世新聲〉與臧賢——附説〈雍熙樂府〉與郭勛》（《文學遺産》一九九一年第四期），郭福祥《臧賢與明武宗時期伶官干政局面的形成》（《東南文化》二〇〇三年第五期）。

盛世新聲引

闕　名〔一〕

夫樂府之行，其來遠矣。有南曲、北曲之分，南曲傳自漢、唐、宋，北曲由遼、金、元，至我朝大備焉。皆出詩人之口，非桑間濮上之音，與風雅比興相表裏。至於村歌里唱，無過勸善懲惡，寄懷寫怨。

予嘗留意詞曲，間有文鄙句俗，甚傷風雅，使人厭觀而惡聽。予於暇日，逐一檢閱，刪繁去冗，存其膾炙人口者四百餘章，小令五百餘闋，題曰《盛世新聲》，命工鋟梓，以廣其傳。庶使人歌而善反和之際，無聲律之病焉。

時正德十二年歲在彊圉赤①奮②若上元日書。

（一九五五年文學古籍刊行社影印明嘉靖間重刻本《盛世新聲》卷首）

【校】

①『赤』字，底本漫漶，據古代紀年術語補。

②奮，底本作『倉』，據古代紀年術語改。

【箋】

〔一〕據王鋼、王永寬《〈盛世新聲〉與臧賢——附說〈雍熙樂府〉與郭勛》，中國社會科學院文學所圖書館藏殘本《盛世新聲》，卷端題『樵仙臧賢愚之校正刊行』，則此文當爲臧賢撰。

雍熙樂府（郭勛）

《雍熙樂府》，明郭勛纂輯，收錄金、元、明三代雜劇、傳奇、諸宫調等套曲及南北曲小令，凡二十卷。現存嘉靖十年（一五三一）序刻本（中國國家圖書館、日本大阪圖書館藏，北京大學圖書館藏殘本）、嘉靖十九年（一五四〇）序楚澹王朱顯榕刻本（《中華再造善本》據以影印）、嘉靖四十五年（一五六六）序春山居士荊聚重刻本（《四部叢刊續編》據以影印，《續修四庫全書》第一七四〇—一七四一册復據以影印）。另有選本十三卷，題『海西廣氏編』，現存萬曆間内府刻本（《四庫全書存目叢書·集部》第四二六册據以影印）。

郭勛（一四七五—一五四二），字世臣，號東泉，别署蒼巖，濠州（今安徽鳳陽）人。武定侯郭英（一三三五—一四〇三）六世孫。明正德三年（一五〇八），襲封武定侯爵，提督三千營，陞太保。七年，充總兵官，鎮守兩廣。嘉靖初，掌團營，兼督五軍營，進太子太傅。十八年，進封翊國公。二十年，論罪下錦衣衛。次年死於獄中。好文多藝，刊刻多種詩文集及小説、戲曲。傳見《明史列傳》卷七、《明史》卷一三〇等。

雍熙樂府序

王　言〔一〕

太傅武定侯蒼巖郭公，當太平無事之時，偃武修文之日，遍閲宋元迨我朝文人所作詞曲，采而輯之，凡二十卷。將鋟梓以廣其傳，題曰《雍熙樂府》，間以示余。余讀之，如坐虞廷，五音並奏，六律齊鳴，洋洋乎盈耳；如入御廚，水陸畢陳，調和大備。第恐大羹之味，或不適於衆口；希聲之樂，或不諧於俗耳。好惡不同，固非譾陋之所知也。

若夫《樂府》命名之意，則似有以得其彷彿焉。竊惟雍者和也，熙亦和也，是稽古唐虞，雍熙是已。蓋以上有堯舜之君，下有禹稷之臣，百度俱新，四方風動，可爲雍熙之世矣。故康衢之謠，明良之歌，其稱頌太平，揄揚功德者，不一而足。

雖然，有雍熙之世，而無雍熙之曲，固不能以鳴雍熙之盛。苟非雍熙之世，而有雍熙之曲，詎能以享雍熙之福哉？今公當雍熙之世，傳雍熙之曲，是得以鳴雍熙之盛，而享雍熙之福者。乃又不私所有，欲使天下之人，皆歌雍熙之曲，而樂雍熙之化，益卒以見公之獨樂不若與人、與少不若與衆之盛心也。自是閭閻里巷，家傳而人誦者，咸以見雍熙之治，不在唐虞，而在今日矣。

況公爲國元勳，受知明主，退食之暇，必有移宫換羽製作，鋪張治功，以鳴國家太平之盛，殆與古之賡歌訓誥，頡頏於宇宙間者，尚倍於今日，則俟別刻以傳。故序。

嘉靖辛卯歲秋七月中元日，春泉居士王言書於望槐庭〔二〕。

（中國國家圖書館藏明嘉靖十九年辛卯序刻本《雍熙樂府》卷首）

【箋】

〔一〕王言：字君實，別署春泉居士，籍里、生平均未詳。

〔二〕題署之後有陽文印章三枚：『君實』、『金吾仙史』、『秋天虛翠屏』。

雍熙樂府序

朱顯榕[一]

古今樂府，言語之一科也。樂府作而聲律盛，漢、魏、晉、隋、唐，以迄宋、元，代有作者，率足名家，而宋元稱甚者，世好使然。其人若蘇子瞻、周邦彦①、姜堯章、辛幼安、元裕子、虞伯生、蕭存存輩，咸大手筆也。即其所撰，無非審音以達詞，成章以協律，本之以通儒俊才，濟之大石宜風流醖藉，小石宜旖旎嫵媚，高平宜條拘滉漾，般涉宜拾掇坑塹，歇指宜急併虚歇，商角宜悲傷宛轉，雙調宜健捷②激裊，商調宜悽愴③慕怨，角調宜嗚咽悠揚④，宫調⑤宜典雅沉重，越調宜陶寫冷笑。

予觀斯集，雖不能一一盡合厥旨，然嘉其鳴國家之治化，不滅於詩文昭夫幾希。予嘗考之古軒轅制律一十七宫調，今之傳者僅一十有一，如黄鐘、正宫以至商角、般涉調是也。然聲音相應，□律品仍十□□□□□□□妙之地，各□□□，如仙呂⑥調宜清新綿邈，南呂宫宜感嘆⑦傷惋，中呂宫宜高下閃賺，黄鐘宫宜富貴纏綿，正宫宜惆悵雄壯，道宫宜飄逸清幽。

學之難言也，有竅妙焉。不□聲分平側、字别陰陽者，不足以語此。聲分平側，謂無入聲，以入聲派入平、上、去聲也。作平聲者最爲□□□，□□□不可不謹。字平聲皆有之，上、去俱無，上□聲也。獨平兼二聲，所謂下平屬陰、上平屬陽也。此詞林用字之骨髓、不傳之妙識者，以清興絕識音律肯綮詣玄妙焉。

惟我聖朝以文取士，其詩教既正，詞學亦精。詞云者，詩之餘，文之叶也。專門名家，比肩宋元，而或謂過之。然其言語惜非雅頌，故散見諸逸編野史中。譬之珠光玉采，終莫掩潛，而收拾之功，則又繫於人焉耳。

正德初年，京師好事者有《盛世新聲》之刻，采輯未工，統析未究，徒爲誚極。茲嘉靖辛卯，其好事者復有《雍熙樂府》之刻，所以博彙宋元以來與□□□□□朝詞林之菁華，蓋有□□□□性情之良揄揚，□□□□□□□之盛，美哉刻歟！計二十卷，予暇之日，披閱度閒，遇所會意，稍存評品。嗟乎！音律之下之性情，恒止於理義有可傳者，因翻刻之，而繫以所見之數言，俾知者好、好者樂，□不孤其人采輯之意，而通儒俊才清興絕識，亦得以紀載而流行不匱也。是爲序。

嘉靖十有九年庚子春正月之吉重刊，楚藩長春山人書於翠光樓(二)。

（《中華再造善本》影印北京大學圖書館藏明嘉靖十九年（一五四〇）楚藩刻本《雍熙樂府》卷首）

【校】

①周邦彥，底本作『周彥邦』，據人名改。

②捷，底本作『健』，據《中國古典戲曲論著集成》本燕南芝庵《唱論》改。

③『商調宜悽愴』五字底本殘闕，據《中國古典戲曲論著集成》本燕南芝庵《唱論》和前後文補。

④『咽悠揚』三字底本殘闕，據《中國古典戲曲論著集成》本燕南芝庵《唱論》補。

⑤『宮調』二字底本殘闕，據《中國古典戲曲論著集成》本燕南芝庵《唱論》補。

⑥『仙呂』二字底本殘闕，據《中國古典戲曲論著集成》本燕南芝庵《唱論》補。

⑦『宜感嘆』三字底本殘闕，據《中國古典戲曲論著集成》本燕南芝庵《唱論》和前後文補。

【箋】

〔一〕朱顯榕（一五〇六—一五四五）：朱元璋第六子、楚王朱楨五世孫，嘉靖六年（一五二七）被封爲長樂王，十五年（一五三六）襲封爲楚王，二十四年爲世子朱英燿所弑。

〔二〕題署之後有印章三枚：陽文方章『宗本書院』，陰文方章『南國第弌封疆』，陽文方章『御書樓主』。

雍熙樂府跋〔一〕

王國維

此《雍熙樂府》二十卷足本，光緒戊申冬日，得於京師。案此書明代①凡經三刻：第一次②刊於嘉靖辛卯，卽此刻祖本，《提要》所謂『舊本題海西廣氏編』者也；第二次刻於③嘉靖庚子，有楚愍王顯榕序；第三次④則嘉靖丙寅本，有安肅春山序，錢唐丁氏《善本書室藏書志》箸錄者是也。此乃楚藩刻本，與丁氏之安肅本同爲二十卷，較《四庫》箸錄者多至七卷，是可寶也⑤。

此書出於粤東藏書家，不知何人將安肅春山序鈔録於卷首，且改嘉靖丙寅爲丙辰，不知嘉靖初無丙辰。庚子，嘉靖十九年，丙寅則永陵厭代之歲也⑥。

頃見《楝亭書目》：『《雍熙》二十卷，明蒼嵓郭□□輯。』又與《提要》所云題廣氏編者不同，並識於此。

宣統改元冬十月，見日本毛利侯《草月樓書目》，有《雍熙樂府》十六卷，明郭勳編。案勳，明武定侯郭英曾孫，正德初嗣侯，嘉靖十九年進翊國公加太師。後有罪，下獄死。史稱其桀黠有智數，頗涉書史，則此書必其所編也。《明史》附見《郭英傳》⑦。

又見明嘉靖本《草堂詩餘》，末一行曰『安肅荊聚校刊』，下有印記曰『春山居士』，則春山乃荊聚別字。附識於此。宣統改元元夕前一夜⑧。

（一九八三年上海古籍出版社影印一九四〇年商務印書館《海寧王靜安先生遺書》影印本《王國維遺書》之《觀堂別集》卷三）

【校】

①『代』字後，日本東洋文庫藏明嘉靖十九年序楚愍王朱顯榕刻本《雍熙樂府》王國維識語（以下簡稱『王國維識語』）有『正嘉五十餘年間』七字。

②『次』字後，王國維識語有『刻本』二字。

③於，王國維識語作『乃』。

④『次』字後，王國維識語有『刻』字。

⑤『是可寶也』四字後，王國維識語有『宣統改元元夕前一夜國維識』十二字，末鈐『王國維』章。

⑥『也』字後，王國維識語有『又記』二字。

⑦『傳』字後，王國維識語有『國維又記』四字。

⑧『宣統改元元夕前一夜』九字，王國維識語無。

【箋】

〔一〕日本東洋文庫藏明嘉靖十九年序楚愍王朱顯榕刻本《雍熙樂府》，有王國維識語多條，合則爲此文。原本未見，據黄仕忠《日藏中國戲曲文獻綜録》所録校勘（頁四三八）。

雍熙樂府序

荊　聚〔一〕

夫樂府之名起於漢，是後代有作者，體制漸嚴，至於今日獨益精，斯乃文詞之最工，聲律之大備也。其體制有十七宫調，曰仙吕調，曰南吕宫，曰中吕宫，曰黄鐘宫，曰正宫，曰道宫，曰大石，曰小石，曰高平，曰般涉，曰歇指，曰商角，曰雙調，曰商調，曰角調，曰宫調，曰越調。皆因天地自然之音，定腔命名，各從其屬。一句之内，不可亂下一字；一調之中，不可混施一曲。自非高才博學，妙解音律者，不能按腔填詞，使情明語暢，穩諧樂府。何者？蓋前人閲歷既多，腔譜已定，聲分平仄，字别陰陽，至精至備，本不可易。故於措詞之間，其字其音，一有出入，即非家法，弗愜人心，何以傳久遠、被絃管哉？故此爲詞林之絶技，藝苑之至難也。文人才士往往難言之，求其究心精專，獨臻其妙者，代不數人而已。由是傳授既寡，樂教遂微。

予生長中州，蚤入内禁，中和大樂，時得見聞。又嘗接鴻儒，承論説，似若彷彿其影響者。比見舊刻，彙輯國朝並金元以來諸名公鉅卿佳詞妙曲，套數小令，凡若干章，宫分調别，燦然具備，作非一手，調出一腔，信皆樂府之指南，先得我心之同然者也。竊自愛之，乃於直侍之餘，禮文政務之暇，或觀窗諸几，或命諸聲歌，臨風對月，把酒賞音，洋洋陶陶，久而忘倦。自惟際世雍熙，仰受隆恩，和平安樂，斯能樂此。爰鋟諸梓，用廣其傳，仍其舊名，曰《雍熙樂府》。『雍熙』云者，蓋采唐虞『時雍咸熙』之語，以昭盛世之治和也，且欲歌之聽之者，咸知聲樂之所自云。

嘉靖丙寅歲中秋日，安肅春山謹識〔二〕。

（中國國家圖書館藏明嘉靖四十五年丙寅序刻本《雍熙樂府》卷首）

【箋】

〔一〕明嘉靖本《草堂詩餘》，末一行曰：『安肅荊聚校刊』，下有印記曰『春山居士』，則春山乃荊聚別字。荊聚：字春山，別署春山居士，安肅（今河北保定）人。明嘉靖間司禮監太監。刻宋何士信輯《增修箋注妙選羣英草堂詩餘》前後集、宋陰時夫《韻府羣玉》等。

〔二〕題署之後有陽文方章『春山』。

附 （雍熙樂府）跋

張元濟

是書凡二十卷，無撰人名氏，《四庫》入『存目』，但祇十三卷，題『海西廣氏編』，與此不同。所舉十二調，曰黃鐘，曰正宮，曰大石，曰小石，曰仙呂，曰中呂，曰南呂，曰雙調，曰越調，曰商調。至商角、般涉二調，則有目而無詞。是本所輯，亦十調，唯前後次第不合，且有南曲、雜曲二類，爲《四庫》本所無。友人有精研曲學者，謂曾於海王肆中獲見二部，一嘉靖足本，一萬曆節本。然則《四庫》所收，其爲萬曆節本乎？《提要》謂有凡例，此已亡逸，殊可惜耳。《九宮大成》、《南北詞宮譜》，選錄至多。後人撰《納書楹曲譜》，亦尚蒐討及之。曾幾何時，竟成罕祕。是爲初刊足本，今尤難得，因亟印之，以廣流傳。

海鹽張元濟。

（《續修四庫全書》第一七四〇—一七四一册據上海商務印書館影印本影印明嘉靖四十五年丙寅序刻本《雍熙樂府》卷末）

詞林摘豔（張祿）

《詞林摘豔》，明張祿選輯，以《盛世新聲》舊本爲據，增删校訂而成，凡十集。現存嘉靖四年乙酉（一五二五）原刻本（一九五五年文學古籍刊行社據以影印）、嘉靖三十年（一五五一）徽藩刻本、萬曆二十五年（一五九七）内府刻本（《鄭振鐸藏珍本戲曲文獻叢刊》第五四册據以影印）、民國二十五年（一九三六）石印本。另有《重刊增益詞林摘豔》十卷，係張祿補入編輯《詞林摘豔》時删去之《盛世新聲》曲文，並有所增益，現存明嘉靖十八年（一五三九）刻本。

張祿（一四七九—？），字天爵，又字元倖，别署友竹山人、蒲東山人、吴江主人，吴江（今屬江蘇蘇州）人。好古博雅，嘗與刑部侍郎朱廷聲（？—一五三七）等刻印《五經集注》。

詞林摘豔序

張　祿

今之樂猶古之樂，殆體製不同耳。有元及遼、金時，文人才士，審音定律，作爲詞調。逮我皇明，益盡其美，謂之『今樂府』。其視古作，雖曰懸絶，然其間有南有北，有長篇小令，皆撫時卽事、托物寄興之言。詠歌之餘，可喜可悲，可驚可愕，委曲宛轉，皆能使人興起感發，蓋小技中之長也。然作非一手，集非一帙，或公諸梓行，或祕諸謄寫，好事者欲遍得觀覽，寡矣。

正德間，裒而輯之爲卷，名之曰《盛世新聲》，固詞拭中之快覩。但其貪收之廣者，或不能擇其精粗；欲成之速者，或不暇考其訛舛，見之者往往病焉。余不揣陋鄙，於暇日正其魚魯，增以新調。不減於前謂之『林』，少加於後謂之『豔』，更名曰《詞林摘豔》，鋟梓以行。四方之人，於風前月下，侑以絲竹，唱詠之餘，或有所考，一覽無餘，豈不便哉！觀者幸憐其用心之勤，恕其狂妄之罪。

時嘉靖乙酉仲秋上吉，東吴張祿謹識〔一〕。

（《續修四庫全書》第一七四〇冊影印明嘉靖四年刻本《詞林摘豔》卷首）

【箋】

〔一〕題署之後有陽文方章一『吴江主人』。

詞林摘豔序

劉　楫[一]

《康衢》、《擊壤》之歌，樂府之始也。漢魏而下，則有古樂府，猶有餘韻存焉。至元、金、遼之世，則變而爲今樂府，其間擅場者如關漢卿、庾吉甫、貫酸齋、馬昂夫諸作，體裁雖異，而宫商相宜，皆可被於絃竹者也。我皇明國初，則有谷子敬、湯舜民、汪元亨諸君子，迭出新妙，連篇累牘，散處諸集，好事者不能遍觀而盡識，往往以爲恨。

頃年，梨園中搜輯自元以及我朝，凡辭人騷客所作長篇短章，並傳奇中奇特者，宫分調析，萃爲一書，名曰《盛世新聲》，板行已久。識者又以爲泥文采者失音節，諧音節者虧文采，下此則又逐時變、競俗趨，不自知其街談市諺之陋，而不見夫錦心繡腹之爲懿。吴江張君①天爵，好古博雅之士，間嘗去其失格，增其未備，訛者正之，脱者補之，粲然成帙，命之曰《詞林摘豔》。將繡梓以傳，而求序於余。余嘉其志勤而才贍也，使此集一出，江湖遊俠，長安豪貴，欲求樂府之淵藪，一覽可見，豈不爲大快哉！　故不辭而爲之序。

時嘉靖乙酉歲仲秋上吉，野舟劉楫識。

（《續修四庫全書》第一七四〇册影印明嘉靖四年刻本《詞林摘豔》卷首）

【校】

①君，底本作『均』，據文義改。

【箋】

〔一〕劉楫：號野舟，籍里、生平均未詳。

南北小令引

張　祿

樂府有套數，有小令。譬之機中文錦，全端匹者，固爲粲然奪目，賞玩不窮矣，其剪割畸零，亦自可人意。然而字少意多，取務頭於一言一字之間，貴在包裹含蓄，比之套數，亦不易作，觀者勿忽也。

時嘉靖乙酉歲中秋前三日，東吳張祿書於蒲東書室。

（同上《詞林摘豔》卷一甲集《南北小令》卷首）

南九宮引

張　祿

曲分南北，自有樂府來已有之矣。曰南北調者，豈亦南北人所操之音不同，故調亦異耶？然北曲無入聲字，分入聲於三聲，世之人不識此意，乃曰同不厭台，殊爲可笑。若南詞則四聲俱備，今之歌者，或北詞誤作入聲，或南詞卻改入爲平上者，是皆歌之大病，因表而出之。

時嘉靖乙酉歲中秋前二日，友竹山人書於汚隱軒中。

（同上《詞林摘豔》卷二乙集《南九宮》卷首）

中呂引

張祿

套數之中，共分九宫，中吕其一也。自【粉蝶兒】爲首，終之以【煞】，其間亦有□出别調者。昔人有『中吕調多高下閃賺』之説，抑揚頓挫，有起有伏，誠有高下閃賺者矣。善音律者，當自得之。

時嘉靖乙酉歲中秋前二日，友竹山人書於污隱軒中。

（同上《詞林摘豔》卷三丙集《中吕》卷首）

仙吕引

張祿

仙吕，凡諸傳奇，首必有之，以其易於鋪敍事體，且多清新綿邈之音，故曰『仙』。而抑揚沉著，多搬涉之意。今梨園中，有彈唱，有末唱，而仙吕末唱爲難。至於絃索之間，有所謂單彈仙吕者，爲尤難，知者詳之。

時嘉靖乙酉歲中秋前一日，吴江張祿書於友竹軒中。

（同上《詞林摘豔》卷四丁集《仙吕》卷首）

雙調引

張　祿

起【新水令】，終以各【煞】，體也。其間亦有與中呂出入者，然而音響節奏，豪健激烈，故多於傳奇之末見之，愈有精采。故古人有『鳳頭、豬肚、豹尾』之喻，若雙調者，其傳奇之豹尾與？

時嘉靖乙酉歲中秋前一日，吴江張祿書於友竹書舍。

（同上《詞林摘豔》卷五戊集《雙調》卷首）

正宫引

張　祿

九宫中謂之正者，宫音也。於氣爲昜，於行爲土，於數爲五，於色爲黄，與五音於室而爲之君主，故多惆悵雄壯之音。鄒子吹律而陽春友者，其在此與？

時嘉靖乙酉歲中秋前三日，蒲東山人書於污隱軒中。

（同上《詞林摘豔》卷六辛集《正宫》卷首）

商調引

張　祿

商，傷也，於律爲夷，則夷亦傷也。應秋肅斂之氣，有悽愴怨慕之音，故多閨閤懷想之詞。羈人旅客聞之，如泣露之蛩，吟風之蟬，不覺有動於中。而又雜之以角音，愈益悲愴云。

時嘉靖乙酉歲中秋日，吳郡蒲東山人書於污隱軒中。

（同上《詞林摘豔》卷七庚集《商調》卷首）

南呂引

張　祿

南呂，所謂【一枝花】者是已。有三五篇足以盡其意者，有意不盡而連絡數十篇者，體製不等，而皆於起伏高下，有悲歡離合之意。傾聽之餘，必有感嘆繫之。而點狀夏景者爲多，豈抑有南薰之微意耶？

時嘉靖乙酉歲中秋日，吳江蒲東山人書於污隱軒中。

（同上《詞林摘豔》卷八巳集《南呂》卷首）

黄鍾附大石調引

張　祿

黄鍾調與諸格不同，内含富貴纏綿之意，且能播張物理，使人樂聽。諺曰：『早不黄鍾者，豈理也哉！』大石一調，以其風流醞藉，作者難於措手，且歌之者亦甚少。今取其可歌者一閲，以滿一宫云。

時嘉靖乙酉歲中秋日，吴江友竹山人書於蒲東書舍。

（同上《詞林摘豔》卷九壬集《黄鍾附大石調》卷首）

越調引

張　祿

按越，高過清絕之意，以之名調，厥意有在矣。末多繁雜之聲，或歌或絃，皎然不紊者爲上。又諸廟之瑟，朱絃疏越，一倡三歎之，越恐亦此意云。

時嘉靖乙酉歲中秋後一日，蒲東山人書於友竹軒。

（同上《詞林摘豔》卷十癸集卷首）

詞林摘豔後跋

吴子明〔一〕

《詞林摘豔》一書，命名者取其收之多而擇之精也。野舟劉子序之詳矣，余復何言？然觀其所載，固多桑間濮上之音，而閨閣兒女之言，亦有托此諭彼之旨。間又有忠臣烈士、信友節婦，形容宛轉，雜出於其間，皆可以興發懲戒，有關於風化，不獨爲金樽檀板之佐而已。此則集書者之微意，故於末簡跋而出之。

皇明嘉靖乙酉中秋前一日，康衢道人吴子明書於南華軒中。

（同上《詞林摘豔》卷末）

【箋】

〔一〕吴子明：别署康衢道人，籍里、生平均未詳。

重刊增益詞林摘豔敍

張　禄

蓋聞今樂猶古樂也，殆體制有殊，音韻有别。故胡元、遼、金，騷人墨客，詳審音律，作爲九宫樂府。逮我皇明，益盡其美，亦有《太平樂府》、《昇平樂府》，使小民童稚歌於閭巷，以樂太平之治化。作非一人，集非一手，或梓行謄録，欲遍覽而寡矣。

正德間，分宫析調，輯之爲卷，曰《盛世新聲》，固詞壇中之快覩者。但貪收之廣而成之速，未暇詳考，見者病之。予又不揣鄙俗，即於暇日復證魯魚，增①以新調，易之爲《詞林摘豔》，行之亦久。況今時音有變，收覽未備，須少加焉，更名爲《增益詞林摘豔》，命工鋟梓以行。與四方騷人墨士，去國思鄉，於臨風對月之際，咏歌侑觴，以釋旅懷，豈不便哉！見覽者幸勿以狂妄見咎！

時嘉靖己亥仲春五日，吴江中污張祿天爵謹識。

（民國二十二年惜餘軒影印明嘉靖刻《增益詞林摘豔》本《重刊增益詞林摘豔》卷首）

【校】

①增，底本作『憎』，據文義改。

重刊詞林摘豔序

闕名

蓋謂樂府音律，不可失傳，故當其任者，必繼其迹於將來可也。間嘗博搜曲詞，覩有《詞林摘豔》者，取其精粹之義而名之也，豈可使之歷年深遠，湮沒無存乎？職任欲續其傳，又慮其出於詞家之輻輳，諳之五音六律，猶有未盡克協者，因而深致意焉。考其不協於音者，調之使協；不當於律者，調之使當。潤色一加，清濁高下，音律鏗然，若有復振太和元韻之美也。謹梓之以獻，序諸簡端云。

萬曆二十五年歲次丁酉季冬之吉，謹序。

（《鄭振鐸藏珍本戲曲文獻叢刊》第五四册影印明萬曆二十五年内府刻本《詞林摘豔》卷首）

附　重刊增益詞林摘豔跋

施維藩〔一〕

惜餘軒主借印嘉業堂藏本《詞林摘豔》，既畢工，屬余讎校。原書刊於嘉靖己亥，分卷排葉，均無明確標識，明人編刻之書，疏陋類如此。破體俗書，一望而是，『君』字假作『均』，不知何據。間有訛奪，如『暢快』作『腸』，『態度』作『熊』，『離别易見難』句奪『一』字等，悉仍其舊。第爲改正寫印之誤者，都百五十字。是書傳世甚希，所輯宋、元、明南北曲數百折，大抵閒情閨怨之辭，讀之蕩氣迴腸，不能已已。《關雎》樂而不淫，哀而不傷，其庶幾乎未可概以俚辭俗樂少之。

民國二十二年十月二十四日，海門施維藩記。

（同上《重刊增益詞林摘豔》卷末）

【箋】

〔一〕施維藩：字天游，號韻秋，海門（今屬江蘇）人。民國間，曾任嘉業樓書樓主任。佐張壽鏞校刊《四明叢書》。著有《譜牒學》。

改定元賢傳奇（李開先）

《改定元賢傳奇》，明李開先主持編刻，收録元人雜劇，凡十六種十六卷。現存嘉靖間刻本，僅六種六卷，即《江州司馬青衫淚》、《西華山陳摶高卧》、《杜牧之詩酒揚州夢》、《唐明皇秋葉梧桐雨》、《玉簫女兩世姻緣》、《劉晨阮肇誤入天台》。錢曾《述古堂藏書目録》卷一〇《續編雜劇》著録，《續修四庫全書·集部》第一七六〇册據明嘉靖間刻本影印。

李開先（一五〇二—一五六八），生平詳見本書卷三《一笑散院本》條解題。參見任廣世《〈改定元賢傳奇〉編纂流傳考》（《戲曲研究》第七五輯，文化藝術出版社，二〇〇八）、孫書磊《〈改定元賢傳奇〉考論》（《南京圖書館藏孤本戲曲叢考》）。

改定元賢傳奇序

李開先

南宫劉進士濂，嘗知杞縣事，課士策題，問：『漢文，唐詩，宋理學，元詞曲，不知以何者名吾明？』刻示其取卷，題曰《風教録》。夫漢、唐詩文，佈滿天下；宋之理學諸書，亦已沛然傳世；而元詞鮮有見之者，見者多尋常之作，胭粉之餘。如王實甫在元人非其至者，《西廂記》在其平生所作亦非首出者，今雖婦人女子皆能舉其辭，非人生有幸不幸耶？選者如《二段錦》、

《四段錦》、《十段錦》〔一〕、《百段錦》、《千家錦》，美惡兼蓄，雜亂無章。其選小令及套詞者，亦多類此。

予嘗病焉，欲世之人得見元詞，並知元詞之所以得名也。乃盡發所藏千餘本〔二〕，付之門人誠庵張自慎選取〔三〕，止得五十種。力又不能全刻，就中又精選十六種，删繁歸約，改韻正音，調有不協，句有不穩，白有不切及太泛者，悉訂正之，且有代作者。因名其刻爲《改定元賢傳奇》。泰泉黄詹事所謂『以奇事爲傳者』是已。然又謂之『行家』，及『雜劇』、『昇平樂』，今舍是三者，而獨名以『傳奇』，以其字面稍雅致云。俟有餘力，當再刻套及小令。

然此猶細事也。如經學止知尊朱子，便舉業，勿論漢疏，雖宋儒之説，悉置之不問，問之不知，每經止舉一家。如楊慈湖之《易》，林之奇之《書》，《詩》則王氏《總聞》，《春秋》則木納《經筌》，及魏湜之《禮記集説》，多有高出朱注之上者。此外能發明經旨者，抑又不止四五十家。宋刻已古，鈔冊漸訛，再過百年，俱失傳矣。必須題請之後，有京板，以及各書坊有鏤板，始可遍行天下。不然，則以拘拘背朱爲嫌，而經術不幸，不減秦火矣。天朝興文崇本，將兼漢文、唐詩、宋理學、元詞曲而悉有之，一長不得名吾明矣。敬因序刻傳奇，有所感而爲是説云。

（《續修四庫全書》第一三四〇冊影印明刻本《李中麓閒居集》卷五）

【箋】

〔一〕《十段錦》：當即《雜劇十段錦》，明人選輯，姓名不詳。凡自甲至癸十集，每集一劇，包括朱有燉雜劇八種、陳沂雜劇一種、闕名雜劇一種。現存明嘉靖三十七年戊午（一五五八）紹陶室原刻本，民國二年（一九一三）武進董康誦芬堂據以影印。據此，李開先此書當輯刻於嘉靖三十七年之後。

〔二〕所藏千餘本：李開先《南北插科詞序》云：『予少時綜理文翰之餘，頗究心金元詞曲，凡……《芙蓉》、《雙題》、《多月》、《倩女》等千七百五十餘雜劇，靡不辨其品類，識其當行。』（明刻本《李中麓閒居集》卷六）

〔三〕張自慎（約一五三七—一五九三後）：一名畏獨，字敬叔，號就山，一號誠庵，商河（今屬山東）人。邑庠生。少負才名，移居章丘。嘉靖三十六年（一五五七）稍前，遊李開先之門。後遊梁苑幾十年。萬曆二十年（一五九二）稍後，入蕭大亨（一五三二—一六一二）幕。工詩文，尤善金元樂府。嘗撰雜劇三十餘種，多散佚不存。著有《五花攢錦》。傳見康熙《章丘縣志》卷六、乾隆《章丘縣志》卷九、乾隆《武定府志》卷二五、道光《章丘縣志》卷一一、咸豐《武定府志·文苑》、民國《商河縣志》卷一五等。

改定元賢傳奇後序

李開先

傳奇凡十二科，以神仙道化居首，而隱居樂道次之，忠臣烈士、逐臣孤子又次之，終之以神佛、烟花、粉黛。要之激勸人心，感移風化，非徒作，非苟作，非無益而作之者。今所選傳奇，取其辭意高古，音調協和，與人心風教俱有激勸感移之功。尤以天分高而學力到，悟入深而體裁正者，爲之本也。同時編改者，更有高筆峯〔一〕、弭少庵〔二〕、張畏獨三詞客〔三〕，而始終之者乃誠庵也。譬諸修書，有總裁，有纂修，試場有考試，有同考，而予則忝爲總裁與考試官云。

（同上《李中麓閒居集》卷五，頁六六七）

【箋】

〔一〕高筆峯：　即高應玘（約一五二三—？），號筆峯，生平詳見本書卷十四《醉鄉小稿》條解題。

〔二〕弭少庵：　即弭子方（約一五〇五—？），字來夫，號少庵，章丘（今屬山東）人。李開先連襟。屢應鄉試不第。貢生，官溫縣訓導。

〔三〕張畏獨：　即張自慎（約一五三七—一五九三後）。

脈望館鈔校本古今雜劇（趙琦美）

《脈望館鈔校本古今雜劇》，明趙琦美鈔校，收録元明雜劇三百餘種。此書清初爲藏書家錢曾（一六二九—一七〇一）所得，晚年編入《也是園書目》，故後人又稱《也是園古今雜劇》。現存六四冊，總計二百四十二種，題《脈望館鈔校本古今雜劇》，藏中國國家圖書館，《古本戲曲叢刊四集》據以影印。

趙琦美（一五六三—一六二四），原名開美，字如白，一字仲朗，改名琦美，字玄度，號清常，别署清常道人、常道人，藏書室名脈望館，常熟（今屬江蘇）人。生平詳見本書卷二《望江亭中秋切鱠旦跋》條箋證。參見鄭振鐸《跋脈望館鈔校本古今雜劇》（《鄭振鐸古典文學論文集》，上海古籍出版社，一九八六）、孫楷第《也是園古今雜劇考》（上雜出版社，一九五三）、蔣星煜《常熟趙氏〈脈望館鈔校本古今雜劇〉的流傳與校注》（《文學遺産》一九八〇年第二期）等。

元明雜劇書後

張　遠〔一〕

右元人雜劇百三十六種，明人百四十七種，又教坊雜編二十種。舊鈔者十之八，舊刻者十之二，皆清常道人手校〔二〕，悉依善本改正。中有一二未校者，乃陸君敕先取秦酉岩本校勘〔三〕，朱墨爛然。先輩藏書，雖詞曲之末，亦必校讎精密，毋敢草草，爲可法也。

清常歸之東澗先生〔四〕，先生歸之遵王〔五〕。遵王與予交好。述古堂藏書三萬餘卷，無一時俗本，裝潢精好，吴中無出其右。往往談及藏書，必歉然以爲未足。惟語及元明雜劇，則自謂已備，無復挂漏。遵王殁，歸之予。予鹵莽懶漫，讀書惟觀大略，閲諸老校讎，汗淫淫下也。

毛君斧季云〔六〕：『敕先家亦有鈔本，欲假此本校定，不可得。以貲遺典簽者，乘間取一卷對勘，到期還之，復伺間得他本。如此者經年，數歲始舉。』後亦歸遵王。今爲吴趨何氏所得〔七〕。藏書之不易如此，而陸君之風流，亦見一斑矣。斧季，敕先壻也，言殊不謬云。

（清康熙間刻本《無悶堂文集》卷七〔八〕）

【箋】

〔一〕張遠（一六四八—一七一八或一七二三）：字超然，别署無悶道人，侯官（今屬福建福州）人。移居常熟（今屬江蘇），招贅於何氏。康熙三十八年己卯（一六九九）舉人。五十五年，任雲南禄豐知縣。卒於任所。著有《無悶堂集》。傳見《清史列傳》卷七〇、《國朝耆獻類徵初編》卷二二五、《國朝詩人徵略初編》卷一八、《清朝名家詩鈔小傳》卷三、《清畫家詩史》卷壬下、《清代畫史增編》卷一四、《國朝書畫家筆錄》卷一、《國朝書人輯略》卷一等。

〔二〕清常道人：即趙琦美（一五六三—一六二四）。

〔三〕陸敕先：即陸貽典（一六一七—一六八六），字敕先。秦酉岩：即秦四麟，字季公，號酉岩。

〔四〕東澗先生：即錢謙益（一五八二—一六六四），號東澗。

〔五〕遵王：即錢曾（一六二九—一七〇一），字遵王。

〔六〕毛斧季：即毛扆（一六四〇—一七一三），字斧季，一作黼季，號省庵，別署西河汲古後人、叔鄭後裔，常熟（今屬江蘇）人。毛晉（一五九九—一六五九）季子，陸貽典壻。承家學，耽校讎，精小學。著有《汲古閣珍藏祕本書目》。傳見《清史列傳》卷七一、民國《常昭合志稿》毛晉傳附等。

〔七〕何氏：即何煌（一六六八—一七四五）。

〔八〕此本未見，據蔣星煜《常熟趙氏〈脈望館鈔校本古今雜劇〉的流傳與校注》移錄。

脈望館鈔校本古今雜劇跋〔一〕

黃丕烈

余不善詞曲，而所蓄詞極富。向年曾見蔡松年詞，金刊本，因其未全，失之交臂，後爲抱沖得。蓋其時猶於古書未能篤好，不免有完缺之見存也。嗣後收得刊本極多，宋刊單行詞本，一冊都無；元刻如蘇、辛，極古矣。外此若毛鈔、舊鈔、名校都備。往因欲得宋本《太平御覽》，而無其資，始有去詞之意。其目稍稍散出，有杭人某幾幾乎欲全得去。幸勉力購得《御覽》，以他書易之，而酬其半直，詞本可保守勿失。至曲本略有一二種，未可云富。今年始從試飲堂購得元刊、明刻、舊鈔、名校等種，列目如前。即欲買詞之杭，人亦曾議並售去，今詞議未成，而曲更勿論。

因思毛氏云：『李中麓家，詞山曲海，無所不備。』而余所藏，培塿溝渠也。然世之好書者絕少，好書而及詞曲者尤少。或好之而無其力；或有其力而未能好之；即有力矣，好矣，而惜錢之癖與惜書之癖交戰而不能決，此好終不能專。余眞好之者也，非有力而好之者也，故幾幾乎得而復失，皆絀於力，以致未能伸所好也。茲幸矣，幸世之有力而不能好者，得遂余之無力而卒能好者也。擬裒所藏詞曲等種，彙而儲諸一室，以爲學山海之居，庶幾可爲講詞曲者卷勺之助乎？

甲子冬十一月二十有八日〔二〕，讀未見書齋主人黄丕烈識於百宋一廛之北窗。

（《古本戲曲叢刊四集》影印《脈望館鈔校古今雜劇》卷首黄丕烈開列劇目之末）

【箋】

〔一〕底本無題名。《中國古典戲曲論著集成》第七冊《也是園藏書古今雜劇目録》卷末有此文，據黄丕烈原稿本校録。

〔二〕甲子：嘉慶九年（一八〇四）。

古今雜劇選（息機子）

《古今雜劇選》，息機子編選，收録元明雜劇三十種。現存殘帙二十五種，萬曆間刻本。《古本戲曲叢刊四集》將其與脈望館鈔校本重複之外的十一種影印刊行，題《雜劇選》。息機子，姓名、籍里、生平均未詳。

刻雜劇選序

息機子

一代之興，必有鳴乎其間者，漢以文，唐以詩，宋以理學，元以詞曲。其鳴有大小，其發於靈竅一也。畏佳之吸詫叫譹不同，疇非木竅；石鐘之噌吰鏜鞳不同，疇非石竅邪？

余少時，見雲間何氏藏元人雜劇千羡，不及録也，用以爲缺。既而，□□□□□友人自京師來，所□□□□□□□□續梓之。夫危言極諫，不優於①成公賈之設讔；巧辟廣喻，不捷於優孟之請封。何者？迎好之投易，而肖貌之動人實也。則夫理學之所不能喻，詩文之所不能訓且戒者，詞曲不有獨收其功者乎，焉得小之？刻之以傳可也。

萬曆戊戌夏六月，息機子書。

（《古本戲曲叢刊四集》影印明萬曆間刻本《雜劇選》卷首）

【校】

①「優於」二字，底本闕，據文義補。

陽春奏（黄正位）

《陽春奏》，明黄正位編刻，收録元明雜劇，凡三十九種，清顧修輯《彙刻書目》著録。現存萬曆間刻本二種，一種殘存三卷，爲元人雜劇，《古本戲曲叢刊四集》據以影印；另一種殘存十卷，爲明雜劇十種，存中國國家圖書館。

黄正位，生平詳見本書卷一黄正位《琵琶記題詞》條箋證。

陽春奏序

于若瀛〔一〕

自伏羲畫卦而文字肇興，宇宙景色，翕然煥矣。《六經》森布，炳如日星，此聖人立言垂訓之大法也。降至《三百篇》，率皆采閭巷歌謡而播之聲詩，宣尼父所謂『可興、可觀』，良有旨矣。《離騷》則楚之變也，五言則漢之變也，律則唐之變也，至宋詞、元曲，又其變也。時代既殊，風氣亦異。元曲興而其變極矣。蓋金元以外夷據我中華，所用胡樂，嘈嘈雜雜，淒緊緩急，詞不能按，乃復更爲新聲，其抑揚高下，足媚人耳。一時名士，如馬東籬輩，咸富有才情，兼善聲律，以故遂擅一代之長。要而言之，實所以宣其牢騷不平之氣也者。彼腥膻當國，凡秉樞要，悉任醜虜，而中原懷才抱藝之夫，僅僅辱在僚佐，此其所以慷慨悲歌，於仙呂諸宮、南呂諸調，悉詣其至極也。

年來專尚南音，而北劇俱廢。吾友黃叔，氣稟醇和，志嘐慕古，往所鐫《草玄》、《虞初》諸書，懸之國門，紙價爲高矣。兹復選名家雜劇，付之剞劂，乃以雜劇之名爲未雅也，而題之曰《陽春奏》。夫《陽春》、《白雪》，和者素寡，黃叔以是命名，豈不爲元時諸君子吐氣乎！

黃叔博學而才高，其於純成葯黝，猶日孜孜不倦。兹箕踞北窗之下，潛心著刻，以嘉惠後人，其志蓋有足多矣。余行能淺薄，慚非顧曲之周郎；且抑鬱秦關，有類思鄉之張翰，以黃叔數千里之請，遂僭爲論議如此云。

萬曆己酉仲商月之吉，東海于若瀛撰。

【箋】

〔一〕于若瀛（一五五二—一六一〇）：字文若，一字元綱，號子步，晚號念東，濟寧衛（今山東濟寧）人。萬曆十年壬午（一五八二）舉人，十一年癸未（一五三八）進士，授鳳陽推官，遷兵部主事。官至都察院右僉都御史，巡撫陝西，卒於任，贈副都御史。參撰《江寧府志》、《山東通志》、《濟寧州志》等。著有《弗告堂集》、《超閱草》等。傳見葉向高《蒼霞續草》卷九《墓志銘》、道光《鉅野縣志》卷一二、宣統《山東通志》卷一六〇、民國《續修鉅野縣志》卷八等。

新刻陽春奏凡例

黄正位

是編也，俱選金元名家，鐫之梨棗。蓋元時善曲藻者，不下數百家，而所稱絶倫，獨馬東籬、白仁甫、關漢卿、喬夢符、李壽卿、羅貫中諸君而已。矧世遠年湮，烟火灰燼之餘，所存無幾。兹特取情思深遠，詞語精工，洎有關風教、神仙拯脱者。如《蕭淑蘭情寄菩薩蠻》、《玉清庵錯送鴛鴦被》，率皆淫奔可厭，故不入録。

一、次序以《龍虎風雲會》居先，而《陳華山》次之，取其君明臣良，太和景象，爲可臻嘉，而時代前後，則在勿論。

一、曲中折白等語，是皆金元習音，不必求其洞燭。若以己意强解，至或妄易佳句，反失其眞矣。今盡依舊本考定。

一、『您』，是『你』字；『恁』，是『這般』；『俺』、『咱』、『喒』，是『我』字；而『沙』、『波』、『價』、『呵』、『麽』，則是助語辭也。世人多以『您』、『恁』二字混淆，讀者宜深辨之。

一、卷内俱是元曲，末以明曲附之，亦見我明作者一斑。且司馬爲昭代詞宗，全陽寔東吴英哲，故並存之，以彰盛美。

一、卷内俱是北調，末乃附以南音。蓋北音峻勁，恐爲世俗取憎，特附新聲，以快時眼，博雅君子，其尚鑒焉。

尊生館主人漫語。

（以上均《古本戲曲叢刊四集》影印明萬曆間刻本《陽春奏》卷首）

古雜劇（王驥德）

《古雜劇》，一名《顧曲齋元人雜劇選》，明王驥德編，收録元雜劇二十種。現存萬曆間顧曲齋刻本，《古本戲曲叢刊四集》據以影印。

王驥德（一五五七？—一六二三），字伯良，號方諸生，别署方諸外史、玉陽仙史，生平詳見本書卷四《題紅記》條解題。

古雜劇序

王驥德

後《三百篇》而有楚之《騷》也，後《騷》而有漢之五言也，後五言而有唐之律也，後律而有宋之詞也，後詞而有元之曲也。代擅其至也，六代相降也，至曲而降斯極矣。然《三百篇》之有尼父也，《騷》之有紫陽也，五言之有《選》也，律之有高棅氏諸家也，詞之有《草堂》也，非恃傳者，恃傳之者也。而獨元之曲，類多散逸，而世不盡見。國以初，猶及以北曲名家者，而百年來率尚南之傳奇，業已視爲芻狗，即有其傳之者，而浸假廢閣，終無傳也。夫元之曲，以摹繪神理，殫極才情，足抉宇壤之祕。三閭而上無論，即令蘇、李、沈、宋、秦、黄諸君子而在，與之按節度曲，角技勝場，未知孰爲左袒。千載而後，語樂於俳諧者，誰能廢之也？嗟夫！新聲代變，古樂幾亡。今傳奇之家無慮充棟，然率多猥鄙，古法掃地，每令見者掩口。是編也，即未竟大全，顧典刑具在，庶幾吾孔氏存餼羊意耳。

玉陽仙史序〔一〕。

（《古本戲曲叢刊四集》影印明萬曆間顧曲齋刻本《古雜劇》卷首）

【箋】

〔一〕題署之後有印章二枚：陰文方章「王氏伯良」，陽文方章「白雪齋」。另行署「黄德新鐫」。或云此序陳與郊（一五四四—一六一一）撰，誤。參見李志遠《〈古名家雜劇〉〈新續古名家雜劇〉編選者考》（《文獻》二〇一三年第四期）。

詞林一枝（黄文華）

《詞林一枝》，全名《新刻京板青陽時調詞林一枝》，明黄文華選輯，郄繡甫同纂，收錄元明戲曲、散曲、時調，凡四卷。現存萬曆間建陽書林葉志元刻本，《善本戲曲叢刊》第一輯據以影印。

黄文華，號玄明壯夫，臨川（今屬江西）人。編輯《詞林一枝》、《八能奏錦》、《玉樹英》等多部戲曲選集。

詞林一枝題識〔一〕

葉志元〔二〕

《千家摘錦》，坊刻頗多，選者俱用古套，悉未見其妙耳。予特去故增新，得京傳時興新曲數折，載於篇首，知音律者幸鑒之。

書林葉志元梓。

（《善本戲曲叢刊》第一輯影印明萬曆間建陽書林葉志元刻《詞林一枝》首封）

【箋】

〔一〕底本無題名。

〔二〕葉志元：福建建陽書坊主，生平未詳。

月露音（淩虚子等）

《月露音》，淩虚子等編，選録明人散曲套數及傳奇散齣，凡四卷。現存萬曆四十四年（一六一六）杭州李衙刻本，《善本戲曲叢刊》第二輯據以影印。各卷前題署輯者姓字不同，卷一署『沛國淩虚子瞻父』，卷二署『西方美人浮筠氏』，卷三署『武襄王孫鳳章甫』，卷四署『西湖小謫仙房陵氏』。

淩虚子，姓李，或云名欝爾，字如仙，一字瞻父，武林（今浙江杭州）人，生平未詳。其餘諸人，姓名、籍里、生平均未詳。

月露音序

清餘居士〔一〕

太平無象，取諸咏歌。咏歌之興，必日載暇、家載豐，耳目手足無營避，而後覩厥象耳。今天子壽考作人，天下樂業，人文大備，莫盛於斯。不第詩賦齊唐，文章埒漢，燁燁乎鳴盛世之休，卽樂府新聲，幽情各暢，不乏名帙。然詩賦文章，騷人學士輩集者，不減於作者之家；獨是樂府諸詞，未有集名製、稱善本者。此非采搜之不足也，衡鑒非其人，卽有殺青，且偏且蕩，導逸宣淫，徒增識者恨耳。

武林有李欝爾如仙，快對繞梁，翻愁充棟。因命春舟載酒，聚西湖之美人，羅美抽彩，酣歌豪選，非摹情肖理、有典有則者，不敢以燕石混也。乃分四集：曰《莊》，曰《騷》，曰《憤》，曰《樂》，而總其名曰《月露音》。蓋隋帝時，妙選佳詞，類而成冊，展卷朗暎，清新連篇，皆如月露，或亦師其意乎？噫，徵歌至此，寧直臺上曲耶？眞如出中郎之祕，發鄴侯之藏，萃鴻都酉陽之富，品題所及，定屬琳琅。安見非文章詩賦，士人所宜把玩者哉？蝶拍鶯簧，湖中自有。余將快覩其成，以歌咏太平，又奚必梨園傀儡播弄白日耶？至圖情繪景，極盡精妍，又其餘矣。余因喜而序之。

時丙辰之花朝〔二〕，清餘居士醉題於酒香山中〔三〕。

【箋】

〔一〕清餘居士：或名辰白，姓氏、籍里、生平均未詳。

〔二〕丙辰：萬曆四十四年（一六一六）。

〔三〕題署之後有印章二枚：陰文方章『辰白』，陽文方章『清餘居士』。

月露音凡例

静常齋主人〔一〕

一、集名《月露音》者，蓋取隋時李諤案頭所集辭賦連篇，皆月露之音。總之，清朗可以銷塵，雅麗直堪驚世耳。

一、樂府選行，寔繁種類，第病冗病套，多錯多偏，誰云善本？兹選采擇不埒一辭，讐校不訛一字。

一、集分《莊》、《騷》、《憤》、《樂》，《莊》取其正大，《騷》取其瀟灑，《憤》以寫《莊》、《騷》哀切之情，《樂》以摹《莊》、《騷》歡暢之會，猶之『興』、『觀』之有『羣』、『怨』也。列之借以儆心，非直用之娱目。

一、兹選所鍾，新劇①强半。第新聲充棟，汗漫成塵，此集盡羅而拔其尤。出名公者什七，其餘佳製，亦什之三。譬則波斯滿船載寶。

一、古曲膾炙者，人盡熟聞，集都首載。卷未開而閉目可數，選何取焉？兹於最佳者，略錄於各集之末。如選古文，必存其骨，布帛菽粟，不離日用而已。

一、樂府選者與作者不同。作者欲聯其事脈絡，狀若人心，情果能曲暢其眞，常言最稱絕妙。至於入選，苟非剪水裁雲、雕龍繡虎，何敢溷入？幸無以臺上之觀，律部中之錄。

一、曲加點板，如刻文之有圈，極贅極訛。文之好醜，各有心曲。心曲之腔板原自一，知音者自能按拍，不知者亦止按圖索駿，便得藉爲善唱耶！

一、圖繪止以飾觀，盡去又難爲俗眼。此傳特倩妙手，布出新奇。至若情景相同，意致相合者，俱不多載。

一、爲傳奇者，月盛日新，欲盡搜羅，便成不了之局。兹之采取，已幾半千，遺落寧無一二。嗣有新聲，再成續響。

靜常齋主人識〔一〕。

（以上均《善本戲曲叢刊》第二輯影印明萬曆間刻本《月露音》卷首）

【校】

①劇，底本作『居』，據文義改。

【箋】

〔一〕靜常齋主人：姓名、籍里、生平均未詳。

〔二〕題署之後有印章『隴西布衣』。

選古今南北劇（徐渭）

《選古今南北劇》，署明徐渭輯，選錄元明散曲、劇曲，凡十卷。現存萬曆間清遠齋刻本（《鄭振鐸藏珍本戲曲文獻叢刊》第五八冊據以影印）。徐朔方認爲此書係托名徐渭（見徐朔方《托名徐渭的〈選古今南北劇〉與〈古今尺牘振霞雲箋〉》，《文獻》一九九一年第三期）。

徐渭（一五二一——一五九三），生平詳見本書卷三《四聲猿》條解題。

選古今南北劇敍

徐　渭

人生墮地，便爲情使。聚沙作戲，拈葉止啼，情昉此已。迨終身涉境觸事，夷拂悲愉，發爲詩文騷賦，璀璨偉麗。令人讀之，喜而頤解，憤而眥裂，哀而鼻酸，恍若與其人接席揮麈，嬉笑悼唁於數千百載之上者，無他，摹情彌眞，則動人彌易，傳世亦彌遠。

而南北劇爲甚。漁獵之暇，曾評訂崔、張傳奇，予差快心，亦差挂好事者齒頰。已而旁及諸家，隨手劄錄，都無標目，亦無詮次，間忘所自出。總之，此技唯元人擅場，故予所取十七八，而近代十二三。非昭陽紈扇，卽滴博征衣；非愁玉怨香，卽驛梅河柳。餘並桂風蘿月，岫晃雲關，邯鄲枕畔，婺州角上語，寔炎熇中一服清涼散也。日久漸次成帙，酒酣耳熱，輒取如意打唾壺，嗚嗚而歌，少抒胷中憂生失路之感。聊便抽閱，猶賢博弈，匪欲傳之詞林，迺予岑寂時良友云爾。嗟嗟！《迴文錦》、《白頭吟》、《斷腸詩》、《胡笳十八拍》，未易更僕數。情之所鍾，寧獨在我輩！且孟才人歌《何滿子》罷，脈者謂腸已斷，不可復藥。情之於人甚矣哉！顛毛種種，尚作有情癡，大方之家能無揶揄？爰綴數語，以志予過。

秦田水月漫題〔一〕。默如子漫書〔二〕。

【箋】

〔一〕題署之後有印章二枚：陰文方章『文長』，陽文方章『酬字堂』。

〔二〕題署之後有印章二枚：陰文方章『王廷諫印』，陽文方章『正寓』。按，王廷諫，字信卿，別署默如子，項城（今屬河南）人。萬曆二十六年戊戌（一五九八）進士。二十七年，任內黄知縣，主修《内黄縣志》。三十一年，任滑縣知縣，主修《滑縣志》。

（選古今南北劇）序

陶望齡

蓋自楚袁中郎在余齋頭，從架上得《徐文長集》讀之，發狂大叫，謂爲昭代詞人第一，始信枯管生精靈，卽奕世子雲不乏也。中郎與余各爲傳，其集自通都大邑，以至深山幽谷，不脛而走且遍矣。已知文長生平著述不下數十種，臨別執余手，囑曰：『子鄉有若人，定是千巖萬壑奇秀所鍾，加意蒐訪諸編，當漸次出。倘悉付殺青，洵詞林一快事。責在後死，子其毋忘。』余唯唯。既而詮評《北西廂記》及《李長吉集》，相繼傳布，宇內又若獲珠貝。今復覩其所選南北劇，並訂成都太史黄夫人詞曲，雖小技乎，威鳳片毛，豐狐千腋，罔羅遺佚，足稱苦心。案頭旅橐，寧可闕此一種破孤悶、寫恬曠冊子？胡忍終作帳中祕？爰公之世之與中郎同好者。

會稽陶望齡周望書於歇庵〔一〕。

（以上均明萬曆間清遠齋刻本《選古今南北劇》卷首）

【箋】

〔一〕題署之後有印章二枚：陽文方章『陶望齡印』，陰文方章『己丑會元』。

合併西廂（周居易）

《合併西廂》，周居易編刻，輯錄《新刊合併董解元西廂記》（張雄飛校正）、《新刊合併王實甫西廂記》（屠隆校正）、《新刊合併李日華西廂記》（屠隆校正）、《新刊合併陸天池西廂記》（屠隆校正）四種，實爲明清時期彙刻《西廂記》之嚆矢。卷首有萬曆二十八年（一六〇〇）張鳳翼敍，故當輯刻於是年之後。現存傳本，一種爲《董西廂》單行，一種爲《董西廂》、《王西廂》合刊（中國國家圖書館藏），《李西廂》、《陸西廂》亦單行。

周居易，字子平，號樂天，常熟（今屬江蘇）人。生平未詳。

新刻合併西廂敍〔一〕

張鳳翼

詞家之有傳奇也，《詩》之流委也；而傳奇之有《西廂》也，變風之濫觴也。吾夫子與顔氏子斟酌禮樂，既矢口曰『放鄭聲』，而鄭衛之淫風，如所謂男悦女、女惑男之辭，較然布諸方策，與《三百篇》共著。余嘗覩逸詩之散見於雜帙中者，多微言警句，彼之是刪，而顧此之久存，何無倫耶？自古載籍極博，皆爲君子之畏聖言者設，不爲小人之侮聖言者爲宣淫導欲之資也。蓋善者感發善心，惡者懲創逸志。然惟君子爲能感發，亦惟君子爲能懲創。如《易》之『咸』，初咸拇，二咸腓，三咸股，伍咸脢，上六乃咸其輔頰舌。咸之言皆也，以人身取象。又少男少女，兩體相悦相應，自足至首，無不與皆，明示人以交感之象。然惟君子爲能觀象玩辭，知其如此則往吝，如此則居貞，如此則悔亡。若小人，則想像其形容，而求與之皆焉耳，惡知悔，惡知吝，又惡知有吉而屋之哉！知此道者，可與口《西廂》，目《西廂》，雖日日而口之、而目之，亦何害已？

《西廂》之記，爲崔、張交歡而作。然張爲惡，有先生據王性之辨證其事爲元微之之事，而傳奇亦即微之所作。微之生於唐大曆己未，至貞元庚辰，年正廿二，既與記中所稱吻合。而楊阜公讀微之所作《姨母鄭氏墓志》，則所云喪夫遭亂，與其所保護周旋者，無不備至，要皆微之自己實事。則其後之踰東家牆而適所欲者，其爲微之之無疑也。獨微之後自娶韋，而崔亦竟適他人，與記中成婚還鄉者不同。然悲歡離合，傳奇不可缺一，其誣而合也，亦多矣，亦久矣，何足深辨？

余獨愛其詞旨婉麗，則開襟豁緒之傀儡也；音調諧適，則引商激羽之指南也；雅俗兼收，則援古證今之珠肆也；情興逸宕，則破拘摘攣之斧斤也。君子取節焉，可也。第其窮妍極態，則踰檢蕩制者將奮袂矣；鉤挑引攝，則穿穴隙窺者將攘臂矣；傳書遞簡，則驤蜂騄蝶者將塞途矣。此余所病其爲宣淫導欲之囮窟也。

雖然，有說焉。蕭寺非孀嫠寄迹之處，僧寓非佳冶藏身之所。臨圍無割愛之命，則頷珠弭覬覦之端；飲盟無共席之觴，則窺香杜目成之釁。木朽而蛀生之，罅不窒而堤防隨之，自古記之矣。然則攬《西廂》者宜奈何？覩佛殿之相逢，則琳宫梵宇，窈窕毋投足可也；戒食言之啓釁，則知輕諾詭盟，非防微杜漸之道也。懲杯酒之釀奸，則男女之分，慎不可以中表戚屬，而輕於聚會也；睇往來之情詞，則下婢之賤，慎不可以佻儇慧捷，而使得參貳於閨姝之側也。余謂惟君子爲能感發，亦惟君子爲能懲創，此之謂也。蓋以古人立教之意望人，而非直以傳奇爲傳奇也。

海虞周子①，鍾情歌曲，尤於《西廂》一集企慕之。一日手是編，謂予曰：『崔張奇傳，倡自元微之，宋王性之辨可證。然而是集有南北之分焉，董解元、王實甫演爲北調，李日華、陸天池演爲南調。此四君者，轄字束句，磨韻諧聲，能發微之所未發。其詞大都蹁躚婉麗，語意含蓄，才藻高華，蓋缺一不可者。余見今之輕儇子弟，惟拾豔媚新詞，冀以炫耳目，娛心志，毫不諳作者勸懲大義，名流校正始末，徒以崔、張奇遇，侈爲美譚。詎知聖人删詩，不廢淫風，則古人立教，常寓意於音聲外也。以故赤水屠先生②，爲當世博洽君子，亦於《西廂》訂證、批閲，蓋不以曲詞苴視之也。然訂正者非一人，張雄飛得董本而較③，金在衡④得實父本而較，梁少白得日華本而較。余以爲非直飯飣補掇，傳奇中之雅調也。觀者能會作者之意，則庶幾得古人立教之旨矣。此《西廂合併》也，校既成矣，子其爲我序之。」因書此以弁諸首。

萬曆庚子仲秋十有六日，吴郡泠然居士張鳳翼伯起撰。嚴材伯梁書⑤〔二〕。

（明萬曆二十八年序周居易刻本《合併西廂》第一種《新刊合併董解元西廂記》卷首）

【校】

①海虞周子，明刻本《西廂記考》作「江東洵美」。

②「先生」二字後，明刻本《西廂記考》有「義仍湯先生均」六字。

③「張雄飛得董本而較」八字，明刻本《西廂記考》無。

④金在衡，明刻本《西廂記考》作「又徐文長」。

⑤明刻本《西廂記考》僅署「吴郡張鳳翼伯起撰」。題署後有陰文方章二枚：「吴國男子」、「張伯起」。

【箋】

〔一〕此文南京圖書館藏本完整，中國國家圖書館藏本首有闕頁。此文又見中國藝術研究院藏明刻本《西廂記考》。

〔二〕嚴材：字伯梁，籍里、生平均未詳。

樂府紅珊（紀振倫）

《樂府紅珊》，全名《新刊分類出像陶眞選粹樂府紅珊》，明紀振倫選輯。原有萬曆三十年壬寅（一六〇二）唐振吾刻本，已佚；現存嘉慶五年庚申（一八〇〇）積秀堂覆刻本，《善本戲曲叢刊》第二輯據以影印。

紀振倫，別署秦淮墨客，生平詳見本書卷四《三桂記》條解題。參見韓南著、王秋桂譯《樂府紅珊考》（《中外文學》四卷九期，一九七六）、楊靜亞《紀振倫及其小說戲曲編創研究》（暨南大學碩士學位論文，二〇一二）。

校正樂府紅珊序

紀振倫

魏王觴諸侯於范臺，自誇徑寸之珠，可以照車十二乘。蓋不寶尺璧而寶寸珠，人咸以謂得所寶云。大抵天下之物，各有其極。苟得其極，則青萍結緑，長價於薛卞之門；血汗霜蹄，見重於孫陽之廐。況乎辭人騷客之譚，有足以供清玩者，何取於連篇累疏爲哉？以故忠臣孝子、義夫貞婦，每多爲詞壇所取賞，而間有一二足爲傳奇者所取，節片辭自可以知大概矣。嗟乎！彼連篇累疏，雖兀兀窮年者，何能茹其英、咀其華哉？故孔子以『思無邪』蔽《三百篇》之義。而是集之撮要提綱，雖寸珠不是過也，謬謂樂府之紅珊，斯人知所共寶云。

萬曆壬寅歲孟夏月吉旦，秦淮墨客撰。

樂府紅珊凡例二十條〔一〕

闕　名

一、南曲要唱【二郎神】、【香遍①滿】、【集賢②賓】、【鶯啼序】熟，北曲要唱【呆骨朵】、【村裏③迓鼓】、【胡十八】熟，猶如打破兩重玄關也。

一、北曲與南曲大相懸絶，唱無南字者佳。大抵南曲由北曲中來，變化不一，有磨調，有絃索調。近來有絃索調唱④作磨調，又將南曲配入絃索，誠爲圓鑿方穿，亦猶座中無周郎耳。

一、生曲要虚心玩味，到處模仿，不可自做主張，久之成癖，不能改矣。

一、清唱謂之冷唱，不比戲曲。戲曲藉鑼鼓之助，有躲閃省力處，知者辨之。

一、唱有三絶：　字清一絶，腔純二絶，板正三絶。

一、唱須要唱出各樣牌名⑤理趣，故【玉芙蓉】、【玉交枝】、【玉山頹】、【不是路】，要馳騁；　如【針線箱】、【黄鶯⑥兒】、【江頭金桂】，要規矩；　如【二郎神】、【集賢賓】、【月兒⑦髙】、【本序】、【刷子序】，要⑧抑揚。　【撲燈蛾】、【紅繡鞋】、【麻婆子】，雖疾而無腔有板，板要下得匀淨。

一、長腔要圓活流動，不可太長。　短腔要遒勁拔捷，不可太輕。

一、過腔接字，乃關鎖之介，最要得體。雖遲速不同，必要穩重嚴肅，如見大賓之狀，不可扭捏弄巧。

一、雙疊字，上兩字，接上腔；下兩字，稍離下腔。如【字字錦】中『思思想想，心心念念』，【素帶兒】中『他生得齊齊整整，嬝嬝婷婷』之類是也。

一、單疊字，與雙疊字不同，如『一旦冷清清』類，卻要抑揚。

一、拍，乃曲之餘，最要得中。如迎頭板，隨字而下；徹板，隨腔而下；句下板，卽絶板，腔盡而下。有迎頭板，貫打作徹，皆由不識調平仄之故也。

一、五音以四聲爲主，四聲不得，五音廢矣。平、上、去、入，必要端正明白。有以上聲唱做平聲，去聲唱作入聲者，皆因做捏腔調故耳。

一、四聲皆實，字面不可泛泛。然又不可太實，太實則濁。

一、五不可：不可高，不可低，不可輕，不可重，不可自作聰明。

一、四難：開口難，出字難，過腔難，低難高不難。

一、兩不辨：不知音者，不與辨；不好音者，不與辨。

一、士夫唱不比慣家，要恕聽，字到腔不到也[9]罷，板眼正腔不滿也罷[10]，取意而已。

一、初學必要將南《琵琶記》、北《西廂記》從頭至尾熟讀，一字不可放過，自然有得。

一、初學不可混雜多記。學【集賢賓】，只唱【集賢賓】；學【桂枝香】，只唱【桂枝香】。移宮換吕，自然貫串。

一、聽曲要肅然雅静，不可喧嘩，不可容俗人在傍混接一字。必聽其唾字、板眼、過腔，輕重得宜，方可言好，不可因其喉音清喨而許可之也。

（以上均《善本戲曲叢刊》第二輯影印清嘉慶五年積秀堂覆刻明萬曆間刻本《樂府紅珊》卷首）

【校】

①香遍，底本闕，據曲牌名補。
②集賢，底本闕，據曲牌名補。
③裹，底本闕，據曲牌名補。
④唱，底本殘餘半字『昌』，據文義補。
⑤名，底本闕，據文義補。
⑥鶯，底本闕，據曲牌名補。
⑦兒，底本闕，據曲牌名補。
⑧要，底本闕，據文義補。
⑨『也』字，底本闕，據文義補。
⑩『罷』字，底本闕，據文義補。

【箋】

〔一〕此二十條，多與《詞林逸響》卷首《崑腔原始》所引魏良輔《曲律》相同，惟前後次序有異，參見本卷該條。

四太史雜劇（焦竑、孫學禮）

《四太史雜劇》，明焦竑選，孫學禮校刻，包括楊慎《洞天玄記》、王九思《杜子美沽酒遊春記》、胡汝嘉《紅線金盒記》、陳沂《善知識苦海回頭記》四種雜劇。松澤老泉《彙刻書目外集》、傅惜華《明代雜劇全目》、神田喜一郎《鬯盦藏曲志》著錄。現存萬曆三十三年乙巳（一六〇五）新安刻本，日本大谷大學圖書館藏，《日本所藏稀見中國戲曲文獻叢刊》第二輯據以影印。

焦竑（一五四〇——一六二〇），別署龍洞山農，生平詳本書卷二焦竑《刻重校北西廂記序》條箋證。孫學禮，字爾嘉，號滄霞道人，別署眾咻生，新安（今安徽歙縣）人。程涓外甥。生平未詳。

四太史雜劇題辭

焦竑

《南史》蔡仲熊云：『五音本在中土，故氣韻調平。東南土氣偏詖，故不能感動木石。』金元詞曲，雖淫哇之聲，而古樂之音調，猶賴以存。近世士大夫，稟心房之精，從婉孌之習，競①尚南音，而金元之詞曲日微〔一〕。祝希②哲嘗嘆今樂大壞，無論雅俗，止日用十七宮調，知其美劣是非者幾人？數十年前尚有之，今殆絕矣，豈不可惜哉〔二〕！國初，同姓諸侯王就封，必以樂部自隨。故世非藩國所治，北音不聞，而知者希矣。王渼陂、楊升庵、陳石亭、胡秋宇四太史者，嘗以駒隙之陰作爲雜劇，蓋假音節以稍泄其胸中之奇。藉第令肆而歌之，挽南音而還疇昔之盛，安知不自此也夫。新安孫君爾嘉雅志好古，爰畀梓人，而屬余題其首。

萬曆癸卯秋，龍洞山農書〔三〕。

【校】

①競，底本作『兢』，據文義改。

②希，底本作『晞』，據人名改。

【箋】

〔一〕『《南史》』至『日微』，借用楊慎《丹鉛總録》卷一四『北曲』條語，又見楊氏《詞品》卷一。

〔二〕祝允明語，見其《猥談》卷三。

〔三〕題署之後有陰文方章『太史氏』。另行有小字『古歙葉應秀刻』。

四太史雜劇引

程　涓

夫雜劇者，古樂府之遺也。體有别擅，機有懸解，婉言之則三百，莊言之則三千。委曲津津，則易貢之義；戚歡井井，則衮鉞之符。由皇王升降而論其世，蓋皆六籍之濫觴焉。故郊廟逮諸里謳，新聲傳諸希響。六朝而後，作者代興，卽小技未尊，罕臻其妙。溯明盛而沿叔季，金元烈矣，椎鄙學究不勝笨俚之語，卽通閭里而取研悦，大雅之士欲嘔喉焉。積學夙儒，掇收《騷》、《選》韻語而譜之，務頭逸調，莽所未解；婉揚插諢，閟然靡得，能者從之，是爲難耳。

歲癸卯，余偕孫甥爾嘉客白下，過焦太史弱侯先生。酒間論文，間及詞曲。余舉前説以質，先生首肯是之。善矣，夫生之不離經生語也。因出此四記見示，屬爾嘉梓而布焉。謂體格玄超，機宜奥妙，音調爾雅，大足當家。其觸時憤事，成物出世之懷，無庸深問。至其雅俗並陳，意調雙美，聲流香動，態悉情輸。隻字之悲歡，銷魂黯骨；片語之抑揚，色奪神怡。開心志則傾倒儒紳，媮流俗則鼓舞婦孺。世褅名理，知識節俠之風。觀者得之，而思過半矣。

先生故官太史，被讒謫外服，講業東南，多士宗之。於時南北慕師，歲事徵募，不勝一女俠任也。撫時自感，沾沾而激賞此四者，其亦有深思乎？爾嘉英年，慕古嗜學，才情饒富，獲出先生門牆，雅稱其師教矣。是爲引。

萬曆乙巳嘉平吉，新都二酉生程涓巨源父撰〔一〕。

（以上均《日本所藏稀見中國戲曲文獻叢刊》第二輯影印日本大谷大學圖書館藏明萬曆三十三年乙巳新安刻本《四太史雜劇》卷首）

【箋】

〔一〕題署之後有陰文方章三枚：『程涓之印』、『巨原父』、『二酉生』。

四太史雜劇跋後

孫學禮

不佞禮從焦夫子游，得稱弟子矣。日侍門牆，領略宗旨。及別而復有請，則舉《四太史雜劇》授不佞付梓，它無言。受而讀其題辭，似若論詞曲之雅俗，辨音節之南北，餘未得其窾也。仰而思，俯而惟，夫子何意哉，乃雜劇之授？定以次第，回環潛玩，則憬然悟，作而歎曰：『夫子教我矣，匪徒然詞曲音節也。』

蓋吾人本體，原自順適當境，要知放下。杜少陵流離顛沛，心體灑然，橫逆之交，置而不校，獨忠君一念，不夷險而少易。若然，則六賊可除，羣魔可伏，嬰兒姹女合，而於道成也何有？道成則苦海回頭，功名富貴不足縻絏矣。出而少試，消兵於敵所不知，其視搴旗獻馘，難易何相徑庭也。塵世是幻，英雄回首是仙，夫子之微意也。故曰：『夫子教我矣，非徒然詞曲音節也。』

新安滄霞道人孫學禮跋〔一〕。

【箋】

〔一〕題署之後有印章三枚：陰文方章『孫學禮印』，陽文方章『爾嘉』，陰文方章『眾咻生』。

詞林白雪（竇彦斌）

《詞林白雪》，全名《新鐫出像詞林白雪》，明竇彦斌輯，選録元明散曲套數及戲曲散齣，凡八卷。現存萬曆三十四年丙午（一六〇六）序刻本，《日本所藏稀見中國戲曲文獻叢刊》第一輯據以影印。

竇彦斌，字士元，淝水（今安徽肥西）人。生平未詳。

詞林白雪序

竇彦斌

夫性情之道，□難調哉！生嘗横目今古，雌黄①人世，而知芳猷覆轍，不過率彼性情，遂了終身結果，遂證千古供案。是性情也，果□□調歟，抑調之而未盡善歟？是以節宣之道進，天地無陰陽則不成爲天地，人道無詩歌則不成爲人道。是詩歌之於人，猶陰陽之於天地也，可一日少哉？顧唐虞氏有《擊壤》之謡，《南風》之詠，非獨鬯神情，宣氣化，而協和風動之治，其得於鼓吹者居多。信乎！詩歌之爲物，取精微而致用宏矣。

自古樂浸微，新聲代起，詩變而詞，詞變而曲，吊古者□□無遐思焉，然猶幸其有□□之微意也。樂府之在唐、元者，意古神王，居然絶調，姑且勿論。即如我明興，著作色□可人，大爲詞林所賞識，雖家各自家，類各自類，總之養性之極則而調情之善物也。請備論之，如讀禹金之《玉合》，則令人慷慨激節，不纏綿於兒女之情；誦赤水之《曇花》，則又令人雄心易冷，不墮落於□世之想。至若《紫釵》、《玉玦》諸傳奇者，匪云導欲而宣淫，實則揚芳而懲妬。一時微言，千古解頤，其在今日乎！其在今日乎！

愚生頗披音律，每於花晨月夕之下，浩歌一曲，以滌吾胷襟，以蕩吾豪氣，自覺泠泠有會心處。固集其會心者若干首，詞不限古今，調不拘南北，均之按節而奏，合拍而賞，編爲一冊，以供士林清玩。□能不徒覽其詞，而且會其意，以一己之神情，直上通乎作者之神情，庶幾於七情之發，皆中節矣。愚生不逮宋玉遠甚，雖不敢爲此調一出，世應寡和，然和氏之璧三獻而三刖其足，至今價之連城者自若也。因志其端曰《詞林白雪》，知我罪我，又何辭焉。

萬曆丙午夏日，淝上竇彥斌書於烟霞閣中。

（《日本所藏稀見中國戲曲文獻叢刊》第一輯影印明萬曆三十四年序刻本《新鐫詞林白雪》卷首）

【校】

①黄，底本作『簧』，據文義改。

吴歈萃雅（周之標）

《吴歈萃雅》，明周之標輯，選録元明散曲套數與戲曲散齣，分爲元、亨、利、貞四卷。現存萬曆四十四年丙辰（一六一六）長洲周氏刻本，《善本戲曲叢刊》第二輯據以影印。另有殘本，署武林去六主人訂證，當爲重印本，僅存元卷。

周之標，字君建，號宛瑜子，别署梯月主人、來虹閣主人，長洲（今江蘇蘇州）人。選評明刻文言小説《香螺巵》，參與校閲沈自晉《南詞新譜》，編選戲曲集《吴歈萃雅》、《樂府珊瑚集》、《賽徵歌集》、《蘭咳集》等。著有《吴姬百媚》。參見李秋菊《關於萬曆刻本〈吴歈萃雅〉》（吴兆路等主編《中國學研究》第九輯，濟南出版社，二〇〇六）。

（吴歈萃雅）題辭

周之標

當今制科，率取時文，而士子窮年矻矻，精力都用之八股中矣。舉秦、漢、唐、宋以來，所謂工詞賦、工詩、工策者，一切棄置。即有高才逸致，除卻八股，安所自見？而人亦安所見之？顧詞賦之客，與夫詩之友、策之士，雖已靡極，不堪采用。間有一二騷人，祖昔人之所謂曲者，而殫精力焉。夫曲則近淫，如昔人《大堤曲》、《采蓮曲》，令人聽之忘倦，況今時之曲，尤極其宛轉流麗乎？

袁石公所云『千人石上，每度一字，遲一刻』者，此類是也。斯卽飛鳥聞之，亦且徘徊欲下，而幽人壯士，概可知已。嗟乎！世道日衰，人心日下，毋論眞文章，眞事業，不可多得，卽最下如淫詞豔曲，求其近眞者絕少。惟是閨中思婦、塞外征人，情眞境眞，尚堪摹畫。而騷人以自己筆端，代他人口角，或燈之前，或月之下，或花之旁，或柳之畔，或山水之間，洋洋出之，宛然眞也，歌之者亦宛然眞也。然則八股何如十三腔？而學士家雖謂讀爛時文，不如讀眞時曲也可。

長洲周之標君建甫題。

（吳歈萃雅）題辭

周之標

余論時曲，而惟取其情眞境眞，則凡眞者盡可采，不問戲曲、時曲也。時曲者，無是事，有是情，而詞人曲摩之者也；戲曲者，有是情，且有是事，而詞人曲肖之者也。有是情，則不論生、旦、丑、淨，須各按情，情到而一折便盡其情矣；有是事，則不論悲歡離合，須各按事，事合而一折便了其事矣。自古忠臣之忠，烈士之烈，義夫之義，節婦之節，以至於佞臣之口，讒人之舌，昏主之喪國，蕩子之喪家，冶婦之喪節，何一不具？何一不眞？令觀之者，忽而眦盡裂，忽而頤盡解，又忽而若醉若狂，又忽而若醒若悟，曷故哉？眞故也。余嘗謂：戲場面目，差足代涕笑一二者是也。然則《詩三百篇》，褒美刺惡，勸懲凜然，何獨傳奇而不然？又何獨傳奇之一二折而不然？覩茲編也，如覩全本矣。遂令與時曲並付棗氏。

長洲周之標君建甫題〔一〕。

【箋】

〔一〕題署之後有印章二枚：陰文長方章『君建』，陽文方章『周之標印』。次行署『古吳章鏞刻』。章鏞，吳郡（今江蘇蘇州、崑山一帶）人。明萬曆間刻工，參刻《唐詩選》（石泉堂本）、《兩晉南北朝史合纂》（錢岱本）、《敝篋集》、《瓶花齋集》、《錦帆集》、《解脱集》、《瀟碧堂集》（均書種堂本）及此書。

吳歈萃雅小引

周之標

詞之於人甚矣哉！或扶笻於月下，或攜酒於花前，觸景有懷，形諸感嘆，無非寓彼咏歌，抒吾胷中憂生失路之感而已。故騷人逸士，每每借紙上之墨痕，摹閨中之情思，意猶含而未吐，筆代口以先傳。顧盼徘徊，宛如面對，柔情媚態，都宣洩於字形句擬之間，而知天下之有情莫此爲甚。嗟嗟！粉黛文章，何如清眞腔調？當今不乏有情人，留之几案，日讀數過，可當炎熇世界一服清涼散也。

丙辰臘月望日〔一〕，梯月主人走筆漫題。

【箋】

〔一〕丙辰：萬曆四十四年（一六一六）。是年臘月望日，已入公元一六一七年。

吳歈萃雅選例

周之標

一、詞無論乎今古，總之期於時好。是集也，遍覓笥稿，廣正善謳，非有名授，不敢濫入。拔其尤者，共得二百八十全套，分爲四卷。字考句訂，大經苦心，非樂府之碎金，實詞家之寶玩。

一、各詞牌名、板眼，坊刻相仍差訛，甚至句少文缺，於理難通。向惟蔣氏全譜，可稱善本。大約師主其説，參以來派，而後謁吾一得，稍加增改。務使聲律中於七始，倡和如同一轍。既非魯魚莫辨，可稱雅俗共賞。

一、詞中之調，有單有合，歌者茫然不解所犯。吾友曹隱之〔一〕，頗徹其義，於是相爲搜討，俱已標明。至聲分平仄，字別陰陽，用韻不同之處，細查《中原》注出。不惟歌者得便稽查，抑使學者庶無別字。

一、每詞之上，嚴加圈選；逐套之前，各標題咏。牌名悉分宮調，撮口已經注詳。若字之閉音者，當作○如是觀；　鼻音者，則作　　如是觀。

一、南詞雖由北曲而變，然是編但取南調，不用北曲。故南則廣收博取，北不過附其一二，以投時尚而已。

一、圖畫止以飾觀，盡去雜爲俗眼，特延妙手，布出題情，良工獨苦，共諸好事。

梯月主人識。

（以上均《善本戲曲叢刊》第二輯影印明萬曆間刻本《吳歈萃雅》卷首）

【箋】

〔一〕曹隱之：名道民，籍里、生平均未詳。校點《吳歈萃雅》，標明曲調。

敍吳歈萃雅

周之標

夫歌以詠言，古今並尚；聲惟應律，正變難齊。是以絲竹較肉，孟嘉致美於自然；囀喉激聲，繁欽獨推夫妙伎。曲之興也，其來遠矣。惟地異風殊，人分語別。南方水土和柔，音則清舉而佻巧；北地山川重厚，語則沉濁而鈍訛。辟之涇渭判流，澠淄各味者也。

自《傳奇》始於裴鉶，《會眞》演於元氏，其間趁拍回環，和聲宛轉，纖如霧縠，豔若霞綺，非不託垂於樂府、嗣響於齊梁焉者。第其詞，出入類乎猛顛，先後逞乎務頭，僅叶朱絲，盡供銀甲，半落胡語，大合秦聲，俾南人驟聞，鮮不似聽樂而思臥也。以故觸非其類，雖疾弗應；感以其方，雖微則順。凡開東第，臨南浦，遊蒼阜，款青樓。揚窈窕之吳歈，紹《陽阿》之雅引。設宮分羽，毋取揭調《伊州》；經徵列商，必斥平腔入破。傾耳者罷寐，賞心者忘疲，卽使緜駒吞聲，伯牙毀弦宜也。邇者俚詞俳狀，厭聽駭觀；字誤魯魚，詁乖亥豕，知音者恆每病之。抑且歌工巧媛，往往襲舛承訛，而大雅之遺，多湮滅而弗傳。

蔣氏云：『「二南」、《國風》，出於民俗歌謠，而南風《擊壤》之詠，實彰《韶濩》之治，是烏可以淫豔廢哉？』故余於全部單詞，采摘菁英，彙爲一帙，繪圖情景，公之好事。雖曰游藝之餘，實裨諧聲之助。眞如發鄴侯之藏，出中郎之祕。品題所及，言言騷雅，字字琳琅。縱沿故而若新，且悅目而娛耳。坐花醉月，買笑追歡。無假於急管繁弦，專美夫徒歌逸調。洋洋乎！肉聲效嫵，人籟爭妍，飛梁激塵，遏雲振蛩。駐流芳於未央，揮羽觴之無算。而謂江左風流，不萃是哉！遂識之以名其選。

時萬曆丙辰菊月哉生明，茂苑梯月主人書〔一〕。

（首都圖書館藏明萬曆間刻本《吳歈萃雅》卷首）

【箋】

〔一〕題署之後有方章二枚，陽文印『關西雲裔』，陰陽文印『旨曜父』。

樂府珊珊集（周之標）

《樂府珊珊集》，全名《新刻出像點板增訂樂府珊珊集》，明周之標手定，輯錄元明散曲套數與戲曲散齣，凡四卷。該書係據明闕名輯《珊珊集》增訂而成。現存萬曆間刻本，《善本戲曲叢刊》第二輯據以影印。

增訂珊珊集小引

周之標

《珊珊集》刻於虎林，而取裴秀才詩中『清歌中夜發，明月自珊珊』之句，是足賞也。頗獨戲曲多而時曲少，卽自高其聲價，而識者相與姍笑之。周郎曰：『何笑之爲？正可借此作粧具耳。美人有面、有首、有肌、有髪，而獨少骨節，卽行步顫顫然有香氣，少年游冶子見而悅之，具眼者擯不顧矣。旁有老成婦，反慣此也，教之以步，遠而望之，翩何珊珊其來遲，則法眼、肉眼，俱神魂惝怳而莫能定也。如是而後，可以留雲，兼可以響月也已矣。向余序《吳歈萃雅》，海內輒爲嗜痂。此刻老矣，《珊珊集》繼起，仍屬余手自增定。正如阿姊既嫁，夫婦歡相得，人爭羨之。小妹多姿，而擇配未偶，阿姊略約指點之曰：「爾面、爾首、爾肌、爾髪，無不善矣，如是如是，庶幾骨節俱響乎？」妹領之。踰半月，而滿城年少，當必有嗟梅摽而咏桃夭者矣！』

長洲周之標君建甫題於雨花臺小蘭若〔一〕。

【箋】

〔一〕題署之後有陰文方章二枚：『周之標印』、『周君建』。

（增訂珊珊集）凡例

周之標

一、此刻名仍其舊，曲摘其新。即戲曲如《西樓》，如《千古》、《十快》，如《鷫鸘裘》，俱新出傳奇，他刻中所未載。

一、點板之訛，緣刻手信意，或錯或少，疲於校讎，遂相因仍。此刻一一訂正，具目者自辨。

一、此刻或載説白，皆情節關係，可資談柄者，幸毋草草抹過。

一、此刻以時曲爲主，故時曲增十之五，戲曲增十之三。間亦删去一二，皆蕪穢不堪入目，衆所共厭者也。

一、《吴歈萃雅》中，時曲、戲曲參半，此刻時曲約略相同，戲曲則别出新裁，饒有靈氣矣，具目者自辨。

來虹閣主人謹識。

（以上均《善本戲曲叢刊》第二輯影印明萬曆間刻《樂府珊珊集》卷首）

元曲選（臧懋循）

《元曲選》，一名《元人百種曲》，明臧懋循輯刻。分前、後兩集，每集收雜劇五十種，共一百種。現存萬曆間吳興臧氏博古堂原刻本，前集刊行於萬曆四十三年（一六一五），後集刊行於萬曆四十四年（一六一六）。民國七年（一九一八）上海商務印書館、《續修四庫全書》第一七六〇—一七六一册，均據明萬曆間博古堂本影印。一九三六年上海世界書局排印出版，一九五六年北京文學古籍刊行社據此本重印，一九五八年、一九六一年、一九七八年中華書局三次校勘重印。

臧懋循（一五五〇—一六二〇），字晉叔，號顧渚，别署顧渚山人、若下里人，長興（今屬浙江）人。明萬曆元年癸酉（一五七三）舉人，八年庚辰（一五八〇）進士，次年授荆州府學教授。官至南京國子監博士，罷歸。著有《文選補注》、《負苞堂集》、《負苞堂稿》、《負苞堂詩選》等。編刻《校正古本荊釵記》、《改定曇花記》、《元曲選》、《六博碎金》、《左逸詞》、《金陵社集》、《左詩所》、《唐詩所》、《棋勢》、《校刻兵垣四編》，彈詞《仙遊錄》、《夢遊錄》等。改訂湯顯祖『四夢』爲《玉茗堂四種傳奇》，合刻於萬曆四十六年，至今傳世。傳見乾隆《長興縣志》卷八、同治《湖州府志》卷七五等。參見徐朔方《臧懋循年譜》（《晚明曲家年譜·浙江卷》）。

元曲選序〔一〕

臧懋循

世稱宋詞、元曲。夫詞在唐李白、陳後主，皆已優爲之，何必稱宋？惟曲自元始有，南北各十七宮調，而北《西廂》諸雜劇，亡慮數百種，南則《幽閨》、《琵琶》二記已耳。或謂元取士有塡詞科，若今括帖然，取給風簷寸晷之下，故一時名士，雖馬致遠、喬孟符輩，至第四折，往往彊弩之末矣。或又謂主司所定題目外，止曲名及韻耳，其賓白則演劇時伶人自爲之，故多鄙俚蹈襲之語。此皆予所不辨。或又謂《西廂》亦五雜劇，皆出詞人手裁，不可增減一字，故爲諸曲之冠。

獨怪今之爲曲者，南與北聲調雖異，而過宮、下韻一也。自高則誠《琵琶》首爲『不尋宮數調』之說，以掩覆其短，今遂藉口，謂曲嚴於北而疎於南，豈不謬乎？大抵元曲妙在不工而工，其精者采之樂府，而粗者雜以方言。至鄭若庸《玉玦》，始用類書爲之。而①張伯起之徒，轉相祖述，爲《紅拂》等記，則濫觴極矣。曲白不欲多，唯雜劇以四折寫傳奇故事，其白有累千言者。觀《西廂》二十一折，則白少可見。尤不欲多駢偶，如《琵琶》『黄門』諸篇，業且厭之。而屠長卿《曇花》白，終折無一曲；梁伯龍《浣紗》、梅禹金《玉盒》白，終本無一散語，其謬彌甚。湯義仍《紫釵》四記，中間北曲，駸駸乎涉其藩矣，獨音韻少諧，不無鐵綽板唱『大江東去』之病；南曲絕無才情，若出兩手，何也？何元朗評施君美《幽閨》遠出《琵琶》上，而王元美目爲好奇之過。夫《幽閨》大半已雜贋本，不知元朗能辨此否？元美，千秋士也。予嘗於酒次，論及《琵琶》【梁州序】、【念奴嬌序】二曲，不類永嘉口吻，當是後人竄入，元美尚津津稱許不置，又惡知所謂《幽閨》者哉？

予家藏雜劇，多祕本。頃過黄，從劉廷伯借得二百種②〔二〕，云録之御戲監，與今坊本不同。因爲參伍校訂，摘其佳者若干，以甲乙釐成十集，藏之名山而傳之通邑大都，必有賞音如元朗氏者。若曰妄加筆削，自附元人功臣，則吾豈敢！

若下里人臧晉叔撰③。萬曆旃蒙單閼之歲春上巳日〔三〕，書於西湖僧舍。

【校】

①而，《續修四庫全書》影印明天啓元年臧爾炳刻本《負苞堂文選》卷三《元曲選序》作「厥後」。

②二百種《負苞堂文選》卷三《元曲選序》作「二百五十種」。

③《負苞堂文選》卷三《元曲選序》，文末無題署。

【箋】

〔一〕此文又見《續修四庫全書》第一三六一册影印明天啓元年臧爾炳刻本《負苞堂文選》卷三（頁八三—八四）。

〔二〕劉廷伯：即劉承禧（約一五六〇—一六二一），字廷伯，麻城（今屬湖北）人。劉守有子。萬曆八年庚辰（一五八〇）武舉會試狀元。世襲錦衣衛指揮，官至司隸、武榜眼都督同知。十七年（一五八九）免職，耽於收藏古籍書畫。世傳《金瓶梅詞話》鈔本或出於其家。傳見《麻城縣志》。

〔三〕萬曆旃蒙單閼之歲：即萬曆乙卯年（四十三年，一六一五）。

元曲選序〔二〕

臧懋循

今南曲盛行於世，無不人人自謂作者，而不知其去元人遠也。元以曲取士，設十有二科。而關漢卿輩爭挾長技自見，至躬踐排場，面傅粉墨，以爲我家生活，偶倡優而不辭者，或西晉竹林諸賢托杯酒自放之意，予不敢知。

所論詩變而詞，詞變而曲，其源本出於一，而變益下，工益難，何也？詞本詩而亦取材於詩，大都妙在奪胎而止矣。曲本詞而不盡取材焉，如六經語、子史語、二藏語、稗官野乘語，無所不供其采掇，而要歸①斷章取義，雅俗兼收，串合無痕，乃悅人耳，此則情詞穩稱之難。宇內貴賤妍媸、幽明離合之故，奚啻千百其狀，而塡詞者必須人習其方言，事肖其本色，境無旁溢，語無外假，此則關目緊湊之難。北曲有十七宮調，而南止九宮，已少其半。至於一曲中有突增幾十句者，一句中有襯貼數十字者，尤南所絕無，而北多以是見才。自非精審於字之陰陽、韻之平仄，鮮不劣調，而況以吳儂强效傖父喉吻，焉得不至河漢？此則音律諧叶之難。

總之，曲有名家，有行家。名家者出入樂府，文彩爛然，在淹通閎博之士，皆優爲之。行家者隨所粧演，無不摹擬曲盡，宛若身當其處，而幾忘其事之烏有，能使人快者掀髯，憤者扼腕，悲者掩泣，羨者色飛，是惟優孟衣冠，然後可與於此。故稱曲上乘，首曰『當行』。不然，元何必以十二科限天下士，而天下士亦何必各占一科以應之？豈非兼才之難得，而行家之不易工哉？

予嘗見王元美《藝苑巵言》之論曲，有曰：『北曲字多而聲調緩，其筋在絃；南曲字少而聲調繁，其力在板。』夫北之被絃索，猶南之合簫管，摧藏掩抑，頗足動人，而音亦嫋嫋與之俱流，反使歌者不能自主，是曲之別調，非其正也。若板以節曲，則南北皆有力焉。如謂北筋在絃，亦謂南力在管，可乎？惜哉，元美之未知曲也。

繇斯以評，新安汪伯玉《高唐》、《洛川》四南曲，非不藻麗矣，然純作綺語，其失也靡；山陰徐文長《禰衡》、《玉通》四北曲，非不伉儷矣，然雜出鄉語，其失也鄙；豫章湯義仍，庶幾近之，而識乏通方之見，學罕協律之功，所下句字，往往乖謬，其失也疎。他雖窮極才情，而面目愈離，按拍者既無繞梁遏雲之奇，顧曲者復無輟味忘倦之好，此乃元人所唾棄而戾家畜之者也。予故選雜劇百種，以盡元曲之妙，且使今之爲南者，知有所取則云爾。

萬曆丙辰春上巳日，若下②里人臧晉叔書③。

（以上均《續修四庫全書》第一七六〇册影印明萬曆間博古堂刻本《元曲選》卷首）

【校】

①《續修四庫全書》影印明天啓元年臧爾炳刻本《負苞堂文選》卷三《元曲選後集序》『歸』後有『於』字。

②若下，底本作『下若』，據臧氏自號改。

③《負苞堂文選》卷三《元曲選後集序》，文末無題署。

【箋】

〔一〕此文又見《續修四庫全書》第一三六一册影印明天啓元年臧爾炳刻本《負苞堂文選》卷三，題《元曲選後集序》。

元曲選跋〔一〕

王國維

元人雜劇罕見別本，元人雜劇選①久不可見。卽以單行本言，平生僅見鄭廷玉《楚昭王疎者下船》一種，乃錢唐丁氏善本書室所藏明初寫本，曲文拙劣，尚在此本下，蓋經優伶改竄也。此百種巋然獨存，嗚呼，晉叔之功大矣！晉叔，名懋循，長興人，官南京太常博士，錢東澗、朱梅里亟稱之②。

宣統庚戌仲春，將全書評點一過，略以《雍熙樂府》校之，不能遍也③。《漢宮秋雜劇》【梅花酒】『草已添黃，色早迎霜』，《雍熙樂府》作『兔起早迎霜』。案：《樂府》是也。王得臣《麈史》下：『官制，時將作監簿改爲承務郎。或曰遷官，則爲迎霜兔矣。』觀此，知作『兔』爲合。古人淹雅，雖曲家，猶如此不可及也。

（一九八三年上海古籍出版社影印一九四〇年商務印書館《海寧王靜安先生遺書》影印《王國維遺書》之《觀堂別集》卷三）

【校】

①『選』字，日本東洋文庫藏《元曲選十集》第一册之空紙王國維識語無。

②『之』字後，日本東洋文庫藏《元曲選十集》第一冊之空紙王國維識語有『維識』二字，並鈐『王國維』印。
③『也』字後，日本東洋文庫藏《元曲選十集》第一冊之空紙王國維識語有『國維』二字。

【箋】

〔一〕此文前二段，並見日本東洋文庫藏《元曲選十集》第一冊之空紙王國維識語，參見黄仕忠《日藏中國戲曲文獻綜錄》頁二六二。

二刻李卓吾評五種傳奇（闕名）

據鄭振鐸云，所謂《李卓吾評傳奇五種》當有三刻，『初刻或爲《荊》、《劉》、《拜》、《殺》及《琵琶》。二刻當爲《幽閨》、《玉合》、《繡襦》、《紅拂》、《明珠》。』（《鄭振鐸全集》第六卷《劫中得書記》，頁八一〇）。中國國家圖書館藏明末刻本《李卓吾先生批評古本荊釵記》殘本（鄭振鐸舊藏），卷首《荊釵記總評》殘文之後（首闕一頁），有六篇文字，當爲『二刻五種傳奇』之總論。然則二刻當爲《荊釵》、《明珠》、《玉玦》、《繡襦》、《玉簪》五種。

合論五部曲白介譚〔一〕

卓老〔二〕

《荊釵》，大家也，不可及矣，所以詞家嘖嘖『荊劉拜殺』乎！下而《明珠》，則以曲勝。《玉玦》

曲亦佳，但其爲學掩耳，若其合處，的是作手，介白科諢，亦不入惡道，可取也。《繡襦》曲白，大有自在處，幾可與《荊釵》比肩，不如《玉簪》胡辭，依樣畫葫蘆也。合評是五家者，亦玉石併陳之意，讀者毋深訝焉。

卓老。

【箋】

〔一〕此文版心題『敍』，或當與以下五篇合稱『二刻五種傳奇總論』。

〔二〕此文署名『卓老』，或以爲卽李贄（一五二七—一六〇二）所作，當非。或以爲卽梁溪人葉晝托名，待考。以下諸文，或署名『卓吾』，或署名『禿翁』，亦同。

合論五生

禿翁

王十朋之拒婚權相，古今所難，眞不愧玉蓮之夫也。如潘必正、王商、鄭元和諸人，不過輕薄書生，風流敗子耳，何足敍論。獨王仙客者，不負初盟，誠求義俠，得婉轉復爲夫婦，亦人倫中一段佳話，所以亦可喜也。

禿翁。

【箋】

〔一〕此文版心題『敍』。

合論五旦

秃翁

錢玉蓮尚矣，劉無雙次之。如陳妙常、李亞仙，一個是收心衕衕，一個是還俗尼姑，秃翁亦不强較優劣也。獨秦慶娘識見賢明，操持貞固，艱難備歷，百折不回，卓然丈夫，豈無龍鬚倉者所能望乎？眞足與玉蓮抗衡連袂。妙常之對客弈棋，亞仙之馬湯療病，固入惡道。即無雙之急急婚姻，亦足備衕官耳，顧可同年語乎？

秃翁。

【箋】

〔一〕此文版心題『敍』。

合論諸從人

卓吾

古押衙是君子，是丈夫，是豪杰，是大賢，是聖人，是菩薩，是佛，不可尚矣。其餘都是孫汝權、解幫閒、樂道德那一夥耳。如癸靈廟之廟祝，鄭狀元之來興，千百中之一人耳，無有也。即張于湖諸人，雖戴紗帽乎，令之使順風蓬則可，若欲移星換斗，縮地補天，如古押衙之所爲，亦冀河清也，安能備緩急乎？讀是傳奇者，亦不可不預爲擇交之策也。

卓吾。

【箋】

〔一〕此文版心題『敍』。

合論諸從旦

秃翁

采蘋，丈夫也，有才、有識、有膽，其古押衙之流亞乎？不當於雌人中求之。秦氏之春英，雖常婢哉，誓同患難，不相浮沉，亦季世所難也，其非常婢乎？妙常之張氏，不過一隨波逐浪之人，以之伴寂寥則可，倘令在濃豔處，並馬泊六亦不難爲之，無足取也。更可恨者，是玉蓮之後母與姑也，盡情世態，一味炎涼，豬狗也不值。稽其人品，當在賈二媽、李大媽、李翠翠、李娟奴諸娼鴇之下乎？何也？彼等猶風塵中人，無足怪者。何錢貢元傳家也，乃亦有此二物，其不家破人亡也，無有矣。爲男子者，遇此等婦人，一棒打殺，與狗子吃可也。只怕狗子亦不肯吃耳，嗚呼！

秃翁。

【箋】

〔一〕此文版心題『敍』。

合論五家親戚

卓吾

十朋之岳父，仙客之友朋，必正之姑娘，王商之妻子，不可尚矣。最可恨者，元和之父，亦做好官，只爲好名之極，見其子流落，直至天性斷絕，並其已前學問文章，亦不念也，不成人矣。反不如奴僕中之來興，烟①花中之亞仙，乞丐中之肆長，猶不狠心害理，一至於此。天下惟有揀好題目做事者，最無人心，最無天理，吾於鄭太守驗之矣，吾於鄭太守驗之矣！卓吾。

（以上均中國國家圖書館藏明末刻本《李卓吾批評古本荊釵記》殘本卷首）

【校】

①烟，底本作『姻』，據文義改。

【箋】

〔一〕此文版心題『敍』。

李卓吾評傳奇五種（闕名）

《李卓吾評傳奇五種》，編者未詳，凡十卷，包含《浣紗記》、《金印記》、《香囊記》、《繡襦記》、

《鳴鳳記》五種傳奇。現存萬曆間刻本，鄭振鐸舊藏，今歸臺北『中央圖書館』。

三刻五種傳奇總評〔一〕

秃　翁

《浣紗》尚矣！匪獨工而已也，且入自然之境，斷稱作手無疑。若《金印》、若《香囊》，俱書生之技，學究之能，去詞人遠矣。可喜者《錦箋》一傳，組局既工，塡詞亦美，雖未入元人之室，亦已升梁君之堂，近來一作家也。如《鳴鳳》，原出學究之手，曲白盡佳，不脱書生習氣，而大結構處極爲龐雜無倫，可恨也。噫，安得《荆》、《劉》、《拜》、《殺》而與之言傳奇也哉！不獨傳奇已也，若至今日，詩文、舉子業皆不可言矣。奈何奈何！付之長嘆而已矣！

秃翁。

（明萬曆間刻本《三刻五種傳奇》卷首）

【箋】

〔一〕版心題『三刻』。據此文，則原本『三刻』當爲《浣紗記》、《金印記》、《香囊記》、《錦箋記》、《鳴鳳記》五種傳奇。此本佚失《錦箋記》，以『二刻』之《繡襦記》補足之。

附　李卓吾評傳奇五種跋〔一〕

鄭振鐸

《李卓吾評傳奇五種》，十卷十冊，明萬曆間刊本。

此書亦陶蘭泉先生所藏，與彩印《程氏墨苑》同歸於余。余方斥售明刊傳奇數十種，乃復收此，結習難忘，自嘆，亦復自笑也。此五種傳奇爲：《浣紗記》、《金印記》、《繡襦記》、《香囊記》及《鳴鳳記》。其中《金印》、《鳴鳳》、《香囊》三記尤罕見。圖版精良，觸手若新。《浣紗記》首有《三刻五種傳奇總評》，甚關重要。初刻或爲《荊》、《劉》、《拜》、《殺》及《琵琶》，二刻當爲《幽閨》、《玉合》、《繡襦》、《紅拂》、《明珠》。合之，凡十五種。《荊》記尚有傳本，《劉》、《拜》、《殺》則不可得而見矣。頗疑李卓吾只評《琵琶》、《玉合》、《紅拂》數種。其後初刻、二刻、三刻云云，皆爲葉晝所僞作，故合刻數種，殆皆爲翻印本。不細校，不知原刻之精美也。

（下附《三刻五種傳奇總評》，略）

（《鄭振鐸全集》第六卷《劫中得書記》，頁八一〇）

【箋】

〔一〕底本無題名。

賽徵歌集（闕名）

《賽徵歌集》，編者未詳，選録元明戲曲散齣，凡六卷。現存萬曆間刻本，日本千葉文庫藏，《善本戲曲叢刊》第四輯據以影印。

賽徵歌集序

闕名

辭曲之行於世，其來也盛矣。今之好事君子，因覩古今之傳奇，詞繁而事夥，乃遴選其諸曲詞藻偉麗，情節週貫，演之可以欣悦人之視聽，起發人之興趣者，若干篇，類分爲若干卷。予亦久厭古今之詞曲繁冗，而欲擇選其精粹者，鐫行於世，未遑暇。今覽之選本，喜其善於删格，犁繁就簡，而先得我心之所同然，樂然遵之，付剞劂氏，鐫爲袖珍小書，以便觀覽，非敢故爲纖巧以悦人也。是爲序，而冠諸篇首云。

（《善本戲曲叢刊》第四輯影印明萬間間刻巾箱本《賽徵歌集》卷首）

樂府名詞（闕名）

《樂府名詞》，全名《新鐫彙選辨眞崑山點板樂府名詞》，編者未詳，選錄戲曲、散曲，凡二卷。現存萬曆間巖鎮書林周敬吾刻本，卷首署題『新都鮑啓心獻蓋甫校』。鮑啓心，字獻蓋，新都（今安徽休寧）人。生平未詳。

樂府名詞凡例〔一〕

闕　名

〔前闕〕上、去、入要端正，有上聲扭做平聲，去聲唱作入聲，皆因做腔之故，速宜改之。

一、曲有三絕：　字清爲一絕，腔純爲二絕，板正爲三絕。又有兩不雜：　南曲不可雜北腔，北曲不可雜南字。

一、四實：　平上去入，皆著字，不可泛泛；　然不可太實，太實則濁。

一、五不可：　不可高，不可低，不可輕，不可重，不可自做主張。

一、四①難：　開口難，出字難，過腔難，低難高不難。

一、兩不辨：　不知音者，不可與之辨；　不好者，不可與之辨。

一、聽曲尤難，要肅然不可諠譁，聽其唾字、板眼、過腔得宜，方可言好。不可以喉音清亮，就可言好。

一、士夫唱不比慣家，要恕聽，字到腔不到也罷，板眼正腔不滿也罷，不可求全。

（明末書林周敬吾刻本《新鐫彙選辨眞崑山點板樂府名詞》卷首）

【校】

①四，底本作『五』，據紀振倫《樂府紅珊》改。

【箋】

〔一〕底本無題名。按，此八條實爲魏良輔《南詞引正》若干條、紀振倫《樂府紅珊》凡例二十條之改本，大同小異。

六合同春（闕名）

《六合同春》，一名《六曲奇》，闕名輯，明陳繼儒評、蕭鳴盛校、余文熙閱，收錄《陳眉公先生批評西廂記》、《陳眉公先生批評幽閨記》、《陳眉公先生批評琵琶記》、《陳眉公先生批評紅拂記》、《陳眉公先生批評玉簪記》、《陳眉公先生批評繡襦記》六種戲曲，凡十二卷。現存萬曆四十六年（一六一九）師儉堂蕭騰鴻刻本（上海圖書館藏）、乾隆十二年（一七四七）修文堂重印本。傅惜華以爲係清無名氏輯，『原本乃明萬曆間蕭鴻騰刻單行本，至乾隆時，書肆修文堂復取原刻重印，輯

成此編。』（《明代傳奇全目》，頁五三六）

六曲奇序〔一〕

余文熙〔二〕

［前闕］六曲小□□①有□□□□。余既彙□□□曰②『六合同春』，三③年□得數語，弁其首。□□成□□僧人持簿□□□□□中，忽觸一個④『緣』字，夫妻⑤父母，兩而或離，離而或合，悲歡萬狀，并□□□□。張君⑥瑞於鶯鶯，其伉⑦儷不諧也⑧，□鄭生而西廂待月，歡□已極。蔡伯喈於貞女，其琴⑨瑟重諧也，以牛⑩氏而⑪□□□□，酸楚□多。李藥師⑫之得紅⑬拂也，間關⑭千里，克成其⑮志，則虬髯助其合。潘必正之⑯失妙常也，參⑰商兩⑱地，竟續⑲前緣，則因姑尼□□和。蔣世⑳隆之遇瑞蘭㉑也，邂逅途次，卒成佳偶，雖相國之父，無以奪其趣而離其交。鄭元和之㉒獲亞仙也，眷戀西室，終結絲羅，雖嫉妒之姥，無以攜其志而□其好。彼其之子，繫足於赤繩，訂盟於月老，兩情關切，□以住娉婷□□□，俊雅才騷，傳㉓其奇者，自有㉔錦繡心腸，風月韻度。千百年㉕來，水流□謝，而一種麗詞豔曲，猶令消遣逸興者不絕吟哦。

余□□情癡於諸傳㉖，時爲婆娑，暇取而評品之。□月夫妻，何故而太師爲婚？緣之所合，雖㉗辭之而不能也。不然，何以萬里關山，遊子欲歸不得㉘，一介孝婦，跋涉長途而有餘乎？崔氏女而既許鄭恆矣，飛虎之圍，幾爲賊手中物，□張生遠遊公子也，仲志一書，傳情一曲，竟㉙諧月下之盟。豈非無緣則咫尺千里，有緣則邂逅百年乎？《拜月亭》之緣則尤奇矣，幽閨相女，成婚邸店；逃亡窮子，並贅侯家。合而離，離而合，夫妻子母，兄妹朋友，共成一緣場焉。至若《紅拂》之奔，《玉簪》之合，《繡襦》之感，則又奇矣。故主也而莽男兒，新知也而願倡隨，類《琵琶》之局而異其情。玉簪猶存，新詩入手，本是結髮人，對面㉚不相識，殊《西廂》之旨而同其趣。柔情固結，雖窮不悔，剔目殷思，至死不變。花柳叢中，閒看公子乞丐；脂粉陌上，爭迎孤老狀元。無《幽閨》之婉孌而有其骨。此六者，皆以緣而合者也，書以付僧人，問諸剞劂家，能成就若所化者乎，則授之殺青。

戊午孟冬〔三〕，余文熙書於一齋。

（明萬曆四十六年師儉堂蕭騰鴻刻本《六合同春》卷首）

【校】

①因序文係草書題寫，故方框所示闕字爲估計之數。下同。
②曰，底本闕，據文義補。
③三，底本闕，據文義補。
④個，底本闕，據文義補。
⑤妻，底本闕，據文義補。
⑥張君，底本闕，據曲中人物名補。
⑦伉，底本闕，據文義補。

⑧偕也，底本闕，據文義補。
⑨其琴，底本闕，據文義補。
⑩牛，底本闕，據曲中人物名補。
⑪而，底本闕，據文義補。
⑫師，底本作『思』，據文義改。
⑬之得紅，底本闕，據曲中人物及其關係補。
⑭間關，底本闕，據文義補。
⑮成其，底本闕，據文義補。
⑯正之，底本闕，據曲人物名及文義補。
⑰參，底本闕，據文義補。
⑱兩，底本闕，據文義補。
⑲續，底本闕，據文義補。
⑳蔣世，底本闕，據曲中人物名補。
㉑蘭，底本作『蓮』，據曲中人物名改。
㉒之，底本闕，據文義補。
㉓傳，底本闕，據文義補。
㉔有，底本闕，據文義補。
㉕年，底本闕，據文義補。

㉖諸傳，底本闕，據文義補。
㉗雖，底本闕，據文義補。
㉘得，底本闕，據文義補。
㉙竟，底本闕，據文義補。
㉚面，底本闕，據文義補。

【箋】

〔一〕底本首頁闕，據書口署題。
〔二〕余文熙：字敬止，號一齋，籍里、生平均未詳。
〔三〕戊午：萬曆四十六年（一六一八）。

二刻六合同春（闕名）

《二刻六合同春》，闕名輯，含《明珠記》、《異夢記》、《留眞記》、《合紗記》、《玉杵記》、《崑崙記》六種傳奇，凡十二卷。現存明末師儉堂刻本。第一種《明珠記》，卷端署『雲間陳繼儒眉公批評』、『古閩徐肅穎敷莊刪潤』、『潭陽蕭儆韋鳴盛校閱』，版心下方鐫『師儉堂板』，有『劉素明刊』、『陳聘洲鐫』字樣，日本大谷大學圖書館藏，《日本所藏中國戲曲文獻叢刊》第二輯據以影印。《異夢記》據王元壽同名傳奇刪改，《留眞記》一名《丹青記》，據《牡丹亭》刪改，此二種中國國家圖書館藏有師儉堂刻本，版式與《明珠記》同，正文署稱亦同。參見黄仕忠《日藏中國戲曲文獻綜録》頁九七。

二刻六合同春小引

情癡子〔一〕

風雅之趣幽，而情緣之境熱，不能不相取也。故凡才子佳人，情牽咫尺，緣繫千里，奇遇花前，訂盟月下，皆以緣而合者也，以情而□者也。即傳其奇者，以風雅之趣，不惟苦心以緣爲母，情爲佐卒，其所以得也，不知其然而然。若《西廂》、《琵琶》、《玉簪》、《紅拂》、《幽閨》、《繡襦》，合而離，離而合，情之所鍾，緣之所不能免也。又若《明珠》、《異夢》、《留眞》、《合紗》、《玉杵》、《昆崙》，奇而合，合而奇，緣之所定，情之所必至也。是知情緣交合之地，非才子佳人，風情雅韻，至歷其贖□□甸，再生辨紗，□□飛垣，折磨萬狀，艱險千般者，不能也。亦非騷人墨客，錦心繡口，至寫其斷橋代選，幽會船開，遭逐被圍，宛轉奇思，悲歡雜然者，亦不能也。乃古押衙、昆崙奴，千古之情俠；顧雲容、王賽玉，千古之情伯；銀蟬、夢麟，千古之情癡；雲英、紅綃，千古之情種也。□然何以一術一夢，而成萬種相思，以致匪石匪席；一聚情緣，以至成癡成想？合而言之，宇宙一大奇觀也，一大情變也。觀變而情緣同一，故曰『同春』也。如牡丹之姚、魏，芍藥之元、白，海棠之醉睡，水仙之斷魂，梅堪贈，柳堪折，造物菁英，遍爲有象。爲葩爲蕚，同一春意也；爲情爲緣，仝一春心也。是以付物肖形，奇花萬種；傳情摹想，風流百折。反復歌詠，不覺凡塵都死，惟於情緣一點微熱。不能爾爾，因敢援筆掇數言，以示同志耳。

情癡子書於寡過小軒。

（日本大谷大學圖書館藏明末師儉堂刻本《二刻六合同春》卷首）

【箋】

〔一〕情癡子：姓名、籍里、生平均未詳。或即余文熙別署。

〔二〕《中國古典戲曲序跋彙編》卷一〇有此文（前闕一頁），誤題「（明珠記）序」。參見黄仕忠《日藏中國戲曲文獻綜錄》頁九七。

詞林逸響（許宇）

《詞林逸響》，明許宇輯，選錄明人散曲套數及元明戲曲散齣，凡四卷。現存天啓三年癸亥（一六二三）序萃錦堂刻本，《善本戲曲叢刊》第二輯據以影印。

許宇，字號、籍里、生平均未詳。

詞林逸響序

鄒迪光〔一〕

且生人喜怒哀樂之性，並托於風雲月露之譚。故雅降爲風，風降爲騷，騷變而漢魏有詩，詩變爲李唐工律。詞盛於宋，藝林之雅韻堪誇；曲肇於元，手腕之巧思欲絕。至我明，而名公逸士嗽芳擷潤之餘，雜劇、傳奇種種，青出古人之藍而稱創獲。其所爲時曲者，不徵事實，獨肖神情，壯士聽而徘徊，幽人聞之墮淚。蓋一代之聲韻，眞有往來於千百年者，卽或不比於《風》、《騷》，而詩律詞閾之變態，盡收於此。自王公貴游，以逮街塗巷陌之黄髮白豎，無不習也。南北中原，言語不通者，而音通焉。傳響傳形，竊其單詞隻字，輒爲矢口之歌，不拘①合節，而儕偶且尊爲耆宿。

雖然，歈非吴不善也。吴之聲柔，柔則疾徐高下，喉舌方開，齒口卽應，腔定板，板歸腔。繇來所推曲中祭酒，皆吴之人也。吴之派，於曲爲最眞。然取材於博，萃渙於羣，充棟之坊本，僅供覆瓿。唯兹《逸響》之刻，如薪傳火，深者可以深味，淺者可以淺嘗。低回轉換，一度一刻之餘，嫋遏行雲而迴飛鴈。片紙毫端，顯三千大千世界，刹那間彈指頃現曲師。身得度者，匪斯人，其誰與歸！

天啓癸亥中秋日，句吴愚谷老人題於白堤舟次〔二〕。

【校】

①拘，底本漫漶，據文義補。

【箋】

〔一〕鄒迪光（一五五〇—一六二六）：字彦吉，號愚谷、愚公，別署愚谷老人，無錫（今屬江蘇）人。萬曆二年甲戌（一五七四）進士，授工部主事。歷官至湖廣提學副使。年四十，以吏議罷歸，卜居惠山，極聲伎觴詠之樂，優遊林下幾三十年。工詩文，擅山水畫，蓄崑班演劇。著有《鬱儀樓集》、《調象庵集》、《石語齋集》、《文府滑稽》、《始青閣稿》等。傳見曹溶（？）《明人小傳》、《明詩紀事》庚籤卷七、光緒《無錫金匱縣志》卷二二等。

〔二〕題署之後有印章二枚：陰文方章「鄒氏彦吉」，陽文方章「梁溪上人」。

詞林逸響凡例

闕名〔一〕

一、曲不分今古，期於共賞。是編遍覓笥稿，就正名公，稍涉粗鄙，不敢漫收。雖曰樂府碎金，無忝詞家完璧。

一、牌名板眼，坊刻訛謬相仍，甚至句少文缺，於理難通。茲悉宗正派，務使聲律中於七始，而字字考訂，不厭其詳。

一、曲中之調，有單有合，歌者茫然不解所犯，今盡標明。至聲分平仄，字別陰陽，用韻不同之處，細查《中原音韻》，即爲注出，使教者可導迷津，學者得乘實筏。

一、時曲、戲曲，世所共豔，選幾相匹。而《琵琶》爲曲祖，於戲曲獨尊焉，遂當什之二，要皆人口之膾炙也。

一、南詞雖由北曲而變，然簫管獨與南詞合調，則廣收博采，大半用南，間附北曲之最傳者，亦云絃索不可廢焉耳〔二〕。

【箋】

〔一〕此文當爲許宇撰。

〔二〕此文之末，別行署『趙邦賢刻』。趙邦賢，長洲（今屬江蘇蘇州）人。刻工，參刻《醉石居評次名山業皇明小苑》（周鍾本）、《秋旻集》（絳跗堂本）及本書。

附　崑腔原始

闕　名〔一〕

按：元魏良輔，崑山州人。瞽而慧，以師曠自期。先爲絲竹之音，巧絕一世，既則定曲腔點板，發古人未有之心思，海內宗之。度曲必稱崑腔者，不忘其所自始也。相傳有《曲律》，吳人咸誦習焉。如海鹽、弋陽、四平，皆奴隸矣。謹述如左。

一、曲必探聲，沙喉響潤，發於丹田，方能耐久。若起口拗劣，夫粗沉鬱，非其質料矣，費力奚爲？

一、學曲先引發其聲響，次辨別其字面，又次理正其腔調，不可混雜强記，以亂規格。如學【集賢賓】，只唱【集賢賓】；學【桂枝香】，只唱【桂枝香】。久久成熟，移宮換呂，自然貫串。

一、五音以四聲爲主，四聲既得其宜，則五音自正。平、上、去、入，務爲考究。若苟且舛誤，聲調自乖，雖具繞梁，終不入彀。其或上聲扭作平，去聲混作入，交付不明，終落野狐，不成證果。

一、唱生曲，貴在虛心玩味。如長腔雖要流活，不可太長；短腔固期簡捷，卻忌太短。至過腔接字，乃曲音之關鎖，其遲速不同，須穩重嚴肅，方無佻躂之病。

一、拍，迺曲之餘，全在板眼分明。蓋迎頭板，隨字而下；徹板，隨腔而下；絕板，腔盡而下。如迎頭輒打徹板，絕板混連下一字迎頭者，皆不調平仄之故也，請急著眼。

一、唱曲須分出曲名理趣，宋元人自有體式。如【玉芙蓉】、【玉交枝】、【玉山供】、【不是路】，要馳驟；【針線箱】、【黃鶯兒】、【江頭金桂】，要規矩；【二郎神】、【集賢賓】、【月雲高】、【念奴嬌序】、【刷子序】，要抑揚；【撲燈蛾】、【紅繡鞋】、【麻婆子】，雖疾而無腔，然而板眼自明，妙在下得勻淨。

一、雙疊字，上兩字，接上腔；下兩字，稍離下腔。如【字字錦】『思思想想，心心念念』，又如【素帶兒】『他生得齊齊整整、裊裊停停』之類。至單疊字，比雙疊字不同，全在頓挫輕便。如【尾犯序】『一旦冷清清』之類，要抑揚。此中意味，非演繹不得。

一、清唱，俗云『冷板櫈』，不比登場演劇，藉金鼓以藏拙，全要閒雅整肅，清俊溫潤。其有專磨腔調，而板眼全踈；又有專事板眼，而腔調未審。二者交病，惟兩工迺爲上乘。或面目紅赤，喉間筋露，搖首頓足，起立不常，則賤矣，曲雖工，亦奚以爲？

一、北曲遒勁，以絃索傳之；南曲宛轉，以鼓板按之。猶規矩之於方圓，其相資一也。故唱北曲而精於【呆骨朶】、【村裏迓鼓】、【胡十八】，南曲而精於【二郎神】、【香遍滿】、【集賢賓】、【鶯啼序】，如打破重關，頭頭是道。

一、北曲字多調促，促處見筋，故詞情多而聲情少；南曲字少調緩，緩處見眼，故詞情少而聲情多。北力在絃索，宜和歌，其氣忌粗；南力在磨調，宜獨奏，其氣忌弱。若以絃索作磨調，南曲配入絃索，則方員枘鑿之不相入，曲之魔矣。

一、曲有三絕：字清爲一絕，腔純爲二絕，板正爲三絕。

一、曲有兩不雜：南曲不雜北腔，北曲不雜南字。

一、曲有五不可：高不可，低不可，重不可，輕不可，自做主張不可。

一、曲有五難：開口難，出字難，過腔難，低難，轉收入鼻音難。

一、曲有兩不辨：不知音者，不與辨；不好者，不與辨。

一、聽曲不許一人喧譁，聆其吐字、板眼、過腔，始辨工拙；而喉音清亮，未足誇奇。必矩度既正，巧曲熟生，天資功力，斯爲兩到。

一、絲竹管絃，原與聲諧，故音律自有正調。簫管以尺工儷詞曲，猶琴之勾剔以度詩歌也。倘不知探討深微，强相應和，以音之高低湊曲，淆亂正聲，徒爲聒耳。陳可琴云：『簫有九不吹：

不入調，非作家，唱不定，音不正，常換調，腔不滿，字不足，成羣唱，人不靜，皆不可吹。』會此者可與談曲。

（以上均《善本戲曲叢刊》第二輯影印明天啓三年萃錦堂刻本《詞林逸響》卷首）

【箋】

〔一〕此文當爲魏良輔撰，實卽《曲律》之改題。文首按語，或爲許宇撰。又參前文周之標《樂府珊珊集》、《吳歈萃雅》及紀振倫《樂府紅珊》、張琦《吳騷合編》等書。

萬壑清音（止雲居士）

《萬壑清音》，明止雲居士編，白雪山人校，選錄元明雜劇、傳奇散齣，俱爲北調，凡八卷。原刻於天啓四年（一六二四），現存刻本覆鈔本，《善本戲曲叢刊》第四輯據以影印。

止雲居士、白雪山人，姓名、籍里、生平均未詳。

萬壑清音題詞

止雲居士

夫天籟之音，作於萬壑之竅穴，似鼻，似口，似耳，似枅，前者唱于，隨者唱喁，調調刁刁，自諧律呂。故曰：『松泉有清聽，何必蘇門嘯。』孰知蘇門之嘯，不異松泉之音；又孰知松泉之音，卽是蘇門之嘯也。李空同有言：『南音靡曼，如三春睍睆黄鳥，嚦嚦花間；北音如蒼松翠柏，濤音崩湃，流於丘壑。』若以南人而歌北音，詞情既多，聲情復遠，洋洋鈞天奏也。是集專選諸家北調，搜奇索隱，靡有遺珠。俟賞音者於静夜試一擊節，俾清風颯颯，明月珊珊，萬壑音生，千巖響應，雲君側耳而聽，潛虯起舞於江中。於斯時也，不知天籟之爲人籟，人籟之爲天籟也矣。

甲子夏日〔一〕，止雲居士題於西湖之聽松軒中。

【箋】

〔一〕甲子：天啓四年（一六二四）。

萬壑清音序

十二樓居主人

左太沖《招隱詩》：『何必絲與竹，山水有清音。』梁昭明好詠其言，至今以爲①美譚。然絲竹盈耳，洋洋不絕，而千巖萬壑中泠然可聽者，幾人玄賞？僅對松蘿留響耳。是集專錄北調，恐有蘇學士『大江東去』之偏。然當今難發北方，從前如雲如雨，俱似二八女郎，不妨以銅將軍、鐵綽板，稍振其氣。若孟萬年所云『絲不如竹，竹不如肉』，則清音又在歌喉宛轉中。兩家之難不解，竊以此爲遼丸矣。

十二樓居主人題。

【校】

①爲，底本漫漶，據文義補。

【箋】

〔一〕十二樓居主人：姓名、籍里、生平均未詳。

萬壑清音敘

聽瀨道人〔一〕

蓋聞天下治，地氣北而南；天下亂，地氣南而北。故鵑鴣鳴洛陽，康節以爲多事。鳥得氣先，人事隨應。□□腥臊，機發熙寧前，天津啼徹，遂使吳山暗愁。南音多事，洵然哉！今日難發北方，從前如雲如縷，俱似二八女郎，所嘆少者，正銅將軍、鐵綽板，唱蘇學士『大江東』耳。有能以北音至，則當空如目之。北調之集，殆非人能爲也。

今甲子改下元，爲末天甲運，六甲之首，乃獲是音，則天造可卜。大抵聲音之發，如川之有雲，草木之有華實，發者不知。當日鵑鴣徵亂，今日北調徵治，數有適然。微是集，而歌喉繚繞，戛戛欲吐者，且自鳴也。

雖然，宇宙一大壑也，嚎者嗷者，不知其幾千萬態，徐徐于于，壑中吟也；奔騰呼號，踴躍奮發者，壑中怒也；悲泣哀怨，嗚咽不勝，悽惋如訴者，壑中思也；鶴唳皋天，蟲鳴竅隙，焦鷯鼓於蚊睫，壑中之繁也。而人敝敝焉，且以『絲不如竹，竹不如肉』，孟萬年不又繁乎？左太沖《招隱》：『何必絲與竹，山水有清音。』近得之矣。

天地清肅之氣，爲沆瀣，爲湛露，爲太華，欲呼吸帝座，俱不從人間得，音之清者，其亦澄哉？音屬氣，在形之先，清音又在音之先。今不得其無上之肅氣，則以地軸之北來者當之。樂府小曲也，北而南矣，得非氣之先邪？是之謂清音。觀者當作太平雅歌讀也。寄語鷓鴣，無煩多事云。

聽瀨道人題。

【箋】

〔一〕聽瀨道人：姓名、籍里、生平均未詳。

北調萬壑清音凡例

止雲居士

一、曲盛於元，而北曲尤元人之長技。今則元人所作，多不選入，大都取我國朝名家最善者，輯而刻之，使後世亦知國朝文人之盛，不徒僅以制義已也。

一、北曲共有九折，而戲本中參差不一，或有一二折，或有四五折。兹集所取者，音韻清雅，詞藻鮮妍，若繁蕪浩漫，悉屏去之。如《北西廂》一本，實冠□□□□□，取其二折而已，非厭繁也，以不能遍刻故耳。

一、九折者何？黃鐘【醉花陰】，正宮【端正好】，仙呂【點絳脣】，中呂【粉蝶兒】，南呂【一枝花】，雙調【新水令】，越調【鬭鵪鶉】，商調【集賢賓】，大石調【六國朝】是已。然商調與大石調實未嘗選也。今集中有選【粉蝶兒】，間以【泣顔回】，得毋笑曰『此北調之微纇』，識者諒之。

一、國朝所出佳作，迨數百種，生以未暇，不能遍閲，未免令識者有遺珠之嘆。今仍有續集伺舉，尚冀同志者出枕中之祕，不惜罄囊懸棗以俟。

一、選曲至今日，極矣。然有選得稍備者，失於無板；間有點板者，則又苦於無白，使玩之者茫然不知爲何物；卽有有白者，又多鄙俚可厭，亦在選中。或曰：『子之集乃盡善矣，然則南曲獨無所取乎？』余曰：『否。有《南音練響》，嗣刻行世。』

一、茲集點板，俱係名家訂定，則他刻有誤，皆已訂正。而其中間有二底板者，此諸刻本中所未嘗有見者，幸勿作夏蟲而疑冰也，幸甚！

一、集中所選，勁切雄壯者十之六，清雅柔遠者十之四。余寧尚壯而黜柔，以東事無雄壯之夫耳，此余選茲集之本旨也。

一、北調中無【前腔】，【么篇】卽【前腔】也，初學者不可不知。

一、論唱北曲者，以爲唱得【村裏迓鼓】熟，餘皆能唱矣，此與學吹簫者，吹得【浪淘沙】熟，卽能吹簫同意。此言誠是，第余猶有望於授受之際云爾。

一、北曲，吳興臧先生有《元人百種》之刻，已專美於前矣。茲所選者，悉不敢蹈襲。然其中若一卷《漁樵閒話》四折，則又大同而小異；若《拷問承玉》，略稍相同，餘皆迥別矣。

（以上均《善本戲曲叢刊》第四輯影印據明天啓四年鈔本《萬壑清音》卷首）

詞壇雙豔（梁臺卿）

《詞壇雙豔》，梁臺卿編刻，合刻《西廂記》與《牡丹亭》，現存天啓五年（一六二五）刻本。梁臺卿，武林（今浙江杭州）人，字號、生平均未詳。

詞壇雙豔敍

鄒迪光

蓋頌酒賡色，雅重塡詞；動魄銷魂，尤多按譜。詞曲迺古樂府濫觴也，然詞興而樂府亡，曲興而詞亡。高下盛衰，良足詞云。昔人謂近自然者，竹不如肉；余亦謂諧俗調者，詞不如曲。金元以來，教坊院本，梨園傳奇，幾等於九龜四部。要皆寫情筆端，洩憤胷次，離者可以復合，死者可以復生。而風流駘蕩，盡態極妍，有境必眞，無言不冶，則以王實甫《西廂》爲壓卷。我明作者最盛，未易頡頏。如臨川湯義仍，幽微特秀，靈異爲宗。其《牡丹亭》一劇，直使廣筵奪聽，幽閣移情。語乍發而忽爾點頭，意已絕而悠然拊掌。紅牙低按，紫雲住而不飛；油素餘香，綠塵舞而難定。殆與實甫分曹迭奏，異代同工矣。第未見合刻之者。

有斐君子，梁氏臺卿，扶風繡囊，任城學海。花則千葩含穎，鳥則五色投懷。於是力爲校讐，付之剞劂，命曰《詞壇雙豔》。駢珠照乘，漫誇秦氏金懸；儷璧連城，那數洛陽紙貴。試呼婉孌小鬟，便娟車子，共演於明湖之上，覺南北兩峯皆響，清泠一水爭流。此時此景，安得起我病夫，憑軾而觀哉！

嗟乎！周郎顧曲，王應辨撾，曩固罕聞，今亦鮮覯。不佞粗解音律，酷嗜聲歌，不能奮飛，祗有神往。須其刻成，乞一編置案頭，以當枚生《七發》耳。

天啓閼逢困敦如月上浣〔一〕，梁溪空花道人鄒迪光纂〔二〕。

【箋】

〔一〕天啓閼逢困敦：天啓甲子（四年，一六二四）。

〔二〕題署之後有印章二枚：陰文方章『鄒迪光印』，陽文方章『愚谷老人』。

《詞壇雙豔》凡例六則〔一〕

梁臺卿

一、是刻顔曰『雙豔』，豔者，羨也。古今作者甚繁，豈無足供把玩？然美於事，或拙於詞；即嫺於詞，未必奇於事。今生描活寫，臨川字字撩人；繡口錦心，實甫行行奪目。所稱『千秋絶豔』，人人爭道蒲東；而一種癡情，又誰不膾炙牡丹亭畔也。案頭貯此，縹緗生色。

一、塡詞度曲，作者無限苦心，豈容臆見更易？近刻《北西廂》，名《詞壇清玩》〔二〕，而翻板作定本者，假托名筆，攙入浮詞，未審何見，誠爲實甫罪人。《還魂記》則有追琢齋本〔三〕，以不諧於曲譜，謬爲增減；雕蟲館本〔四〕，因不便於優伶，恣意勾芟。其最可痛恨者，無如閩刻《留眞記》〔五〕，併其本來面目而易之矣。臨川有靈，能不褫其魄耶！茲刻悉宗舊本，即介白間，或更定一二字，要亦無甚關切，後刻勿藉口也。

一、家善鼓吹，人工丹槧，點睛抉髓，自屬當行人物。彼坊刻淋漓滿楮，盡是隔靴；燦爛盈行，誰爲刺骨。茲刻渾然素墨，不贅箋評，竊恐去取不眞，貽譏博雅。

一、詞曲點板，爲便歌謳。茲刻止供案頭，不作場中括帖，概不點板。

一、二傳曲中有畫，字裏藏神，圖像似添蛇足。但世俗缺此，便滯不行，故不憚仿摹，以資玩賞。所謂『未能免俗，聊復爾爾』。

一、是書合刻，自不佞始。第吳門白下間，專有略加箋評，翻刻射利，如正續《藏書》故事者。今特預白，無論葫蘆依樣，方是效顰；即增損格行，亦爲竊影。況五車甚富，平旦皆存，何故自甘醜婦也？

天啓乙丑孟夏日，武林臺卿氏識於泰和堂。

（以上均明天啓五年梁臺卿刻『詞壇雙豔』卷首）

【箋】

〔一〕版心題『詞壇雙豔凡例』。

〔二〕《詞壇清玩》：即徐奮鵬《槃薖碩人增改定本西廂記》，明天啓元年辛酉（一六二一）序刻本。參見本書卷二『詞壇清玩小引』條箋證。

〔三〕追琢齋本：待考。

〔四〕雕蟲館本：即明萬曆間臧懋循刻本《玉茗堂四種傳奇》。
〔五〕閩刻《留眞記》：即徐肅穎《丹青記》，《明清傳奇綜錄》著錄，現存明末刻本，係據《牡丹亭》傳奇改題重刻。

萬錦嬌麗（白雲道人）

《萬錦嬌麗》，全名《聽秋軒精選萬錦嬌麗》，明白雲道人輯，選錄傳奇散齣及小説，原書卷數不詳。現存明刻本，殘存『風集』一集，《善本戲曲叢刊》第二輯據以影印。

白雲道人，姓名、籍里、生平均未詳。

萬錦嬌麗序〔一〕

玉茗堂主人〔二〕

（前闕二葉）正宗，特以莊語之入人也甚逆。故順所悦，從旁喻曲，曉其褒美刺惡，種種留人心而傳後世者，若何此是，若何彼非，朝番暮閱，最所樂觀。庶幾緣此而淑慝辯於心，則以是爲去惡從善之一助云爾。

玉茗堂主人題〔三〕。

（《善本戲曲叢刊》第二輯影印明刻本《聽秋軒精選萬錦嬌麗》卷首）

【箋】

〔一〕底本無題名。

〔二〕玉茗堂主人：湯顯祖（一五五〇—一六一六）之號。此文當係託名。

〔三〕題署之後有陽文方章二枚：「埜雲」、「玉茗堂」。

纏頭百練（方汝浩）

《纏頭百練》，全稱《新鐫出像點板纏頭百練》，一名《新鐫出像點板怡春錦》，題「沖和居士選」，收錄元明戲曲、散曲，凡六集六卷。現存崇禎間刻本，《善本戲曲叢刊》第二輯據以影印（題《怡春錦》），《續修四庫全書》第一七七九册亦據以影印。另有清乾隆間刻本。

方汝浩，别署沖和居士、清溪道人、曲癡子等，蘭溪（今屬浙江）人。嘗寓居南京、杭州等地。撰小説《禪眞逸史》（題「清溪道人編次」）、《禪眞後史》（題「清溪道人編次，沖和居士評校」），選輯《纏頭百練》、《纏頭百練二集》。參見孫書磊《南圖藏舊精鈔本〈歌代嘯〉作者考辨》（《戲曲藝術》二〇一〇年第三期）、賈海建《明代小説家清溪道人考辨》（《明清小説研究》二〇一三年第二期）。

纏頭百練序

空觀子〔一〕

語曰：『千金買一笑，不惜錦纏頭。』何賞音之至也。音律所通，曲爲最。然曲數元，猶詩唐、騷楚、辭六朝，大約云爾。其實，元之後，麗曲實多。元大悉北調嶅牙，其妙者，在不工而工。

今有沖和居士，别號曲癡子，殊非知音者，往往興意所鍾，偏癖歌曲，逞其不工而工者，求其工而工。風朝采一調，月夕載一音。敲字於花欄，譜宫於酒榭。遊今昔人，一宫一商，情辭淼麗中，竟爾忘死。我見其點之，又圖之，又合之。合有六：南與北合；今與昔合；麗情與弋調合；若調協辭不雋，勿與合；辭雋還求韻永，韻永又索情深，深情處色侵嬌蕚，趣蕩春風，不爾又勿與合。此六合纏頭成，我勸與世間鍾情人聊供一玩。

因想非鍾情人無曲，非鍾情人倦合。是曲倘情怡神和，一展玩，何必不愜幽人之目，染韻士之襟，澈情郎之況？『千金一笑』，在乎是矣。便六朝金粉，楚唐餘叶，何必不鏗鏗者都在，僅元乎哉？曲癡子縱無是想，觀者實有是因。

但客有嘲曲癡子者，以其首麗情，淫而蕩，偏嫐浪子。曲癡子曰：『桑濮之音，芍藥之謔，狂童豔姬，《三百篇》首而不廢，亦嫐浪子否？』與客相視而笑。自命曲癡，洵癡哉！若因六合調，付六合春，謾握纏頭，一度徘徊，一度停雲，拂拂春風花柳也。雖謂曲癡子也，是知音人亦可。空觀子聊以癡言贈。

空觀謾草〔二〕。

（《續修四庫全書》第一七七九册影印明崇禎間刻本《新鐫出像點板纏頭百練》卷首）

【箋】

〔一〕空觀子：當即夏履先，字之日，別署心心仙侶、爽閣主人，杭州（今屬浙江）人。書坊主人。明天啓間刻《新鐫批評出像通俗奇俠禪眞逸史》小説，今存。

〔二〕題署之後有印章二枚：陰文方章『夏之日印』，陰陽文方章『玉尌風前』。據路工所見小説《禪眞逸史》天啓原刻本，前亦有夏之日序。

纏頭百練二集（方汝浩）

《纏頭百練二集》，全稱《新鐫出像點板纏頭百練二集》，一名《樂府纏頭百練二集》，題『沖和居士選』，戲曲、散曲選本，凡六卷。現存崇禎三年（一六三〇）序刻本。

百練二集引

陸雲龍〔一〕

噫！傳奇非小道也，摹神寫照，不直繪人之面目，而當繪其神情。至於邑里官秩，名因時異；朝廷草野，事以體殊，不得苟焉已也。故人必目窮千古，胷涵二酉，方不失爲詞曲當行。況曲有宫，句有韻，平上去入，不可移易，嚴如令甲，黄鐘不容篡而商、吕，『侵尋』不宜溷而『眞文』。乃今之妄語兒，除爲俚爲腐，爲誕爲襲，不足置論，其間以割裂爲新腔者，多至亂宫譜，唯諧口耳爲押句者，多至亂聲韻。即使韓娥揚舲逞頰，抗聲繞梁，周郎必且笑之，寧復能博蒨桃束綾哉！

曲表無亙彰，則欲人俯耳遜心，不在度曲而在曲矣。是以予於舊曲賞《拜月》數種，近曲賞《西樓》、《東郭》十許種。其玉茗四刻，雖欽其才，然怪其有冗字，不叶律；環翠六劇，雖合於譜，然薄其少生韻，乏才華。嘗欲羅南北劇一披閲之，束跅踶之才於功令，易鄙倍之詞成全瑜，而未暇也。

清溪道人素爲著作手，更邃於學。先我有心，嘗簡拔名曲爲《纏頭百練》，已自紙貴。今復精遴爲選之二，箇中綱舊曲以主式，裒歌詞以盡才，旁及絃索以存古，間采弋陽以志變，删棘口之音爲協耳之調，豈難令聲之一發，賞音者機杼欲定哉？主人爲歌者作渡，至矣，而披覽者當亦有玄賞乎？

時庚午中秋日〔二〕，瓠落生題於崢霄館中〔三〕。

（明崇禎間刻本《新鐫出像點板纏頭百練二集》卷首）

【箋】

〔一〕陸雲龍（約一五九七—？）：字雨侯，別署翠娱主人、翠娱閣主人、瓠落生、孤憤生、薇園主人、江南不易客等，書坊名崢霄館，錢塘（今浙江杭州）人。屢試不第，以坐館爲生。崇禎二年己巳（一六二九）刻《新鐫批評出像通俗演義禪眞後史》。編選刊刻《翠娛閣評選十六名家小品》、《型世言》，輯刻《翠娛閣評選行笈必攜》十種。著有詩文集《翠娛閣近言》等。生平見《翠娛閣近言》及《型世言》等書序評。

〔二〕庚午：崇禎三年（一六三〇）。

〔三〕題署之後有印章二枚：陽文方章『翠娛主人』，陰文方章『雨侯氏』。

選曲（鄭鄤）

鄭鄤所編戲曲選集，包括正本、近本和劇本三部分。今已不存，不詳具体選本名，今據所存序跋錄定作《選曲》。鄭鄤（一五九四—一六三九），字謙止，號峚陽，號隱眞氏，江蘇常州横林人。天啓二年（一六二二）進士，入館爲庶吉士。因上《諫留中疏》，觸怒當朝，被外任，後被削职爲民。崇禎元年（一六二八）官復原職，但未上京赴任。崇禎八年入都任职，因得罪當朝，於崇禎十二年八月受淩遲處死。與文震孟、黄道周、陳仁錫等同科，且交善。以時文聞名，著有《峚陽草堂文集》十六卷（附一卷）、《峚陽草堂詩集》二十卷（内第十三卷佚）、《峚陽草堂說書》七卷，改定《尚書制義》五十篇，續成《書義》十篇，編選有《戲曲選集》、《陶李杜王元邵六家詩》、《本朝六太史集》、《明文稿彙》、《明文選正》等。生平參見其自撰《天山自敘年譜》、黄道周《鄭峚陽年兄暨元配周孺人墓誌》。參譚笑《新見明末鄭鄤戲曲題記七則箋釋》（《戲曲與俗文學研究》第八輯）。

題選曲

鄭　鄤

詩與樂相表裏。古《三百篇》皆以入樂，漢魏樂府卽樂章也。如唐學士《清平調》，當時卽付龜年度曲。今有能以《清平調》度曲者乎？降而詞，而小令，而大套，而愈不可問矣。元人取士，雖以此爲則，而傳者多是拘關吏隱之人，則亦聲音之道，有不可强者存焉。

世傳《西廂》，元曲之祖，絕無能傳其音者。癸酉至金陵〔一〕，有爲予言教坊中老優能得其傳。召問之，皆七十外老翁，鬚鬢皤然矣。誠令歌【八聲甘州】，音響絕異。問所授徒幾人，曰：『無矣。《南西廂》盛行而《北西廂》廢。卽傳之，誰爲聽者？』予始喟然而嘆：『周郎一顧於兵戈倥偬之中，自非本領深沉，亦復兵機整暇，豈易言哉！』乃點定正本、近本、劇本數帙，亦猶區區存雅之意也。抑亦有能歌此而使人顧，抑亦有能顧此而使人歌者乎？

隱眞氏書。

選正本《北西廂記》、《北西遊記》、《幽閨記》、《琵琶記》、《還魂記》。

又

予問老優：『北曲合絃索，力在筋；南曲合簫管，力在板，有之乎？』曰：『然。然北曲惟《西廂①》、《西遊》可入簫，南曲惟《幽閨》、《琵琶》可入絃索。』此元曲之妙，非後人所及，亦非後人所知也。《還魂記》，其幾矣乎！後之作者，未有能窺《還魂》之際者也。

張淩虛娛母而寄其高尚〔二〕，雅志存焉；屠赤水遷謫而縱其曠懷〔三〕，玄風渺矣。自此以外，吾無取焉。乃有選近本，別又有選劇本，庶幾小道，亦復可觀聞。吳門有書肆，從錢宗伯家盡得宋名詞而刻之〔四〕，果然，必有取爾也。惜也！吾未見其全也。

選近本：《浣紗記》（删）；《曇花記》（删）；《彩毫記》（删）；《祝髮記》（删）；《灌園記》（删）；《竊符記》（删）；《紫釵記》（删，小本）；《紅拂記》（删，小本）。

選劇本共三十齣。

（《四庫禁燬書叢刊》集部第一二六册影印民國間刊《峚陽草堂文集》卷之九）

【校】

①西廂，底本作『西曲』，據上下文改。

【箋】

〔一〕癸酉：崇禎六年，公元一六三三年。

〔二〕張淩虛，即張鳳翼（一五二七—一六一三），生平詳見本書卷三《紅拂記》條解題。

〔三〕屠赤水，即屠隆（一五四三—一六〇五），生平詳見本書卷四《曇花記》條解題。

〔四〕錢宗伯，即錢謙益（一五八二—一六六四），生平詳見本書卷五《眉山秀題詞》條箋證。

盛明雜劇（沈泰）

《盛明雜劇》，明沈泰編，初集三十卷，二集三十卷，各收明人雜劇三十種，王國維《曲錄》著錄。初集刻於崇禎二年（一六二九），二集刻成於三年、四年間（或説刻於崇禎十年），原刻本現藏中國國家圖書館、北京大學圖書館、臺北故宫博物院、日本大阪大學圖書館等。民國七年（一九一八）董康誦芬室據初集崇禎二年原刻本覆刻，民國十六年（一九二七）據二集三種殘本覆刻，收入《誦芬室叢刊二集》。民國間上海中國書店復據誦芬室覆刻本影印初集。一九五七年北京古籍出版社、一九五八年中國戲劇出版社和黄山書社、《續修四庫全書》等，均據誦芬室覆刻本影印初集與二集。

沈泰，字林宗，又字大來，别署福次居主人，錢塘（今浙江杭州）人。生平未詳。參見張豔豔《〈盛明雜劇〉研究》（黑龍江大學碩士學位論文，二〇一一）、羅旭舟《〈盛明雜劇〉的輯刊與流傳》（《文學遺産》二〇一三年第二期）。

盛明雜劇凡例

沈　泰

一、此集祇詞人一斑，然非快事、韻事、奇絕、趣絕者不載。出風入雅，戛玉鏘金，何多讓焉。

至若偶收鄙穢，似中時俗之盲；又如旁及詼諧，足捧滑稽之腹，亦附集末。其他俗本雖多，未堪解醒，豈敢災梨。

一、集中固有去取，實無低昂。但就著姓氏而種數特多者，置之前茅；其無姓氏而一種偶見者，取爲後殿。總成狐腋之裘，詎云狗尾之續。

一、作者如林，管窺有限。如舊刻馮北海有《梁太素》，及友人袁鳧公有《雙鶯傳》，一時散軼，未及推爲冠玉，況目所未見，耳所未聞者乎？海内同好，倘有家藏名本，或獨創新聲，毋吝千里郵筒，共襄《百種》快事。望眞引領，感切銘心。

西湖福次居主人泰識。

（盛明雜劇）序

張元徵〔一〕

或曰：雜劇非古也，雖唐、宋代有之，然宋衹有詞無曲，浸淫至勝國而始盛。王、關諸子，擅美一時，今考其爵里，滅沒不傳，此豈詞林不朽事？弇州云：『詞興而樂府亡，曲興而詞亡。』即詞亦鄙其婉孌而近情也，何有雜劇？』余謂不然，正恐情不至耳。情至如柳郎故事，生可之死，死復可之生，此卽宇宙間一種奇絕文字，庸非不朽？

或又曰：『雜劇稱引事情，多謬悠不經，取姗惇史。』余謂又不然。優旊優孟，抵掌叔敖，業云

『戲』矣，正以戲絕爲妙。觀其命意稱名，原取顛倒謔謔，如曲欲熟而命以生，婦宜夜而名以旦，開場始事而爲末，塗汙不潔而云淨，不過取當場閧然一噱而技售矣。且天下何之非戲？俄冠進賢，俄返初服，萍水奇遭，把臂忽訣。現前一段悲歡離合，搬演正熟，但身在場中，錯認眞耳。子瞻云：『休言萬事轉頭空，未轉頭時是夢。』此語覷破。或又謂：『漢文、唐詩、宋詞、元曲，各絕一時，後有作者，難乎其繼。』此又大不然。我明風氣弘開，何所不有？詩文若李、王崛起，已不愧西京、大曆；而詞曲名家，何遽遜美酸齋、東籬、漢卿、仁甫？

余友沈林宗，深心嗜古，博綜之暇，爰集《盛明雜劇》數十種，與《元人百種》並傳，此亦騷雅鼓吹，風流勝事矣。余拈一二戲語敍之。

崇禎己巳仲春，虎林張元徵夢珠父題於西湖一曲。

【箋】

〔一〕張元徵（約一五七五—？）：字夢珠，錢塘（今屬浙江杭州）人。久困諸生，年且六十，以明經爲貢生。崇禎七年（一六三四），任平遠知縣。傳見康熙《錢塘縣志》、戴啓文《西湖三祠名賢考略》等。

（盛明雜劇）序

徐　翽〔一〕

美人花月，生來供文士品題。文士亦不辭其責，相與歌之詠之，令山鬼精靈與幽香魂魄，盡食其福。發爲聲音，則青鳳集，玄鶴來，喈鏘之響豁霾，妙麗之吹映月。姑與談近世事，以小青之才且豔，生十八年而死。竟死矣，余取其影而傳之，小青不死。古今寥邈，何止一小青？乃傳之者與有力焉。

余俯仰詞壇，大約元人傳十之七，明人傳十之三。元人歌寡而曲繁，明人歌存而曲佚。歌曲者，南與北之辨也。氣陽，則出於嘽諧慢易，寬裕肉好而爲南；氣陰，則流於噍殺猛起，奮末廣賁而爲北。聲音之道，接於隱微，信哉！

今之所謂南者，皆風流自賞者之所爲也；今之所謂北者，皆牢騷骯髒、不得於時者之所爲也。文長之曉峽猿聲，暨不佞之夕陽影語，此何等心事，寧漫付之李龜年、謝阿蠻輩，草草演習，供綺宴酒闌所憨跳？他若康對山、汪南溟、梁伯龍、王辰玉諸君子，胷中各有磊磊者，故借長嘯以發舒其不平，應自不可磨滅。

顧渚臧先生向爲大盟主，未追於兹。余友沈林宗急起任之，續千古一快事，尚留餘地，待我後人，以集中數家爲之首。林宗執麈尾，示余曰：『如某某，那得不傳？』余曰：『昭代新聲，明戾家把戲十倍，信如關漢卿所云「簡兮遺意」耳。』

己巳花朝，西吳友弟徐翽題於桐花隱。

【箋】

〔一〕徐翽：即徐士俊（一六〇二—一六八一），生平詳見本書卷五《春波影》條解題。

（盛明雜劇）序

程羽文〔一〕

曲者，歌之變，樂聲也；戲者，舞之變，樂容也。皆樂也，何以不言樂？蓋才人韻士，其牢騷抑鬱、啼號憤激之情，與夫慷慨流連、談諧笑謔之態，拂拂於指尖而津津於筆底，不能直寫而曲摹之，不能莊語而戲喻之者也。

上古有歌舞而無戲曲。戰國秦漢，始創優伶。唐作梨園教坊，王右丞以此得解頭，而莊宗自號『李天下』。厥後流風大暢，變歌之五音以成聲，變舞之八佾以成數，而曰外、曰末、曰淨、曰丑、曰生、曰旦，六人者出焉。凡天地間知愚賢否，貴賤壽夭，男女華夷，有一事可傳，有一節可錄，新陳言於牘中，活死迹於場上，誰眞誰假，是夜是年，總不出六人搬弄。狀忠孝而神欽，狀姦佞而色駭。狀困窶而心如灰，狀榮顯而腸似火。狀蟬脱羽化，飄飄有淩雲之思；狀玉竊香偷，逐逐若隨波之蕩。可興可觀，可懲可勸，此皆才人韻士，以遊戲作佛事，現身而爲説法者也。至於詞白之工，科介之趣，熱腸罵世，冷板敲人，才各成才，韻各成韻。

而説者盡推美胡元，不知胡元以此取士，士皆傅粉墨而踐排場，一代人文，盡從描眉畫頰中出，宜其曠古亙今，窮工極態，乃僅以北調擅場，而南詞絶響。夫自塗山歌於候人，而南音著；自有娀謠乎飛燕，而北聲傳。兩者偏廢，不成鉅觀。我朝鼓吹文治，叱漢呼秦，吞唐吐宋。高文椽筆之外，間有拈弄，亦復含宫嚼羽，出風入騷。其南詞可付輕絲細管，二八女郎，而北調可付丈八將軍，銅琵琶、鐵綽板。

今海内盛行元本，而我明全本亦已不減，獨雜劇一種，耳目寥寥。予嘗欲選勝搜奇，爲昭代文人吐氣，以全本當八股大乘，以雜劇當尺幅小品，笥藏頗廣，未命棗梨。而吾友沈林宗，顧曲周郎，觀樂吴子，遂先有此舉。其點校評論，又一一傳作者之面目，而溯之爲作者之精神。然則覩是編者，當知曲以詮情性之微，不爲曲解戲以節作止之序，不同戲觀，樂其可知矣。聲應氣求，聊弁數行，以志林宗首唱。

練江社弟程羽文書於西湖舟次。

（以上均一九五八年中國戲劇出版社影印民國間董氏誦芬室覆刻《盛明雜劇初集》卷首）

【箋】

〔一〕程羽文：字蓋臣，别署書禪主人、石室道人，歙縣（今屬安徽）人。山人。著有《鴛鴦牒》、《清閒供》、《一歲芳華》、《劍氣》、《石交》、《程氏品藻》等。《新曲苑》册二輯録《程氏曲藻》。

爲林宗詞兄敍明劇

袁于令〔一〕

善采菌者，於其含苞如卵，取味全也；至擘張如蓋，味者以爲形成，識士知其神散。全部傳奇，如蓋之蕈也；雜劇小記，在苞之蕈也。繪事亦然。文章以無盡爲神，以似盡爲形。袁中郎詩有『小石含山意』一語，予甚嘉之。如畫石竟而可旁添片墨，非畫矣。天柱地首之嵯峨，惟卷石能收之，雜劇之謂也。兵仗亦然。長鏦大戟，非不雄逞至渾，而木棍命曰『械王』，又約而尺八短劍，又約而飛丸，又約而魚腸，其器益小，力益全，爲伎益難。

雜劇，詞場之短兵也。或以寄悲憤，寫跅弛，紀妖冶，書忠孝，無窮心事，無窮感觸，借四折爲寓言，減之不得，增之不可，作者情之所含、辭之所盡、音之所合，即具大法程焉。不知者輒欲化爲全部，不惟失其指歸，且蒙以蕪穢。易一字，即爲點金成鐵；增多字，則又狗尾爲主而貂失其處，羔皮爲君而狐反爲緣，禍雜劇者多矣。

自濫本横行，而雜劇隱於塵庋，知者傷之。近有元劇之刻，勝國諸君子，重開生面，於詞壇固稱大觀。然聲音之道，不絕於天下。國朝崇正教，放淫哇，天下握不律者，咸不敢爲左道之言。而物感於外，情動於中，不能鬱其元聲。故窮廬曲房，朱門戚里，以至旗亭酒館，每多遺音。就中不無至文，可以補野史之闕，爲采風之資，飾文氣之陋，而於四聲七始，繼别爲宗者。

沈林宗兄，博蒐明劇，匯而選之，鏗然一部鼓吹，勝國詞林，不能專美於前矣。索劇於余，余向未撰此，苦無以應，復命予弁首。序成，復爲郵筒沉閣，因載於二集。追憶其略曰：黄鐘損益之妙，合之文章，未必盡當。余謂行空天馬，非造父矞侖，鮮不委轡泱衙者。文人塡詞，即如控行空之駿，而範以馳驅也。余生前數十年以來，大江南北，文獻寥寥。通聞冰天之北，桂海之南，有兩神人，知曆數，辨風氣，鳥獸之聲、草木水石之響，皆其所誨。余將邀致詞壇，起地下亂音諸老，北面而跽，左侍以倫，右侍以曠，宣揚律元，以正其亂音之罪。使當世之好音而束殺文章，與夫能文而毀裂宮調者，伏地流汗，稽顙皈依，各出所藏詞本，付之祖龍，揚其灰於莽浪之野、人迹不至之地。惟以七情求風氣，以風氣求律呂，則聲教明而我心愜矣。林宗以爲然否？

己巳秋日〔二〕，幔亭峯音叟題。

（一九五八年中國戲劇出版社影印民國間董氏誦芬室覆刻《盛明雜劇二集》卷首）

【箋】

〔一〕袁于令（一五九二—一六七二）：別署幔亭峯音叟。生平詳見本書卷五《西樓記》條解題。

〔二〕己巳：崇禎二年（一六二九）。

盛明雜劇二集序

徐翽

別西湖五十日，攜數卷殘書，橫渡晚烟，與鷗鷺輩復盟舊好。桂子岡巒，芙蓉洲渚，置身此地，仙乎？仙乎？

是月也，沈林宗、黃長吉兩兄所閱雜劇之二集適成〔一〕，向亂水堆中，大索徐子，冀得數言弁其首，且曰：『君始之，君終之，亦何敢辭？』徐子曰：『先之矣，殆不可復。雖然，世間一切得意之書，得意之地，得意之事，不可盡，亦不可不盡。「身到處，莫放過」，誠哉是言也。』

記客歲從梅遠齋頭晤林宗，林宗譚及盛明宜有雜劇之選。余因是鬛乎鼓之，軒乎舞之，遂成莫容磨滅之書。今且一而再，再而殆將三矣。嗟乎！聲氣所至，不獨同時作手，相與奔走紅牙，即才鬼墨精，悉從敝簏中先後躍出。天下風流地，當爲天下人護之，無令柳七魂嘆牛羊衰草，則此響於今不絕。余遂與林宗、長吉發大弘願，願入茲集者，無紗帽氣，無措大氣，無山人詞客氣。頂禮此書，歌舞太平，復寄語鷗鷺輩，來①作湖上盟，聽廣樂焉。

時崇禎己巳菊月重陽日，西泠友弟徐翽又題。

（日本內閣文庫藏明崇禎二年序刻本《盛明雜劇二集》卷首）

【校】

①「來」字下，底本衍一「來」字，據文義刪。

【箋】

〔一〕黄長吉：即黄嘉惠，字長吉，生平詳見本書卷十四《董解元西廂引》條箋證。

盛明雜劇二集序

卓人月

夫人生於情，乃其忽焉而壯，忽焉而老，忽焉而盡，忽焉而又生，罔不受變於時。當其變，似乎非情之所能主，不知時也者，亦情之爲也。情之爲物，固有此宛轉幻化之態焉，而非一端而已也。《三百篇》亡，而後有騷賦；騷賦難入樂，而後有古樂府；古樂府不入俗，而後以唐絕句爲樂府；絶句少委蛇，而後有詞；詞不快北耳，而後有北曲；北曲不諧南耳，而後有南曲——凡皆同工而異製，共源而分流。其同焉共焉者情，而其異焉分焉者時。

自有文字以來，前不可通於後，後不可通於前。譬五行統於一元，而春夏秋冬中央土，遞司其令，人於其間，斷不能當寒而飲冰，當燠而圍爐也。間有一二異才，或生於前，而能創變調，以開後日之端；或生於後，而能操古音，以追昔日之格。此則能自爲時而不爲時所囿，正未可易得耳。

語云：楚騷、漢賦、晉字、唐詩、宋詞、元曲，皆言其一時獨絶也。然則我明之可以超軼往代者，庶幾其南曲乎？臧晉叔刻《元劇百種》，蒙古一代之鉅章，已備其大凡。馮猶龍復擬刻明曲百種以敵之，誠可謂旗鼓相當矣。乃北曲亦有長本，如《西廂》、《西遊》之類，而南曲又不乏短本；元人亦有南曲，如《拜月》、《荊釵》之類，而我明又不乏北曲。此所謂一二異才，前可以開後，後可以追前者，而皆爲臧、馮二選所不及收，則猶出其常調以相詩，而未窮其變格以相鬭也。

余是以將取元人南北之長本，並其短本之散逸者，合爲一刻，以續臧。而余友沈林宗，業已取本朝南北短劇合刻之，以補馮。夫元劇短者多而長者少，明劇短者少而長者多。且元曆不滿百，而國朝千①年無疆，作者雲興未艾，是則勝國之文彩固不足以敵盛世之才華。乃若篇章字句之間，節奏風神之際，元明各騁其能，南北兩極其致，則有非世代所能限者。

先民有言曰：南音爲歌，北音爲曲。南人不曲，北人不歌。北力在弦，南力在板。北協絲宜嘲嘈，南協竹宜清越。北便於和歌，南便於獨奏。北氣易麤，南氣易弱。北字多而調促，促處見筋；南字少而調緩，緩處見眼。北辭情多而聲情少，南辭情少而聲情多。苟審此者，在元而雄於元，在明而顯於明；在元而可以後無明人，在明而可以前無元手矣。

抑又聞之，神仙道化者之宜飄逸滉瀁也，隱居樂道者之宜陶寫冷笑也，被袍秉笏者之宜富貴纏綿也，忠臣烈士者之宜惆悵雄壯也，孝義廉節者之宜典雅沈重也，棄婦逐子者之宜嗚咽悠揚也，狹斜粉黛者之宜風流蘊藉也，神頭鬼面者之宜高下閃賺也，風花雪月者之宜旖旎嫵媚也，諧謔譏訶者之宜健捷激梟也。以至於造語則忌硬、忌澀、忌嫩、忌麤、忌太俗、忌太文，使事則明者隱之、隱者明之，調聲則必辨去上，審音則必析陰陽，襯墊則不可冗長，科介則不可剽襲，宫調則不可錯混，意旨則必有裨風教，選詞則必有辭家大學問，感人則必能使喜擊節而悲墮淚。此則南北之所共譜，元明之所同擅，非若前不可通之後，後不可通之前者也。

是故體之所不能齊，則兩代於此而歧；而才之所能辨，則兩代未始不合。夫有情而後有才，有時而後有體。然則其同焉共焉者情，而異焉分焉者時，豈不益信乎哉！以余觀林宗所遴選諸劇，或依乎明體而爲南，或仿乎元體而爲北，或隨時之宜，或不爲時所囿，要未有不足於才者也，則未有不深於情者也。故書此，以爲二集序。

（明崇禎間傳經堂刻本《蟾臺集》卷二）

【校】

①千，底本殘，據文義補。

名家雜劇序〔一〕

柴紹炳〔二〕

古今一大俳場也，二十一史皆古劇本也。凡治亂興亡、賢愚寵辱，累數伯千年，遷變萬狀，人代相閲，何可勝紀。自達者觀之，直如郭公梨園，逢場作戲已耳。

近今詞流，於傳奇全本外，復有雜劇之著，大都影借古事，節略敷唱，以抒寫懷抱。其詞情韻理，自成一家，雖不必曲終奏雅，要之什九寓言也。《元人百種》集於臧吳興，足爲斯道鼓吹。迺我郡沈子林宗，復選諸名家雜劇，如康對山、梅雨金、汪伯玉、徐文長輩，以繼關、馬之後，南北互收，出處競爽。此在賞音者自能鑒別，無假申譬，亦何必設科奏藝，始獲擅場哉！

雖然，詞人麗淫，儒者所病，釋氏亦有綺語戒，將無耽玩溺志，爲有道所歸獄歟？在昔漢卿有作，嘗自謂『簡兮遺意』。黄才伯『笑擁如花歌落梅』，以爲欲盡理還之喻。又有老衲於方丈壁悉繪《西廂》，曰：『老僧於此悟禪。』或請意指，曰：『想他臨去秋波那一轉。』今作者卽不必盡此意，覽者自當作此觀。然則生旦淨丑，既屬泡影；悲歡離合，亦如夢幻。不俟終場，掩卷已了無所住矣，何至死心著相，作一大癡，卒向馬腹中生活耶？噫！

翼望山人題。

（民國三十年誦芬室重校定《雜劇三集》卷首）

【箋】

〔一〕此序誤刊於清康熙元年（一六六二）刻本《雜劇三集》卷首。《名家雜劇》，現存清初刻本，日本山口大學棲息堂文庫藏，殆即《盛明雜劇》初集之改題修板印本。參見黄仕忠《日本所藏中國戲曲文獻研究》。此本又藏美國哈佛大學哈佛燕京圖書館，見沈津《美國哈佛大學哈佛燕京圖書館中文善本書志》（上海辭書出版社，一九九九），《哈佛燕京圖書館藏齊如山小説戲曲文獻彙刊》據以影印。從文字與字體看，董康當即據《名家雜劇》卷首之序刊刻。

〔二〕柴紹炳（一六一六—一六七〇）：字虎臣，號省軒，别署翼望山人，仁和（今浙江杭州）人。明諸生。明亡後隱居南屏山。傳見《清史列傳》卷七〇、吴慶坻《蕉廊脞録》卷四「柴紹炳」條等。

盛明雜劇初集跋

王國維

《盛明雜劇》三十卷，崇禎己巳錢唐沈泰林宗刊本。前有張元徵、徐翽、程羽文三序。案戲曲總集，除臧懋循《元曲選》、毛晉《六十種曲》外，若《元人雜劇選》、《古名家雜劇》及此書，世人雖知其名，均在存佚之間。曩見日本内閣圖書寮書目，有《盛明雜劇》二集三十卷，驚爲祕笈。己酉冬日〔一〕，得此書於廠肆，是爲初集，而二集在日本内閣，始知世間尚有完書也。

雜劇唯元人擅場，明代工此者寥寥。宣、正之間，周憲王號爲作者，然規摹元人，了無生氣，且多吉祥、頌禱之作，其庸惡殆與宋人壽詞相等。又元人雜劇止於四折，或加楔子，唯紀君祥之《趙氏孤兒》、張時起之《賽花月秋千記》多至六折，實非通例。至於不及四折者，更未之前聞，亦無雜以南曲者。（《錄鬼簿》謂：『南北合腔，自沈和甫始，如《瀟湘八景》、《歡喜冤家》等曲，極爲工巧。』乃散套，非雜劇也。）憲王雜劇如《呂洞賓花月神仙會》，雜以南曲，殊失體裁。

至明中葉後，不知北劇與南曲之分，但以長者爲傳奇，短者爲雜劇。如此書中，汪伯玉、陳玉陽、汪昌朝諸作，皆南曲也；且折數多至七八，少則一二，更屬任意。獨康對山《中山狼》四折，確守元人家法。餘如沈君庸等，雖用北曲，而折數次第，均失元人之舊。其中文詞，亦唯康對山、徐文長尚可誦，然比之元人，已有自然、人工之別。餘則等之自鄶而已！

元代雜劇作者，名概不著。此編所集，如康對山（海）、徐文長（渭）、汪伯玉（道昆）、陳玉陽（與郊）、王辰玉（衡）、葉六桐（憲祖）、沈君庸（自徵）、孟子若（稱舜）、梁伯龍（辰魚）、梅禹金（鼎祚）、卓珂月（人月）、徐野君（翽）、汪昌朝（廷訥），其姓字爵里，均在人耳目，或且正史有傳，遺著尚存，而其人之顯晦如彼，曲之工拙如此。信乎文章之事，一代自有一代之長，不能以常理論也。

（一九八四年中國戲劇出版社排印本《王國維戲曲論文集》〔二〕）

【箋】

〔一〕己酉：宣統元年（一九〇九）。

〔二〕此文又見一九八三年上海古籍書店影印一九四〇年商務印書館排印本《王國維遺書》第五冊，爲《庚辛之間讀書記》之《盛明雜劇初集》條。庚辛指庚戌、辛亥，即宣統二年、三年。

古今名劇合選（孟稱舜）

《古今名劇合選》，包括《新鐫古今名劇柳枝集》二十六卷，《新鐫古今名劇酹江集》三十卷，明孟稱舜編，收錄元明雜劇劇本。現存崇禎六年（一六三三）序刻本，《古本戲曲叢刊四集》、《續修四庫全書》第一七六三—一七六四册據以影印。

孟稱舜（一五九四—一六八四），生平詳見本書卷五《桃花人面》條解題。

古今名劇合選序

孟稱舜

詩變爲辭，辭變爲曲，其變愈下，其難，吴興臧晉叔之論備矣。一曰①『情辭穩稱之難』，一曰『關目緊湊之難』，又一曰『音律諧叶之難』。然未若所稱當行家之爲尤難也。蓋詩辭之妙，歸之乎傳情寫景。顧其所爲情與景者，不過烟雲花鳥之變態，悲喜憤樂之異致而已，境盡於目前，而感觸於偶爾，工辭者皆能道之。迨夫曲之爲妙，極古今好醜、貴賤、離合、死生，因事以造形，隨物而賦象；時而莊言，時而諧諢，狐末靚狚，合傀儡於一場，而徵事類於千載；笑則有聲，啼則有淚，喜則有神，嘆則有氣。非作者身處於百物雲爲之際，而心通乎七情生動之竅，曲則惡能工哉！吾嘗爲詩與詞矣，率吾意之所到而言之，言之盡吾意而止矣。其於曲，則忽爲之男女焉，忽爲之苦樂焉，忽爲之君主僕妾、僉夫端士焉。其説如畫者之畫馬也，當其畫馬也，所見無非馬者；人視其學爲馬之狀，筋骸骨節，宛然馬也，而後所畫爲馬者，乃眞馬也。學戲者，不置身於場上，則不能爲戲；而撰曲者，不化其身爲曲中之人，則不能爲曲。此曲之所以難於詩與辭也。

若夫曲之爲詞，分途不同，大要則宋伶人之論柳屯田、蘇學士者盡之，一主婉麗，一主雄爽。婉麗者，如十七八女娘，唱『楊柳岸、曉風殘月』；而雄爽者，如銅將軍，鐵綽板，唱『大江東去』詞也。後之論辭者，以詞之源出於古樂府，要須以婉轉綿麗、淺至儇俏爲上，挾春華烟月於閨幨内奏之，一語之豔，令人魂絶，一字之工，令人色飛，乃爲貴耳；慷慨磊落，縱横豪健，抑亦其次。故蘇、柳二家，軒輊攸分。曲之與詞，約亦相類。而吾謂此固非定論也。曲本於辭，辭本於詩。《詩》三百篇，《國風》、《雅》、《頌》，其端正静好與姸麗逸宕，興之各有其人，奏之各有其地，安可以優劣分乎？今曲之分南北也，或謂北主勁切，南主柔遠，辟之同一師承而頓漸分教，俱爲國臣而文武殊科，是謂北之詞耑似蘇，而南之辭耑似柳，柳可爲勝蘇，則北遂不如南歟？夫南之與北，氣骨雖異，然雄爽、婉麗，二者之中亦皆有之。卽如曲一也，而宫調不同，有爲清新綿邈者，有爲感嘆傷悲者，有爲富貴纏綿者，有爲惆悵雄壯者，有爲飄逸清幽者，有爲旖旎嫵媚者，有爲悽愴怨慕者，有爲典雅沉重者，諸如此類，各有攸當，豈得以勁切、柔遠畫南北而分之邪？

曲莫盛於元，而元曲之南而工者，《幽閨》、《琵琶》止爾，其它雜劇無慮千百種，其類皆出於北。而北之内，妙處種種不一，未可以一律概也。予學爲曲，而知曲之難，且少以窺夫曲之奥焉。取元曲之工者，分北類爲二，而以我明之曲繼之：一名《柳枝集》，一名《酹江集》，即取【雨淋鈴】『楊柳岸』及【大江東去】『一樽還酹江月』之句也。元曲自吳興本外，所見百餘十種，共選得十之七；明曲數百種，共選得十之三。蓋美生於所尚。元設十二科取士，其所習尚在此，故百年中，作者雲涌，至與唐詩、宋辭比類同工。而明之世，相習爲時文，三百年來作曲者，不過山人俗子之殘瀋，與紗帽肉食之鄙談而已矣。間有一二才人，偶爲游戲，而終不足盡曲之妙，故美遜於元也。邇來塡辭家更分爲二：沈寧庵耑尚諧律，而湯義仍專尚工辭，二者俱爲偏見。然工詞者，不失才人之勝；而耑尚諧律者，則與伶人教師登場演唱者何異？予此選，去取頗嚴，然以辭足達情者爲最，而協律者次之，可演之臺上，亦可置之案頭賞觀者，其以此作《文選》諸書讀可矣。

崇禎癸酉夏〔一〕，會稽孟稱舜題〔二〕。

（《古本戲曲叢刊四集》影印明崇禎間刻本《古今名劇合選》卷首）

【校】

①『曰』字，底本闕，據文義補。

【箋】

〔一〕崇禎癸酉：崇禎六年（一六三三）。

〔二〕題署之後有印章二枚：陽文方章『子塞』，陰文方章『孟稱舜』。

會眞六幻（閔齊伋）

《會眞六幻》，明閔齊伋編，包括唐元稹《會眞記》（幻因）、董解元《西廂記諸宫調》（搊幻）、王實甫《西廂記》（劇幻）、關漢卿《續西廂記》（賡幻）、李日華《南西廂記》（更幻）、陸采《南西廂記》（幻住）及有關文獻。現存崇禎十三年庚辰（一六四〇）秋烏程閔寓五輯刻校注本。

閔齊伋（一五八〇——一六六二），字及武，號寓五，一作遇五，别署三山謏客，烏程（今浙江湖州）人。明諸生，入太學，例貢，不樂仕進，耽於著述。始創吳興閔刻雕版套印，所刊經史子集、稗官詞曲，輾轉傳校，悉成善本。著有《六書通》。參見趙紅娟《五位著名閔版刻書家考述》（《江蘇圖書館學報》二〇〇〇年第五期）。

會眞六幻序

閔齊伋

云何是一切世出世法？曰眞曰幻。云何是一切非法非非法？曰卽眞卽幻，非眞非幻。元才子《記》得千眞萬眞，可可會在幻境。董、王、關、李、陸，窮描極寫，攧翻簸弄，洵幻矣，那知箇中倒有眞在耶？曰：微之記眞得幻，卽不問，且道個中落在甚地？昔有老禪，篤愛斯劇，人問：『佳境安在？』曰：『怎當他臨去秋波那一轉？』此老可謂善入戲場者矣。第猶是句中玄，尚隔玄中玄也。我則曰：『及至相逢，一句也無。』畢似西來意，有無差別？古德有言：『頻呼小玉元無事，只要檀郎認得聲。』『不數德山歌，壓倒雲門曲。』會得此意，逢場作戲可也，袖手旁觀可也。黄童白叟，朝夕把玩，都無不可也。不然，鶯鶯老去矣，詩人安在哉？眈眈熱眼，猒矣。與汝說《會眞六幻》竟。

幻因：　元才子《會眞記》（圖、詩、賦、説、夢）

搊幻：　董解元《西廂記》

劇幻：　王實父《西廂記》

賡幻：　關漢卿《續西廂記》（附《圍棋闖局》、《箋疑》）

更幻：　李日華《南西廂記》

幻住：　陸天池《南西廂記》（附《園林午夢》）

三山謏客閔寓五〔一〕。

（明崇禎十三年秋烏程閔遇五輯刻校注《會眞六幻》本卷首）

【箋】

〔一〕題署之後有陰文方章二枚：『閔寓五印』，『以字行』。

六十種曲（毛晉）

《六十種曲》，原名《繡刻演劇十本》，一名《汲古閣六十種曲》，明毛晉輯刊，收錄元明戲曲凡六十種。現存崇禎間汲古閣初刻殘本。康熙年間重印本，有『汲古閣訂』、『實獲齋藏版』字樣，始標名《六十種曲》，五種一集，共十二集，各以地支爲序。道光二十五年（一八四五）同德堂據康熙印本重修刊刻，民國二十四年（一九三五）開明書店據此校點排印出版，一九五五年文學古籍刊行社用開明書店本紙型校訂重印，一九五八年、一九八二年中華書局據一九五五年版重印。參見徐扶明《毛晉與〈六十種曲〉》（《中國文學研究》一九八七年第七期）、吳曉鈴《〈六十種曲〉校點者的自白》（《吳曉鈴集》第五卷，河北教育出版社，二〇〇六）。

毛晉（一五九九—一六五九），原名鳳苞，字子九，後更名晉，字子晉，號潛在，別署汲古主人、篤素居士、隱湖老人，常熟（今屬江蘇）人。明諸生，入清不仕。家有汲古閣藏書樓，收藏大量宋元明善本書，亦藏大量戲曲作品。著有《汲古閣集》，刊刻《十三經注疏》、《漢魏六朝百三家集》等。傳見錢謙益《牧齋有學集》卷三一《墓志銘》、《清史列傳》卷七一、《碑傳集補》卷三六、《國朝耆獻類徵初編》卷四二八、《清代七百名人傳》、《昭代名人尺牘小傳》卷一、《明遺民錄》卷一二、《皇明遺民傳》卷四、《小腆紀傳》卷五八、《皇清書史》卷一二等。

演劇首套弁語

閱世道人〔一〕

今世仿古先生，正襟皋比，居然道德博聞；矜莊少年，迴旋驥足，揚揚氣魄自用。間有稱述，多因祧盲史而宗腐令，賓蒙吏而友湘靈，嗣復衙官漢季，爰挾唐之伯仲，導鳴騶焉。若乃詞曲，猥云公孫氏且弗諾。嗟乎！幾令純忠孝、眞節義，黯然不現本來面目，夫何以追維過去，又何以接引未來？俾天下後世啓孝納忠，植節仗義，亦難爲力矣。

適按《琵琶》、《荊釵》善本，暨《八義》、《三元》名部，卓然絕調千秋，風華一代。綠韞簡其清眞，墉城標其玄箸。大都類休文入釋，理優於詞；右丞證梵，神超於骨。驟聆則縠音與鶴唳交宣，坐挹則安樂窩介墮淚碑相望。雖然，名則陳矣，事則遒矣。賞識家不以窮耳目之官，僅以充戲娛之役，匪第漢中郎諸君子負屈，卽勝國東嘉輩，早拈出風化之本原，俱付之雲烟過眼矣。

方今世尚取新，人胥炫異。假饒狎昵百凡，無寧雅正一派。引絲九曲，名誼十全，坐令別陳筐篚，和以塤篪。祇見中州《白雪》，傾壓繁華；勝地《陽春》，丕遍下里矣！

登高日，閱世道人題。

（上海圖書館藏清康熙間重印明崇禎間汲古閣刻本《繡刻演劇十本》卷首，又見一九五八年中華書局據一九五

四年文學古籍刊行社本重印《六十種曲》第一冊卷首)

【箋】

〔一〕閱世道人：姓名、籍里、生平均未詳。或即毛晉別署。

題演劇二套

得閒主人〔一〕

世宙，逆旅也；今昔，駒隙也。春花秋月，實無常主，閒者便是主人。予喜無閒事，得手握閒書，坐銷閒日，逗露閒情。茶香鶴夢之餘，非約束鶯花，則平章風月。何者爲眞？何者是幻？碌碌馮生，無過遞開生面，一登場游演云爾。會日長至，惜年暗銷，偕二三同志，就竹林花榭，攜尊酒，引清謳。復捻合《會眞》以下十劇，挑逗文心，開發筆陣，乃知此類實情種，非書淫也。其宛轉闗合，鶯之歌，蝶之舞，麗情流逸，如中酒，如著魔。上自高人韻士，下至馬卒牛童，以迄雞林象胥之屬，對之無不剔鬚眉，無不醒肝脾。今翻故帙，度新聲，雨花雲葉，紛紛噴薄人間，政未有歇拍，寧第《三元》、《四節》、《五倫》、《八義》，兩兩配合哉！客嘲余曰：『昔山谷遇秀鐵面道人，訶其筆墨勸淫，恐墮犁舌，應以爲戒。』因戲謂：『謔浪皆是文章，演唱亦是說法。從來風流罪過，早已向古佛前懺悔竟矣。』

陽生日，得閒主人題。

(一九五八年中華書局據一九五四年文學古

籍刊行社本重印《六十種曲》第三冊卷首）

【箋】

〔一〕得閒主人：姓名、籍里、生平均未詳。或即毛晉別署。

題演劇三套

靜觀道人〔一〕

昔汾陽王嗣睦，雅尚文墨，爰集諸名雋觴詠。昇平公主幃而觀之，得少佳趣，內貽宮錦駿馬，旋相慰藉。洵矣！憐才一脈，匪第天下有心人，即兒女子，聊復爾爾。古來文心道氣之流，寧止屈、宋振藻於三湘，司馬揚鑣於兩漢！諸如供奉霏霏玄屑，坡仙燁燁彩虹，之數子者，早已天星散落。嗣復作劇人間，往往曲臺記□，華館徵歌，動泣鬼神，俄資諧笑。朝雲初度，引長庚之斗漿；夜色將闌，分太乙之藜火。噫嘻！始賦雖工，安比新聲入座也。早秋梧桐，初下一葉，鉤月引人。勝地軒際納涼，因拈取數種，披對一過，不禁知縣思潘，蘋洲弔柳，雖六朝之金粉渺矣，而數部之玉葉爛焉。初謂鎮方懷玉，究且媚若貫珠。文明閏位，應次於花間；微風乍迴，適披於蘋末。不啻腹有三壬，貯紫書而養翮；何憾胷藏二酉，飴雜俎以樂飢。廣霞神風之音，充斥耳目。視架上西清日彙，北堂備鈔，覺漫焉無序，黯然削色矣。

仲秋巧前一日，靜觀道人題。

（《古本戲曲叢刊二集》影印明崇禎間汲古閣刻本《春蕪記》卷首）

【箋】

〔一〕靜觀道人：姓名、籍里、生平均未詳。或即毛晉别署。

題演劇四套

閒閒道人〔一〕

春雨新晴，增一番佳麗。水邊林下，雕車延緑，寶馬印紅。頃遊衍其際，亦雅意憐風，心期漏月。爰晲采香徑，半是紅綃麗人，薄倖頻頻，有心落落，特未遇黄衫豪客，一垂顧盼耳。指畫翡翠圖、鴛鴦牒，當年不知淹留幾許妙人！俄循桃葉渡，聽柳陌新鶯，斯一部鼓吹，當不減山水清音。夫何好事輩，日演《繡襦》諸劇，會見十錦塘，摩肩擊轂，令畫省郎、椒花女各各捻鼻，旋復合掌碧翁。予不禁目挑心招，踏歌向賓幙。曲几方牀，茶烟繚繞；朱弦緑管，酒氣淋漓。因稍稍點次數種，不覺眼快手鬆，時而美滿，時而缺陷，時而現青精氣，時而逗黄鶴縹緲之音。乃今而知迷魂陣中，政不少繡旗女將也。寄語解意人，須索此十劇，合爲一派，佐以異錦名香，出入懷袖，奚啻枕中《鴻寶》？從來烟花小史，名媛璣囊，俱可東之高閣矣。

花朝雨過，閒閒道人題。

（一九五八年中華書局據一九五四年文學古籍刊行社本重印《六十種曲》第七册卷首）

【箋】

〔一〕閒閒道人：姓名、籍里、生平均未詳。或卽毛晉別署。

題演劇五套

思玄道人〔一〕

粵稽軒轅張樂，洞庭之魚龍怒飛；神禹治水，山海之怪異畢現。亙上下古今，人事不齊。守株則綿撮易辨，創獲乃出奇無窮。卽色聲一線脈，夫何必屏鄭哇而放吳歈，排燕傖而擯楚鴃？若別有妙會，任倒横直豎，覆去翻來，眼底舌端，恣其逸弄，臭腐傳變爲神奇，互開一生面矣。爾迺《拾簫》、《分箋》之離奇也，諸如《明玉》、《綠蕉》之怪誕也。俄見玉階金埒，倏而拾翠縈花，甚者魯山扣瑛，鮫人裂笛，潛虯吟淵，莊騏唳露。既屬幽奇，復資玄發，往往龜毛兔角，似不從人間世來。謾云金閨之弗貯，寧非玉壠之積埃。從事冶場，不啻飲瑪珉而虹繞，方且叶塤篪以風遒，卽石丈亦應點頭矣。

長生日，思玄道人題。

（同上《六十種曲》第九册卷首）

【箋】

〔一〕思玄道人：姓名、籍里、生平均未詳。或卽毛晉別署。

玄雪譜（鋤蘭忍人）

《玄雪譜》，全名《新鐫繡像評點玄雪譜》，明鋤蘭忍人輯，媚花香史批評，選錄元明雜劇、傳奇散齣，共四卷。現存崇禎間刻本，《善本戲曲叢刊》第四輯據以影印。

鋤蘭忍人、媚花香史，姓名、籍里、生平均未詳。

玄雪譜凡例

闕　名〔一〕

一、選傳奇，不拘新舊，不循虛名，惟以情詞美惡爲去取。美，則塵冷之篇，悉爲洗發；惡，則名公妙筆，亦所不錄。

一、傳奇接《三百篇》之餘，雖俗筆附會不少，而要文人感托者居多，非細細拈出，則幽深雋冷之味不見，故不揣固陋，僭加評點。歌詠者，幸諒我於知罪之外。

一、板以節音，原在有定無定之間，最妙於偷腔促字而仍合於拍。善歌紅雪，自能與時偕變而入於妙，予何敢執舊譜而爲之贅疣也。

一、戲曲寫形，清曲寫影，雖同音而實異調，自當另作一集，故不混入，以亂耳目。

一、繡像近孩，未免大方之笑。然西方之雕土繪木，何亦不甚老成，想觀感之妙，正妙於此，故益求其精，以供珍賞。

一、選劇近百，雖色香聲脆，各吐慧心，然寸長尺短，不能不微分甲乙，聊於篇首用○◔●別之，以見珍重之意：詞勝於情用●，情勝於詞用◔，情詞雙美用○。

一、遍采甚難，盡梓不易，姑擇其尤者先行，隨有續集於後。

一、訛字，俗字，優俳改竄字，不獨礙耳，甚覺可笑。如『大江東去』，以『去』作『巨』之類，悉爲改正。

【箋】

〔一〕此文當是鋤蘭忍人撰。

玄雪譜序

聲隱道人〔一〕

天地戲場，世人傀儡。自古迄今，任賢愚貴賤，未有不著一片啼笑精神，而喫緊作悲愉離合者也。予猶然傀儡，獨覺悲不痛，愉不暢，離合不奇，徒令一片啼笑精神，無處安頓。縱抹粉塗朱，日日搬演，不過一庸爛子弟，倩誰擊節？即有一二新腔別調，可悅於世，又奈司筵者屬題偏左，方其旦而命之生，既習生又使之丑、淨，猶顔駟之遇景文武，而老少醜不相及也。半生優孟，淹忽以老，更向何處大哭一場，大笑一場，以了此悲愉離合之局也？

因思窮愁著書。古人好戲，大半在紙筆中，固不妨插身矮人之列。乃於罷場之暇，盡聚臨川、次梗，以及王實甫、關漢卿諸老師範，而汰其腐，去其陋，删其不痛不癢，而細擇其聲容笑貌，嫵媚入時者，而彙成一帙。當花香柳綠時，風清月朗時，烟雨瀟瀟時，酒酣耳熱、拔劍斫地時，放聲向天。或作丈二將軍，或作十七八女郎，狂歌嬌唱。非銷魂巧倩，則得意看花；不斷首酬恩，則刳心雪憤。字字熱血，聲聲情淚。有不笑，笑則破口；有不啼，啼則傷心。甜如蜜，酸如醋，辣如桂薑。每一入耳，冷風颼颼，令人遍體蘇麻，滿心鬆快，固不必口嘗身試，而悲愉離合之味，咀嚼欲盡。恐黃粱佳境，亦無此之爽然醒脾也，豈非一折好戲！何必定假叔敖衣冠，向世場中著眞精神哉？雖認世太眞，人必不肯謂是；而用情匪幻，予則終不謂非。是耶？非耶？有天下之耳在，敢繡而問焉。

聲隱道人題於似耳堂〔二〕。

【箋】

〔一〕聲隱道人：姓名、籍里、生平均未詳。

〔二〕題署之後有印章二枚：陰文方章『聲隱道人』，陽文方章『似耳堂』。

玄雪譜題辭〔一〕

笑癡子〔二〕

感慨淋漓，餘情哽咽。是知紅兒之齒自香，藉芬菲之詞章而香更永；雪孃之舌本慧，借俊雅之聲歌而慧更揚。綺筵度曲，能令會者神飛；瓊席□□，愈令解者色喜矣。

笑癡子。

（以上均《善本戲曲叢刊》第四輯影印明崇禎間刻本《新鐫繡像評點玄雪譜》卷首）

【箋】

〔一〕底本無題名。

〔二〕笑癡子：姓名、籍里、生平均未詳。

南音三籟（淩濛初）

《南音三籟》，明淩濛初輯，選錄宋、元、明戲曲、散曲。現存明末刻本（一九五三年上海古籍書店據以影印），康熙七年（一六六八）袁園客重刻增益本，《善本戲曲叢刊》第四輯影印明末原刻本配補清康熙增訂本。

淩濛初（一五八〇—一六四四），生平詳見本書卷四《識英雄紅拂莽擇配》條解題。

南音三籟敍

淩濛初

自樂不傳於今之世，而聲音之道流行於天地間者，惟詞曲一種而已。曲有自然之音，音有自然之節，非關作者，亦非關謳者，莫知其所以然而然。通其音者，可以不設宫調；解其節者，可以不立文字。而學者不得不從宫調文字入，所謂『師曠之聰，不廢六律』，與匠者之規矩埒也。今之傳者，置此道於不講，作者襲其失步，率臆廓填；謳者沿其師承，隨口唫囈。即有周郎之顧，誰肯信其誤而正之耶？而自然之元聲，卒有不可泯滅者。譬如拙匠自舛越於規矩，終不能使方圓易象，則譜不可不設，而毗陵蔣孝之功，殆不可誣矣，徒以獨見未周，大段具體，小或漏遺。沈伯英力起而詳之，顧大而才疎，其横而鑿者，殆欲令減三耳；其局而膠者，幾不得反三隅。瑕纇既多，安稱彀率？

病起多暇，鈔撮南音之行世者，以三等列，而合其調於二氏之譜，訛者正之，滯者疎之，疑則闕焉。蓋承襲非一日，不得不有存而不論者，亦時勢使然也。知者從宫調文字中凖之，後從不設宫調、不立文字中會之，而自然之音節自出耳。

夫籟者，自然之音節也。蒙莊分别之爲三，要皆以自然爲宗。故凡詞曲，字有平仄，句有短長，調有合離，拍有緩急，其所謂宜不宜者，正以自然與不自然之異，在芒忽間也。操一自然之見於胷中，以律作者、謳者，當兩無所逃，作者安於位置，謳者約於規程矣。孟萬年論音，曰：『絲不如竹，竹不如肉，以漸近自然。』知此以言《三籟》，則有莫逆於心者乎！

即空觀主人題〔一〕。

【箋】

〔一〕題署之後有陰文方章『即空觀主人』。

南音三籟凡例

闕　名[一]

一、曲每誤於襯字。蓋曲限於調，而文義有不屬不暢者，不得不用一二字襯之，然大抵虛字耳。（如這、那、怎、著、的、個之類。）不知者以爲句當如此，遂有用實字者，唱者不能搶過，而腔戾矣。又有認襯字爲實字，而襯外加襯者，唱者不能搶多字，而腔又戾矣。固由度曲者懵於律，亦從來刻曲無分別者，遂使後學誤認，徒按舊曲句之長短，字之多寡，而仿以填詞，意謂可以不差，而不知虛實音節之實非也。相沿之誤，反見有本調正格，疑其不合者，其弊難以悉數。此刻凡襯字，俱以細書別之。間有本調虛字（句上無板者是），可兩可三者，則不復分。（如【山坡羊】第八句，《琵琶記》云：『沒主公婆教誰管取』，本七字句，而襯一『教』字者。其下曲『圖得不知他親死時』，襯一『他』字，一例也，雖八字而七字之節故在。故《彩樓記》『一任樵樓更漏傳』，《幽閨記》『回首家鄉淚滿腮』，皆然。而認爲八字者，填作『種種思量躊躇惆悵』，既用八字，而『惆』字又用平聲，即欲襯一字而調已拗矣。【玉抱肚】第五句，《琵琶》句云：『相看到此不由人珠淚流』，亦本七字句，而襯『不由人』三字者。時人誤於『不由人』下，又增一『不』字，遂認『不由人不珠淚流』爲一七字句，而『相看到此』另是一句，遂有填作『心中怏怏，無明徹夜費思量』者。四字作襯既難，不得不添出一板，而以爲【玉抱肚】有兩體矣。此皆襯字不別誤之也。其詳皆在後本調中，偶舉一二則，以例其餘。）

一、曲又易誤於犯調。蓋古來舊曲有犯他調者，或易其名（如【玉山供】、【錦庭樂】之類），或止於本名下增一犯字，相沿之久，認爲本調者多矣。度曲者懵然不知，按字句而填之。唱曲者習熟既久，反執此以改彼，其弊亦煩。此刻俱細查分出，間有未明，或已明而尚在疑似者，則志之上方以闕疑，蓋愼之也。近刻惟《吳歈萃雅》有分注，而未能盡得，承訛亦多，悉爲訂定。（如【五供養】末句，本七字句，《琵琶記》用『骨肉分離寸腸割斷』八字，則犯【月上海棠】者，舊本刻【五供養犯】是也。今人以此爲本調，而唱『青山頓老』末句者，將『北風吹面利如刀』，用『寸腸割斷』之板而求强合，旣已可笑；及見他曲有七字末句者，便謂犯【玉山頹】，不知曲無【玉山頹】名，時人所謂【玉山頹】者，如《琵琶記》『公公尊賜』，實名【玉山供】，乃【玉抱肚】、【五供養】合成者，下半正卽【五供養】本調，故七字句也，何嘗別犯乎？此皆犯調不別誤之也。其詳皆在後本調中，偶舉一則，以例其餘。）

一、曲依宮分調，倣譜例也。但向來之曲，多帶諸宮之調以成套者，則止因其首曲之宮以次列焉。

一、牌名板眼，句字增損，坊刻承訛襲舛，誤人多矣。毗陵蔣氏《全譜》，本調具在，可據以訂各詞。松陵沈伯英，采新補舊，亦是功臣。間有臆見未確者，則斟酌而定之，然必確證，必實諧，斷不妄爲傅會。猶恨無周郎之識，盡顧其誤，百不失一而後快耳。

一、字之閉口者，止『侵尋』、『監咸』、『廉纖』三韻，人所易誤忘者，則加○以別之，從沈譜例也。其宜撮口者，《萃雅》偶及殊略，然其類甚繁，字字而注，則又太瑣，今作小△於左方。至鼻音，則止『庚青』一韻，原無別讀，無論識字與否，不慮其不入鼻者；止姑蘇城中土音，則以『庚』爲『根』，『青』爲『親』耳，天下之正音皆不然也，故不必復標識之。

一、曲分三籟，其古質自然，行家本色爲『天』；其俊逸有思，時露質地者爲『地』；若但粉飾藻繢，沿襲靡詞者，雖名重詞流，聲傳里耳，概謂之『人籟』而已。擬每籟各爲一集，恐閱者嫌雜，仍以詞照宮調收之，而分注其目下，復略加圈於佳句，以示指歸云。

一、曲之有中原韻，猶詩之有沈約韻也，而詩韻不可入曲，猶曲韻不可及詩也。今人如梁、張輩，往往以詩韻爲之，其下又隨心隨口而押，其爲非韻則一。然自《琵琶》作俑，舊曲亦不能盡無此病。茲刻每曲必注用某韻於後，其犯別韻，或借韻者，亦字字注明。至有雜用數韻，不可以一韻爲正者，則書「雜用某某韻」，庶無誤後學耳。

一、曲自有正調正腔，襯字雖多，音節故在，一隨板眼，毫不可動。而近來吳中教師，止欲弄喉取態，便於本句添出多字，或重疊其音，以見簸弄之妙，搶薨之捷，而不知已戾本腔矣。況增添既多，便須增板；增板既久，便亂正板。後學因之，率爾塡詞，其病有不可救藥者。偶一正之，即云本之王問琴所傳，而不知作俑之爲罪人。沈伯英所謂「聞今日吳中清唱，即欲掩耳而避」者也。茲刻一依舊本錄曲，一依舊譜點板，不敢徇時。其爲時所沿者，俱明列其故，以備異同云。（如《楚江情》中，「紅鴛被怎溫」，本【一江風】也。【一江風】，古無疊句，即從時，亦止可疊唱一句。而今人竟添云：「紅鴛被怎生樣溫」，試思【一江風】有此句法否？至於「一聲愁氣」而增作「一聲聲愁和氣」，「唱咭玎璫」而復增「響當叮」之類，可笑，難以枚舉。又如唱【五供養】「北風吹面利如刀」，乃去「利」字上掣板，而截板於「面」字下，以求合於「寸腸割斷」之體，且曰「我得眞傳」，豈不貽笑哉！）

（以上均《善本戲曲叢刊》第四輯影印明末原刻本配補清康熙增訂本《南音三籟》卷首）

【箋】

〔一〕此文當爲淩濛初撰。

《南音三籟》序言

李　玉

原夫詞者，詩之餘；　曲者，詞之餘也。自太白《憶秦娥》一闋，遂開百代詩餘之祖。趙宋時，黄九、秦七輩競作新詞，字戛金玉；　東坡雖有『鐵綽板』之誚，而豪爽之致，時溢筆端。南渡後，爭講理學，間爲風雲月露之句，遂遜前哲。迨至金元，詞變爲曲。實甫、漢卿、東籬諸君子，以灝瀚天才，寄情律吕，即事爲曲，即曲命名，開五音六律之祕藏，考九宫十三調之正始，或爲全本，或爲雜劇，各立赤幟，旗鼓相當，儘是騷壇飛將。然皆北也，而猶未南。於是高則誠、施解元輩，易北爲南，構《琵琶》、《拜月》諸劇，沉雄豪勁之語，更爲清新綿邈之音，脣尖舌底，娓娓動人；　絲竹管絃，嫋嫋可聽。然此皆傳奇也，非散曲也。即偶爲詠物紀勝，隻詞單曲，然此猶小令也，非全套也。南曲之傳，尚未浩衍。

至明初，亦有作南曲者，大都傖父之談，樸而不韻。延及嘉、隆間，枝山、伯虎、虚舟、伯龍諸大才人，吟咏連篇，演成長套，或一宫而自始至終，或各宫而湊成合錦。其間慢緊之節奏，轉度之機關，試一歌之，恍若天然巧合，並無拗嗓棘耳之病，全套渾如一曲，一曲渾如一句。況復寫景描情，鏤風刻月，借宫商爲雲錦，諧音節於珠璣。亦如詩際盛唐，於斯立極，時曲一道，無以復加矣。

爾時集其尤者，有《詞林逸響》、《吴歈萃雅》諸刻，大都選摘祝、唐、鄭、梁諸名家時曲，配以古今傳奇中可歌可咏套數，彙爲一編。選者各出手眼，種種不同，而求其選之最精、最當者，莫如《三籟》一書也。《三籟》分《天》、《地》、《人》三冊，時曲戲曲，盡屬擷精掇華。而其間句有乖劣，字有舛謬，亥豕魯魚，悉爲考正，較讎板眼，的有正傳。眞詞家之津筏，而歌客之金鎞也。此書創於閔氏，遂精梓之。爾來板失書亡，遂成《廣陵散》矣。

袁子園客〔一〕，爲幔亭猶子，詞曲祕妙，衣缽相傳。猶復精心探討，嚼徵移宮，摛英吐藻。塡詞染翰之餘，取《三籟》舊本，再加考訂，必使字句板眼，更無一訛。又精選近日散曲、戲曲之可歌可詠者加入焉，壽之梨棗。書成，而問序於予。予於詞曲，夙有痂癖。數奇不偶，寄興聲歌，作《花魁》、《捧雪》二十餘種，演之氍毹，聊供噴飯，曲學精微，未窺半豹。不敢拒袁子之請，謹識數語以弁其首。

康熙陸年伍月望日，蘇門嘯侶元玉氏題於一笠庵之東籬厂。

【箋】

〔一〕袁園客：即袁志學，號園客，別署龍池樵者，吳縣（今屬江蘇蘇州）人。袁于令（一五九二—一六七二）姪。生平未詳。

（南音三籟）序

袁于令

畫卦而後定爲書制，書制有六，終曰『諧聲』。故天下義理，必歸文字；天下文字，必歸音律。

如詩必有韻，韻必宗沈約；賦必有體，體必本《離騷》，要皆有不易之宗主焉。至於詞，則更有宮商、頓挫、高下、疾徐，制爲牌①名，分爲腔板。句可長短，調不可出入；字可增減，板不可參差。不意後之作者，率意填詞，動輒旁犯，淆亂正闋。形之謳歌，相習傳訛；巧爲贈腔，任其出入。幾使牌名莫定，板逗無準，而詞曲遂不可問矣。

自《九宮譜》出，協然向風，梨園子弟，庶有規範，然猶未若《三籟》一書之盡善也。《三籟》一書，定於卽空觀主人之手。詞不輕選，板不輕逗；句有贈字，調無贅板。能使作者不傷於法，讀者不越乎規，有功於聲教不淺矣。奈歲久殘闕，淫辭雜出，魯魚亥豕，無從考正。

吾猶子園客，留心音律，苦志辨訛。搜拾遺編，裁斷己意，私淑前人，重付梨棗。不特有功於習者，並亦有功於作者矣。書成，請正於余。余雖耄荒，厥志未衰，稍爲翻閱，允稱素願，則又可補我未竟之業也。率爾漫序。

康熙戊申仲春，書於白門園寓。七十七齡老人籜庵袁于令識〔一〕。

【校】

①牌，底本作『排』，據文義改。下同。

【箋】

〔一〕題署之後有印章二枚：陽文方章『幔亭歌者』，陰文方章『袁于令印』。

（南音三籟）題詞

袁志學

《南音三籟》者，證板與字句之書也。曲之要領，皆挈於板。板之於曲，猶尺也，腔調之疾徐，聲音之長短，咸以板爲範圍者也；亦猶路也，一人由之，而不失其步趨，百千萬人由之，而無岐途者也。不特是也，猶有不易之數，數之中理亦存焉。板多則腔煩，板少則音宕。苟一縱其銜轡，因而斷其句讀，亂其頓挫，有不見嗤於大方者鮮矣。板之不可增損也如此。

近時歌者，不諳律呂，率意加減。每歌一闋，便有幾許牽强扭合之病，莫克究僧孺樂句之旨。猶幸《三籟》一書，兢兢論板，爲曲學正大典型，即家尸戶誦如《九宮》，若取而較之，《三籟》似勝一籌。何也？《九宮》之板，間有沉滯；《三籟》之板，繩用輕俏。《九宮》之篇章碎，《三籟》之體裁完。《九宮》事事泥古，《三籟》色色依今。非古法盡弊，亦猶井田之制，不可行於今日耳；非今日之法盡善，有勝於古者從之耳。

惜乎歲月綿邈，板廢書亡。予竊搆得遺帙，方知宗匠在斯，風雨晦暝，慰我愁寂多矣。但於字句之間，不無帝虎之辨。若不考正模稜，恐元人獨至之學，即空觀賞鑒之精，漸就淹沒，後後學者，何所適從乎？予不自揣，謬爲探討，向日疑城，可無遺憾。種種疎虞，概爲更正；處處必附鄙說，示可信也。初既證其板眼，繼又定其字句。由是而梨園子弟，庶無承訛强合之誚；騷人逸士，易於摛詞掞藻也歟！

伯父籜庵，素擅知音之譽。書成，而請正焉。翻閱數過，掀髯抵掌，謂予曰：『先得我心之所同然者，其汝也乎！何不書之棗梨，坐示將來？』予因唯唯，退而拮据焉。

康熙七年歲次戊申，龍池樵者袁園客題〔一〕。

（《善本戲曲叢刊》第四輯影印明末原刻本配補清康熙增訂本《南音三籟》卷末附錄）

【箋】

〔一〕題署之後有印章二枚：陽文方章『袁志學印』，陰文方章『志在名山詩酒』。

歌林拾翠（粲花主人）

《歌林拾翠》，明末清初粲花主人選輯，收錄明代戲曲散齣，凡六卷。現存順治間刻本（中國國家圖書館藏本存卷一、卷二，《明清孤本戲曲選本叢刊》第一輯第四冊據以影印；浙江圖書館孤山分館藏本存卷一後半、卷二至卷六），清初刻本（浙江圖書館藏，《明清孤本戲曲選本叢刊》第一輯第三冊據以影印）。

粲花主人，姓名、生平均未詳，或爲杭州（今屬浙江）人。吳炳別署粲花主人，然此粲花主人當非吳炳。參見汪超宏《明代曲作二考》（《文學遺产》二〇〇七年第四期）、尤海燕《國圖本〈新鐫歌林拾翠〉考》(《戲曲藝术》二〇〇八年第四期)及《〈歌林拾翠〉刊刻年代考論——兼論奎壁齋鄭元美的刊刻活動時間》(《文獻》二〇一〇年第三期)。

歌林拾翠叙〔一〕

何　約〔二〕

〔前闕〕音滿篋,岂惟芍藥之花。名唱選自大陵,清歌徵乎宋臈。《霓裳羽衣》,徽留唐室,《鳳幺》、《渌水》,韻寄魏廷,不獨讓古人放懷娱目也。

余雅爱辭咏,豔牘腴篇,未嘗去側。間或浮觴對月,爲一闋歌;夜雨寒燈,爲一闋歌。愁懣憤興,爲一闋歌;娱懷賞情,爲一闋歌。樂佳山水,游處其間,爲一闋歌;良朋在前,相逢不再,爲一闋歌。寻律被盲,徵歌無倦,月要日會,積而成帙。採元和之近體,追栢梁之雅什;發鈞天之遺韻,奏宫懸之麗曲。自謂絕節高唱,有異乎庸聽者矣。世有同志,推作者之至隱,寄勝情於耳目,則《拾翠》一编,卽謂希蹤《三百》,豈有憾哉?

友鳥主人何約書並撰〔三〕。

(《明清孤本戲曲選本叢刊》第一辑第三冊影印清順治間刻本《歌林拾翠》卷首)

【箋】

〔一〕底本前闕,版心題『叙』,據以題。〔二〕何約:别署友鳥主人,籍里、生平均未詳。〔三〕題署後有印章二枚:陽文方章『何約之印』,陰文方章『同詩酒平章事』。

歌林拾翠題識〔一〕

竹軒主人〔二〕

雜曲選本，流傳甚繁，本坊博搜古今名劇，細加評選，腔介從新。較之坊行舊本，按拍爭奇，賞音者鑒之。

竹軒主人謹識。

（《明清孤本戲曲選本叢刊》第一輯第三冊影印清初刻本《歌林拾翠》內封〔三〕）

【校】

〔一〕底本無題名。

〔二〕竹軒主人：姓名、籍里、生平均未詳。

〔三〕此文底本漫漶，參汪超宏《明代曲作二考》（《文學遺产》二〇〇七年第四期）錄定。

新鐫歌林拾翠凡例

西湖漫史〔一〕

一、傳奇按律如林，徵歌盈屋。創闢目以見奇，竟入元人之座；致情辭而度曲，咸登作者之壇。究其可以傳久者，全劇之中，僅十之一二。余從暇日，幽討琅函，賞異拔尤，顔曰《拾翠》。雖同於握瑜之志，亦云情癡；期免乎買櫝之譏，敢曰曲史。

一、選自《四夢》，迄乎近編。博採新聲，懿搜麗則。務使補士衡之篇，盡堪傳谷；入樊素之口，都可迴風。故情幽韻折，雖冷必登；惡謔油腔，徒工必黜。

一、評點雖出一時手眼，饒有匠心。或取其情深境樸，或取其語曠事奇。冀遠抒作者之懷，爲不負辭林之勝。覽者自有兩眸，宜同朗鑒。

一、古劇濫觴坊本，久熟聽聞，兹集不敢備載。至若《桂林》、《湘水》之篇，歌之彌麗；《楊柳》、《大堤》之曲，聽者情馳。如《西廂》之豔秀，《琵琶》之真率，《拜月》、《明珠》之幽折，《紅拂》、《玉合》之激昂，半出元人近體者，不忍棄捐，載之卷後。

一、繡像事屬寫情，原爲娱目。令覽者觸景會心，如逢其事，披圖繹句，若見其人。故雅擇精工，極爲繪梓，駢於卷首，用佐秘觀。

一、清歌入律，陳、左之流風；按拍尋聲，薛、譚之妙技。自坊本亂爲指竄，致曲律久失典型。兹集未敢浪加點畫，遠汚宏辭。間有偶一唱喁，聊爲按板。

一、名劇如雲，奇編曜目，兹集未能盡入。謹錄其最勝者，公之同人，用取可傳之意。若夫探幽採逸，發吳歈荊豔之遺，刻羽引商，極白露陽陵之勝，嗣有續集，合爲大觀。

壬午上巳〔二〕，西湖漫史謹識。

（中國國家圖書館藏清順治間刻本《新鐫歌林拾翠》卷首）

【校】

〔一〕西湖漫史，姓名、籍里、生平均未詳。《新鐫歌林拾翠》卷端題「西湖漫史點評」，結合此凡例，似西湖漫史即選輯者，也是評點者，與粲花主人同爲一人。

〔二〕壬午：崇禎十五年（一六四二）。

傳奇麗則（顧景星）

《傳奇麗則》，顧景星編選，取毛晉《汲古閣六十種曲》並坊本，選録傳奇三十四種，分雅、豔二部。已佚。

顧景星（一六二一—一六八七），生平詳見本書卷六《虎媒記》條解題。

傳奇麗則序

顧景星

天之疏通萬物者曰風，風之在人曰氣，氣出曰聲，聲成文謂之樂。天有八風，人有二氣，物有五聲，聲有六律。調八風，和二氣，正五聲，協六律，先王治樂之本焉。古樂不作，淫哇猱雜。漢武立夜誦，夜誦者，祕不宣露。其後如《此夜歌》、《夜夜曲》、《夜度娘》、《讀曲》、《微吟》之類，其流亞也。然而當時樂工，能明陰陽奇晐之理，興亡治亂之朕者，往往而有。今也不然，詞曲采於文士，聲調聽諸優伶。詞曲之有借犯、賺殺、十殺，自元始。如天寶之入破、殺袞，後主之《邀醉舞破》、《恨來遲破》、《恨家山破》，非美名也。

國初，全襲元調。康陵初，變餘姚爲弋陽，發揚蹈厲，往來鳴嗷，於是兵革中起。定陵初，海鹽新聲，謂之浙唱，南風不競，邊禍日興。其後魏良輔創崑腔，一字四聲，搶拍過度，可謂美矣，然而極悲哀幼渺之致。別有鐃、鉦、鼓、笛、笳、三絃、鞮琴、方響、檀板、木魚，名『粗細十番』，與蘇祇婆、屈茨、琵琶、筦鈸、打沙羅、伽巴、刺般何異，識者憂之。近更有小嗩吶、小喇叭、火不思、叉而機、叫雞、水盞、鞮琴螺，譙殺急危，亡國之音也。

定陵時，傳奇有《玉茗堂四夢》。崇禎中，太僕寺卿阮大鋮造《春燈謎》、《燕子箋》、《桃花笑》；弘光時爲兵部尚書，又造《井中盟》、《雙金榜》，而江南亡矣。大約謂事苦錯謬，世雜人鬼。其時轉相摹效，數十百家。伴侶之曲興而齊滅，《玉樹》之歌作而陳亡，風氣之徵，應如景響。有若竇常、令言輩聞之，當復何如痛哭哉？豔妻蠱女，凴筵觀聽；指媞睨娸，動容失情。捧心帷幕之內，綿眇句欄之下。朝□□姬，暮爲河間。王教之所必誅，端人之所切恨，則何如忠孝節烈、戇樸鄙俚之所爲哉？

虞山毛氏刻傳奇〔一〕，自元及近代數十種，雅俗不辨，鄙誕爲多。己丑〔二〕，居吳閶，新秋無事，取毛本並坊本合芟之，錄三十四種，分雅、豔二部，題曰《傳奇麗則》。『麗則』者，風人之賦也。亦猶詩餘，有取辛幼安、黜晏叔原者，雖當家見笑，庶可與大雅言之。其有懲於風氣之故，畏於亡國之音乎？

雨中燕香壘記。

（《四庫全書存目叢書・集部》第二〇六冊影

【箋】

〔一〕虞山毛氏：即毛晉（一五九九—一六五九）。

〔二〕己丑：順治六年（一六四九）。

萬錦清音（方來館主人）

《萬錦清音》，全名《方來館合選古今傳奇萬錦清音》，明方來館主人輯，選錄明戲曲散齣、散曲、雜曲，凡四卷。現存順治十八年十二月（一六六二年一月）序方來館刻本。

方來館主人，姓名、籍里、生平均未詳。

（萬錦清音）序

方來館主人

古今治世之書，蓋亦有數，總不出忠孝節義、悲歡離合、貞婦良朋、狡童淫女，闢意之理。然作傳奇，各逞才學。茲集采實，非不赫赫照人耳目，及烟草同腐，指不勝屈，獨有情人形爲詩歌感賦，以至短詠，無一不引人入勝地。其優柔悽怨，靡豔激切者，令人或談言片語，謔浪佻巧，而不爲舞，皆動乎之情。天下傳奇，今小說頌曲，度嬉戲之詞，不必夜夜登場矣，亦隨間作，而句讀音律，各異雅鄭之音，采辦體尤，與殘編蠹簡銷沉也。夫騷人逸士，如花堆砌錦，誠有一片情愫，渢渢動人，貴體之音，繚繞悠揚，不可卽離，如彩雲之散、琉璃易碎也。著其傳奇，則有風、花、雪、月四集，蓋仿古樂府之意。自雜伎簡拔輯，細加評語。古今傳奇，崑調、弋調、絃索，幽窗奏雅，名家雜詠，采其數種之情節，上附批評新小說一册。自古唐以賦曲士傳，變爲三場舉業。近來腔板，訛傳字別，音韻不叶，俱不訂正。今集悉按定板腔，歆五音，字字參考注明，編爲一帙，輯之數種。名曰『崑調』，以爲蘇做；『弋調』，謂之浙扮。適矯其情治亂，則是編於古今治世之書，未必少補。若辭繁而冗、調愎敗俗者，不敢登梨。

順治辛丑蠟月〔一〕，方來館主人題〔二〕。

（清順治十八年序方來館刻本《萬錦清音》卷首）

【箋】

〔一〕順治辛丑：順治十八年（一六六一）。是年蠟月，已入公元一六六二年。

〔二〕題署之後有印章二枚：陰文方章『白雲道人』，陽文方章『方來館』。

醉怡情（菰蘆釣叟）

《醉怡情》，全名《新訂繡像崑腔雜曲醉怡情》，又名《新刻出像點板時尚崑腔雜出醉怡情》，明菰蘆釣叟編纂，現存清初古吳致和堂刻本，《善本戲曲叢刊》第四輯據以影印。

菰蘆釣叟，金陵（今屬江蘇南京）人，姓名、生平均未詳。

醉怡情雜劇敍

闕　名〔一〕

聲音之道微矣。其抗墜抑揚，哀喜横集，清音促節，激響千載，非至情孰與於斯哉！三代以上無論，彼成周歌樂章，漢歌樂府，六代古樂府，唐絶句，宋詩餘，元塡詞，而聲音之變，於是乎極。學士題源窮流，動有升降之説。余嘗綜其本末以覈之，理有或然者。《雅》、《頌》多不可辯，其器亡，其音缺。即如杜夔其人者，僅傳四詩，聲樂之逸響久矣。漢具仿《三百》遺意製古樂，所著有《黄門》、《郊祀》、《鐃吹》、《房中》諸章，差近古。然而《天馬》、《寶鼎》涉腴誦，《摩訶》、《兜勒》乖典雅，《白紵》、《箜篌》疑摩曼，君子無取焉。泰始以下，尤其甚者。延至六朝，以曁開元、天寶，尤工豔制。有宋崇寧，立大晟樂府，周美成釐訂宫商，得八十餘體。金元高、董諸公出，南絃北板，各擅門戶，而詞學於是乎大備。嗚呼！一聲音之微，遞變以至宋、元而後極。太史公云：『王者於律爲尤重』，其信然也哉！

獨怪古音愈衰，工者愈衆。今所傳《九宫十二調》並《雍熙樂府》，上擬《風》、《雅》，差何如，然而摹情寫生，令人一彈而喜，再彈而怨，三彈而喜怨俱無，蓋移人亦有獨至者焉。余故上下元明數百劇，撮錄其近《風》、《雅》者百餘齣，名曰《醉怡情》。夫亦謂學士大夫，當傀儡場中，酒酣耳熱時，見忠臣孝子，則斂容而起；見義士仁人，則慷慨情深；見姦雄讒佞，則殃殃若疾；見芳草王孫、美人君子，又不禁神怡而心醉焉。情之所至，何以如是？古有言曰：『太上忘情，賢人過情，愚者不及情。』余是纂，將采古人書，而以遙贈天下後世之過情者。

（《善本戲曲叢刊》第四輯影印清初古吳致和堂刻本《醉怡情》卷首）

【箋】

〔一〕此文當爲菰蘆釣叟撰。

醉怡情題識〔一〕

闕名

從來曾襟，常寓於傀儡，文人筆墨，尤精工於黼製。但繁詞難以遍閱，而窺豹不妨一斑。本坊特嚴加删訂，取其詞調清新、刻書最工者，以登梨棗，使演習者揣摩，旁觀者聞聲起舞。誠宇內之奇觀，詞壇之勝覽也。識者珍之。

古吳致和堂梓。

（中國國家圖書館藏清初古吳致和堂刻本《醉怡情》卷首書名頁）

【箋】

〔一〕底本無題名。

來鳳館精選古今傳奇（邀月主人）

《來鳳館精選古今傳奇》，清邀月主人選輯，凡四集八卷，爲戲曲散齣、小説、詞話、曲話、散曲等選集。現殘存清初刻本，中國國家圖書館藏本爲目錄頁和集一上部分，中華書局藏路工舊藏本爲集三下（《古本小説集成》、《古本小説叢刊》題以《最娱情》影印出版），《明清孤本戲曲選本叢刊》第一輯第十三册合兩殘本影印出版。

邀月主人，又署來鳳館主人，姓名、籍里、生平均未詳。

來鳳館精選古今傳奇序〔一〕

來鳳館主人

［前闕三葉］世道則不作，皆摹古來忠孝節義之事，使一席之間，一晌之頃，古人之生面重開，欲時人之良心頓見耳。今之傳奇，皆寫桑濮青樓之事，平康節婦，狎邪義夫，朱張顧陸咸此科柏，殊卑陋矣。夫情有邪有正，忠臣孝子，發乎至性，情之正也；鑽穴踰墻，始乎淫蕩，情之邪也。故古傳奇皆正，今傳奇皆邪也。邪正紛雜而浩瀚，故予於諸刻中，摘其久懸人之齒牙，以及辭佳而白趣，情節真、關目巧者，彙而成帙，列爲四集，首忠孝而次風懷。凡世之懷仁輔義、致君澤民者，視一集。名花當窗，娟月窺戶，賦東門而咏同車時，閱二集。輕裘肥馬，醉花眠柳時，三集可觀。撥

銅琵琶，執鐵綽板，唱『大江東去』者，四集可式。至如詩話、小説諸種，出自野史稗官，尤愧羅一逸萬。是皆最娱悦時人之耳目者，故名是刻曰《最娱情》云爾。

丁亥新秋節〔二〕，來鳳館主人述〔三〕。

（《明清孤本戲曲選本叢刊》第一輯第十三册影印清初刻本邀月主人編《來鳳館精選古今傳奇》卷首）

【校】

〔一〕底本前闕，版心題『序』，據以題。

〔二〕丁亥：順治四年（一六四七）。

〔三〕題署之後有陽文印章二枚：『忠孝之家』、『來鳳館主人』。

雜劇三集（鄒式金、鄒漪）

《雜劇三集》，一名《雜劇新編》，又名《雜劇三編》，後人改題《名家雜劇》，鄒式金、鄒漪輯，選録明末清初雜劇三十四種，凡三十四卷，鄭振鐸《西諦所藏善本戲曲目録》著録。現存順治十八年（一六六一）原刻本（題《雜劇三集》，殘存二十六卷，中國國家圖書館藏），康熙元年（一六六二）修訂刻本（題《雜劇新編》，三十三卷，末附黄方胤《陌花軒雜劇》十齣，《哈佛燕京圖書館藏齊如山小説戲曲文獻彙刊》據以影印），民國三十年辛巳（一九四一）武進董氏誦芬室重校刻本（三十四卷，改題《雜劇三編》，又題《雜劇三集》、《盛明雜劇三集》，一九五七年北京古籍出版社、一九五八年中國戲劇出版社、一九八〇年中國書店均據以影印）。

鄒式金（一五九六—一六七七），字仲愔，號木石，別署木石居士、香眉居士，無錫（今屬江蘇）人。明崇禎六年癸酉（一六三三）舉人，十三年庚辰（一六四〇）進士。官至福建泉州知府。入清，隱居不仕，歷三十年，托迹林泉，亦耽禪理。著有《宋遺民錄》、《香眉亭集》、《香眉語錄》等。撰雜劇《春風吊柳七》（後改編爲《風流冢》）。傳見道光《無錫金匱續志》卷六、《鄒氏家乘》等。

鄒漪（一六一五—一六七九後），字流綺，室名五車樓，無錫（今屬江蘇）人。鄒式金長子。游吳偉業（一六〇九—一六七二）之門，吳氏《綏寇紀略》半出其手。編刻《詩媛八名家集》、《紅蕉集》、《名家詩選》、《五大家詩鈔》等。著有《明季遺聞》、《啓禎野乘》等。

參見裴潔《〈雜劇三集〉研究》（南京師範大學碩士學位論文，二〇〇七），馬銘明《〈雜劇三集〉研究》（黑龍江大學碩士學位論文，二〇〇八），杜桂萍、馬銘明《〈雜劇三集〉編纂問題考論》（《古籍整理研究學刊》二〇〇九年第六期），孫書磊《〈雜劇三集〉輯刊及版本流變考論》（《南京師範大學學報》社會科學版二〇一六年第三期）。

《雜劇三集》小引

鄒式金

《詩》亡而後有《騷》，《騷》亡而後有樂府，樂府亡而後有詞，詞亡而後有曲，其體雖變，其音則一也。聲音之道，本諸性情，所以協幽明，和上下，在治忽，格鳥獸。故《卿雲》歌而鳳凰儀，《淋鈴》作而馬嵬走。

夫子删《詩》，曰：『《雅》、《頌》得所，然後樂正。』未嘗分詩樂爲二。其後士大夫高談詩學，不復稽古，永言和聲之旨，遂專以抑揚抗墜，清濁長短，責之優伶，淫哇相襲，《大雅》淪亡。而五音、六律、九宫、十三調，漸作《廣陵散》。雖以鐵崖之才，酸齋之學，不得與王、白、關、鄭輩並驅爭先，而張打油、胡釘鉸，幾幾乎廁足詞壇，亦可哂矣。

自憲府先賡，王、康嗣和，士大夫始知章甫端冠外，別有此一種風流教化。於是有詞隱先生，起而主持風雅，明陰洞陽，引商刻羽，爭衡於調之全半，較辨於板之寸分，窮工極巧，究竟自然。嗣後作者，波委雲屬。司馬標秀於新安，玉茗稱雄於江右，山陰以瑰奇自異，荀令以尖冷鳴新。婁水王、吳，痛決與濃麗爭驅；吳江沈、孟，雋永與縱橫競①爽。究其所得，各擅專長。

邇來世變滄桑，人多懷感，或抑鬱幽憂，抒其禾黍銅駝之怨；或憤懣激烈，寫其擊壺彈鋏之思；或月露風雲，寄其飲醇近婦之情；或蛇神牛鬼，發其問天遊仙之夢。雲璈疊奏，玉屑紛飛，以至字忌重押，韻黜互犯，固足踵元人之音，奪前輩之席矣。

然而北曲南詞，如車舟各有所習。北曲調長而節促，組織易工，終乖紅豆；南詞調短而節緩，柔靡傾聽，難協絲弦。又全部宏編，意在搬演，不重修詞，臨川而外，佳者寥寥。不若雜劇足以極一時之致，辟之狹巷短兵，殺人如草，東坡所云『數尺而有干霄之勢』者，令人目炫魯飛也。

幽居無事，郵筒往來，得若干種，先梓行之，用公同好。或有桃花扇動，竹葉尊開，黛𪎮春山，齲呈皎雪，低徊宛轉，頂疊鬬生，如香雲捲雨，寒玉嘶風，欲歌欲泣，欲眦裂，欲魂銷。『言之者無罪，聞之者足以戒』，倘亦《小雅》之志，風人之遺乎？

憶幼時侍家愚谷老人〔一〕，稍探律吕。後與叔介弟教習紅兒〔二〕，每盡四折，天鼓已動。今風流雲散，舞衫歌扇，皆化爲異物矣。是刻亦過雁之一唳也，爲之三嘆。

辛丑秋〔三〕，香巖主人鄒式金題〔四〕。

【校】

①競，底本作『兢』，據文義改。

【箋】

〔一〕愚谷老人：即鄒迪光（一五五〇—一六二六）。

〔二〕叔介弟：即鄒兑金（一五九九—一六四六），字叔介，無錫（今屬江蘇）人。鄒式金弟。明崇禎三年庚午（一六三〇）舉人。撰雜劇《空堂話》，一名《空堂十舉觴》，《遠山堂劇品》著録，今存《雜劇三集》本。

〔三〕辛丑：顺治十八年（一六六一）。

〔四〕順治十八年原刻本《雜劇三集》卷首、康熙元年（一六六二）修訂刻本《雜劇三編》卷首，此文題署之後均有印章二枚：陰文方印『鄒式金』，陽文方印『木石』。

雜劇三集序〔一〕

吳偉業

造化絪縕之氣，分陰分陽，貞淫各出。其貞氣所感，則爲忠孝節烈之事；其淫氣所感，則爲放蕩邪慝之事。二氣並行，宇宙間光怪百出，情狀萬殊，而總繇文人之筆傳之。文人之筆，或寓言，或紀實，想像形容，千載如見。由是貞者傳，淫者亦傳。如《三百篇》中不删《鄭》、《衛》，聖人以爲男女情欲之事，不必過遏；詞人狂肆之言，未嘗無意。貞淫並載，可以爲勸，可以爲鑒。有其文，則傳其文而已。漢、魏以降，四言變爲五七言，其長者乃至百韻；五七言又變爲詩餘，其長者乃至三、四闋。其言益長，其旨益暢。唐詩宋詞，可謂美備矣。而文人猶未已也，詩餘又變而爲曲。蓋金、元之樂，嘈雜、淒緊，緩急之間，詞不能接，一時才子，如關、鄭、馬、白輩，更創爲新聲以媚之。傳奇、雜劇，體雖不同，要於縱發欲言而止，一事之傳，文成數萬，而筆墨之巧，迺不可勝窮也。

元詞無論已。明興，文章家頗尚雜劇，一集不足，繼以二集。余常閱之，大半多綺靡之語，心頗不然，以爲此選家之過也。已而思之，人苟不爲名教束縛，則淫佚之事，何所不有？有其事則不能禁其傳，有其傳則不能禁其選。如長卿之於文君，衛公之於紅拂，非人間越禮之事乎？而風流家言，反以爲絶好一椿公案，至願效之而不可得。噫！氣運日降，淫倍於貞，文人無賴，詩變爲曲，諷一勸百，時勢使然。言之者無罪，選之者豈任過乎？

近時多以帖括爲業，窮研日夕，詩且不知，何有於曲？余以爲曲亦有道也。世路悠悠，人生如夢，終身顛倒，何假何真？若其當場演劇，謂假似真，謂真實假，真假之間，禪家三昧，惟曉人可與言之。

木石鄒年兄，粱谿老學，宿有契悟，旁通聲律。近選《雜劇三集》成，囑袁子重其索余言〔二〕。余閲其三十餘種，近今名流鉅公之筆，搜采殆遍，達情敍事，閎暢詳明，貞淫錯出，各遵至妙。殆真所謂有其文則傳其文，可以爲鑒，可以爲勸者也。是其爲雜劇也，可以傳也。袁子歸，其以此言告吾木石，可乎？

小弟灌隱人題①。

【校】

①小弟灌隱人題，康熙元年修訂刻本《雜劇新編序》作『年家弟吳偉業題』。

【箋】

〔一〕康熙元年（一六六二）修訂刻本《雜劇新編》卷首有此文，題《雜劇新編序》。

〔二〕袁子重其：即袁駿（一六一二—一六七八後），字重其，一字序，室名臥雪齋，長洲（今江蘇蘇州）人。早喪父，傭書以養母。因感母節不能旌，乃徵海内詩文，曰《霜哺篇》，多至數百軸，人稱『袁孝子』。又作《負母看花圖》數十幅，題詠遍海内。傳見《吳郡名賢圖傳贊》卷一七。參見杜桂萍《袁重其和〈霜哺篇〉略考》（《文獻與文心：元明清文學論考》，中華書局，二〇〇九）。

（雜劇新編）跋

鄒　漪

自有天地，卽有元音，而其言情者，則莫過乎《詩》。《詩》三百篇，不删《鄭》、《衛》。一變而爲詞，再變而爲曲，體雖不同，情則一致。正如川瀆之歸海，洋洋乎大觀也。其傳於世者，《元人百種》鳴盛於前，明代兩集繼熾於後，類皆膾炙人口，鼓吹詞壇，所謂『情之所種』，蓋在是矣。嗣後作者代興，而全帙尚缺，每與同志，愸然傷之。

家大人幼侍愚谷①先叔祖於歌舞之場〔一〕，曾於桃花扇影中悉其三昧。而余亦過庭之餘，習聞緒論。用是留心博采，凡壇坫之所裒，及鄴筒之所致，得若干首，選付梓人。或清商迭奏，傳軼韻於金、元；或錦繡紛披，踵妍思於關、董。或以筆代指，如月明滄海之聲；或翻譜爲新，有木落洞庭之怨。洵元龜之非寶，知大貝之無奇，而天地元音，亦藉此復振矣。

近世詩學大興，選家競出。而南北九宮，棄置不講，以爲此優伶之能事，非儒雅之兼長，淫哇雜進，風雅云亡。余既有《百名家詩選》，力追盛唐之響，茲復有三十種雜劇，可奪元人之席。庶幾詩樂合一，或有當於吾夫子目衛反魯之意乎？故於刻成，妄識簡端如此。

壬寅初夏〔二〕，鄒漪流綺識於夕佳樓〔三〕。

（以上均民國三十年辛巳武進董氏誦芬室重校刻本《雜劇三編》卷首）

【校】

①谷，底本作『公』，據其號改。

【箋】

〔一〕愚谷先叔祖：即鄒迪光（一五五〇—一六二六），號愚谷。

〔二〕壬寅：康熙元年（一六六二）。

〔三〕康熙元年修訂刻本《雜劇新編》卷首，此文題署之後有印章二枚：陽文方印『鄒漪之印』，陰文方印『字流綺』。

笠翁十二種曲（耦塘居士）

《笠翁十二種曲》，耦堂居士編刻，收錄李漁（一六一一—一六八〇）十種傳奇及湯顯祖（一五五〇—一六一六）《邯鄲夢》、《南柯記》二種傳奇，現存清大知堂刻巾箱本、經術堂刻巾箱本。耦塘居士，姓名、籍里、生平均未詳。當爲書坊主，其書坊名大知堂。

十二種曲小引

耦塘居士

詞莫盛於宋，曲莫盛於元。詞變爲曲，而文人之心思盡矣。《六十種》中，類皆有所附會寄托，以寫其筆舌穿插之巧，至今倚聲家宗之。有明作者林立，笠翁而外，首選臨川。顧臭味略殊，不無宋詞蘇、辛、姜、張之別，其妙則異翮同飛也。

余非詞人，雅喜顧曲，居常校書。校梓之暇，先後將《笠翁十種》縮本付刊，取便歌兒誦習也。復益之以玉茗堂『兩夢』，蓋《紫釵》在四劇中稍遜，而《還魂記》則吳下早有袖珍書也。癡人說夢，未免有情。愁緒歡悰，氍毹同盡。枕函具在，用當買絲之繡而已。

耦塘居士題於大知堂〔一〕。

（清經術堂刻巾箱本《笠翁十二種曲》卷首）

【箋】

〔一〕題署之後有邊珠章『西』、『干收』。

崑弋雅調（江湖知音）

《崑弋雅調》，全稱爲《新刻精選南北時尚崑弋雅調》，清江湖知音選輯，凡四集四卷，爲戲曲散齣選集。現存清初刻本，《明清孤本戲曲選本叢刊》第一輯第十三册、第十四册據之影印。

江湖知音，姓名、籍里、生平均不詳。

崑弋雅調跋〔一〕

憨　老〔二〕

先王制禮作樂，俾天下咸歸於準繩和平之中，非細務也。古人設教，授小子以學樂誦詩之法，必非玩物喪志之具。後世冬烘訓字解句，猶或未締，遑識平仄？見案頭有歌章傳奇諸書，輒厲禁而弃置之，謂爲不經之務。嗚乎！小矣！盍思『歌咏以和其性情，舞蹈以養其血脈』之謂何？孔子『成於樂』之句，已有明訓，而『禮樂不可斯須去身』之説，豈爲虚語？若有明師巨儒，方將講論而指授之，爲《樂記》廣其傳，豈肯棄置之爲無用之物也哉？噫！世之知音有幾，見余是序而不咋舌者蓋寡。

乾隆丁丑蒲月中浣〔三〕，七十歲憨老識。

（《明清孤本戲曲選本叢刊》第一輯第十四冊影印清初刻本江湖知音者編《新刻精選南北時尚崑弋雅調》卷末墨筆題）

【校】

〔一〕底本無題名。

〔二〕憨老（一六八八—一七五七後）：姓名、籍里、生平均未詳。

〔三〕乾隆丁丑：乾隆二十二年（一七五七）。

綴白裘合選（鬱岡樵隱、積金山人）

《綴白裘合選》，鬱岡樵隱、積金山人選編，選錄戲曲散齣，現存明末刻、清康熙二十七年戊辰（一六八八）序翼聖堂補修本，題『秦淮舟子審音、鬱岡樵隱輯古、積金山人采新』，凡四卷，北京大學圖書館藏。

鬱岡樵隱、積金山人，姓名、籍里、生平未詳。

綴白裘合選①敍

華陽山人（一）

山人選《六十種》之絕妙以成書，猶采千狐之腋以成裘者也。慨自屈平、宋玉始於哀怨之深，蘇武、李陵生於別離之代，蓋聲音之道，飄渺無端，比事屬詞，愷切入情，非感於牢騷之餘，即出於憂愁之際。昔都尉鴛鴦，纏綿巧幻；倢伃霜雪，發越清眞。下此伶人曲度，才士傳奇，盛於元代。雖傳空谷之音，嘯性情之響，即《會②眞》、《琵琶》，亦不過一二闋，令③人神怡，妙絕古今。餘劇聊聊，盡可抹煞。

有明隆、萬之間，西崖、若士、文長、中郎輩④出，集東里、赤水之粹，逢時□采，鉤深曲引，描寫殆盡。忠臣烈士，貞夫遊女，英雄豪傑，利鈍成敗之局，鬚髮婉肖，儼具於聲板。感其善心，懲其佚志，曲之爲技小、爲功大也明矣。謂之畫工演化工可，有聲作無聲亦可。

茲集興會所及，因辭審義，因義審情，呻吟下里逸士之作多，嘆詠金閨思婦之情切，鐃騎鼓吹，巷閭童謠，無非舒其蘊藉，導其悃愫。山人咀精華而吐糟粕，去陳腐而更新穎，彙以成書。橫槊所致，徘徊宇宙，上下千古，若同堂，若共夕，笑語詘傲。名山大川，花鳥風月，有不能恝然者，非逃名於露電幻泡之說，正悚其嚮往仰企之心。展卷釋然，豈欲以芥子作須彌觀，正欲以一冊當牙籤萬軸哉！是爲之敘。

時康熙歲次戊辰，華陽山人漫題。

（北京大學圖書館藏明末刻、清康熙二十七年戊辰序翼聖堂補修本《綴白裘合選》卷首）

【校】

①白裘合選，底本闕，據文義補。

②即會，底本漫漶，據文義補。

③閿令，底本漫漶，據文義補。

④輩，底本漫漶，據文義補。

【箋】

〔一〕華陽山人：姓名、籍里、生平均未詳。

綴白裘合選題識〔一〕

闕名

《白裘》一書，昉自醒齋〔二〕。厥後至再至三，至別至廣，何啻汗牛充棟。但購諸選而玩賞者，苦於篇帙浩煩。本塲敦請先生，博采歌林，詳訂數四。廣而復廣，集千腋以成裘；精益求精，和五鯖而作膾。誠曲譜之金聲，梨園之雅奏也。一唱三歎，識者珍之。

（同上《綴白裘合選》首封）

【箋】

〔一〕底本無題名。

〔二〕醒齋：姓名、籍里、生平均未詳。

綴白裘全集（石渠閣主人）

《綴白裘全集》，清石渠閣主人輯。現存雍正間刻本（中國國家圖書館藏，《明清孤本戲曲選叢刊》第一輯第一七册據之影印）。內封欄外題『萬花美錦』，欄內分行題『較正點板無訛／綴白裘／最樂堂發兑』。目錄頁題『綴白裘全集』、『友聚堂藏板』。據目錄，全集分『萬家錦』、『千家錦』、『萬花臺』、『萬花樓』四部分。參見吳新雷《舞臺演出本選集〈綴白裘〉的來龍去脈》（《南京大學學報》一九八三年第三期）、林鶴宜《也談〈綴白裘〉裏的地方戲》（《臺灣大學中文學報》一九九二年第五期）。

石渠閣主人，姓名、籍里、生平均未詳。

（綴白裘全集）序〔一〕

陳二球〔二〕

梨園之曲，悲歡離合，幽豔古雅，莫有勝於《西廂》。閱之，另有一種不可及之化境，非淺學子所能測其涯岸。甲辰夏仲，石渠閣主人摘取雜劇，今（？）欲集成一冊，名之曰《綴白裘》，囑予爲序。細讀其選，則知石渠主人之用意微矣。其曲之怪異者悉皆刪去，所摘幾十餘劇，不特文思巧妙，其精選忠孝節義之事，以覺後人不淺，使人動而思，感而嘆。卽如《精忠》、《鳴鳳記》取其忠，《祝髮》、《尋親記》矜其孝，《牧羊》、《琵琶》類嘆其節，《義俠》、《金丸記》錄其義，是選豈還得以戲視之耶？況其間所指仁人義士，致流離顛沛，成忠孝節義之名者，正天地間之大文章也；所指讒諂鄙夫，得餘志逞威，屈陷士君子者，此宇宙間之大排場也。然無忠孝節義輩，不能除姦險之惡；無奸邪淫悍類，焉能彰忠孝節義之名？正足令人動心忍性，善者持守益堅，愚者亦能悔悟，姦者咸知遷善。此選不惟有益於身心，抑且有關於風化。故推石渠閣主人之意，並及其所未盡之意，而序之如此。

時雍正歲次甲辰仲夏日，四明慈水陳二球譔〔三〕。

（《明清孤本戲曲選本叢刊》第一輯第一七冊影印清雍正間刻《綴白裘全集》卷首〔四〕）

【箋】

〔一〕按《舶載書目》載，聞正堂梓《綴白裘全集》卷首有署「康熙歲次甲戌（三十三年，一六九四）仲日四明慈水陳二球撰」之序，未詳是否同此序。據吴新雷《舞臺演出本選集〈綴白裘〉的來龍去脈》，路工原藏《新刻校正點板崑腔雜劇綴白裘全集》，卷首有「乾隆四年（一七三九）陳二球」序，所引文字除題署外，基本與此序全同，然改「石渠閣主人」作「玩玉樓主人」。另《明清孤本戲曲選本叢刊》第一輯第一七冊影印《續綴白裘》，卷首亦有此序，文字全同。

〔二〕陳二球，字慈水，四明（今浙江宁波）人。生平未詳。

〔三〕題署之後有方章二枚：陽文方章「陈二球印」，陰文方章「柴門深居」。

〔四〕林鶴宜《也談〈綴白裘〉裏的地方戲》指出，乾隆四年陳二球序刻本《綴白裘全集》，乃據康熙三十三年陳序原刻本翻印，而此書在雍正二年重編，陳序年代改爲「雍正甲辰」，選目不同。

橡谷傳奇（丁紀範）

《橡谷傳奇》，包括丁耀亢（一五九九—一六六九）撰《表忠記》、《赤松遊》、《西湖扇》、《化人遊》傳奇四種，丁紀範輯印。現存光緒三十三年丁未（一九〇七）輯印本，中國藝術研究院圖書館藏，一函，函簽題有『丁未秋七世孫紀範敬志』。

丁紀範，丁耀亢裔孫，生平待考。嘗爲丁耀亢《九考全圖》作跋。

橡谷傳奇題識〔一〕

丁紀範

光緒元年乙亥正月，賈家莊蓮西四兄至玉溪，爲説槎河事。四兄要看手澤傳奇書，余因捧出。既四兄讀畢，余旋卽按本查點敬藏。煥華姪遇見，借《西湖扇》去，敬讀，及數日後送回，余又查點下卷，第四十章《還旌》首一頁失落，想在南學被人裂去也。幸盧山熤華姪處尚有藏本，急借來依式鈔出，附於本內。雖不與刊板一色，而原文尚全，紀罪猶可逭。始知先人手澤，不可不嚴密保藏也。

時三月十二日，紀範敬識。

（中國藝術研究院藏刻本《橡谷傳奇》函套内面墨筆題）

【箋】

〔一〕底本無題名。

綴白裘（錢德蒼）

《綴白裘》，戲曲散齣選集，清乾隆間錢德蒼據玩花主人舊本，删繁補漏，重新編輯，於乾隆二十八年癸未（一七六三）至三十九年甲午十一年間，陸續編纂《綴白裘新集》十二編（集）。乾隆二十九年起，蘇州寶仁堂書坊先後刊行單行本。乾隆三十五年，寶仁堂刊四編合刻本。同年，錢德蒼修改選文，重新鐫版，釐爲六編，合刻《綴白裘新集合編》；乾隆三十六年刊八編合刻本，三十八年刊十編合刻本。次年寶仁堂改易《七編》、《八編》，刊行重訂本，並增輯《十一編》、《十二編》，合刊十二編本。從乾隆三十五年起，武林鴻文堂先後翻刻寶仁堂六編合刻本及七至十一編單行本，乾隆四十二年丁酉將十二編合訂重鐫，總題《綴白裘新集合編》。乾隆四十六年，四教堂復調整劇目，彙爲十二集合編本梓行，題《重訂綴白裘全編》。

此外尚有乾隆四十六年至四十七年集古堂共賞齋刻本，乾隆四十七年金閶學耕堂改輯本，乾隆五十二年嘉興博雅堂校訂重鐫本，乾隆五十二年嘉興增利堂據博雅堂本重刻本，嘉慶十五年（一八一〇）五柳居刻本，嘉慶十八年集古堂修板重刻本，道光三年（一八二三）集古堂共賞齋刻巾箱本，道光十年可經閣本、嘉興吟穉山房本，光緒二十一年乙未（一八九五）飛鴻閣兑發上海書局石印本（題《繪圖綴白裘》），光緒二十八年上海廣雅書局石印本，光緒三十四年萃香閣主人據嘉慶刻本石印（題《改良全圖綴白裘十二集全傳》），民國三年（一九一四）上海知音社社員拍正本，次年上海富華圖書館印本，民國十二年上海啓新書局石印本等。《善本戲曲叢刊》第五輯影印武林鴻文堂校訂重鐫本，並附乾隆二十九年（一七六四）春金閶寶仁堂刻本《時興雅調綴白裘新集初編》。民國三十九年（一九四〇），中華書局出版汪協如校點本（一九五五年、二〇〇五年重印）。二〇一七年臺灣學生書局出版黄婉儀編注《彙編校注綴白裘》。參閲黄婉儀《錢德蒼〈綴白裘〉與翻刻、改輯本系譜析論》（《戲曲研究》第八九輯，文化藝術出版社，二〇一四，收入二〇一七年臺灣學生書局版《彙編校注綴白裘》第一册）。

錢德蒼（？—一七七四），字沛思，號慎齋，别署鏡心居士、醉侶山樵、古泉居士，長洲（今江蘇蘇州）人。蘇州寶仁堂書坊（一名寶仁書屋）主人，乾隆二十六年（一七六一）增訂刊刻諧謔詩文選《增廣解人頤廣集》。

綴白裘新集序

李克明〔一〕

嘗觀宇宙之間，六合之内，人生一大戲場耳。其中否泰窮通，悲歡離合，雖聖賢不肖，焉克踰之。然同是人也，而善惡邪正，形如冰炭，色若墨硃，其可遁情哉？聖人作《春秋》，褒貶賢愚；後人工傳奇，優劣善惡。則劇之來，始由優孟之感楚王，繼因緇綽之奉天寶，風日隆矣，於此益盛。玩花主人所編《綴白裘》〔二〕，廣蒐博采，羅如綺繡，非僅悦人心目，深可醒豁後起，豈與豔史淫詞，踊人蕩檢者，同例語也。第其中去取損益，猶未盡美。乾隆癸未夏〔三〕，有錢子沛思，删繁補漏，循其舊而復綴其新，欲證當世之知音者。向予索序，以付梨棗。隨閲而玩之，辭調雖不類於詩歌，意旨固自殊乎？《雅》、《頌》其所以感發懲創，似可與篇章三百，異道同歸也。是編未出，天下之明詞曲者有之，不明詞曲亦有之。是編復出，天下明詞曲者益明，卽不明詞曲者，亦可得而漸明矣。優人藉以善其技，學士假以攄其懷。謂爲明劇編固可也，謂爲明詞編亦可也。因從其請，書此以序於端。

乾隆二十九年春月，松陵李克明書於寶仁①書屋。

（《善本戲曲叢刊》第五輯影印乾隆二十九年春金閶寶仁堂刻本《時興雅調綴白裘新集初編》卷首）

【校】

①寶仁，首都圖書館藏乾隆三十五年（一七七〇）鴻文堂翻刻本卷首《綴白裘新集序》改作『鴻文』。

【箋】

〔一〕李克明：松陵（今江蘇吴江）人，字號、生平均未詳。

〔二〕玩花主人：姓名、字號均未詳，蘇州（今屬江蘇）人。撰《妝樓記》傳奇，《遠山堂曲品》著録，現存明萬曆間刻本（《古本戲曲叢刊二集》據以影印）。評《燕子箋》小説，現存清康熙間迎薰樓刻本（《古本小説集成》據以影印）。參見馬曉霓《吴門玩花主人與其編撰考論》（《戲曲研究》第八八輯，文化藝術出版社，二〇一三）。按，玩花主人所編《綴白裘》，或卽明末醒齋刻本。參見本卷《綴白裘合選題識》條箋證。

〔三〕乾隆癸未：乾隆二十八年（一七六三）。此爲《初編》刊刻之年。

繪圖綴白裘初集序〔一〕

郭維瑄〔二〕

［前闕］所思詔或未備，何以攄瑰麗之精，戛鏘鳴之盛？必將上下古今，縱橫墳籍，擱筆於珊瑚架上，吮毫於翡翠牀邊。第東觀之書，既多未見；西園之冊，尤苦浩繁。方注目以凝神，慮少縱而卽逝。又況胷無故寔，篋鮮縹緗。祕本等蔡帳之藏，異書乏荊州之借。縱欲剪紅而刻翠，終虞腕劣而魂枯。故嘗擬采夫九華，量以十斛。收來玓瓅，如上國之一簞；擷出精瑩，如象家之百琲。庶數珍者取攜不盡，局對者采掇無窮。

而孰意先我而爲之者，已有黎庭先生其人也。先生胷有智珠，筆有慧珠。屈近蓬壺，移來三珠寶樹；學勤蛾術，穿成九曲明珠。咳吐臨風，琳琅觸目。爰以三餘之暇，摘徑①寸之光。笙簧六籍，若亥阮之高懸；肴饌百家，如摩尼之宵朗。玉盤錯落，因大小以成形；荷蓋輕盈，隨方圓而並蓄。爭疑合浦，熟時多多益善；還似麻姑，擲處粒粒有光。用以饋貧，聲價可增十倍；兼能揆霧，精芒常耀千尋。氣是露甘，勝過吉雲之澤；痕餘翠滴，漫誇紺碧之螢。共玉樹以爭輝，借金緘而並度。間記事之祕寶，如意之奇珍矣。世有縹囊才子，錦繡文人，孕靈珠之輝，登蕊珠之傍。發新歌則纍纍能貫，索好句則一一如穿。間用手按，亦逢心賞。

至若夢未遊乎福地，奚捋芊須？綃未裁夫冰紈，安識鮫盤？尤宜飾以瑤華，裝之玳瑁。蓋甓社之光照耀，璿源之折勻圓。寶氣文輝，同工異曲。行見人人握雪蛇之珠，家家控荊鷄之珠。龍堂之蓄萬斛，洛紙之貴千金。薰以名香，弆諸篋衍。不脛而走，有耀自他，而猶有買②櫝還珠者，必不然矣。

嘉慶十八年小陽月上浣，表姪郭維瑄頓首拜題。

（清光緒二十一年乙未飛鴻閣兌發上海書局石印本《繪圖綴白裘》初集卷首）

【校】

①徑，底本作『經』，據文義改。

②買，底本作『賣』，據成語改。

【箋】

〔一〕底本前闕一頁，無題名。版心題『序』。此文始見於嘉慶十八年（一八一三）集古堂本《重訂綴白裘新集合編》卷首，題《題祝》。按黃婉儀《錢德蒼〈綴白裘〉與翻刻、改輯本系譜析論》，認爲此序實非爲《綴白裘》而作（《戲曲研究》第八九輯，文化藝術出版社，二〇一四）。錄以備考。

〔二〕郭維瑄：字達夫，福山（今屬山東烟臺）人。嘉慶六年辛酉（一八〇一）拔貢，官至海豐縣教諭。工詩詞，著有《萊門詩文草》。傳見民國《福山縣志稿·人物志》卷七。

綴白裘二集序

李　宸〔一〕

古人云：人生如戲，聚散無常。富貴功名，撒手便假。堪嘆舉世營營，終其身韁鎖於其間，豈不怪哉！《金剛經》上有曰：『如夢幻泡影，如電，復如露。』正警人勿錯認眞耳。所以古人秉燭夜遊，坐花醉月，慨光陰之有限，娱情志於當躬，良有以也。

玩花主人編《綴白裘集》，彙已往之傳奇，悦世人之心目，意取百狐之腋，聚而成裘，咸欲置人於春風和靄中矣。第玉顯珠埋，漏遺可惜。寶仁主人步武前哲，續出新奇，名曰《二集》。披覽之，殊覺後來者之勝於先者多矣，今而後，可以謂白裘全璧。是爲序。

乾隆甲申季冬，松陵李宸玉亭氏書於崇德書院。

（清乾隆三十五年春金閶寶仁堂刻本《時興雅調綴白裘新集二編》卷首）

【箋】

〔一〕李宸：字玉亭，松陵（今江蘇吳江）人。生平未詳。

綴白裘三集序

許仁緒〔一〕

唐人多以絕句爲樂府，往往甫經脱稿，即以被之管絃。觀旗亭畫壁，而『黄河遠上』遂爲千秋佳話。迄乎元代，倚聲按譜，而樂府乃有專家矣。

錢君沛思，先有《綴白裘》一、二集之輯，以公同好。今復拾翠采芳，彙爲三集，豔而不蕩，婉而多風，衣冠啼笑，足使觀者無端。從此清尊檀板，一曲淩雲，酒旗歌扇之間，不益①傳盛事於將來也哉？

時乾隆丙戌②花誕③日〔二〕，元和許仁緒書於寶仁堂書屋。

（清乾隆三十五年春金閶寶仁堂刻本《時興雅調綴白裘新集三編》卷首）

【校】

①益，清乾隆四十六年集古堂新鐫《重訂綴白裘新集合編》本作『亦』。

②丙戌：首都圖書館藏清乾隆三十五年（一七七〇）鴻文堂翻刻本《綴白裘三集序》，改作『庚寅』。

③誕，清乾隆四十六年集古堂新鐫《重訂綴白裘新集合編》本作『朝』。

【箋】

〔一〕許仁緒：元和（今江蘇崑山）人，字號、生平均未詳。

〔二〕乾隆丙戌：乾隆三十一年（一七六六）。此爲《三編》刊刻之年。

綴白裘四集序

陸伯焜〔一〕

僕浪迹蘇臺，跌宕歡場，寄情風月。每酒旗歌板之間，扇影衣香之側，淺斟低唱，選妓徵歌。迴風飛雪之舞，遏雲繞梁之音，未嘗不目眩情移，傾耳忘倦。夫《折揚》、《皇華》，下里之曲，一經博雅之士，叶以宮①商，被以絃管，繁音縟節，不啻撫淥水、揚白雪，使人有望洋之思，觀止之歎焉。錢子復輯《綴白裘四集》，新聲逸調，不特梨園樂部奉爲指南，抑亦鼓吹休明、激揚風俗之一助也。

丙戌仲秋〔二〕，青浦陸伯焜書〔下闕〕

（《善本戲曲叢刊》第五輯影印武林鴻文堂校訂重鐫本《綴白裘新集合編》所收乾隆三十五年春金閶寶仁堂刻本《時興雅調綴白裘新集四編》卷首）

【校】

①宮，底本作『工』，據文義改。

【箋】

〔一〕陸伯焜（一七四二—一八〇二）：字仲輝，一字重暉，號璞堂，青浦（今屬上海）人。乾隆三十八年癸巳（一七七三），東巡召試，欽賜舉人。四十五年庚子（一七八〇）恩科進士，選庶吉士，散館授編修。累官侍讀學士、吏部員外郎、鴻臚寺少卿、江西按察使。嘉慶二年（一七九七），任浙江按察使，旋引疾歸。著有《玉笥山房詩鈔》（附《補遺》）。傳見王昶《春融堂集》卷五六《墓志銘》、《國朝耆獻類徵初編》卷一九二、嘉慶《松江府志》卷六〇、光緒《青浦縣志》卷一九等。

〔二〕丙戌：乾隆三十一年（一七六六）。此爲《四編》刊刻之年，同年寶仁堂輯四編合刻本，內封題『乾隆三十二年春鐫』。

綴白裘五集序

沈　瀛〔一〕

名存其舊，會善歌之繼聲；意取乎新，獲知音之嗣響。一轍源流，調五音而瀝液；屢經剞闕，踵四集以傳神。雖無吐角含商之妙，亦擅振①聾發聵之靈。惟茲編也，采掇羣芳，詎嫌剿説；旁搜衆美，不患雷同。遺煩衷則快讀一過，醒倦眼則尋味無窮。播諸管絃，雅士咸稱雋逸；繪其笑貌，俗夫羨茲形容。至於步伐停勻，不外文章條理；情辭婉轉，方知曲調彌工。朗朗乎如聞江上琵琶，珊珊兮宛覩庭中窈窕。彷彿梨園續譜，依稀樂府遺音。非關養性之資，亦是陶情之助。故當別開生面，俾已往者未敢專美於前；獨闢精思，令將來者猶堪步塵於後。不必屢趨而屢下，何妨愈出而愈奇。於是慨當年《白雪》孤吟，因竊喜今日《白裘》多和云爾。

乾隆戊子仲夏〔二〕，朗亭沈瀛書於緑蔭草堂。

（清乾隆三十五年春金閶寶仁堂刻本《時興雅調綴白裘新集五編》卷首）

【校】

①振，底本作『披』，據文義改。

【箋】

〔一〕沈瀛：號朗亭，吴江（今屬江蘇）人。嘗僑居揚州，工寫蘭竹。傳見《墨香居畫識》、《揚州畫苑録》卷四等。

〔二〕乾隆戊子：乾隆三十三年（一七六八）。此爲《五編》初刻之年。初刻本今未見。

綴白裘六集序

葉宗寶〔一〕

詞之一體，由來舊矣。未有不登雅而斥俗，去粗而用精，每爲文人學士所玩，不爲庸夫愚婦所好也。若夫隨風氣爲轉移，任人心所感發，詞既殊於古昔，歌亦遜於疇曩。非關《陽春》、《白雪》，僅如《下里》、《巴人》。一時步趨，大抵皆然，亦安用剞劂爲哉？

醉侶山樵曰：『否否。詞之可以演劇者，一以覺世，一以娱情，不必拘泥於精粗雅俗間也。』余因披是編而閱之，知其類有二焉。一則叶律和聲，俱按宫商徵角，而音節不差；一則抑揚婉轉，佐以擊竹彈琴，而天籟自然。宜於文人學士者有之，宜於庸夫愚婦者亦有之。是誠有高下共賞之妙，較之《白裘》五集，頓覺改觀。則六集之舉，勢不容已。是爲序。

時乾隆庚寅季春上浣〔二〕，桃塢葉宗寶書〔三〕。

（《善本戲曲叢刊》第五輯影印武林鴻文堂校訂重鐫本《綴白裘新集合編》本《新訂綴白裘六編文武雙班合集》卷首）

【箋】

〔一〕葉宗寶：桃塢（今江蘇蘇州）人，字號、生平均未詳。

〔二〕乾隆庚寅：乾隆三十五年（一七七〇）。此爲錢德蒼校訂重鐫《綴白裘新集合編》之年，葉宗寶補撰此序。

〔三〕題署之後有方章二：陰文『歡生四座』，陽文『樂以忘憂』。

新鐫綴白裘合集序

程大衡〔一〕

尤西堂以世界爲小梨園，《二十一史》爲一部傳奇，則大地豈非一戲場乎？原夫忠孝節義流芳，陰邪姦險遺臭。其善惡殊途，不啻霄壤，乃派定生旦丑淨、作勢裝妖之腳色也。人生富貴貧賤不同，夭壽窮通各異，然電光石火，終歸一夢，猶敷演悲歡離合，頃刻戲完之散場也。屈指勞生，應無百歲之期；名牽利縮，枉作千年之計。光陰彈指，玉走金飛。良晨美景無多，月夕花朝有限。莫惜追歡尋樂，何妨淺酌高歌？憑今弔古，感慨多燕、趙；尋宫數羽，世不乏周郎。

玩花①主人向集《綴白裘》，錢子德蒼搜采復增輯，一而二，二而三，今則廣而爲六。其中大排場褒忠揚孝，實勉人爲善去惡，濟世之良劑也；小結構梆子秧腔，乃一味插科打諢，警愚之木鐸也。雅豔豪雄，靡不悉備；南絃北板，各擅所長。擷翠尋芳，彙成金璧。既可怡情悦目，兼能善勸惡懲。雖梨園之小劇，若使西堂見之，亦必以此爲一部《二十一史》也。故爲敍。

時乾隆庚寅季春上浣，永嘉程大衡書。

（清乾隆三十五年春金閶寶仁堂刻本《新鐫綴白裘合集》卷首）

【校】

①花，底本作『月』，據人名改。

【箋】

〔一〕程大衡：永嘉（今屬浙江）人，字號、生平均未詳。

綴白裘七集序〔一〕

朱祿建〔二〕

錢君出《綴白裘》七集稿①，囑予一言，以弁諸首。原夫今②之詞曲有兩③：有案頭，有場上。案頭多務典博，矜綺麗，而於節奏之高下，不盡叶也；鬬筍之緩急，未必調也；脚色之勞逸，弗之顧也。若場上則異是，雅俗兼收，濃淡相配，音韻諧暢，非深於劇者不能也。流水高山，知音安在？《陽春》、《白雪》，顧曲伊誰？其所由來久矣。

今④君每歲輯《白裘⑤》一冊，已成六編。其間節奏高下，鬬筍緩急，脚色勞逸，誠有深得乎場上之痛癢者。故每一集出，彼梨園中無不奉爲指南，無怪壟斷輩之圖利翻刻也。獨念君老矣，精力日益衰邁，安用勞神苦思，徒爲賤丈夫作嫁衣哉！愧余素不工詞曲，非解人，聞繕本已付剞劂，聊志數言，以應君請，而亦以愧世之濫竽者之恬不知恥也⑥。

辛卯夏日〔三〕，吳門⑦朱祿建序。

（日本九州大學文學部藏清乾隆三十六年金閶寶仁堂新鐫《綴白裘新集八集》本《時興雅調綴白裘新集七編》卷首）

【校】

①『稿』字，清乾隆四十六年集古堂新鐫《重訂綴白裘新集合編》本無。

②『今』字後，清乾隆四十六年集古堂新鐫《重訂綴白裘新集合編》本有『人』字。

③兩，清乾隆四十六年集古堂新鐫《重訂綴白裘新集合編》本作『二』。

④今，清乾隆四十六年集古堂新鐫《重訂綴白裘新集合編》本作『錢』。

⑤白裘，清乾隆四十六年集古堂新鐫《重訂綴白裘新集合編》本作『綴白裘』。

⑥『無怪曍斷輩』十一句，清乾隆四十六年集古堂新鐫《重訂綴白裘新集合編》本作『誠風騷之餘事也』。

⑦『吳門』二字，清乾隆四十六年集古堂新鐫《重訂綴白裘新集合編》本無。

【箋】

〔一〕底本無題名，據版心題。

〔二〕朱祿建：字號、籍里、生平均未詳。

〔三〕辛卯：乾隆三十六年（一七七一）。

綴白裘七集序〔一〕

周家璠〔二〕

《綴白裘》之作也，蓋所以調覆劇之緩急，爲梨園子弟均其勞逸之宜耳。余素不諳於宫商，因玩是編之詞義，無文質或勝之弊，殊可爲詞曲之時中，優伶輩皆可奉以爲歸①者也。曩昔本欲於六集後再編一集，不期坊人竟以七集示余，因竊快其洵有同心，願爲之序。

時乾隆甲午嘉平〔三〕，耕雲山人周家璠書於武林之臨江草堂。

（《善本戲曲叢刊》第五輯影印武林鴻文堂校訂重鐫本《綴白裘

新集合編》所收乾隆四十二年新鐫《綴白裘新集七編》卷首）

【校】

①歸，底本漫漶，據文義補。

【箋】

〔一〕底本無題名。

〔二〕周家璠：別署耕雲山人，籍里、生平均未詳。

〔三〕乾隆甲午：乾隆三十九年（一七七四）。

求作白裘序啓

錢德蒼 等

茲當溽暑，綠暗朱明。足下錦擁碧筩，日與二三知己賦詩暢飲，不知曾一念我褦襶故人乎？僕年來生計蕭條，窮愁益甚，酒酣之際，博采時腔，聊以驅遣愁魔。偶付梓人，不意頗合時宜，稍得少覓錙銖，賴以餬口。今爲友人翻刻，構者稀而值頓減。昨於囊篋復檢得餘劇若干齣，雞肋可惜，再彙爲七、八兩集，欲借鴻才巨筆，一言以弁諸首。倘蒙不吝珠璣，得以價增百倍，曷勝銘感！

鏡心居士。

答

昨接來教，囑爲八集敍。足下所輯六集，雖非新出已裁，然而搜羅去取，派列冷熱，亦頗費一翻心血。聞近爲圖利小人翻刻，蠅頭頓減，竭自己之神思，資梟獍之饞腹，已不勝爲君憤懣髪指，何爲載有七、八集之舉焉？此僕之所未解也。大凡酒肉之交，見利則罔顧情理，猶娼妓圖童，財盡則疎無異。六集既翻，七八何難再刻？吾子猶然娓娓甘作下車之馮婦，何愚戇若此哉！原稿歸璧，勿以芻蕘見吝爲罪。

蕉鹿山人〔一〕。

（日本九州大學文學部藏清乾隆三十六年金閶寶仁堂新鐫《綴白裘新集八集》本《時興雅調綴白裘新集八編》卷首）

【校】

①芻，底本作『篘』，據文義改。

【箋】

〔一〕蕉鹿山人：即許永昌（一六九五—一七七四後），別署蕉鹿山人，吳門（今江蘇蘇州）人。生平未詳。

綴白裘八集序〔一〕

許永昌

梨園之詞曲，由雅頌變騷賦而再變者也。文人志士，惟舉業之是問，何有關於梨園之曲哉？錢君沛思，髫年英俊，屢蹶場屋，然豪放不羈，性好音律。常遨游於燕、趙、齊、楚，諸王公貴人，莫不羡其才，願羅而致之幕①下，錢君不屑也。惟跌宕於酒旗歌扇之場，歲輯《綴白裘》一冊，自歌自咏，若醉若狂，凡七刻矣。

今復以八集問序於予。慚予素不辨宫商，何敢贅言？獨怪夫今世之人，雲翻雨覆，厭舊喜新，趨利者往往盜襲元、明詞曲，改作新劇，惟務荒誕不經，怪異無倫。而優伶輩爭相構演，奏之氍毹，愚夫俗子②無不稱奇頌豔，大爲風俗人心之害，良可慨也！

今觀君所輯八集，卷帙雖窄，別具《鳴鳳》之忠，《尋親》之孝，《荊釵》之節，《黨人》之義，而絕無荒誕怪異之齣，其志亦可知矣。何爲乎舉業之不問，而沉酣於梨園之曲哉？噫！吾知之矣。夫戲，幻境也，人生亦幻境也。榮辱得喪，不過瞬息，戲場一散，盡歸幻境。今君抱經濟之才，而猶浪迹江河，珠光劍氣，埋沒風塵，其一腔憤懣，滿腹牢騷，聊復寄之於幻境也。雖無關於舉業，而忠孝節義之詞，亦維風化俗之一端云。

乾隆癸未年孟春〔二〕，吳門許永昌序③。

（清乾隆四十六年集古堂新鐫《重訂綴白裘新集合編》本《綴白裘八集》卷首）

【校】

①幕，底本作『慕』，據清道光三年新鐫共賞齋藏版《重訂綴白裘八集》本改。

②子，底本作『手』，據清道光三年新鐫共賞齋藏版《重訂綴白裘八集》本改。

③清乾隆三十九年（一七七四）重刻本《綴白裘八集》本署『時乾隆三十九年孟春上浣八十老人許永昌書於吳門之蕉鹿山房』，末有陽文方章『蕉鹿山人』。

【箋】

〔一〕底本無題名。

〔二〕乾隆癸未：乾隆二十八年（一七六三），此年《綴白裘》尚未出版，疑爲『癸巳』之誤。癸巳，乾隆三十八年（一七七三）。參見林鶴宜《清中葉暢銷書綴白裘地方戲的刊行、流傳和腔調衍變》（《規律與變異：明清戲曲學辨疑》，里仁書局，二〇〇三）、曾永義《錢德蒼〈綴白裘〉所見之地方戲曲》（《戲曲研究》第八三輯，文化藝術出版社，二〇一一）。黃仕忠《日藏中國戲曲文獻綜録》疑此序原爲初集之序，然初集原有李克明序，且諸本皆然，當非。

綴白裘八集序〔一〕

晴浦居士〔二〕

傳奇者何？所以傳世兼傳①事也。事②果無奇，又何必傳？故《西廂》爲詞曲之首，推而援其故，以其筆法之奇，誠有奇於人之意表者。元人續譜，斯眞醜矣。故與其無可傳之奇，豈若搜羅前□之奇也編之，雖非特出之奇，不啻以古之奇者而奇於今也，斯曾奇中之奇矣。因是而爲八集序。

時乾隆乙未清和月〔三〕，晴浦居士偶題。

（《善本戲曲叢刊》第五輯影印武林鴻文堂校訂重鐫本《綴白裘新集合編》所收乾隆四十二年新鐫《綴白裘新集八編》卷首）

【校】

①兼傳，底本漫漶，據文義補。

②事，底本漫漶，據文義補。

【箋】

〔一〕底本無題名。

〔二〕晴浦居士： 姓名、籍里、生平均未詳。

〔三〕乾隆乙未： 乾隆四十年（一七七五）。

綴白裘九集序〔一〕

時元亮〔二〕

《綴白裘》之行於世久矣，自初集以至八集，見者無不擊節歎賞①。所以輯是編者，廣搜博采，嗣八集而踵起也。

夫自開闢以來，其爲戲也多矣。巢、許以天下戲，逢、比以軀命戲，蘇、張以口舌戲，孫、吳以戰陣戲，蕭、曹以功名戲，班、馬以筆墨戲。至若偃師之戲也以魚龍，陳平之戲也以傀儡，優孟之戲也以衣冠，戲之功用大矣哉！ 孔子曰：『詩可以興，可以羣，可以觀，可以怨。』今舉賢姦忠佞，理亂興亡，彙而成編，其功不在《三百篇》下。

夫靡詞豔曲，雖云導欲增悲，而鐵板銅喉，間足振聾起聵。 今錢君又編是集，余觀其所繕行本，直如百間之屋，非一木之材；五侯之鯖②，非一雞之跖。其取精多而用物宏，不啻聚狐而取腋。故是書屢出，而其名終不可易。

嗟乎！今日爲古人寫照，他年看我輩登場。戲也，非戲也；非戲也，無非戲也。展閱之餘，不禁拍案大叫，曰：『君之編是集也，如積薪，後來者居上。』因書此以弁其端③。

時乾隆壬辰榴月上浣〔三〕，時元亮書。

（《善本戲曲叢刊》第五輯影印武林鴻文堂校訂重鐫本《綴白裘新集合編》所收乾隆四十二年夏鐫《綴白裘新集九編》卷首）

【校】

①『歎賞』二字，乾隆四十六年集古堂新鐫《重訂綴白裘新集合編》本無。

②鯖，底本作『腈』，乾隆四十六年集古堂新鐫《重訂綴白裘新集合編》本作『睛』，皆誤，據文義改。

③弁其端，乾隆四十六年集古堂新鐫《重訂綴白裘新集合編》本作『於簡首也』。

【箋】

〔一〕底本無題名。乾隆四十六年集古堂新鐫《重訂綴白裘新集合編》本卷首，版心題《綴白裘九集序》。

〔二〕時元亮：字號、籍里、生平均未詳。

〔三〕乾隆壬辰：乾隆三十七年（一七七二）。

綴白裘十集序

朱鴻鈞〔一〕

昔田文獻狐白裘於秦，夜走函谷，人皆歸功於客，而不知綴裘者早與爭能也。增損失宜，何取乎綴？連屬有痕，又何藉乎綴？惟統寸長尺短，悉成無縫天衣，斯藝奪化工，而所綴之數，抑亦盈千累萬矣。顧十也者，數之成也。綴底於十，已足該終始而畢騁其才。

古吳錢子沛思，擅場詞曲，向輯《綴白裘》九集，遞刊行世。茲復踵成是編，其中示勸懲，娛耳目，與前編亦大略相似。而一種剪紅刻翠①，翻陳出新處，實則自有別腸，洵所謂同工而異曲者。以見繼九集而奏之，則片玉也；合九集而奏之，如貫珠也，奚止邁《八闋》而媲《九成》哉？吁！世之人守缺抱殘，詡詡自得，此特如野夫負暄而已。雖視一狐之腋，若拱璧然，謂能若是之傾筐倒篋，而層出不窮，我何望焉？夫知拙於綴者之無可紀，益知長於綴者之不容不敘也。作《綴白裘十集序》。

乾隆壬辰中秋月，桐鄉朱鴻鈞書。

（清乾隆四十六年集古堂新鐫《重訂綴白裘新集合編》本《綴白裘十集》卷首）

【校】

①首都圖書館藏清乾隆三十七年（一七七二）夏刻《綴白裘新集十編》本，與《善本戲曲叢刊》所收乾隆四十二年刻本，自『剪紅刻翠』後至序末，僅作『則又有在也爰序』七字。

【箋】

〔二〕朱鴻鈞：字聘侯，桐鄉（今屬浙江）人。乾隆五十一年丙午（一七八六）貢生。傳見光緒《桐鄉縣志》卷二一。

綴白裘十集序

朱鴻鈞

昔田文獻狐白裘於秦，人皆歸功於客，而不知綴裘者早與爭能也。增損失宜，何取乎綴者，聯絡無痕之謂也。十者，數之終，次序而成之也。綴底於十，已足該終始而畢騁其才。古吳錢子沛思，擅場詞曲，輯《綴白裘》九集，遞刊行世。兹復踵成是編，其中示勸懲，娱耳目，與前編亦大略相似，而一種剪紅刻翠，則有在也。爰序。

乾隆丁酉陽春月〔一〕，桐鄉朱鴻鈞書。

（《善本戲曲叢刊》第五輯影印武林鴻文堂校訂重鐫本《綴白裘新集合編》所收乾隆四十二年新鐫《綴白裘新集十編》卷首）

【箋】

〔一〕乾隆丁酉：乾隆四十二年（一七七七）。題署之年疑有誤。

白裘外集序〔一〕

許苞承〔二〕

且夫戲也者，戲也，固言乎其非眞也。而世之好爲崑腔者，率以搬演故實爲事，其間爲忠臣，爲孝子，爲義夫烈婦，爲姦讒佞惡，悲愉欣戚，莫不咸備①。然設或遇亂頭粗服之太甚，豺聲蜂目之叵奈，過目之下②，輒令人作數日惡。無他，以古人之陳迹，觸一己之塊磊，雖明知是昔人云『吹縐一池③春水，干卿甚事』，而憤懣交迫，亦有不自持者焉。

若夫弋陽、梆子、秧腔則不然，事不皆其④有徵，人不盡屬⑤可考，有時以鄙俚之俗情，入當場之科白，一上氍毹，即堪捧腹。此殆如東烘相對，正襟捉肘，正爾昏昏思睡，忽得一詼諧訕笑之人，爲我持羯鼓解穢，其快⑥當何如哉！此錢君《綴白裘外集》之刻，是不容已也。

抑吾更有喻者。詩之爲風也，有正有變；史之爲體也，有正有逸，即戲亦何獨不然？吾以爲⑦戲之有弋陽、梆子、秧腔，即謂戲中之變，戲中之逸也，亦無不可。

時乾隆甲午季春上浣⑧，金陵許苞承渭森氏書於靜綠軒⑨。

（《善本戲曲叢刊》第五輯影印乾隆四十二年冬鐫武林鴻文堂增輯本《綴白裘外編十一集》卷首）

【校】

①莫不咸備，清乾隆四十六年集古堂新鐫《重訂綴白裘新集合編》本《綴白裘十一集序》作『無一不備』。

②之下，清乾隆四十六年集古堂新鐫《重訂綴白裘新集合編》本《綴白裘十一集序》作『遇之』。

③池，底本作『江』，據李璟詞句改。

④皆其，清乾隆四十六年集古堂新鐫《重訂綴白裘新集合編》本《綴白裘十一集序》作『必皆』。

⑤盡屬，清乾隆四十六年集古堂新鐫《重訂綴白裘新集合編》本《綴白裘十一集序》作『必盡』。

⑥快，清乾隆四十六年集古堂新鐫《重訂綴白裘新集合編》本《綴白裘十一集序》作『怪』。

⑦吾以爲，清乾隆四十六年集古堂新鐫《重訂綴白裘新集合編》本《綴白裘十一集序》作『然則』。

⑧『上浣』二字，清乾隆四十六年集古堂新鐫《重訂綴白裘新集合編》本《綴白裘十一集序》無。

⑨『於靜綠軒』四字，清乾隆四十六年集古堂新鐫《重訂綴白裘新集合編》本《綴白裘十一集序》無。

【箋】

〔一〕清乾隆四十六年集古堂新鐫《重訂綴白裘新集合編》本卷首無題名，版心題《綴白裘十一集序》。

〔二〕許苞承：字渭森，金陵（今江蘇南京）人。生平未詳。

綴白裘十二集序〔一〕

葵園居士〔二〕

蓋聞《寶鼎》、《赤鴈》，開樂府於齊梁；《白紵》、《紅鹽》，極倚聲於唐宋。詞變爲曲，體兼小令長歌；曲別有音，調叶銀箏檀板。以故璧月瓊樹，爭誇江令才華；風片雨絲，恆數臨川麗製。雖坐觀海市，未必皆眞；而行過屠門，貴①且快意②。

有友錢君，審音按律，刻羽引商。游戲絲簧之府，流連金粉之場。鵾笙象管，無須玉茗新翻；《白雪》、《陽春》，悉按紅牙舊譜。集雜劇之精於節拍者，爲《綴白裘》十二集。腋惟其集，不嫌踵事而增；聲惟其和，尤貴不淫而麗。

僕慚慧業，鮮辨舌脣齒齶之微；君寔才人，能通高下清濁之妙。傳來瑟部，已落梁塵；付彼船娘，定飄庭葉。洵屬昇平之樂府，無忝名士之風流矣。

甲午長夏〔三〕，葵園③居士漫題〔四〕。

（《善本戲曲叢刊》第五輯影印乾隆四十二年冬鐫武林鴻文堂增輯本《綴白裘補編十二集》卷首）

【校】

①貴，底本漶漫，據清乾隆四十六年集古堂新鐫《重訂綴白裘新集合編》本補。

②意，底本漶漫，據清乾隆四十六年集古堂新鐫《重訂綴白裘新集合編》本補。

③園，清乾隆四十六年集古堂新鐫《重訂綴白裘新集合編》本作『圃』。

【箋】

〔一〕底本無題名。清乾隆四十六年集古堂新鐫《重訂綴白裘新集合編》本《綴白裘十二集》卷首，版心題《綴白裘十二集序》。

〔二〕葵園居士：姓名、籍里、生平均未詳。

〔三〕甲午：乾隆三十九年（一七七四）。

〔四〕題署之後有印章二枚：陰文方章『葵』，陽文方章『園』。

綴白裘新集合編識語〔一〕

寶仁堂

今本堂細加校訂，凡原本曲文賓白內，偶有字樣違礙者，悉皆刪去。另將稿內别齣補入，仍十二集止，可稱全璧善本。識者鑒諸。

乾隆四十一年春王正月，寶仁堂識。

（美國國會圖書館藏清乾隆四十一年寶仁堂編刻《綴白裘新集合編》卷首）

【箋】

〔一〕底本無題名。

繪圖綴白裘跋〔一〕

西湖七生生〔二〕

古人云：『嘻笑怒駡皆文章。』夫人之受生於天，與天之生此人，其中可喜可笑、可怒可駡之狀，行乎所不得不行，止乎所不得不止。雖曰人情所感，亦天籟所存焉。《綴白裘》一書，將古人喜笑怒駡之事曲曲傳出，欲後人觀其書，知其事，而人情之有以正，天籟之有以形，所謂文章之變化者也。

是書一出，傳遍海內。特棗梨所鐫，數十年後字迹模糊，觀者憾焉。今飛鴻閣主人用泰西石印法，縮成袖珍本，書法圓美，校對精詳，說白句讀，加之以圈，使讀者一目了然，無亥豕之訛。吾知是書一成，必家置一編，而以先覩爲快焉。唐明皇以天亶聰明而嗜音律，並使梨園子弟演之成齣，後世奉爲音樂之宗。誠以遇乎目，入乎耳，通乎心，使人忠孝節義之念由然自生，知是書之關乎人心世道非淺鮮也。

余性拙，不解音律，而好聽人之歌唱。當乎名花四壁，歌聲達於戶外，抑揚婉轉，亹亹動人，恍身入其中而與古人相會焉。今見是書，如獲至寶，暇時翻閱一二齣，往來欣喜於中，不必藉人之歌唱而自得其趣，何樂如之？酒爐茶竈之餘，濡毫醮墨，不禁振筆書之。

光緒二十一年歲在乙未清明節，西湖七生生跋。鴛湖四勿生書〔三〕。

（清光緒二十一年乙未飛鴻閣發兑上海書局石印本《繪圖綴白裘》卷末）

【箋】

〔一〕底本無題名。版心題『跋』。

〔二〕西湖七生生：姓名、生平均未詳，當爲杭州（今屬浙江）人。

〔三〕鴛湖四勿生：姓名、生平均未詳，當爲嘉定（今屬浙江）人。

(改良全圖綴白裘十二集全傳)跋

夢遴生〔一〕

曲選之作,以無名氏《樂府新聲》、楊澹齋《陽春白雪》爲最古,皆以元人選元曲。洎明則有臧晉叔《元曲選》、息機子《元人雜劇選》、玉陽仙史《古名家雜劇》,或卷帙繁重,或傳本甚稀,世之拍紅牙、鏗鐵板者,輒以未嘗得見爲憾。

《綴白裘》一書,撰録金源以來名作,新聲雅調,庶幾不失承安盛元之體。昔貫酸齋序《陽春白雪》云:『盧疏齋媚嫵如仙女尋春,自然笑傲。馮海粟豪辭灝爛,不斷古今心事。關漢卿、庾吉甫造語妖嬌,如少女臨杯,使人不能對殢。』是書所録,奚啻數子之長而已。

惜板經屢印,字迹模糊,不足快閱者目。萃香閣主人今用石印〔二〕,縮成袖珍本,斠勘詳審,無辛羊帝虎之僞,科白詞襯,並以圈點分析句讀,使樊素之清歌益便,而周郎之顧誤無庸,置之芸窗棐几間,其爲珍祕幾何矣!

世傳元以詞曲取士,考之史籍,雖無明文,大抵用作行卷,延至聲譽,則當時風尚可知。良以歌頭破遍,語有寄托,意主勸懲,其芬芳悱惻,足裨於風俗人心,不得以選聲訂韻爲末技,謂於大雅無當也。

余素癖於詞,曲與詞若同而實異。間嘗思其所以異同,因略識曲之源流、派別。而於是書抉擇之精，甄錄之富，一唱三歎，掬豔薰香，未嘗不移我情焉。霜前雁後，簾①捲黃花，此時此際，安得如白石老仙載酒過垂虹，令小紅低唱我吹簫也。

光緒戊申重陽後五日〔三〕，夢遴生跋於金閶馥春園之珠花簃。

（清光緒三十四年萃香閣主人石印袖珍本《改良全圖綴白裘十二集全傳》卷末）

【校】

①簾，底本作『篏』，據李清照詞改。

【箋】

〔一〕夢遴生：姓名、籍里、生平均未詳。

〔二〕萃香閣主人：姓名、籍里、生平均未詳。

〔三〕光緒戊申：光緒三十四年（一九〇八）。

鷗夢館消夏小鈔（周昂）

《鷗夢館消夏小鈔》，包括蔣士銓（一七二五—一七八四）撰《臨川夢》、《香祖樓》傳奇兩種，周昂（一七三二—一八〇一）鈔錄並改編。現存清刻本，南京圖書館藏。周昂，號少霞，別署鷗夢館主人，生平詳見本書卷七《玉環緣》條解題。

少霞私議

周　昂

《臨川夢》原本雖敘一生出處，然七穿八孔，全無結構，插入哱承恩一段，尤爲喧客奪主。余故摘取俞二姑一節，一生一旦，略具舊規。

原本《香祖樓》情節卻好，然亦有可議處。即如芰荷，芰自芰、荷自荷也，不便直寫觴荷，故以《觴芰》提綱，而終不若改《蘭觴》之爲妥。《懷驛》一齣，仲約禮何戀茲驛而懷之？故擬倒轉《殉情》一齣，仲約禮亦非無情者。李若蘭之不永年，數爲之也，不如改《蘭萎》之爲妥。末齣《樓圓》，樓在故鄉耶？抑在京邸耶？糊涂得可笑。中間收拾前文，如馬義、裴扈諸公，殊不清楚，故削去此等糾纏，專以《夢蘭》命題，眥目較爲明白。

臨川夢次韻題詞

周　昂等

詞宗近代數鉛山，黃鶴樓詩未易攀。長日借爲消夏法，老夫況更七年鰥。

玉茗風流『四夢』傳，『清容九種』別生妍。只嫌一部《臨川夢》，章法難言結構全。

院本何嘗有次韻，我今率意創爲之。揮毫歷歷都如囈，入夢何人那得知。

代序仍吟七字詩，拾人牙慧任人嗤。俞姑若見塗紅勒，敢附騷壇甕臼詞。鷗夢館主人自題，時年六十有七

詞客臨川具異才，鉛山繼起亦雄哉。於今彩筆猶遺否，倩得周郎顧曲來。

點金集腋聚琳瑯，幻出詞壇縮地方。自是羅浮仙境合，四山風雨墨池涼。

世物鍾情翰墨多，清樽檀板雪兒歌。羨君消夏惟緗帙，不慕羲皇引睡魔。

名花好鳥簷前景，才子佳人架上書。離合悲歡在何處，分明一枕黑甜餘。緘園謝雅唐題〔一〕

莫道浮生一夢過，夢緣仙路隔無多。獨憐大夢誰能覺，長作癡憨春夢婆。

詞家譜集《臨川夢》，出夢仙從入夢來。顧曲仙郎猶在夢，筆端別有夢花才。

情文並茂號詞宗，文到生情文不窮。情短情長憑筆妙，入情異曲總同工。

多情須更得多才，細寫情場細剪裁。換羽移宮情較勝，才情都到十分來。梧江郁大鏞題〔二〕

（以上均南京圖書館藏清刻本《鷗夢館消夏小鈔》卷首）

【箋】

〔一〕謝雅唐：號緘園，籍里、生平均未詳。

〔二〕郁大鏞：梧江（今屬廣西梧州）人，字號、生平均未詳。

鷗夢館消夏小鈔題詞

瞿　頡　等

異想天開，消長夏、閒中功課。羨顧曲、周郎才大，曲高能和。香祖小樓應踢倒，臨川好夢偏驚破。譜宮商、絕勝北窗邊，羲皇卧。　清遠叟，旁添座。清容筆，鋒全挫。問從來詞客，何人曾作。韻腳堅牢同鐵鑄，文心粲發如花吐。笑邇來、誰效捧心顰，東鄰我。右調【滿江紅】　菊亭瞿頡題

最憐情緒攪，鷗夢館中人。有思濃難寫，論交契獨眞。雄才開夕秀，絕豔洗前塵。湯、蔣今如在，班荊連袂新。

無夢方談夢，多情出至情。英雄能變相，兒女寫如生。晝永能消遣，詞成亦自驚。知君攄己抱，不是爲傳名。耐偲言朝楫題

裁雲鏤月句爭妍，要使前賢畏後賢。我昔與君同苜蓿，風流羨汝似屯田。

青蓮供奉歌三疊，紅杏尚書燭兩行。饒爾錦心與繡口，可知顧曲有周郎。吾山張郝元題〔二〕

是天生、一家眷屬，那分時代今古。靈機栩栩寰中滿，才子筆端能取。言偶寓。種杪忽情根，雪地鴻曾度。尚餘半縷。已劫歷華嚴，消磨不盡，重入粲花譜。　同桑梓，自合引伸幽緒，點來故鬼盈簿。更看倚韻翻新曲，此格未經人作。休認錯。縱按出紅牙，只當禪林鼓。者番了悟。覺玉茗、鉛山，遙傳衣鉢，猶少指迷語。右調【摸魚子】　尊湄朱宮桂題〔二〕

舊樣翻新繡。記蒲東、譜成香豔，曾更數手。（《西廂》原本出自董解元，而董前已有宋安定郡王趙令畤詞。）换羽移宮開壁壘，肯落些兒窠臼。非好作吳縝糾繆。鍊淨鉛砂成大藥，替他人打破元文訛。不相護，乃相厚。　吾生未識藏園叟。嘆斯人、風流已矣，才名難朽。敬禮定文誰個是？此日逢諸身後。想三爵、精神抖擻。一段推敲商榷意，問九原、隨會其知否。如可作，定低首。右調【金縷曲】

婁東張景江題〔三〕

老得林泉趣，荊扉鎮日關。文章娛白首，杖履穩青山。釀雨榴花濕，晴波鷗夢閒。荷風涼意滿，攤紙手徐刪。

唱和尋同調，鉛山是作家。一江分左右，二老各才華。灑墨春飛藻，揮毫氣捲霞。積薪未敢擬，《白雪》莫爭夸。姪孫葵庭珏題〔四〕

（南京圖書館藏清刻本《鷗夢館消夏小鈔》卷下卷首）

【箋】

〔一〕張郝元：字吾山，太倉（今屬江蘇蘇州）人。副榜，乾隆二十九年（一七六四）任旌德教諭，三十七年被論去。

〔二〕朱宮桂：字佩芳，號蓴湄，室名黃葉村居，常熟（今屬江蘇）人。嘉慶三年戊午（一七九八）歲貢生。著有《咏史百律》、《黃叶村居集》等。傳見徐校《徐石渠文鈔》卷三《傳》、光緒《常昭合志稿》卷一五、民國《重修常昭合志》卷二〇。

〔三〕張景江：婁東（今屬江蘇蘇州）人。字號、生平均未詳。

〔四〕周玨：號葵庭，常熟（今屬江蘇）人。周昂姪孫。

審音鑒古録（闕名）

《審音鑒古録》，編者未詳，選録元明清戲曲舞臺表演記録本，凡六十六齣，不分卷。一説係湯貽汾（一七七八—一八五三）編輯，王繼善訂定。現存道光十四年（一八三四）東鄉王繼善補鐫原刻本，《善本戲曲叢刊》第五輯據以影印。

審音鑒古録序〔一〕

琴隱翁〔二〕

傳奇雖小道，别賢姦，明治亂，善則福，惡則殃，天道昭彰，驗諸俄頃，無知愚賢不肖，皆足動其觀感之心，其爲勸懲感發者良便，未始非輔翌名教之一端也。元明以來，作者無慮千百家，近世好事尤多。擷其華者，玩花主人〔三〕；訂以譜者，懷庭居士〔四〕；而笠翁又有授曲教曲之書〔五〕，皆可謂梨園之圭臬矣。但玩花録劇而遺譜，懷庭譜曲而廢白，笠翁又泛論而無詞。萃三長於一編，庶乎氍毹之上，無慮周郎之顧矣。

東鄉王子繼善，偶於京師得《審音鑒古録》一編，選劇六十六折，細定評注。曲則抑揚頓挫，白則緩急高低，容則周旋進退，莫不曲折傳神，展卷畢現。至記拍正宫，辨譌證謬，較銖黍而折芒杪，亦復大具苦心，謂奄有三長而爲不易之指南可也。繼善念其尊人瓊圃翁，生平音律最深，每嘆時優率易紕謬，思欲手定一譜，兼訓聲容，著爲準則，惜未成而逝。既獲此本，喜與乃翁素志相侔也，爰輾轉購得原板，攜歸江南，稍事補餓，便公同好。

第是編誰所評輯，一時無稽。繼善不肯攘人之功，特丐予序所自得，並所以購之之故。噫！繼善之克慰其親者，固不獨此。然卽此亦可見其能承先志，其輔翼名教，又豈在動人觀感之區區一編已哉！

道光十四年三月上澣，琴隱翁序。

（清道光十四年刻本《審音鑒古錄》卷首）

【箋】

〔一〕底本無題名，據版心署題。

〔二〕琴隱翁：　或卽湯貽汾（一七七八—一八五三），號琴隱道人，生平詳見本書卷八《逍遙巾》條解題。

〔三〕玩花主人：　姓名未詳，編纂《綴白裘合選》，參見本卷該條解題。

〔四〕懷庭居士：　卽葉堂（約一七二四—一七九五後），字廣平，又字廣明，號懷庭居士，編纂《納書楹曲譜》等，參見本書卷十三《納書楹四夢全譜》條解題。

〔五〕笠翁：　卽李漁（一六一〇—一六八〇）。其『授曲教曲之書』，卽《閒情偶寄·演習部》。

續綴白裘新曲九種（劉赤江）

《續綴白裘新曲九種》，劉赤江輯，選錄《紅樓夢》、《鶴歸來》、《桃花扇》、《蜃中樓》、《比目魚》、《鸚鵡媒》、《芝龕記》、《一片心》、《乞食圖》九種傳奇，各四齣，現存咸豐元年（一八五一）青蓮堂刻本。

劉赤江（約一七七五—一八五一後），別署待化老人、七餘散人，鎮江（今屬江蘇）人。嘉慶五年庚申（一八〇〇）舉人，授鎮海知縣，轉湖北安陸、興山、來鳳等縣，陞湖北荊門州沙洋水利州同。撰傳奇《一片心》，《今樂考證》著錄，僅存《續綴白裘新曲九種》所收四齣。傳見光緒《鎮海縣志》卷一八。參見葉德均《戲曲小說叢考》卷上《清代曲家小紀》、鄧長風《二十九位清代戲曲家的生平材料·劉赤江》（《明清戲曲家考略三編》）等。

續綴白裘新曲九種序

劉赤江

詞曲肇於兩宋，元明以來，如關、施、鄭、董、馬、白、王、屠諸家，爭奇角豔，疊出不窮。然皆如雲之散，雪之消，求如《四夢》、《十種》昭若日星者，不可多得。嗚呼！流傳蓋若是之難也。乾隆丙戌間，玩花主人輯《綴白裘》一書，古泉居士廣之爲十二集〔一〕，紙貴洛陽。迄今六十餘年矣，而集腋成裘，無復作弓冶之繼者。嘉慶己未，余妄撰《一片心傳奇》。次年北上，其稿爲友人攜去，失之。歸檢舊篋，十不獲二三。半年心力，不忍棄諸無何有之鄉，因錄四齣，付之剞劂。而難以單行，緣取塵架所貯者，各取四折，合而成書。

惟余以驅飢計，羈迹荊門者七載，是地素少詞曲，若潯陽之無音樂也。而又不能作騎鶴之遊，上維揚而下姑蘇，以探石室之所藏。如有同志之士，增而廣之，如前集之一而二，二而三，以至於九集有也，是則余之所厚望也夫。

道光卅年歲次庚戌長至前一日，蛟門待化老人書於漢南之鼓缶草廬。

（清咸豐元年青蓮堂刻本《續綴白裘新曲九種》卷首）

【箋】

〔一〕古泉居士：即錢德蒼，字沛思，別署古泉居士，先後編纂戲曲選集《綴白裘》，凡十二集，生平詳見本卷《綴白裘》條解題。

訪期錄（趙謝青）

《訪期錄》，趙謝青摘鈔，選錄戲曲折子戲，凡七冊，前五冊書封分題宮、商、角、徵、羽，後兩冊題『崑曲』，現存清平捷三朱絲欄鈔本。

趙謝青，字號、籍里、生平均未詳。

訪期錄敘

平捷三〔一〕

嗚呼！崑曲一道，幾於失傳矣。予生也晚，性好音律，足迹半天下，竟未得遇高人手指口授。偶遇一二，不過稍能行腔，或一套中能唱一二段，雖間有合拍者，而皆不能整套演唱也。丁巳仲夏〔二〕，偶於臨清得見張君鏡秋〔三〕，與予同好，出其師趙君謝青氏摘鈔崑詞四十九套，其板眼、工譜、科白、鑼鼓，以及某曲某調，無不悉當，堪稱完璧。蓋係前人苦心研究而成，爲趙公熟習而記者。

予愛之極，惜之深，乃於公餘之下，鼓其餘勇，全錄一通，寶而藏之。題其名曰《訪期錄》，不過求遇知音之意。倘假我數年，得名人於中指授數套，庶不負一世勤求之苦心歟。

山陰平捷三，時年六十又二歲，錄於清源關署〔四〕。

（清平捷三朱絲欄鈔本《訪期錄》卷首）

【箋】

〔一〕平捷三：山陰（今浙江紹興）人。生平未詳。

〔二〕丁巳：或爲嘉慶二年（一七九七），或爲咸豐七年（一八五七），

〔三〕張鏡秋：籍里、生平均未詳。或爲臨清（今屬山東）人。

〔四〕清源：當即臨清。明劉璽有《嘉靖清源關志》一書，清源即指臨清。

時劇集錦（趙謝青）

《時劇集錦》，趙謝青輯，現存同治間朱平一鈔本，中國國家圖書館藏。

時劇集錦序

闕　名〔一〕

非音之難，而知音之爲難；非知音之難，而雅俗共賞之爲難。求其所謂雅俗共賞者，其惟崑山時劇乎？余素嗜音律，尤癖聲歌，手録崑山時劇若干首，顔曰『集錦』，藏以自娱，未敢示人也。同社朱瑞徵、秦中和諸先生〔一〕，皆工於曲者，見之交口稱快。因草本不堪傳觀，遂授朱子平一而鈔之〔二〕。

鈔既竣，朱執堂持以還余〔三〕，且言曰：『詩禮之終，必成以樂；道德之全，猶遊於藝。時劇之集，其亦成樂遊藝之謂乎？』余瞿然曰：『是何足以當此，吾亦聊收吾放心云爾。』言未既，朱子啞然曰：『有是哉？是正所以放其心也，而子乃顧曰「收心」，何哉？』余曰：『是固有説，子姑坐，吾語汝。夫人心不可以多所用，多所用則放；不可以無所用，無所用則亦放。余幼失教誨，學問一途，茫乎莫識津涯，而蘋魚花鳥之玩，樗蒲雉盧之戲，又皆非素愜，竊恐心之一無所用也。昔夫子不云乎？「不有博弈者乎，爲之猶賢乎已。」余之爲此，蓋亦「猶賢乎已」之意耳。是正余之所以收其心也。而子乃顧曰「放心」，何哉？』

朱子曰：『是固然矣。敢問曲之美者，盡於是歟？』余曰：『唯唯，否否。是惡足以盡之？竊惟漢魏以來，由樂府變爲歌行，由歌行變爲詞曲。蘇、辛以豪宕勝，周、柳以便娟勝，分道揚鑣，四家洵稱開山宗匠。自是而後，《花間》得其韻，實甫得其情，竹塢得其清華，《草堂》得其樸茂。逮近之臨川、文長、云天右、笠翁、悔庵諸公，緣情刻羽，皆足暢其喜怒哀樂之懷，其詞精警，其趣悠長。余之所醉心者不一而足，每欲兼收並蓄，而力不暇給，「集錦」云者，不過集之云爾，惡足以盡之？』

朱子曰：『然則按拍而字填之，何也？』『余曲各有譜，譜各有拍。夫「曉風殘月」，固難諧之丈六琵琶；而細管繁絃，又未可調「大江東去」。古人嚼徵含商，形之音調，輕重疾徐，固有不得强爲同者。今則按譜檢詞，亥豕與魯魚皆免；逐字填拍，工尺偕板眼胥明。習之者不聱於口，聞之者不逆於耳。凡我同社，固可奉爲指南；而詞壇諸公，亦可因是而別裁新製。區區之心，蓋如是耳。至其中之佳者，或瀟灑梨花，蕩漾春日；或淒涼《河滿》，寂寞秋幃。或金谷芙蓉，跌宕紅兒玉板；或小蠻楊柳，激揚白傅琵琶。當農閒事暇之會，手把是編，遍招同人，循曲按拍，罔我天懷，則知之者固心領而神會，卽不知者亦心曠而神怡。是則吾之所謂雅俗共賞者也，是則吾之所藉以收其放心者也。至於詞之果美，拍之果合，尚待識者正之，非余一人所敢臆斷也。』

於是朱子喟然稱善曰：『詞曲之益人，有如是乎？ 而今而後，每歌必招，願同樂，勿獨樂也。請即以子言序之卷端，以示夫世之習是編者。』余愧不能文，何敢言序，而朱子之意，又不可重違也。因次其問答，聊當開卷一噱，持以質之同社諸先生，不知以余言爲何如也。是爲序。

同治四年歲次乙丑閏五月念三日之吉，書於靜樂軒東窗下。朱執堂謹識。

【箋】

〔一〕此文當爲趙謝青撰，朱執堂鈔録。

〔二〕朱瑞徵、秦中和： 字號、籍里、生平均未詳。

〔三〕朱執堂： 字號、籍里、生平均未詳。

時劇集錦敘

胡　瑄〔一〕

清源故有串曲之戲，然大都文士吟餘間一引喉以佐觴政，色目家不復敢雌黄，第謂之『先生曲』焉。往有某公者，始大作程度，廣召故伶，遠蒐遺譜，一洗家家封丘、處處燃沉之陋，而其度曲也，分刌節度，若有科律然，蓋非復往日漫與矣。顧法勝而不知合變，時頗不樂聞之。

比數年來，余戚趙君謝青氏，與二三知音，互爲郢質，内盡其聲，外備其器，根柢於葉氏之譜，而取會於吳趨之工，連劇合套，爨色各臻其極，而交暢於曲白科諢之間，泱泱乎大風也哉！ 嘗一再聆之，不知蔭之移而席之前也。嗟乎，予老矣！ 竿木隨身，慣作逢場之戲；唾壺擊碎，誰聞伏櫪之歌。但得相從於酒旗歌扇間，爲樂多矣。君囑予敍其所鈔曲譜，今遂成之，而遂付之，以諸予慕用之意云爾。

同治乙丑夏五月，石田胡瑄漫筆。

（以上均中國國家圖書館藏清同治間鈔本《時劇集錦》卷首）

【箋】

〔一〕胡瑄：號石田，籍里、生平均未詳。

梨園集成（李世忠）

《梨園集成》，李世忠編纂，收録崑曲、皮黄劇目四十八種。現存光緒六年庚辰（一八八〇）安徽竹友齋刻本，《續修四庫全書》第一七八二册據以影印。

李世忠（？—一八八一），原名長壽，又名兆受，改名世忠，字良臣，號松崖，蓼城（今河南固始）人。清咸豐三年（一八五三）爲捻軍頭目；五年，降何桂珍。復投太平軍，八年，降勝保。初爲參將，擢總兵，官至江南提督，駐滁州。同治三年（一八六四），自請解職，寓居揚州。光緒七年（一八八一），爲安徽巡撫裕祿所殺。酷喜戲劇，在滁州任上，購梨園三部，各百餘人，極一時之盛。解職後，又組皮黄、梆子兼演之戲班，各地巡演。晚年在安慶辦科班，組織整理《梨園集成》。傳見張瑞墀《兩淮戡亂記·李世忠歸誠録》、王安定《湘軍記》、王瀛洲《清代名人軼事·李世忠始末》、

《清代七百名人傳》等。參見田硯農《〈梨園集成〉及其編者李世忠》(《安慶文史資料》第二一輯，安慶文史資料研究委員會，一九九〇)、黃菊盛《從太平軍降將到戲班老闆——〈梨園集成〉編者李世忠考》(《戲曲研究》第二九輯，文化藝術出版社，一九八九)。

(梨園集成)自序

李世忠

蓋自《白雪》興歌，奏大聲於江上；紫雲度曲，留逸響於人間。分樂府之支流，亦風亦雅；添詞場之慢令，宜宫宜商。既選色而徵歌，亦陶情而適性。仿西京之鐘鼓，我豈妄哉？數南内之琵琶，誰能遣此？錫梨園之佳號，演菊部之新詞。有句皆香，無語不豔。板敲大漢，杯勸小鬟。此畫壁才人，睹韻在旗亭筵上；捧硯妃子，含笑於羣玉山頭者矣。

然而《三都》乍出，盡是傳鈔；一闋未終，允堪記誦。使魯魚之多舛，將鸞鳳其奚調？非古非今，疑眞疑假。雅俗未能共賞，字字胥乖；南北各操土音，非非徒想。全憑口授，莫遂手披。因之擊彈到《綠么》，倩周郎而難顧；臥看《碧落》，非蔡邕而誰知？所以載酒問奇，徒書咄咄；因之擊缶高唱，但聽嗚嗚。非關音律之不諧，實由簡編之無據。有由來矣，良可惜焉。

僕也心耽絲竹，耳厭箏琶。早閱繁華，如裝傀儡；中年哀樂，不擅排場。聽鈞奏於簫韶，仙樂曾聞天上；騎閒遊之款段，嘯歌尚戀湖頭。小集班聯，慨世事無非是戲；高談按拍，笑我輩未免有情。不遇龜年，江南花落；怕混魚目，市上草箋。邇來頻約善才，刪除贋本；用是搜羅妙曲，彙集大成。爰付手民，廣資心賞。庶幾廣寒宮裏，永垂下界《霓裳》；逍遙樓楣，漫寫上清梵字云爾。是爲序。

時光緒四年歲次戊寅季秋下澣，蓼城良臣李世忠跋。

（梨園集成）自序

李世忠

蓋自桓笛嬴簫，可代董、狄之筆；吳歈越調，足當許劭之評。嗣後鞠部才人，選聲徵色；梨①園子弟，傅粉塗朱。蘇內翰鐵綽銅琶，爲唱『大江東去』；湯臨川詩才賦手，因證幻夢南柯。理本乎情，格外文章圈外注；空即是色，水中明月鏡中花。雖曰游戲之場，實寓和平之旨，使之一本若是班乎？所慮者，南北之韻不同，未克按腔合拍；古今之調不一，亟須協徵調宮。期雅俗之兼收，排成鱗次；思婦孺之盡解，莫混魚珠。此一以貫之之爲難也。

僕籍隸中州，家居蓼邑。少依畎畝，長列戎行。昧《陽春》、《白雪》之音，曉《下里》、《巴人》之調。擬周郎之顧曲，愧少會心；學賀監之知音，有乖大雅。雖值倉皇戎馬，不虛絲竹管絃；及當閒散江湖，欲補遺亡放佚。爲達人之知命，盡刪空際浮花；效巴客之登場，代創閒中小草。白雲黃竹，都教補入詩篇；野草閒花，總許寫成粉本。杜司勳揚州夢覺，轉瞬十年；白江州潯陽愁添，新聲再度。漫說逸情雲上，僭侔古昔《霓裳》；庶幾舊調日新，不愧當年雅頌②。集千狐之腋，有慚截狗續貂；爲一孔之談，竊欲鐫梨刊棗。所冀文人學士，代指其訛；騷客仙郎，閒摭其失。

竊以心得，付彼手民。從此大羅尺咫，衆仙同日而吟；小隱寬閒，逸調臨風而演。幸居聖代，藉以鼓吹休明；消此浮生，用是刪除淫豔。敢說樂天詩句，價重雞林；庶同馮老文辭，園成《兔冊》云爾。

時光緒四年歲次戊寅秋杪，蓼城松崖氏再敍。

（以上均清光緒六年安徽竹友齋刻本《梨園集成》卷首）

【校】

①梨，底本作『犁』，據文義改。

②頌，底本作『頒』，據文義改。

樂府新聲（福持齋主人）

《樂府新聲》，福持齋主人輯錄，選錄戲曲散齣。現存清鈔本，中國國家圖書館藏。

福持齋主人，姓名、籍里、生平均不詳。

（樂府新聲）自序

福持齋主人

曲部自元迄今，無慮數十百種。雖洪纖異響，雅鄭殊科，而命意遣詞，要無非福善禍淫，揚清激濁。寫忠貞之冤苦，婦孺酸心；狀姦佞之陰私，顓愚切齒。修士反觀内省，即可作夜半鐘聲；英雄遭際無聊，藉以澆胷中磊塊。偶爾微吟朗誦，大可悦性怡情。若快心媟嫚之淫詞，得意詼諧之虐謔，此讀曲者之誤會，非製曲者之初心也。

僕自少忙以前，荏苒光陰，消磨帖括。洎①乎濫竽②詞館，仗劍戎旃，頗復留心經世之書，鋭意當時之務。壯懷虚負，華鬢盈顛，今則老病隳唐，嘯歌寄興，雖素性不喜觀劇，生平未解審音，而簿領餘閑，間資陶寫。爰搜曲本，摘録成編，凡六十有五種，得二百十八齣。胡牀臥倚，展卷低回，仿淵明無絃之琴，吹牧童信口之笛，不必引商刻羽，居然選舞徵歌。絲竹娱懷，敢竊比游山謝傅；管絃協律，愧弗如顧曲周郎。

歲在庚寅六月立秋日〔一〕，福持齋主人自序。

蔣心餘太史《九種曲》，表彰忠義；曲阜孔君《桃花扇》，寄慨興亡，皆曲中雅奏。或以行世較晚，故《納書楹曲譜》只收《桃花扇》三齣，而《綴白裘》則都未收録。俟歸田得暇，當擇其尤雅者，以補此編之闕云。

福持齋主人附識。

（清鈔本福持齋主人輯《樂府新聲》卷首）

【校】

①洎，底本作『淚』，據文義改。

②竽，底本作『竿』，據文義改。

【箋】

〔一〕庚寅：或爲光緒十六年（一八九〇）。

改製皮黃新詞（遊戲主人）

《改製皮黃新詞》四卷，簡稱《皮黃新詞》，現存光緒二十六年（一九〇〇）序謄清稿本（吴曉鈴舊藏，今歸首都圖書館），署『濟南慧山明湖間遊戲主人改』、『黃河曲九峯山頂嘯月樵客評』。該書《例言》云：『新改詞二十齣，分爲上卷。新製詞二十齣，分爲下卷。』然則原書當爲二卷四十齣，現僅存二十齣，皆爲新改詞；另有新製詞二十齣，已佚。

遊戲主人，濟南（今屬山東）人，姓名、生平均未詳。參見顔全毅《清代京劇劇本選編的雙璧》（《文史知識》二〇〇六年第六期）。

（皮黄新詞）序

遊戲主人

人心之邪正、險夷、仁忍、智愚，人不得見也，而見於所行之事。顧一事也，或歷數日而成，或數十百日而成。甚有事在當世，而當世之人無從辨其心之爲邪爲正，爲險爲夷，爲仁爲忍，爲智爲愚；否則持論不一，亦難遽定其爲邪爲正，爲險爲夷，爲仁爲忍，爲智爲愚。及其定也，已事過境遷，遲之數百年後矣。從未有片時之閒，取數日而成之事，數十百日而成之事，其人心之邪正、險夷、仁忍、智愚，並其喜怒哀樂、鬱舒謹肆之情，畢見於當場。原始要終，顯豁呈露，使數百年後之人，不啻身在當世，親睨其事。又若當世之事，本甚易定，其心之爲邪爲正，爲險爲夷，爲仁爲忍，爲智爲愚者，目與之謀，神與之遊，感激零涕，拍案叫罵，以爲天下快事無逾於此者已。於乎！此古人梨園演劇之所由來，而相傳至今之所以不廢也。

吾鄉演劇，最尚皮黄歌。余弱年好弄，心竊慕之。稍長漸工，頗爲梨園名家劉和崑、譚天福輩所稱許〔一〕。辛未、壬申間〔二〕，讀書城西潭西精舍，又得與姚七、葛四、邵霞林數共晨夕。姚七等以伊所學舊詞，數見不鮮，且多荒謬鄙俚，請爲改製新詞。時方攻舉業，故未遑也。

迨遊京師，聞有程長庚者〔三〕，爲善歌巨擘，因浼同年友介紹，得相識焉。聆其詞，亦數見不鮮，且多荒謬鄙俚，如姚七等所云者。亟欲改製，會有入蜀之役，遂投筆而輟。

今日者，林下蕭閒，晝長如歲。自問平生所作詩古文詞，無一可傳，兀坐無聊，濡毫伸紙。忽憶昔年有志未逮之事，雖其細已甚，然亦未嘗不可使假面裝點於氍毹之上，宛轉而吐，慷慨而陳，以傳我暮年放誕，變不失正之文章，即以識各劇中人心之邪正、險夷、仁忍、智愚，並其喜怒哀樂、鬱舒謹肆之所以然，藉爲法戒，不第作演劇觀也。是則余改製新詞區區之心也夫。

光緒二十五年歲次己亥秋八月，濟南慧山明湖間遊戲主人自序於禹登山寺之凝秀精舍。

【箋】

〔一〕劉和崑、譚天福：生平未詳。

〔二〕辛未、壬申間：同治十年（一八七一）、十一年（一八七二）。

〔三〕程長庚（一八一一—一八八〇）：原名椿，譜名聞檄，字玉珊，一作玉山，堂號四箴，潛山（今屬安徽）人。幼入徽班坐科，後隨父祥芑入京。道光、同治間，主持三慶班，爲該班老生臺柱，兼精忠廟會首。與余三勝、張二奎鼎足爲三，世稱『老生三杰』。復有『徽班領袖，京劇鼻祖』之稱。參見劉强、楊宏英《程長庚傳》（河北教育出版社，一九九六），王靈均《夫子繼聖　春泥護花：程長庚評傳》（上海古籍出版社，二〇一四）。

（皮黃新詞）序

關西鐵綽板道人〔一〕

昔人以天地爲梨園，古往今來爲戲場，余每有味乎斯言。一部廿四史，便是一齣絕妙戲文，不過用全副生旦淨末丑腳色，登場搬演，遂做出許多悲歡離合、曲盡人情之事，在有心人自爲領略耳。自崑曲變爲弋陽，弋陽變爲皮黄，所變愈下，而知音愈少。試問今日紅氍毹上，參得此中三昧者幾人？亦不過拍板鬭槌，大家廝混，做一場插科打諢，淫格哇磔，毫無道理，殊不可耐。此游戲主人《皮黄新詞》之所由作也。

主人以龍門史筆，擅文章聲價，三十餘年。今山居多暇，復集人間軼事，演成絶妙好詞，豪情雲上，逸響風生。凡得若干齣，彙爲一册，將付歌者，而握管命余序。殆以余爲看官乎？不知余引宫刻羽，配絲調竹，亦宇宙間一個戲子耳。向嘗編《鏡中花》院本〔二〕，其中多敍俠義事，猶未極情殊事異之無不備也。觀於《皮黄新詞》，始知人間自有眞場面，非優孟衣冠所得僞爲者。儻一日酒酣耳熱，假古人鬚眉，現身場上，以吐胷中磊落不平之氣，雖無纏頭酒一潤枯喉，而楊升庵有知，定當許爲入室弟子。世所傳《廿一史彈詞》，升庵筆也，此其嗣音歟？

關西鐵綽板道人撰。

【箋】

〔一〕關西鐵綽板道人：姓名、籍里、生平均未詳。或爲山西人。

〔二〕《鏡中花》院本：未見著録，已佚。

（皮黄新詞）序

香蕉氏〔一〕

優孟衣冠，傳爲美談，由來舊矣。自李唐梨園歌劇而後，大抵皆褒貶善惡，示勸示懲，隱然具

《春秋》之遺義。乃日久相沿，失其本來面目，徒以佐觴侑酒，競妍鬬媚，醜態百出。甚有以喪心害理，敗壞風俗之事，輒於紅氍毹上，裝點成齣。彼浮薄子弟，方且手舞足蹈，喝彩纏頭，樂觀之而不倦，其失愈遠，其流愈下。若無士大夫從而維持於其間，恐淫哇四起，亦世道人心之憂也。

遊戲主人解組歸田，於所作詩古文詞編次成集而外，慨古道之雲遙，慮歌政之將墜，謂崑曲希淡，難致老嫗亦解；而秦腔雜劇，又蹈下里巴人之鄙俚。於是核訛補缺而不事拘牽，翻新出奇而自開生面。其情則剝蕉抽繭，其聲則遏雲裂帛。凡夫智愚賢姦、悲歡離合之事蹟，皆足爲古人寫照，而激發今人之天良。流於當時，傳之後世，其有裨於世道人心，實匪淺鮮。歌劇云乎哉！

樂安布衣香蕪氏序。

【箋】

〔一〕香蕪氏：樂安（今屬江西）人，姓名、生平均未詳。

（皮黃新詞）序

聽琴散客〔一〕

余官京師二十年，所見梨園皮黃歌部中正生名腳，以程長庚爲最。其神采聲調，皆足以動人之聽覩，獨其詞句，則有大可嗤者。

嘗與同舍郎某君觀劇歸，余方惜其詞多謬劣，恐爲長庚盛名之累，而某君乃亟稱其詞之佳，且謂頗似詩賦。余詢其佳者何詞，某君曰：『今日所演《二進宮》，楊博向太后告老辭官，詞內所云

「退居林下，願以春夏秋冬、風花雪月、漁樵牧讀、琴棋書畫自娱」，滔滔不窮，多至十六項，藻采紛披，非詩賦而何？此必翰苑中人所作無疑也。』

余曰：『嗚呼，怪哉！子眞不可與言，而吾又不能不爲天下人言也。自國家以八比時文取士，入翰林後，則專業詩賦。於是纖小之夫，束書不讀，揣摩坊刻時文、試律詩賦，至有不知史冊名目、朝代先後、字書偏旁者，始而汩其聰明，久且並其忠孝本來之性，亦銷鑠盡矣。即如此齣，楊博本是憂國戀闕，而勢不得不先言欲去，以堅太后信任之心。其言亦不過謂老瞶不堪託孤，願乞骸骨已耳。如子所稱退居林下十六項自娱之辭，非惟臣子所不宜言、不敢言，亦臣子所不忍言，其詞之複雜酸腐，猶末也。無才，無學，無識，且無人心，乃敢作皮黃歌詞，何其不自量也耶！』

某君又曰：『皮黃歌詞，竟若是之難作乎？』余曰：『此詞向無善本。必欲使之情見乎詞，俗不傷雅，斟酌盡善，可讀可傳，非具太史公作《項羽本紀》、施耐庵作《水滸傳》手段，斷不能工。惜乎世俗所傳，皆其梨園部中之狡黠，略識幾字者之所爲。而有才、有學、有識之深心人，又不肯留心此道，且鄙視之而不屑爲。此所以《二進宫》退居林下十六項自娱之詞，其聞之而歎美不置如子者，恐比比然矣。』

時有余鄉人在座，以口孽見規，乃不復言。某君亦面從而退。此已事也。今讀遊戲主人所著《皮黃新詞》，先得我心，故憶而書其大略如此。

庚子仲冬〔二〕，山陰聽琴散客。

【箋】

〔一〕聽琴散客：山陰（今屬浙江紹興）人，姓名、生平均未詳。

〔二〕庚子：光緒二十六年（一九〇〇）。

（皮黃新詞）例言

闕名〔一〕

一、西皮、二黃之名，人多不知所從出。西皮者，山西及南皮之調也。二黃則黃陂、黃岡也。始於國朝康熙年間，後人遞變其調，且減字並稱之曰『皮黃』。

一、書名『新詞』，但重詞耳。至戲中一切場面，並行止進退、神色體段，概未標注，防挂漏也。然能細玩其詞，設身處地，自可悟出一切場面，並行止進退、神色體段來。

一、各戲有爲從前所有而加改者，有爲從前所無而自製者，故曰『改製』。

一、新改詞二十齣，分爲上卷。新製詞二十齣，分爲下卷。

一、各詞以鬚生正腳爲主，餘皆是賓。然賓詞亦未稍略。

一、戲中腳色，分生、旦、淨、末、丑五項。於初上場時，注明何腳扮某人上，以下白唱及上場、下場，皆注以戲中人名，以免牽混。

一、皮黃戲詞，要合皮黃派頭。過文則近崑曲，粗人不解；過俚又似鄉間梆子腔，不堪入耳。特爲斟酌盡善，高下皆宜。

一、調分皮黄，板分慢、快、倒、搖、二六、回龍。每於起調、起板處，注明何調、何板。若遇改調、改板，隨改隨注。

一、皮黄之有正調、反調，人多習之。至戲中所演，或病重冷極，有所謂陰調者，最難按腔合拍。特爲作便於陰調之詞，以待有志。

一、近來時尚，有於慢板中用促節快唱，且使之字句錯落蟬聯、抑揚有致者，俗謂之『圓板』。新製各戲中，特爲作宜於圓板之詞，以便避熟趨新。

一、丑與丑旦及小旦之扮北國女子者，白詞口吻皆摹肖京話，使清脆動聽。

一、戲中習用之字，有字書所無者，有字書雖有而音義不符者，以便於達意，概從其舊。

一、唱詞押韻，與詩賦不同。如用八庚韻，儘可通用東、冬、眞、青、蒸等韻。由此可以類推。

一、唱詞上句末一字，亦宜以仄聲叶韻，句方呼應流走。

一、俗本唱詞押韻，多有强用仄聲字者。《捉放》、《戰北原》詞，用最窄又無他韻可通之五歌六麻韻，是以此病尤甚，皆爲換用他韻。

一、俗本熟句，其用仄聲字押韻可以叶作平聲者，亦間存一二。

一、俗本於戲中現在之帝王，皆稱其身後之謚，如楚王稱『平王』，漢帝稱『獻帝』之類，皆爲更正。

一、俗本戲名傳訛者，如《困滎陽》作《取滎陽》；戲名缺字者，如《長亭會》作《長亭》之類，皆爲更正。

一、俗本以訛傳訛之字，如『滎陽』『滎』訛作『榮』，『逄丑父』『逄』訛作『逢』，『銚期』『銚』訛作『姚』，『折太君』『折』訛作『佘』，『很毒』『很』訛作『狠』之類，皆爲更正。

一、俗本白詞有字句不通，而各戲中常用者，如『你可知某人某事之故耳者也』，『是不得不已』之類，皆爲更正。

一、俗本如《困滎陽》以齊頃公爲齊莊公，《上天台》以光武帝爲王莽甥孫，《打金枝》以唐代宗爲唐明皇之類，皆爲更正。

一、俗本戲中有情節牽强者，如《牧羊卷》佚爺玉碗竟與討飯人用；有情詞背謬者，如《捉放》陳宫欲殺曹操，恐連累店家之類，皆爲更正。

一、俗本戲詞，遇項籍，皆稱其字曰『項羽』；遇諸葛武侯，皆自稱『山人』，以習慣順口，故仍其舊。

一、俗本戲詞，天子諸侯，皆稱其妻爲子童，未知何解，以習慣順口，故仍其舊。

一、俗本稱謂不古，如大人、大老爺、太爺、老爺之類，以習慣順口，故仍其舊。

一、各戲有出自正書而大略相符者，有出自正書而間有不符者，有正書所無而憑空結撰者，亦有出自小説而互有異同者，皆未深究。

一、新改各戲詞中，其承接鬬笱處，間有與俗本不同者，皆具有斟酌。

一、新製各戲詞，或本正書，或取小説，或出杜撰，要皆取義正大。間有詞涉詼諧處，亦具概世醒世之意，無些子淫穢悖亂語。

一、老派戲中唱詞，皆以七字、十字爲一句。近來時尚花樣，一句有多至十數字，甚至有二十餘字者，必操習純熟，方能按腔合拍。

一、白難於詞，故語云『七分白口三分唱』。是書於白詞，翦裁洗伐，幾至一字不可增減，學者切勿忽過。

一、詞雖畢具，至白時、唱時，其口吻吞吐之抑揚、輕重、緩急間，非加意揣摩，不能妙肖。所謂『神而明之，存乎其人』。

一、詞中各字讀法，三十年前北人學戲者，亦遵徽班傳授，是爲南派。粵匪之亂，此道南方遂絕，而京師名腳輩出，相習成風，是爲北派。其讀字之法與徽班所傳，多有不同。今惟宜參酌去取，總以脱俗爲佳。

一、近來京師演戲，往往於全本中摘演一兩場，刪去枝葉，獨擷英華。改製各詞，亦間從此例。

一、白詞斷處用『、』附號，唱詞斷處用『〇』附號，調旁用『△』附號，陰調旁用『△△』附號，板旁用『□』附號，人名旁用『—』附號，以清眉目。

一、皮黄戲丑詞中，偶有用梆子腔、鋸缸調者，亦從調例，用『△』附號。

一、各戲多有時代不可考者，故以脱稿之先後爲編次。

一、自來皮黄戲詞，多籠統落套，未能眞切。是書比事屬詞，發揮盡致，庶幾文不負題。

一、是書雖戲詞，然非有心人深於此道者，不能識其妙處。

一、一人之精神有限。改製各詞中，儻遇有錯誤脱漏及未盡叶處，尚望高明指示，但不許俗手妄意增減。

一、余雖以筆墨消遣，猶未暇及皮黄戲詞。適遇梨園女班諸名腳殷勤求教，辭不獲已，故有是作。

一、是書方成，坊友聞之，便來慫慂付梓，因笑而付之。

（以上均清光緒二十六年序謄清稿本《皮黄新詞》卷首）

【箋】

〔一〕此文當爲遊戲主人撰。

卷十二　曲話曲目

樂府雜錄（段安節）

段安節，祖籍臨淄鄒平（今屬山東）人，後遷居荆州（今湖北江陵）。唐太常少卿段成式（約八〇三—八六三）子，溫庭筠（約八一二—約八六六）壻。昭宗乾寧（八九四—八九八）中，任國子司業。又曾任吏部郎中、沂王傅。精通音律。著有《樂府雜錄》、《廬陵宦下記》等。傳見《新唐書》卷八九《段文昌傳》附傳、《金華子》卷上等。

《樂府雜錄》，現存《說郛》本、《續百川學海》本、《古今說海》本、《守山閣叢書》本等。

樂府雜錄跋

錢熙祚〔一〕

唐季鐘簴頻移，樂紀廢墜，無復貞觀十部之盛。段氏就其聞見，撰爲此錄，語焉不詳，復多舛駁。如警鼓本軍營之樂，隋煬帝嘗一用於晏享，聲與衆樂不和。唐制惟鼓吹部有警鼓，若宫縣四角之鼓，據《文獻通考》，乃應鼓、顙鼓、鷺鼓、雷鼓，而此以顙鼓、鷺鼓爲腰鼓、警鼓。《教坊記》：

『《踏謠娘》：北齊有人姓蘇，皰鼻，不仕，而自號郎中。酗酒毆妻，妻悲訴鄰里。時人弄之，以其且步且歌，謂之「踏謠」。』而此訛爲『蘇葩，自號中郎』，又别出《踏搖娘》，皆失考。至言『舜時調八音，用金、石、絲、竹、匏、土、革、木，計用八百般樂器。周時改用宫、商、角、徵、羽，製五音，減樂器至五百般。』説尤妄誕。宜《崇文總目》譏其『蕪駁不倫』也。然唐時樂制，絶無傳者，存此尚足略見一斑，故《唐書》、《文獻通考》、《樂府詩集》，多取其説。

惜舊本訛脱甚夥，正文與注互相淆混，有一事分爲二事者，他條誤入此條者。末《五音圖》云：『平聲羽，上聲角，去聲宫，入聲商，上平聲調爲徵聲。』語不可解。據徐景安《樂書》：『以上平爲宫，下平爲商，去聲爲羽，入聲爲角。』則末七字當作『上聲爲徵聲』。胡竹軒《樂律表微》乃謂：『上爲變宫，變宫爲角，上平犯下平爲徵。』憑臆附會，直郢書燕説耳。又宫、商、羽七運，皆起黄鐘，則七閏宫當首高大石角。今以越角爲首，亦傳寫之訛。蓋二十八調，原本圓圖，後人易圖爲説，致錯亂如此。茲訂正其可知者，而姑闕所疑焉。

《直齋書録解題》，有段安節《琵琶故事》一卷，晁伯宇《續談助》鈔作《琵琶録》，實即此書『烏孫公主』數條。殆好事竄取，飾以别名，其字句異同處，頗資校訂云。

彊圉作噩歲律中黄鐘之月〔二〕，錢熙祚識。

（清道光二十四年錢熙祚據墨海金壺刊版重編增刊本《守山閣叢書·子部》所收《樂府雜録》卷末）

【箋】

〔一〕錢熙祚（一八〇〇——一八四四）：字錫之，號雪枝，金山（今屬上海）人。錢熙輔（一七九〇——一八六一）弟。敍選州府通判。生平愛好古今祕笈，藏書極多，建藏書樓「守山閣」。編刻《守山閣叢書》、《指海》、《小萬卷樓叢書》、《珠叢別録》、《式古居彙鈔》等。著有《守山閣剩稿》。傳見《清儒學案小傳》卷一八、《清代樸學大師列傳》卷一九等。

〔二〕彊圉作噩：丁酉，即道光十七年（一八三七）。律中黄鐘之月：指農曆十一月。

附（樂府雜録）原序

段安節

爰自國朝初修郊禮，刊定樂懸，約三代之歌鐘，均九威之律度，莫不《韶》音盡美，《雅》奏克諧，上可以籲天降神，下可以移風變俗也。以至桑間舊樂，濮上新聲，金絲愼選於精能，本領皆傳於故老。重翻曲調，全祛淫綺之音；復采優伶，尤盡滑稽之妙。洎從離亂，禮寺墮頹，簨簴既移，警鼓莫辨。梨園弟子，半已奔亡；樂府歌章，咸皆喪墜。

安節以幼少卽好音律，故得粗曉宫商，亦以聞見數多，稍能記憶。嘗見《教坊記》，亦未周詳。以耳目所接，編成《樂府雜録》一卷。自念淺拙，聊且直書，以俟博聞者之補兹漏焉。

朝議大夫守國子司業上柱國賜紫金魚袋段安節撰。

（同上《樂府雜録》卷首）

碧雞漫志（王灼）

王灼（一一〇五—一一八一後），字晦叔，號頤堂，書齋名覃思齋，遂寧小溪（今屬四川遂寧）人。宋紹興三年（一一三三）冬，參佐沿邊安撫使劉錡（一〇七八—一一六二）幕府。八年，爲夔州鈐轄安撫使馮康國（？—一一四二）幕僚。三十三年，爲夔路安撫使李師顔（一〇九〇—？）幕僚。嘗寓居四川成都碧雞坊妙勝院。約卒於孝宗初年。著有《糖霜譜》、《頤堂先生文集》、《頤堂詞》、《碧雞漫志》等。參見岳珍《王灼行年考》（岳珍《碧雞漫志校正》附錄，巴蜀書社，二〇〇〇）、岳珍《王灼簡譜》（《碧溪漫志校正》修訂本附錄，人民文學出版社，二〇一五）、肖燕《王灼研究》（河北大學碩士學位論文，二〇一〇）。

《碧雞漫志》現存五卷本、一卷本。五卷本有明天一閣鈔本、明祝允明鈔本（殘存三卷）、清初錢曾校明鈔本、乾隆四十四年（一七七九）鮑廷博《知不足齋叢書》第六集所收本，較近原本；一卷本爲五卷本之删節本，有陶宗儀《説郛》（商務印書館本卷一八，宛委本卷一九）、《唐宋叢書》、《學海類編》、《四庫全書》、《説庫》等本。

碧雞漫志跋〔一〕

闕名

《碧雞漫志》，正德己卯五月廿又四日燈下録畢〔二〕。

【箋】

〔一〕底本無題名。此跋當爲祝允明撰。祝允明（一四六一—一五二七），字希哲，號枝山，長洲（今江蘇蘇州）人。生平詳見本書卷二《崔娘遺照》條箋證。

〔二〕正德己卯：正德十四年（一五一九）。題署之後有方章二枚：陽文『文嘉』，陰文『復姓堂印』。

碧雞漫志跋〔一〕

張　丑〔二〕

枝山先生留心音律之學〔三〕，故手錄是書藏於家，其老而勤劬如此。先生歿，此書復藏文休承家〔四〕，故前後用三印識之。不知者謂出休承氏手筆，相去何啻千里。計正德己卯，休承尚在童稚，不應作此老筆也。昔年曾見先生手錄《倪迂續稿》，精謹可喜。

張丑志。

【箋】

〔一〕底本無題名。

〔二〕張丑（一五七七—一六四三）：原名德謙，字叔益，改名丑，更字廣德，一字青甫，又作青父，號玉峯，晚號米庵，別署鹿城、牛郎、亭亭山人，室名御李齋、尊黃室、尊王室、眞晉齋等。原籍嘉定（今屬上海），遷居崑山（今屬江蘇）。書畫家、收藏家張應文（一五三五—一五九五）三子。少習舉業，不售，潛心古文辭。喜藏書畫，精於賞鑒。著有《清河祕笈書畫表》、《南陽法書表》、《南陽名畫表》、《法書名畫見聞表》（以上合稱《張氏四種》）、《清河書畫舫》、《眞迹日錄》、《鑒古百一詩》等。傳見曹溶（？）《明人小傳》、乾隆《長洲縣志》卷二四等。參見《江蘇藝文志·蘇州卷》、紀學豔《張丑書畫收藏與著錄研究》（中國民族攝影藝術出版社，二〇一三）。

〔三〕枝山先生：即祝允明（一四六一—一五二七）。

〔四〕文休承：即文嘉（一五〇一—一五八三，或一四九九—一五八二），字休承，號文水，别署文江隱吏、文水道人，長洲（今江蘇蘇州）人。文徵明（一四七〇—一五五九）次子。以諸生入次貢，歷仕吉水縣訓導、烏程縣學教諭，擢和州學正。能詩善書，精書畫鑒定，工石刻。著有《和州集》、《鈐山堂書畫記》等。傳見文震孟《姑蘇名賢小紀》、顧沅《吴郡名賢圖傳贊》等。參見周道振、張月尊《文徵明年譜》（百家出版社，一九九八），張小波《明代蘇州文氏家族作家研究》（上海師範大學碩士學位論文，二〇〇九），李琪《文嘉繪畫研究》（華東師範大學碩士學位論文，二〇一三）等。

碧雞漫志漫記〔一〕

百帖主人〔二〕

『《碧雞漫志》，宋王晦叔名灼所著。灼別號熙堂。吾家舊藏祝希哲草書手錄《漫志》一册，止有上、中、下三卷，而無卷首總論。按元人陶南村《説郛》所載，具有總論。第後逐改，稍加删削。當會同兩本，鑒晦叔之舊文，亦一快事。紀此以俟。』此段載明人張青甫《眞迹日錄》第三集内〔三〕。余眠思夢想，如得古人記載可考之品而未能也。今本獲此墨池鴻寶，不意顛沛之中有是樂境。考明季先藏文文水蘭閣館〔四〕，張恭懿曾經鑒過印識〔五〕，又入項氏天籟閣〔六〕，繼歸張米庵〔七〕，標記跋明，用查名圖記。流傳至我朝，爲繆洗馬珍祕〔八〕，題簽尚存。今在余寶宋樓中，不知將來又屬何人也。

己酉午日〔九〕，百帖主人漫記。

（以上均中國國家圖書館藏明祝允明鈔本《碧雞漫志》卷首）

【箋】

〔一〕底本無題名。

〔二〕百帖主人（一七三八—？）：室名寶宋樓，姓名、籍里、生平均未詳。或誤爲繆曰藻，當非。曾藏有明沈周《石田集》稿本，今歸中國國家圖書館。

〔三〕張青甫：即張丑，字青甫，又作青父。序中引文今見張丑《眞迹日錄》卷五。

〔四〕文文水：即文嘉，字休承，號文水。

〔五〕張恭懿：即張瀚（一五一〇—一五九三），字子文，號元洲，別署虎林山人，仁和（今屬浙江杭州）人。明嘉靖十四年乙未（一五三五）進士，歷大名知府，官至工部尚書、吏部尚書。卒贈太子少保，謚恭懿。著有《奚囊蠹餘》、《吏部職掌》、《臺省疏稿》、《明疏議輯略》、《松窗夢語》等。傳見王錫爵《王文肅公文草》卷六《神道碑》、馮夢禎《快雪堂集》卷九《傳》、焦竑《澹園集》卷二四《傳》（《國朝獻徵錄》卷二五）、《明史》卷二二五等。

〔六〕項氏：即項元汴（一五二五—一五九〇），字子京，號墨林，別署墨林山人、墨林居士、香嚴居士、退密庵主人、惠泉山樵等，室名天籟閣，嘉興（今屬浙江）人。諸生，未入仕。工畫，精鑒賞，收藏法書名畫，極一時之盛。著有《天籟閣帖》、《蕉窗九錄》、《墨林山人詩集》等。傳見董其昌《容臺集·文》卷八《墓志銘》、康熙《秀水縣志》卷八等。

〔七〕張米庵：　即張丑（一五七七—一六四三），晚號米庵。

〔八〕繆洗馬：　即繆曰藻（一六八二—一七六一），字文子，號南有，別署南有居士，室名繆晉齋、南有堂，吳縣（今屬江蘇蘇州）人。狀元繆彤（一六二七—一六九七）子。康熙四十四年乙酉（一七〇五）舉人，屢試不第。五十四年乙未（一七一五）進士，選庶吉士，散館授編修。遷司經局洗馬。雍正二年（一七三四），任廣東學政，以失察所屬鐫職。乾隆初詔復原官，以母老辭。善鑒法書名畫。著有《寓意錄》。傳見顧沅《吳郡名賢圖傳贊》卷一九、道光《蘇州府志》卷八三、道光《吳縣志》卷六八、民國《吳縣志》卷六六等。

〔九〕己酉：　乾隆五十四年（一七八九）。

碧雞漫志跋〔一〕

錢曾

己酉三月望日〔二〕，錢遵王假毛黼季汲古閣本校定訛闕〔三〕。惜家藏舊本少第一卷，無從是正爲恨。

【箋】

〔一〕底本無題名。此文又見清初錢曾校明鈔本《碧雞漫志》卷末。

〔二〕己酉：　康熙八年（一六六九）。

〔三〕毛黼季：　即毛扆（一六四〇—一七一三），字斧季，一作黼季。

碧雞漫志跋〔一〕

陸紹曾〔二〕

乾隆己亥小春〔三〕，吳門陸紹曾據鍾人傑《唐宋叢書》本重校一過〔四〕。鍾本節删過半，益知此本爲佳耳。

金管齋書。

（以上均清乾隆四十四年長塘鮑氏刻本《知不足齋叢書》第六册《碧雞漫志》卷末）

【箋】

〔一〕底本無題名。

〔二〕陸紹曾（一七三六—一七九五）：字貫夫，號白齋，别署金管齋，吳縣（今江蘇蘇州）人。好藏書，精鑒賞，工書畫，尤擅八分。輯《續鐵網珊瑚》。著有《不惑編》、《名扇録》、《刻碑姓名録》、《遊杭書畫録》、《飛白録》（與張燕昌合輯）等。傳見葉廷琯《鷗陂漁話》、《國朝書人輯略》卷七等。

〔三〕乾隆己亥：乾隆四十四年（一七七九）。

〔四〕鍾人傑：字瑞先，錢塘（今浙江杭州）人。生平詳見本書卷三《四聲猿引》條箋證。嘗輯《唐宋叢書》一百三種。

碧雞漫志跋〔一〕

闕　名〔二〕

此卷考核援引最詳雅，可與段安節《樂府雜錄》並傳，爲詞林佳話。

（清順治四年翻刻本陶珽《說郛》卷一九《碧雞漫志》卷末）

【箋】

〔一〕底本無題名。

〔二〕《學海類編》本此文後署「新城王士禛」，當爲後人托名。參見岳珍《〈碧雞漫志〉版本考》（《文獻》一九九九年第一期）。

附　碧雞漫志序

王　灼

乙丑冬〔一〕，予客寄成都之碧雞坊妙勝院。自夏涉秋，與王和先、張齊望所居甚近，皆有聲妓，日置酒相樂，予亦往來兩家不厭也。嘗作詩云：『王家二瓊芙蕖妖，張家阿倩海棠魄。露香亭前占秋光，紅雲島邊弄春色。滿城錢癡買娉婷，風卷畫樓絲竹聲。誰似兩家喜看客，新翻歌舞勸飛觥。君不見東州鈍漢髮半縞，日日醉踏碧雞三井道。』

予每飲歸，不敢徑臥。客舍無與語，因旁緣是日歌曲，出所聞見，仍考歷世習俗，追思平時論說，信筆以記。積百十紙，混羣書中，不自收拾。今秋開篋偶得之，殘脫逸散，僅存十七，因次比增廣成五卷，目曰《碧雞漫志》。顧將老矣，方悔少年之非；游心淡泊，成此亦安用？但一時醉墨，未忍焚棄耳！

己巳三月既望〔二〕，覃思齋序。

（清乾隆四十四年長塘鮑氏刻本《知不足齋叢書》第六冊《碧雞漫志》卷首）

【箋】

〔一〕乙丑：宋紹興十五年（一一四五）。

〔二〕己巳：宋紹興十九年（一一四九）。

附　碧雞漫志跋〔一〕

沈曾植〔二〕

右天一閣鈔本。前闕後爛，不可復觸手，爰付陳生修治。校知不足齋刻本，是正十餘字，甚快意。

甲寅冬月記〔三〕。遜公〔四〕。

（臺灣『中央圖書館』藏明天一閣鈔本《碧雞漫志》卷末〔五〕）

【箋】

〔一〕底本無題名。

〔二〕沈曾植（一八五〇—一九二二）：一名增植，字子培，號退庵，别署遜公、寐叟、巽齋老人，室名遜齋，藏書樓名海日樓，嘉興（今屬浙江）人。清光緒六年庚辰（一八八〇）進士，歷任安徽提學使。曾助康、梁變法。張勛復辟時，授學部尚書。著有《海日樓詩文集》、《海日樓藏書目》、《寐叟題跋》等。傳見《清史稿》卷四七二、《碑傳集三編》卷八、《清代七百名人傳》、《近世人物志》、《皇清書史》卷二六等。參見王蘧常《沈寐叟年譜》（民國二十七年商務印書館排印本）。

〔三〕甲寅：民國三年（一九一四）。

〔四〕題署之後有印章一枚：『海日樓』。

〔五〕此本未見，據岳珍《碧雞漫志校正》（修訂本）附錄《王灼著述歷代書目著錄及序跋》迻錄（頁一七五）。

錄鬼簿（鍾嗣成）

鍾嗣成（一二七五？—一三四五？），字繼先，號醜齋，大梁（今河南開封）人，後寄居杭州（今屬浙江）。以明經屢試於有司，不遇，因杜門著述。撰雜劇七種，皆佚。著《錄鬼簿》。

《錄鬼簿》，現存四明范氏天一閣藏明藍格鈔本（一九三八年北京大學出版組據以影照石印，一九六〇年中華書局上海編輯所據以影印，《續修四庫全書》第一七五九册據以影印），明萬曆間藍格精鈔明闕名輯錄《說集》本，明崇禎間孟稱舜編刻《古今名劇合選·酹江集》附刻本（《古本戲曲叢刊四集》據以影印，一九五七年上海古典文學出版社《錄鬼簿（外四種）》據以排印，一九五七年文學古籍刊行社出版馬廉《錄鬼簿新校注》），明季舊鈔本，清初尤貞起鈔本（《暖紅室彙刻傳劇》附刻本據以重刻），清康熙四十五年（一七〇六）揚州詩局重刊清曹寅校輯《楝亭藏書十二種》本（民國元年上海古書流通處據以影印，民國六年武進董氏誦芬室刻《讀曲叢刊》本據以重刻，民國十四年海寧陳氏石印本《重訂曲苑》本據以影石印）、清光緒三十四年王國維手鈔校本（《日本所藏稀見中國戲曲文獻叢刊》第二輯據以影印）等。

錄鬼簿跋〔一〕

吳門生〔二〕

余自幼性好鈔錄書，字雖不端楷，然見一奇書異典，務必求假而錄之，雖大寒暑中，亦不憚勞。此本昔①見於核庵王老先生處〔三〕，卽就假錄焉，藏之書篋，以見前輩之風流雅趣耳。近一友人借去，至於取索，則再四不肯相復。余謂斯行實非君子之所爲，其得罪於聖賢，玷累於德行多矣！第不欲顯其姓字耳。今偶得鄉人太常陳生藏本〔四〕，又重錄之。假書君子，當以《顏氏家訓》爲戒，毋學斯人之行也歟！

洪武戊寅歲端陽越三日〔五〕，吳門生識。

（民國元年上海古書流通處影印清康熙四十五年揚州詩局重刊清曹寅校輯《楝亭藏書十二種》所收《錄鬼簿》卷末）

【校】

①昔，《日本所藏稀見中國戲曲文獻叢刊》第二輯影印清光緒三十四年王國維手鈔校本《新編錄鬼簿》作『偶』。

【箋】

〔一〕底本無題名。《説集》本、孟稱舜本、天一閣本皆無此文。

〔二〕吳門生：或爲蘇州（今屬江蘇）人，姓名、生平均未詳。

〔三〕核庵王老先生：名字、籍里、生平均未詳。

〔四〕太常陳生：或爲蘇州（今屬江蘇）人，名字、生平均未詳。

〔五〕洪武戊寅歲：洪武三十一年（一三九八）。端陽越三日：農曆五月八日。

書錄鬼簿後

賈仲明〔一〕

余因雨窗逸興，觀其前代故元夷門高士醜齋繼先鍾君所編《錄鬼簿》，載其前輩玉京書會、燕趙才人，四方名公士夫，編撰當代時行傳奇、樂章、隱語。北①詞源諸公卿大夫士，自金之解元董先生，並元初漢卿關已齋叟已下，前後凡百五十一人，編集於簿。前有董解元等，皆省院、臺部、翰苑、路府要路，公卿大夫者四十四人，未紀挽詞爲吊。又編集傳奇名公，自關先生等五十六人，惟紀其所編傳奇，亦未吊之。與鍾君相知者，自宮大用已下一十八人，皆作其傳，各各以【淩波仙】曲吊挽。已後才人與先生不相識者，王思順等三十三人，止列其姓名，書其學問，俱無詞吊之。

余雖才淺名輕，不揞先生盛文高韻，美乎前輩諸賢大夫名公士出處文學列於簿，凡宫大用等已吊之，餘者皆無文焉。余今暮年衰耄，首先公卿大夫四十四人，未敢相挽，自關②先生至高安道八十二人，各各勉强次前曲以綴之。嗚呼！未敢於前輩中馳騁，未免拾其遺而補其缺，以此言之，正所謂附驥續貂云也，愧哉！

永樂二十年壬寅中秋，淄川八十雲水翁賈仲明書於怡和養素軒。

（一九六〇年中華書局上海編輯所影印北京圖書館藏《天一閣藍格寫本正續錄鬼簿》卷首）

【校】

①北，底本作『比』，據文義改。

②關，底本作『聞』，據人名改。

【箋】

〔一〕賈仲明：（一三四三—一四二二），生平詳見本書卷三《鐵拐李金童玉女》條解題。

錄鬼簿跋〔一〕

夢覺子〔二〕

余雅欲觀元人傳奇詞曲，偶得是帙，中多載其名目，不計妍醜，聊爲錄之。間有不成語處，幾欲輟筆，爲所錄且半，遂卒業焉。牛溲馬浡①，醫者不棄，亦竊附此義云。

萬曆甲申陽月甲子〔三〕，夢覺子漫識。

（民國元年上海古書流通處影印清康熙四十五年揚州詩局重刊清曹寅校輯《楝亭藏書十二種》所收《錄鬼簿》卷末）

【校】

①浡，暖紅室本作『勃』，誤。

【箋】

〔一〕底本無題名。《説集》本、孟稱舜本、天一閣本皆無此跋文。

〔二〕夢覺子：姓名、籍里、生平均未詳。

〔三〕萬曆甲申：萬曆十二年（一五八四）。

錄鬼簿序〔一〕

尤貞起〔二〕

余於丁亥孟冬候友某〔三〕，檢書案，得《錄鬼簿》一册，計三十餘頁，問所從來，知某老先生囑錄也。因竊假鈔手錄。時有友某者，覩之，掩口笑。叩之，則曰：『錄書難，錄無益書更難。子何錄無益書乎？故笑之。』余曰：『書之有益無益，存乎人之好與不好耳。好則無益亦有益，不好有益亦無益也。兹簿縱無益乎，余心竊好之，故錄焉。有益無益，姑勿論。』友亦唯唯。錄畢，聊志問答。

角里棘人尤貞起書於鮮照齋。

（《日本所藏稀見中國戲曲文獻叢刊》第二輯第十九册影印清光緒三十四年王國維據明鈔本手鈔校本《新編録鬼簿》卷首）

【箋】

〔一〕底本無題名。

〔二〕尤貞起：別署角里棘人，籍里、生平均未詳。清康熙間人。

〔三〕丁亥：康熙四十六年（一七〇七）。

録鬼簿跋〔一〕

劉世珩〔二〕

《録鬼簿》二卷，元鍾嗣成撰。嗣成字繼先，一字醜齋。蓋杭州人。其稱古汴者，元時士夫多好著舊望，猶曰巴西鄧文原、蜀郡虞集云耳。朱士凱云繼先爲鄧善之高弟。按《元史》，善之其先緜州人，宋末徙錢唐，至元二十七年辟爲杭州儒學正，至大間授江浙儒學提舉。繼先學於善之，當在其爲儒學時也。繼先序其所交游，幾盡爲杭人，如金志甫、范子安、沈和甫、鮑吉甫、陳存甫、范冰壺、施君美、黄德潤、沈拱之、吳中立、周仲彬皆是。宫大用、鄭德輝、曾瑞卿、喬孟符，悉流寓杭州者也。又其紀范冰壺、施君美里巷甚悉。《睢景臣傳》云：『大德七年，公自維揚來杭州，余與之識。』其爲杭州人無疑矣。此書成於至順庚午，凡金、元雜劇名人仕履，考訂綦詳，可爲談曲本之助。近時通行者，止曹楝亭叢書本，而舛訛特甚。嗣得尤貞起鈔本，紙墨似國初人，方知原書兩排，用漢碑例横讀。曹本作一排，又以原本先上後下，則全數不合。後又得明人鈔本，方知明人已誤，楝亭仍之。兩本同出萬曆甲申，一仍原式，一變原式，其優劣如此。今取尤本重刊，以存本書眞相，愼弗再據曹本訂此本也。

宣統紀元龍集己酉秋七月〔二〕，貴池劉世珩識於天津行館。

（民國間刻《暖紅室彙刻傳劇》附刻本《錄鬼簿》卷末）

【箋】

〔一〕底本無題名。

〔二〕劉世珩：（一八七五——一九二六），生平詳見本書卷二《錢塘夢跋》條。

〔三〕宣統紀元龍集己酉：即宣統元年（一九〇九）。

錄鬼簿跋〔一〕

王國維

黄陂陳士可參事新得明鈔《錄鬼簿》〔二〕，精妙可喜。因手鈔一過，七日而畢。原本間有訛字，悉爲訂正。此爲第一善本矣。

光緒戊申冬十月，國維記〔三〕。

此書一刻於《澹生堂餘苑》，再刻於《楝亭十二種》。餘苑本今不可見，楝亭本行款雖異，然亦有吳門生及覺夢子二跋，蓋與此同一祖本矣。

越四月又記。

宣統元年冬十二月小除，以楝亭本比勘一過。

宣統庚戌〔四〕，藝風先生影鈔尤貞起手鈔本見寄，益見此本之佳。

（《日本所藏稀見中國戲曲文獻叢刊》第二輯第十九冊影印清光緒三十四年王國維據明鈔本手鈔校本《新編錄鬼簿》卷末）

【箋】

〔一〕底本無題名。

〔二〕陳士可：即陳毅（？—一九二八），字士可，黃陂（今屬湖北）人。『將軍團』重要成員之一。曾任學部、蒙藏院參事、湖北工賑督辦等職。

〔三〕光緒戊申：光緒三十四年（一九〇八）。題署之後有陰陽方章『王國維』。

〔四〕宣統庚戌：宣統二年（一九一〇）。

錄鬼簿跋

王國維

宣統改元冬十二月小除夕，以明季精鈔本對勘一過。國維。

鈔本亦有夢覺子《跋》，與此本同出一源。二本各有佳處：鈔本上卷有脱落，然此本下卷已改易體例；字之異同，亦以鈔本爲長。校勘既竟，並以《太和正音譜》、《元曲選》覆校一過，居然善本矣。除夕又記。

宣統二年八月，復影鈔得江陰繆氏藏國初尤貞起手鈔本，知此本卽從尤鈔出，而易其行款，殊非佳刻。若尤鈔與明季鈔本，則各有佳處，不能相掩也。冬十一月，病眼無聊，記此。

（一九八三年上海古籍出版社據一九四〇年商務印書館《海寧王靜安先生遺書》影印《王國維遺書》本《新編錄鬼簿校注》卷末）

附　錄鬼簿跋〔一〕

羅振常〔二〕

丁卯孟夏〔三〕，以大雲書庫舊藏鈔尤貞起本校一過，知藝風雖以影鈔尤本寄示，觀堂未及校也。羅振常記〔四〕。

尤本有序，爲此本所無，別錄之。

（《日本所藏稀見中國戲曲文獻叢刊》第二輯第十九冊影印清光緒三十四年王國維據明鈔本手鈔校本《新編錄鬼簿》卷末）

【箋】

〔一〕底本無題名。

〔二〕羅振常（一八七五—一九四四）：字子經，又字子敬，號心井、邈園，上虞（今屬浙江）人，僑居淮安（今屬江蘇）。羅振玉（一八六六—一九四〇）弟。著名藏書家，藏書室名『蟫隱廬』，編有《善本書所見錄》等。參見羅靜《邈園先生年譜》。

〔三〕丁卯：民國十六年（一九二七）。

〔四〕題署之後有陰文方章『振常手校』。

附　錄鬼簿序

鍾嗣成

賢愚壽夭，死生禍福之理，固兼乎氣數而言，聖賢未嘗不論也。蓋陰陽之詘①伸，即人鬼之生死。人而知夫生死之道，順受其正，又豈有巖牆桎梏之厄哉？雖然，人之②生斯世也，但③以已死者④爲鬼，而不⑤知未死者亦⑥鬼也。酒罌飯囊，或醉或夢，塊然泥土者，則其人⑦與已死之鬼何異？此⑧固⑨未暇論也。其或稍知義理，口發善言，而於學問之道，甘爲暴棄⑩，臨終之後，漠然無聞，則又不若塊然之鬼爲⑪愈也。予嘗見未死之鬼，弔已死之鬼，未之思也⑫，特一間耳⑬。獨不知天地開⑭闢，亙古及⑮今，自有不死之鬼⑯在。何則？聖賢之君臣，忠孝之士子，小善大功，著在方冊者⑰，日月炳煥⑱，山川流峙，及乎⑲千萬劫⑳無窮已，是則雖鬼㉑而不鬼㉒者也。

余因暇日，緬懷故㉓人，門第卑微，職位不振，高才博識㉔，俱有可錄，歲月彌㉕久，湮沒無聞，遂傳其本末，弔以樂章。復以前㉖乎此者㉗，敘其姓名，述其所作，冀㉘乎初學之士，刻意詞章㉙，使冰寒於水㉚，青勝於藍，則亦㉛幸矣。名之曰《錄鬼簿》。嗟乎！余亦鬼也。使已死未死之鬼，作不死之鬼㉜，得以㉝傳遠，余又㉞何幸焉？若夫高尚之士，性理之學，以爲㉟得罪於聖門者，吾黨且噉蛤蜊，別㊱與知味者道㊲。

至順元年龍集㊳庚午月建甲申㊴二十二日㊵辛未㊶，古汴鍾嗣成序㊷。

（民國元年上海古書流通處影印清康熙四十五年揚州詩局重刊清曹寅校輯《楝亭藏書十二種》所收《錄鬼簿》卷首）

【校】

①詘，《說集》本、孟稱舜本、天一閣本皆作『屈』。

②之，《說集》本、孟稱舜本皆無。

③『但』字下，天一閣本有『知』字。

④者，《說集》本、孟稱舜本皆無。

⑤不，天一閣本作『未』。

⑥『亦』字下，《說集》本有『爲』字。

⑦『其人』二字，孟稱舜本脱『其』字，天一閣本下有『雖生』二字。

⑧『此』字下，天一閣本有『曹』字。

⑨固，《說集》本、孟稱舜本皆作『又』。

⑩暴棄，天一閣本作『自棄』。

⑪爲，天一閣本作『之』。
⑫也，《説集》本、孟稱舜本皆無。
⑬特一間耳，《説集》本作『一時聞耳』，誤。
⑭開，天一閣本作『闔』，誤。
⑮及，天一閣本作『迄』。
⑯『鬼』字下，孟稱舜本有『者』字。
⑰者，《説集》本、孟稱舜本皆無。
⑱炳煥，《説集》本、天一閣本均作『炳煌』。
⑲乎，孟稱舜本作『其』。
⑳劫，《説集》本作『卻』。
㉑鬼，《説集》本、孟稱舜本皆作『死』。
㉒鬼，《説集》本作『死』。
㉓故，孟稱舜本、天一閣本皆作『古』。
㉔識，天一閣本作『藝』。
㉕彌，《説集》本、孟稱舜本、天一閣本皆作『縻』。
㉖前，《説集》本作『別』，誤。
㉗者，孟稱舜本作『也』。
㉘冀，孟稱舜本作『異』。

㉙『復以前乎』五句，天一閣本無。
㉚使冰寒於水，孟稱舜本作『使冰寒乎水』，天一閣本作『使水寒乎冰』。
㉛亦，天一閣本作『有』。
㉜『作不死之鬼』句，《說集》本、孟稱舜本、天一閣本皆無。
㉝以，孟稱舜本作『之』。
㉞又，天一閣本作『有』。
㉟以爲，天一閣本作『余有』。
㊱別，《說集》本無。
㊲『吾黨且噉』二句，孟稱舜本作『吾黨且與噉蛤蜊知味者道』。
㊳『集』字下，《說集》本衍『唐』字。
㊴月建甲申，天一閣本脫。
㊵『二十二日』，孟稱舜本作『廿二日』，天一閣本作『廿有二日』。
㊶辛未，天一閣本無。
㊷鍾嗣成序，天一閣本作『鍾繼先自序』。

附（録鬼簿）後序

朱　凱〔一〕

文以紀傳，曲以弔古，使往者復生，來者力學①，《鬼簿》之作，非無用之事也。大梁鍾君，名嗣成②，字③繼先，號醜齋。善之④鄧祭酒、克明曹尚書之高弟⑤。累試於有司，命不克遇。從吏則有司⑥不能辟，亦不屑就。故其胷中耿耿者，借此⑦爲喻，實爲己而發也⑧。樂府小曲，大篇長什⑨，傳之於人，每不遺藁，故未能就⑩編焉。如《馮諼收券⑪》、《詐⑫遊雲夢》、《錢神論⑬》、《斬陳餘》、《章臺柳》、《鄭莊公⑭》、《蟠桃會》等⑮，皆在他處按行，故近者不知，人皆易之。君之德業輝光，文行浥⑯潤，後輩之士⑰，奚能及焉？噫！後之⑱視今，亦猶今之視昔也⑲，日居月諸，可不勉旃⑳！

至順元年九月吉日，朱士凱序㉑。

（同上《錄鬼簿》卷末）

【校】

①『使往者復生，來者力學』二句，《說集》本作『使往復來，生者力學』。

②名嗣成，天一閣本無。

③字，天一閣本無。

④『善之』二字上，天一閣本多『迺』字；《說集》本作『善文』，誤。

⑤『克明曹尚書之高弟』句，《說集》本作『克明曹尚書，皆其師之』；孟稱舜本作『克明曹尚書，皆其師也』；天一閣本作『克明曹尚書高弟也』。

⑥則有司，天一閣本作『工府司』。

⑦此，天一閣本無。

⑧也，天一閣本作『之』。

⑨什，天一閣本作『詩』。

⑩就，孟稱舜本、天一閣本皆無。

⑪馮諼收券，《說集》本、孟稱舜本皆作『馮驩燒券』，天一閣本作『馮驩焚券』，暖紅室本作『馮驩收券』。

⑫詐，天一閣本作『僞』。

⑬錢神論，天一閣本無。

⑭章臺柳鄭莊公，天一閣本無。

⑮等，孟稱舜本無；天一閣本『等』字下多『詞』字。

⑯浥，孟稱舜本作『挹』，天一閣本作『溫』。

⑰之士，天一閣本無。

⑱後之，孟稱舜本作『後人之』。

⑲也，《說集》本、孟稱舜本、天一閣本皆無。

⑳旃，《說集》本、孟稱舜本皆作『焉』。

㉑朱士凱序，《說集》本僅作『序』字，無署名；孟稱舜本作『後序』，無署名；天一閣本作『朱凱士凱序』。

【箋】

〔一〕朱凱：字士凱，籍里未詳。曾任浙江省掾。編《昇平樂府》、《包羅天地》。撰雜劇《昊天塔》、《黄鶴樓》，均存。

附　錄鬼簿跋〔一〕

邵元長〔二〕

余僻居慈谿小縣①，每嘆孤陋，側聆②繼先鍾先生大名久矣，莫遂荊識③。丁丑孟秋〔三〕，一日④邂逅於東皋精舍，匆匆東之鄮⑤城。至⑥中秋，復回谿上，示予以親⑦編《錄鬼簿》，皆本朝顯宦名公⑧，詞章行於⑨世者，恐後湮沒姓名，故編排類集⑩，記⑪其出處才能於其前，度以音律樂章於其後，千萬載之下，知其爲何人⑫，直欲俾其⑬爲不死之鬼也⑭。先生⑮之用心，誠可⑯嘉尚。於其行⑰，遂歌《湘妃曲》以贈⑱：

高山流水少人知，幾擬黄金鑄子期。繼先⑲既解其中意，恨相逢何太遲。示佳篇⑳古怪新奇，想達士無他事。錄名公半是鬼，嘆人生不死何歸。

慈谿邵元長德善頓首㉑。

【校】

①慈谿小縣，天一閣本作『慈溪山縣』。

②聆，《說集》本、天一閣本皆作『聽』。

③荊識，《說集》本、孟稱舜本、天一閣本皆作『識荊』。

④一日，天一閣本無。

⑤鄮，孟稱舜本作『貿』。

⑥至，天一閣本無。

⑦親，天一閣本、暖紅室本皆作『新』。

⑧『皆本朝』句，天一閣本作『皆當今顯宦名公』，暖紅室本作『皆本朝顯官名公』。

⑨行於，孟稱舜本作『有行於』。

⑩編排類集，天一閣本作『編次成集』。

⑪記，天一閣本作『紀』。

⑫何人，《說集》本、孟稱舜本、天一閣本皆作『何如人』。

⑬其，孟稱舜本無。

⑭也，《說集》本、孟稱舜本皆無。

⑮先生，《說集》本、孟稱舜本皆作『繼先』。

⑯可，《說集》本脱。

⑰行，孟稱舜本脱。

⑱贈，《說集》本、孟稱舜本、天一閣本皆作『別』。

⑲『繼先』二字後，孟稱舜本、天一閣本有『賢』字。

⑳篇，天一閣本作『編』。

㉑『慈谿』句，《說集》本作『慈溪邵元長頓首』，孟稱舜本無，天一閣本作『慈溪邵元長序』。

【箋】

〔一〕底本無題名。

〔二〕邵元長：字德善，慈谿（今屬浙江）人。生平未詳。

〔三〕丁丑：元至元三年（一三三七）。

附　錄鬼簿題詞〔一〕

周　誥〔二〕

想開①元朝士無多。觸②目江山，日月如梭。上苑繁華，西湖富貴，總付高歌。麒麟冢衣冠坎坷。鳳凰臺③人物蹉跎。生待如何？死待如何？紙上清名，萬古難磨。右《折桂令》④　周誥題⑤

（以上均民國元年上海古書流通處影印清康熙四十五年揚州詩局重刊清曹寅校輯《楝亭藏書十二種》所收《錄鬼簿》卷末）

【校】

①開，天一閣本作「貞」。

②觸，天一閣本作「滿」。

③臺，天一閣本作「城」。

④「右折桂令」，天一閣本標「折桂令」於曲文之前，故無「右」字。

⑤周誥題，天一閣本脫。

【箋】

〔一〕底本無題名。《說集》本、孟稱舜本皆無此題詞。

〔二〕周詒：字號、籍里、生平均未詳。

附　題録鬼簿蟾宫曲〔一〕

朱　經〔二〕

何①人千古風騷。如意珊瑚，弱②水鯨鼇。紙上功名，曲中恩怨③，話裏漁樵。嘆霧閣雲窗夢杳④。想風魂月魄誰招？裹驪珠淚冷鮫綃，續鶗⑤絃指凍鸞膠。傳芳名玉兔揮毫。譜遺音彩鳳銜簫。

至正庚子七月八日，西清道士朱經仲義題⑥。

（一九一二年上海古書流通處影印清康熙四十五年揚州詩局重刊清曹寅校輯《楝亭藏書十二種》所收《録鬼簿》卷末）

【校】

①何，天一閣本作『可』。
②弱，天一閣本作『蒼』。
③恩怨，天一閣本作『情思』。
④杳，天一閣本作『窈』。
⑤鶗，天一閣本作『冰』。
⑥朱經仲義題，天一閣本作『邾經仲誼識』。

【箋】

〔一〕底本無題名，據天一閣本補題。《說集》本、孟稱舜本皆無此題詞。

〔二〕朱經：一作邾經，字仲義，一作仲誼，別署觀夢道士、西清居士，海陵（今江蘇泰州）人。少習明經，元至正間舉進士，十五年（一三五五）平江路（今江蘇蘇州）學錄。後僑居杭州吳山下，或以其爲仁和（今浙江杭州）人。洪武初赴雲南，三年（一三七〇）返吳門，次年任浙江省考試官，復歸林下。十一年（一三七八），因其子啓文任中宣使，隨之移居南京。卒年當在七十以上。能詩工文，著有《玩齋稿》、《觀夢集》等。撰雜劇《西湖三塔記》、《胭脂女子鬼推門》、《死葬鴛鴦冢》三種，僅《鴛鴦冢》存殘曲二套。傳見《錄鬼簿續編》、《靜志居詩話》卷五、乾隆《杭州府志》卷九三等。

青樓集（夏庭芝）

夏庭芝，字伯和，別署雪蓑釣隱，齋名自怡悅齋，松江（今上海）人。元至正間，隱居鄉里。入明，尚在世。撰《青樓集》。

《青樓集》，現存萬曆間無名氏輯鈔《說集》本，明陸楫輯《古今說海》『說纂』庚集所收本，萬曆間刻《說郛》卷七八所收本，清鈔趙魏（晉齋）鈔校本，清錢氏述古堂《教坊記北里志青樓集》合鈔本，光緒、宣統間長沙葉氏郎園刻、葉德輝輯《雙楳景闇叢書》本等。一九九〇年中國戲劇出版社出版孫崇濤、徐宏圖《青樓集箋注》。

青樓集後序〔一〕

朱　武〔二〕

余嚮觀唐《北里志》與夫傳奇雜説，其間聲妓之籍籍者，雖才色節義有不相類，至於垂名傳記，使後之與慕，往往談論於尊俎之間，而當時作者，豈徒然也。

余生斯世，因感其人之不見於今，且嘆古之①音者，又不復作。及觀雲間夏伯和氏《青樓集》，百年之間，其籍籍者有不愧於古，而知音者代不乏人，則余嚮之感且嘆者，蓋見聞寡陋之過也。觀是集者，可謂聞絃賞音，足知雅調，免夫寡陋之誚矣。遂書於集之後。

山陰朱武序。

（《續修四庫全書》第一七五八册影印明鈔《説集》本《青樓集》卷末）

【校】

①之，疑當作『知』。

【箋】

〔一〕底本無題名，據清趙魏鈔校本題。此文僅載明鈔《説集》本及清趙魏鈔校本。

〔二〕朱武：山陰（今浙江紹興）人，字號、生平均未詳。

（青樓集）後敘

張　肎〔一〕

青樓之妓，代不乏人，苟不因其人而重之，則色藝亦何足論。若唐之柳氏得韓翃而聲著，紫雲因杜牧而名聞。裴敬忠之於崔徽，張建封之於盼盼。鏡湖春色，元植留情；一曲春風，劉郎佳咏。他如雪兒、紅兒、鍾二李輩，有不可歷數，莫不因其人而得其重者。噫！匪獨竊餘輝於當時，抑且得附名於後世。苟不因其人，今亦安知其所謂紫雲輩也？

雲間雪蓑翁，紀一代諸妓一帙，曰《青樓集》。其間如梁園秀、朱簾秀輩，一經品題，便作佳妓。因人而重，豈不然哉！雪蓑翁姓夏，字伯和，審音善文，於人慎許可，故知所集爲不誣云。

姑蘇張肎寄夢敘。

【箋】

〔一〕張肎：字寄夢，蘇州（今屬江蘇）人。生平未詳。著有《暗香疏影自度曲》。

（青樓集）識語

趙　魏〔一〕

此樊榭山房校本，爲樊榭先生手錄〔二〕，云照小玲瓏館舊鈔本補入〔三〕。嘉慶七年閏二月十九日，借錄於何子夢華處〔四〕。趙魏識。書共七千五百八十字。

【箋】

〔一〕趙魏（一七四六—一八二五）：字洛生，一作恪生，又作菉森，號晉齋，仁和（今浙江杭州）人。嘉慶二十五年庚辰（一八二〇）恩貢。精金石，工書畫，考證碑版最精。著有《竹崦盦金石錄》、《華山石刻表》、《歷朝類帖考》、《小學雜綴》、《古今法帖彙目》、《竹崦齋傳鈔書目》等。傳見《清畫家詩史》庚上、《國朝書人輯略》卷六、《皇清書史》卷二五、《金石學錄》卷四、《武林人物新志》卷五、《昭代名人尺牘小傳》、《墨林今話》卷五、《清朝畫史增編》卷二七等。

〔二〕樊榭先生：即厲鶚（一六九二—一七五二）。

〔三〕小玲瓏館：即小玲瓏山館，揚州鹽商馬曰琯（一六八八—一七五五）、馬曰璐（一七〇一—一七六一）兄弟書屋。

〔四〕何夢華：即何元錫（一七六六—一八二九），字夢華，又字敬祉，號蝶隱，錢塘（今浙江杭州）人。監生，候選主簿。後客死粵中。精於金石簿錄之學，藏書室名夢華館。曾爲邢澍《金石文字辨異》作序。著有《秋神閣詩鈔》。參見李玉安《中國藏書家辭典》（湖北教育出版社，一九八九）。

（青樓集）志語

鳳藻〔一〕

錢塘趙晉齋〔二〕，多藏祕籍，每每手自校鈔。昔余友人高子隆〔三〕，曾以晉齋手鈔《安祿紀事》、牛肅《紀聞》等小說，合訂一冊求售。書法精雅，惜其殘蝕，不堪觸手而止。此冊雖僅寥寥二十餘頁，實爲四庫遺書，蓋古書而晚出者也，亮足珍祕。光緒十一年春王正月二日，雨窗無聊，偶讀一過。

鳳藻因記。

（以上均北京大學圖書館藏趙魏鈔校本《青樓集》卷末〔四〕）

【箋】

〔一〕鳳藻：姓名、籍裡、生平均未詳。

〔二〕趙晉齋：即趙魏（一七四六—一八二五），字晉齋，生平詳見本卷《（青樓集）識語》條箋證。

〔三〕高子隆：姓名、籍里、生平均未詳。

〔四〕此本未見，據孫崇濤、徐宏圖《青樓集箋注》卷末附錄迻錄（中國戲劇出版社，一九九〇，頁二三二）。

附 青樓集志〔一〕

闕 名〔二〕

唐時有傳奇，皆文人所編，猶野史也，但資諧笑耳。宋之戲文，乃有唱念，有諢。金則院本、雜劇合而爲一。至我朝，乃分院本、雜劇而爲二。

院本始作，凡五人：一曰副淨，古謂之①參軍；一曰副末，古謂之蒼鶻，以末可以扑淨，如鶻能擊禽鳥也；一曰引戲；一曰末泥；一曰孤。又謂之『五花爨弄』。或曰，宋徽宗見爨國人②來朝，衣裝鞋履巾裹，傅粉墨，舉動如此，使優人效③之，以爲戲，因名曰『爨弄』。國初教坊色長魏、武、劉三人，魏長於念誦，武長於筋斗，劉長於科泛，至今行④之。又有餤段，類院本而差簡，蓋取其如火餤之易明滅也。

雜劇⑤則有旦、末。旦本女人爲之，名『妝旦色』；末本男子爲之，名『末泥』。其餘供觀⑥者，悉謂⑦之外腳，有駕頭、閨怨、鴇兒、花旦、披秉、破衫兒、綠林、公吏、神仙道化、家長裏短之類。內而京師，外而郡邑，皆有所謂构欄者，辟優萃而隸樂，觀者揮金與之。院本大率不過謔浪調笑，雜劇則不然，君臣如《伊尹扶湯》、《比干剖腹》，母子如《伯瑜泣杖》、《剪髮待賓》，夫婦如《殺狗勸夫》、《磨刀諫婦》，兄弟如《田眞泣樹》、《趙禮讓肥》，朋友如《管鮑分金》、《范張雞黍》，皆可以厚人倫⑧，美風化。又非唐之傳奇、宋之戲文、金之院本，所可同日語矣。

嗚呼！我朝混一區宇，殆將百年，天下歌舞之妓，何啻億萬，而色藝表表在人耳目者，固不多也。僕聞青樓於方名豔字，有見而知之者，有聞而知之者，雖詳其人，未暇紀錄。乃今風塵澒洞，郡⑨邑蕭條，追念舊⑩遊，慌⑪然夢境，於心蓋有感焉。因集成編，題曰《青樓集》。遺忘頗多，銓類無次，幸賞音之士，有所增益，庶使後來者知承平之日，雖女伶亦有其人，可謂盛矣！至若末泥，則⑫又序諸別錄云。

至正己未春三月望日錄此〔三〕，異日榮⑬觀，以發一笑云⑭。

【校】

①『之』字，底本無，據清趙魏鈔校本補。

②宋徽宗見爨國人，底本作『宋徽宋爨見國』，據清趙魏鈔校本改。

③優人效，底本作『人優之効』，據清趙魏鈔校本改。

④行，清趙魏鈔校本作『宗』。

⑤『雜劇』二字上，清趙魏鈔校本有『院本』二字。

⑥觀，清趙魏鈔校本作『襯』。

⑦謂，底本作『爲』，據清趙魏鈔校本改。

⑧倫，底本作『論』，據清趙魏鈔校本改。

⑨郡，底本作『羣』，據清趙魏鈔校本改。

⑩舊，清趙魏鈔校本作『昔』。

⑪慌，清趙魏鈔校本作『恍』。

⑫則，清趙魏鈔校本無。

⑬榮，疑誤，或當作『重』。

⑭『至正己未』三句，清趙魏鈔校本作『至正庚子四月既望雪蓑釣隱謹志』。

【箋】

〔一〕此文僅見明鈔《説集》本及清趙魏鈔校本，其他諸本俱失載。

〔二〕此文當爲夏庭芝撰。

〔三〕至正己未：元至正無己未年，或爲『乙未』之誤。乙未，至正十五年（一三五五），疑即此書初稿寫作時間。清趙魏鈔校本作『至正庚子』，則爲至正二十年（一三六〇），疑即此書定稿時間。參見孫崇濤、徐宏圖《青樓集箋注》之《前言》。

附 青樓集序

郲　經〔一〕

君子之於斯世也，孰不欲才加於①人，行足諸已，其肯甘於自棄乎哉？蓋時有否泰，分有窮達，故才或不羈，行或不揜焉。當其泰而達也，園林鐘鼓，樂且未央②，君子宜之③。當其否而窮也，江湖詩酒，迷而不復，君子非獲已者④，而世之人竊怪之，何耶？自晉唐以來，賢志之士，率以醉爲身謀，固亦善矣，爲世道不亦疏乎？

我皇元⑤初並⑥海宇，而⑦若杜散人、白蘭谷、關已齋輩皆不屑仕進，乃嘲風咏⑧月，流⑨連光景，庸俗易之，用⑩世者嗤之。三君之心，固難測⑪也。百年未幾，世運中⑫否，點堅稱爵，鴟義賞功，岩駭林豩，嘉遯無所，故背者賈焉，曠者變焉，恥言乎而舉同流俗矣⑬。

商顏黄公之裔孫，有⑭雪蓑者，攜《青樓集》示余，且徵序引⑮。余⑯維雪蓑在承平時，蒙⑰富貴餘澤，豈若杜樊川贏得薄幸之名乎？然樊川自負奇節，不爲齪齪小謹，至論列大事，如《罪言》、《原十六衛》、《戰守二論》、《與時宰論兵》、《論法則⑱書》，達古今，審成敗，視昔之平安杜書記爲何如也⑲？惜乎大⑳憗將相之權，弗使究其設施，回翔紫微，文空言耳！揚州舊夢，尚奚憶哉？

今雪蓑之爲是集也，殆亦夢之覺耶㉑？不然，何㉒歷歷青樓歌舞之妓，成㉓一代之豔史而傳之乎㉔？雪蓑才㉕行，不下時俊，顧屑爲此，余恐世以青樓而疑㉖雪蓑，且不白其志也，故併樊川而論之。噫！優伶賤㉗藝，樂則靡矣㉘。文墨之間，每傳好事㉙；其湮沒無聞者，抑已靈矣㉚。黃四娘托老杜而傳㉛，獨何幸也！後之覽㉜者，尚感士之不遇云㉝。

至正㉞甲辰六月卽望，觀夢道人隴右郗經仲義㉟謹序。

【校】

①於，清光緒、宣統間長沙葉氏郎園刻、葉德輝輯《雙楳景闇叢書》本作「諸」。

②未央，底本作「無史」，據《雙楳景闇叢書》本改。

③之，底本作「其」，據《雙楳景闇叢書》本改。

④「者」字後，《雙楳景闇叢書》本有「焉」字，然無「而世之人」至「不亦疏乎」三十五字。

⑤皇元，《雙楳景闇叢書》本作「朝」。

⑥并，底本作「拜」，據《雙楳景闇叢書》本改。

⑦「而」字後，《雙楳景闇叢書》本有「金之遺民」四字。

⑧咏，《雙楳景闇叢書》本作「弄」。

⑨流，《雙楳景闇叢書》本作「留」。

⑩用，底本作「周」，據《雙楳景闇叢書》本改。

⑪測，《雙楳景闇叢書》本作「識」。

⑫運中，底本作「將」，據《雙楳景闇叢書》本改。

⑬「點堅稱爵」七句，《雙楳景闇叢書》本作「士失其業，志則鬱矣。酤酒載醱，詩禍叵測，何以紓其愁乎？小軒居寂，維夢是觀」。

⑭有，《雙楳景闇叢書》本作『曰』。
⑮此句後，《雙楳景闇叢書》本有『其志言讀之蓋已詳矣余奚庸贅』十三字。
⑯余，《雙楳景闇叢書》本作『竊』。
⑰『蒙』字前，《雙楳景闇叢書》本有『嘗』字。
⑱法則，《雙楳景闇叢書》本作『江賊』。
⑲也，《説海》本、《説郛》本均作『邪』，《雙楳景闇叢書》本作『耶』。
⑳大，《雙楳景闇叢書》本作『天』。
㉑耶，《雙楳景闇叢書》本作『也』。
㉒何，《雙楳景闇叢書》本無。
㉓『成』字上，《雙楳景闇叢書》本有『而』字。
㉔而傳之乎，《雙楳景闇叢書》本作『傳之也』。
㉕才，《雙楳景闇叢書》本作『于』。
㉖疑，底本無，據《雙楳景闇叢書》本補。
㉗『賤』字上，《雙楳景闇叢書》本有『則』字。
㉘矣，《雙楳景闇叢書》本作『焉』。
㉙事，底本無，據《雙楳景闇叢書》本補。
㉚抑已靈矣，《雙楳景闇叢書》本作『亦已多矣』。
㉛傳，《雙楳景闇叢書》本作『名存』。

㉜後之覽，《雙楳景閣叢書》本作『覽是集』。
㉝云，《雙楳景閣叢書》本無。
㉞『至正』二字上，《雙楳景閣叢書》本有『時』字。
㉟邾經仲義，《雙楳景閣叢書》本作『朱經』。

【箋】

〔一〕邾經：一作朱經，生平詳見本卷《附　題録鬼簿蟾宫曲》條箋證。

附　青樓集敍〔一〕

張　擇〔二〕

《青樓集》者，紀南北諸伶之姓氏也。名以青樓者何？蓋取秦少游之語①也。記以諸伶者誰？吴淞夏君之集也。

夏君伯②和，文獻故家，起宋歷元，幾二百餘年，素富貴而苴土③富貴④。方妙歲時，客有挾明雌亭侯之術，而謂之曰：『君神清氣峻，飄飄然丹霄⑤之鶴。厥一紀，東南兵擾，君值其厄，資產蕩然，豫損之又損，其庶幾乎？』伯和攬鏡，自嘆形色。凡寓公貧士，鄰里細民，輒周急贍乏。遍交士大夫之賢者，慕孔北海，座客常滿，尊酒不空，終日高會開宴，諸伶畢至，以故聞見博有，聲譽益彰。無何，張氏據姑蘇，軍需徵賦百出，昔之吝財豪戶，破家剝牀，目不堪覩。伯和優游衡茅，教子讀書，幅巾筇杖，逍遥乎林麓之間，泊如也。追憶曩時諸伶姓氏而集焉。

喜事者哂之，弗究經史而志米鹽瑣事，質之於頑老子。曰：『賢哂其易易，竟弗究其所以然者。我聖元世皇御極，肇興龍朔，混一文軌，樂典章，煥乎唐堯，若名臣方躅，具載信史。茲記諸伶姓氏，一以見盛世芬華，元元同樂；再以見庸夫溺濁流之弊，遂有今日之大亂，厥志淵矣哉！史列伶官之傳，侍兒有集，義倡司書，稗官小說，君子取焉。伯和記其賤者末者，後猶匪企及，況其碩氏巨賢乎？當察夫集外之意，不當求諸集中之名也。』伯和拜手曰：『先生知予哉！』

至正丙午春，頑老子張擇鳴善謹敍。

（以上均明鈔本《說集》所收《青樓集》卷首〔三〕）

【校】

①語，清趙魏鈔校本作『說』。

②伯，底本作『百』，據下文改。

③土，底本無，據《雙楳景闇叢書》本補。

④『貴』字下，清趙魏鈔校本有『也』字。

⑤霄，底本作『宵』，據文義改。

【箋】

〔一〕此文僅見明鈔《說集》本及清趙魏鈔校本，其他諸本俱失載。

〔二〕張擇：字鳴善，號頑老子，祖籍平陽（今屬山西），遷居湖南，流寓揚州、武昌。元末任宣慰司令史。入明，任江浙提學，稱病辭官，隱居吳江（今屬江蘇）。著有《英華集》。撰雜劇《十八公子大鬧草園閣》、《包待制判斷烟花鬼》、《党金蓮夜月瑤琴怨》等，均佚。參見孫楷第《元曲家考略》。

〔三〕此本未見，均據《中國古典戲曲論著集成》第二冊《青樓集》迻錄。

附　青樓集跋〔一〕

夏邦彦〔二〕

羅春伯《聞見錄》，載陳子翁《題蔡奴像》曰：『觀全盛時，風塵中人物尚如此，嗚呼盛哉！』余於《青樓集》，不①無感云爾。

至正丙午夏五月，郡人夏邦彦書於風月樓中。

（清光緒宣統間長沙葉氏郎園刻、葉德輝輯《雙楳景闇叢書》本《青樓集》卷末〔三〕）

【校】

①《中國古典戲曲論著集成》第二冊《青樓集》校云：『不』字下，《說海》本、《說郛》本，均有『能』字。

【箋】

〔一〕底本無題名。明鈔《說集》本無此跋。

〔二〕夏邦彦：松江（今上海）人。字號、生平均未詳。

〔三〕此本未見，據《中國古典戲曲論著集成》第二冊《青樓集提要》迻錄（頁四〇）。

曲律（魏良輔）

魏良輔，號尚泉，一作上泉，豫章（今江西南昌）人，寓居太倉（今屬江蘇）。明嘉靖間，與樂師張野塘、過雲適等，改良流行於崑山一帶的南曲腔調，創『水磨調』新腔，即崑山腔。著有《曲律》。《曲律》，現存萬曆四十四年丙辰（一六一六）長洲周氏刻本周之標選輯《吳歈萃雅》卷首，題《魏良輔曲律十八條》；後人改題《崑腔原始》，現存天啓三年癸亥（一六二三）序萃錦堂刻本許宇選輯《詞林逸響》卷首附刻本（共十七條），未署撰者；崇禎十年（一六三七）張師齡刻本張旭初輯錄《吳騷合編》卷首附刻本，題作《魏良輔曲律》（共十七條）；崇禎十二年刻本沈寵綏《度曲須知》卷下引錄，題《曲律前言》（共十四條，其中四條非《曲律》之文）。近人新發現毗陵吳崑麓校正、文徵明寫本《婁江尚泉魏良輔南詞引正》，凡二十條，參見本卷後文。錢南揚據以撰《魏良輔南詞引正校注》。

崑腔原始序〔一〕

闕　名〔二〕

按元魏良輔，崑山州人，瞽而慧，以師曠自期。先爲絲竹之音，巧絕一世，既則定曲腔點板，發古人未有之心思。海內宗之，度曲必稱崑腔者，不忘其所自始也。相傳有《曲律》，吳人咸誦習焉。

如海鹽、弋陽、四平，皆奴隸矣。謹述如左。

（《善本戲曲叢刊》第二輯影印明天啓三年癸亥序萃錦堂刻本《詞林逸響》卷首）

【箋】

〔一〕底本無題名。

〔二〕此文當爲許宇撰。

詞謔（李開先）

李開先（一五〇二—一五六八），生平詳見本書卷三《一笑散院本》條解題。《詞謔》，含《詞謔》、《詞套》、《詞樂》、《詞尾》四部分。原書不題著者姓名，中云：『《市井豔詞》百餘，予所編集。』據《李中麓閒居集》，《市井豔詞》乃李開先編纂，故《詞謔》當亦爲李開先編纂。參見顧隨《讀〈詞謔〉》（《顧隨全集·著述卷》第二冊，河北教育出版社，二〇〇〇，頁二四五—二四六）。現存嘉靖間刻本、康熙間陸貽典據也是園藏本傳鈔本（題《一笑散》，一九五五年文學古籍刊行社據以影印）等。

跋一笑散〔一〕

錢謙益

此書傳自秦西巖氏〔二〕，秦疑爲康滸西之筆〔三〕。余則定爲章丘李中麓，以所載《沉醉東風》有『傳自吾章弭少庵』之語，且熊南沙、王遵巖、唐荊川、陳后岡皆中麓之友，與滸西不相及也。家有中麓《閒居集》，貯書樓壁角中，發而觀之。中麓歸田後，專肆力於詞，自製六院本，總名之曰《一笑散》，此書之所繇名也。其自序以謂：『無他長，獨長於詞。遠交王渼陂，近交袁西野，足以資而忘世，樂而忘老。』故此書稱渼陂、西野爲多。又曰：『借此以坐消歲月，暗老豪傑。』嗚呼！其尤可感也。何季公者，西巖之友，讀書好古人也，亦手鈔此書。余從其孫士龍借看，題其後而歸之。

辛巳良月望日記〔四〕。

（《四部叢刊》景明崇禎十六年癸未刻本《牧齋初學集》卷八五）

【箋】

〔一〕按錢氏此文，并非爲《一笑散》而作，實爲《詞謔》而作，清康熙間陸貽典據也是園藏本傳鈔本《詞謔》，即題《一笑散》，並見錢曾《也是園書目》。參見姜麗華《以元爲尚：〈一笑散〉文體及其宗元曲觀》（《北方論叢》二〇一四年第一期）。

〔二〕秦西巖：卽秦四麟，字季公，號西巖，常熟（今屬江蘇）人。明萬曆間諸生。

〔三〕康滸西：卽康海（一四七五—一五四〇）。

〔四〕辛巳：崇禎十四年（一六四一）。

曲論（何良俊）

何良俊（一五〇六——一五七三），字元朗，號柘湖，别署柘湖居士，松江華亭（今屬上海）人。嘉靖間貢生，授南京翰林院孔目。後棄官歸隱，專事著述。自稱與古人莊周、王維、白居易爲友，因名所居爲『四友齋』。著有《四友齋叢説》、《何氏語林》、《柘湖集》、《何翰林集》等。傳見《國朝獻徵録》卷二三、曹溶（？）《明人小傳》、《明史》卷二八七等。

民國初年，單獨摘出《四友齋叢説》卷三七『詞曲』部分詞條，匯刻於《古學匯刊》中，與徐復祚論曲文字合稱爲『明何元朗徐陽初曲論』。《中國古代戲曲論著集成》第四册收録，稱《曲論》。

曲論序〔一〕

何良俊

昔師曠吹律，而知南風之不競。有人彈琴，見螳螂向鳴蟬，欲其得之也，蔡中郎聞其音而知有殺心。隋煬帝將幸江都，作翻調《安公子》曲，王令言知其不反。唐章懷太子作《寶慶曲》，李嗣真聞而知太子廢。古之審音者，其神妙如此。今世律法亡矣，余何能知之？蓋因小時喜聽曲，中年病廢，教童子習唱，遂能解其音調，知其節拍而已。魏文帝《善哉行》内云：『知音識曲，善爲樂方。』或庶幾焉耳！茲以論詞曲之語，附載於篇末。

（《四庫全書存目叢書·子部》第一〇三册影印明萬曆七年龔元成等刻《四友齋叢説》卷三七『詞曲』卷首）

【箋】

〔一〕底本無題名。

南詞引正校正（吴嶔）

明張丑編《眞迹日錄二集》（北京圖書館出版社二〇〇二年據以影印出版），錄文徵明手書《婁江尚泉魏良輔南詞引正》，題『毗陵吴崑麓校正』。《南詞引正》乃魏良輔《曲律》之修訂本。吴崑麓，即吴嶔（一五一七—一五八〇），字宗高，號崑麓，武進（今江蘇常州）人。嘉靖二十五年丙午（一五四六）舉人，授長垣教諭。評選前輩制義，爲《正脈》。著有《四書講義》、《詩經講義》等。傳見康熙《常州府志》卷二三。參見吴新雷《關於明代魏良輔的曲論〈南詞引正〉》（《中國戲曲史論》，江蘇教育出版社，一九九六）。

南詞引正後敍〔一〕

曹大章〔二〕

右《南詞引正》凡二十條，乃婁江魏良輔所撰，余同年吴崑麓校正。情正而調逸，思深而言婉，吾士夫輩咸尚之。昔郢人有歌《陽春》者，號爲絶唱。今良輔善發宋元樂府之奧，其煉句之工，琢字之切，用腔之巧，盛於明時，豈弱郢人者哉！

時嘉靖丁未夏五月，金壇曹含齋敍。

（北京圖書館出版社二〇〇二年影印明張丑編《真跡日錄二集》所收《南詞引正》卷末）

【箋】

〔一〕底本無題名。

〔二〕曹大章（一五二一—一五七五）：字一呈，號含齋，金壇（今屬江蘇）人。明嘉靖二十五年丙午（一五四六）舉人，三十二年癸丑（一五五三）進士，官至翰林院編修。年四十，以疾罷歸。著有《曹太史含齋先生文集》。傳見張祥鳶《華陽洞稿》卷七《行狀》。

南詞敍錄（徐渭）

徐渭（一五二一—一五九三），生平詳見本書卷四《四聲猿》條解題。《南詞敍錄》，現存清黃丕烈士禮居藏鈔本，道光二十六年（一八四六）魯氏壺隱居黑格鈔本，民國六年（一九一七）董康刻《誦芬室叢刊》二編《讀曲叢刊》本（民國十年陳氏《曲苑》本、《重訂曲苑》本、《續修四庫全書》第一七五八冊等均據以影印，民國十四年《重訂曲苑》據《曲苑》本影印，民國二十一年上海六藝書局《增補曲苑·石集》本據《曲苑》本排印）。參見鄭志良《關於〈南詞敘錄〉的版本問題》（《明清戲曲文學與文獻探考》）。

南詞敘錄序〔一〕

徐　渭

北雜劇有《點鬼簿》〔二〕，院本有《樂府雜錄》〔三〕，曲選有《太平樂府》，記載詳矣。惟南戲無人選集，亦無表其名目者，予嘗惜之。客閩多病，咄咄無可與語，遂錄諸戲文名，附以鄙見。豈曰成書，聊以消永日、忘歊蒸而已。

嘉靖己未夏六月望〔四〕，天池道人志。

（南京圖書館藏清道光二十六年魯氏壺隱居黑格鈔本《南詞敘錄》卷首）

【箋】

〔一〕底本無題名。

〔二〕《點鬼簿》：《中國古典戲曲論著集成》第三冊《南詞敘錄校勘記》云：「《點鬼簿》，應是指元鍾嗣成所著的《錄鬼簿》，但今傳各本《錄鬼簿》，不見有題名《點鬼簿》的。」

〔三〕《樂府雜錄》：《中國古典戲曲論著集成》第三冊《南詞敘錄校勘記》云：「此《樂府雜錄》，非是唐段安節所著者。當是指陶宗儀《輟耕錄》裏所載的『院本名目』。」

〔四〕嘉靖己未：嘉靖三十八年（一五五九）。按清黃丕烈士禮居藏鈔本，末署『嘉靖乙未夏六月望天池道人志』。嘉靖乙未卽嘉靖十四年(一五三五),徐渭方十五歲,不可能作《南詞敍錄》。『乙未』當爲『己未』之誤。

曲藻(王世貞)

王世貞(一五二六—一五九〇),字元美,號鳳洲,別署弇州山人,太倉(今屬江蘇)人。嘉靖二十二年癸卯(一五四三)舉人,二十六年丁未(一五四七)進士,授刑部主事,屢遷員外郎、郎中。擢青州兵備副使,調浙江右參政、山西按察使、廣西右布政使、太僕寺卿、右副都御史等。官至南京刑部尚書,以疾辭歸。卒贈太子少保。著有《弇州山人四部稿》、《續稿》、《讀書後》、《弇山堂別集》、《藝苑卮言》等。傳見《國朝獻徵錄》卷四五(王錫爵《神道碑》)、《明史》卷二八七等。

後人輯錄其《藝苑卮言》中論曲條目,題名《曲藻》,單刻行世。現存明萬曆八年(一五八〇)刻、茅一相編《欣賞續編》戊集本(《北京圖書館古籍珍本叢刊》第七八輯、《中國古代音樂文獻集成》第三輯據以影印),明崇禎竹嶼刻王道焜編《雪堂韻史》本,明末刻馮可賓編《廣百川學海》本,明末刻《錦囊小史》本,清杜文瀾校點補鈔明刻本等。參見李燕青《〈藝苑卮言〉研究》(上海大學博士學位論文,二〇一〇)。

欣賞曲藻序〔一〕

王世貞

曲者,詞之變。自金、元入中國,所用胡樂,嘈雜淒緊,緩急之間,詞不能按,乃更爲新聲以媚之。而諸君如貫酸齋、馬東籬、王實甫、關漢卿、張可久、喬夢符、鄭德輝、宮大用、白仁甫輩，咸富有才情，兼喜聲律，以故遂擅一代之長。所謂『宋詞、元曲』，殆不虚也。但大江以北，漸染胡語，時時采入，而沈約四聲遂闕其一。東南之士，未盡顧曲之周郎；逢掖之間，又稀辨撾之王應。稍稍復變新體，號爲『南曲』。高拭則成，遂掩前後。大抵北主勁切雄麗，南主清峭柔遠，雖本才情，務諧俚俗。譬之同一師承，而頓、漸分教；俱爲國臣，而文、武異科。今談曲者往往合而舉之，良可笑也。

弇州山人王世貞著。

（《北京圖書館古籍珍本叢刊》第七八輯影印明萬曆八年刻茅一相編《欣賞續編》戊集本《曲藻》卷首）

【箋】

〔一〕《中國古典戲曲論著集成》第四册《曲藻校勘記》云：『此序文原是《藝苑卮言》中普通的一則，《欣賞續編》本《曲藻》移作序文，並增加「弇州山人王世貞著」八個字。』

題詞評曲藻後

茅一相〔一〕

夫一代之興，必生妙才；一代之才，必有絕藝。春秋之辭命，戰國之縱横，以至漢之文，晉之字，唐之詩，宋之詞，元之曲，是皆獨擅其美而不得相兼，垂之千古而不可泯滅者。雖然，即是數者，惟詞曲之品稍劣，而風月烟花之間，一語一調，能令人酸鼻而刺心，神飛而魄絕，亦惟詞曲爲然耳。大都二氏之學，貴情語不貴雅歌，貴婉聲不貴勁氣，夫各有其至焉。覽是編者，可以參二氏之三昧矣。

庚辰秋日〔二〕，江左茅一相書〔三〕。

（同上《曲藻》卷末）

【箋】

〔一〕茅一相：字國佐，號泰峯，又號康伯，別署花溪懶道人、萬卷樓主人、芝園主人、東海生等，歸安（今浙江湖州）人。茅坤（一五一二—一六〇一）姪。例貢，曾任光祿署丞。重編沈津《欣賞編》，並編《欣賞續編》，合稱《欣賞全編》。編輯《國朝十四朝畫鑒》、《吳興十二家詩選》。著《字學亳釐辨》、《外史備鈔》、《古今金石考》、《文霞閣草》、《北遊草》、《灌餘漫草》、《欣賞詩法》、《詩訣》、《繪妙》等。傳見鄭元慶《湖錄》、光緒《歸安縣志》卷二一等。參見任道斌《關於明代美術理論家楊慎與茅一相》（《中國歷史大辭典通訊》一九八五年第一期）。

〔二〕庚辰：萬曆八年（一五八〇）。

〔三〕題署之後有陰文方章二枚：『三界都疎漢天生一閑人』、『吳人太峯』。

秦淮劇品（潘之恆）

潘之恆（一五五六—一六二二），字景升，號鸞生，別署山史、鸞嘯生、亙生、庚生、天都逸史、冰華生，歙縣（今屬安徽）人，僑寓金陵（今江蘇南京）。嘉靖間，官中書舍人。工詩。著有《黄海》、《名山注》、《亙史》、《鸞嘯小品》、《涉江詩選》、《漪遊草》、《新安山水志》等。傳見《列朝詩集小傳》丁集、曹溶（？）《明人小傳》、康熙《歙縣志》卷一〇、乾隆《歙縣志》卷一四等。

《秦淮劇品》，現存順治三年（一六四六）兩浙督學周南李際期宛委山堂刻陶珽輯《說郛續》卷四四所收本。

秦淮劇品序

潘之恒

神何以觀也？蓋繇劇而進於觀也，合於化矣。然則劇之合也有次乎？曰：有。技先聲，技先神。神之合也，劇斯進已。會之者固難，而善觀者尤鮮。余觀劇數十年，而後發此論也。其少也，以技觀進退步武、俯仰揖讓，具其質爾，非得嘹亮之音、飛揚之氣，不足以振之。及其壯也，知審音而後中節合度者，可以觀也。然質以格囿，聲以調拘。不得其神，則色動者形離，目挑者情沮。微乎！微乎！生於千古之下，而游於千古之上。顯陳迹於乍見，幻滅影於重光。非旃、孟之精通乎造化，安能悟世主而警凡夫。所謂以神求者，以神告，不在聲音笑貌之間。今垂老，乃以神遇。然神之所詣，亦有二途：以摹古者遠志，以寫生者近情。要之，知遠者降而之近，知近者溯而之遠，非神不能合也。吳儂之寓秦淮者，坐進此道，吾以觀微得之。甚矣，劇之難言！何惑乎秦漢之君褰裳濡足也，作諸子之評。

（清順治三年兩浙督學周南李際期宛委山堂刻本陶珽輯《説郛續》卷四四所收《秦淮劇品》卷首）

曲律（王驥德）

王驥德（一五五七—一六二三），生平詳見本書卷四《題紅記》條解題。《曲律》，一名《方諸館曲律》，現存天啓五年（一六二五）毛以燧刻本（《續修四庫全書》第一七五八册據以影印），康熙二十八年（一六八九）蘇州緑蔭堂重印明方諸館刻本，道光間金山錢氏刻《指海》第七集本（《讀曲叢刊》本、《重訂曲苑》本、《增補曲苑》本均據以重印），民國五年（一九一六）上海倉聖明智大學排印、姬佛陀輯《學術叢編》本。二〇一二年上海古籍出版社出版陳多、葉長海《曲律注釋》。

曲律自序

王驥德

曲何以言律也？以律譜音，六樂之成文不亂；以律繩曲，七均之從調不姦。方伶倫吹竹之初，迨后夔拊石之始，爲聲僅五，爲律僅十有二，何約也。至《房中》肇於唐山，水尺奏於寶常，於是布法益密，演數愈繁，調至八十有四，律至百四十有四，聲至一千有八，其變不勝窮焉。變極必反之元，數窮必趨於約，於是唐之孝孫、宋之劉几，以曁完顔之金、蒙古之元，漸省之，以止於六宫十一調。是六宫十一調者，第語被絃應索之詞，非概宫懸廟假之奏也。然《康衢》之歌，興自野老；《關雎》之咏，采之《國風》，不曰『今之曲卽古之樂』哉？

粤自北詞變爲南曲，易忼慨爲風流，更雄勁爲柔曼，所謂『地氣自北而南』，亦云『人聲繇健而順』。吹萬之衡，握之造化；狎主之藝，成之賢豪。惟是元周高安氏有《中原音韻》之創，明涵虚子有《太和詞譜》之編，北士恃爲指南，北詞稟爲令甲，厥功偉矣！至於南曲，鵝鸛之陳久廢，刁斗之設不閑。綵筆如林，盡是嗚嗚之調；紅牙迭響，祇爲靡靡之音。俾太古之典刑，斬於一旦；舊法之澌滅，悵在千秋。

猥當齠齔之年，輒有絲肉之嗜。蕭齋讀罷，或辨吹緹；芸館文閒，時供擊節。浸淫歲月，稍竊涓埃，詎敢謂荀勖之多諧，庶幾徼周郎之一顧。友人孫比部〔一〕，夙傳家學；同舍鬱藍生〔二〕，蚤擅慧腸。並工風雅之脩，兼妙聲律之度。塤篪謬合，臭味略同。日於坐間，舉白譚詞，明星錯於尊俎；抽黄指疢，清吹發於欄楹。曰：『與其祕爲帳中，毋寧公之海内。』曷其制律，用作懸書。余且抱痾，遂踈握槧。既屢折簡，亟趨報成。余迺左持藥椀，右驅管城，日疏數行，積盈卷帙。

布之小史，輒自爲嘲：『今之爲詞曲者，上無豻狴之懸，下鮮棘木之聽。解弢而往，脫銜以快，游於葛天之塗，適於華胥之圃久矣。奈何一旦閑之科條，束之鉗鈦，俾高者駕言爲小乘之縛，卑者貰辭爲拘士之譚，夫有不披卷而姍，絕影而走者哉？嗟乎！創法貴嚴，沿流多竄。畫象之後，不啻三千；罣網於今，迺至七八。以是知畫一非苛，深文猶晚。宇壤寥廓，寧乏蜀鐘相應之大賢？蘭茝薰蒸，儻值《高山》爲賞之同調。人持三尺，家作五申，還其古初，起茲流靡。不將引商刻羽，獨雄寡和之場；《淥水》、《玄雲》，仍作大雅之觀哉？』

客曰：『子言誠辯，抑爲道殊卑，如壯夫羞稱，小技可唾何？』余謝：『否，否！駒隙易馳，河清難俟；世路莽蕩，英雄逗遛。吾藉以消吾壯心；酒後擊缶，鐙下缺壺，若不自知其爲過也。』

萬曆庚戌冬長至後四日，琅邪方諸生書於朱鷺齋。

【箋】

〔一〕孫比部：即孫如法（一五五九—一六一五），字世行，號俟居，別署柳城翁，餘姚孫家境（今屬浙江慈溪）人。太常少卿孫鑨子。明萬曆十一年癸未（一五八三）進士，次年授刑部山西司主事。十四年，因抗疏爭諫，謫潮陽典史。後因病歸鄉，隱居餘姚柳城別墅，以圖史自娛。卒，贈光禄寺少卿。工詩，精曲律。曾訂正《曲律》。著有《春秋古四傳》、《廣戰國策等》。傳見錢檟《傳》、孫如洵《行狀》（均見《姚江孫氏世乘》卷下）、陳繼儒《陳眉公集》卷三五《墓志銘》等。

〔二〕鬱藍生：即呂天成（一五八〇—一六一八）。

敘曲律

馮夢龍

凡物以少整，以多亂。故横議繁而一炬至，卷弜雜而五厄乘，人事濫則天概之，必然之勢也。

近代之最濫者，詩文是已。性不必近，學未有窺。犬吠驢鳴，貽笑寒山之石；病譫夢囈，爭投苦海之箱。獨詞曲一途，竄足者少，豈非以道疑小而不爭，竅未鑿而倖免乎？數十年來，此風忽熾，人翻窠臼，家畫葫蘆，傳奇不奇，散套成套。訛非關舊，誣曰從先；格喜創新，不思乖體。餖飣自矜其設色，齊東妄附於當行。乃若配調安腔，選聲酌韻，或略焉而弗論，或涉焉而未通。今上帝下清問於周郎，則今日之聲歌，其先詩文而受概也必矣。

余早歲曾以《雙雄》戲筆，售知於詞隱先生〔一〕。先生丹頭祕訣，傾懷指授，而更諄諄爲余言王君伯良也。先生所修《南九宮譜》，一意津梁後學。而伯良《曲律》一書，近鐫於毛允遂氏，法尤密，論尤苛。釐韻則德清蒙譏，評辭則東嘉領罰。字櫛句比，則盈牀無合作；敲今擊古，則積世少全才。雖有奇穎宿學之士，三復斯編，亦將咋舌而不敢輕談，韜筆而不敢漫試。洵矣攻詞之針砭，幾於按曲之申、韓。

然自此律設，而天下始知度曲之難；天下知度曲之難，而後之蕪詞可以勿製，前之哇奏可以勿傳。懸完譜以俟當代之眞才，庶有興者。不然，夫安知世俗之不藉口於譜，而濫乃滋甚？且夫濫，一也。世亂則明概於天，世治則陰概於人。濫於曲而譜概之，濫於藉口譜之曲而律概之，其揆一也。而或者謂：『詞閾未開，賴譜爲接引；詞瀾旣倒，仗律爲堤坊。』是猶未知兩先生相須之深者矣。

抑人有言：『指石喻山，破竹杪而識應節之皆虛也。』可以概曲，不可以概詩文乎哉？吾更願得工詩文者，補二律以備三章，則請以謀之允遂氏。

天啓乙丑春二月既望，古吳後學馮夢龍題於葑溪之不改樂庵〔二〕。

（以上均《續修四庫全書》第一七五八冊影印明天啓五年毛以燧刻本《曲律》卷首）

【箋】

〔一〕詞隱先生：即沈璟（一五五三—一六一〇）。

〔二〕題署之後有印章二枚：陰文方章『馮夢龍印』，陽文方章『猶龍』。

曲律後語〔一〕

毛以燧

余不諳詞法，而酷好詞致。猶憶弱冠之年，侍先君子山陰署中，獲同王伯良先生研席。先生於譚藝之暇，每及詞曲，津津乎有味其言之。余間舉古傳奇若雜劇中瑕瑜處相質，先生輒頤解首肯，謂可以言曲。先生於此道，故本夙悟，加以精探逖攬，自宮調以至韻之平仄，聲之陰陽，窮其元始，究厥指歸，靡不析入三昧。吾邑詞隱先生，爲詞壇盟主，持法之嚴，鮮所當意，獨服膺先生，謂有冥契。諸所著撰，往來商榷。先生嘗欲進余堂廡，指授衣缽，余謝未皇。

歲癸亥〔二〕，先生病。入秋，忽馳數行，緘一帙來，曰：『吾生平論曲，爲子所賞，顧喙也，非筆也。寖久法不傳，功令斯湮，正始永絕，吾用大懼。今病且不起。平日所積成是書，曲家三尺具是矣，子其爲我行之吳中。』余啓讀之，則《曲律》也。方在校刻，而訃音隨至，茲函蓋絶筆耳。

先生淹通藻發，其所爲詩若古文辭，卓然成一家言，有《方諸館集》，久行於世。遺草多未入梓，獨忍死以是編相付。先生嘗謂：『吾姑從世界缺陷處一修補之。』此意殊可念。

先生舊嘗校注古本《西廂》、《琵琶》二傳，一洗沈謞，特擅精博，並徵余言弁首，猶是屬意衣缽狂狷之極思。余卒逡巡未能一領其祕，亦不意其遂爲古人，竟以此負先生矣！

先生作有《題紅記》，及《男后》、《離魂》、《救友》、《雙環》、《招魂》諸劇，膾炙一時。乃最所意得，則有《方諸館樂府》二卷，悉散套與小令，家繕部兄方爲剛之金陵〔三〕。蓋先生一生，鍾有情癖，故但涉情瀾，留連宛轉，盡態極妍，令人色飛腸斷，尤稱擅場，洵是千古絶技。今二書並行，庶不爲千古絶學，藉以不終負先生嘉惠之意，其在斯乎！

余原不諳曲法，故律中微密不置論，亦不復須①論，聊綴數語簡後，用紀顛末，以志輟絃之痛。

天啓閼逢困敦之歲季春上浣五日〔四〕，松陵友弟毛以燧跋。

附　別毛以燧

王驥德

三十年來向與禽，可憐同調復同心。如蘭自合推交誼，流水常能借賞音。病久故應傷四壁，路長難慰報雙金。他時夢裏遙相訪，烟水茫茫可易尋？（先生以此詩同《曲律》來告訣，使甫復命，遂卒。）王驥德

附　哭王伯良先生詩十三首

毛以燧

屈指論交三十年，寸心金石未爲堅。而今流水知音去，腸斷牙生在輟弦。

官衙觚槧乍相依，夜夜燒鐙屑競霏。非但能言不可得，祇應天壤解人稀。

追憶分鬮攬袂時，山亭落日酒重釃。忘年小友君能許，何處逢人不寄詩。

梁園同作看花人，並馬蒐奇角句新。轉憶令原增涕淚，遺編悽斷忍重陳！（昔歲余過先庫部兄陳留署中，先生適至，同爲汴遊，刻有《遊梁攬古》諸作。）

君才什倍失封侯，我亦青衫滯白頭。一度相逢一悲咤，更堪操管哭長楸。

山陰道上昔年遊，遙咏巴山便解愁。此日西窗人不見，斷雲咽水下孤舟。

盈盈如帶一江分，每到相思悵暮雲。猶記別時鶯水畔，槐風梅雨泣離羣。

由來玄晏重《三都》，雙璧居然借小巫。從此無心存敝帚，他時誰與任前驅？（余小刻二種，並徼先生序篇。）

《方諸集》在見琳琅，餘草塵緘積滿牀。手取一編臨歿寄，敢辭含痛與商量。

每過東林輒繫舠，便題尺一遺相邀。遠公情累消除盡，猶共銜悲賦《大招》。（先生與平望殊勝寺道源上人，稱方外莫逆，過必留止，招余兄弟出，留連信宿乃去。頃余走哭先生，上人實偕。）

馬卿消渴病逡巡，忍死題詩寄遠人。雙篚遺將端綺重，可憐絕筆在斯晨！

鍾情我輩自傷多，最是情癡奈爾何！今日玄亭一揮涕，不堪扶醉此重過。

嶙峋彩筆足千秋，豔語新詞到處留。知是玉樓成欲賦，黄壚今古不勝愁。毛以燧

（同上《曲律》卷末）

【校】

①『復須』二字，疑倒文。《讀曲叢刊》本作『須復』。

【箋】

〔一〕底本無題名，據版心題。

〔二〕癸亥：天啓三年（一六二三）。

〔三〕家縉部兄：即毛以煃，字允奎，吴江（今屬江蘇）人。萬曆二十八年庚子（一六〇〇）舉人，累官至雲南按察司副使澧儲道。著《感紅詩》，王驥德曾爲之作序。

〔四〕天啓閼逢困敦之歲：天啓甲子年（四年，一六二四）。

曲律跋〔一〕

錢熙祚

王伯良《曲律》，傳本甚尠，諸著録家亦未之及，惟吴江沈君徵《度曲須知》嘗引其『論韻』一條。伯良在明季與詞隱齊名，所著《題紅記》，及《男后》、《離魂》、《救友》、《雙環》、《招魂》諸劇，今不盡存；《方諸館校注西廂》、《琵琶》二記，亦不傳。

此本爲青浦陳東橋先生家舊藏，張君嘯山得以眎余。觀其辨別體格，研究聲韻，持論甚嚴，固不愧『律』之一字。其『雜論』下篇，載文淵閣藏本《樂府大全》，又名《樂府渾成》，中有字譜，核與《白石道人歌曲》、張叔夏《詞源》所列，大同小異。按《齊東野語》：『《混成集》，修內司所刊，巨帙百餘，古今歌詞之譜，靡不備具；只大曲一類，凡數百解。』而伯良所見《渾成》，止林鐘商一調中所載詞至二百餘闋云，以樂律推之，其書尚多，當得數十本，然則《樂府渾成》，卽《混成集》也。伯良又云：『所列凡目有【卜算子】、【浪淘沙】、【鵲橋仙】、【西江月】等，皆長調，又與詩餘不同；有【嬌木笪】，則元人曲所謂【喬木查】，蓋沿其名而誤其字。』按：【卜算子】等四詞，宋人本有令，有慢。柳耆卿《樂章集》【卜算子】、【浪淘沙】、【鵲橋仙】三長調下，皆注歇指調，正與《渾成》所云林鐘商（隋呼歇指調者）相合。伯良嫺於曲，而未考於詞，故以爲異耳。《齊東野語》又言：『太皇最知音，極喜歌。木笪人者，以歌【杏花天木笪】，遂補教坊都管。』亦可與此相證。惜《渾成》全書久佚；明閣本止存林鐘商一類，今亦佚去；而載於《曲律》者，僅『娋聲譜』及『小品譜』三段，又不全舉其目。宋人歌詞之法，遂不可復考。余重校刻伯良書，爲度曲家圭臬，亦爲論詞者發深長思也。

熙祚。

（民國六年武進董康誦芬室刻《讀曲叢刊》本《曲律》卷末）

【箋】

〔一〕底本無題名。

曲品(呂天成)

呂天成(一五八〇—一六一八),生平詳見本書卷四《金合記》條解題。《曲品》二卷,現存舊鈔本,曾習經據以傳鈔,劉世珩復據以轉録。王國維、陳玉祥據劉鈔本加以校訂,卽《曲苑》所用底本。劉氏參照王、陳校本,又加重訂,卽清末民初暖紅室刻本(民國二十四年上海來青閣據以重印)。吴梅據暖紅室本補校,有民國七年(一九一八)北京大學排印本(民國十一年再版)。北京大學圖書館藏有清康熙以後清河郡黑格鈔本、清乾隆五十六年(一七九一)楊志鴻鈔本(《續修四庫全書》第一七五八册據以影印)。一九九〇年中華書局出版吴書蔭《曲品校注》。

曲品自敍

呂天成

予舞象時卽嗜曲,弱冠好塡詞。每入市見新傳奇,必挾之歸,笥漸滿。初欲建一曲藏,上自先輩才人之結撰,下逮腐儒老優之攢簇,悉搜共貯,作江海大觀。既而謂多不勝收,彼攢簇者,收之汙吾篋,於是多刪擲,稍稍散失矣。

壬寅歲〔一〕,曾著《曲品》,然惟於各傳奇下著評,語意不盡,亦多未當,尋棄去。十餘年來,予頗爲此道所誤,深悔之,謝絕詞曲,技不復癢。今年春,與吾友方諸生劇談詞學〔二〕,窮工極變,予興復不淺，遂趣生撰《曲律》。既成，功令條教，臚列具備，眞可謂起八代之衰，厥功偉矣！

予謂生曰：『曷不舉今昔傳奇而甲乙焉？』曰：『褒之則吾愛吾寶，貶之必府怨。且時俗好憎難齊，吾懼以不當之故而累全律，故今《曲律》中略舉一二而已。』予曰：『傳奇侈盛，作者爭衡，從無操柄而進退之者。矧今詞學大明，妍媸畢照，黄鐘瓦缶，不容溷陳，《白雪》、《巴人》，奈何並進？子慎名器，余且作糊塗試官，冬烘頭腦，開曲場，張曲榜，以快予意，何如？』生笑曰：『此段科場，讓子作主司也。』

予歸，檢舊稿猶在，遂更定之。仿鍾嶸《詩品》、庾肩吾《書品》、謝赫《畫品》例，各著論評，析爲上、下二卷，上卷品作舊傳奇者及作新傳奇者，下卷品各傳奇。其未考姓氏者，且以傳奇附；其不入格者，擯不録。世有知我，按品收閲，亦已富矣。如或罪我，甘受金谷之罰。雖然，古本多湮，時作紛出，管窺蠡測，何能周知？所望同調者出家藏，示茂製，以啓予，是亦詞社之幸也。

萬曆癸丑清明日，東海鬱藍生書於山陰樛木園之烟鬟閣。

（《續修四庫全書》第一七五八册影印清乾隆五十六年楊志鴻鈔本《曲品》卷首）

【箋】

〔一〕壬寅：萬曆三十年（一六〇二）。次年即落款之『癸丑』。

〔二〕方諸生：即王驥德（一五五七？—一六二三），號方諸生。

曲品新傳奇品跋〔一〕

王國維

此書誤字纍纍，文又拙劣，然無名氏《傳奇彙考》、江都黄文暘《曲目》，多取材於此。蓋著録戲曲之書，除元鍾醜齋《録鬼簿》、明寧獻王《太和正音譜》外，以此爲最古矣。内《曲品》三卷，鬱藍生撰；其《新傳奇品》五頁，則高奕所續成，此本誤編在中卷之下、下卷之上。卷末之《新傳奇品》，當入《曲品》下卷。鬱藍生與陳玉陽、葉桐柏同輩，乃明萬曆間人。奕已入國朝，《新傳奇品》序中自云『高奕爾音甫』，《傳奇彙考》則云『奕字太初』，則『爾音』其别字也。光緒戊申冬月，假此本手録一過，並爲校補數處。

海寧王國維書①。

（一九八三年上海古籍出版社影印一九四〇年商務印書館《海寧王靜安先生遺書》影印本《王國維遺書》之《觀堂别集》卷三）

【校】

①『海寧王國維書』六字，底本無，據民國間《暖紅室彙刻傳劇》附刻本《傳奇品》補。

【箋】

〔一〕此文又見民國間《暖紅室彙刻傳劇》附刻本《傳奇品》卷末，無題名。

曲品新傳奇品跋〔一〕

王國維

此本從劉氏暖紅室假錄。原書篇第倒置，訛謬滋多，並爲訂正。明人一代傳奇，略具此書。江都黃文暘《曲海》，無名氏《傳奇彙考》，均取材於此。此可寶也。

宣統改元春王正月，國維識。

近見明末刊本《西廂記》凡例云：『方諸生乃王伯良別號。』伯良名驥德，會稽人，見徐釚《本事詩》，著有《曲律》三卷。東海鬱藍生，當爲越人而徐姓者，著之俟考。

冬十月，又記〔二〕。

（清宣統元年王國維鈔錄本《曲品新傳奇品》卷末〔三〕）

【箋】

〔一〕底本無題名。

〔二〕題署之後有陰陽文方章『王國維』。

〔三〕此本未見，據黃仕忠《日藏中國戲曲文獻綜錄》圖版錄入（頁四三一）。

曲品傳奇品跋〔一〕

陳玉祥〔二〕

鬱藍生《曲品》三卷，搜羅頗富，評隲亦尚詳細，知其於此道確有心得，非苟爲雌黄褒貶者。惟詞意淺俚，未能精緻透達，且譌字晦句，層出迭見，或係鈔胥者之誤。海寧王君先爲補校數處，予亦假鈔一過，又爲之改正數十字，尚有未能臆揣者，再待考正。

至高奕所續之《新傳奇品》五頁，則移附於三卷之後。第奕既爲小敍矣，而其所著之傳奇十四種，又自加評讚，則又何說？亦須考正，以釋其疑。

宣統紀元己酉仲夏〔三〕，吳下陳玉祥三儂識，時館京邸天禄西堂。

【箋】

〔一〕底本無題名。

〔二〕陳玉祥：號三儂，元和（今江蘇蘇州）人。生平未詳。

〔三〕宣統紀元己酉：宣統元年（一九〇九）。

曲品傳奇品跋〔一〕

劉世珩

《曲品》二卷，前題『東海鬱藍生撰，琅琊方諸生閱』。《傳奇品》二卷，署『高奕晉音銓次』。揭陽曾蟄庵參議習經昔見於廠肆，手錄藏之，不知其爲誰氏本也。

余按：沈伯明自晉《南詞新譜》載《古今人譜詞曲傳劇總目》，有呂棘津《神鏡記》，下注：『名天成，字勤之，別號鬱藍生，姚江人。著《烟鬟閣傳奇》十種。』與所序尾題『烟鬟閣』正合。方諸生乃王伯良驥德之別稱。呂序作於明萬曆庚戌，與伯良爲同時人。高奕又字爾音，則已入本朝矣。

近海寧王靜庵學部國維撰《曲錄》，余告以前從曾蟄庵處鈔得此本，因假去校補數處，定爲三卷：以《傳奇品》爲中卷，而以誤列下卷之上高晉音之《新傳奇品》爲下卷。鬱藍生《自序》明言：『仿鍾嶸《詩品》、庾肩吾《書品》、謝赫《畫品》例，各著論評，析爲上、下二卷，上卷品作舊傳奇及作新傳奇者，下卷品各傳奇。其未考姓氏者，且以傳奇附；其不入格者，擯不錄。』上、下卷又各繫小序，以神、妙、能且上、中、下諸品次之。今仍作二卷，還其舊觀，並以正靜庵之失。

高晉音所編《古人傳奇總目》、《新傳奇品》別爲《傳奇品》二卷，以《古人傳奇總目》爲上卷，《新傳奇品》爲下卷，亦庶與《序》言『但取現在所見聞者記之』之語合焉。晉音《傳奇品》取之明人及國初作者，蓋檢笥中所藏傳奇數百種，考其姓氏，細加評定，識以一二語，非有心去取也。故於吳梅村僅取《秣陵春》一種，而《通天臺》、《臨春閣》二種未載；而沈寧庵撰者，注所著《屬玉堂傳奇》二十一本，目祇載《翠屏山》、《望湖亭》、《一種情》、《耆英會》等，餘十七種未著其名。茲爲補之。至吳石渠五種，舊知爲《西園記》、《情郵記》、《綠牡丹》、《畫中人》、《療妒羹》。今晉音《新傳奇品》，有石渠之《花筵賺》、《鴛鴦棒》、《倩畫圖》、《勘皮靴》、《夢花酣》，按此五種，乃范文若撰，沈伯明《南詞新譜》並錄其曲，靜庵著《曲錄》已直指晉音隸入石渠之誤，並爲改正。靜庵謂《新傳奇品》五頁，高晉音續鬱藍生《曲品》而作。晉音《自序》已明言之，非續成此品可知矣，是靜庵之誤也。晉音以自著傳奇十四種攙入，且加評語，余友元和陳三儂疑之。余謂此是國初人習氣，如王丹麓《今世說》列入己事，言之津津，有似他人稱賞之語，了不爲怪，其於晉音何尤？

二書俱無刻本，文詞謇澀，略有譌脫，因稍加諟正，刊之，以附余《彙刻傳奇》後，使海內達者知靜庵《曲錄》亦有所自，更冀鬱藍生之姓氏漸箸於士大夫之口，故樂爲擁篲，遲其遐躅也。

宣統二年太歲在庚戌孟夏月朔，貴池劉世珩識於京邸一印一硯廬。

（以上均民國間《暖紅室彙刻傳劇》附刻本《傳奇品》卷末）

【箋】

〔一〕底本無題名。

遠山堂曲品（祁彪佳）

祁彪佳（一六〇二—一六四五），生平詳見本書卷五《全節記》條解題。《遠山堂曲品》，現存殘稿，有明遠山堂藍格稿本（《中國古典戲曲論著集成》第六冊據以校點）、清初祁氏啓元社黑格鈔本。一九五五年上海出版公司出版黄裳《遠山堂明曲品劇品校録》。參見楊豔琪《祁彪佳及其〈遠山堂曲品·劇品〉研究》(復旦大學博士學位論文,二〇〇三)、裴喆《祁彪佳與〈遠山堂曲品·劇品〉考論》(河南大學出版社,二〇一五)。

(遠山堂)曲品序

祁彪佳

予素有顧誤之癖①,見呂鬱藍《曲品》而會心焉。其品所及者,未滿二百種; 予所見新舊諸本,蓋倍是而且過之。欲嚌評於其末,懼續貂也。乃更爲之,分爲六品; 不及品者,則以雜調黜焉。

品成,作而嘆曰: 詞至今日而極盛,至今日而亦極衰。學究、屠沽盡傳子墨,黄鐘、瓦缶雜陳,而莫知其是非。予操三寸不律,爲詞場董狐,予則予,奪則奪,一人而瑕瑜不相掩,一帙而雅俗不相貸,誰其能幻我以黎丘哉?

然《陽春》調寡,《巴人》之和者衆,必且不自安其位,齊起而爲楚咻,予舌危,予筆且爲南山之移矣。不知夫予之品也,慎名器,未嘗不愛人材。韻失矣,進而求其調; 調訛矣,進而求其詞; 詞陋矣,又進而求其事。或調有合於韻律,或詞有當於本色,或事有關於風教,苟片善之可稱,亦無微而不録。故呂以嚴,予以寬; 呂以隘,予以廣; 呂後詞華而先音律,予則賞音律而兼收詞華。要亦以執牛耳者，代不數人，慮詞幟之孤標，不得不獎詡同好耳。世有知者，吾言不與易也。如或罪我，吾亦任之。

【校】

①癖，底本作『僻』，據文義改。

（遠山堂）曲品凡例

祁彪佳

一、品中皆南詞，而《西廂》、《西遊》、《凌雲》三北曲何以入品？蓋以全記故也。全記皆入品，無論南北也。

一、文人善變，要不能設一格以待之。有自濃而歸淡，自俗而趨雅，自奔逸而就規矩。如湯清遠他作入『妙』，《紫釵》獨以『豔』稱；沈詞隱他作入『雅』，《四異》獨以『逸』稱。必使作者之神情，與評者之藻鑒，相遇而成莫逭之面目耳。

一、呂《品》傳奇之不入格者，擯不錄，故至具品而止。予則概收之，而別爲『雜調』。工者以供鑒賞，拙者亦以資捧腹也。

一、詞曲一經改竄，便與作者爲二。有因改而增其美，如李開先之《寶劍》列『能』，陳禹陽之《靈寶刀》列『雅』是也；有因改而失其眞，如高則誠之《琵琶》列『妙』，蓮池師之《琵琶》列『雅』是也。故凡删改原本數折已上者，別自著評，各爲標目。

一、音律之道甚精，解者不易。自東嘉決《中州韻》之藩，而雜韻出矣。自人誤認《中州韻》之分三聲，而南調亦以入聲代上、去矣。才如玉茗，尚有拗嗓，況其他乎？故求詞於詞章，十得一二；求詞於音律，百得一二耳。《品》中雖間取詞章，而重律之思，未嘗不三致意焉。

一、才人名妓，詞壇之所豔稱。作者每竊其名以覆短，如盧次楩①之《想當然》、韋長賓之《箜篌》、馬湘蘭之《三生》、梁玉兒之《合元》，考其眞姓名而不可得。未能闕疑，姑以從俗。

一、作者如林，大江以南，尤標赤幟。予耳聞既陋，交臂尚寡，故有有姓而無名，有姓名而無別號，有名號而無居地，尚望同志者有所見聞，詳以告我。

一、姓字之下，繫以傳奇，皆予所已見者。如顧道行之《風教編》、鄭虛舟之《大節》，皆以未見，故不敢雷同呂《品》。且有因傳奇湮沒，遂不得表著其姓名，可慨矣。是以旁搜廣羅，不啻飢渴。

（以上均《續修四庫全書》第一三八五冊影印清初祁氏啓元社黑格鈔本《遠山堂文稿》）

【校】

①楩，底本作『梗』，據人名改。

絃索辨訛（沈寵綏）

沈寵綏（？—約一六四五），字君徵，號適軒主人，吴江（今江蘇蘇州）人。著有《絃索辨訛》、

《度曲須知》，論述南北曲演唱技巧。

《絃索辨訛》，現存崇禎間原刻本、順治六年（一六四九）松陵桂森齋注釋《度曲須知》附刻本（《中國古典戲曲論著集成》第五册據以校點）。

《絃索辨訛》序言

沈寵綏

昭代塡詞者，無慮數十百家，矜格律則推詞隱，擅才情則推臨川。臨川智羅二酉，筆組七襄，《玉茗四種》，膾炙詞壇，特如龍脯不易入口，宜珍覽未宜登歌，以聲律未諧也。詞隱獨追正始，字叶宮商，斤斤罔失尺寸，《九宮譜》爰定章程，良一代宗工哉！特奉行者過當，或不免逢迎白家老嫗。求乎雅俗愜心，旣驚四筵，亦賞獨座，庶幾極則。嗟呼，蓋難言之。

作者固難，知音者更自不易。世不乏好事，然手口或難兼長，腕底解語，正不必舌本生香，一任謳伶自爲戛奏，誰復爲之訂定？予於二者蓋兼愧焉，鬼旣居腕，鯁復在咽，欲强附知音，得乎？然性喜娛耳，每勝朋良會，輒操耳以從。時遇耳所未然，卽退而思，思而考之，知此中意殊深渺。南曲向多坊譜，已略發覆。其北詞之被絃索者，無譜可稽，惟師牙後餘慧。且北無入聲，叶歸平、上、去三聲，尤難懸解。以吴儂之方言，代中州之雅韻，字理乖張，音義徑庭，其爲周郎賞者誰耶？庶不揣固陋，取《中原韻》爲楷，凡絃索諸曲，詳加釐考，細辨音切，字必求其正聲，聲必求其本義，庶不失勝國元音而止。若夫按節諧聲，潛氣內轉，清音外激，抑揚變化，此自存乎其人。況予不能詞而欲盡詞之妙，不能歌而欲窮歌之奧，多見其不知量也。惟是生於吳，習於吳，不啻眾楚之咻，聊以是爲莊嶽假途則可矣。

崇禎己卯夏日，松陵沈寵綏書於虎丘僧舍〔一〕。

【箋】

〔一〕己卯：崇禎十二年（一六三九）。題署之後有印章二枚：陽文方章『寵綏』，陰文方章『君徵氏』。

絃索辨訛凡例

闕　名〔二〕

一、『南曲不可雜北腔，北曲不可雜南字』，誠哉良輔名語！顧北曲字音，必以周德清《中原韻》爲準，非如南字之別遵《洪武韻》也。是集一照周《韻》，詳注音切於曲文之下。或一聲無叶，仍借叶三聲，如『些』字叶『寫』平聲，『色』字叶『篩』上聲是也。且平常易曉字面，亦並注明，毋使覽者開卷茫然。

一、閉口、撮口、鼻音，向來曲譜，固於文旁點圈記認。然更有開口張脣字面，如『花』字、『把』字、『話』字，初學俱作滿口唱；又有穿牙縮舌字面，如『追』字、『楚』字、『愁』字，初學俱照土音唱；又有陰出陽收字面，如『和』字、『回』字、『絃』字，俱作『吳』、『圍』、『言』之純陽實唱，聽之殊可噴飯。今閉口、撮口、鼻音，仍舊於文之左旁記之：閉口則□，撮口則○，鼻音則△；其開口、穿牙、陰出陽收，乃更於文之右旁記之： 開口則■，穿牙則●，陰出陽收則▲。 庶俾塵杪無差，而宮商咸叶。

一、開口字面，慮作滿口，固矣。 然有介乎開口、滿口之間，如『潘』字、『半』字等類，又不可著情牽泥。倘或『半』字唱『扮』，『伴』字唱『辦』，『瞞』字唱『蠻』，『潘』字唱『攀』，『暖』字唱『赧』，此則反失字面本音，所謂過猶不及也。 作家體此，自能出口諧律。

一、《中原韻》字音，間有難從者。 如『我』之叶『五』，『兒』之叶『時』，『他』之叶『拖』等類，不敢照《韻》音切。 此則勢應通俗，未可膠瑟，而固以遵《韻》爲辭者也。

一、集中字面，有《中原韻》未收者，不敢逞臆音切，皆博考散集，注明書頭，仍標所自出。 又諸名家參訂《西廂》曲文，互相同異，間可並從者，亦標書頭，以備參覽。

一、南曲板，自有蔣氏《九宮譜》後，迄今無改。 惟絃索板，則添減不常，久未遵譜。 年來業經幾換，繼此應難畫一，故集中概不定板，以循常套云。

一、是編自《西廂》全部外，其他雜曲，止錄得近時習彈者十套。 餘曲雖多名筆，緣非時尚，未敢混選。

一、集中應注字面，有一曲幾見者，止於每套之首，音注一□。 餘可類推，故不重複。

一、集中『沙』、『波』、『麽』三字，俱作語助解； 『俺』、『喒』、『咱』三字，俱作『我』字解；『恁』是『這般』，『您』同『你』義。 『您』、『恁』二字，往往混謄，茲爲釐別。

一、予前後兩集，編裁徒憑蠡測，討印繇來少資。賴同邑張叔賢、茂苑顧暘甫〔二〕，兩人遨遊名公，廣搜鄴架，藏帙時開寡昧，職司磨較良苦，誠樂府之功臣，而聲場之酒監也。特表出之。

【箋】

〔一〕此文當爲沈寵綏撰。

〔二〕張叔賢：吳江（今江蘇蘇州）人；顧暘甫：茂苑（今屬江蘇蘇州）人。二人字號、生平均未詳。

（絃索辨訛）續序〔一〕

沈　標〔二〕

聲音之學，不由師傳則獨悟惟艱哉！然而有口者任歌，有耳者任節，雖吳札、晉曠之能事，胥此萃焉。古者登歌在上，匏竹在下，貴人聲焉耳，非是則無以召休祥而感靈祇。後世雅闋淩澌，工師徒記其鏗鏘鼓舞而不能明其義，儒者又深求之殘編遺器而未始審其音。嘗考『皇極音韻』之說，其原委不猶晳哉？蓋聲以律天而主陽，音以呂地而主陰；聲有平、上、去、入之辨而翕闢因之，音有開、發、收、閉之辨而清濁分之。總之爲十二圖，縱三橫四，以字記數，而變不可勝窮。

標幼侍先君子側，聞緒論，每慨正始淪缺而詞曲宮調猶存，復古之功，端在於斯。顧北曲九宮十三則，皆總章北里遺音。元人珥筆者，多素嫺律呂，妙協宮商。南之九宮，原不入調，詞人按腔就板，牽合尤甚。故釐正以北爲首。恆病摛詞者類不解律，而按曲者又不識字，爰著《度曲須知》，爲詞家秉金科；《絃索辨訛》，爲時師懸玉律。二書成，天下始知有聲音之正，事豈微尟哉！

先君子讀書賞音，雅有神解。嘗得槜李陳子《四聲經緯圖》，爲之反復紬繹，以韻儷母，適得翻切天然諧合之妙。雖爲此圖者，亦未能洞曉本末至此也。乙酉歲〔二〕，手著《中原正韻》一書，未竣，會避兵搶攘，齎憤永背，於乎，恨哉！予小子，慧業復短，精微莫究，洊遭燹餘，手澤僅存，恐久遂湮沒，讀《禮》之暇，稍稍捃拾散亡，校理前緒，非敢妄贊一辭，庶幾備陳三篋。並述所聞於簡端，用志棘人孺慕之痛云。

己丑仲春〔三〕，男沈標百拜謹識〔四〕。

（以上均清順治六年松陵桂森齋注釋《度曲須知》附刻本《絃索辨訛》卷首）

【箋】

〔一〕此文版心下端題有『絃索辨訛』四字。《中國古典戲曲論著集成》第五册校點本，將此序置於《度曲須知》之末，似誤。

〔二〕沈標：字廉夫，吴江（今江蘇蘇州）人。沈寵綏子。生平未詳。

〔三〕己丑：順治六年（一六四九）。

〔四〕題署之後有印章二枚：陽文方章『沈標之印』，陰文方章『廉夫氏』。

度曲須知（沈寵綏）

《度曲須知》，現存崇禎十二年（一六三九）原刻本（民國十一年上海商務印書館據以影印，

《重訂曲苑》本復據影印本重鈔石印，《古典戲曲聲樂論著叢編》本據原刻本校印），清順治六年（一六四九）松陵桂森齋注釋刻本（《中國古典戲曲論著集成》第五冊據以校點）。

（度曲須知）序言

沈寵綏

六律、五聲、八音，何昉乎？昉天地之自然也。自然者，爲於莫爲，行所不得不行，古聖因而律呂之，聲歌之。格帝感神，宣風導化，象德昭功，非此無藉。故季子觀魯，十五國之風歷然；尼父聞齊，千餘年之盛如覩。非夫神妙無方，其能爾乎？漢魏以降，道喪樂崩，聲音之道荒矣。然《房中》之曲，郊廟之樂，猶存十一於千百。樂府諸篇，蓋其遺音乎？自時厥後，變聲代作，繁響競臻。帝王稱知音者，唐玄宗、後唐莊宗、南唐後主、宋道君、金章宗，其班班也。於時伶人樂工，無不極意盡妍，播爲新聲，然按之，鮮不協律者。聲之有律，其諸刑法之金科玉條乎？陳隋以前，肇名爲曲，王令言聽翻調《安公子》曲，驚其往而不返；王右丞見度曲圖，知爲《霓裳羽衣》第二拍。固繇神解，亦豈非曲有常均耶？特古調不傳，今可考者，《清平》三調，旗亭四絕，大都即詩爲曲。才人一章脱手，樂部即登管絃，居然風雅獨絕。嗣乃短長其體，號爲『詩餘』，亦稱『塡詞』，有宋最盛。沿及勝國，遂以制科取士，格律惟嚴，情才咸集，用以笙簧一代，鼓吹千載，安得不於今爲烈哉！

院本有南北二種，六宫十一調，初無異格，特南無唱，北無歌，不得不分胡越。吾吴魏良輔，審音而知清濁，引聲而得陰陽，爰是引商刻羽，循變合節，判毫杪於翕張，別玄微於高下，海内翕然宗之。顧鴛鴦繡出，金針未度，學者見爲然，不知其所以然。習舌擬聲，沿流忘初，或聲乖於字，或調乖於義。刻意求工者，以過泥失眞；師心作解者，以臆斷遺理。予有慨焉！小窗多暇，聊一拈出。一字有一字之安全，一聲有一聲之美好。頓挫起伏，俱軌自然，天壤元音，一線未絕，其在斯乎，其在斯乎！世有秦青、薛譚，將無嗤予强作曉事，亦曰消我長夏，公彼同好云爾。

崇禎己卯夏杪，松陵沈寵綏書於不棹遊館〔一〕。

【箋】

〔一〕題署之後有印章二枚：陽文方章『寵綏之印』，陰文方章『君徵氏』。

度曲須知凡例

闕　名〔一〕

一、集中議論有創聞、習說之異，意旨有軒豁、微渺之殊，故篇目之排列，從淺及深，繇源達委，有序存乎其間。倘覽者後先倒次，鹵莽鱻涉，將苦幽艱費解，抑疑隱怪離經；惟按序掀編，斯洞如觀火。

一、集中諸作，直敍平鋪，不文不典，緣度曲之家，未必盡嫺詞藻，故演説期乎通俗，落管近於訓詁，覽者毋嫌庸率。

一、正訛，正吳中之訛也。如『辰』本『陳』音而讀『神』，『壻』本『細』音而讀『絮』，音實徑庭，業爲喚醒。至如『吳』、『胡』、『何』、『和』，與『隨』、『誰』、『蕤』、『垂』等字，相判在陰陽清濁、呼吸吐茹之間，雖善審音，難於盡美，此又不可概列俗訛之例，故另集同音異字諸考，不厭已精求精。覽者罔察，或謂諸考不妨合併，是則幾廢析微苦心矣。

一、南詞向來多譜，惟絃索譜則絕未有覯，所以《辨訛》一集，專載北詞。然南之謳理，比北較深，故是編論北兼論南，且釐榷尤爲透闢，覽者寧以附列《絃索》譜之後，遂謂無關南曲，而草草閱過，可乎？

【箋】

〔一〕此文當爲沈寵綏撰。

（度曲須知）序

顔俊彦〔一〕

憶乙卯之歲〔二〕，讀書靈鷲山中，臧晉叔先生日夕過從〔三〕。時先生方有元劇之刻，相對輒亹亹個中，余因是窺見一班。後被讒失意，間作一二小曲送愁。從弟君明，以能歌擅場，纔落紙，隨付紅牙，極盡起末、過度、搵簪、攧落之妙。未幾，君明溘然，人琴之痛，遂廢置此道。宴坐斗室，皈依白業，誦《法華安樂行品》，知造世俗文筆，讚咏外書，皆非所宜，誓一切斷絕。乃時過江上君徵氏，間出女童，清喉宛轉，絃索相應，絲、竹、肉繚繞無端。此時卽飲光不免按節，況在凡夫能無口耳奔逸乎？

君徵淵靜靈慧，於書無所不窺，於象緯、青鳥諸學，無所不曉，而尤醉心聲歌。昔同習靜，已嘗見其稽韻考譜，津津不置。遇聲場勝會，必精神寂寞，領略入微，某音戾，某腔乖，某字吸呼協律，即此中名宿，靡不心愧首肯。迄今推敲久之，成《度曲須知》、《絃索辨訛》兩書，采前輩諸論，補其未發，鳌音権調，開卷了然，不須更覓導師，始明腔識譜也。

昔萬寶常善歌，上帝以天授音律之性，使鈞天之官，示以玄微之要。君徵此種學問，何所自來？其殆有神授耶？從來通於音律者，必精述陰陽，曉明星緯，至薰目爲瞽，絕塞衆慮，庶幾以無累之神，合有道之器。故聲音之學，非輕易可言。以王敬夫之塡詞，不免南北混淆，而以物作護。自非脣舌喉齒間，另具一付鑪錘，而欲五音十二律、南之九宮、北之六宮十一調，不煩擬議，一一闇解，得乎？嗟嗟！桃花扇底，二八女娘，纔一啓齒，便欲銷魂，若無沈郎一顧，終是聲情不發。余久作沾泥之絮，無復有『曉風殘月』之句可佐清娛，恨不能起晉叔、君明而共質之也。

姻①弟顏俊彦書於鴛湖舟次〔四〕。

（以上均清順治六年松陵桂森齋注釋刻本《度曲須知》卷首）

【校】

①姻，《中國古典戲曲論著集成》第五冊校點本作『友』。

【箋】

〔一〕顏俊彦：字開眘，一作開美，號雪癯，桐鄉（今屬浙江）人。崇禎元年戊辰（一六二八）進士，授廣州府推官。三年，被論罷職。後起復，補松江府推官，遷工部營繕司主事等。入清，隱居菁山，築菩提精舍，勤修善業。著有《盟水齋存牘》、《粵遊日記》、《山中荒唐語》、《顔開甫詩文集》等。傳見光緒《桐鄉縣志》卷一五《宦績傳》。

〔二〕乙卯：萬曆四十三年（一六一五）。

〔三〕臧晉叔：即臧懋循（一五五〇—一六二〇）。

〔四〕題署之後有印章二枚：陽文方章『雪癯』，陰文方章『戊辰進士』。

指迷十六觀（葉華）

葉華，字茂原，號九如，別署金粟頭陀、九如居士、澹齋主人，曲阜（今屬山東）人。與陳繼儒（一五五八—一六三九）、費元祿（一五七五—？）相友善。著有《青蓮露》六箋，包括《金粟園塵揮清語》、《心經詮注石點頭》、《古今逸賢清史》、《太平清調迦陵音》、《澹齋羣英霏玉》、《脩齊至寶養生主》各一卷，現存明書林鄭氏麗正堂刻本，中國國家圖書館藏，《北京圖書館古籍珍本叢刊》第八三册據以影印。參見劉淑麗《葉華與〈太平清調迦陵音〉》（《浙江藝術職業學院學報》二〇一六年第二期）。

《指迷十六觀》，全名《迦陵音指迷十六觀》，附見於《太平清調迦陵音》卷首。蓋本張炎（一二四八—一三二〇）《詞源》，仿顧瑛（一三一〇—一三六九）《製曲十六觀》，論作曲之法則。

指迷十六觀序〔一〕

葉　華

金粟頭陀曰：古之樂章、樂府、樂歌、樂曲，皆出於雅正。粤自隋唐以來，聲詩間爲長短句。至唐人，則有《尊前》、《花間》集。迄於崇寧，周美成諸家討論古音，審之古調，淪落之後，少得存者，由此八十四調之聲稍傳。卽諸家後增演慢曲引近，或移宮換羽，爲三□歌可誦者，指不多屈間。惟秦少游、高竹屋、姜白石、史邦遠、吴夢窗數家，格調不凡，□法挺異，俱能特立清新之意，删削靡曼之詞，自成一家，各名於世。作者能取諸人之所長，去其所短，精加鍛煉，像而爲之，豈不能與美成輩爭雄長哉？余疏陋謭才，生平好爲詞曲，僭述管見，仿《十六觀》，以列次於左，知音者願同商之。

【箋】

〔一〕底本無題名。

指迷十六觀跋〔一〕

睡庵居士〔二〕

掃花頭陀有《讀書十六觀》〔三〕，金粟頭陀演度曲《十六觀》，可謂千載合璧，案頭不可無此以醒睡魔。

睡庵居士識。

（以上均《北京圖書館珍本古籍叢刊》第八三冊影印明書林鄭氏麗正堂刻本《青蓮露・太平清調迦陵音》卷首）

【箋】

〔一〕底本無題名。

〔二〕睡庵居士：姓名、籍里、生平均未詳。

〔三〕掃花頭陀：即陳繼儒（一五五八—一六三九），字仲醇，號眉公，別署掃花頭陀。《讀書十六觀》，輯錄古人有關讀書言論而成，收入《說郛續》。

新傳奇品（高奕）

高奕，字晉音，一字太初，會稽（今浙江紹興）人。生平未詳。撰傳奇《春秋筆》等十四種，均佚。著有《新傳奇品》。

《新傳奇品》，現存清河郡鈔本，王國維、陳玉祥據劉世珩轉錄曾習經傳鈔本加以校訂（民國十年古書流通處刊印《曲苑》本據以排印，民國十四年《重訂曲苑》本、民國二十五年六藝書局《增補曲苑》本據以重印），清宣統二年（一九一〇）劉世珩暖紅室《彙刻傳奇》附刻第三種本（民國二十四年上海來青閣據以重印），民國七年北京大學排印吳梅校本（民國十一年據以重印），《中國古典戲曲論著集成》第六册校點本(一九七八年上海古籍出版社《錄鬼簿》外四種據以迻錄)。參見葉德均《曲品考》(《戲曲小説叢考》上册,中華書局,一九七九)。

另有清道光間然松書屋鈔本,題《續曲品》,見上海圖書館藏清顧沅(一七九九—一八五一)編輯《賜硯堂叢書未刻稿》第一册,參見鄭志良《高奕〈新傳奇品〉的一個新版本——〈續曲品〉》(《戲曲研究》第八十四輯,文化藝術出版社,二〇一二)。

新傳奇品序①〔一〕

高　奕

傳奇至於今,亦盛矣。作者②以不羈之才,寫當場之景,惟欲新人耳目,不拘文理,不知格局,不按宫商,不循聲韻,但能便於搬演,發人歌泣③,啓人豔慕,近情動俗,描寫④活現,逞奇爭巧,即可演行,不一而足。其於前賢關風化勸懲之旨,悖焉相左,欲求合於今,亦已寥寥矣。余欲一一品定,以紀一時之盛,奈聞見未廣爲憾耳。偶檢笥中所藏傳奇數百種,自明迄今,考其姓氏,細加評定⑤,識以一二語,足以想見其人矣。此亦善與人同之意,非有心去取也。至其文理、宫調、格式、聲韻、風化、勸懲之義,惟於本傳奇咏⑥之可也,亦不敢贅。此但取現在所見聞者記之云爾。

山陰高奕晉音氏書〔二〕。

(《中國古典戲曲論著集成》第六册《新傳奇品》卷首)

【校】

①新，暖紅室本、吳梅校本均無。

②『作者』二字前，清道光間然松書屋鈔本《續曲品》有『然而』二字。

③歌泣，清河郡鈔本、清道光間然松書屋鈔本《續曲品》作『哭笑』。

④描寫，清道光間然松書屋鈔本《續曲品》作『挑砧』。

⑤評定，清河郡鈔本、清道光間然松書屋鈔本《續曲品》作『品定』。

⑥咏，清河郡鈔本、清道光間然松書屋鈔本《續曲品》作『求』。

【箋】

〔一〕清道光間然松書屋鈔本《續曲品》卷首，此文題《續曲品敍》。

〔二〕清道光間然松書屋鈔本《續曲品》卷首此文末，有『康熙辛亥孟冬上浣』八字。康熙辛亥即康熙十年（一六七一）。

製曲枝語（黃周星）

黃周星（一六一一—一六八〇），生平詳見本書卷五《人天樂》條解題。《製曲枝語》一卷，原附於清康熙二十七年（一六八八）刻本《夏爲堂别集·人天樂》傳奇卷首，康熙間張潮輯出單行，收入康熙三十六年（一六九七）刻本《昭代叢書》甲集第五帙，又見道光七年（一八二七）沈楙德世楷堂刻《昭代叢書》甲集第五帙。

製曲枝語小引

張潮

文字之最先者莫如詩，其最後者莫如曲。宓羲之世，僅有六十四卦名而已，無所爲文辭也。虞帝君臣，賡歌颺拜，於是乎詩言志，歌永言，遂開萬世吟詠之祖。自是而後，諸體以次咸備。宋王安石復創爲經義帖括之文，亦可云日趨日下矣。降至元人，忽增填詞一種，名之曰曲，其體愈卑，其事愈難，苟非當行，鮮有能道隻字者。近代唯李笠翁深得此中三昧，而尤妙於串頭，世務人情，描寫畢肖。良由其胷中原無所感，無難婉轉曲折，以求合於時宜。夫是以雅俗共賞，案頭場上無不可觀也。

黄九烟先生著《人天樂》填詞，極道製曲之苦。《枝語》十條，雖亦可盡其大概，然而未之備也。夫以黄先生之才，雖極棘手題，皆能以無厚入有間，恢恢乎游刃有餘，獨至於曲，則戛戛乎難言之。洵乎！文字之難，無有過於此者。唯其至難，是以元人以降，世遂不能復於曲之後更增一體，以爲文章。則曲也者，固文家之後殿，苟非詞壇老將，亦烏能勝任而愉快乎哉？

心齋張潮撰。

（清道光七年沈楙德世楷堂刻《昭代叢

書》甲集第五帙所收本《製曲枝語》卷首）

製曲枝語跋

張　潮

製曲之難，《枝語》中已詳之矣。於難之中求其易之之法，則有二焉：一在善歌，善歌則不必對譜，其聲調之高下抑揚，可以調之於口吻之際；一在采用詩餘，詩餘中頗多有與曲調平仄相同之句，《浣紗》諸劇，亦復如是。余戊辰歲秋學填詞〔一〕，悟而得之，惜其時九烟先生已歿，不能就正其可否也。

心齋居士題。

（同上《製曲枝語》卷末）

【箋】

〔一〕戊辰：康熙二十七年（一六八八）。

南曲入聲客問（毛先舒）

毛先舒（一六二〇—一六八八），字稚黄，後更名騤，字馳皇，號蕊雲，別署古庵，仁和（今浙江杭州）人。明末諸生，入清棄舉業。工詩，名列『西泠十子』。著有《聲韻叢説》、《韻學通指》、《韻問》、《南曲正韻》、《思古堂集》、《瀷書》、《東苑文鈔》、《東苑詩鈔》及《蕊雲》、《晚唱》諸集，現存毛應啓、毛應慶訂《毛古庵先生全集》。傳見《清史稿》卷四八九、《清史列傳》卷七〇、《碑傳集》卷一三八、《國朝耆獻類徵初編》卷四七五、《國朝先正事略》卷三七、《文獻徵存錄》卷六、《國朝詩人徵略初編》卷五、《昭代名人尺牘小傳》卷一一、《皇明遺民傳》卷四、《兩浙輶軒錄》卷七等。

《南曲入聲客問》一卷，現存康熙三十六年（一六九七）刻張潮輯《昭代叢書》乙集第五帙所收本，道光七年（一八二七）沈楙德世楷堂刻《昭代叢書》乙集第四帙所收本（《新曲苑》本據以排印）。

南曲入聲客問題辭

張　潮

往古之天下，偏於西北，故其爲音，有平、上、去而無入。後世之天下，既有東南以補宇宙之全，則亦必多入聲之一部以補之，而後天地之元音始無缺而不全之憾。獨是南方之人，其於入聲也，不能如平、上、去之畫一。愚謂欲調入聲，必先定其爲平聲何部之所隸，其無所隸者，亦不妨聽其孤行，而不必强讀之於平、上、去之餘；而平、上、去之無入聲者，亦不必以不相協之入聲强爲之配。而無如言人人殊，迄無一定之部位。如『役』之爲音，或讀爲『於』之入，或讀爲『衣』之入；如『菊』之爲音，或讀爲『鳩』之入，或讀爲『居』之入；如『合』之爲音，或讀爲『黑』，或讀爲『蒿』之入，或讀爲『呵』之入；如『綠』之爲音，或讀爲『羅』之入，或讀爲『盧』之入。姑舉數字，以例其餘。吾不知其將何音之從，乃爲得其正也。周德清以入聲派入三聲，爲北曲者自應奉爲繩尺。今南方既有入聲，而編南曲者必欲廢之，何歟？毛君稚黄，以入聲單押，隨調之所宜而唱之，雖曰自我作古，然其論則極正當而可行也。

新安張潮題。

（清康熙三十六年刻本張潮輯《昭代叢書》乙集第五帙所收《南曲入聲客問》卷首）

（南曲入聲客問）跋

張　潮

入聲之不通於三聲也，自古然矣。如『度』之入，爲『忖度』之『度』；『告』之入，爲『忠告』之『告』；『厭』之入，爲『鎮厭』之『厭』；『準』之入，爲『隆準』之『準』。使從入聲逆而溯之於平聲，寧不大相徑庭乎？今毛君之論，隨其調之平仄爲平仄，則亦與余逆溯之説相合。但入聲有孤行而無平、上、去者，吾末如之何也已。然余於此竊亦有法焉，於數説牌名用之，則並不須改唱三聲，亦可安於入聲之本位而無難也。

心齋張潮。

（同上《南曲入聲客問》卷末）

傳奇彙考(闕名)

《傳奇彙考》,編者未詳,約成書於清康熙末年,現存道光八年戊子(一八二八)紅拂主人校本(日本大倉集古館藏,日本京都大學文學部據此過錄)、清鈔本(日本大阪大學懷德堂文庫藏)、民國三年(一九一四)石印本等。

傳奇彙考·四奇觀識語〔一〕

紅拂主人〔二〕

近日吳人衍《雙珠圓傳奇》,卽此第三段事也。打諢插科,略加潤色,而大段彷彿相同。雖爲一時快觀,究之意義,毫無趣味。世人厭故喜新,日趨日下。戲雖小道,吾於此不能不致意焉。

道光丙戌九日識〔三〕。

(清道光八年戊子紅拂主人校本《傳奇彙考》『四奇觀』條後)

【箋】

〔一〕底本無題名。

〔二〕紅拂主人:姓名、籍里、生平均未詳。按《湖南圖書館古籍線裝書目錄》載,明萬曆間刻《吳騷二集》及明崇禎間刻《白雪齋選訂樂府吳騷合編》二書,均鈐有『紅拂主人』印,另有鈐印『巢氏午峯』、『迷庵』、『拙老』、『血香庵祕藏」、「巢氏七研齋印」、「拾經樓」、「彭城」、「江南半幅人家」、「痛猷讀離騷」、「葉啓勛」等印，不知是否卽此「紅拂主人」？亦不知「紅拂主人」與「巢氏午峯」是否爲同一人？按葉啓勛（一九〇〇—一九七二），字定侯，號更生，別署更生居士、南陽谷人、拾經樓主，長沙（今屬湖南）人。著名藏書家，藏書處名「拾經樓」。著有《拾經樓紬書錄》。

〔三〕道光丙戌：道光六年（一八二六）。題署之後有陽文方章「紅拂主人」。

海漚小譜（趙執信）

趙執信（一六六二—一七四四），字伸符，號秋谷，一號飴山，別署飴山老人、知如老人，益都（今山東青州）人。康熙十八年己未（一六七九）進士，選庶吉士，散館授編修。出典山西鄉試，遷右贊善。因國喪期間觀《長生殿》演出，革職歸鄉。著有《飴山詩集》、《飴山文集》、《飴山詩餘》、《談龍錄》、《聲調譜》、《海漚小譜》等。傳見《清史稿》卷四八四、《清史列傳》卷七一、《碑傳集》卷四五、《國朝耆獻類徵初編》卷一一七、《國朝先正事略》卷三八、《文獻徵存錄》卷一〇、《國朝詩人徵略初編》卷九、《昭代名人尺牘小傳》卷一二、《國史文苑傳稿》卷二、《清代七百名人傳》、《皇清書史》卷二五、《國朝書人輯略》卷二等。參見李森文《趙執信年譜》（齊魯書社，一九八八）。

《海漚小譜》，現存乾隆五十年（一七八五）刻本、乾隆五十五年刻本、宣統三年（一九一一）刻《雙棋景闇叢書》本（一九八八年臺灣新文豐出版公司《叢書集成續編》第二五七冊、一九九四年上海書店出版社《叢書集成續編》第三八冊據以影印）、民國六年（一九一七）掃葉山房《清人說薈》本、民國二十四年（一九三五）長沙觀古堂《郎園全書》本等。

（海漚小譜）自題二絕句

趙執信

落絮沾泥會有時，鬢絲禪榻最堪思。阿難一笑花偏看，合向楞嚴覓導師。

曉漏趨朝夢已乖，日高和酒泥香懷。不教名輩輕揮扇，縱戀鱸魚亦復佳。

海漚小譜自序[一]

趙執信

余放斥既久，不自檢飭，浪游南北，多預花酒之筵，頗能諧笑。或雜綴詩詞，間爲時人傳誦，而實無所接。遇知交輩，咸以介靜之目歸之。甲申歲[二]，客津門，自春徂秋，狎游既數，矯激非情，如海客之於漚鳥，不自覺其相親近也。長日無事，戲爲記錄，以志吾過，且詒好事者。

（以上均清宣統三年刻本《雙棣景闇叢書》所收《海漚小譜》卷首）

【箋】

[一]底本無題名。

[二]甲申：康熙四十三年（一七〇四）。

海漚小譜跋〔一〕

趙執信

天津密邇上都，水陸交會，俗頗奢靡，故聲色聚焉。纏頭豐侈，攘臂紛紜，南北所經，無與同者。曩者率多土著，近來秦、晉間遂聞風而麕至矣。然佳者蓋寡，其稍稍出色者，即不能留也。蕊與青要爲秀色獨立者，異地多材，難與爭勝耳。又聞其里中有童姓者，始得名，客言其姿態綽約，背立風前，殆奪圖畫，而雙彎之妙，在青、素以上，蓋目所未覩者，若風流言詞，無以過人也。咸欲爲余力致之，余謝曰：『美不可盡，欲不可極，揚州一夢可以覺矣！』乃附識於卷末。

【箋】

〔一〕底本無題名。

海漚小譜跋〔二〕

趙執信

此譜成於中秋後，余行有期矣。會故人自都中至，與主人巧相援止，即度重陽。而余侵尋抱病，入仲冬始愈，冬至前乃成行。青姬自八月晦來齋中，依依不去，及是乃分手，不知者幾謂有鏡湖春色之戀也。蓋姬性慧絕，既習余，卻視外間人無足與者，由是大致怨怒不恤也。或徵其指，答以微詞，略似蕭夫子之僕矣。主人曰：『盍委身乎？』姬不應。强之，則哀泣而已。其不可奈何，惟余知之耳。方余病中，湯藥洗沐，抑搔扶持，無不曲體而周致者。余甚荷之。故人復招致，後至有蓮衣(東鹿人)、月英、素雲(皆茌平人)數輩，皆少，好在仙、素之間，姬多方推引，余亦不顧也。瀕行前數日，姬淒楚不自勝，屢廢飲食。余再三慰之，姬自言平生未嘗如此矣。余行之明日，夕宿青縣，題【少年游】以寄思曰：『離情觸處總相關。小字縣名傳。聽去偏驚，避將無計，誰使駐征鞍？夢中從此尋猶近，寒夜奈無眠。轉眼春風，預愁江上，萬點見青山。』不忍沒姬之意，因再識。

(以上均清宣統三年刻本《雙楳景闇叢書》所收《海漚小譜》卷末)

【箋】

〔一〕底本無題名。

樂府傳聲(徐大椿)

徐大椿(一六九三—一七七一)，一名大業，字靈胎，號洄溪老人，吳江(今屬江蘇)人。徐釚(一六三六—一七〇八)孫。以諸生貢太學，尋棄去，以神醫著稱於世。著有《洄溪醫案》、《道德經注》、《蘭臺軌範》、《洄溪道情》、《樂府傳聲》等。傳見彭啓豐《芝庭先生集》卷一五《墓志銘》、袁枚《徐靈胎先生傳》(王英志主編《袁枚全集》貳，江蘇古籍出版社，一九九三，頁六二九—六三〇)、《清史稿》卷五〇二等。參見鄧長風《徐大椿和徐爔：父子醫家兼曲家》(《明清戲曲家考略續編》)、吳國良《徐靈胎年譜簡編》(徐景藩等《徐靈胎研究文集》，上海科學技術出版社，二〇〇一)。

《樂府傳聲》二卷,現存乾隆十三年(一七四八)序豐草亭原刻本(一九五七年音樂出版社《古典戲曲聲樂論著叢編》本據以排印,並附其他各本序跋,《中國古典戲曲論著集成》第七册所收本據以校排),道光四年(一八二四)徐培重刻本,咸豐九年(一八五九)眞州吴桂重刻本(民國間北京肇新印刷局據以石印,《新曲苑》本亦據以石印),光緒七年崇文書局輯刻《正覺樓叢書》本(一九八八年臺灣新文豐出版公司《叢書集成續編》第一〇二册據以影印),光緒十四年刻《徐靈胎先生雜著五種》本,清刻本(《續修四庫全書》第一七五八册據以影印)。一九八二年中國戲劇出版社出版吴同賓、李光《樂府傳聲譯注》。

(樂府傳聲)序

徐大椿

樂之成,其大端有七:一曰定律吕,二曰造歌詩,三曰正典禮,四曰辨八音,五曰分宫調,六曰正字音,七曰審口法。七者不備,不能成樂。何謂定律吕?考黄鐘大吕之本,窮宫、商、徵、羽之變是也。何謂歌詩?上極《雅》、《頌》,下至謠諺,與凡詞曲有韻之文皆是也。何謂典禮?郊天祭地、宴饗贈答、房中軍中之所宜用是也。何謂八音?金、石、絲、竹、匏、土、革、木,古今樂器是也。何謂宫調?旋宫之六十調,與今所存北曲之六宫十一調,南曲之九宫十三調是也。何謂字音?一字有一字之正音,不可雜以土音;又北曲有北曲之音,南曲有南曲之音是也。何謂口法？每唱一字，則必有出聲、轉聲、收聲，及承上接下諸法是也。七者不盡通，不得名專精之士。然七者之學，非一人所能兼，則亦有可分習者。律呂、歌詩、典禮，此學士大夫之事也。其八音之器，各精一技，此樂工之事也。惟宮調、字音、口法，則唱曲者不可不知。然宮調大端難越，即有失傳，而一爲更換，即能循板歸腔，至字音亦一改即能正其讀。惟口法，則字句各别，長唱有長唱之法，短唱有短唱之法，在此調爲一法，在彼調又爲一法，接此字一法，接彼字又一法，千變萬殊，此非若律呂、歌詩、典禮之可以書傳，八音之可以譜定，宮調之可以類分，字音之可以反切别，全在發聲吐字之際，理融神悟，口到音隨。顧昔人之聲已去，誰得而聞之？即一堂相對，旋唱而聲旋息，欲追其已往之聲，而不復在耳矣。此口法之所以日變而日亡也。上古之口法，三代不傳；三代之口法，漢、魏、六朝不傳；漢、魏、六朝之口法，唐、宋不傳；唐、宋之口法，元、明不傳。若今日之南北曲，皆元、明之舊，而其口法亦屢變。南曲之變，變爲崑腔，去古浸遠，自成一家。其法盛行，故腔調尚不甚失，但其立法之初，靡慢模糊，聽者不能辨其爲何語，此曲之最違古法者。至北曲則自南曲甚行之後，不甚講習，即有唱者，又即以南曲聲口唱之，遂使宮調不分，陰陽無别，去上不清，全失元人本意。又數十年來，學士大夫全不究心，將來不知何所底止。

嗟夫！樂之道久已喪失，猶存一線於唱曲之中，而又日即消亡。余用憫焉，爰作傳聲法若干篇，借北曲以立論，從其近也，而南曲之口法，亦不外是焉。古人作樂，皆以人聲爲本，《書》曰：

『詩言志，歌咏言，聲依咏，律和聲。』人聲不可辨，雖律呂何以和之？故人聲存，而樂之本自不沒於天下。傳聲者，所以傳人聲也。其事若微而可緩，然古之帝王聖哲，所以象功昭德、陶情養性之本，實不外是。此學問之大端，而盛世之所必講者也。

乾隆甲子秋八月既望，吴江徐大椿書於洄溪草堂。

（樂府傳聲）序

胡彦穎〔一〕

戊辰孟春〔二〕，吴江徐子靈胎出其所著《樂府傳聲》視予，且屬予爲序。余非知音者，烏足以序徐子之書？雖然，竊願有所質焉。夫古樂之亡久矣，然有不得而亡者存，則聲是也。故謂今樂非即古樂則可，謂今樂之聲非即古樂之聲則大不可。何也？樂有今古之異，聲無異也，無異而古樂亡，請謂其故。

昔賓牟賈以『致右憲左』爲非武坐，『聲淫及商』爲非武音，曰：『有司失其傳也。』夫古聖王之樂，列於四術、四①教，成均習之，庠序習之，非僅掌之有司而已，然猶不免於失傳，又況其徒寄之伶工之口者乎？周之既衰，孔子正樂。沿及漢初，五經皆存，而樂一經竟亡。制氏記鏗鏘鼓舞之節，樂之遺音也，而時則病其不能言義。《七略》載周歌詩曲折若干篇，樂之遺譜也，而時莫能歌。若漢高帝喜楚聲，且播之於《安世房中樂》；武帝更好新聲，度曲用李延年之屬，是皆不以古樂爲事。儒者若京房、劉歆輩，則惟詳求鐘律，不復致考遺聲，宜古樂之終亡也。魏時，猶有杜夔能歌《鹿鳴》、《文王》、《伐檀》、《騶虞》四篇。洎永嘉之末，蕩然無復遺矣。雖然，古樂之所亡者，其曲折耳，其節奏耳，聲則未有亡也。漢魏之樂府，唐不能歌而歌詩；唐之詩，宋不能歌而歌詞；宋之詞，元不能歌而歌曲。然歌曲之聲，固卽歌詞、歌詩、歌樂府之聲也，又獨非卽歌《南》、《豳》、《雅》、《頌》之聲與？而安得云亡與？故以樂而論，則《三百篇》存，樂府存，詩存，詞存，而其曲折節奏則盡亡；以聲而論，則歌南北曲者此聲，卽進而歌詞、歌詩、歌樂府、歌《三百篇》，要亦無非此聲。故曰亡者其曲折耳，其節奏耳，聲則自在天壤間也。

自元以來，有北曲，有南曲，而善歌者首推三吳。南曲習於南耳，故視北曲尤爲盛行。然明之中葉以後，於南曲刻意求工，別爲『清曲』，漸非元人之舊。又作傳奇之人，喜集數曲爲一，以致宮調難分，音拍盡失，訛且傳訛，旨復引旨，幾何而不盡變元人之歌法哉！徐子蓋有憫焉，《傳聲》之所爲作也。曰『天地之元聲，未嘗一日息於天下』，一語已探聲律之本。而於宮調、字音、口法，尤必三致意焉。夫聲出於口，非審口法，則開合發收混矣；聲本於字，非正字音，則陰陽平仄淆矣；聲寄於調，非別宮調，則字句雖符，腔板全失，而曲不可問矣。此書不但爲時伶下鍼砭，爲元曲留面目，並古今樂部之節奏曲折，可由此而推測其萬一，其功豈淺鮮哉！徐子爲檢討虹亭先生孫，先生所著《鞠莊詞》，見推名宿。徐子本其家學淵源，而於音律夙具神解，宜其言之明且清也。信今傳後，復奚疑焉。

時乾隆十三年二月既望，同學德清胡彦穎拜手序。

（以上均清光緒七年崇文書局輯刻本《正覺樓叢書》所收《樂府傳聲》卷首）

【校】

①四，《中國古典戲曲論著集成》第七册本作『六』。

【箋】

〔一〕胡彦穎（？—一七五四後）：字秋垂，一字石田，别署石田農，德清（今屬浙江）人。胡渭（一六三三—一七一四）孫。康熙五十年辛卯（一七一一）舉人，五十四年乙未（一七一五）進士，選庶吉士，散館授編修。歷任會試同考官、廣東鄉試副主考等。因佐年羹堯，獲罪遣戍寧古塔。乾隆元年（一七三六）赦回。十六年（一七五一），帝下江南，迎駕恩賜復職。兩年後歸，主講清溪書院。著有《北窗偶談》。傳見《詞林輯略》卷二。參見沈文泉《湖州名人志》（杭州出版社，二〇〇九）。

〔二〕戊辰：乾隆十三年（一七四八）。

樂府傳聲敍

王保玠〔一〕

度曲之道，非博采問難，時殷切磋，不能稱盡善盡美。若淺見寡聞者，又安能領略其道耶？玠生長東隅，音隨北韻，雖賦性相近，而醯雞處甕，見等測蠡，既鮮能事相傳，復乏知音晉接，孜孜者數十年，仍是門外漢耳。今春館育梨，遇吴子小岡，徐示以審聲辨韻、尋節傳情之道，無不各盡其妙，津津娓娓，不倦不煩，具見攻苦之功深，益切心欽而永佩。因憶余亦有舊藏靈胎徐公手輯《樂府傳聲》一帙，出請參證。而吳子喜其論斷剖決，極盡精微，特索而付梓，以公同好。夫徐公之輯著，惠固高深，得吳子之鋟傳，功堪並美，若同志者之受益，又豈敢有忘。是爲敍。

咸豐辛亥夏四月，福山王保玠心池氏拜手。

【箋】

〔一〕王保玠：字心池，福山（今屬山東）人。生平未詳。

樂府傳聲序

李瀚章〔一〕

樂備於八音，成於人聲。人聲以音均爲體，以歌曲爲用。漢初，詔樂府令夏侯寬備簫管，而樂府之三正調，曰平、曰清、曰瑟，二變調，曰楚、曰側，始著聲於協律。至齊梁，而樂府盡。至宋元，而樂府復興，其以燕樂宮、商、羽十五調施於用，與漢之三調，名異實同。至崑山魏良輔之南曲水磨腔出，而人聲之著於歌曲也尤準。徐靈胎氏生長吳會，稔其遺法，著爲《樂府傳聲》二卷，爲知音者所宗尚。余子經畬〔二〕，得此鈔本於金陵舊家，以其有裨於韻學，可以上窺漢、宋燕樂之源，因刻以問世云。

光緒辛巳仲春，督楚使者合肥李瀚章題。

【箋】

〔一〕李瀚章（一八二一—一八九九）：一名章鋭，字敏旃，號筱泉，一作小泉，晚號鈍叟，謚勤恪，後人稱李勤恪公，合肥（今屬安徽）人。道光二十九年己酉（一八四九）拔貢，累官湖南永定、益陽、善化知縣。仕至兩廣總督。撰有《合肥李勤恪公政書》、《李勤恪公奏議》等。傳見《合肥李氏宗譜》卷七、《清史稿》卷四四七、《清史列傳》卷五九、金天翮《皖志列傳稿》卷一〇、《續碑傳集》卷三〇、《近世人物志》、《歷代名人尺牘續集小傳》卷一九、《清代七百名人傳》、民國《安徽通志稿》卷六等。

〔二〕余子經畬：即李經畬（一八五八—一九三五），字伯雄，號新吾，別署橘洲、希呂，合肥（今屬安徽）人。李瀚章長子，李鴻章（一八二三—一九〇一）姪。光緒八年壬午（一八八二）舉人，十六年庚寅（一八九〇）進士。歷任翰林院修撰、侍講、兵部武選司員外郎。著有《爾雅集釋》、《石鼓考證》、《遼金元地志刊誤》、《呂氏春秋補注》、《夢范居文稿》、《橘洲吟草》、《小滄浪亭書畫錄》等。傳見《合肥李氏宗譜》卷一二、《清代科舉人物家傳資料彙編》等。

（樂府傳聲）序

唐紹祖〔一〕

曩侍安溪李文貞公〔二〕，每論聲氣之元，與移風易俗之本，謂教化莫先於樂，樂以人聲爲重。又論元曲只四齣，猶有古者升歌笙入、間歌合樂之遺意。嘗欲編次史傳中忠孝廉節諸事，仿元人體製，以授今崑腔，去其淫聲豔字而調理之，亦可以感動人心，有志未就。略見其說於《古樂經傳》

及《榕村語録》中。衰老健忘，亦十不記其一二矣。辱示盛著，自愧於聲音之道，未之有得，獨欣然會心於『人聲爲本』一言，覺先師緒論，顯顯在耳。今樂由古樂，庶幾雅音，其復振乎？姑舉質言，以識傾倒。

維揚唐紹祖題。

【箋】（一）唐紹祖（一六六九—一七四九）：字次衣，一作賜衣，號改堂，江都（今屬江蘇揚州）人。康熙四十八年己丑（一七〇九）進士，選庶吉士，歷任刑部主事、知府、刑部員外郎。著有《改堂先生文鈔》。傳見《詞林輯略》卷二、《詞科餘話》卷一、《皇清書史》卷一八等。

（二）安溪李文貞公：即李光地（一六四二—一七一八）。

（樂府傳聲）序

黄之雋

細讀數過，眞發千古歇絶之祕籥，而昭明疏析之。雖瞢於音律如弟之頑石，亦輒點頭微悟。實天生神解之人，於盛朝審定律呂之時，非因源流家學而已。亟宜刊行，公諸寰宇，無使夔、曠寂寂楓江之上。

華亭黄之雋題。

樂府傳聲序

無我道人〔一〕

崑腔，南北曲之所由來者，從古樂而變新聲也。大凡度曲，必須以四聲五音。南北字面，用氣用喉諸法則，考證明晰，然後歌之，方不失新聲卽古樂之旨也。今之唱崑者，心傳口授，襲謬承訛，是徒得其貌，而未得其眞也。

余賦性耽斯，摸索已四十年，其聲音字面，尚有書可證可參，不難意會，惟用氣用喉，審情度理，全在心領神會，刻意揣摩，日久月深，始識自然之妙；而自然之妙，亦實難以言傳也。

辛亥館福山〔二〕，得王心池茂才出所藏《樂府傳聲》示之。是篇爲吳江徐靈胎先生所著，溯本追源，傳聲示法，融會貫通，無微不顯，度曲宗之，可謂盡善盡美矣。余愛而寶之，擬卽付刻，以公同好。惟年來碌碌未遑，祕而未發。茲以小閑，願酬初志，更得同人助以授梓。俾樂於斯者，早覩爲快耳。

咸豐九年五月，經三百六十甲子，無我道人識。

（以上均民國十九年上海書局《新曲苑》所收《樂府傳聲》卷末附錄）

【箋】

〔一〕無我道人：或卽前文王保玠《樂府傳聲敍》言及之吳小岡，生平未詳。

〔二〕辛亥：咸豐元年（一八五一）。

笠閣批評舊戲目（吴震生）

吴震生（一六九五—一七六九），别署笠閣漁翁，生平詳見本書卷七《太平樂府》條解題。《笠閣批評舊戲目》，簡名《笠閣評目》，後人易名《千古麗情曲目》，著録明清曲目一百七十九種，附刻於乾隆二十七年（一七六二）刻本笠閣漁翁《箋注牡丹亭》上欄，又見嘉慶十三年戊辰（一八〇八）秋刻小倉山房藏板本《才子牡丹亭》上欄。參見鄧長風《〈笠閣批評舊戲目〉的文獻價值及其作者吴震生》（《明清戲曲家考略》）。

笠閣批評舊戲目跋〔一〕

闕　名〔二〕

此特據所見所有臚之耳。濫本橫行，何能盡見，不但傳奇也。惟書之識趣高超者少，是以存至數十年、百數十年，便作糊窗覆瓿之物。然無論筆鬼墨精，悉從敝簏躍出，既撰一書，即下下品，其中必有數句出前人外，可供采取者。是以肖孫刷以贈送，蓄家或棄或留，較之其他長物，終覺耐久許多。

若專以傳奇論，則曲者，歌之變，樂聲也；戲者，舞之變，樂容也。將夜爲年，混眞以假，使俊傑有所寄其思，雖欲廢之，可得乎？《拜月》、《荊釵》，元之南曲也。北音爲曲，南音爲歌。北人不歌，南人不曲。北力在絃，南力在板。南便獨奏，北便和歌。北氣易粗，南氣易弱。北字多而調促，促處見筋；南字少而調緩，緩處見眼。北舞情多而聲情少，南舞情少而聲情多。故造語忌硬、忌澀、忌嫩、忌粗、忌文，調聲則必辨去上，審音則必析陰陽。

前人因曲諡名，後人按名造曲，以腔板既定，不敢創易也。如《河套》一折，賓白宏詼，曲乃淺鄙，『桓』、『歡』窄韻，實甫避之。【入破】一套，以《辭朝》爲高曾，而用韻龐雜。玉茗情禪，而曲調則多聱牙，吴中老伶師加以剪裁垛疊之功，方可按拍。即《花判》之【混江龍】，與原調全不相合，才雖茂美，音律徑庭；《邯鄲·打番》，亦名【混江】，尤風馬牛。時流竟以爲定格，依而填之，大可噴飯，覺地下亂音諸老，竟爲魔國津梁矣。能文而毁裂宫調，與好音而束殺文章，皆誤也。然腔板不換，而其中或增字或減字，亦隨人詞意筆勢所到，聯絡成文。近時歌人，或數字咯口，則謬爲裁補，甚至代爲删芟，文闕理荒，爲禍非細。不知曲聖板師，自有那借之法，上作去，唱尤易。

且場上雜白混唱之俚詞膚曲，聊以代言，老餘姚雖有德色，固不足齒；吴人清唱，亦因其腔板熟落，窮力吟咏，至奉爲終身首調，若抽絲獨繭，綺語神行，卽疵爲太繁，不合時蹊。余謂：代話之曲，雜白唱或尚可曉，一入清唱，如啖木屑，卽使龍陽、襄成歌之，亦濕鼓啞缶而已。須合白卽戲，拆白卽詞，縱使簫板間綴，亦皆雅俗首肯方妙。

又謂：他書不可借人名，惟傳奇家不嫌。或鉅公恐以輕狎損賢，不妨托無名子；或孤特恐無以動俗眼，不妨托老詞翁。以此等文章，重在售意，不重沽名也。他書不可易人面，惟曲與白無拘。或人名事境同，而更換串頭，頓袪庸雜；或人名事境異，而借用舊曲，順溜優喉。以此等事業，得失既小，人已何分也。況事本陋，而思路一新，曲白俱隨生色；曲本凡，而人境一妙，臭腐且化神奇，豈向沈約集中作賊者比！顧可爲解事道，不必與俗人言耳。

如《盛德記》所演，文正公二歲而孤，隨其母育於長山朱氏，既第，始歸范村，而待朱備極恩意；既貴，則用南郊恩贈朱氏父，及其異母兄、同母弟之喪，皆爲卜葬；朱氏以公廕爲官者二人，歲時奉祀，則別作饗。雖載在遺事，世所共知，庸手寫之，恰似無理，經名手一換曲白，便覺合①於天理人情，可謂得其厚矣。親愛惇篤，發於自然，表而出之，亦使鄙夫寬、薄夫敦也。良由先將朱氏寫得繼絶心誠，實愛至極，遍訪眞實名師，設措重禮附學，代修坟墓，虔備祭儀，更覺此劇實可救世。太夫人竟不出場，尤改得通。竟以『文正』二字代公原諱，亦合理。越得鬻薪之女二：曰施，曰旦，教以步容，習於土城，臨於都巷，三年而後獻吳。改《浣紗》者，以山郡非無骨佳形姱、曼容皓齒之人，不教不能麗都意作主，又添鄭旦陪襯，亦妙。《妒婦記》改本，采葛元直、房玄齡、桓範、王琰、柳惔、苗介子事，歸於一人，尤其惹看。傳《紅線》，以通經史、號『內記室』爲主，自妙。

（清嘉慶十三年戊辰刻小倉山房藏板本《才子牡丹亭》上欄附刻《笠閣批評舊戲目》卷末）

【校】

①合，底本作『公』，據文義改。

【箋】

〔一〕底本無題名。

〔二〕此文當爲吴震生撰。

看山閣閒筆（黄圖珌）

黄圖珌（一七〇〇—一七七一），生平詳見本書卷七《夢釵緣》條。《看山閣閒筆》十六卷，現存乾隆間刻《看山閣集》本（《四庫未收書輯刊》第一〇輯第一七册據以影印）。該書卷三有《文學部·詞曲》一章，乃詞曲評論。

看山閣閒筆·文學部·詞曲序〔一〕

黄圖珌

宋尚以詞，元尚以曲，春蘭秋菊，各茂一時。其有所不同者：曲貴乎口頭言語，化俗爲雅；詞難於景外生情，出人意表。字字清新，筆筆芳韻，方爲絶妙好辭，其聲諧法嚴處，不過取平仄二聲。較曲而有平、上、去、入，有開發收閉，有陰陽清濁，有呼吸吐茹，審五音之精微，協六律於調暢，務在窮工辯別，刻意探求，稍有錯誤，致不叶調。如玉茗之《牡丹亭》，詞雖靈化，而調甚不工，令歌者低眉蹙目，有礙於喉舌間也。蓋曲之難，實有與詞倍焉。因録數則，以博知音者一哂云爾。

（《四庫未收書輯刊》第一〇輯第一七册影印清乾隆間刻本《看山閣閒筆》卷三《文學部・詞曲》卷首）

【箋】

〔一〕底本無題名。

看山閣閒筆・文學部・詞曲跋〔一〕

黄圖珌

《琵琶》爲南曲之宗，《西廂》乃北詞之祖，調高辭美，各極其妙。雖《琵琶》之諧聲協律，南曲未有過於此者，而行文布置之間，未嘗盡善。學者維取其調暢音和，便於歌唱，較之《西廂》，則恐陳腐之氣尚有未銷，情景之思猶然不及。噫，所謂畫工，非化工也！

時乾隆丙寅秋七月二日，靜夜新涼，書於活水軒之北牖，峯泖守眞子。

余自小性好填詞，時窮音律。所編諸劇，未嘗不取古法，亦未嘗全取古法。每於審音鍊字之間，出神入化，超塵脱俗，和混元自然之氣，吐先天自然之聲，浩浩蕩蕩，悠悠冥冥，直使高山巨源、蒼松修竹，皆成異響，而調亦覺自協。頗有空靈杳渺之思，幸無浮華鄙陋之習。毋失古法，而不爲古法所拘；欲求古法，而不期古法自備。竊恐才思漸窮，情瀾益涌，雖不能自出機杼，亦聊免竊人餘唾。不抹東村本色，何必效顰而反增其醜也！

戊辰春三月之望〔二〕，峯泖守真子重識〔三〕。

（同上《看山閣閒筆》卷三《文學部·詞曲》卷末）

【箋】

〔一〕底本無題名。

〔二〕戊辰：乾隆十三年（一七四八）。

〔三〕題署之後有陽文印章二枚：『守眞子』、『月朋竹友』。

觀劇絶句（金德瑛）

金德瑛（一七〇一—一七六二），字汝白，號慕齋，晚號檜門老人，原籍休寧（今屬安徽），寄籍仁和（今浙江杭州）。雍正四年丙午（一七二六），順天鄉試舉人，考授中書舍人。乾隆元年丙辰（一七三六）狀元，授翰林院修撰，歷官至左都御史。著有《檜門詩存》。乾隆二十四年（一七五九）前後，撰寫《觀劇絶句》三十首。傳見蔣士銓《忠雅堂文集》卷七《行狀》、魯九皋《魯山木先生文集》卷九《教思碑》、《清史稿》卷三〇五、《清史列傳》卷二〇、《碑傳集》卷三一、《國朝耆獻類徵初編》卷八一、《國史列傳》卷五五、《國朝詩人徵略初編》卷二八、《湖海詩人小傳》卷五、《鶴徵後錄》、《詞科掌錄》卷一二、《詞科餘話》卷三、《國朝鼎甲徵信錄》卷三、《詞林輯略》卷四、《皇清書史》卷二二等。

《觀劇絶句》，一名《檜門觀劇絶句》、《檜門觀劇詩》，一卷本現存《檜門詩存》附刻本（乾隆間刻本、嘉慶間刻本、道光間刻本、光緒二十五年重刻本），三卷本現存光緒三十三年（一九〇七）長沙葉氏觀古堂刻本（後輯入葉德輝《雙楳景闇叢書》）。

觀劇絶句三十首序〔一〕

金德瑛

稗官院本，虛實雜陳，美惡觀感，易於通俗，君子猶有取焉。其間褻昵荒唐，所當刊落。今每篇舉一人一事，比興諷諭，猶咏史之變體也。借端節取，實實虛虛，期於言歸典據。或曰『譎諫之風』，或曰『小說之流』。平心必察，朋友勿以是棄余可矣。當時際冬春，公餘漏永，地主假梨園以娱賓，衰年賴絲竹爲陶寫，觸景生情，波瀾點綴，與二三知己，爲羈旅消寒之一道耳。

【箋】

〔一〕底本無題名。

檜門觀劇絶句序

葉德輝

金檜門先生《觀劇絶句》，舊爲蝴蝶裝，其裔孫闇伯太守蓉鏡寶藏之。間出以徵題咏，長沙王葵園祭酒、善化皮鹿門孝廉、蓮花廳朱純卿觀察皆有題句，又各依次和之。余久廢聲律，見獵心喜，和至三疊，始以活字板印行。最後得龍陽易實甫觀察和作，嬉笑諧謔，藉以發攄其抑鬱不平之氣。於時葵園久乞祠祿，主持壇席，逾二十年，文讌從容，所謂絲竹陶情，東山遺興已耳。純卿門業鼎盛，兄弟皆以文學仕宦，爲海内所企慕，又兼萊衣板輿，家庭之至樂。鹿門方離憂患，終日手一編，談鄭學，其於人世之榮辱苦樂，若無所觸於心目。諸賢所值之境不同，要其憂時感事，以身世無聊之語，發於詩歌，無不各肖其人之聲容笑貌以出。獨余以頑劣之質，遭無涯之生，旗亭黄河，井水柳詞，終日爲逍搖遊，與世相忘，若無儕偶，憂時則時已過，故詩境略有異於時賢。今分三卷，而以拙作殿後，蓋亦嗛嗛之義耳。

大抵歡樂之場，性情各有所持止。有以儉德爲貴者，執無知之優伶，抑揚出之以愛憎，幾於雲午再世，櫻桃復生，如錢牧齋、龔芝麓之於王紫稼，袁隨園、謝薌泉之於計賦琴是也。極園亭聲伎之盛，召客轟飲，夜以繼日，所謂樓臺春早，歌舞月遲，如冒巢民之得全堂，王駙馬之拙政園是也。若夫借他人之酒杯，澆自己之塊壘，則檜門先生樂從於前，葵園祭酒踵事於後。然出之昔賢，則謂爲風雅；苟以時論，乃詆爲悕吝。故衣冠酒肉之林，徵賓聽曲，爲諸伶斂纏頭之費，余不爲也。以詩，歌爲媒介，自謂一字之品題，勝於千金之投贈，余亦不爲也。因思檜門先生，當明聖之朝，居清華之望，其時風俗純樸，士大夫不以谿刻之見待人，其樂視今世爲何如也？

嗚呼！世運之升降，人心之厚薄，觀於一事之微，而有變遷之慨。故余有恆言：『劇無可觀，劇以觀我而已。』後之覽此者，亦猶今之於昔也夫。

光緒三十有四年戊申歲夏五端陽，葉德輝序。

（以上均清光緒三十三年長沙葉氏觀古堂刻本《觀劇絶句》卷首）

檜門觀劇絶句跋〔一〕

金孝柏〔二〕

右《觀劇絶句》三十首，先大父總憲公之遺墨也。此詩，公屢書之。先子所見，别是一冊，因據以鏤板，次敍微有移易，語句亦小有異。如『意謂登天許蹇人』，别本作『不信登天遂蹇人』，似所書在此書之後，公有所改定也。此詩不編入正集中，初止二十四首，大約戊寅、己卯順天使署之作〔三〕，後增《加官》、《虞姬》、《周倉》、《趙文華》、《鳴鳳記》、《演官》六首。向以爲辛巳夏作，今觀是冊，則在庚辰前矣〔四〕。

閎度，揚州牧，名潮觀，金匱人，有《吟風閣詩鈔》。乃公丙辰分校所得士也〔五〕。庚午二月得此〔六〕，重加裝池。

孫男孝柏謹識。

【箋】

〔一〕底本無題名。以下凡題此名者均如此，不另注。

〔二〕金孝柏（一七九〇—？）：小名庚年，字西貞，號小山，又號倚花，别署倚花主人，仁和（今浙江杭州）人。金德瑛孫，金忠淳十二子。監生。著有《守蘇詞》（一名《倚華居集詞》）。

〔三〕戊寅己卯：乾隆二十三年（一七五八）、二十四年（一七五九）。

〔四〕庚辰：乾隆二十五年（一七六〇）。按王蘇《題金檜門德瑛先生自書觀劇詩冊》詩題注云：『（此本）蓋乾隆庚辰八月書與門生楊閎度潮觀，近爲書賈所得，先生第十二孫小山孝柏購歸者也。』見徐世昌《晚晴簃詩彙》卷一〇七。

〔五〕丙辰：乾隆元年（一七三六）。

〔六〕庚午：嘉慶十五年（一八一〇）。

檜門觀劇絕句跋

陳鴻壽〔一〕

檜門先生與先大父同徵鴻博。丙辰禮闈〔二〕，先得大魁，故不與試。同入詞館，相距僅數月間。潘楊之好，至今如一日也。余甫冠時，卽與哲孫又辛、穉鴻兩君訂晜弟交。遇省試之年，輒復敷衽褰裳，過從甚樂。今年樵雨十一弟訪余瀨上，聚首數月，出此冊索題。雖偶然適興之作，肅然如見先正典型。固知流澤孔長，宜乎後賢蔚起，相引於勿替也。敬誦之餘，曷勝起舞！

嘉慶壬申嘉平望日〔三〕，錢塘年家孫陳鴻壽拜手謹跋。

【箋】

〔一〕陳鴻壽（一七六八—一八二二）：字子恭，號曼生，別署曼公，錢塘（今浙江杭州）人。嘉慶六年辛酉（一八〇一）拔貢，歷任溧陽知縣、江南海防同知。工詩文、書畫，善製宜興紫砂壺，人稱『曼生壺』。著有《種榆仙館詩鈔》、《桑連理館集》等。傳見《碑傳集補》卷四八、《昭代名人尺牘小傳》卷二四、《墨林今話》卷一〇、《清畫家詩史》己下、《清代畫史增編》卷八、《國朝書畫家小傳》卷四、《國朝書畫家筆錄》卷三、《皇清書史》卷八、《國朝書人輯略》卷八等。

〔二〕丙辰：乾隆元年（一七三六）。

〔三〕嘉慶壬申：嘉慶十七年（一八一二）。

檜門觀劇絕句跋

王蘇〔一〕

少時藏弆先生書，五十六字蟠驪珠。高句麗紙老蠶繭，河南筆妙包歐虞。豈知翰墨有瓜葛，門生門下稱生徒。能詩光祿守家法，書畫不許寒具污（不設寒具，筠泉齋名）。急搜行篋出眞迹，珍比遺笏歸魏謩。甌山不見錫山遠，蘭亭眞本人間無。揭來晉陵訪老守（謂素中太守），銜杯共補消寒圖。酒闌鄭重出詩冊，冊紙雖破墨未枯。當時觀劇卅絕句，絲竹陶寫聊自娛。識是先生暮年筆，書成醉倩門生扶。何期零落入書肆，肯令散亂拋中衢。賢孫購得謹什襲，趙璧價抵千瑤瑜。架筆安用青珊瑚，薦地安用紅氍毹。人生如戲戲易散，登場傀儡空喧呼。若非老筆傳幻景，焉得冷眼留眞吾。如今試問吟風閣，更有何人唱鷓鴣（楊刺史有傳奇數種）。

蘇少時藏檜門先生書元人七律一首，筆法類褚河南。後出鄒錫麓師門下，於先生爲小門生。因以所藏，歸先生之孫筠泉光祿。嘉慶壬申，筠泉從兄素中太守出先生手書觀劇詩冊，命綴數語其後。蓋乾隆庚辰八月〔二〕，書與門生楊閬度，近爲書賈所得，先生第十二孫小山購歸者也。江陰小門生王蘇。

【箋】

〔一〕王蘇（一七六三—一八一六）：字延庚，號儕嶠，江陰（今屬江蘇）人。乾隆五十三年戊申（一七八八）舉人，五十五年庚戌（一七九〇）進士，選庶吉士，散館授編修。擢御史，出守河南衛輝府。著有《試畯堂詩集》、《試畯堂賦鈔》、《試畯堂文鈔》等。傳見《詞林輯略》卷四、光緒《江陰縣志》卷一一等。

〔二〕乾隆庚辰：乾隆二十五年（一七六〇）。

檜門觀劇絕句跋

趙　魏

劇本之作，濫觴於樂府。古人即事興懷，被之絃管，魏晉而下，莫不皆然。元明易爲詞曲。所謂負鼓盲翁滿村傳說，老嫗孺子皆能道之，極於淫哇下里，士林視之蔑如矣。檜門先達德望過人，胷羅全史，挹風雅之全，返興觀之正。抒懷詠史，知不厪以華屋神仙、雲窗六扇擊節仙奴也。小山得之，家寶奚疑。

趙魏拜識。

檜門觀劇絶句跋

金衍宗〔一〕

我曾大父天人姿，若論風雅亦吾師。平生不肯輕落筆，年過四十纔吟詩。忽然盤空吐硬語，一字可卻千熊羆。即如此稿偶作戲，游戲亦復通神奇。稗官院本古有取，美惡觀感於時宜。況當中年賴陶寫，東山絲竹情堪怡。氍毹匝地燭光爛，主人起壽傾金巵。登場傀儡雜悲喜，筆歌墨舞酣淋漓。是時蘀翁共退直，文酒跌宕同襟期。謂公此作雖等閑，千古鬚眉眞見之（家有蘀石宗伯手評本）。杜陵老人號詩史，看舞劍器增奇思。鐵崖西涯擅樂府，别出一格驅雄詞。乃知詩貴出肺腑，嬉笑怒罵兼涕洟。不爾風骨日頹靡，東家嚬效西家施。有如梨園不解事，塗抹脂粉神先離。

此宗壬戌夏五〔二〕，讀先曾大父《觀劇絶句》所作。庚午春仲〔三〕，十二叔父購得是册，重加裝潢，爰命録於後。

辛未人日〔四〕，曾孫男衍宗謹識。

【箋】

〔一〕金衍宗（一七八〇—一八六一或一八六〇）：字維漢，號岱峯，别署甌隱、實軒等，秀水（今浙江嘉興）人。金德瑛曾孫。嘉慶五年庚申（一八〇〇）舉人，歷任臨安縣教諭、溫州府學教授。著有《思貽堂文稿》、《思貽堂詩稿》等。傳見《清儒學案小傳》卷一五、光緒《嘉興府志》卷五二等。

〔二〕壬戌：嘉慶七年（一八〇二）。

〔三〕庚午：嘉慶十五年（一八一〇）。

〔四〕辛未：嘉慶十六年（一八一一）。

檜門觀劇絶句跋

朱休度〔一〕

觀劇詩雖近閑情，要有咏史遺風，方推能事。蓋詩通於史，爲其可以明乎得失之故也。讀總憲公諸首，語長心重，莊雅不佻，庶幾擅西崑之清麗，而又遠東維之孊嫚。洵堪作藝林圭臬，又豈獨文孫獲手澤如獲重寶耶？

嘉慶庚午秋，秀水後學朱休度拜題。時年七十有九。

【箋】

〔一〕朱休度（一七三二—一八一二）：字介裴，號梓廬，别署壺山、小木子，秀水（今浙江嘉興）人。乾隆十八年癸酉（一七五三）舉人，歷任浙江嵊縣訓導、山西廣靈知縣等。著有《梓廬舊稿》、《壺山自吟稿》、《俟寧居偶吟》、《小木子詩三刻》等。傳見錢儀吉《衎石齋紀事稿》卷八《事狀》、《清史稿》卷四八三、《清史列傳》卷七二、《國朝耆獻類徵初編》卷二三九、《國朝先正事略》卷五三、《國朝臣工言行記》卷二〇、《湖海詩人小傳》卷一七、《昭代名人尺牘小傳》卷二二、《皇清書史》卷四等。

檜門觀劇絶句跋

胡　重〔一〕

憶重十七歲時，從姑夫硯雲先生許讀總憲公《觀劇絶句》原稿〔二〕，汪茂才大經書而刻之〔三〕。迄今四十餘年，尚能背誦一二也。十二外弟孝柏購得遺墨，當與魏笏范硯同珍。

嘉慶庚午七月，胡重謹識。

【箋】

〔一〕胡重（一七四八—一八一五後）：字子健，號菊圃，别署菊圃學人、菊圃居士、書隱、小書隱生、曲寮居士，室名書隱閣，秀水（今浙江嘉興）人。乾隆間監生，屢試不第，耽於著述，且擅繪畫。著有《説文字原韻表》、《三通警策》、《菊圃文稿》（現存《菊圃殘稿》）、《曲寮詞》等。校勘魏野《東觀集》、劉秉忠《藏春詩集》、《三家步天歌同訂》、錢曾《讀書敏求記》、顔元孫《干祿字書》等。撰雜劇《海屋添籌》、《嘉禾獻瑞》，現存清嘉慶八年（一八〇三）刻《壽萱集》本。參見杜桂萍《乾嘉學者胡重生平和雜劇創作考述》（《文獻》二〇一二年第四期）、《乾嘉時期戲曲家胡重事迹考略》（《中華戲曲》第四十五輯，文化藝術出版社，二〇一二）。

〔二〕硯雲先生：即金忠淳（一七三三—一七九七），字古還，號完璞，又號硯雲，室名硯雲書屋，秀水（今浙江嘉興）人。金德瑛五子。監生，候選布政司經歷。編有《硯雲甲乙編》，著有《古錢錄》。傳見金天翮《皖志列傳稿》卷四。其妻胡氏（一七三一—一八一四），秀水（今浙江嘉興）人，爲胡重姑母。

〔三〕汪大經：當即王大經（一八一二—一八八六），詳見本卷後文王氏《檜門觀劇絶句跋》條箋證。

檜門觀劇絶句跋

白謙卿〔一〕

檜門先生雍正時舉鴻博，乾隆元年得大魁，遂不預試，官至總憲。此冊書於庚辰〔二〕，以贈門生楊閎度刺史。雖游戲之作，書法莊嚴，典型如在。今及百年，跋語無多，如林文忠之爲名臣，湯雨生之存大節，趙雲崧、陳曼生、趙晉齋、錢梅溪諸先生之著述書名，前輩風流皆可寶也。蘭生直刺以是冊索題〔三〕，手澤珍藏已及五世，知勿飲人缸面酒也。

時在咸豐六年暮春既望，後學白謙卿謹識於金華郡齋。（德輝按：今冊中失錢梅溪之作。）

【箋】

〔一〕白謙卿：字號、籍里、生平均未詳。

〔二〕庚辰：乾隆二十五年（一七六〇）。

〔三〕蘭生：金德瑛曾孫。

檜門觀劇絶句跋

朱昌頤〔一〕

右觀劇詩三十首，爲檜門前輩遺翰。道光癸巳春〔二〕，昌頤過姑孰使院，晤小岱文孫，出以見示。卒誦數過，覺偶爾游觀，語語有關風教。雲礽世守，知勿僅以東山絲竹視之也。

後學朱昌頤拜識。

【箋】

〔一〕朱昌頤（一七八四—一八五五）：字吉求，號芷甫，又號朶山，海鹽（今屬浙江）人。嘉慶十八年癸酉（一八一三）拔貢，道光六年丙戌（一八二六）狀元，授翰林院修撰，官至吏科給事中。去官後主講敷文書院。著有《鶴天鯨海焚餘稿》。傳見《碑傳集補》卷一〇、《詞林輯略》卷六、《昭代名人尺牘續集小傳》卷九、《皇清書史》卷四、《清代硃卷集成》卷七、《國朝詩人徵略初編》卷一三、光緒《海鹽縣志》卷一六等。

〔二〕道光癸巳：道光十三年（一八三三）。

檜門觀劇絶句跋

沈維鐈〔一〕

詠史之作，義關勸懲，非學有本原，長於論諭，未易稱也。今讀總憲公觀劇詩三十首，即偶爾流連抒寫，而知人論世之學，溫柔敦厚之旨，靡不自在流出。此詠史之緒餘，而風雅之正軌也。展誦數過，敬題其後。

道光癸巳九月，書於太平使院之内省堂，後學沈維鐈。

【箋】

〔一〕沈維鐈（一七七九—一八四九）：字子彝，號鼎甫，又號小湖，別署夢醉，嘉興（今屬浙江）人。嘉慶七年壬戌（一八〇二）進士，選庶吉士，散館授編修，官至工部左侍郎。著有《補讀書齋遺稿》。傳見曾國藩《行狀》、陳慶鏞《墓志銘》（均見光緒元年刻本《補讀書齋遺稿》卷首）、《清史稿》卷三七六、《續碑傳集》卷一〇、《詞林輯略》卷五等。參見沈宗涵、沈宗濟《鼎甫府君年譜》（《補讀書齋遺稿》附）。

檜門觀劇絶句跋

林則徐〔一〕

往見劉文清公書觀劇詩冊，詞翰皆致佳妙。此冊在文清前，而音節之抗墜，豪墨之飛轉，並相仿佛。先輩游戲之作，皆可寶貴如是。

道光癸巳，嘉平後學林則徐題。

【箋】

〔一〕底本無題名。

〔二〕林則徐（一七八五—一八五〇）：字元撫，又字少穆、石麟，晚號俟村老人、俟村退叟、七十二峯退叟、瓶泉居士、櫟社散人等，侯官（今屬福建福州）人。嘉慶十六年辛未（一八一一）進士，選庶吉士，散館授編修，歷任湖廣總督、陝甘總督、雲貴總督等。謚文忠。著有《雲左山房文鈔》、《雲左山房詩鈔》、《使滇吟草》、《林文忠公政書》、《荷戈紀程》等。傳見李元度《天岳山館文鈔》卷五《別傳》、《清史稿》卷三六九、《清史列傳》卷三八、《續碑傳集》卷二四、《國朝耆獻類徵初編》卷二〇三、《國朝先正事略》卷二五、《清代七百名人傳》等。參見來新夏《林則徐年譜》（上海人民美術出版社，一九八一）。

檜門觀劇絶句跋

張迎煦〔一〕

當場大半不平事，落筆都成絶妙詞。好與青藤參一解，上場終有下場時。

多少豪家舊舞場，金樽檀板已淒涼。新詩早有弓衣繡，奕葉猶能守縹緗。壬申長至後五日〔二〕，錢塘張迎煦敬題

【箋】

〔一〕張迎煦（約一七五六—一八三八後）：字鄰谷，號晴崖，仁和（今浙江杭州）人。功貢生，歷任孝豐訓導，慈溪、定海教諭，遷知縣，擢永州同知、廣東知府。嘉慶九年（一八〇四），監刻鐵保《熙朝雅頌集》。著有《從戎草》、《讀畫樓詩》、《秋紅館詩集》等。傳見《杭郡詩三集小傳》、光緒《唐栖志》卷一二等。

〔二〕壬申：嘉慶十七年（一八一二）。

檜門觀劇絶句跋

湯貽汾

撲朔迷離夢幻身，輪伊彩筆替傳神。尚嫌世態描難盡，描到描摹世態人。本是鰲頭絶世才，九霄唾落萬瓊瑰。風流漫認旗亭客，曾聽霓裳天上來。烟雲變幻太無窮，顫盡宫花顧曲工。有幾開元遺老在，後堂曾醉管絃中。無處重尋舊錦堂，白頭誰與話滄桑。悲歡賸有青山證，五十年前

傀儡場。蘭生贊府先生見示總憲公遺翰，敬題。貽汾。

檜門觀劇絶句跋

龐際雲〔一〕

世間非幻亦非眞，說部傳奇卽此身。照見深情千古月，醒來好夢一場春。心聲流露推前輩，手澤珍藏藉後人。自是個中能領略，願將後果悟前因。甲子〔二〕，金陵試院蘭生太守見示檜門先生遺翰，敬題七律以志景仰。後學河間龐際雲。

【箋】

〔一〕龐際雲（？——一八八四）：原名震龍，字省三，寧津（今屬山東）人。道光二十三年癸卯（一八四三）舉人，咸豐二年壬子（一八五二）進士，選庶吉士，散館改刑部主事。曾佐曾國藩幕。歷任江寧鹽巡道、兩淮鹽運使、淮揚海道。光緒六年（一八八〇），遷湖北按察使；次年陞湖南布政使、巡撫。官至雲南藩司，光緒十年終於任所。著有《十五芝山房文集》。傳見光緒《寧津縣志》卷八、《詞林輯略》卷七、《大清畿輔先哲傳》卷三五等。

〔二〕甲子：同治三年（一八六四）。

檜門觀劇絶句跋

孫葆元〔一〕

昔柳誠懸論作字，『心正則筆正』，蓋以筆致諫。古人立言胥有寓意焉。茲捧讀檜門先生觀劇詩三十首，詞飛珠玉，字挾風霜。借傀儡之登場，寓無窮之懲勸。雖偶爾游戲，而知人論世之識，自流露於墨楮間。則東山之閑情，實《南史》之直筆也。垂之千古，洵足正人心而維風化。謹識數言，用深景仰。

己未陽月〔二〕，津門後學孫葆元敬題於浙闈之鳳味堂。

【箋】

〔一〕孫葆元（一八〇一—一八八六）：字復之，號和甫，又號蓮塘，直隸鹽山（今屬河北）人。道光八年戊子（一八二八）舉人，九年己丑進士，選庶吉士，散館授檢討。官至吏部左侍郎，署兵部尚書。傳見俞樾《春在堂雜文六編補遺》卷六《墓表》（民國《鹽山新志》卷二七）、《詞林輯略》卷六、同治《鹽山縣志》卷九等。

〔二〕己未：咸豐九年（一八五九）。

檜門觀劇絶句跋

麟　桂〔一〕

史筆文章觀劇詩，興衰事業固如斯。鑄①成鐵案千年後，公論難將一字移。辛亥仲秋〔二〕，長白麟桂題於闈中

【校】

①鑄，底本作『注』，據文義改。

【箋】

〔一〕麟桂：字月舫，滿洲鑲白旗人。道光二十八年（一八四八），由浙江寧紹台道，改任蘇松太道。歷官光祿寺卿、江蘇布政使。咸豐四年（一八五四）罷職。著有《退省堂詩集》。傳見《晚晴簃詩匯》卷一三四。

〔二〕辛亥：咸豐元年（一八五一）。

檜門觀劇絕句跋

查文經〔一〕

東方譎諫原堪予，莊叟寓言亦自佳。況得風人三昧旨，何妨游戲出詩家。

聞說銜命渡江日，故里留題好句多。百十餘年佳話在，未知此卷近如何。（先生辛酉年渡江〔二〕，與故里父老歡宴，留題甚多。）恭題檜門先生觀劇詩後。後學查文經

【箋】

〔一〕查文經（一七九五—一八七一）：字耕麓，一作耕六，號少泉，京山（今屬湖北）人。道光二年壬午（一八二二）舉人，六年丙戌（一八二六）進士，散館授戶部主事，陞員外郎。二十一年任江蘇常州知府。調蘇州，擢淮揚道。咸豐元年（一八五一），任江蘇按察使。官至漕運總督、督辦江南糧臺。同治七年（一八六八），告老回籍。著有《木樨香館詩》。傳見光緒《武進陽湖縣志》卷一八。

〔二〕辛酉：乾隆六年（一七四一）。

檜門觀劇絶句跋

金安瀾〔一〕

絲竹樽前興，風霜筆底遒。崔鴻良史補，蘇鶚雜編搜。論世追千古，游仙夢十洲。寓言通諷諭，褒貶例春秋。族裔孫安瀾謹題

【箋】

〔一〕金安瀾：字澄之，號瀛仙，桐鄉（今屬浙江）人。道光八年戊子（一八二八）舉人，九年己丑（一八二九）進士，選庶吉士，散館授戶部主事。歷官江蘇松江知府。著有《怡雲廬詩鈔》、《怡雲廬駢體文》等。傳見《詞林輯略》卷六。

檜門觀劇絶句跋

鮑源深〔一〕

丙寅冬月〔二〕，金沙校士畢，舟過丹陽，晤蘭生太守，出示檜門先生遺墨。篷窗展讀一過，先輩典型宛然在目。惜解維匆匆，不獲審玩。謹綴數字冊尾，以志景仰之私。

除夕前三日，和州後學鮑源深敬觀並識。

（清光緒三十三年長沙葉氏觀古堂刻本《觀劇絶句》卷上末）

【箋】

〔一〕鮑源深（一八一二—一八八四）：字華潭，號穆堂，晚號澹庵，和州（今安徽和縣）人。道光二十六年丙午（一八四六）舉人，二十七年丁未進士，選庶吉士，散館授編修。官至户部右侍郎、山西巡撫。晚年主講金陵、上海龍門書院。著有《補竹軒詩文集》。傳見黎庶昌《拙尊園叢稿》卷四《墓志銘》（《續碑傳集》卷二八）、《詞林輯略》卷六、《墨花吟館感舊懷人集》、《昭代名人尺牘續集小傳》卷一七、金天翮《皖志列傳稿》、光緒《直隸和州志》卷一九等。

〔二〕丙寅：同治五年（一八六六）。

檜門觀劇絕句跋

薛書堂〔一〕

乾隆爲我朝治運極盛之時，亦文運極盛之時。檜門先生以鴻博應運大魁於乾隆建元之初，尤爲當時文臣冠。余入詞曹，在先生百餘年後。同館諸君得先生片紙隻字，未嘗不拱璧視之。而書肆居奇，眞贋難辨。

辛酉奉命守毗陵〔二〕，抵滬，與蘭生刺史同事榷局。見其供職忠勤，不避嫌怨，心竊佩之。每公餘論文，尤嗜藏古人圖書。久之，乃出是册曰：『此先人手澤也，願乞一言以垂永久。』受而讀之，字則樸厚渾堅，上追魏晉；詩則比物賦事，都歸勸懲。乃知先輩立言，期於不朽。而蘭生刺史之克勤職業，其家學爲有自矣。因勉書數語，以見二十年仰止之懷，並以志余與蘭生遇合之緣有如此。同治甲子六月，中州後學薛書堂謹識。

【箋】

〔一〕薛書堂（一八一五—一八八〇）：字世香，號恆甫，別署少柳、肖梅，靈寶（今屬河南）人。道光二十四年甲辰（一八四四）舉人，咸豐二年壬子（一八五二）進士，選庶吉士，散館授編修。歷任戶部郎中、給事中、知府、湖南道監察御史等。傳見《咸豐二年壬子恩科會試同年齒錄》。

〔二〕辛酉：咸豐十一年（一八六一）。

檜門觀劇絕句跋

王大經〔一〕

我鄉總憲金檜門先生，以乾隆初元大魁天下，負藝林重望者數十年。其翰墨所留，詞臣至今寶貴。歲甲子，金陵校士，余以監試與先生元孫蘭生太守共事棘闈，出是冊屬題。余末學粗官，何足以知先生詩書之妙，而獲瞻遺寶，實爲非常快事。爰綴數語以志欣幸云。同治三年十二月，後學王大經敬書。

【箋】

〔一〕王大經（一八一二—一八八六）：字經畬，號夢蓮，更號曉蓮，平湖（今屬浙江）人。道光二十年庚子（一八四〇）優貢，二十三年癸卯舉人，五薦春闈不售。二十四年，考取宗學教習，歷任國史館謄錄、知縣、督糧道等。同治四年乙丑（一八六五），署江蘇按察使，旋署布政使。光緒五年（一八七九），任湖北布政使。九年，病免。著有《哀生閣集初稿》、《續稿》。傳見《墨花吟館感舊懷人集》、光緒《平湖縣志》卷七等。

檜門觀劇絶句跋

李煥文〔一〕

余於初就外傅，時見家塾中懸檜門先生一聯，係先曾祖雙款。紙色黝暗，意是古人。嗣於戊子領鄉薦，後於都門書畫肆又見一聯，六法在米、董之間。用十餘千購之，並未究先生之里居官爵，但愛其縱横跌宕。懸之自齋，謂與先生重相晤對，如舊相契耳。至今洄溯，一，四十餘年事；一，三十年前事。

乃宦游來滬，適與蘭生仁兄同舟，一見若生平歡。因出觀劇冊子相示，始知蘭兄卽先生曾孫，爲戊子同年小峯進士猶子，淵源有自，契合非常。益嘆人生瞬息，惟此筆墨事足以千古。況先生經緯萬端，載在史冊，書法足以傳，著作足以傳，勳名更俾之傳。感慨之餘，不覺欣慰之甚。因謹志數語，蘭生仁兄或不以爲疥而割之，則幸甚矣。

丁巳十月〔二〕，潞河李煥文謹跋。

【箋】

〔一〕李煥文：順天通州（今屬北京）人。咸豐、同治間任直隸海門廳同知。

〔二〕丁巳：咸豐七年（一八五七）。

檜門觀劇絶句跋

吴郁生〔一〕

曾咏《霓裳》到廣寒，九天珠玉動豪端。寓言十九無人會，謾作東山絲竹看。

貞元朝士風流遠，寂寞鈞天九變音。哀樂亦隨人世異，魚龍曼衍獨沈吟。敬題檜門先生遺墨，應闇伯仁兄命卽正，鈍齋吴郁生漫稿

【箋】

〔一〕吴郁生（一八五四—一九四〇），字伯唐，號蔚若，一號鈍齋，晚號鈍叟，元和（今江蘇蘇州）人。光緒三年丁丑（一八七七）進士，選庶吉士，散館授編修。歷任内閣學士、禮部尚書、四川督學、郵傳部右侍郎、弼備院顧問大臣等。辛亥革命後，寓居青島達三十年。傳見《光緒三年丁丑科會試同年齒録》。

檜門觀劇絶句跋

端方

與闇伯兄定交幾二十年，行誼問學之美，久所欽挹。庚子拳變，闇伯麻鞋詣行在，遂相遇於西安。逾年，復來就余武昌，文酒之會無虚日。近出其先德檜門先生遺墨見示，時則遼瀋多故，世變方亟。余與闇伯撫時感事，掩卷流連，不勝今昔之慨云。

端方敬題。

檜門觀劇絶句跋

劉心源〔一〕

甸丞，吾己丑會房所得士也，博學好雅，世篤門業，出其先德檜門先生手迹索題，余因嘆聲詩文字之品，可覘世運。先生詩字之佳，不僅在此，即此已爲後人所弗逮。彼其時，海内無事，上下熙熙，詞臣供奉，賞花鈞魚；羣屐管絃，堯衪昇平。一時所徵鴻博諸老，又皆魁奇綽綰，各翔藻曜，雍容揚揄，故雖游戲之作，亦覺體格寬厚，無促數苟且之態。百餘年來，茲風渺矣！生今日者，憂迫之不暇，何有於燕閒？余將之廣西，奔走於饑饉師旅之間，以視先生游鈞天時，劬愉何如也。甸丞其謹藏之，以當瑞世瓊瑤，萬子孫勿敢墜。

光緒癸卯八月二十二日〔二〕，嘉魚劉心源。

【箋】

〔一〕劉心源（一八四八—一九一五或一九一七）：譜名文申，字亞甫，號幼丹，别署冰若、夔叟、龍江先生，嘉魚（今屬湖北）人。同治十二年癸酉（一八七三）舉人，光緒二年丙子（一八七六）進士，選庶吉士，授編修，調京畿道御史。出爲夔州知府，移成都，官至廣西按察使。三十一年解職。入民國，爲湖北民政長、湖南巡按使。著有《古文審》、《樂石文述》、《吉金文述》、《凡誨書》等。傳見《近代名人小傳》、新編《嘉魚縣志》卷三二（一九九三）等。

〔二〕光緒癸卯：光緒二十九年（一九〇三）。

檜門觀劇絶句跋

金兆棨〔一〕

滁泉我兄，與兆棨同官兩淮，垂二十年。趨公之暇，恆以所藏古人書畫互相觀賞，極洽古歡。壬辰秋〔二〕，滁兄自禾來邗，以公手録《食時五觀》冊持贈。兆棨拜登之下，什襲珍藏。今夏復以公書觀劇詩冊見示，仰先澤之長留，感貽珍之可寶。謹綴數言以志欣慰。

光緒庚子荷月初十日，族裔孫兆棨。

【箋】

〔一〕金兆棨（一八四二—一九二七），字子羲，嘉興（今屬浙江）人。金吳蘭子。光緒間，官通州運判。傳見光緒《嘉興縣志》卷二一。

〔二〕壬辰：光緒十八年（一八九二）。文末落款「光緒庚子」，即二十六年（一九〇〇）。

檜門觀劇絶句跋

王先謙

亡是憑虚各擅場，寓言顛倒自蒙莊。漫嫌傳唱無稽語，周漢文詞已濫觴。

班史曾登小説流，唐業宋稗儘旁搜。流言祇作丹青看，舞榭歌臺一例收。

先河院本後傳奇，次第優人作導師。唐句宋詞爭賭唱，只如新調付歌姬。
世事寧論僞與眞，紛紛目論苦求伸。梅經毛傳欺千古，何況歌場一鬨塵。
絃管撩人欲放顛，蘭芳鮑臭任流傳。不乖臣子興觀義，只有精忠與目連。
懷古元因一畫圖，意將懷璧儆愚夫。天台何事誣光武，知是明人刺歹朱。
雍容樽俎説乾隆，審律應知與政通。夢想開元全盛日，欲將法曲問伶工。
先生退老儘開顔，我亦心儀謝傅閒。憂國無心問絲竹，不知底處是東山。光緒乙巳夏〔一〕，闇伯仁兄太守見示先德總憲公檜門先生遺墨，業敬和三十首，復謹題八絶句，即以爲跋。長沙王先謙

【箋】

〔一〕光緒乙巳：光緒三十一年（一九〇五）。

檜門觀劇絶句跋

皮錫瑞〔一〕

咏史分編自選樓，褒譏妙筆仿春秋。鐵崖懷麓揚鑣出，又見新詩鬱古愁。
陽明論樂古無儔，樣子能傳虞與周。證以儀徵説三頌，方知四代有俳優。
丁歌甲舞睡昆侖，五萬春華入夢魂。南曲今同《廣陵散》，北音誰更問金元。
曾游帝所聽鈞天，同咏《霓裳》冠衆仙。老眼看花憑作劇，春風定子正當筵。
中年絲竹謝東山，將謂偷閑并未閑。哀樂性情詩句發，每逢佳處一開顔。

百感芒芒寫出難，欲澆塊壘藉毫端。老坡嬉笑文章好，莫作尋常戲墨看。

意雜莊諧三十篇，金樽檀板韻悠然。開元法曲何人見，夢想雍乾極盛年。

萬古心胷試拓開，英雄兒女盡堪哀。安知傀儡登場後，別有人間大舞臺。閬伯太守仁兄見示先德檜門先生遺墨觀劇詩，前輩風流，令人欽慕，敬題小詩八首以當跋尾，卽希方家正之。後學善化皮錫瑞題

【箋】

〔一〕皮錫瑞（一八五〇—一九〇八），字鹿門，一字麓雲，室名師伏堂，人稱師伏先生，善化（今屬湖南）人。光緒八年壬午（一八八二）舉人。三應禮部試，皆報罷，遂潛心講學著書。主講桂陽州龍潭書院、南昌經訓書院等。後充京師大學堂教習。著有《經學通論》、《經學歷史》、《今文尚書考證》、《師伏堂詞》、《師伏堂詩草》、《師伏堂駢文》、《鹿門文稿》、《經訓書院自課文》等，光緒二年（一八七六）思賢書局合刊《皮氏八種》。參見皮名振《皮鹿門年譜》（民國二十八年上海商務印書館排印本）。

檜門觀劇絶句跋

朱益濬〔一〕

乾隆天子世昇平，侍從賡颺雅頌聲。上界霓裳時人咏，後堂絲竹老怡情。安排高第王沂國（先生爲乾隆元年狀元），紹述清芬陸士衡。法曲而今《廣陵散》，遺詩誦罷淚縱橫。余既和先生絶句三十首，撫今追昔，不勝西方美人之感，復賦七律一章以志慨慕，質之閬伯，以爲何如？乙巳之秋八月既望〔二〕，吉安朱益濬。

【箋】

〔一〕朱益濬（一八五一—一九二〇）：字輔源，號純卿，蓮花廳（今江西蓮花縣）人。優廩生，同治十二年癸酉（一八七三）拔貢，同年中舉，光緒三年丁丑（一八七七）進士，選庶吉士，散館改知縣，任湖南桃源知縣，轉江西永順，陞永順知府，官至湖南辰沅永靖兵備道。辛亥後，任湖南提法使兼署巡撫。謚文貞。著有《碧雲山房存稿》。傳見《詞林輯略》卷九、《清代官員履歷檔案全編》第二七冊。

〔二〕乙巳：光緒三十一年（一九〇五）。

檜門觀劇絕句跋

葉德輝

富貴功名春夢婆，匆匆十二萬年過。乾坤撐拄憑忠孝，替古擔憂淚較多。

優孟衣冠傀儡身，稗官傳衍假疑眞。百年前事憑誰記，輸與當場說法人。

妙絕元人北九宮，魏梁一出變宗風。崑山近又無人會，那解尋源白石翁。

關、王北曲壓金元，兒女聲情易斷魂。惱恨南人初解語，盛名翻累紫桃軒。（改《南西廂》之李日華，偶與李君實同名。君實著有《紫桃軒雜綴》，卷二云：余筮仕江州理官，有上官向余索《西廂記》，蓋以世行李日華《西廂》本也。余既辨明，付一哂。且幸此官未曾留意醫術，不從余索《本草》，《本草》亦有日華子注也。）

巍科二次舉鴻詞，先領宮花第一枝。此是昇平歌舞世，雍乾詩似盛唐詩。

畫壁詩成護碧紗，偶然游戲筆生花。高文典冊今猶在，祀典煌煌正女媧。（朱方增《從政觀法錄》

云：乾隆十七年，公上疏言女媧氏陵前寢殿中塑女像，傍侍嬪御，土人據爲求嗣之神，實爲瀆褻。應毁舊像，立木主。下部議行。）

卅篇詞翰付青箱，祖硯相傳手澤香。閱盡滄桑人事改，戲場今已换排場。

我亦嶔奇可笑人，崑崙酺咏替傳神。《燕蘭譜》與《秦雲譜》，肯讓江南二月春。右題金檜門先生《觀劇絶句》詩後，即請闇伯仁兄大公祖教之。乙巳春三月[一]，葉德輝録稿。

（以上均清光緒三十三年長沙葉氏觀古堂刻本《觀劇絶句》卷上末）

【箋】

[一]乙巳：光緒三十一年（一九○五）。

倚聲雜説（朱芥）

朱芥（約一七○五—一七六一後），初名杏芳，字雲裁，後改名芥，字公放，一字山漁，別署蕙稗人、蕙稗老農，長興（今屬浙江）人，一説歸安（今浙江吴興）人。弱冠補府學弟子員，久困場屋，不復進取。以筆墨自娱，放情山水，肆志金石、書畫、篆刻，善疊石。乾隆十六年（一七五一），帝南巡，江蘇巡撫莊有恭（一七一三—一七六七）延譜《迎鑾新曲》，膾炙人口。盧見曾（一六九○—一七六八）在兩淮，館於署齋。後遊幕京師，卒於某藩邸。著有《蕙稗集》、《倚聲雜説》、《宮調譜》、《山漁刻印稿》等。撰傳奇《玉尺樓》、《寶母珠》、《鮫綃帳》三種，僅存《玉尺樓》。傳見汪啓淑《飛鴻堂印人傳》卷一、光緒《長興縣志》卷二三、光緒《歸安縣志》卷四一等。參見鄧長風《二十九位清代戲曲家的生平材料·朱夰》(《明清戲曲家考略三編》)。《倚聲雜説》,已佚。

倚聲雜説序

沈大成〔一〕

《倚聲雜説》者,長興朱君公放之所作也。

詞始於唐五代十國,而尚於宋。曲肇於金,而盛於元。時會所趨,各有由致,發於天籟之自然,人不得而主之也。吾觀今之曲所謂慢詞近詞者,詞居曲之三,是曲者,詞之餘也。曲爲詞之餘,猶詞爲詩之餘也。

然則曲何自昉乎?曰:《左氏傳》云:『曲而有直體。』《國語》云:『瞽奏曲。』《楚詞》云:『四上競氣。』樂府之短簫、鐃歌、鞞舞、拂舞歌、鼓角、横吹、胡角、相和歌、吟嘆、四絃、平調、瑟調、楚調、白紵歌、清商,皆古曲也。自漢哀帝時,官失其守,雅樂雖廢,曲之節奏,自傳民間。六朝迄唐,有立部、坐部之分。今詞曲之節奏,大約坐部之遺。元曲有北而南,繼作九宫一十三調,或存或亡者,不免焉。要之,今之樂,猶古之樂。夫能調之喉,宣之管絃,合四海九州而無不以爲諧者,卽使牙曠復生,亦必交口而贊之矣。第不可於今之所謂曲者,尚有奴主出入之見,郢書燕説之謬焉。是魯酒而濟以水也,惡在乎自詡知音也哉!

朱君之爲是編,既於宫調、曲名、體格、句法、套數、文體,斤斤乎辨之;而尤於聲韻之清濁、陰陽、上去，與夫務頭、煞尾，稱若權衡，照若鑒燧，晰若毫芒，而審若近遠。蓋朱君研窮傳記，考究鐘律，泛覽金元明人之雜劇散套，積有歲年，知深而見徹，故於此編，偶論著焉。蓋其學有超乎阮逸、魏漢津之徒者，豈與喬、王、關、白較其短長哉？

朱君爲湖名族，有聲膠序間。以性之不羈也，少放於詩若文，復放於酒。既困場屋，鬱鬱益不自得，去而放於書畫篆刻。中年則放於詞曲、音律、絲竹，將老而未知返也。蒙莊之所謂『天放』者，君豈其人乎？要皆激於天籟之所發，君亦不得而自主也。其氏以放也，其自知之矣。朱君客於吴，吴中賢士大夫無不願招致君，君夷然不屑也。此可以知其行矣。

舊冬今夏[二]，余兩遇君於廣陵，數出是編乞序。余觀朱君依隱玩世，蓋莊生徒也，遇諸形骸外者也，其書卽駢拇支指也，故醉以酒而重之以辭。

（《續修四庫全書》第一四二八册影印清乾隆三十九年刻本《學福齋集》卷六）

【箋】

[一]沈大成（一七〇〇—一七七一）：字學子，號沃田，一號嵩峯，華亭（今屬上海）人。貢生。著有《近游詩鈔》（乾隆十九年刻本）、《學福齋文集》（乾隆間刻本）、《學福齋詩集》等。傳見黄達《一樓集》卷一七《傳》、汪大經《行狀》（《碑傳集》卷一四一）、《清史列傳》卷七二、《國朝耆獻類徵初編》卷四二〇、《湖海詩人小傳》卷一八、《國朝詩人徵略初編》卷三三、《清儒學案小傳》卷五、《桐城文學淵源考》卷一、《清代疇人傳三編》卷一等。

[二]舊冬今夏：據鄧長風《二十九位清代戲曲家的生平材料·朱夰》考證，當指戊寅（一七五八）冬、己卯（一七五九）夏。

尋聲要覽（吴翀）

吴翀，字在揚，吴縣（今江蘇蘇州）人。乾隆十五年庚午（一七五〇）舉人。著有《艾香吟草》、《尋聲要覽》等。傳見《湖海詩傳》卷一三。

《尋聲要覽》，現存舊鈔《聊以自娱齋曲譜六集》附錄本，中國藝術研究院圖書館藏，《傅惜華藏古典戲曲曲譜身段譜叢刊》據以影印。

尋聲要覽敘〔一〕

吴翀

粤稽六律五音，始於太古； 一板三點，起自盛唐，李謩輩譜出，明皇考正之。嗣則代有新聲，未能備述。但移宫換徵，不失雅頌之音，非盡桑間濮上也。

余幼年性拙如鳩，身閒似鶴，喜串繁聲，未得領要，奚敢謂素嫺音律，抑揚頓挫俱拍合耶？要之游戲之事，亦須專致，稍涉粗疏，即有千里毫釐之謬。

近日效顰者，多未譜宫商，罔知節奏，忽逢絃管聲齊，不禁作意，驚心而起，昂首搖頭，咂脣紐嘴，如撒錢，如曳鋸，惡態怪音，座客難免噴飯。爰不自揣稱，輯成《尋聲要覽》一編，就正同志。雖未能近蹤玉茗、稗畦，庶不貽巴吟下里之譏云爾。

平江吴翀敍。（《傅惜華藏古典戲曲曲譜身段譜叢刊》影印舊鈔《聊以自娱齋曲譜六集》附録本《尋聲要覽》卷首）

【箋】

〔一〕底本無題名。

燕蘭小譜（吴長元）

吴長元（一七三一前—一八〇五後），字太初，號麗煌，一作麗璜，别署西湖安樂山樵，室名池北草堂，仁和（今浙江杭州）人。清乾隆間，客居北京十餘載，以著述、讎校、輯刻書籍自娱。著有《宸垣識略》、《燕蘭小譜》等。傳見《清史列傳》卷七二《吴蘭庭傳》附傳。參見陳志勇《〈燕蘭小譜〉作者安樂山樵考》（《戲曲藝術》二〇一五年第一期）。

《燕蘭小譜》，現存乾隆五十年乙巳（一七八五）冬刻本，乾隆五十五年庚戌春刻本，葉德輝收入光緒三十四年（一九〇八）輯刊《郋園先生全書》，復收入宣統三年（一九一一）輯刊《雙楳景闇叢書》。張次溪輯入《清代燕都梨園史料》（民國二十三年北平邃雅齋書店排印本《雙肇樓叢書》）。

《燕蘭小譜》弁言

吴長元

《燕無蘭傳》記燕姞夢蘭曰：『蘭有國香，人服媚之。』是蘭之氣韻，無分乎南北也。癸卯中夏〔一〕，王郎湘雲素善墨蘭〔二〕，因寫數枝於摺扇，一時同人賡和，以志韻事。余逸興未已，更徵諸伶之佳者，爲《燕蘭小譜》。始甲午迄今〔三〕，共得六十四人，計詩百三十八首，又雜咏、佚事、傳聞，共五十首。先之以畫蘭詩者，識原始也；繼之以燕蘭譜者，美諸伶也；終之以雜咏者，寓規諷也。諸伶之妍媚，皆品題於歌館，資其色相，助我化工，或贊美，或調笑，或即劇傳神，或因情致慨，其優劣略見於小敍中。而詩不沾沾於一律，大約風、比、興三義爲多。

嗟呼！昔人識豔之書，如《南部烟花錄》、《北里志》、《青泥蓮花》、《板橋雜紀》，及趙秋谷之《海漚小譜》，皆女伎而非男優。卽黄雪蓑《青樓寄》所載，亦女旦也。惟陳同倩《優童志》，見其《齎志齋集》中，惜名不雅馴，爲通人所誚。《燕蘭譜》之作，可謂一時創見。然非京邑繁華，不能如此薈萃，太平風景，良可思矣。後之繼咏者，當不乏人，余何憚投燕石而引夫宋玉也耶？

乾隆乙巳季秋，安樂山樵太初自識。

（清乾隆五十年刻本《燕蘭小譜》卷首）

【箋】

〔一〕癸卯：乾隆四十八年（一七八三）。

〔二〕王郎湘雲：即王桂山，字湘雲，沔陽（今屬湖北）人。著名伶人。彭蘊燦《歷代畫史彙傳》卷二九云：「王桂山，字湘雲，沔陽人。從余太史集學畫蘭，未數月，輒有法度，布拳石亦清雅不俗。」

〔三〕甲午：乾隆三十九年（一七七四）。

（燕蘭小譜）題詞

西膝外史〔一〕

西風木葉，蕭然搖落之晨；烏帽黃塵，老矣羈孤之客。看堂堂之去日，白髮霜凝；聞略略之新聲，青樓夢斷。於無聊賴之中，作有情癡之語。嬉笑怒罵，著爲文章；釧動花飛，通於梵乘。徵聲角伎，偶同竿木以逢場；舞榭歌臺，都供水天之閑話。此安樂山樵《燕蘭小譜》之所由作也。

山樵長湖山郡，住癸辛街，家世翩翩，性情落落，身留燕市，不求聞達而來。僕是吴儂，未識裙裾之樂，欲醒看書之眼，頻上查樓；聊分問字之金，閑親菊部。玩游既數，題品斯眞，閱歷恒多，長言不足。人萃齊晉燕秦、蜀滇吴楚，如游羣玉之山；技兼琴棋文酒、書翰管絃，若過五都之市。於是抽毫紀麗，騁祕圖妍。凡茲載弁之釵，媵以有聲之畫。閑花野草，都歸貯藥籠中；黠鼠淫狐，莫遁照妖鏡裏。雅花列部，協正變於風人；正雜分編，配陰陽於易象。個個香濃語媚，卻從塵外觀塵；篇篇棒喝鈴提，不向夢中說夢。如塡花品，搜羅適合仙班；（葛洪《列仙傳》仿《列女傳》之例，皆七十二人。今譜中花雅部以訖雜咏所載，亦如其數。）試數流光，歷覽恰周星紀。（花雅部所載，斷自甲午至今，凡十二年。）朱竹垞《風懷》二百韻，鬬巧爭妍；陳老蓮《水滸》四十人，窮形盡相。可謂筆有生枯，意含美刺者矣！

然而此其略也，竊有疑焉。黃金臺畔，不栽燕姞之花；　秋草叢中，孰采靈均之佩？　顧斯名而安在，寧無說以徵之。則有人來紫蓋，巷本烏衣。稱名而影滿冰輪，問字知氣蒸夢澤。韶年婥約，歌殘楊柳之風；　雁序娉婷，拆破琵琶之字。媚香樓上，邀龍友之新題；　水繪園中，喜雲郎之乍見。而乃舞衫才卸，翠墨裁箋；　檀板初停，牙籤讀畫。家有右軍之沼，水被魚吞；　手揮左氏之香，毫眞蕊結。枝枝帶露，□爭沒骨之圖；　葉葉翻風，題滿聚頭之扇。此嘉名因之緣起，而小譜於以權輿也。

嗟乎！帝京景物，美麗偏饒；　盛世笙簧，臣民溥樂。流連光景，原達者之襟期；　歌咏昇平，洵才人之韻事。今日旗亭畫壁，不減西崑；　他年日下徵聞，應誇南部。倘謂王逸少遺哀樂於中年，誠知我者；　如曰杜工部咏雨雲於巫峽，亶其然乎？

乾隆歲次乙巳初冬望日，西塍外史漫書。

【箋】

〔一〕西塍外史：　姓名、生平均未詳，蘇州（今屬江蘇）人。

（燕蘭小譜）例言

闕　名〔一〕

一、是譜始於癸夏，成於乙秋〔二〕。諸伶所在某部，據作詩時書之，嗣後更易，未暇改正。至名字、籍貫，惟著者得其詳悉，餘約略而已。

一、元時院本，凡旦色之塗抹、科諢、取妍者爲花，不傅粉而工歌唱者爲正，卽唐雅樂部之意也。今以弋腔、梆子等曰花部，崑腔曰雅部，使彼此擅長，各不相掩。

一、諸伶敍次，惟部首數人略有軒輊，此下皆隨意編錄，無定見也。其殿末一人，頗深注意，不可漠視孫山。

一、魏長生開近年風氣〔三〕，序略頗致譏訶，然曲藝之佳，實超時輩。今獨崑腔，聲容眞切，感人欲涕，洵是歌壇老斲輪也，不與噲等爲伍，置諸殿末。庶幾齊變於魯、爲王、劉赤幟。

一、陳、王、二劉，時稱四美，以冠花部，允協輿情。若白二之歌喉〔四〕，永亭之態度，洵梨園名輩，置於次卷之首，不忍沒之。

一、雅旦非北人所喜。吳、時二伶兼習梆子等腔，列於部首，從時好也。祭日爲殿，其曲終奏雅歟！

一、畫蘭詩爲譜之原始，雜咏、雜感爲譜之餘韻，故編於首末。至《海漚小譜》，篇帙寥寥，舊列燕佳，未能流播。以與蘭譜同調，因附錄焉。效顰之誚，所不敢辭。

一、譜中評品，皆得於歌館，藉粉飾以供吟咏。若不敘而弁，恐白面郎無幾，寧有子都耶？讀者求之於風鬟霧鬢間，庶其似之矣！

【箋】

〔一〕此文當爲吳長元撰。

〔二〕癸夏：清乾隆四十八年（一七八三）夏。乙秋：乾隆五十年（一七八五）秋。

〔三〕魏長生（一七四四—一八〇二）：字婉卿，行三，人稱魏三，金堂（今屬四川）人。工花旦。乾隆四十四年（一七九九）入京，搭雙慶部，倡秦腔。五十年轉入崑、弋班。後離京赴揚州、蘇州、四川。嘉慶六年（一八〇一），再入京，入三慶部，次年卒。生平事迹見吳長元《燕蘭小譜》、李斗《揚州畫舫錄》卷五、楊懋建《夢華瑣簿》、戴璐《藤陰雜記》等。

〔四〕白二：大興（今北京）人。戲曲旦角演員，《燕蘭小譜》置於卷三之首。

（燕蘭小譜）跋

竹酣居士〔一〕

安樂山樵《燕蘭小譜》，凡詩二百二首，始癸卯重午〔二〕，後暨今中秋所作也。予昔假館於蘭修丁香老屋〔三〕，見湘雲畫蘭，索山樵同咏。山樵更徵諸郎之得名者，悉直品題，緩吟低唱，以抒寫其沈鬱無聊之概。特借徑諸郎，故不必人求其備。詩惟其肖，其中雋永風雅，感慨調笑，得風人比興之旨，而神韻直逼漁洋。蓋其一片婆心，欲挽淫靡而歸於雅正，非董愛江《維揚竹枝詞》比也。山樵每脱稿，必示予擊賞，已非一日。爰書大略，以貽同好。讀者得其味於酸鹽之外可耳。

乙巳小春月〔四〕，竹酣居士跋。

【箋】

〔一〕竹酣居士：名字、籍里、生平皆不詳。

〔二〕癸卯：乾隆四十八年（一七八三）。

〔三〕蘭修丁香老屋：吳蘭修（一七八九（一作一七八五）—一八三九），生平簡介已見卷二《（桐華閣校本西廂記）敘》條。

〔四〕乙巳：乾隆五十年（一七八五）。

重刻燕蘭小譜序

葉德輝

《燕蘭小譜》一書，紀京師伶人之事。昔聞其名，未見其書。自丙戌偕計入都〔一〕，兩次過夏。又自壬辰通籍〔二〕，觀政銓曹，前後幾二十年。日日徘徊於廠甸書肆間，求其書不得也。歸田又逾十稔，徵歌選舞，日與梨園子弟調絲擪竹，上下雲泥。中丁甲午、庚子多故之時〔三〕，燭炧酒闌，聞樂不樂。每讀康雍乾嘉諸公游宴之作，想其時朝野無事，海内乂康，士大夫生長太平，遭遇唐虞之際，即羈旅落拓之士，流連風月，寄興鶯花，亦絶無愁苦之音，形之歌咏。如安樂山樵其人，不知其如何跌宕，春明樂而忘死，至今令人思其書並思其人，如瑯嬛祕藏，日夜形諸夢思，而不可得一見也。

頃從市間得巾箱小本，譌字甚多，又中多模胡斷爛之處。觀前後序跋，知乾隆時曾有刻本，爲余秋室集手書。此乃其重刻者。以其流傳不絕如縷，亟召手民刊行。闕者仍之，不敢臆補。原附《海漚小譜》，爲趙秋谷執信紀津妓作。雖男女分途，而同爲北方景物。觀原刻《凡例》，久已合行，不始於此本也。袁枚《隨園詩話》『補遺』，盛稱此譜在古人《南部烟花錄》〔四〕、《北里志》之外〔五〕，別創一格，下一則即錄《海漚譜》中『贈仙姬八首』之一。可知隨園所見，二書亦是合刻。則其由來舊矣！

譜中人物皆極一時之選，僅過百年，姓名已成泡影。世言美人必得才子而後傳，似此亦未可盡據。要之，當時風流豔迹，一展卷如見其人，斯固非乞文字之靈，不足傳神千古。然則謂美人必待才子而後傳，亦無不可也。嗟呼！開元全盛，一轉瞬而天寶亂離；艮嶽繁華，不須臾而靖康南渡。荒淫亡國，盛衰相倚，求如我朝之深仁厚澤，民樂其業，士忘其家，如二譜所紀一時之盛，豈可得哉？

宣統辛亥春二月中和節，長沙葉德輝撰。

（以上均清宣統三年輯刊《雙梅景暗叢書》所收《燕蘭小譜》卷首）

【箋】

〔一〕丙戌：光緒十二年（一八八六）。

〔二〕壬辰：光緒十八年（一八九二）。

〔三〕甲午：光緒二十年（一八九四）。庚子：光緒二十六年（一九〇〇）。

〔四〕《南部烟花錄》：又名《南部烟花記》、《大業拾遺記》、《拾遺記》，托名顔歸古撰。記隋煬帝宮闈祕事。

現存《百川學海》本、《説郛》本、《歷代小史》本等，皆題爲《隋遺録》。

〔五〕《北里志》：唐孫棨撰。《郡齋讀書志》、《直齋書録解題》、《宋史·藝文志》小説類均著録。記唐代長安平康里中妓女生活。現存《古今説海》本、《説郛》本、《五朝小説》本、《續百川學海》本、《舊小説》本等。

附　重刻燕蘭小譜跋〔一〕

葉德輝

《嘯亭雜録》云：『《燕蘭小譜》爲余集撰。』近讀孫原湘子瀟太史《天眞閣詩集》，中有《今昔辭》七絶九首，其二云：『賦出湘雲絶妙詞，金題玉軸付裝池。方干下第牢騷甚，不拜名卿拜老師。』自注云：『施漪塘侍御學濂傾心於桂，字之曰湘雲。大興方維翰，亦字漪塘，作《湘雲賦桂》，裝潢錦軸，懸之臥室，方感其意，踵門執弟子禮。』其三云：『倒意傾情兩漪塘，卻輸秋室最清狂。教他膝上鉤蘭葉，贏得梨雲滿抱香。』自注：『桂學畫蘭於余秋室太史集，娟楚有致，都人士爭購之。』據此二詩證之，則余之與湘雲，有彼此傾倒之事。《小譜》之作，殆出余撰無疑。孫詩本爲所眷周郎喜慶者而作，集中又有《今昔贅辭》四絶，其一云：『萬喚千呼不出來，輕雲作態竟飛回。饒他纏臂雙條脱，不換當筵酒一杯。』自注：『嘗於伯淵兄席間〔二〕，見有脱雙纏背贈王湘雲者，以郎視之，直不屑耳。』《辭序》云：『有以狐裘贈周郎，呼之侑酒，堅拒不應。』文人於游戲之文，乃分左右袒，亦可知當時伶人身價之重，無異今日。惜太平據亂，吾輩所值之境不同耳。

甲寅夏五〔三〕，德輝再跋。

（上海書店出版社一九九四年出版《叢書集成續編》第三八冊影印《雙梅景闇叢書》本《燕蘭小譜·附海漚小譜》卷末）

【箋】

〔一〕底本無題名。

〔二〕伯淵：孫星衍（一七五三—一八一八）字，見卷八《〈青溪笑〉題辭》條。

〔三〕甲寅：民國三年（一九一四）。

秦雲擷英小譜（嚴長明等）

嚴長明（一七三一—一七八七），字冬有，一作冬友，一字道甫，號秦贅叟，江寧（今江蘇南京）人。乾隆二十七年（一七六二），高宗南巡，以諸生獻詩，召試賜舉人，授內閣中書，累官至侍讀學士。後主講合肥廬陽書院。著有《歸求草堂詩文集》、《西清備對》、《毛詩地理疏證》、《文選課讀》、《文選聲類》、《尊聞錄》、《獻徵餘錄》、《知白齋金石類簽》等。傳見姚鼐《惜抱軒文集》卷一三《墓志銘》、錢大昕《潛研堂文集》卷三七《傳》、《清史稿》卷四九〇、《清史列傳》卷七二、《國朝耆獻類徵初編》卷一四六、《碑傳集》卷四二、《國朝先正事略》卷四二、《清代疇人傳四編》卷二、《清儒學案小傳》卷九、《清代樸學大師列傳》卷一八、《湖海詩人小傳》卷二七、《皇清書史》卷二二等。

《秦雲擷英小譜》七篇，爲乾隆間秦中優伶傳記，嚴長明撰四篇，曹仁虎（一七三一—一七八七）撰二篇，錢坫（一七四一或一七四四—一八〇六）撰一篇。現存道光二十九年（一八四九）吴江沈氏世楷堂刻本《昭代叢書·别集》卷四一所收本（誤署王昶撰），光緒、宣統間長沙葉氏郎園刻本《雙楳景闇叢書》本（民國六年據以增補重刊）。

秦雲擷英小譜跋〔一〕

嚴長明

吾鄉潘之恒有《秦淮劇品》、《豔品》諸作，祖唐人《小名録》、元人《點鬼簿》爲之，皆記曲中士女殿最，焦文端序之，謂其『盤游無已太康，而辭致無妨大雅也』。祥麟與余識最久，三壽、銀花以次至。往者當筵奏技，例有纏頭之贈。一日，三子乘間請曰：『某等賤質，荷君子知，辱贈多矣，然一朝之惠也。倘破格寵以一言，則賜在畢生矣。』習庵、獻之並嘉其意〔二〕，即席揮毫付之。次日，諸子復牽連以請，未能峻卻，醉墨離披，漸亦不復省記矣。

未幾，蘭泉前輩札至，云於都中見梓本，豔其事，以弁語來。叩之諸子，則以索觀者衆，苦於録副，付鏤木家以傳，不知何緣，流轉至京師也。昔香山有贈妓阿軟詩，云：『緑水紅蓮一朵開，千花百草無顔色。』既而忘之，元九見於通州壁上，録以寄省，因復賦曰：『偶助笑歌嘲阿軟，可知傳誦到通州。』此長安舊事也，頗相類，因具委曲於後。異日樂苑中，必有侈爲佳話如滎陽氏書者。

是歲秋分日，秦中贅叟嚴長明。

【箋】

［一］底本無題名。

［二］習庵：即曹仁虎（一七三一—一七八七），號習庵。獻之：即錢坫（一七四一或一七四四—一八〇六），字獻之，號十蘭，別署八奚居士，嘉定（今屬上海）人。詳見本書卷七《繁華夢》『宮允曹習庵先生題詞』條箋證。錢大昕（一七二八—一八〇四）姪。乾隆三十九年甲午（一七七四），中順天鄉試副榜貢生。歷官陝西乾州州判，署興平、韓城、武功等縣知縣，乾州、華州知州，病歸。著有《詩音表》、《車制考》、《論語後錄》、《爾雅釋地》、《十經文字通正書》、《說文解字斠詮》、《史記補注》、《漢書地理志集釋》、《漢書十表注》、《聖賢冢墓圖考》、《古器款識考》、《鏡銘集錄》、《篆人錄》等。傳見包世臣《藝舟雙楫》卷八《傳》、《清史稿》卷四八一、《國朝耆獻類徵初編》卷二五七、《國朝漢學師承記》、《清朝書畫家筆錄》卷二、《國朝書人輯略》卷六、《清儒學案小傳》卷九、《清代樸學大師列傳》、《昭代名人尺牘小傳》卷二四等。

秦雲擷英小譜序

王昶

村連韋曲，地本繁華；路入秦川，人工綺麗。南樓上日，已多陶寫之歡；北府高才，更作嬉游之會。感越鄉於莊舄，豔集梨園；甄妙伎於秦青，名高菊部。兩牀絲竹遏雲，停玉女之盆；五夜燈毬醉月，上銅仙之掌。沈隱侯腰肢漸減，不妨自訟分桃；張曹掾婉孌良深，寧惜微吟攬袴。酒釃香濃而後，第厥聲容；風迴雪舞之餘，科其標格。如分花譜，天彭固冠羣芳；譬志泉經，康谷奚殊上品。鋟諸梨棗，足媲潛夫供奉之篇；刻以苕華，差同甫里《小名》之錄。賦督郵之箋，未礙談經；聞迦葉之琴，何嫌學道？羨此日君能好事，鍾情各擅三英；倘他時我續前游，選勝應須四美。

蘭泉王昶。

（秦雲擷英小譜）題詞

徐晉亨〔一〕

萬千紅紫古長安，到眼芳菲著意看。韋杜名花都賞遍，風流何似素心蘭。（瑣兒本名素。）

玉顏憔悴向秋風，鏡裏看花色相空。料得西泠春寂寞，海棠染作淚痕紅。（色子於夏四月，自秦之浙，欲依孫方伯西林先生。今西翁謝世，不知流落何處矣。）

鍾呂箏琵雜賞音，風懷跌蕩寄高吟。（謂嚴侍讀道甫。）眼中尤有銷魂種，潭水桃花深復深。（祥麟。）

玉山筵上正逢春，記得花開白似銀。（銀花。）莫折柔枝移別院，應須留伴苦吟身。（謂錢明經獻之〔二〕。）

十載簪毫侍從臣，偶因攬勝入西秦。（謂曹侍讀習庵〔三〕。）思王才跨應、劉輩，剩有閒情賦洛神。（三壽。）

聞說涼州更隴州，如何蹤迹漫淹留。（寶兒。）文園正抱相如渴，誰解琴心一片幽。（謂琅琊公子。）

銀漢迢遥路正賒，佳期渺渺悵何涯。幽庭添得新秋意，閒煞牽牛一樹花。（喜兒舊名牛兒。）

渭河北去舊知名，一曲《霓裳》四座春。西地梨園三十六，與郎細細辨秦聲。（小惠兒。）

神仙偶現動離情，苦恨匆匆唱『渭城』。誰道人間忽天上，佛幢蘭若證三生。（竹林爲秋帆先生家歌兒，余於丙申秋南還〔四〕，竹林同素兒、色子、祥麟相送青門外。戊戌夏復至〔五〕，節署已下世。）

珠郎璧郎合作歌，含情含笑弄迴波。可憐惜别江南客，秋雨秋風奈爾何。

慧是文人俠是仙，傾城不獨鬬嬋娟。玉郎解道風流甚，何處相逢不可憐。

一卷新編寫别情，新從秦嶺覓雲英。燈昏讀罷人何處，正打譙樓第四更。吴江徐晉亨元九

【箋】

〔一〕徐晉亨：字元九，吴江（今江蘇蘇州）人。乾隆四十四年己亥（一七七九）恩科舉人，曾任盩厔縣令。

〔二〕錢明經獻之：即錢坫（一七四一或一七四四—一八〇六）。

〔三〕曹侍讀習庵：即曹仁虎（一七三一—一七八七）。

〔四〕丙申：乾隆四十一年（一七七六）。

〔五〕戊戌：乾隆四十三年（一七七八）

秦雲擷英小譜跋〔一〕

袁祖志〔二〕

此冬友先生由關中南歸，檢贈先大父者。護面題字，爲先生親筆書。咸豐癸丑，粤寇陷金陵，

廬舍圖書，同歸一炬。此本以伯兄宦蜀，攜入行笥中，幸未罹劫。友人擬以活字排印行世，亦此書續命湯也。

光緒乙亥花朝，祖志漫記〔三〕。

（以上均上海書店編《叢書集成續編》第三八册影印《雙梅景闇叢書》本《秦雲擷英小譜》卷末）

【箋】

〔一〕底本無題名。

〔二〕袁祖志（一八二七—約一八九九）：字翔甫，號枚孫，別署又齋、倉山舊主、楊柳樓臺主、懺情生、海上逐臭夫等，錢塘（今浙江杭州）人。袁枚（一七一六—一七九八）孫。咸豐十年（一八六〇），署上海縣丞。光緒間，任《新報》主編、《新聞報》總編輯。光緒九年（一八八三），隨招商局總辦唐廷樞游歷西歐各國。編輯《隨園全集》。著有《隨園瑣記》、《談瀛錄》、《談瀛閣詩稿》、《談瀛閣詩稿續編》。傳見《歷代兩浙詞人小傳》、民國《上海縣續志》卷二一等。參見郭文儀《清末文人西方書寫策略及其地域特徵——以袁祖志與潘飛聲的海外行旅書寫爲中心》（《江蘇社會科學》二〇一四年第三期）、龍文展《袁祖志卒年及別號考》（《圖書館雜志》二〇一八年第十二期）。

〔三〕題署之後有小字雙行稱：『德輝按：祖志者，錢唐袁翔甫也，爲隨園先生第三孫，流寓上海。』

附　重刊秦雲擷英小譜序

葉德輝

嚴侍讀長明《秦雲擷英小譜》一卷，皆乾隆時秦中諸伶小傳，中雖雜入曹宮允仁虎、錢明經坫兩篇，其主名固仍屬於侍讀也。

諸先生激揚秦俗，托興榛苓，凡秦伶一技一長，無不賴其噓拂。然於聲、色、藝三者之外，本不能別有見長，乃每推論題外之文，不惜連篇累牘。如因小惠工唱，而泛及樂律五聲，此雖於劇曲偶有牽連，已不免於詞費。若《三壽傳》中，因其跋涉關山，詳述所歷荒徼險要，此則喧賓奪主，於文體尤屬支離。至所論崑曲、弋陽、海鹽、安徽樅陽、湖廣襄陽、陝西秦腔，流別異同，亦信手臚陳，未之分辨。不知崑山、弋陽同爲金元北曲變體，唱雖不同，其戲文腳本則同，非若湖廣、陝西，其戲文爲七字句或十字句（三字一句者二句，四字一句者一句，合爲十字），流而爲今之京二黄、梆子腔也。此等腳本，始於明之《王魁》。二者之中，唱各不同，故所用之樂器亦不同：二黄絃索之外，雜以鑼鼓；梆子絃索之外，全用擊筑。猶之崑山、弋陽，亦因唱不同而樂器不同：崑山用笛板，弋陽用鐘鼓也。（今南方通行弋陽腔，謂之高腔，不用鐘鼓，改用鑼鼓，蓋取其便也。）侍讀自詡知音，於南北戲文源流，全未深考。殆當時迷於色藝，固未嘗一檢視其腳本耳。戲文腳本之不知，乃斷斷談律呂、辨宮商，豈不繆哉！

夫崑曲雍和，爲太平之象；秦聲激越，多殺伐之聲。北曲惟見董解元《西廂》，已不知其演唱之法。又有關公《單刀會》、《昭君和番》二闋，《單刀會》僅寄存於弋陽腔中，《和番》則習聞於長沙妓院。蓋自明萬曆中，魏良輔、梁伯龍改北曲爲南詞，臧晉叔復舉元人百種曲，肆行點竄，移就吴音，於是崑曲代興，遂纘北統；弋陽并起，亦復旗鼓中原。

自明季逮國朝嘉、道間，三百年來，京師、吳越皆崑曲流行，弋陽則與湖廣調並行於江西、湖南北、廣西，然仍以湖廣、陝西兩腔爲兩大宗派。湖廣行於南方，陝西偏於北地。由其戲文淺俚，聞者易知，士大夫樂其俳優社會間便於習慣，故聆音之君子亦有取焉。

咸、同之交，徽人程長庚、楚人余三勝，於湖廣調中精求所以調聲運氣之法，一唱三嘆，聽之使人蕩氣娛神，世稱『京二黃』。二黃者，黃岡、黃陂，在荊湘亦稱爲『漢調』。二黃既熾，崑曲遂微，獨秦聲以甘涼之雄，猶稱勁敵。

論者謂聲音之道與世運相轉移，漢調之奪崑腔，爲文化將退之漸；秦聲之勝漢調，爲人心不靜之機。當乾隆盛時，兩川用兵秦中，地當孔道，兵徭之困苦，將士之喪亡，西北一隅，皆殺氣所蒙羃。而其時南人宦遊斯土者，相率金迷紙醉，沈溺於北鄙之音。是殆氣機所感動，莫知其然而然。光、宣季年，京朝官酷喜秦聲，幾如侍讀之阿好。不數年革除事起，九鼎遂遷。季札觀樂而嘆德衰，師曠歌風而知聲死。世運之隆替，胥於聲樂兆其端。侍讀此書，比之稗官小說，猶有可觀。錄而存之，亦足見人情好尚異同，於國家治亂興衰，實有隱相維繫之道矣。

歲在彊圉大荒落孟娵月始雨水〔一〕，葉德輝序。

（清光緒、宣統間長沙葉氏郎園刻、民國間增補本《雙楳景闇叢書》所收《秦雲擷英小譜》卷首）

【箋】

〔一〕彊圉大荒落：即丁巳，民國六年（一九一七）。

秦雲擷英小譜跋

楊復吉

是譜驚才絶豔，玉照香飛，洵能於前人《北里》、《蓮臺》、《板橋》諸志記外，別標一格。惟中以秦聲爲正音，而欲祧吳歈而上之，則侍讀一時興到之言，恐未足爲定論也。昔晏元獻《類要》有左風懷、右風懷之目，得此與《海鷗小譜》並峙，雅稱合璧，亦復逢原矣。

甲辰秋分日〔一〕，震澤楊復吉識。

（清道光二十九年吳江沈氏世楷堂刻本《昭代叢書·別集》卷四一所收《秦雲擷英小譜》本）

【箋】

〔一〕甲辰：乾隆四十九年（一七八四）。

雨村曲話（李調元）

李調元（一七三四—一八〇三），字羹堂，又字穉塘，號雨村，別署贊庵、童山、鶴洲、卍齋、墨莊、醒園、童山蠢翁、童山老人，綿州（今屬四川）人。乾隆二十四年己卯（一七五九）舉人，二十六年辛巳（一七六一）會試，由落卷取中内閣中書。二十八年癸未（一七六三）進士，授吏部主事，遷考功司員外郎。後官至直隸通永兵備道。四十八年，因故被謫伊犁，因母老贖歸。家居二十餘年，潛心著述。輯刻漢代以來四川人士著作，成《函海》叢書。編輯《全五代詩》、《諸家藏書簿》、《諸家藏畫簿》、《蜀碑記補》、《奇石名》、《粵風》等。著有《童山詩集》、《童山文集》、《新搜神記》、《談墨錄》、《蜀雅》、《方言藻》、《雨村詞話》、《雨村賦話》、《雨村曲話》、《雨村劇話》等。傳見《清史列傳》卷七二、《國朝耆獻類徵初編》卷二一二、《國朝先正事略》卷四四、《清代七百名人傳》、《國朝詩人徵略初編》卷四〇等。參見楊懋修《李雨村先生年譜》（同治四年刻《續修羅江縣志》卷二四）、楊世明《李調元年譜略稿》（《南充師院學報》一九八〇年第二期）、鄧長風《〈函海〉的版本及其編者李調元——美國國會圖書館讀書札記之五》（《明清戲曲家考略》）。

《雨村曲話》，現存乾隆四十九年刻李調元輯《函海》本，嘉慶間、道光間均據此重校，光緒七、八年廣漢鍾登甲樂道齋據《函海》本重刻，《曲苑》、《重訂曲苑》、《增補曲苑》均據《函海》本重印。《中國古典戲曲論著集成》第八冊據《函海》本校排。另有清末無名氏鈔輯《曲話三種》本。

雨村曲話序〔一〕

李調元

予輯《曲話》甫成，客有謂予曰：『詞，詩之餘；曲，詞之餘，大抵皆深閨永巷，春傷秋怨之語，豈鬚眉①學士所宜有！況夫雕腎琢肝，纖新②淫蕩，亦非鼓吹之盛事也，子何爲而刺刺③不休也？』

予應之曰：『唯，然。然獨不見夫尼山刪《詩》，不廢《鄭》、《衛》；輶軒采風，必及下里乎？夫曲之爲道也，達乎情而止乎禮義者也。凡人心之壞，必由於無情，而慘刻不衷之禍因之而作。若夫忠臣孝子、義夫節婦，觸物興懷，如怨如慕，而曲生焉，出於綿渺則入人心脾，出於激切則發人猛省。故情長情短，莫不於曲寓之。人而有情，則士愛其緣，女守其介，知其則而止乎禮義，而風醇俗美；人而無情，則士不愛其緣，女不守其介，不知其則而放乎禮義，而風不淳，俗不美。故夫曲者，正鼓吹之盛事也。彼瑤臺玉砌，不過雪月之套辭；芳草輕烟，亦祗郊原之泛句，豈足以語於情之正乎？此予之所以不能已於話也。而何誚之深也？』

客曰：『是則善④矣，子之言未必其無弊也。乃執月旦以平章曲府，司三寸管而低昂之，得無⑤過當乎？』

予曰：『人之妍，非己之妍也；人之媸⑥，非己之媸也。雙眸具在，亦存其論⑦而已矣。』

綿州童山蠢翁李調元撰⑧。

【校】

①鬚眉，《童山全集·童山文集》卷四本作『堂堂』。

②新，《童山全集·童山文集》卷四本作『心』，疑誤。

③剌剌，《童山全集·童山文集》卷四本作『嘖嘖』。

④善，《童山全集·童山文集》卷四本作『然』。

⑤得無，《童山全集·童山文集》卷四本作『無乃』。

⑥娥，《童山全集·童山文集》卷四本作『惡』。下同。
⑦存其論，《童山全集·童山文集》卷四本作『視乎其人之眊與不眊』。
⑧《童山全集·童山文集》卷四本文末無題署。

【箋】

〔一〕此文又見乾隆、嘉慶間刻版補刻萬卷樓藏板《童山全集·童山文集》卷四。

雨村劇話（李調元）

《雨村劇話》，李調元（一七三四—一八〇〇）撰。現存乾隆四十九年（一七八四）刻李調元輯《函海》本，闕名傳鈔《函海》本（《新曲苑》本據以排印）。

劇話序

李調元

劇者何？戲也。古今一戲場也。開闢以來，其爲戲也，多矣。巢、由以天下戲，逢、比以軀命戲，蘇、張以口舌戲，孫、吳以戰陣戲，蕭、曹以功名戲，班、馬以筆墨戲，至若偃師之戲也以魚龍，陳平之戲也以傀儡，優孟之戲也以衣冠，戲之爲用大矣哉！

孔子曰：『《詩》可以興，可以觀，可以羣，可以怨。』今舉賢姦忠佞，理亂興亡，搬演於笙歌鼓吹之場，男男婦婦，善善惡惡，使人觸目而懲戒生焉，豈不亦可興、可觀、可羣、可怨乎？

夫人生，無日不在戲中，富貴貧賤、夭壽窮通，攘攘百年，電光石火，離合悲歡，轉眼而畢，此亦如戲之傾刻而散場也。故夫達而在上，衣冠之君子戲也；窮而在下，負販①之小人戲也。今日爲古人寫照，他年看我輩登場。戲也，非戲也；非戲也，戲也。尤西堂之言曰：『《二十一史》，一部大傳奇也。』豈不信哉！

夫百間之屋，非一木之材也；五侯之鯖，非一雞之跖也。書不多，不足以考古；學不博，不足以知今。此亦讀書者之事也。予恐觀者徒以戲目之，而不知有其事，遂疑之也，故以《劇話》實之；又恐人不徒以戲目之，因有其事，遂信之也，故仍以《劇話》虛之。故曰：古今一戲場也。

（清乾隆四十九年刻李調元輯《函海》所收《雨村曲話》卷首）

【校】

①販，《童山全集·童山文集》卷四作『版』。

【箋】

〔一〕此文又見清乾隆、嘉慶間刻版補刻萬卷樓藏板《童山全集·童山文集》卷四。

曲海目（黄文暘）

黄文暘（一七三六—一八〇二後），字焕亭，一字時若，又字秋平，甘泉（今江蘇揚州）人，一作丹徒（今江蘇鎮江）人。貢生。壯年奔走齊魯、吴越間。嘗入曾燠（一七五九—一八三一）題襟館中，與時流相唱和。乾隆四十五年（一七八〇）冬，兩淮鹽政伊齡阿（？—一七九五）及後任圖明阿、蘇州織造全德（一七三六—一八〇二），奉命專辦蘇、揚地區違礙劇曲事務，應聘爲揚州詞曲局總裁，查勘曲本。著有《古金通考》、《隱怪叢書》、《通史發凡》、《掃垢山房詩鈔》、《丙官集》、《葫蘆譜》等。編撰《曲海》，未能成書。傳見李斗《揚州畫舫錄》卷五《小秦淮錄》、《清史列傳》卷七二、光緒《增修甘泉縣志》卷一四等。

《曲海目》，現存嘉慶二年（一七九七）刻李斗《揚州畫舫錄》卷五《新城北録下》轉載本，《續修四庫全書》第七三三冊據以影印。

曲海目序〔一〕

闕　名〔二〕

乾隆辛丑春①，奉旨修改古今詞曲。予受鹽使者聘，得與改修之列，兼總校蘇州織造進呈詞曲，因得盡閲古今雜劇傳奇。閲一年，事竣，追憶其盛，擬將古今作者，各撮其關目大概，勒成《曲海》②一書。先定③總目一卷，以紀其人之姓名④。然寓感慨於歌場⑤者，多自隱其名；而妄肆褒譏於聲律⑥者，又多僞託名流以欺世。且其時代先後，尤難考核，卽此總目之成，亦非易事矣。

（國立北平圖書館民國間據海甯管庭芬稿本照像複製本《銷夏錄舊五種》所收闕名《重訂曲海目》卷首）

【校】

①春，《揚州畫舫録》卷五本作『間』。

②曲海，《揚州畫舫録》卷五本無。

③先定，《揚州畫舫録》卷五本作『既成爲』。

④名，《揚州畫舫録》卷五本作『氏』。

⑤寓感慨於歌場，《揚州畫舫録》卷五本作『作是事』。

⑥肆褒譏於聲律，《揚州畫舫録》卷五本作『作』。

【箋】

〔一〕底本無題名。《續修四庫全書》第七三三冊影印嘉慶二年（一七九七）刻本李斗《揚州畫舫録》卷五《新城北録下》轉載《曲海目》，卷首亦有此文，當爲修改稿。參見彭秋溪《從新見清代内府檔案論〈曲海目〉的性質——兼談〈曲海〉》（《戲曲研究》第一〇〇輯，文化藝術出版社，二〇一七）。

〔二〕此文當爲黃文暘撰。

重訂曲海總目（闕名）

《重訂曲海總目》，撰者未詳，係據黃文暘《曲海目》訂補。現存稿本，收録於清管庭芬《銷夏録舊五種》，《中國古典戲曲論著集成》第七冊據以校印。

重訂曲海總目跋〔一〕

管庭芬

雜劇、傳奇之名，古無所聞。自宋有爨弄之目，亦罕見其詞。至元人以塡南北曲調者，不乏其材，且加賓白，而傳奇、雜劇始大行於世。

我朝乾隆中葉，奉敕修《大成九宫譜》及《曲譜》諸書，一時文學之士，莫不抒華叶律，以歌舞昇平，而蒐輯古今撰著院本，直可汗牛充棟，不僅寥寥如宋之爨弄矣。

此卷始見於李斗《揚州畫舫録》，惜龐雜無次。咸豐改元春杪，從西吳書估處購得斯冊，題曰『重訂』，稍爲可讀。

今巨寇滔天，所至殘破，民間噢咻，夜哭之聲，遍於閭巷，慨想昔日檀板金樽，掐譜按拍，不異如《鈞天》一夢矣！爲校録一過，聊以志慨。

時同治二年歲在癸亥六月上浣，芷翁管庭芬識於蟄庵館舍，時年六十有七。

（稿本《銷夏録舊五種》所收闕名《重訂曲海總目》卷末）

【箋】

〔一〕底本無題名。

雜劇待考（汪汲）

清乾隆、嘉慶間，有二人名汪汲：一字曙泉，號古愚，清河（今屬江蘇淮陰）人；一字葵田，號古愚老人，海陽（今屬安徽休寧）人，精音樂，善鼓琴，亦通醫。撰《雜劇待考》、《詞名集解》二書者，當爲清河汪汲，生平未詳。

《雜劇待考》，現存乾隆至嘉慶間二銘草堂刻《古愚叢書》本，乾隆、嘉慶間古愚山房刻《文學碎餘》本，清清河汪汲古愚山房刻《古愚老人消夏録》本。

雜劇待考序

闕　名〔一〕

稗官廢而傳奇作，傳奇作而戲曲繼。金季明初，樂府猶宋詞之流，傳奇猶宋戲曲之變，世傳謂之雜劇。予因取諸曲名，分門別類；更録院本名目外，贅列雜劇曲名，俾後之好學稽古者延委討源，廣搜博覽，以勷歌咏太平之盛焉。

【箋】

〔一〕此文當爲汪汲撰。

詞名集解（汪汲）

《詞名集解》，現存乾隆至嘉慶間二一銘草堂刻《古愚叢書》本、清清河汪汲古愚山房刻《古愚老人消夏録》本。

（詞名集解）序

談　泰〔一〕

詩之變爲詞也，始於中唐，成於五季。有宋以後，作者林立。或一調而分數名，或一名而分數調，或一調名而兼有數體。觀唐崔令欽《教坊記》及《宋史・樂志》所録，宫調牌名不可枚舉。至金、元之世，變詞爲曲，其時清樂、雅樂，專尚北調。元、明間復變北調爲南調，則删改唐宋詞譜而易以新調新名。有詩餘所有而院本因之者，有詩餘所有而院本不用者，有詩餘所無而院本增入者，其中名同而字數異，名異而字數同，及名與字句不異而調法各殊，並有采録各宫調彙成一曲，謂之某宫調集曲，則合數名而爲一名，均非唐宋之舊矣。至北之六宫十一調，南之九宫十三調，又互有出入，名目參差，近於米鹽淩雜，非有理連環、解亂絲之技，烏能尋其條貫乎？

僕嘗謂按譜填詞，與賦詩限韻迥别。詩之字句有定，詞之字句無定，詩但有題，詞則有題而另有調名，亦有以調名爲題，如詞家所稱本意者。審是，則命名之故亦不可以不講也。從來詞學名家，凡詞譜、詞律、詞韻、詞話、詞評、詞辨之屬，各有專書，惟詞之牌名緣起，則罕能搜輯，漫無析中。近見錢唐毛氏《塡詞名解》四卷，稍爲發明其旨，而引證處尚未精博，觀者有遺珠之憾。余命入金星，頗耽樂府，南北宮調亦略諳尺度。大抵古人製造歌詞，隨時標目，皆有取意，屢欲究其根源，而以奔走塵寰，飢驅無暇，對九疑峯者二十稔於兹矣。

古愚老人耆年好古，著述等身，當九夏之餘閑，編成詞學八種。凡琴譜樂府，以及宋詞元曲，某調始於何代，某名肇於何人，無不究厥從來，使覽者渙然冰釋。其有援據未詳者，列入備考，以待後人，有合於蓋闕之義焉。余朗誦一過，其爲書也，文約而義固，精研而無誤，與郭茂倩《解題》、沈義父《指迷》，可謂同工異曲。至於稽求聲調之源流，縷析稱名之巔末，冥搜幽討，疏通而證明之，殆有過無不及也。亡友章君雪坪有言：『詞曲小數，非文章之正軌，本無當於方家，然非兼洞墳籍，貫穿百氏者，不能塡詞，亦不能念曲也。』由今以觀，詎不信歟？

乾隆甲寅水春正月小浣，上元談泰星符氏撰[一]。

（以上均清清河汪汲古愚山房刻本《古愚老人消夏錄》所收《詞名集解》卷首）

【箋】

[一]談泰：字階平，號星符，上元（今江蘇南京）人。乾隆五十一年丙午（一七八六）舉人，大挑選授山陽縣學教諭，調南匯。精通經史、音律、算術，從學於錢大昕（一七二八—一八〇四）。著有《周徑說》、《王制里畝算法解》、《王制井里算法解》、《禮記源流考》、《先聖生卒年月辨》、《三十六字母陰陽辨》、《古今音韻識餘》、《古今樂疑

義》、《觀書雜識》等。傳見《國朝耆獻類徵初編》卷二五七、《儒林傳稿》卷二、《清儒學案小傳》卷一二、《清代樸學大師列傳》、《金陵通傳》卷三四等。

〔二〕題署之後有兩方印：陰文『談泰之章』、陽文『字階平號星符』。

看西廂（高國珍）

高國珍，字懋第，別署督陽居士，齊河（今屬山東）人。生平未詳。撰《看西廂》六卷，包括《看西廂支分節解》、《看西廂句解》、《蛇足西廂》、《看西廂文評》、《看西廂碎評》，現存乾隆二十年乙亥（一七五五）序稿本，日本天理圖書館藏，《日本所藏稀見中國戲曲文獻叢刊》第二輯據以影印，周錫山《西廂記注釋彙評》據以點校排印（上海人民出版社，二〇一三）。參見蔡華燕《高國珍〈看西廂〉稿本研究》（中山大學碩士學位論文，二〇一二）。

看西廂總敍

高國珍

予少亦見《西廂》矣，而究不知《西廂》爲何物。予長亦讀《西廂》矣，而亦視《西廂》爲具文。至於今，其行且老矣，居恆之餘時，考《西廂》而三復之，意以爲庶乎其可以稍有所得矣。乃初讀之而茫然，再讀之而仍茫然，遂不禁掩卷太息，曰：『《西廂》文竟不可以易讀如是耶？』

乃既而深思之，《西廂》素號才子書，且羣稱必讀，豈可因其難讀，遂棄而不讀也哉？諺云：『天下無難事，只怕心不專。』則是天下事固無有難焉者矣。《西廂》文雖難讀，苟盡其心以讀之，亦寧有不怡然以解、渙然冰釋者哉！由是奮志潛修，立意必讀，字求解，語求詳，晝加功，夜用思，如是者三年，而後《西廂》之微言大意，始略窺一斑矣。

又苦愚性庸懦，善忘貽譏，捧讀之餘，雖亦間有所得，然亦暫解一時，而不能永久不忘也。於是又謬爲《節解》、《句解》、《碎評》、《文評》等書，以示書紳。豈炫奇哉？亦以爲看《西廂》地云爾。書成而弁其首，曰《看西廂》。其以是也夫，其以是也夫！

時乾隆十九年菊月自敍，督陽居士〔一〕。

【箋】

〔一〕題署之後有印章二枚：陰文方章『高國珍印』，陽文方章『懋第』。

看西廂又敍

高國珍

《西廂》之傳，傳以人乎？傳以事乎？抑不傳以人，不傳以事，而傳以文乎？如謂傳以事，而事固可醜；如謂傳以人，而人皆可鄙。然則《西廂》之傳，非傳以人，非傳以事，而傳以文也。顧文之傳也，亦不一，有傳千百世而不窮者，有傳一二世而即已者，更有傳當世而不能者。《西廂》文，吾亦不知其作於何人，始於何時，而其嗜炙人口，傳誦不衰，至今猶新者，此何以故？說者謂是以其文之富麗也，以其文之雅秀也，以其文之有規矩、有法脈也。固也，而不盡然也。蓋文因事起，亦以情生。事雖實而情不至，則文亦不生；情既至而事即不實，而文亦自生生不窮。《西廂》之事，其有無雖不可考，而《西廂》之情，則深切而著明矣。情之既至，文豈不生乎？文生於情，又誰其厭之乎？無惑乎《西廂》之傳至今不朽也。彼讀《西廂記》，而或鄙其事，或鄙其人，或鄙其文之無足考者，其亦並未深察其情也夫。

乾隆十九年菊月自敍，督陽居士〔一〕。

【箋】

〔一〕題署之後有印章二枚：陰文方章「高國珍印」，陽文方章「懋第」。

讀西廂辨

闕　名〔一〕

世有謂讀《西廂》不如讀時文者，其説大謬。蓋時文爲青紫之津梁，而《西廂》即時文之金針。讀《西廂》而不讀時文，固無以取青紫；讀時文而不讀《西廂》，更難以得金針。況《西廂》之爲文，情皆俗情，理皆俗理。其爲言既易知，其曉人爲倍切。學者苟以《西廂》之謔語，當時文之正言，時而心曠神怡，則讀時文以爲青紫之階，時而氣昏志惰，則讀《西廂》以求金針之度。參而酌之，與時宜之；優而游之，熟復而玩味之，將見性可以適，情可以怡。執滯之人心，可油然而生活；拘牽之胸襟，亦旁通而無疆。安在金針之不能盡度也哉？安在《西廂》之不可與時文並讀也哉？吾願世之學者，自立崖岸，苦心斯道，以時文爲津梁，以《西廂》爲金針，而不爲俗論所惑也，則幸甚。

【箋】

〔一〕此文當爲高國珍撰。

勸讀西廂文

闕　名〔一〕

《禮·内則》云：人生十年學幼儀，十三學樂誦詩，二十而後學禮。程子云：天下之英才不少矣，特以道學不明，故不得有所成就。古人自灑掃應對，以及冠婚喪祭，莫不有禮，今皆廢壞。古人之樂，聲音所以養其耳，采色所以養其目，歌詠所以養其性情，舞蹈所以養其血脈，今皆無之。是以古之成材也易，今之成材也難。由是觀之，則樂之有益於人可知矣，是豈可以不學也哉！《西廂》，戲也，卽今之樂也。有聲音可以養人之耳，有采色可以養人之目，有歌詠可以養人之性情，有舞蹈可以養人之血脈，是《西廂》之有益於學人也亦大矣。況論《西廂》之文章，其法脈最爲細密，其用意最爲曲折，其刻劃最爲透闢，其運筆最爲飄逸。學者苟潛心斯道而有得焉，寧有不能操觚爲文者哉？世之傖父不知《西廂》之妙，非以《西廂》爲淫書不可讀，卽以《西廂》爲閒書讀之無益。嗚呼！噫嘻，教學之不明，一至此哉！余本固陋，一無所知，然於《西廂》之妙，則不無所得焉。故不揣愚魯而爲之文，既以自責，且並勸世人云。

【箋】

〔一〕此文當爲高國珍撰。

勸細讀西廂文

闕　名〔一〕

《西廂》固戲也，究不可作戲觀也；《西廂》非文章也，切要作文章觀也。故鄙《西廂》者不可讀《西廂》，有躁心者亦不可讀《西廂》。蓋《西廂》文最細，必潛心玩味，而後《西廂》之妙以出。彼躁心者，既不能用潛玩之功，又烏能得《西廂》之妙哉？若而人者，卽不讀《西廂》亦可。

【箋】

〔一〕此文當爲高國珍撰。

讀西廂條例

闕　名〔一〕

作文貴肖題，讀文亦要肖口氣，此一定之法也。吾於讀《西廂》亦云。蓋《西廂》，人非一人，言非一致。讀《西廂》者，必揣摸其口氣，曲肖其神吻，方爲有得，方覺有味。不然，滑口讀之，便索然無味矣。是豈可與讀《西廂》也哉？《西廂》共十六齣，有數百節，然皆一氣相生，若一篇然。讀者須按上下文氣讀之，庶乎有得。

【箋】

〔一〕此文當爲高國珍撰。

西廂捷錄

闕　名〔一〕

《西廂》何爲而作也？ 爲張生得鶯鶯而作也。 然張生非見鶯鶯，亦不思得鶯鶯也； 非夫人命鶯鶯前庭閒散心，亦無由見鶯鶯也。 張生卽得見鶯鶯，苟非動之以才學，誘之以人物，亦無由得鶯鶯也。 欲動之以才學，非鶯鶯燒香，亦無由動之以才學； 卽鶯鶯燒香，非張生借廂，亦無由動之以才學。 欲誘之以人物，非張生托本追薦，亦無由誘之以人物； 張生卽托本追薦，非鶯鶯爲父做好事，亦無由誘之以人物。 幸而燒香矣，借廂矣，張生托本追薦矣，鶯鶯爲父做好事矣，然非有飛虎之亂起於倉猝，白馬將軍適鎮蒲關，張生卽有可以得鶯鶯之機，而亦無由得鶯鶯也。 乃飛虎將欲肆虐矣，白馬降而解圍矣，斯卽以鶯鶯妻之，亦孰曰不可。 況退賊許婚，夫人實有成言，豈可以鄭恆之舊姻，忘先生之大恩乎哉？ 顧乃執一偏之見，悔金玉之言，致使張生大失所望，當亦神人所共憤也。 當此之時，張生已垂首喪氣更無路矣，賴有紅娘爲之運籌，令張生彈琴以探其意，然後徐俟而爲之圖。 此雖因夫人賴婚爲之不平，然亦可謂盡心於張生矣。 至張生彈琴，鶯鶯心事已曲傳矣。 而紅娘終不得無故回張生話也，乃紅娘忽云『張生要去，這卻怎處？』此言一出，不惟使鶯鶯聞之失驚，眞情可以吐露； 抑亦使鶯鶯發言，便好回覆張生也。 迨鶯鶯命紅娘款留張生，而其計得矣，鶯鶯心事可以覆述於張生之前矣。所謂得其意而可徐爲之圖者，此非其時乎？寄簡之托，張可謂能相機而動矣。使張書一到，鶯即刮目相待，豈不幸甚？孰意鶯孜孜一看，朱顏頓改，紅於此亦謂萬無可回矣。乃一經切責，一經恐嚇，鶯鶯遂心回意轉，以書相會，豈非不幸中之幸哉？使西廂待月而月輝，鶯鶯燒香而香靄，兩人一心，四目共照，將向之所謂徐圖者而已，立有其效矣，又何俟再爲約會而後美滿其情，求無弗獲也哉？乃張生一至，鶯立變卦，無惑乎張生之一病郎當不可救藥也。不可救藥而救藥，老夫人之乖呆殊屬可惱；不可救藥而救藥，崔鶯鶯之妙藥誠有足嘉。使夫人不覺，歡郎不言，紅娘不招，則始之邂逅相遇者，終之安知不地久天長耶？乃無何而夫人覺矣，歡郎言矣，紅娘招矣，則始之欲其久且長者，尚能保其久長也哉？幸也有紅娘之排解，張與鶯猶得如其初心，完其名節，不至大遺臭於萬世也，猗歟休哉！或謂夫人既無可奈何，把鶯鶯許配張生，就該花燭洞房，偕其伉儷，而又不卽令成親，乃令其上朝取應，得官回來，然後許成親事。使張、鶯難割難捨，哭泣以送，夢寐不忘，豈非天地間一大恨事與？余曰不然。蓋張生之千方百計，無非欲得鶯鶯也。使鶯鶯不得，誠爲終身之恨。乃若夫人許矣，鶯鶯得矣，雖暫時相離，終必成就，又何憾之與有？爲張生者，亦惟隱忍以俟之已耳。

【箋】

〔一〕此文當爲高國珍撰。

看西廂支分節解敍

高國珍

《西廂》原有支有節，然支有支解，節有節解。使不有以解之，則支意不明，節意亦不明矣，其又何以使《西廂》全部大意燎若指掌哉？壬申歲〔一〕，不佞養蒙朴趙村，於學務畢竟後，不揣固陋而爲之解，凡以使《西廂》大意燎若指掌，一見了然已耳。豈敢自以爲解人乎哉？是爲序。

時乾隆十九年菊月自敍，督陽居士〔二〕。

（以上均《日本所藏稀見中國戲曲文獻叢刊》第二輯影印清乾隆二十年乙亥序稿本《看西廂》卷一《看西廂支分節解》卷首）

【箋】

〔一〕壬申歲：乾隆十七年（一七五二）。

〔二〕題署之後有印章二枚：陰文方章『高國珍印』，陽文方章『懋第』。

看西廂句解序

高國珍

有是哉，注解之難也。支分節解難，而句解尤難。況《西廂》一書，其典故多未曾聞，其口語多未曾見，其用意多幽深，其運筆多曲折，於此而欲有以解之，豈不戛戛乎難之哉！然使因其難而不爲之解，則《西廂》終無解之之日矣。甚矣！《西廂》不可不有以解之也。余之謬爲此解，雖欲不負作者之苦心，然亦祇自盡其心以解之已耳。至作者之許我與不，則不敢必云。

時乾隆十九年自敍，督陽居士〔一〕。

（同上《看西廂》卷二《看西廂句解》卷首）

【箋】

〔一〕題署之後有印章二枚：陰文方章『高國珍印』，陽文方章『懋第』。

蛇足西廂敍

高國珍

或謂蛇本無足，而畫者爲之忝足，則有識者必竊笑於其旁。《西廂》正文，本無許多白話、做勢，而解者爲之忝許多白話、許多做勢，豈不遺笑大方乎？余曰不然。蛇固無足，然無足何以能行乎？且余幼時聞驗蛇足，方於五月五日午時，用火燒地，以醋潑之，將蛇置地上，蛇即仰身出足，則蛇有足可知矣，特藏而不露耳。則畫蛇者爲之忝足，豈爲多事乎？《西廂》正文，固無許多白話、做勢，而白話、做勢俱隱藏其中，則解者爲之忝白話、忝做勢，亦豈爲分別哉？戊辰歲〔一〕，館讀《西廂》，爲之忝白話，忝做勢，正畫蛇忝足之微意焉耳。方家其許我耶？抑笑我耶？畫成而額其巔，曰蛇足，其以是也夫。

時乾隆十九年菊月自敍，督陽居士〔二〕。

【箋】

〔一〕戊辰：乾隆十三年（一七四八）。

〔二〕題署之後有印章二枚：陰文方章「高國珍印」，陽文方章「懋第」。

蛇足西廂又敍

高國珍

凡百食物，莫不各有滋味，而滋味出於汁漿。汁漿不出，滋味亦不出。故食物者，不可不知滋味；欲知滋味者，不可不咬出汁漿。非特食物然，即看書亦然，即念書亦然，即看戲文、小説亦莫不皆然，而讀《西廂》爲尤甚。《西廂》，最有滋味書也。讀《西廂》而不知《西廂》之滋味，何貴乎讀《西廂》也哉？然而知之亦甚難矣。《西廂》之意最深，味最長，非將汁漿咬出，何以知其意味哉！何謂汁漿？白話、做勢是也。金批《西廂》，止有白話，並無做勢。即有白話，亦止於大節目處，略略敍白而已，而瑣碎節次間，並不曾有白，遂致上下文義不貫。文義不貫，而滋味亦不出，此予批讀之餘，所爲長太息者也。

壬申歲〔一〕，館讀《西廂》，微覺有得，因爲之設身處地，咀英嚼華，相上下之文氣而贅以白話，模本文之神吻而附以做勢。非敢自謂有當音律，亦以《西廂》之汁漿昭示來茲。彼讀《西廂》者，或緣此以得其滋味云爾。是爲序。

時乾隆歲次乙亥暑月初旬又敍，督陽居士〔二〕。

（以上均《日本所藏稀見中國戲曲文獻叢刊》第二輯影印清乾隆二十年乙亥序稿本《看西廂》卷三《看西廂蛇足》卷首）

【箋】

〔一〕壬申：乾隆十七年（一七五二）。

〔二〕題署之後有印章二枚：陰文方章「高國珍印」，陽文方章「懋第」。

看西廂文評敍

高國珍

兵有紀律，無紀律則散漫而無統；文有法脈，無法脈則汗漫而無歸。雖戲文、小說，莫不類然。卽如《西廂》一書，粗觀之，不過一戲耳；細究之，實文章之宗匠。其有補於斯文者，蓋不小也。乃世之不讀《西廂》者，莫論已，卽讀《西廂》者，亦視《西廂》爲閒文，取快觀聽而已，其孰是按法論文、體貼入微者哉？不佞學疎才淺，其與文章一道，固渺乎未之有得也。然朝夕之餘，時取《西廂》而三復之，始覺《西廂》文理法並到，才學兼優，誠制藝之津梁，學人所必讀也。所慮讀《西廂》者，但以戲文視《西廂》，不以文章視《西廂》，則《西廂》之有裨於斯文者，終掩沒不彰矣。因不揣固陋，而爲之品評之。豈炫奇哉？亦聊以爲讀《西廂》之一助云爾。

時乾隆十九年菊月自序，督陽居士〔一〕。

【箋】

〔一〕題署之後有印章二枚：陰文方章『高國珍印』，陽文方章『懋第』。

西廂文總批

闕　名〔一〕

制藝不外離合。《西廂》雖號才子書，然亦豈能外離合而别有所謂出奇制勝之術哉！閒嘗按其文而考之，《驚豔》、《借廂》、《酬韻》、《鬧齋》四齣，總皆漸次説入題來，是一合；《寺警》是一離。《請宴》是一合，《賴婚》是一離。《琴心》、《前候》是一合，《鬧簡》、《賴簡》是一離。《後候》、《酬簡》是一合，《拷艷》、《哭宴》是一離。《驚夢》是一合，然夢而終覺，猶然離也。《西廂》大文章也，乃其起也以合起，其終也以離終，是《西廂》文一離合焉盡之矣。讀《西廂》者，即以律制藝者律《西廂》也可，即以律《西廂》者律制藝，亦奚不可？

（以上均《日本所藏稀見中國戲曲文獻叢刊》第二輯影印清乾隆二十年乙亥序稿本《看西廂》卷五《看西廂文評》卷首）

【箋】

〔一〕此文當爲高國珍撰。

西廂碎評敍

高國珍

余何人，斯敢評《西廂》哉？《西廂》何書，而余敢評乎哉？乃《西廂》不易評，而余竟評之；余不敢評《西廂》，而竟敢評之，非敢也，凡以不佞才質駑鈍，非加以評論，不能深入耳。至評之當與不當，則深有望於高明之教政焉爾。是爲序。

時乾隆十九年菊月自敍，督陽居士〔一〕。

（同上《看西廂》卷六《看西廂碎評》卷首）

【箋】

〔一〕題署之後有印章二枚：陰文方章『高國珍印』，陽文方章『懋第』。

劇說（焦循）

焦循（一七六三—一八二〇），字里堂，別署半九主人，甘泉（今屬江蘇）人。壯年入阮元（一七六四—一八四九）幕。嘉慶六年辛酉（一八〇一）舉人，未仕，居鄉著書。著有《雕菰樓易學》、《易餘籥錄》、《孟子正義》、《六經補疏》、《里堂學算記》、《足徵錄》、《里堂道聽錄》、《雕菰樓集》、《雕菰樓詞》、《雕菰樓詩話》等數十種。戲曲論著有《曲考》、《劇說》、《花部農譚》等。傳見阮元《揅經室二集》卷四《小傳》、《清史稿》卷四八八、《清史列傳》卷六九、《碑傳集》卷一三五、《國朝耆獻類徵初編》卷四二二、《國朝先正事略》卷三四、《文獻徵存錄》卷七、《清儒學案小傳》卷一二、《清代樸學大師列傳》卷一二、《清代七百名人傳》、《清代疇人傳》卷一五等。參見王永祥《焦里堂先生年譜》（民國十三年排印本）、閔爾昌《焦里堂先生年譜》（民國十六年刻本）等。

《劇說》，現存稿本（《續修四庫全書》第一七五八—一七五九册據以影印），民國六年（一九一七）董康輯刻《讀曲叢刊》本（《曲苑》、《重訂曲苑》據以影印，《增補曲苑》、《國學基本叢書》復據以排印）。《中國文學參考資料小叢書》第二輯、《中國古典戲曲論著集成》第八册，以《讀曲叢刊》爲底本，加以校勘排印。

劇說自記〔一〕

焦循

乾隆壬子冬月，於書肆破書中得一帙，雜錄前人論曲、論劇之語，引輯詳博而無次序。嘉慶乙丑，養病家居，經史苦不能讀，因取前帙，參以舊聞，凡論宮調、音律者不錄，名之以《劇說》云。

穀雨日記〔二〕。

（《續修四庫全書》第一七五八册影印稿本《劇說》卷首，頁五二三）

【箋】

〔一〕底本無題名。

〔二〕題署之後有陽文方章『里堂』。

花部農譚（焦循）

《花部農譚》，焦循（一七六三—一八二〇）撰，現存原稿本（《續修四庫全書》第一七五九册據以影印），清宣統三年（一九一一）序、徐乃昌輯刻《懷豳雜俎》本。

花部農譚自序〔一〕

焦循

梨園共尚吴音。『花部』者，其曲文俚質，共稱爲『亂彈』者也，乃余獨好之。蓋吴音繁縟，其曲雖極諧於律，而聽者使未覩本文，無不茫然不知所謂。其《琵琶》、《殺狗》、《邯鄲夢》、《一捧雪》十數本外，多男女猥褻，如《西樓》、《紅梨》之類，殊無足觀。花部原本於元劇，其事多忠、孝、節、義，足以動人；其詞直質，雖婦孺亦能解；其音慷慨，血氣爲之動蕩。郭外各村，於二、八月間，遞相演唱，農叟漁父，聚以爲歡，由來久矣。

自西蜀魏三兒倡爲淫哇鄙謔之詞〔二〕，市井中如樊八、郝天秀之輩，轉相效法，染及鄉隅。近年漸反於舊。余特喜之，每攜老婦幼孫，乘駕小舟，沿湖觀閲。天既炎暑，田事餘閒，羣坐柳陰豆棚之下，侈譚故事，多不出花部所演。余因略爲解説，莫不鼓掌解頤。有村夫子者，筆之於冊，用以示余。余曰：『此農譚耳，不足以辱大雅之目。』爲芟之，存數則云爾。

嘉慶己卯六月十八日立秋，雕菰樓主人記〔三〕。

（《續修四庫全書》一七五九冊影印稿本《花部農譚》卷首，頁八三—八四）

【箋】

〔一〕底本無題名。

〔二〕西蜀魏三兒：指魏長生（一七四四—一八〇二）。

〔三〕題署之後有陽文方章『里堂』。

顧誤録（王德暉、徐沅澂）

王德暉，字曉山，太原（今屬山西）人，著有《曲律精華》。徐沅澂，字惺宇，北京人，編有《顧誤録》。二書均未刊行。咸豐元年（一八五一），二人相遇於北京，各出手稿，互相參校，合爲一書，標名《顧誤録》，現存咸豐元年辛亥北京篆雲齋刻本（《續修四庫全書》第一七五九冊據以影印）。

《顧誤録》序

周　棠〔一〕

凡物之祕，根乎氣，發乎聲，而皆可節之以語言文字。無心而聽之，則雖《韶頀》鏗鏘，何知其節奏；有意以求之，則即里巷謳啞，盡入於管絃。古人定律吕，别陰陽，編《雅》、《頌》，理性情，譬如和羹者劑之以酸鹹，而莫名其酸鹹之妙，無非先得我心而已。故曰：『耳之於聲也，有同聽也。』

歷代之樂，損益有差矣。其求合乎旋宫者，大抵各由一徑，而同歸於入室。唐太宗集古樂之遺，翻成崑弋，藴藉和平，允推雅正，迄今幾千百年。而僻壤荒陬，尚知學步，豈非莊子所謂『天籟無方』者乎？

然而傳之不得其人，求之不盡其道，雖《陽春》、《白雪》，幾於《下里》、《巴人》等。何也？無樂書以爲之經，無律本以爲之緯，無韻學以爲之辨。他若梨園腳本，襲謬沿訛，荊野土風，偷腔換氣，求其聲聲合拍，不愧古人者，能幾何耶？

惺宇徐君，於讀書出宰之餘，輯成《顧誤》一編，探六律之源，闡九宫之祕，證今稽古，釐正詳明。其友曉山王君，素稱同調。辛歲遇於京邸，因出所著《曲律精華》，互相參校，付之剞劂。其將望大雅之有作，而進此道於依永和聲之盛，所以發明音律，而不與古樂俱泯者，亦僅僅賴此乎？

余乃得觀其書，推其志，蓋恐後人之鹵莽滅裂而愈深其誤，更冀後人之反復詳求而續正其誤，於以知此道之不可以語言文字盡者，亦在賞音者之各領其旨趣也夫。

咸豐元年辛亥花朝日，山陰少白弟周棠拜手謹書。

（《續修四庫全書》第一七五九册影印清咸豐元年北京篆雲齋刻本《顧誤錄》卷首，頁一〇一—一〇二）

【箋】

〔一〕周棠（一八〇六—一八七六）：字少白，一作少伯，又作召伯，號蘭西，別署亭西客、酒鄉人、蛻翁、石居士等，山陰（今浙江紹興）人。諸生，官光祿寺署正。能詩善畫，工隸篆，善刻印章，與友人結青雲畫社。著有《周少伯書詩稿》、《少伯公遺稿》等。傳見《清畫家詩史》庚下、《清代畫史增編》卷二三、《清代畫史補錄》卷三、《國朝書畫家筆錄》卷四、《近代名人小傳》等。

顧誤錄跋

蔡國俊〔一〕

嘗聞天缺東南，地缺西北，天地尚有不足，而況於人乎？然此特如人之聾聵瘖啞，似於有生之初耳，若予之不足，則異是不足者何？幼習舉業，而白首寒窗，未得一售，一也；性耽音律，而引商刻羽，未得元詮，二也。抱此二缺，故有時文社拈毫，馳騁乎筆陣書城，自欣拔幟，而念及科場躍跸，未免悻悻不平；有時梨園顧曲，怳惝乎衣香扇影，亦解消魂，而自慚聲律模糊，又覺悶悶不快。迄今半生淪落，筆硯久抛，文章一事勿論已，而詞曲一端，尚不厭逢人請益，奈知音難得，依然入室無由。

不意丙辰歲〔二〕，於歌園得遇同郡惺宇徐君，談及音律，洞悉源流，蓋與予有同好而先得我心者也。知予有酣歌之癖，乃出所著《顧誤錄》一編相示，予受而讀之。蓋自律吕宫調之淵源，以及案拍登歌之得失，無不縷析條分，罕譬曲喻。而且南北語言，窮搜齒腭；陰陽聲韻，細判毫芒。玩索一再，疑義頓釋。誠曲學之津梁，歌場之針砭也。遂不禁如波斯得寶，爲之狂喜者累日。

夫天之缺，有女媧氏補之，天固無不足矣。而地之缺，則自洪荒至今，無人料理，地亦安之若素。豈非天體得全，而地亦可以無憾也乎？而予也得惺宇一番提撕，使向之悶悶者一旦豁然，即向之悻悻者亦因之而釋然矣，尚烏有不足者哉？因謂惺宇曰：『先生非特當代之周郎，亦現在之女媧也。先生之《顧誤錄》，五色石也。不才負此欠缺，自謂今生已矣，乃蒙先生開荒闢昧，運絕大爐鎚，彌縫而補救之。先生之力不可及，先生之德不敢忘也。』因顔斯編，曰『五色石』，以志幸云。

時咸豐歲次丙辰小陽月，大興愚弟蔡國俊拜手謹跋。

【箋】

〔一〕蔡國俊：生平詳見本卷《律吕或問》條解題。

〔二〕丙辰：咸豐六年（一八五六）。

顧誤錄又跋〔一〕

蔡國俊

曲家之重宮調尚矣，自古樂歌之宮調，或以十二律乘七音，得八十四調；或以十二律自乘，得百四十四調；又或以四音乘十二律，得四十八調。迄元僅存十七宮調，今北曲只存十二宮調，南曲又變爲九宮十三調。其存亡多寡，如是之懸殊。後之曲家，將因調亡而遂不歌其曲乎？抑歌曲而不論宮調乎？卽考之古昔論宮調者，或只列宮調之名目，或兼及宮調之分合，或言某曲入某宮某調宜某曲，至於曲詞所以合宮調之的解，則罕有言及之者。

因反覆思維，久之始恍然悟焉。蓋宮調者，衹以配歌聲之高下耳。人之喉音高下，本乎生成，原不能一致。卽一人偶然發聲，其分高下於幾微毫忽之間者，亦誠耳之所難悉。苟不配以宮調，何以別其高下乎？曲皆配以宮調，則百四十四不爲多也。今所存十二宮調，較昔雖爲不備，而今人作歌，只用笛色所出七調而盡之，每有合二三宮調之曲而同吹一調者，是十二宮調不爲少也。蓋調之高下，不能顛倒移易以就喉，而歌之高下，則可宛轉變通以用調。雖曲調之高下本乎曲情，不容輒有出入；亦在歌者隨曲之音节以消息之，不定在宮調之煩多也。

因閲《顧誤[1]錄》『南北宮調說』，附志數語於此，以俟質諸知音者。

時咸豐丁巳十二月〔二〕，北平蔡國俊瘦吟氏識。

（以上均清咸豐元年北京篆雲齋刻本《顧誤錄》卷末附墨筆寫本）

【校】

①誤，底本脫，據書名補。

【箋】

〔一〕底本無題名。

〔二〕咸豐丁巳：咸豐七年（一八五七）。是年十二月，已入公元一八五八年。

律呂或問（蔡國俊）

蔡國俊，號瘦吟，大興（今北京）人。性耽音律，因讀《顧誤錄》，頗有心得，撰《律呂或問》。《律呂或問》，現存中國藝術研究院圖書館藏咸豐元年（一八五一）北京篆雲齋刻本《顧誤錄》卷末附墨筆寫本。

《律呂或問》小引

蔡國俊

予夙有酣歌之癖，每當月夕花晨，非調弄管絃，即謳吟詞曲，蓋不啻春鳥曉啼、秋虫夜語，出於不自覺也。因思樂歌爲六藝之首，而音律爲樂歌之源。院本、傳奇，雖不敢工擬《風》、《雅》，而其爲依永和聲則一。不解音律，毋乃貽巴人下里之羞乎？乃取昔人樂律諸書，時加玩索，覺後人解律用律，似有舛誤，因設爲或問數條，發明其義，以俟質諸知音者。

時咸豐丁巳清和月，大興蔡國俊瘦吟氏識。

（同上《顧誤録》卷末附墨筆寫本）

明心鑒（吴永嘉）

吴永嘉，字古亭，蘇州（今屬江蘇）人。清乾隆間崑曲藝人。《明心鑒》，撰成於乾隆四十九年（一七八四）至六十年間。現存同治元年壬戌（一八六二）杜雙壽瑞鶴山房鈔本，題《明心寶鑒》，署『吴下吴永嘉古亭原本、茂苑杜雙壽步雲鈔訂』，凡四卷，北京大學圖書館藏。參見吴新雷《一部總結表演藝術經驗的理論傑作——清代吴永嘉〈明心鑒〉評介》（《中國戲曲史論》，江蘇教育出版社，一九九六）。

明心鑒序

闕名

蓋聞古之學者必有師，此非特傳道爲然也，而學藝亦然。學藝之始，必貴擇師，師善則弟子受其益，師不善則奥妙不能傳。然又有從師未必善而自成名家，從師善而迄無所成，其故何哉？在乎用心不用心而已矣。孟子有云：『梓匠輪輿，能與人規矩，不能使人巧。』又曰：『智譬則巧也，聖譬則力也。由射於百步之外也，其至爾力也，其中非爾力也。』夫人之資質，至聖而止矣。而苟非用心以濬其智，則無異射者發而難之中。可知天下事，惟用心者始能得其巧而成其名耳。

卽如梨園一道，全貴用心。師教之，須自研究之，揣摩勤練，得暇便學，見善便學，自少至老，無一時廢學。譬諸璞玉經雕，瑕疵盡去，光華呈露，可得善價。彼不用心者，何爲甘居人下哉！苟能醒悟自勉，未有不成絕藝者也。否則，笙簫管絃助其聲，而抑揚無情，妍媸何別；衣冠綵繡飾其體，而周折乖度，觀者厭煩，亦何異乎傀儡哉？況鴻詞麗曲，皆才子所傳；樂部宮商，皆名家①所譜。苟非考究其精微，細心演習，師傳雖妙，鮮有成其名者矣。

古亭老宗師②先生，以《明心鑒》見示。觀覽之下，恍然領會，而知先生爲後學之子弟指示迷津，苦心良可見也。其大旨在乎『用心』二字，心不用安得明？心不明何由鑒？對鑒僅可以見形，對心則可以見理。以心爲鑒，明益求明，而凡曲之抑揚，身之周折，無不從容中道矣，故自題曰《明心鑒》。其條目詳明，解釋釐析，自始至末，分爲四卷。覽者愼勿視爲游戲之談，直以爲珠玉之品，珍之篋笥可也。

（清同治元年壬戌杜雙壽瑞鶴山房鈔本《明心寶鑒》所收《明心鑒》卷首）

【校】

①家，底本脱，據文義補。

②底本『師』右邊有一『臺』字。

（鈔梨園原序）序

陳金雀

予幼年蒙老教習徐懋德先生〔一〕，授得反切聲韻之法，平仄陰陽之訣。自入大內，又投侍茂林孫先生處〔二〕，學習一切梨園心法，得授諸般奧訣； 又常討論於大戲教習紹廷張先生輩〔三〕。忽一日，吾師孫先生問予曰：『唱戲是何事？』予曰：『唱戲者，唱理也，唱意也。無非誦才子之文章，勸善懲惡； 揚古人之忠孝，化俗導愚。總之，說與人聽，學與人看耳。』師曰：『然。雖如此，但說與人聽，必要口齒清爽，音韻分析； 若學與人看，更須觀像在形，審事在心。否則，聽者不懂，看者模糊也。爾豈不知戲房中俗談曰：「想情度理，做與大家看。」此言乃大要訣。』後予裁革出禁，就附外班，研究此者少遇矣。

一日，借劇本於好友王啓元處〔四〕，見有前輩劉亮采先生所刊之涵虛子《梨園原集》刻本〔五〕，併𦣝[illegible]陳吾省之《梨園辨訛》鈔本〔六〕，隨卽借謄，同予向在奚松年先生處所鈔之《明心鑒》集於一處〔七〕。一則使文人墨士觀此者，知梨園之難易，技藝之精粗； 二來爲同人後學見此者，作爲準的指南，不致以訛傳訛，亦蘄少助於同道耳。

時道光庚子嘉平望後二日，學古篆伶人陳金雀煦堂志於京①都宣武坊觀心室中。

（清同治元年壬戌杜雙壽瑞鶴山房鈔本《明心

寶鑒》所收劉亮采輯纂本《梨園原序》卷首）

【校】

①底本「京」右邊有一「燕」字。

【箋】

〔一〕徐懋德：字號、籍里均未詳。清內廷南府曲師，崑曲名伶。

〔二〕茂林孫先生：即孫茂林，字號、籍里均未詳。乾隆間內廷南府教習，崑曲名小生。

〔三〕紹廷張先生：即張紹廷，字號、籍里均未詳。乾隆間內廷南府教習。

〔四〕王啓元：或爲鄞縣（今屬浙江）人，道光二十年庚子（一八四〇）舉人（見《重修浙江通志》卷一〇九《考選譜》）。

〔五〕劉亮采：一作亮彩，小名三和尚，劉君美子。乾隆間大洪班、老江班（也稱德音班）老生名角，見李斗《揚州畫舫錄》卷五。

〔六〕陳吾省之《梨園辨訛》：現存清同治元年壬戌（一八六二）杜雙壽瑞鶴山房鈔本《明心寶鑒》本。

〔七〕奚松年：乾隆末年著名淨角，七大內班之一大洪班大面，見李斗《揚州畫舫錄》卷五。

梨園原（葉元清等）

據本書葉元清序文，清乾隆、嘉慶間，藝人黃旛綽撰《明心鑒》，其友胥園居士（莊肇奎）增補考證，易名《梨園原》。書成未刻，原稿保存不善，多有傷損。道光九年（一八二九），黄之弟子、蘇州崑曲藝人俞維琛、龔瑞豐得此書殘稿，並各出心得，托友人葉元清修正增補，再度成書，但仍未刊行，僅以鈔本流傳。另有光緒三十三年（一九〇七）十月山水堂李記傳鈔本（周貽白舊藏）。民國六年（一九一七），夢菊居士彙輯兩種鈔本，加以校訂，由北京商務印書館排印出版。其後上海出版兩種石印本（一種附於《梨園大全》），北京中華印字館出版排印本（附《老狼討封》），均據夢菊居士本重印。《中國古典戲曲論著集成》第九册據闕名鈔校夢菊居士輯印本排印。據吴新雷考證，該書實爲葉元清整理吴永嘉《明心鑒》，删節合併，並采俞維琛、龔瑞豐口述心得，增補而成，見《一部總結表演藝術經驗的理論傑作——清代吴永嘉〈明心鑒〉評介》。

胥園居士贈黄旛綽先生梨園原序〔一〕

莊肇奎

『鬼門道』者，乃戲房出入之所。謂之鬼門道者，言其扮演者代鬼行事，故謂之『鬼門道』。愚俗不知，因戲場置鼓於門，卽訛傳爲『鼓門道』，於理無據；又曰『古①門道』，皆非也。東坡詩云：『扮演古人事，出入鬼門道。』正此謂也。

趙子昂曰：『戲曲，良家子弟所扮者，謂之「行家生活」；娼優所扮者，謂之「戾家把戲」。』或問其故，予曰：『戲文者，出於鴻儒碩士、騷人墨客，其所作者，娼優豈能扮乎？推其門，正其理，娼優故以爲戾家也。良家子弟扮者，雖亦有風花雪月，然均合乎情理。當太平之盛，雍熙之治，欲追昔感今，故取良家子弟通於音律者，扮演戲曲，以飾太平，隋②謂之「康衢戲」，唐謂之「梨園戲」，宋謂之「華③林戲」，元謂之「昇平樂」。梨園樂者，唐明皇所賜；至於娼優，乃勾欄中樂工也。愚俗不明，呼爲一類，實未明其原耳。』

胥園居士，姓莊，名肇奎，順天宛平人，乾隆癸酉科舉人。

【校】

①古，底本作「右」，據《中國古典戲曲論著集成》第九册所收《梨園原》改。

②隋，底本作「惰」，據《中國古典戲曲論著集成》第九册所收《梨園原》改。

③華，底本作「莘」，據《中國古典戲曲論著集成》第九册所收《梨園原》改。

【箋】

〔一〕清光緒三十三年（一九〇七）十月山水堂李記傳鈔本卷首及清杜雙壽鈔本《明心鑒》卷末有此文，均題作「董解元贈黃旛綽先聖梨園序」。胥園居士：即莊肇奎（一七二八—一七九八），榜姓杜，字星堂，號胥園，別署胥園居士，秀水（今浙江嘉興）人，入順天宛平（今北京）籍。清乾隆十八年癸酉（一七五三）舉人，官至廣東布政使。著有《胥園詩鈔》、《胥園詩餘》。參見莊兆鈐編《胥園公年譜》（民國二十三年排印本《毗陵莊氏增修族譜》卷一二）。

梨園原序

鄭錫瀛〔一〕

《樂記》云：『古者，樂部有樂師，分五音六律，以定四時八節之聲，以備享廟之用。』樂部之設，所由來也。今日梨園樂，雖無金聲玉震、槁木貫珠，然亦作於朝廟，達乎鄉國，何爲乎以娼優例之，豈不負此梨園一業也？觀《胥園居士贈黃旛綽先生梨園原序》，論梨園出處數則，皆有先聖先賢證據，班班可考，梨園之不應例入娼優也明矣。孟子有言曰：『今之樂猶古之樂也，能無重？』余本陋劣無知，略明大義，爰序數語以弁首。

嘉慶二十四年己卯望日〔二〕，惕庵居士題。

惕庵居士姓鄭，名錫瀛，順天大興縣人。己亥科舉人，乙巳科進士。

【箋】

〔一〕鄭錫瀛：號惕庵，別署惕庵居士，順天大興（今北京）人。乾隆四十四年己亥（一七七九）舉人，五十年乙巳（一七八五）進士。

〔二〕清杜雙壽鈔本《明心鑒》卷末有此文，題『嘉慶二年秋七月既望』。

修正增補梨園原序

葉元清〔一〕

己①丑之歲〔二〕，余旅京師。暑夏長晝，頗厭塵囂。梨園中有俞維琛、龔瑞豐者，雅通文墨，於逆旅中時相過從。余每歎其藝之精也，俞、龔謙抑特甚。

處久之，一日，龔謂余曰：『吾子不嘗許吾之技爲可觀乎？』余曰：『然，誠絕技也。』龔曰：『吾之技，皆吾師教誨有方之力也。吾師黃旛綽先生，本江南書香，以家寒，棄儒習樂，竟享大名。

嘗彙其生平所得，筆之於書，名曰《明心鑒》。有胥園居士佳其志，助其考古證今，凡有關於梨園一業者，雖片紙隻字，皆續載之於是書。經數年之久，乃臻完善②，復更其名曰《梨園原》。余幼孤，賴吾師鞠養。及長，教之以技，每出示《梨園原》使讀之。嘗謂：「梨園之業，非賤業也。切須束身勿邪以自重，虛心勿怠以精其技。勿負吾言。」其後余出游南省，數載始歸，而吾師已作古人矣。余弔其家，贈其資。詢以是書，乃其後人不知愛護，鼠齧蠹食，殆過半矣。余攜之歸，每欲修補以供後人，又苦不文。今吾子不以下交爲辱，敢布腹心，欲出此殘書，並平生所得，干君撰補，吾子其亦慨許乎？』余欣然答之曰：『余於戲曲，固不了了，然心喜之深矣。况供撰繕之役，尚可勉爲無已，謹任執筆之勞，以成君之志。』

翌日，龔出其書。殘缺處，余代修補之；舛誤處，余代考正之；龔、俞之所心得，余代撰述之。凡數十日，始告厥成。文不求工，但取其淺而易解。貽笑大方，是所不計。嗚呼！戲曲小道，精奥乃爾，可輕視乎？書成，爰序數語以志。

道光九年歲次己丑季夏，秋泉居士題。

（以上均民國七年北京商務印書館排印本《梨園原》卷首）

【校】

①己，《中國古典戲曲論著集成》第九册所收《梨園原》作『乙』，當誤。

②善，《中國古典戲曲論著集成》第九册所收《梨園原》作『美』。

【箋】

〔一〕葉元清：字瑩子，別署秋泉居士，保定（今屬河北）人。生平未詳。

〔二〕己丑：清道光九年（一八二九）。

梨園原跋〔一〕

葉元清

書成何所名？名曰《明心鑑》。要訣盡其中，莫作等閒看。留贈後進者，暇時仔細參。天下無難事，惟須立志堅。

大清道光九年歲次己丑夏日，秋泉居士撰文，梨園後學俞維琛、龔瑞豐口述。

秋泉居士姓葉，名元清，字瑩子，保定府人。

【箋】

〔一〕底本無題名。

附　重修梨園原序

夢菊居士〔一〕

余客京師近十年矣。每於公餘之暇，留心社會。全國首都，百凡俊美，而更以戲曲爲各埠冠，故酷好之。

丙辰夏〔二〕，訪余友逸庵於其齋〔三〕，適有梨園老伶鄭蕙舫者，持鈔本《梨園原》求售。蓋是書爲梨園前輩所撰述，後學視爲珍寶，祕不示人者。前清咸、同時代，三慶班名伶盧勝奎（俗名盧台子）獨藏此本。鄭爲盧之弟子，故得鈔録一册。迨至今日，乃成獨本。余素聞其書，無由得覩，乃囑吾友代購之。暇而披閲，始知遺漏甚多，深以爲憾。

今歲孟秋，偶遊東曉市，見殘書堆中有鈔本《梨園原》四頁，購之以歸。與舊本詳校，乃竟系舊本所缺者，欣喜過望。於是求助於逸庵，正其訛，考其誤，不半月是書乃成。並請於吾友，精印成書，以爲梨園後起之鄉導，顧曲者茶餘之談助。爰敍顛末，以爲重修是書之序。

中華民國六年十月上旬，鄂人夢菊居士題。

（以上均《中國古典戲曲論著集成》第九册所收《梨園原》卷末）

【箋】

〔一〕夢菊居士：　湖北人，餘皆未詳。

〔二〕丙辰：　民國五年（一九一六）。

〔三〕逸庵：　別署逸庵居士，北平（今北京）人。　撰《梨園閒評》，附刻於民國七年（一九一八）北京商務印書館排印本《梨園原》之末。

消寒新咏（鐵橋山人等）

《消寒新咏》，清鐵橋山人、問津漁者、石坪居士合著。現存乾隆六十年乙卯（一七九五）三益山編、宏文閣刻本（殘存卷一），清刻本（闕卷一）。

按鐵橋山人，周作人《談中國古書：消寒新詠》（《古今》一九四三年第三十期）以爲即李澐，號鐵橋，山陰（今浙江紹興）人。乾隆五十四年（一七八九）舉人。嘉慶十四年（一八〇九），任陽江知縣，曾主修《陽江縣志》。十九年，任順德知縣。道光二年（一八二二），任督糧道，旋陞廣東按察使。四年，主持刊刻《兩浙金石志》。十一年，因舞弊案牽連，罷職。

消寒新咏弁言

問津漁者〔一〕

詩可以興，每因詩而賦物；物而不化，難體物以成詩。《關雎》、《鵲巢》，《國風》之始；灃蘭沅芷，騷人之遺。緣情既貴綺麗，適意聊借揄揚。雪案風吟，九九之寒威易釋；冰壺月映，人人之生面重開。爰成衆鳥之編，别撰羣花之譜。

特是揚州夢到，多緣柳陌佳人；未聞名士情牽，竟在梨園子弟。如眞好色，何妨燃韓掾之香；皆可爲容，奚啻留宓妃之枕。牢籠體態，盡十八人之數，未必個個皆賢；約略聲容，想一二人之姿，實是亭亭特立。並播旗亭之曲，用徵雅部之能。勸善戒淫，黜華崇實。將檀板笙歌之隊，盡入奚囊；爲玉釵金粉之妝，咸登外史。況乎山溫水軟，不乏剪紅刻翠之詞；劍氣琴心，豈無戛玉敲金之句。集成狐腋，書就鴻編。然非至好，何能多如此耶？所謂『立言』，亦甚似而幾矣。

嗟乎！遴伶選藝，異曲同工。精益求精，布帛與冠裳並列；幻而不幻，凄涼共歡樂同登。采尺璧於崑岡，瑕瑜不掩；探寸珠於合浦，大小齊明。差恨時乎不再，業換樓臺；焉知人也何如，莫窺聲色。重來漁父，迷桃源洞口之津；不見玉人，失昭陽掌上之舞。灰飛緹室，呵筆擅高下之評；酒醉曲江，含毫憶後先之美。苟非入五都之市，安能珠玉錯陳？抑是慶三時之和，庶幾人民胥樂者也。

僕才同葑菲，迹類鷦鷯。窗下十年，虛度春風秋月；囊中一卷，不識渭濁涇清。雖貽笑於大方，何莫學乎小子。付之游戲，殊欠老成；質以高明，頗稱新樣。究竟酸鹹之外，不係鹽梅；色相俱空，如同水鏡云爾。

乾隆乙卯春二月九九消寒日，寶塘問津漁者自識〔二〕。

【箋】

〔一〕問津漁者：姓陳，寶塘（？）人。生平未詳。

〔二〕題署之後有印章二枚：陽文方章『問津漁者』，陰文方章『只寄得相思一點』。

消寒新咏序

擷芳道人〔一〕

鐵橋山人與其友石坪居士、問津漁者，寓居三益山房，誦讀之餘，欲爲消寒之計。乃以花比色，以鳥比聲，托物賦形，分題合咏，不覺積日成編矣。余過而閱之，嘉其命意既新，取義亦別，正所謂『會心處不必在遠』也。

夫有色，吾知其爲花；有聲，吾知其爲鳥，固已。然天地如此其大也，萬物如此其多也。山水之融結，鳶魚之飛躍，風雨露雷之鼓蕩，日月星辰之照臨，如此其相推相衍而不窮也。何在無花與鳥？何在非色與聲？花不必其爲花，鳥不必其爲鳥。愛花者見之，謂之花也；愛鳥者見之，謂鳥也。色不必其爲色，聲不必其爲聲。目遇之而成色，皆可以色色之也；耳得之而成聲，皆可以聲聲之也。只在解人自得耳。

朱子《讀書樂》亦云：『好鳥枝頭亦朋友，落花水面皆文章。』可知讀書之樂，觸處皆然。諸君乃得此中眞趣者，第曰『消寒』云乎哉？因弁數言於首。

乙卯初春中浣，擷芳道人題〔二〕。

【箋】

〔一〕擷芳道人：姓名、籍里、生平均未詳。

〔二〕題署之後有陽文方章二枚：『擷芳道人』，『賞心樂事』。

消寒新咏題詞

石坪居士〔一〕

是書將災梨，問津漁者既敘其緣起之義，鐵橋山人復爲詩以代跋。因不自揣，又變其體爲塡詞六章。石坪識。

明窗淨几，燒一枝殘燭。幾回欲、把詩書再讀。卻又被、寒嚴冷酷。萬轉千迴，思消閒局。嘆徐陵，筆硯珊瑚高架矗。空對著、牙籤玉軸。豈敢云、三冬用足。趁此閒評，鳥啼花簇。（右調【侍香金童】）

憶昔平泉，繞徑品栽花木。更聲聲、鳥啼林麓，滿園無限繁華逐。刺眼嬌紅，刮耳笙簧續。到今朝何時，猶然感觸。拴不住、那靈犀鹿鹿。只爲多少鉤留，把筆歌墨舞，寫出人如玉。（右調【錦纏道】）

京華共樂昇平福，到處新歌豔曲。出色炫當場，又絕塵離俗。骨相妙天成，各肖神情暴。既不羨、瓊樓仙族。更不羨、嬌藏金屋。種種風流，雲行烟裊，卻無從繪其芳淑。恰位置花間，可醉紅驕綠。（右調【憶帝京】）

無心無緒情多蓄，瘦怯腰支束。小蠻當日垂楊柳，迴風轉輕速。再與樊素，乍啓口櫻桃嗽。誰似笙歌叢裏，僅了絲竹。　依稀百鳥巢林宿，棲月啼烟處。高彈古調清商促。覺神往情復。水蕩風搖，悄與琴心相屬。更有雅儀深致，添彼芳躅。（右調【勸金船】）

比並名花馥，比並文禽共肅羽。曳紅拖翠，時向萬叢深谷。或掩映淡妝輕柔，或浸淫幽香醲鬱。倩彼淩波，荷翻鴛浴。　不是花神慧夙，不是鳥魂靈重育。因何巧語嬌容，今生再鬻。洽歡顔令人懷暢，訴別情撩人心蹙。梨園眾芳，一時稱獨。（右調【魚游春水】）

聲價珠千斛，不讓纏頭盈幅。乘此天工少負。雲羅霜縠。韶光倏。指顧千嬌百媚，空付雨暘寒燠。　花王肅。對鳥官推鞠。都莫管繁華獄。憑著封姨，勾消粉黛情牘。公同欲。且喜金蘭共賞，聊假醒眚悅目。（右調【下水船】）〔二〕

【箋】

〔一〕石坪居士：姓劉，字號、籍里、生平均未詳。

〔二〕題詞之後有印章二枚：陰文方章『石坪居士』，陽文方章『雪窗餘話』。

（消寒新咏）題詞

杜君玉　等

一曲歌樓引興長，墨池雪浪費平章。君身應是護花使，譜出羣芳字字香。

枝頭好鳥亦關情，九九初寒未有聲。借與詞人添逸思，憑他綵筆嫁鶯鶯。　南陵杜君玉〔一〕

宜花宜鳥復宜人，紙上風流物外身。知是太平春似海，笙歌院落一番新。

益者三人利斷金，圍爐擁酒細沉吟。雪霏何處尋行迹，費盡菩提百八心。　北平賈星橋〔二〕

瑩然冰玉見清詞，不用黃金鑄牧之。莫笑研池呵凍筆，人間無藥治相思。（集句）

旅館寒燈夜不眠，舞衫歌扇舊因緣。風流肯讓他人後，只有詩囊報可憐。（集句）河陽方杏邨〔三〕

文章老宿，詩詞魁首。不任那風雪寒梅，別創出章臺新柳。爲情腸逗留，爲情腸逗留。梨園伶幼，花容堪受鳥歌喉。想設芙蓉帳，閒登翡翠樓。

銅爐煨獸，銀瓶烘酒。也爲著淚濕青衫，卻不見歌傳紅袖。試如何變求，試如何變求。喬妝閨秀，雲鬟低就假溫柔。非關樂奏曾無歇，只覺情牽不自由。

相思紅豆，佳人知否？可憐你金玉相題，只落得笙簫來厚。匪瓊瑤報酬，匪瓊瑤報酬。清風雙袖，博得含毫消瘦典貂裘。酒醉揚州夢，詩狂白下秋。

冰壺冬漏，湘簾春晝。纔見得鸚鵡聲傳，卻又是芝蘭香透。據旗亭上游，據旗亭上游。珠璣穿就，青蛾消受姓名留。抵多少六朝名士，這相逢三益雅流。（右調【仙呂・桂枝香】）潁川陳蕁樓〔四〕

蒙以契家之舊，贈之佳句之新。昔人《三百篇》，世寡和矣；《古詩十九首》，君突過之。戛玉敲金，猶可和其聲以鳴。

國家之盛時，花好鳥自至。同其氣而珍朋友之編，莫報襜褕，但藏巾笥。鏡湖錢澹齋〔五〕

【箋】

〔一〕杜君玉：南陵（今屬安徽）人。生平未詳。

〔二〕賈星橋：北平（今北京）人。生平未詳。

〔三〕方杏邨：河陽（今河南孟縣）人。生平未詳。

〔四〕陳蕁樓：潁川（今河南登封）人。生平未詳。

〔五〕錢澹齋：鏡湖（今屬浙江紹興）人。生平未詳。

（消寒新咏）凡例

三益山房

一、是書約略以『正編』、『紀實』、『雜載』、『集咏』分四則，始於甲寅冬至〔一〕，成於乙卯春分〔二〕，因時取義，名曰『消寒』。

一、正編十八人，據管見，妄加花鳥名。原屬假托，故序多牽强，詩欠精工，遑問其肖與否。鏡花水月，識者諒之。

一、每人序文後，必綴以詩，不列作者號，即出作序者之手，節書以省觀也。

一、考元時院本，曰生者，如范二官是也；曰旦者，如長生官是也。首以范二官，正其體也；不遺長生官，明其配也。其他小生、小旦，各取其長，見才子佳人之耦也。不以前後爲軒輊，無成見也。終以王琪官，見之晚也。數以十八人，符九九也。

一、『紀實』一卷，皆就諸伶擅長之戲，加以詩評，多者數十齣，少亦二三齣。惟五福官不載，獨得其竅，不可言傳。

一、『正編』所咏諸伶，皆就三人好惡，謬加褒貶，其實美伶不盡此也。故不執成見，復選京中諸大班旦色，另爲一卷，以公同好。

一、『雜載』諸伶次第，隨意所定，不分高低。至其姓字里居，類多闕略，即『正編』亦多耳食者。

一、『集咏』係時賢佳作，一字一珠，風流雅正，借以懺梨棗之災。

一、京師首善之區，人文淵藪，題贈伶人詩詞，諒屬不少。倘有同志者，鴻章下賁，只將原稿付宏文閣，隨到隨刊。

一、現刊詞曲，如崑班，已同李乾山老手〔三〕，校正仜伬點板；揚班、徽班，亦節選同刻。統俟工竣，另列數卷，便於當場翻閱，且以證僕等題戲之不誣云。

三益山房謹識。

（以上均清乾隆六十年乙卯三益山房編、宏文閣刻本《消寒新咏》卷首）

【箋】

〔一〕甲寅：乾隆五十九年（一七九四）。

〔二〕乙卯：乾隆六十年（一七九五）。

〔三〕李乾山：生平待考。

消寒花鳥咏卷末題詩十絕

問津漁者

數載京華迹浪遊，敢誇筆墨寫風流。聖賢經濟儒生品，擬占當場第一籌。

北窗風雪凍梅天，結契消寒舊有緣。唐突美人呼稚子，個中參透老僧禪。

眼前風月洩機關，流水千條萬仞山。開口豈如緘口好，是非不到白雲間。

年少優人冠一時，太平歌舞耐尋思。非關醉飲劉伶酒，但覺狂生杜牧詩。

一翻設想一翻魔，花鳥情深發嘯歌。手念菩提百八遍，不知於意又云何？

子弟梨園孰比倫，可憐零落不勝春。驅來歌館妝啼笑，從此人生失本眞。

芳姿原是一鮮花，不斷塵緣戀物華。墮入黑風三萬劫，吹他片片落人家。

門前小鳥怨東風，虛度光天化日中。振翼不能飛上苑，方知人世有樊籠。

道是多情我又酸，憐香莫作等閒看。黃金難買時人眼，珍重春風骨肉殘。

是空是色自分明，消受寒來九九程。才子多情吾豈敢，不將扯澹博虛名。問津漁者自題並書

消寒新咏跋後

石坪居士

《消寒》之咏，僕與陳、李二君戲爲耳。乃茶璫雪案之餘，檢點已得百數十首。其間率口成吟，藉娛寂寞，豈堪冒昧問世耶？惟書坊好友謂：『借梨園以遣興，亦猶諢語足解頤。天下事皆戲耳，何不編作劇本觀？』二君首肯，僕亦哂付之，且跋詞二闋，以代解嘲云。

寄托無端，幻形花鳥憑揚播。捻紅弄雀。聲色尋因果。　逸趣橫牽，友倡頻催和。慚疏惰，拾人殘唾，得句塗於左。（右調【點絳脣】）

强勉吟哦，迴環玩索。宮商未必排妥。敢誇紙上烟雲，狀出鏡中花朵。遺神掠影，究亦是、囫

圖吞過。只恐怕、韻士騷人，到眼還嫌鄙瑣。　篋囊收拾將付火。好事反樂加梨禍。也憐悅世嬌妍，不任隨風摧挫。異卉名禽，做一軸緗函包裹。會須遇，大筆留題，眞幻一齊參破。（右調【東風第一枝】）石坪居士自跋

（同上《消寒新咏》卷二末）

（消寒新咏）跋後

鐵橋山人

歌臺一一戲評論，自笑多情不厭頻。心爲憐才無別意，微長足錄我猶掄。

人間得失兩茫茫，也是悲歡戲一場。莫謂伶人皆可鄙，現身說法自無妨。

潦倒京師莫可歡，二三相好結詩壇。新題拈得頻敲句，長喜濡毫墨未乾。

呵凍分吟興頗饒，梨園之子細心描。關門計日償詩債，忽忽嚴寒已覺消。《消寒新咏》，積帙成編。今春將付剞劂，以存一時之遺興。復得絶句四首，並書於後。時乙卯春二月廿一日鐵橋山人自題〔一〕。

（同上《消寒新咏》卷三末）

【箋】

〔一〕題署之後有印章二枚：陰文方章「鐵橋山人」，陽文方章「自笑情癡」。

日下看花記（小鐵笛道人）

小鐵笛道人，姓名不詳，蘇州（今屬江蘇）人。曾在京師爲官。著《日下看花記》，現存嘉慶八年（一八〇三）刻本（《京劇歷史文獻匯編·清代卷·專書上》據以整理）。張次溪輯入《清代燕都梨園史料》（民國二十三年北平邃雅齋書店排印本《雙肇樓叢書》）。

（日下看花記）自序

小鐵笛道人

自僞伎興而聲容競爽，由來舊矣。唐有雅樂部。宋時院本始標花旦之名，南北部恆參用之，每部多不過四、三人而已。有明肇始崑腔，洋洋盈耳。而弋陽、梆子、琴、柳各腔，南北繁會，笙磬同音，歌咏昇平，伶工薈萃，莫盛於京華。往者，六大班旗鼓相當，名優雲集，一時稱盛。嗣自川派擅場，蹈蹻競勝，墜髻爭妍，如火如荼，目不暇給，風氣一新。邇來徽部迭興，踵事增華，人浮於劇，聯絡五方之音，合爲一致。舞衣歌扇，風調又非卅年前矣。

予也白首紅塵，三年匏繫，送盡如海風花，猶剩冶游餘興。客夏，偶閱各種花譜，均未愜心。其弊非專憑耳學，取擇冗泛，卽偶爾目成，因偏護短。輒撰《判花偶錄》一卷，微旨所尚，頗具精嚴，然猶恐棄蘭服艾，捨玉懷珉也。爰復就一二知己，互證旁參，始信我之所日往來於胷中者，俱非臆斷。又詳加參改，錄成一稿，名之曰《日下看花記》。梨園月旦，花國董狐，蓋其慎哉！余別有《楊柳春詞》一冊，備載芳名，以志網羅無俾遺珠之嘆。凡不登斯錄者，毋懟予爲寡情也。噫！彩雲易散，曉月難留。敢詡一片婆心，聊寫三春愁結。昔陳蕃不耐事一室，傅介子棄觚從軍。可知牖下含毫，英傑所羞，況老無能爲，降而作華林野史，不更可深長太息也哉！

時嘉慶癸亥九月重陽後五日〔一〕，小鐵笛道人自序於城東東北園丁香書舍。

【箋】

〔一〕嘉慶癸亥：公元一八〇三年。

（日下看花記）題詞

畫舫仙史　等

硯屏春靜撚吟髭，淺綠深紅又幾枝。銷受晴窗風日暖，萬花環擁待題詩。畫舫仙史〔一〕

明窗染硯注花名，露滴燕支玉案清。消受人天眞慧業，衆香國裏一書生。

屏山宛轉夢瀟湘，羅幕低垂月過牆。聽譜茵於三十曲，一枝碧玉夜深涼。芙蓉山人〔二〕

阿誰敢笑眼模糊，日日尋芳興自孤。醉倒春風無限感，白頭人借萬花扶。

胷中壘塊幾時平，絲竹何妨寫性情。莫作尋常花譜讀，一枝鐵笛韻孤清。蓮因居士

（以上均清嘉慶八年刻本《日下看花記》卷首）

【箋】

〔一〕畫眉仙史：與下文蓮因居士，姓名、籍里、生平均未詳。

〔二〕芙蓉山人：即程文勛（一七六〇—？），字栗園，別署芙蓉山人，歙縣（今屬安徽）人。善詩畫。

日下看花記後序〔一〕

餐花小史〔二〕

嘉慶癸亥冬，小鐵笛道人《日下看花記》成，屬餐花小史爲後序。屬小史者何？同游日下、同看花所記之人，又同相品題。同人有第園居士，居士偶別花而去，記花之語亦偶爾遺失。小史則戀戀京洛，序其所評，猶之乎居士序之也。

所記之人凡八十四人，分四卷。記之例有九，九者何？各從其類也。記之矣，何以必分類？藝與色相角，有所浮，斯各不相下。平奇濃淡不能兼，新故盛衰不必蒙，適自限之也。花莫豔於春，如朗玉者是。自朗玉而下，以豔勝者八人。花莫秀於秋，如秀峯者是。自秀峯而下，以秀勝者九人。介乎豔秀間，則春和秋清，備之爲難。備之者，其柳溪乎！附柳溪九人，皆近之。春華也，秋實也，銜華必佩實，取實以謝華，藝浮於色也。顧長松之流有十焉，繼其後有十五人。以陳榮官爲冠，次第而稽，非自鄶以下也。至於髫齡穉齒，方含葩欲吐，春濃秋淡，尚待將來。而入斯選者，俱有漸入佳境之質。十四人中，固當推壽齡爲翹楚也。春風秋月，聚散無常，張寶官等十四人，皆道人所惓惓者。室邇人遠，不得如湘竹、湘帆、朗亭，待劉隨州再來，重聽米嘉榮舊曲，此所以分而記之也。魏三瘞玉之日，距今匝歲矣。道人於既老徐娘，重親一面，必記於紙尾者，三十年看花老眼，於平奇濃淡、新故盛衰，歷之深，亦感之深，緣魏三而自惜年華也。如此九者，各不相下，亦各不能兼，各不相蒙也。

此八十八人者同在日下，人所同看，卽人人可記。他人不記而道人記之者，爲看花記，非爲花記也。道人所記，不必同人之所記；有道人記，則他人卽可不記。何也？日下名花盡於是矣。記中小序八十八篇，詩二百三十三首，附錄詩十二首。或記色，或記藝，或記看花之時、看花之地、同看花之人，而乘興筆之。是記也，未知於《燕蘭小譜》、《夢華外錄》、《鳳城花史》、《燕臺校花錄》何如？顧記之之時，已不與諸書爭短長矣。

道人家姑蘇，曾現官身，需次來都。號小鐵笛者，因夢爲楊鐵崖後身。鐵笛道人，本鐵崖號，增一小字，示謙也。所以稱號者，以游戲筆墨，知者自知，不必人人皆知。非如《燕蘭小譜》諸書，滿口雌黃，畏人譏彈也。餐花小史，滇之青鈴人。相距萬里，而與道人聚於日下，同看花，同記事，亦奇遇也。所謂文字緣者，非耶？序之時，小史來都之第三年，年二十五歲。並記之者何？作記、序記，亦看花之事也。看花可記，則作記、序記之人，亦當記也。

第園居士〔三〕，彭城人也。

（清嘉慶八年刻本《日下看花記》卷末）

【箋】

〔一〕底本無題名。

〔二〕餐花小史（一七七八—？）：青鈴（今屬雲南）人，姓名、生平均未詳。

〔三〕第園居士：彭城（今江蘇徐州）人，姓名、生平均未詳。

附　再續燕蘭小譜序

鞏玉山樵〔一〕

駐馬聞歌，三生頓感；翩鴻寫影，一笑如逢。況乎檀板金尊，解語之花入坐；紅燈綠酒，臨波之珮當心。留明月於深宵，時作文君私盼；假行雲於別館，爭看水部新婚。肉竹駢聲，綺羅接烏。自非無目，誰肯忘情？夫三市塵紅，八街頭白。應官悴於聽鼓，索米病於吹簫。蟲是可憐，樹皆易天。賣珠補屋，伶俜成食字之仙；賒酒命筵，剝啄敗題糕之興。自非玉山朗我，秋水照人，何以擺脱百憂，消磨雙轂。然而織錦天孫之室，忽住牛郎；散花佛女之場，笑參鬼母。一則姻緣非偶，一則種類難齊。鴞鶴同林，桂樗雜蔭。神釋之弄人已苦，好醜相形；山川之鍾秀易窮，嫫施各競。腫腰試技，亦顧影而自矜；盲眼論才，且同聲而附和。妍媸顛倒，但知所好從吾；啼笑淒涼，不願有此知己。倘無月旦，且負星期。漫將白璧摩挲，直比黃金供養。此廿四花信之編，所以繼《續燕蘭小譜》而作也。

以夫高選，我願借觀，各有新知，君請辱聽。試論花部，定首劉郎（朗玉），瘦不損姿，頎能入格。得中赤白，不能增減一分；無上修明，直可莊嚴七寶。工北南人之語，宜諧宜莊；善大小令之詞，可羣可怨。鶯喉乍囀，回瞋於博望之胥；獺髓偏存，增媚於壽陽之額。兼之菖蒲通慧，脈望含靈。逢人誦白傅之詩，壽世寶坡仙之句。此又緣深文字，天與聰明，濁海青蓮，葭叢碧管者矣。次則三影詞人，雙珠羽客（張雙林），生鄰娃館，價重燕臺，粉靨生香，朱脣宜笑。肌膚萃玉，十三女子之容；議論風生，千百英雄之語。記衆中之索句，叨暗裏之定情。拇戰方酣，倉語忽昵。猶憐玉女，乃見金夫。僧占名山，馬嘶芳草。閨中仙子，覓靈藥而無從；門外蕭郎，望侯門而長嘆。聽匆匆之唱，何福能銷；詢渺渺之緣，來生更結而已。至於都中雅部，本少吳下名伶。衆賞不歸，佳人難得。就其翹楚，已若晨星；唱到玲瓏，難留曉月。崑山片玉（張玉林），洛水千金（蔣金官），絕足無前，名花有對。畫圖識面，費好手之傳神；名士傾城，勞諸君之妒寵。昨展登高之會，欣陪顧誤之筵。忽覩芳姿，頓開倦眼（朱長壽），弱於眠柳，嫩似雛篁。訝長袖之難擡，愁輕塵之易涴。掌中舞燕，風吹則欲上雲霄；臉際垂桃，霞散則微疑赤汗。步趨穩重，大家林下之風；顧盼分明，小溪眸中之水。斯卷所失，尚請題名；鄙人所知，輒敢饒舌。

嘉慶壬戌十月初三日，羣玉山樵題於京邸之小游仙館。

【箋】

〔一〕羣玉山樵：姓名、籍里、生平均未詳。

附　再續燕蘭小譜跋〔一〕

小鐵笛道人

《再續燕蘭小譜》，伴蒼居士所著〔二〕。商之於余，余以劉郎朗玉爲冠，居士猶豫未決，請序於羣玉山樵，始深信不疑。將付剞劂，終不果行。今《看花記》撰就，揀閱舊稿，此序猶存，因錄入一併付梓。

（以上均清嘉慶八年刻本《日下看花記》卷首）

【箋】

〔一〕底本無題名。

〔二〕伴蒼居士：姓名、籍里、生平均未詳。

片羽集（來青閣主人）

來青閣主人，姓程，歙縣（今屬安徽）人，名字、生平均未詳。《片羽集》，現存民國二十三年（一九三四）北平邃雅齋排印張次溪輯《清代燕都梨園史料》所收本，《京劇歷史文獻匯編·清代卷·專書上》據以整理。

片羽集敍 集元微之詩文

陪尾山樵〔一〕

大凡物之尤者，未嘗不流連於心。邑宰字人之官，當花對酒，樂罷哀餘，通滯屈伸，悲歡合散。衆君子皆注目而觀藝，推是心而居其奧。叢集羣言，美綿綿而不絕，狀纍纍以相成。自茲心洽迹亦洽，情至則爾，豈獨古人？顧我筋骸官束縛，目不得聞淫豔妖誘之色，耳不得聞優笑淩亂之聲。鑽仰沉吟，僅於不窺園井矣。不知天下文章宗主，往往戲排舊韻，別創新詞，雅鄭之音亦雜，而詞旨簡遠，指事言情，蓋吟寫性靈，流連光景之文也。

嘉慶乙丑仲冬，楚北陪尾山樵題於倚鶴書堂。

【箋】

〔一〕陪尾山樵：湖北人。姓名、生平均未詳。

片羽集序集遺山文

芙蓉山人〔一〕

遺山詩老，名章雋語，傳播海內，金膏水碧，自然奇寶。程君集爲一編，能事穎脱，心花怒生。當其沈涵酒間，管絃絲竹，窮日竟夕。兵府之良醞踵來，京洛之名謳自獻。如登春臺，醉盡花柳，紫雲仙季，青梅瑞蓮，不啻十數人，或多至十餘首。伸紙引筆，若不經意，皆切於事。如弄丸，如運斤，無礙辯才。筆墨遊戲，風流蘊藉，殆天機所至，香豔高絶，使人愛之不能忘也。請爲題端，擊節稱賞，必有以余爲不妄許者。

嘉慶十年歲次乙丑九秋，同里芙蓉山人撰於昵書選夢之軒。

【箋】

〔一〕芙蓉山人：即程文勛（一七六〇—？）。

片羽集自序 集遺山文

來青閣主人

余遊長安，結習未盡，日與酒俱，賴絲竹陶寫之。裁紅暈碧，醉盡花柳，窮日夕不少休。輒取合歡之意，紫雲仙季，如某人某人，玉樹清姿，溫潤明靜，顧嘗一望眉宇，以爲幸甚，恨無佳句爲摹寫之耳！

遺山詩老，元氣淋漓，隨物賦形，名章雋語，能道所言。余爲之反復數過。蓋常夢寐見之，雖不逮指授片言隻字，有不期而合者。如蓄未名之寶，閏月望日，集爲一編，凡二十有三人，既列其姓名，以甲乙次第之。一時名士，未識某而愛其詩。楊戶部爲道所以然者冠諸篇，過有褒拂，名動搢紳，良借力於吹噓，甚非衰謬所宜稱者。然欲脫之去而不可得也。今夫世俗愜意事，若見而有所得，愛而知所慕者，以余心忖度之，不腆之文，鬱無所施。古人之精華所以膏潤其筆端者，殆若神劖鬼鑿，巧助春情，無不適其當。則喜色津津然動乎顏間，乃人情之必至。

余以事來燕都，流連光景，嘯咏彌日。詩不工，乃復爲好事者所寶玩，似不偶然者。雖然，余於此猶有未滿者焉。所欲記者尚多，而未暇也。余所不知者，無可奈何，或不能執筆記姓名；其所知者，忍棄之而不記耶？然終成之而竟亦不成。留百許日，并州少年不啻十數人，見約題詩，以嗣前作。横說豎說，有一人所私慕，有天下所共稱，是則夙志爲不可負，當次第及之也。愧汗之餘，輒用韻爲謝。十二月吉日，積雪盈瓦溝，池水凍結，人迹不及處，伸紙引筆，貪多務取，曲相獎借。如渠輩者極口稱道，固亦盡其技矣。非有意於文字之爲工，不得不然之爲工也。極其詩之所至，不自知其爲余也。遺山道人豈余前身歟？他日以舊本證之，不毫末差也。

凡若干首，共五十六人，當舉酒落之。後數日取讀，便覺瑕釁百出，分別太甚，鏤刻太苦。仙材凡筆固自不同，反復改定，猶見笑於大方之家，用是爲愧負耳。雕蟲之工，翰墨遊戲，乃求與古人角勝負，誤矣！其餘願見而不可得者，某不能識其妙處，故不敢妄論。他日雖百負之，亦不恨也。知者當不以余言爲過云。

嘉慶丙寅上元，來青閣主人題於慈雲香雨之東軒。時月色上窗，有負踏燈約矣。

來青閣主人

片羽集例言

一、原本譌處不一，雖經竹垞辨正，若留得才情，趙樓倚山舟侍講改『得』作『待』〔一〕，又竹垞所未及辨者。

一、《日下看花記》等詩，多指某人某曲擅長，某劇制勝，令詩境多所生發。此則句本無多，色藝且略而不論。雖諸人因色藝而得見，究之，人各有其爲人也。

一、題贈者祇二十有三人。友人急欲付梓，以貢同人一粲。擬贈而詩未成者，不一而足。此心不能恝然，爰先列姓氏以俟續刊。

一、詩無甲乙，先晤者先贈，先作者先錄。至題贈諸人，另列名號出處，其次序半采諸輿誦，非敢私自揚抑也。

一、集中如馮天然、顧長松、陶柳溪、魯雲卿等，素未把晤，而登場具見，苦心孤詣處，自不可磨。俾觀者知雖遊戲而公道自在。

一、集中無復用句，如兩用剩著新詩，句本出自兩詩，詩後注明。

一、長安花美不勝收，旅懷潦倒者安能看遍，保無滄海驪珠，始終遺漏者，須知此集原無足重輕，識者諒之。

歲在旃蒙赤奮若閏夏〔二〕，來青閣主人自識。

【箋】

〔一〕趙樓倚山舟：籍里、生平不詳。

〔二〕歲在旃蒙赤奮若：即乙丑年，嘉慶十年（一八〇五）。

片羽集自序〔一〕

來青閣主人

甲子闈後〔二〕，間有逢場歌酒之集，遇燕蘭之最佳者，擬作小詩贈之。適案頭有《遺山詩》二冊，客春萬梅皋太史所贈〔三〕，經梁山舟侍講較正善本〔四〕。余曾集其句，作近體詩三十餘首，入

《行吟草》。因再戲集得七言律詩四十首，贈諸名花，名《片羽集》。

【箋】

〔一〕底本無題名。

〔二〕甲子：嘉慶九年（一八〇四）。

〔三〕萬梅皋：即萬廷蘭（一七一九—一八〇七），字芝堂，號梅皋，南昌（今屬江西）人。乾隆十五年（一七五〇）庚午優貢，十六年辛未（一七五一）舉人，十七年壬申（一七五二）進士，選庶吉士，散館授直隸懷柔知縣。調宛平，以憂去。服闋，補獻縣，擢通州知府。因事繫保陽獄十五年，赦歸，潛心學問。著有《紀年草》、《討樹園詩存》。傳見吴錫麒《有正味齋駢文續集》卷七《墓志銘》、萬承紀等《行述》（乾隆五十九年刻本《討樹園詩存》附）、光緒《南昌縣志》卷三四等。

〔四〕梁山舟：即梁同書（一七二三—一八一五），字元穎，號山舟，别署不翁，錢塘（今浙江杭州）人。乾隆十七年壬申（一七五二）特賜進士，官侍讀。著有《梁山舟詩》、《頻羅庵遺集》等。傳見許宗彦《鑒止水齋集》卷一七《家傳》、《清史稿》卷五〇八、《清史列傳》卷七二、《碑傳集》卷四八、《國朝耆獻類徵初編》卷一二六、《國朝先正事略》卷一七、《文獻徵存録》卷九、《昭代名人尺牘續集小傳》卷二二、《清代七百名人傳》等。

自題片羽集後十首

來青閣主人

紙尾題詩一慨然，客懷牢落五更天。花中誰有張萱筆，俯仰隨人亦可憐。

小闌春事自昇平，次第開花卻有情。倒鳳顛鸞金粟尺，每從游戲得天成。

百過新篇捲又披，殷勤那爲惜花枝。縱横正有凌雲筆，何處而今更有詩。（同時名噪者，若陳桂林、王國香等三十餘人，尚未補贈。）

慘澹經營有許功，一番桃李又春風。長門誰買千金賦，世俗論量恐未公。

未分枯槎是客星，案頭多負讀書螢。眞書不入今人眼，一醉狂歌且自聽。

本無奇骨負功名，共笑詩人太瘦生。六月高樓汗如雨，爲君忙了竟無成。

了卻逋懸百不憂，高天厚地一詩囚。世間妾婦爭相妒，留待才情趙倚樓。（趙明府與余去取略同，今歸琴川。）

侯門書卷欲誰親，暈碧裁紅點綴勻。自讀舊題還自笑，可憐無補費精神。

巫峽歸雲底處尋，燕城名酒足浮沈。黄金鍊出相思句，還盡平生未足心。

無才無德只癡頑，四海虚名祇汗顔。紙尾不須題姓氏，詩狂他日笑遺山。

（以上均民國二十三年北平邃雅齋排印張次溪輯《清代燕都梨園史料》所收本《片羽集》卷末）

聽春新咏（留春閣小史）

留春閣小史，姓名、籍里、生平均未詳。生活於嘉慶年間。撰《聽春新咏》，現存清刻本（《京劇歷史文獻匯編·清代卷·專書上》據以整理)、民國二十三年(一九三四)北平邃雅齋排印張次溪輯《清代燕都梨園史料》所收本。

(聽春新咏)緣起

留春閣小史

余賦質憆愚,疎懶成習。詞章之學,素不經心;吟館騷壇,未敢涉足。厥後浪迹都門,寄情山水,見人題咏,豔羨輒生,無不心識而手錄之。其中咏花之作,什居五六,蓋既悔早歲之多嬉,復觸尋芳之夙好也。

今歲長夏,悶坐一窗,檢出吟誦,琳琅滿目,齒頰流芳。因思造物生才,原非限地,乃或斷髭無成,或叉手立就,良楛迥異,缺陷難平。倘令夜光照乘,長埋沒於故紙敗簏之中,更爲可惜。爰取菊部諸郎爲題贈所及者,犁爲四部,各綴數言。既輯舊吟,復徵新咏,與小南雲主人、古陶牧如子往來商榷,彙錄成帖,壽之棗梨。庶使鏗金戛玉,無遭覆甕之冤;雛鳳鳴鸞,亦藉汗青之力。詩因人作,人以詩傳。佳咏名花,爭妍鬭麗。閑窗翻閲,怳遇眾香於卷帙間也,寧非遣興袪煩之一助哉!

留春閣小史書於燕臺客舍。

聽春新咏序

小南雲主人〔一〕

鶯花歲月，脂粉平章。雙邀絲竹之星，再拓酒泉之郡。一聲羽柳，才人願號簫卿；十斛鵝螺，名士合呼倉匠。魚箋雁紙，竹笑蘭言，荷露松烟，紅裁碧暈。我輩偶一爲之，客中賴有此耳。留春閣小史，薰香荀令，愛樂謝公。水驛山程，仲宣旅思；楚琴趙瑟，小阮風流。於焉訪北地之春多，占玉樓之風好。調狐打鵠，閒憑赤玉闌干；捉絮拈花，私畫烏絲格子。

乃君也十年簫管，播燕支顔色之謠；僕也二月琴書，謝江左烟波而至。麝煤晝暖，學陶潛閒賦性情；螭燭宵明，聽傅元善談兒女。簸天錢爲妝助，星亦能豪；收雌蜺爲纏頭，山皆欲笑。鵾絃羯鼓，寶帳樓臺；翠袖紅腔，玉人鏡檻。南浦珠來，雕鞍並載；西園月滿，嬌鳥猶啼。同領香天酒國之春，漸多捉搦迷藏之曲。

爰有刻玉詞人，瑤華疊寄；披香博士，芝帙齊開。鸞歌鳳舞，求此友聲；蠶尾蠅頭，昭其心畫。裁五朵之雲，仙童擁至；剪半絃之月，倩女迎來。小史乃低呼虎僕，聯成本事之詩；偷訪宮奴，寫就小名之錄。部雖分四，叩叩通香；譜是無雙，行行綴錦。鏡殿晨開，千花競入；珠簾暮捲，百蝶爭飛。他時賭唱旗亭，誰工楊柳；此日添題雲笈，我盥薔薇。君誠好事，猶勝燕市悲歌；世有大巫，莫笑吳兒輕薄。

小南雲主人弁言。

【箋】

〔一〕小南雲主人：姓名、籍里、生平均未詳。

（聽春新咏）弁言

天涯芳草詞人〔一〕

留春閣小史以《聽春新咏》底本見眎，並屬加墨。僕何人，斯敢膺此任？然嘗閱《燕蘭小譜》、《日下看花記》諸書，皆所重在人，題咏俱出一手，觀者每有挂漏之疑焉。小史此集，編珠排玉，專采詩詞，不爲羣花强分去取，亦不爲羣花强判低昂。余既喜其立意甚高，不落前人窠臼。且長安萍寄十有餘年，集中諸人，相識過半，其性情嗜好，知之最深，實有出於小史聞見之外者。翻閲之餘，爲之稍加删飾，導涓撮壤，盡其區區，不自知其僭妄也。倘云集中之次第未盡公，各部之遺珠猶不少，未達瑶章，强投花案，空名難列，盛氣先施，則請以例言三復之，當必啞然而笑，嘿爾而息矣。附【浣溪紗】詞一闋：

賞識從無似此眞。排珠比玉部居勻。惜花判得費精神。　愧我久償綺語債，讓君獨折柳條新。筆端還許聽餘春。

天涯芳草詞人題。

【箋】

〔一〕天涯芳草詞人： 姓名、籍里、生平均未詳。

（聽春新咏）題詞

峴仙氏 等

雲衣月扇鬪娉婷，名到能題眼自青。多少才人多少淚，爲他攜酒訪旗亭。

墨花燦燦灑金壺，百幀新辭幼婦呼。一樣人間珊網密，那須象罔更求珠。

名花繁豔日邊栽，花史瑤宮手譜來。親向下方傳法曲，一時齊聽紫雲迴。

紅蕉館主人峴仙氏〔一〕

腰鼓鈴柈一笑嘩，年年歌板按紅牙。閉門細緝燕支譜，提唱宗風北部花。

吳興仲子〔二〕

【箋】

〔一〕峴仙氏： 別署紅蕉館主人，姓名、籍里、生平均未詳。

〔二〕吳興仲子： 吳興（今屬浙江）人，姓名、生平均未詳。

聽春新咏例言

闕 名〔一〕

一、是編專集詩詞，非爲評花起見，故長吟短咏，俱入搜羅，淡思濃情，無分去取。人亦不計妍媸，有詩即錄。間有芳姿豔質，名噪歌壇，而集翠有花，徵詩無句，姑從割愛。願識者無誚遺珠也。

一、集中小傳，祇取登場情景、衆所共見者，鋪敍數語，至性情嗜好，雜技兼長，已於諸公題咏自爲注出。故寥寥寸幅，絶少波瀾。間作一二點綴，神之所注，筆亦隨之，非自亂其例也。

一、集中褒多貶少，故偶見所優，即爲繪出，善善從長也。至有藝臻神化，不可枚舉者，第標數劇以見一斑，立言居要也。至於別集諸人，稍涉感慨，亦有觸而然爾。

一、梁谿派衍，吳下流傳，本爲近正。二簧、梆子，娓娓可聽，各臻神妙，原難强判低昂。然既編珠而綴錦，自宜部別而次居。先以崑部，首雅音也；次以徽部，極大觀也；終以西部，變幻離奇，美無不備也。至蔣陶諸人，音藝兼全，盛名久享，自不屑與噲等伍，特以別集標之。

一、各部中羣芳林立，霞蔚雲蒸，孰輊孰軒，難以强定。今惟以得詩之先後爲次第。至若兼咏羣花，一時并集，不得不稍分位置。然亦遍采輿評，不敢略存私臆。識者諒之。

一、前人已刻之詩，概不錄入。是以各部名花，止登什之一二。倘諸君子不吝珠玉，惠以瑤章，再圖續刻，幸甚。

（以上均清刻本《聽春新咏》卷首）

【箋】

〔一〕此文當爲留春閣小史撰。

聽春新咏跋

吳興仲子

娭光眇視，招屈子之魂；粉板華衣，入莊生之夢。吳姝越豔，代舞巴歈。紀紅事於花初，遲藍盃於酒末。聯吟既久，新篇漸多。留春閣小史集而成之，所以網遺珠、總眾美也。

小史過夏金馬之門，尋春碧鷄之肆。憐才有素，鍾情無所。嘆蜂江之不食，破鯨海而尚遙。以彼閒情，成茲韻事。集中所錄，皆關慧業，半雜風騷。采上國之鶯花，彙清才之鴻藻。紅渠九折，白波三疊，篇餘百首，圖軼十眉，莫不勝賞扶胥、秀情超拔者也。

僕暫賦遠游，遂成小別，輪蹄既返，梨棗已雕。小史乃出全編見視。琳瑯滿目，彌致嘆於集狐；珠玉在前，敢貽誚於續狗。跋諸卷尾，用識傾心。

吳興仲子書。

（同上《聽春新咏》卷末）

鶯花小譜（半標子）

半標子，姓名、籍里、生平均未詳。清嘉慶年間寓居京師，精通音律。撰《鶯花小譜》，專記四喜班演員，現存嘉慶二十四年（一八一九）刻磨兜堅山房藏板本、民國二十三年（一九三四）北平邃雅齋排印張次溪輯《清代燕都梨園史料》所收本。

（鶯花小譜）自敘

半標子

種成山玉，來從羣玉之山；服媚國香，去訪衆香之國。閬風緤馬，則俯視九烟；滄海揚飆，遂難爲一勺。蓋探奇必聚所好，而攬勝當拔其尤。況大地茫茫，偶爾飛鴻印雪；予懷渺渺，因而落絮沾泥。杜牧之到處多愁，謝安石中年易感。有佳人兮在空谷，宜名士之悅傾城。將種樹以忘憂，聊借花而寫照。此半標子所以戀游仙之夢，惟四喜班乃可稱選佛之場也。

爾其雅致宜人，好音惠我。如搴蘭茝，沾衣散十步之芬；譬種萱蘇，見面愈三年之疾。價重連城之璧，未知璧可能完；光騰照乘之珠，但覺珠皆有慧。情中之情斯奇，味外之味誰諳。維彼月香，冠茲雲隊。鶴性閒而識字，鷗情逸而淩波。蘆笳發車子喉聲，玉麈混王郎手色。倫學昌宗之貌，除非出水新蓮；巧傳張緒之神，祇許當風弱柳。又有發寶，厥名雨香。秀自骨成，品以韻勝。前身金粟，相逢忉利天宮；半夜蘅蕪，留作相思種子。故推袁者有如附驥，而御李者亦號登龍（雙桂姓袁，發寶姓李）。倘並坐乎尹、邢，洵一時之瑜、亮。別有心如淡菊，號擅清蓉。冰壺濯而益顯冰姿，綺曲新而略無綺習。林下孤標燈下影，自警琴心；雨中神女月中仙（謂月香、雨香），堪成鼎足。

至於妖韶穠麗，則芸舫之修蛾斂怨，湘雲之寶靨含春也；旖旎芊眠，則蕊仙之朗月投懷，天秀之好風入座也。楊蕙卿雙聲宛轉，能爲絳樹之歌；葉秀芝百節玲瓏，欲繫麗娟之袂。南朝憨態，王花農自是可兒；西子矉眉，瞿桂林居然靜女。胡晴霞之豔質，風流自賞，劇憐合德溫柔；項天祿之豪情，兀奡難馴，轉覺魏公嫵媚。斯爲美矣，餘無譏焉。

我所思兮，見此粲者，莫不嬌能解語，清可辟塵。八音競奏而各具宮商，五味異和而并陳醓醬。雪兒座上，饞猧食貓子腥耶；雲母屏前，居士聞木樨香否？茲誠尤物，僕本恨人。春雨纏綿，長春心於紅豆；秋風落拓，發秋思於青蓮。逝者斯夫，後視今猶今視昔；言之戲耳，人中景生景中情。

適當風月良辰，爰錄《鶯花小譜》。言求鶯友，同聽鶯囀一聲；替寫花神，試看花開四照。祝花身兮不老，報花信兮無愆。作什麽生，向空際現來優鉢；說如是法，願人間灑遍楊枝。念此如狂，呼之欲出。見惠允宜阿紫，傷情豈獨小青。漫期快意，當前笑買櫝還珠。先生休矣！但使解人可索，將按圖覓駿，何日忘之？或謂此外豈乏賞心，又云從前正多佳士。則將應曰：『汝不聞乎？何戡雖是故人，前魚毋寧姑棄；宋玉唯知臣里，他樂不敢請觀爾。』

己卯上元〔一〕，半標子書於藝香草堂。

【箋】

〔一〕己卯：嘉慶二十四年（一八一九）。

鶯花小譜題辭〔一〕

藝香居士〔二〕

琴邊酒畔染衣香，數見斕鮮味轉長。摹得洛神風景在，小窗細寫十三行。

替花歡喜替花愁，花也含情暗點頭。絕似秦淮舊游處，輕烟淡粉十三樓。藝香居士

（以上均清嘉慶二十四年刻磨兜堅山房藏板本《鶯花小譜》卷首）

【箋】

〔一〕底本無題名。

〔二〕藝香居士：姓名、籍里、生平均未詳。

（鶯花小譜）題情

半標子

【忒忒令】涌情波，離懷易縈；裊情絲，吟懷難定。情天情海，幻情身一瞬。暢好是擘紅箋、按紅牙、拈紅豆，重將花譜訂。

【園林好】訪梨園，春光暫停；喚梨雲，春婆暗驚。把幾曲闌干遍凭。從筆底惜惺惺，從紙上憶卿卿。

【尹令】灔清樽玉山曾並，弄清光玉壺曾映，倚清歌玉簫曾聽。心字香燒，仔細思量仔細評。

【品令】癡頑自憐，鴻爪印痕輕。心中覓得，便向掌中擎。風流逸興，不是無題咏。烏闌黃絹，化作滿身花影。贏得個薄倖名兒，不枉做落魄江湖載酒行。

【豆葉黃】是誰老嫗生此寧馨。待絲絲繡出平原，待絲絲繡出平原，好付與知音心領。西樓紅燭，南樓綠醽。恰許我蒹葭相倚，休笑我蒹葭相倚，抵多少樂府雙鬟，下拜旗亭。

【三月海棠】芳滿庭，新歌玉樹爲題品。向巫山洛水，摹下丹青。分明他國香，種就香情性。天香配得香名姓。將仙骨，證佛心，不强如笙鶴上瑤京。

【江兒水】夾路遺潘果，同舟覆鄂衾。盼的是好風傳到梅花信，喜的是和風漾透蘭花韻，怕的是罡風吹薄桃花命。掉下閑愁野恨，法曲淒涼，唱徹烟横霧暝。

【玉交枝】衣冠優孟，意孜孜親卿愛卿，美人香草廝傒倖。捧一串明珠奉贈。邯鄲驢學斷腸聲，槐安蟻鬧銷魂陣。恣人憐心盟臂盟，殢人愁酒醒夢醒。

【僥僥令】密意泥沾絮，浮蹤水醮萍。他日何戡重迴首，可省識眞眞畫裏形。

【尾聲】燈前譜就相思令，寡書生誰憐同病。只索要自注孫陽相馬經。半標子自識

（鶯花小譜）題詞

判花人〔一〕

【南仙呂入雙調·步步嬌】底事媧皇情天鍊，釀出羣花豔。憐花亦自憐。恁樣風情，夢裏都留

戀。生怕誤青年，細描摩，別訂神仙傳。

【醉扶歸】喜孜孜競把芳名寫，絮叨叨拚將麗句塡。情知道搦管惹思量，怎當他豔骨教人羨。從今酒後與茶前，快花容詞筆同華贍。

【皂羅袍】多只爲花神倦，俏梨園做了欲海情天。書生驀地作花顛，也如蛺蝶深深見。紅肥綠瘦，羈愁暗牽。香溫玉軟，丰姿又妍。願時時省識春風面。

【好姐姐】年來也，思曲傳，奈形容、形容難遍。如何妙手，竟傳上小花箋。移癡念，除非化做雙棲燕，或者權爲並蔕蓮。

【香柳娘】想前生夙緣，想前生夙緣，謫仙非僭，嬌歌妙舞生前欠。繪全神幾篇，繪全神幾篇，筆底頰毫添，活把神全現。請從今細驗，請從今細驗，紙短意纏綿，直使名長擅。

【尾聲】春婆夢裏如花眷，一十三絃譜算全，那不推袁爲豔豔。判花人倚聲

（以上均清嘉慶二十四年刻磨兜堅山房藏板本《鶯花小譜》卷末）

【箋】

〔一〕判花人：姓名、籍里、生平均未詳。

衆香國（衆香主人）

衆香主人，姓名、籍里、生平均未詳。生活於乾隆、嘉慶間。撰《衆香國》，現存嘉慶間刻本

（《京劇歷史文獻匯編·清代卷·專書上》據之整理）、民國二十三年（一九三四）雙肇樓排印《清代燕都梨園史料續編》本。

（衆香國）敘

衆香主人

慚非苟令，未聞三日留衣；亦異韓嫣，詎有千金買笑。佩蘭室裏，之子難逢；搴杜洲邊，美人何處？若夫神游香國，通妙偈於華嚴；多因夢想春臺，裛餘馨於篤耨。人同卍字，情外勾情；果擬側生，味中得味。遂托微詞於宋玉，聊賡小譜於燕蘭。

印來鴻雪之蹤，別畫鶯花之樣。曰豔、曰媚、曰幽、曰慧、曰小有、曰別有，盡歸把子蓮中；如沉、如麝、如檀、如芸、如百和、如四和，幸到多羅樹下。品題一過，口角含芬；領略移時，鼻根滋馥。特是徒垂冷眼，豈容韓掾之偷；爭進纏頭，誰擅韋青之妙。逆風聞處，廣場之歌扇偏遮；邀月來時，祕室之重簾不捲。皆堪敗興，何計留芳。

又或煖非燕玉，枯甚鮑魚。避惡無方，虛然豆蔻；通靈有術，亦駭神犀。葉是知時，每過時而自落；草非懷夢，雖入夢其不芳。此則雞舌徒含，檀心未許。更未易縱薰心之欲，而適以增掩鼻之羞矣。

僕山游羣玉臺上，黃金間作冶游。遂多綺語，借雲烟之過眼，述花月之新聞。夢異南柯，人憐西笑。贈來芍藥，況是將離；修到梅花，眞成大隱。庶幾韓偓所云『春動七情，香生九竅』者歟？敢言月旦，聊作風狂。幸賞音於菊部，五色成文；續好事於旗亭，萬花作障。

嘉慶歲次丙寅嘉平月〔一〕，衆香主人自敍於京師之惜花軒。

【箋】

〔一〕丙寅：嘉慶十一年（一八〇六）。

（衆香國）凡例

衆香主人

一、是集僅就平日所稔知者采入，遺珠之憾，知不能免，觀者諒之。

一、是集本擬每人各贈以詩，因匆卒出都，未遑屬草，故於各部先綴題詞數首，以志羣芳。

一、徵歌必先選色，是集甲乙，皆就現在論定。卽向日冠歌壇而負盛名者，春老花殘，不得不姑從抑置。

一、人之性情不一，動靜殊科。是集分爲六部：豔香、媚香、幽香、慧香、小有香、別有香，義各有取，分品類，不分次第也。

一、諸人年齒、鄉貫，詳載《日下看花記》、《片羽集》、《花月旦》諸書，是集不復贅及。

一、每人後僅綴數語，未足盡其梗概。蘭芬蕙質，妙莫形容，亦自知其草率也。

一、諸人有約舉大概者，有指其數齣者，有指其一齣者，皆卽一時所見而言。

一、每部首選，俱以崑劇擅長者冠之，重戲品也。每部之末，俱以梨園中老宿殿之，志婪尾也。

一、諸人遷移無常，有向在此部，旋改彼部者。是集就現在所隸者言之，以歸畫一。

一、是集專錄旦色，如三慶部小生張雙全、景和部小生傅桂生、彩華部小生朱鴻元、慶寧部小生陳松林，藝非不佳，以拘於格例，故未之載。

一、是集因急欲付梓，尚有和春部中劉翠喜、高鳳林，擬入豔香。四喜部中朱寶林，和春部中程玉林，擬入媚香。彩華部中淩吉慶，三和部中陸增福，擬入幽香。春臺部中譚如意，三多部中高全林，擬入小有香。春臺部中王翠林，三和部中羅霞林，四喜部中王小天喜，和春部中陳全福，擬入別有香。他如三慶部中江金官、駱九林、潘景福、吳五福，春臺部中顧元寶、徐天元、杜雙福，和春部中郝喜林，雙和部中姚官德，三多部中陸福林、許湘雲，三和部中余小麒麟，彩華部中萬福元、孫巧林、許三喜，皆堪采錄。以聞見不眞，未遑月旦，姑志之，以待品題於異日而已。

一、是集始於丙寅冬，止於丁卯夏〔一〕。茲仍其舊本所錄，諸人毫無增減。

衆香主人識。

【箋】

〔一〕丁卯：嘉慶十二年（一八〇七）。

衆香國題詞

月府仙樵　等

芙蓉結隊錦添袍，法曲新翻點拍勞。月地雲階遍歌舞，教人看煞鄭櫻桃。

蘭葉蘭根總繫情，春風詞筆又縱横。此身端合樓臺住，料理花枝過一生。　月府仙樵〔一〕

小名錄就寫蠶眠，不住童初即易遷。笑指妙鬘雲影下，無邊色界有情天。

被擁黄紬早放衙，淋漓醉墨任欹斜。史才人鑒今無用，檢點羣芳進退花。　黄蘗庵主

萬花谷裏品羣仙，歌扇春風各鬭妍。倚仗看花雙眼豁，一齊都到大羅天。

由來潘衛賽花光，何事傾城屬女郎。日下春深人似海，管絃吹出十分香。

瓊枝瑰蕊任葩流，都在衆香國裏收。六部只消榮一字，桃源花格自春秋。

不重千金只重名，長安花榜競爭榮。幾番香伴尋消息，都向龍頭問一聲。（各部歌郎，時探聽花榜第一姓名。）

珠喉轉處又秋波，風詭雲移入揣摩。黄絹寫花兼寫曲，不教人說粉郎多。

遺珠猶恐怨琵琶，特地幽蘭譜入花（謂李蘭官）。從識山公原不刻，遴芳只要各成家。

鶺蟀頻更記注難，幾憑芳訊幾親觀。隨囊一卷評花史，好把龍門傳贊看。

千回稿易始開雕，未肯輕將甲乙標。寄語百花知道否，主人心似剝春蕉。　四於漫士

結綺樓邊玉樹明，永安坊外柳絲輕。此心願作桐花鳳，裏著紅綿過一生。

蜂黄蝶粉細評量，擲得潘郎果滿箱。更貯名花三百品，他年分種向河陽。二松居士（二）

聲價詞壇舊擅場，大羅天上記霓裳。閑攜五色江淹筆，重譜名花六部香。

綠酒紅毹夜夜春，東風染盡素衣塵。燈前今日重摩眼，零落何戡尚幾人。聽鸝館客

燕臺風月費平章，品別眞同玉尺量。畢竟人間重聲價，纏頭端合讓雌黃。

北里佳名擅一時，何戡田順易前期。旗亭若個推前輩，曾唱黃河遠上詩。

懶顧花叢卻爲誰，平生獨寄折瓊思。因君棖觸尊前夢，張緒風流異昔時。

我輩曾登選佛場，名經開處最難忘。從知菊部歸珊網，滄海應無泣夜光。望儀館主

春風誰解鬱輪袍，月旦評量一例操。相馬不求形色似，前生應是九方皋。

漫作燕南小草評，但將幽豔抵傾城。憑君乞與珠千斛，要替香兒記小名。紅蕉館主人

過眼羣芳不可留，漫傳小譜豔千秋。品題端仗才人筆，楊柳櫻桃一例收。

霓裳一曲感當年，天上風情我亦憐。今日小窗閑展卷，舞衫歌扇憶翩翩。瞑琴居士

看花巨眼慣尋春，滿幅珠璣咳唾新。六部香分聯衆秀，三生緣結識前因。多情敢詡稱同調，大雅還須讓主人。不是風流摩詰老，那能個個寫天眞。禮門道人

小部東山說謝公，絳帷尤憶馬扶風。如今裙屐飄零甚，醉向春明看落紅。

玉貌誰誇冠一軍，碧城仙望迴如雲。枯蘭瘞到生香筆，青翰難追越鄂君。（卷中第一人聞已夭折，渠善寫墨蘭，零箋斷幅，猶自生香，而寂寂孤芳，不堪重嗅矣。）

劇憐哀怨太分明，絮語當杯話不平。莫問烏衣舊門巷，夕陽衰草是前生。（吳蔚藍爲余友，藕泉居士

所眷，屢於席間相見，幽怨之色，見於眉端，汝南月旦，殆不虚也。）

半鎔明月半裁花，潘令春城早放衙。一樣風塵怨零落，有人清夢滿天涯。　輔初居士

【沁園春】鼻觀微參，如海黄塵，木樨開不？正散髻斜簪，恣君跌宕；哀絲豪竹，忤我窮愁。侲子兩行，頑仙十種，也算燕南駿骨收。無聊賴，向眾香國裏，法戒重修。　晾鷹臺畔高秋，拚狂煞袁羊有主謳。問千騎東方，抑何强項；萬花西笑，直恁低頭。璧月黄昏，銅槃鉛淚，第一横陳是粉侯。横陳處，將南豐一瓣，執摯温柔。

【前調】僕亦狂奴，呼嘯淋漓，似鷹之秋。自劍鋏彈來，歌還當哭；車茵唾後，髯尚如虬。花底秦宮，月中闞澤，誰分雲烟過眼收。眞徼倖，向小名録上，半晌勾留。　還悲曩日嬉游，都付與浮名貉一丘。記釵挂臣冠，淳于大噱；酒香鄰甕，畢卓豪偷。小史尊前，團欒初日，亦有江關庾信愁。閑來憶，待幾時見了，見了還休。

【前調】吾舌猶存，抵掌爲君，慷慨摶沙。從白馬江頭，銅丸擿鼓；金牛湖上，珠箔褰車。鸚鵡仙郎，琵琶弟子，此客非常道路誇。縱横甚，有黄驄十輩，行炙紈拿。　粲然玉齒吹花，更十五輕盈未破瓜（謂素雲録事）。問百二十驍，投瓊何處？萬八千戶，修月誰家？我尚風狂，卿如雨絕，贏得登牆一笑賒。宵來夢，夢舊攜手地，流水寒鴉。

【前調】開色界天，登選佛場，放誕如君。更慧業雙修，早知供養；優曇一現，小證聲聞。佳俠驚鴻，參軍打鶻，况有何戡是舊人（謂彩林）。卿休矣，儘金壺墨汁，灑遍秋雲。　宜嗔宜笑宜嚬，總寫上當筵白練裙。抵多少情癡，荀郎熨體；幾回僥倖，韓掾銷魂。花水年光，人天懺悔，老

我杭州舊酒痕。羊車過，向檀槽羅帕，三沐三薰。南湖詞客

【沁園春】舊夢依稀，回首春明，客思難消。悵眼底烟雲，影留詩卷；耳邊音韻，響過風簫。吟破丁香，歌殘芍藥，誰向羣芳譜上標。多情處，試畫欄齊祝，濁酒頻澆。風光又近花朝，合檢點文園興自饒。笑彩筆拈來，品題矜貴；金鈴護去，料理藏嬌。選佛緣深，惜花情摯，判斷名香等第超。私衷獻，盼清幽伴裹，移種蘭苗。（予意欲將慧香内李蘭官，改入幽香，故云。）

飲蘭居士

（以上均清嘉慶間刻本《衆香國》卷首）

【箋】

〔一〕月府仙樵：以下作者除二松居士外，姓名、籍里、生平均未詳。

〔二〕二松居士：即王文誥（一七六四—一八四四後），字純生，號見大，別署二松居士，仁和（今浙江杭州）人。學問淹博，尤深於史，兼工詩畫。客粤三十餘年。年七十餘，歸里卒。著有《蘇文忠公詩編注集成》、《韻山堂詩集》、《二松庵游草》等。傳見民國《番禺縣志》卷二六、《清代畫家詩史》戊下、《清代畫史增編》卷一七等。

衆香國跋

衆香主人

辛未仲春〔一〕，與望儀館主邂逅江干，出示此詩，亟附卷後。尚有同歲生粲花小史原唱及同人和章，俟購得再爲續刻。庶使梅魁先謝，尚有微痕，不遽作春光婪尾看也。

眾香主人又識。

（清嘉慶間刻本《眾香國》卷末）

【箋】

〔一〕辛未：嘉慶十六年（一八一一）。

燕臺鴻爪集（楊維屏）

楊維屏（一七九五—？），字大邦，號翠巖，别署湘秋居士、粟海庵居士，侯官（今屬福建福州）人。道光十五年乙未（一八三五）舉人，官甘肅中衛知縣。曾五試京兆，皆被黜。與張際亮（一七九九—一八四三）爲友。著有《雲悅山房偶存稿》、《紅樓夢戲詠》。傳見《晚晴簃詩匯》卷一三八。《燕臺鴻爪集》，現存咸豐元年（一八五一）刻本、清刻《華胥大夫叢著》所收本。

燕臺鴻爪集題詞

粟海庵居士　等

馬客幽州鬢欲絲，酒徒燕市少新知。半生誰覓游仙夢，一卷翻成小史詩。檀板金樽閑顧曲，隱囊方褥醉支頤。雪鴻留作他年憶，此亦天涯一段奇。粟海庵居士自題

擊筑誰聞屠狗歌，青衫跌宕酒場多。廢臺風色寒雲滿，銷盡黃金奈汝何。

斜街小巷半櫻桃。（石虎有僮曰鄭櫻桃。今都下諸郎所居曰櫻桃斜街、楊梅竹斜街、胭脂胡同，其名亦頗風雅。）燈影門前馬骨高。棖觸人閑誰市駿，不堪聽到《鬱輪袍》。

一紙飛傳油壁車，少年曾與話天涯。順郎可在何甚老，閑憶東京錄夢華。

澤國重逢感鬢絲，旗亭縱酒負清時。更無人問黃河曲，莫悵孤鴻海上遲。（君此稿不以示人，蓋憂讒畏譏之意也，故用曲江詩話，且廣其意。）張際亮亨甫〔一〕

重別燕塵十七年，歌臺駢簇景猶妍。難除少日嬉游習，日選名花辦酒錢。

樽前爾汝話喃喃，顛倒宜人淡墨衫。同是桂郎酣舞隊，有誰容易學秋帆（畢尚書號）。

休文結客興殊佳，日逐風花上酒牌。記曩尋詩尋醉處，四更涼月櫻桃街。

迴環情緒憶前塵，七十二章綺語新。今後歡場當并敍，何休也是卧花人。 鄂聯〔二〕

藉他檀板與金樽，排日梨園樂事論。一曲歌成王紫稼，肯將才調讓梅村。

選取花枝伴酒巵，有情能脫豈嫌癡。空中色相雖無著，不是詩人總不知。

醉裏思量悶裏歌，客邊藉此寫懷多。可堪矮屋支頤夜，夢境依稀費揣摩。

聞說尚書有桂郎，百花頭上占春光。歡場佳話君重繼，走馬看花一樣忙（用畢秋帆先生事）。

柳枝十五最堪憐，菊部中興仗大年。從此鷗絃譜新句，贏他豪客擲金錢。

千秋此集獨名家，一枕游仙擁萬花。豔福中年消得著，不須短夢感天涯。

酒懷燕市未全消，又與江山話六朝。丁字簾前燈舫鬧，月明好聽玉人簫。

與君京輦早論心，鄉國重逢醉夢深。他日軟紅塵再步，旗亭話舊又題襟。 葉雲滋絳音〔三〕

南風手妙響朱弦，目送飛鴻興渺然。燕市交游論古調，秋心搖落待誰傳？旗亭小史霏霏玉，佛院昏鴉點點烟。一樣閑愁人海闊，無端拚集鬢絲邊。蘇廷魁賡唐〔四〕

擅場色藝各風流，一卷燕臺紀盛游。莫作尋常歌館看，詩人吟院酒人樓。

檀板金樽憶昔歡，春明花事未闌珊。石林遠宦（謂芸卿）南豐去（謂少坡），此調逢君得再彈。

金粉繁華話六朝，清歌菊部亦魂銷。箏琶顧曲開心夜，雜記還應續板橋。

十年聚散感摶沙，曾未過從紫稼家。安得京塵重捧襼，要揩老眼看枝花。張人壽幼川〔五〕

金樽玉笛足風流，菊部烟花閱歷周。不惜傾囊拚買笑，此生多半爲情留。

寄迹天涯客思多，花晨月夕喜同過。阿儂也是鍾情甚，每遇歡場喚奈何。林懋勳少唐〔六〕

一別京華二十霜，海天迴首感茫茫。文章老我知何用，歌舞如君豈是狂？芳草有情縈別路，殘花無夢駐春妝。舊人可更何戡在，夢得重來總斷腸。冶南外史〔七〕

譜燕蘭。眞珠圓玉潤，鶯語總間關。街訪櫻桃，臺尋芍藥，春明夢醒長安。想年少不禁忍俊，纖腰扶上鈿車看。明月金樽，春風銀甲，倚遍闌干。今日隴頭流水，只清清泠泠，草野花蠻。白雪歌喉，紫雲畫態，多應改變朱顏。問誰更喁喁爾汝，唱『黃河遠上白雲間』。賸得烟花南部，小傳伶官。（調寄【一萼紅】）　愚谷山人

（清咸豐元年刻本《燕臺鴻爪集》卷首）

【箋】

〔一〕張際亮（一七九九—一八四三）：生平詳見本卷《金臺殘淚記》條解題。此詩又見《詩伯子堂詩集》卷二

二，題《楊翠巖屬題燕臺鴻爪集》。

〔二〕鄂聯：按其題詞末首云：『今後歡場當并敍，何休也是臥花人。』當即何鄂聯，字棣士，侯官（今屬福建福州）籍，和州（今屬安徽）人。嘉慶二十五年庚辰（一八二〇）進士。道光四年（一八二四），任鄢陵知縣；二十年，再任鄢陵知縣。十三年，修《鄢陵縣志》。傳見道光《鄢陵縣志》卷一八。

〔三〕葉雲滋（一八一二—一八四六），字慧與，一作惠宇，號絳音，閩縣（今屬福建福州）人。湖北布政使葉敬昌（一七九一—一八五二）長子。道光二十四年甲辰（一八四四）恩科舉人，揀選知縣。因其六子登科，誥贈資政大夫、翰林院侍讀學士加五級。參見阮娟《三山葉氏家族及其文學研究——以葉觀國、葉申薌爲中心》（上海古籍出版社，二〇一一）。

〔四〕蘇廷魁（一八〇〇—一八七八），字德輔，號賡唐，別署賡叟，室名守柔齋，高要（今屬廣東）人。道光元年辛巳（一八二一）舉人，十五年乙未（一八三五）進士，選庶吉士，散館授編修，充起居注協修、國史館纂修，擢工科給事中。道光二十二年（一八四二）陞御史。官至東河河道總督。著有《守柔齋詩鈔》（含《初集》、《續集》、《行河集》）。傳見《清史稿》卷三七八、《江表忠烈》卷一五等。參見闕名編《蘇河督年譜》（清鈔本）。《守柔齋詩鈔初集》卷三有此詩，序云：『楊校錄維屏同寓玉極庵，出《燕臺鴻爪集》索題。傷春傷別，刻意不減杜司勛。世有玉谿生，固當爲斯文興感。梁昭明以《閒情》一賦疵淵明，謂「亡是可也」，豈其然乎？楊五試京兆，皆被黜，殆有托而逃者。』

〔五〕張人壽：字幼川，籍里、生平均未詳。

〔六〕林懋勳：字少唐，閩縣（今屬福建福州）人。道光十六丙申年（一八三六）恩科進士，官禮部主事，遷禮部員外郎。

〔七〕冶南外史：與下文愚谷山人，姓名、籍里、生平均未詳。

曲話（梁廷枏）

梁廷枏（一七九六—一八六一），生平詳見本書卷八《江梅夢》條解題。撰《曲話》，現存道光十年庚寅（一八三〇）刻《藤花亭十種》本、無名氏鈔本《曲話三種》本、民國五年（一九一六）上海有正書局排印本、《重訂曲苑》本、《增補曲苑》本、《中國古典戲曲論著集成》第九冊校點本等。

曲話跋〔一〕

梁廷枏

予幼喜讀曲，今成癖矣。消愁遣悶，殆勝小說。每欲即所見各爲點論，彙選千種，成曲海巨觀，未果也。上秋游頂湖，阻風肇慶，孤篷俏坐，輒雜憶而隨記之，了無倫次。歸，乃補綴成帙。

甲申臘盡〔二〕，廷枏記。

【箋】

〔一〕底本無題名。

〔二〕甲申：道光四年（一八二四）。

曲話序〔二〕

李黼平

去歲，粱子章冉以《圓香夢》樂府寄予，淒切清豔，情止乎義，有風人之遺，予題詞復之。今年秋，自大良泛舴艋，艤珊瑚洲，登岸謁予，譚次，以所著《曲話》質。自元、明暨近人院本、雜劇、傳奇，無慮數百家，悉爲討論，不黨同而伐異，不榮古而陋今，平心和氣，與作者揚榷於紅牙、紫玉之間，知其用力於此道者邃矣。

《扶犁》、《擊壤》後有《三百篇》，自是而《騷》，而漢、魏、六朝樂府，而唐絕，而宋詞、元曲，爲體屢遷，而其感人心、移風易俗一爾。蓋文之至者，傾肺腑而出，其詞明白坦易，雖婦人孺子，莫不通曉，故聞忠孝節義之事，或軒翥而舞，或垂涕泣而道。而南北曲者，復以妙伶登場，服古冠巾，與其聲音笑貌而畢繪之，則其感人尤易入也。

顧世之論曲者，不以文，以律，曰『某字宜平而仄，與五聲乖也』，曰『某字宜陽而陰，與九宮戾也』。夫律則何譜之有？《三百篇》之與《韶》、《武》，不啻遠矣，而孔子絃歌以合之，律果有譜乎？予觀《荊》、《劉》、《拜》、《殺》，暨玉茗諸大家，皆未嘗斤斤求合於律，俗工按之，始分出襯字，以爲不可歌；其實得國工發聲，愈增韻折也。故曲無定，以人聲之抑揚抗墜以爲定。是書亦間論律，而終以文爲主，其所見尤偉，誠足爲曲家之津梁也已。

嘉應李黼平序。

（以上均清道光十年刻《藤花亭十種》所收《曲話》卷末）

【箋】

〔一〕底本無題名。

靈臺小補（金連凱）

金連凱（一七九八？或一七九五——一八三八），生平詳見本書卷八《叢海扁舟》條解題。《靈臺小補》，現存道光十二年（一八三二）刻本、十四年及十六年删訂重刻本。

靈臺小補序

金連凱

余既撰《梨園贏論》，並戲題諸作，因書簽曰《靈臺小補》。尚欲付之剞劂，刊印廣施，求諸同志。客有疑而問焉：『夫梨園小部，由來久矣，習此藝者，亦已多矣，獨爾深惡若此，比諸萬丈深淵，復憐且嘆，開人所未聞之迂談，創從來未有之謬論，雖非好人之所惡，亦可謂惡人之所好矣。且爾又非業此技者，何言之太詳？何比之太苦？何譏之太刻？將若輩之險阻艱難，辛勤困苦，摹寫如畫，是以問焉。』

余應之曰：『諾。若長言絮論，雖更數僕侍側，舌疲脣焦，亦難訴盡；雖罄南山之竹，石硯磨穿，亦難書盡。今姑略陳其概，有煩清聽。竊念余自幼觀劇，甚富且麗，優人內亦識二三，是以備嘗此中滋味，眞可謂過來人也。況余受此中欺，被此中騙，因此招愆，因此禍及他人，拖累無辜，三十餘年，不可勝數。已往之事，追悔無及，實言者傷心，聽者酸鼻，姑置勿論，付諸浩嘆耳。然余被此波累，亦可謂三折肱矣，豈不心寒意冷？懊悔前非，禍由自取，非無妄之災；莫怨他人，實有因之過。眞所謂負薪滅火，定有延燒之患；救人從井，必遭沉溺之虞。豈止自陷，更陷他人；非但自害，亦害他人。自苦尚輕，他人尤甚，正所謂愛之反害之也。再四思維，肝腸欲斷；興言及此，涕泗交流。如是招尤取辱，灰頽志向，此心此意，亦當痛絕，此念之癡，尚津津有味。搜索枯腸，撚髭搖膝，埋頭窗下，作論敲詩，徒自取苦，眞自哂迷而不悟之極也。然余平生心性，迂闊太甚，自念三十餘年，歲月久矣，受謗招愆，數亦多矣。非但不能救人之患難，反害人之身家，致累他人白頭慈母，有倚閭之嘆；壯年孝子，受荷校之殃。（古之荷校，即今之披枷也。）是誰之過歟？皆余一己之咎戾也。今痛定思痛，想後追前，神馳夢憶，一事無成，徒遺話柄。一腔忿恨，滿腹牢騷，若不趁此几淨窗明，青年壯歲，假管城子代訴余心，托龍賓代明余志，青春難再，回首斜陽，將來蓋棺之後，使天下後世，當視余爲何如人也？然此尚事之小者。況余本草野布衣，居國東土，若吾儕車載斗量，又何足算？竊聞「一時勸人以口，百世勸人以書」，蓋口之勸人有盡，書之勸人無窮。此立言之所以不朽也。余撰此鄙俚謬論，精淺拙章，正欲奢望後世之仁人君子，觀余是作，諒余苦心，略爲采納斯須，則後世之良家子弟，陰受其福，不至沉淪惡業，傳染污俗，爲人所賤。儻余九泉有知，亦可目瞑魂安，定當銜感無憾矣。

『且余更欲請教。夫九夏炎天，赤日當空，我正水榭乘涼，松亭納爽，冰碗列於前，風扇搧於後，暢談歡笑以隨心，沉李浮瓜而應手，竹簟籐牀，湘簾紗幮，開襟跣足，北窗高臥，尚蹙額而言：「今朝甚熱，須飲益元散，服六合定中丸，方可。」看彼場上優人，紮靠塗面，很鬭迎敵，彩火燻前，鑼鼓震後，汗如雨下，喘若牛耕，目眩頭暈，嘔吐昏迷，慘同釜内游魚，勞過途中報馬，果是蒸籠螃蟹，眞成熱地蚰蜒。再三冬冷候，朔風大作，我正暖閣如春，紅鑪添炭，輕裘著體，美酒盈罇，地炕多溫，氈簾高挂，玻璃窗風不透而光明，狼皮褥棉難勝而坐臥，眞醉飽忘寒，榮華安富，尚蹙額而言：「今朝甚冷，須熬伏薑片，對普洱茶，最妙。」看彼場上優人，單衫高髻，萬舞蹁躚，背陰之處，風勁臺高，四通八達，徹骨冷苦甚貧窮，透心寒難同乞丐，耳如刀割，面似槍攢，眼淚亂落，鼻涕長懸。此中最苦者，用力鏖戰，跳躍顛翻，熱汗淋漓，層層濕透，喘聲急驟，滿口生烟，鑼鼓一停，遍身冰凍，心搖骨顫，舌燥腸枯。是劇也，無非供我賞心娱目，樂則樂矣，任彼拼命勞傷，苦太苦耳！夫惻隱之心，人皆有之。彼人也，吾亦人也，吾何太逸，彼何太勞，是可忍也，孰不可忍也？且己所不欲，勿施於人，他人有心，余忖度之，誠恐足下不耐彼勞，易地則皆然也。且余尚有請者，如足下之桂子蘭孫，承歡左右，尊意欲其讀書出仕耶？欲其串戲登場耶？』

客曰：『欲讀書。』

余又曰：『足下之令郎，固應讀書出仕矣，然則他人子弟若何？』

客曰：『無不可，聽之而已矣。』

余不禁撫掌大笑，繼之以悲，點頭長嘆而言曰：『足下之令郎，必欲其讀書出仕，他人之子弟，則無不可爲，卽此足下胷中之人我親疏，公私好惡，可概見矣。且此二者，尊意早有成算安排，孰尊孰卑，孰貴孰賤，孰逸孰勞，孰苦孰樂，孰是孰非，余雖不敏，樗櫟庸材，敢請足下明以教我。』

客笑而不言，余諄問再四。客又曰：『優伶之苦辛，被爾形容已盡，姑置勿論。吾想若輩，串就諸技，跳躍相持，演熟俗套，亦可謂習慣成自然耳，未必如是覺勞。且圖觀者厚賜，或自不知其苦，亦未可定也。』

余曰：『不然，夫人情大都好逸惡勞，卽百工之藝，挑擔推車，磨肩壓背，諸苦生涯，皆是無可如何，萬不得已爲糊口計。諺云：「誰有髮而好當禿耶？」誠所謂「山寺日高僧未起，算來名利不如閒」。唐伯虎《醒世辭》云：「清閒兩字錢難買，苦把身拘礙。」卽此可見古今同轍，非余饒舌。足下此論，眞謬論也，尚謂余謬論耶？況「劇」之字義「艱」也，「戲」之字義「謔」也，顧名思義，眞可謂觀艱看謔矣。無怪乎業此技者，若是之艱難也。再呼若輩爲優人，夫優者，卽「優劣」之「優」，字義饒也；饒者，字義益也；益者，字義進也，所謂有益無損，均屬好字面也。何爲優人如是之賤？然此中字義，非余杜撰，以余愚意，另有一番解也。此須按測字之法，則了然矣。試看「優」之一字，係人字偏旁，加一「憂愁」之「憂」，豈非人憂是業之賤乎？人憂是業之困苦乎？不然，何以獨喚之曰優人？誠恐意在斯乎。若以優劣之優取意，則不通矣。夫梨園子弟曰優人，衆皆視爲卑賤。若按本字之意，優者，饒也，益也，好也，豈非好人？夫好人能如是乎？能視爲卑賤乎？此余據理而論，幸高明勿罪也。且余論雖鄙俚淺陋，眞敢自許言詞簡易。後世諸公，觀余是編，若毫無心動生憐者，眞可謂天下第一忍人也，又可謂天下第一很人也，更可謂天下第一不近情理之人也。足下尚謂余謬論耶？且余深悲此技，如是之苦，如是之勞，如是之卑賤。今人皆言玩一班戲，或言打一班戲，從未聞學一班戲。即以戲文而論，曰「塡詞」。夫塡者，字義塞也，可見其文無情無理，盡皆塞耳。再如吟詩作賦，從未聞「塡詩」、「塡賦」之稱。至串之字義，穿也，亦習也。然學習非學串，讀書習字，亦未聞有言「讀書串字」者。足下既言若輩習慣自然，不覺其勞，余竊料九夏三冬，豈敢唐突，將來如遇不寒不暖之候，春融秋爽之時，敢請足下，自略試之，大約半出《鬧莊》，深恐貴體不耐彼勞，不知作何愁苦萬狀也。足下何易言哉？」

客又曰：「任爾好辯，吾不服也。且爾戲題諸作中，所言「唐明皇作俑」等等不莊之句，爾何人也，無乃亦覺侮慢古之帝王耶？」

余未待言終，不覺捧腹狂笑不止。復正色而對客曰：「足下謂余好辯，若聞如是之談，實不得不辯。余豈好辯哉？眞萬不得已也。且足下責余侮慢古之帝王，則吾豈敢？今之論欲罷不能，不得不與足下較也。伏望海涵，宥余重咎，方敢直陳。」

客曰：「一任詼諧，吾不罪也。」

余是以整肅衣冠，離席長揖於客座右，自復就坐而言也：『以余觀足下，眞可謂梨園染患戲癖最久之老伶工也。余如此殷勤苦勸，尚如是執迷不悟，且足下何尊敬明皇之若是？夫唐明皇雖一代人君，實亡國之君也。姑以眼前易曉之事言之。足下獨不聞白樂天之《長恨歌》曰：「漁陽鞞鼓動地來，驚破《霓裳羽衣曲》。」又曰：「六軍不發無奈何，宛轉蛾眉馬前死。」以及「君王掩面救不得，回看血淚相和流」，並「夜雨聞鈴腸斷聲」，後之「梨園弟子白髮新」等等諸句。又《賦梨園弟子》七言截句云：「白頭垂淚話梨園，五十年前雨露恩。莫問華清今日事，滿山紅葉鎖宮門。」又杜子美《收京》之作云：「須爲下殿走，不可好樓居」，並「忽聞哀痛詔，又下聖明朝」，末句之「叨逢罪己日，霑灑望青霄」等等諸句，足可爲後世爲君之殷鑒。當是時，若非郭汾陽之偉烈豐功，勛勦捍禦，唐之宗社，盡屬他人矣。且『國君死社稷』，彼安祿山之亂，唐明皇車駕播遷，尚美其名曰「幸蜀」。甚至不能自保妻孥，自身僅免。歌中所謂「君王掩面救不得」等句，眞成對泣風天，類楚囚也。堪嘆明皇爲君，隆儀掃地盡矣。況乃祖父東蕩西除，南征北討，開創何難！至伊子孫，選舞徵歌，朝歡暮樂，委棄甚易。彼梨園小部，一曲《霓裳》，致釀馬嵬兵變，紅粉捐軀，千秋忍辱，萬世包羞，無限生靈，盡遭塗炭。余深慮唐明皇歿後，不知何顏入伊宗廟耶！再洪昉思之《長生殿》塡詞，內之《埋玉》曲中，所謂「堂堂天子貴，不及莫愁家」，並一切窘迫悲哀，分離情狀，形容如畫。以及楊玉環自縊於梨花樹下等劇。夫唐明皇以梨園弟子爲美談，楊貴妃卽自縊於梨花樹下，翹首蒼天，天道好還，甚可畏也。且余更欲請教，夫《長生殿》之戲文，通按《長恨歌》而作，此中惟後之《冥追》、《情悔》、《哭像》、《神訴》、《看襪》、《尸解》、《私祭》、《仙憶》、《改葬》、《慫合》、《雨夢》、《覓魂》、《補恨》、《寄情》、《得信》、《重圓》等劇，略近敷演離奇，不然難以收場也。況《慫合》、《重圓》此二齣曲白中，扮牛郎、織女者，尚稱唐皇李隆基之名，並李三郎等語，雖係僞扮仙眞，究出優人之口。此豈非梨園自寫小照，自己形容，自相侮慢耶？彼局内人尚欲搬演傳奇，作盡百般情狀，且直呼其名，豈不更自侮慢所奉前代老師耶？況余局外之人乎？余謂唐明皇非幸蜀，逃蜀也。至劍閣聞鈴，尚作【雨淋鈴】之曲，異哉，唐皇眞荒唐也！當時正值流離顛沛、臥薪嘗膽之際，尚有何心情，苦苦不忘音律？無怪乎身後爲梨園所奉也。再唐皇幸蜀聞鈴聲，左右云「似言三郎瑯璫」，故名「瑯璫驛」。此《一統志》之所載也。夫白樂天之《長恨歌》，首句以漢易唐，甚明君臣大義，亦伊萬不得已之苦衷耳。誠所謂諷刺之中，不忘敬愛，諱而歌之。再歌中所有「緩歌慢舞凝絲竹，盡日君王看不足。漁陽鞞鼓動地來，驚破《霓裳羽衣曲》」等等諸句，均指唐皇而作也。彼唐明皇因梨園而傾國，至今梨園仍奉祀爲師，是始終不知其非，總未能覺悟也。足下尚代唐皇報不平耶？《語》云：「王孫賈問於孔子曰：『與其媚於奧，寧媚於竈，何謂也？』」我至聖先師尚以爲非，曰：「不然，獲罪於天，無所禱也。」按祭法，夫竈爲司命正神，居七祀之一，聖人尚言其媚，不可祈禱。何況彼梨園所奉之三郎、金花倂神、清音鼓板公婆等等諸號，實不經不典、不莊不重之名，足下尚責余作不莊之句，侮慢唐皇耶？彼梨園既奉此等不莊之神，亦莫怪余作此不莊之句。且非禮之祀不祥，無福有禍，今之梨園，以敬正神之香燭、紙錁、牲牢等等有用之物，祀諸戲場所奉等等不莊爲患之神，眞可令人忿懣太息也。余言若此，足下以爲何如？』

客又曰：『梨園所奉諸神，亦被爾强辭辯去矣。爾所撰之《梨園贔論》諸篇，只知憐彼優伶之苦辛，不明吾儕玩賞之快樂，實爾姑息太甚，見識淺薄，果婦人女子心腸，無暇同爾辨也。然爾此論中，言彼登場挑戰等等雜技，以吾觀之，無非孩提游戲耳，何至於引人爲非，誘人不法，甚至慮及伏蠢動之機？又言是劇搬演僞寇，致招教匪窺竊流涎，盜賊爭夸得志，並言起禍之端倪，招邪之領袖，實乃小題大作，張廣其詞，何太迂哉？爾言過當，吾不取也。可能再辯乎？』

余曰：『惡，是何言也？足下誠膏粱子弟，肥馬輕裘，不知小人之勞，毫無憐下之意。余亦無暇細校也。然此尚不足絮論。余方以足下斗山重望，明見萬里，孰料亦是華而不實，徒有其名，與在下酒囊飯袋之人所差無幾耳，尚笑余見識淺薄耶？若論國初平定疆陲等等事迹，布在方略，歷歷可考；以及乾隆六十年之川陝楚三省教匪滋事，始末情由，不但言之太長，余竊恐足下未必能理會也。今即以嘉慶癸酉季秋月望，禁城入寇一事，略爲足下陳之，此余所目覩也。當是時，首逆林清謀爲不軌，以市井無賴匪徒，輒敢妄窺神器，久蓄狼貪怪異之心，非一朝一夕矣。是以於嘉慶十八年九月十五日，奪門犯闕，窮兇極惡，誠天人共憤也。迴憶當年，從東華門竄入之賊匪，尚問伊同夥之賊，言「金鑾殿在於何處」，并一切持刀亂闖，肩插白布小旗，口中賊號；再該逆攻中正殿門時，膽敢刀砍門閂，喝令喇嘛：「快快投降，免爾一死」等等悖逆胡言，可見盡是串戲來由。且風聞正陽門外、大柵欄內，於是日晌午時，正開場演戲，突來一人，不知說了一個甚麼暗號，抽身急起，即收場不演矣。旋忽散去兩班優伶，其人甚衆。恨忘其班名。諸如此等情形，大有可疑。又聞兵圍滑縣時，逆匪牛亮臣，穿大紅八卦道袍，坐八人亮轎，巡城喊罵，賊衆稱爲軍師。並僞稱天皇、地皇、人皇，膽敢妄以三皇治世取意，此即梨園搬演黄巾作亂諸劇内之張角等等，所稱天公將軍、地公將軍、人公將軍者，該叛逆皆有所本也，皆有所仿也。再如逆匪李文成等，均留髮包網，蟒袍玉帶，所用之服色，均戲班内之彩衣。甚至廷訊逆匪馮克善、屈四時，該犯尚口吐人言，説「俺招安他們去」，受刑時復呼「我主」，盡是一派演劇口氣。即今之湖南猺匪滋事，輒敢戕害官兵，大員陣殁，縣令礮亡。該逆猺趙金隴，身穿繡金龍黄馬褂，僞立年號，即該逆猺之名「金龍元年」。猺匪内有名青旗大將、藍旗大將者，亦均穿黄馬褂。更有去冬拿獲教匪王老頭子、尹老須，並鑲藍旗滿洲披甲人尼莽阿即唐八，伊名「獅子臥佛」，又聞伊等所建之廟，名「飛龍寺」，顧名思議，其居心大不可問，即此扁額，罪在不赦矣。並有一覺羅常璯，同王法中，均稱之曰「哼哈二將軍」等等名色，此即白陽教之餘氛耳。再當癸酉季秋，拿獲逆犯王幅祿時，首逆林清已僞封伊爲飛筆丞相，並有血花袍，余曾親見搜出此物，是件舊白布汗衫，上有血迹，皆言夜來向燈一照，即點畫分明，字迹可辨，係封號該逆犯之官銜。如此怪誕不經等等奇談，足下獨不聞乎？由是觀之，該逆匪、猺匪，均苦苦欲踵梁山泊之流弊耳。誰生厲階，豈非戲場惡境耶？即如盜甲時遷者，顯然一穿窬狡賊也；醉酒劉唐者，居然一劫掠大盜也。眞所謂「搬演開生面，觀聽起貪心」也。其關係如此重大，足下尚視若泛常，漫不縈懷，並哂余小題大作，見識淺薄，迂論飾詞耶？夫梨園小部，爲害甚大，深而且久。悲苦世人，迷而不悟，酷玩其華者多；猛省其非，明此中招邪宣淫，痛除巨惡者少。實所謂漏脯充飢，鴆酒止渴，非不爽口，禍已隨之。只圖轉瞬之歡娛，遂忘終身之憂患，牢不可破，大有可懸，豈淺論哉？非余斗膽譏誚折證，以余論足下，眞可謂之坐井觀天也。且今夏亢旱非常，聖主恐懼修省，無時稍解，親製祝文，步禱攄誠，詔下廣開言路。聞有鑲藍旗宗室文舉人者，條陳六端感雨、十事消邪。此中有嚴禁鼓詞一事，內載「此書多演怪力亂神，供人捧腹，似乎無害，然辭氣抑揚之間，但圖熱鬧，總以拜師學法、驅役鬼神、嘯聚山林、劫奪法場等爲賢。小民何知正史，信以爲眞，此邪教必滋事之所由來，爲害甚巨，可不禁乎」等語。所陳不爲不通，然此尚害之小者，更有甚焉，不可不論。夫古詞野史，實滿紙荒唐，敷演離奇，虛幻不經，究諸實害，尚係紙上空談，似無痕蹟。至彼梨園演劇，實窮思極想，代佞臣賊子傳眞，替鬼怪妖魔作祟，詭異百出，邪淫奸盜，形容摹畫，千態萬狀。《樂記》所謂「故歌之爲言也，長言之也。說（音「悅」）之，故言之；言之不足，故長言之；長言之不足，故嗟嘆之；嗟嘆之不足，故不知手之舞之、足之蹈之也」。今之演劇，即同此意。必欲造其極而後已，較比古詞，煽惑庸愚，明彰聲色，耳目易曉，致開邪教釀禍之端，豈不更滋流弊，爲害甚巨中之尤巨也？且喜聽古詞者，亦無非老嫗稚子，几畔窗前，數人而已，萬不及酷好觀劇者，百千餘眾，奔走若狂，此中賢愚莫辨，貴賤難分，蟻聚蜂屯，排肩疊足，招聚閒人，莫此爲甚。夫古詞者，世俗之小疵也；梨園者，世俗之痼疾也。奈何不治其本，而治其末，有是理乎？由是觀之，無怪余反復詳言，殷勤剴喻者，實觀彼演劇招邪，尤當嚴禁也。況乎國家制度，凡五城內例禁開設戲園，從未聞嚴禁說書廠也。興言及此，余又憶及一事，似亦當禁。夫五城內，如地安門外，六街三市，要弄拳腳，其名把勢，聚閒人，圖微利，此亦諸年幼之患也。夫輦轂之下，萬方都會，理宜整肅威儀，無論旗民，各務本業，素位而行，豈容不肖匪徒恃勇鬭很，相習成風？余獨憂也。且夫力者，以强凌弱，以眾暴寡，專用血氣，而不顧義理者也，亦我至聖先師不語之一端也。遠慮深謀，能無禁乎？《語》云：「可與言而不與之言，失人；不可與言而與之言，失言。智者不失人，亦不失言。」竊念余一介庸夫，今向足下憑此三寸不爛之舌，信口瀾翻，重重複複，可謂失言太甚矣。況質本凡材，愚魯寡聞，未嘗學問，是作也，毫無文義，皆市井俗談。余本意定欲喚醒百千萬世之愚夫愚婦，雖漁樵耕牧，不假思索，皆得易曉此中利害，方大快余心至願，況苦海無邊，回頭是岸，屠刀放下，立地超凡。余是書名《靈臺小補》，夫心爲方寸靈臺，必當時時涵養栽培。余奢望後世諸公，觀余是作，彼此留意，務須自愛，慎勿荒淫無度，喪德敗行，爲人所憎，有累椿萱，大不孝也。更有朝列諸貴中，因演戲而受責污名，黜爵夭壽，則吾不敢言其人，更不忍言其人也。余是論，儻能十人中可望一人省悟，百人中可望十人省悟，千人中可望百人省悟，萬人中可望千人省悟，以是推之，由少而多，由近及遠，擴而充實宇宙，亦可謂小補矣。至於梨園子弟中，若有明心見性、聰慧敏捷者，觀余是作，自當心悅佩服，知感知愧，再三嗟嘆，迅速回頭。休得錯尋頭路，沉溺孽海，誤盡平生，上敗爾祖父之聲名，下遺爾子孫之患難，火坑中豈可片刻停留？若急急抽身，轉瞬鐘鳴漏盡，誰能救汝，追悔何及！余更奢望後世諸少年觀余是作，互相勸戒，慎勿甘居卑陋，爲人所賤，自暴自棄，以玩票爲美談，甚可惜也。儻能十可化一，百可化十，千可化百，萬可化千，以是推而廣大百千萬億，皆爲良家清白子弟，以忠孝傳家，惟詩書永寶，亦可謂小補矣。余更有奢望中之奢望。儻後世更大智慧，善知識，痛掃梨園惡業，淨洗戲館污俗，其功德高比須彌，深如大海，百福駢臻，千祥雲集，其人定永壽無量，等恆河沙數矣。余生前不能遂愿，身後定要如心，亦不枉受謗言數載，被欺騙多年，孝義兩虧，精神俱瘁，眞堪流涕，實可傷心。且夫人生在世，即如大夢一場，余以夢中身而說夢，癡獃性裏談癡。余撰是序，已逾萬言，閱五晝夜，皆親弄筆，删重複而補闕遺，檢魯魚而校亥豕，從未假手於人，尚恐搜羅多漏。自笑余挑燈夜半，廢寢忘餐，雖不敢望有補於國計，亦可謂無害於民生。惟願後世仁人上士，博學高明，諒余苦心，全余未了之願。觀余是編內，儻有不實不盡，或舛錯謬誤之處，希惟大方隨時改正，續入雄談高論，余得效拋磚引玉之幸，如蓬蒿而附芝蘭，榮耀多矣。有朝一日，是書如是叨光，今之小補，即他日大補也。足下許之乎？」

客笑曰：「爾所撰《梨園贔論》，並戲題諸作，以吾觀之，語無倫次，東拉西扯，㔶刀瑣碎，不勝其煩，空費筆墨，惘用心思，徒自取苦，尚癡望普勸世人，吾料未必，何太迂哉？」

余應之曰：「誠如足下高論甚明，使在下茅塞頓開，翻然大悟，何快如之！果當頭一棒，喝醒無知。余亦竊料未必定能感化世人也。言雖如此，余嘗竊聞，自古以來，三墳五典，聖經賢傳，以及《感應》諸篇，勸孝禁賭，戒淫戒殺，勸惜字紙，勸放生靈等等教善除惡諸書，不可枚舉，無非垂訓後世，使人人咸知善者可法，惡者當戒，善有善因，惡有惡報，裨得家喻戶曉，信受奉行，尊君親上，孝弟忠信，禮義廉恥，實先儒一片苦心，滿腔熱血，殷勤懇切，至再至三。文中子所謂勸戒之詞，古今名論，亹亹書記中，無處不有，其殷勤懇切，至再至三，總是要人聽信而已。我輩讀聖賢書，看昔人如此教人念頭，語語婆心，當爲之太息流涕。夫千百年以下之人，與千百年以上之人，何所關係，而苦苦訓誡若此？蓋見那些不肖人，眼中看不過，心裏忍不過，前車既覆，後車又隨，實可憐憫，急欲將一句說話，喚醒千百年人。如此血誠語，豈可草草看過？讀古人書，須念作者苦心，毋負前人接引後學之意，誠哉斯言！果字字珠璣，言言金玉，眞所謂書之勸人無盡也。甚至佛經道籙，亦同此意。儒教所謂正心養性，釋教所謂定心見性，道教所謂修心煉性，實三教聖人，導之以正，同軌相符，大同小異也。誠一片婆心，羣生普濟。奈慈航雖大，渡不盡世上愚人。又云：「衆生好度人難度」，此正閻浮世界，千古久病難醫之根源也。辟如「殺人者死」，自漢高祖入關，約法三章，卽有此語，至今孰不聞乎？然今之謀害人命者少耶？勸孝，禁賭，戒淫，戒殺，勸惜字紙，勸放生靈等等善論，孰不聞乎？然今之忤逆，嫖賭，悖理亂常，貪饕口腹，斷簡殘編，任意作踐；網罟射宿，禽荒無度者少耶？俗所謂這裏獲盜追贓，梟示正法，那裏尚打家劫舍，害命圖財，實冥頑不靈，毫無忌憚，堪恨堪悲，良可浩嘆也。敬惟古聖先賢，並天尊佛老，至言要論，垂訓世人，眞牙籤萬卷，珍藏四庫，充棟盈車，布滿寰宇，流傳中外。《道德》五千，大乘《三藏》，玉簡金繩，鐫石刻本，尚未能普勸蒼生，爲千古至聖未滿志願；何況余半篇《蠡論》，數首拙詩，無非游戲詼諧，鄙俚不通，直同藝囈，眞所謂「猶以一杯水，救一車薪之火」也。夫皓月當空，豈螢火之光可能爭輝分寸？此卽余之拙作，曷敢與古時詩文較量短長耶？不要說古時文人學士，卽今之黌門秀士，余亦不敢班門弄斧，貽笑大方，徒自取辱耳。此何待足下駁余，余早自駁也。然余尚有一言。竊聞傳習邪教者，立有紅陽、白陽、天理、大乘、榮華、圓頓等等諸名，究其源，實古所謂黃巾、赤眉之餘氛耳。實同一邪教，恐干犯王章，此名敗露，犯事拘拿。其漏網者，仍是此類，復改一名，故態依然，萌心不泯。故分門別類，更改名頭，混人耳目，妄希作福消災，書符治病，聚錢惑衆，實流毒無窮，亂世汚民，莫此爲甚，引誘愚夫愚婦，墮其術中，至死不悟，深堪痛恨。其所欲分門別類，更改名頭者，余切思之，眞如狡兔營三窟也，鬼計百出，實陽世之魑魅魍魎，非人類矣！且更有怪誕悖謬之冊籍，均係前明刊板，亦妄以經名之，其文如「趙州狗子太很心，咬了金剛腳後根」等等，冒瀆神聖怪異之句。更有今已絞決會匪王老頭子，卽王法中，來京傳習邪教，並唐八卽尼莽阿，聚衆結會，經科道訪聞，嚴密封奏，由步軍統領衙門，先後獲犯多名，奏交刑部。究出王老頭子卽王法中，習教，來京傳徒，欲圖結交太監胡常慶等，藉端斂錢。及同教之直隸南和等縣民人閻老得等，與唐八往來，互送詩扇書信。並閻老得曾向王法中告知，飛龍寺會匪甚不安分等情，隨在唐八幼女身穿襖內，搜獲書信，一面飛咨直隸總督，查拿閻老得等，並查起詩扇經卷等物去後，旋據該督將閻老得等全拿獲，同起出詩扇經卷等物，行後解案，復隔別嚴鞫。該犯供詞內所稱，緣王老頭子卽王法中，籍隸直隸任縣，與已故之同縣人趙理，並趙順青，及隆平縣人李老欣，均相認識。

嘉慶十年間，有已故之河南涉縣人申老敍，常至任縣等處，販賣花椒，曾向王法中等談及紅陽係釋迦佛掌教，白陽係彌勒佛掌教，紅陽劫盡，白陽當興。現在月光圓至十八日，若圓至二十三日，便是大劫。伊素習白陽教卽圓頓教，可以避劫護福，勸令入會拜師，傳授南無天圓太寶阿彌陀佛，及南無無量佛救苦觀音十字佛號，並《榮華經》一部，《未來星斗圖》三張，內開南斗十二星、北斗十三星、東斗十五星、西斗十九星、中斗三十星、十八閣君星、五十四祖星等語。又有《未來易經》一部，內敍五祖相傳，中央戊己土係王姓，東方甲乙木係張金斗，南方丙丁火係李彦文，北方壬癸水係劉姓，西方庚辛金卽係申老敍。又將《河圖》、《洛書》，俱加圈點，八卦增添二爻，改爲十二卦，內加興、吉、平、安四卦；六十四卦改爲一百四十四卦，內加用、則、高、江、河等八十卦；又十二時增添紐、宙、脣、末、推、酬六時，爲十八時；九宫增添紅、皂、青，並多一白字。其餘多係敍述王姓等四人，悟道亡身，語多鄙俚。又給李老欣家《補卷》一部，內載牛八以滅、木子興兵、大鬧幽州等語，餘俱敍入刀兵、水旱、瘟疫、劫數，語尤不經。申老敍令趙理、趙順青等收藏誦習，並言將來自有用處。因王法中素不識字，僅止口授經卷語句。十九年冬間，申老敍在家病故，王法中等卽推趙理爲當家，轉傳次女吳趙氏入教。因吳趙氏素不識字，自將申老敍所畫未來星斗名目，用紅紬書寫，名爲《降龍寶》。假托吳趙氏明心見性，忽能寫字，故示神奇。又趙順青自分得《未來易經》後，參以己意，將一百四十四卦，仍以姤、復分列兩旁，刻成內方外圓卦圖，名爲天盤。印出後，僅止給與王法中閲看。《經》王法中索得一紙，交伊堂嬸王唐氏收藏。其趙理分得《榮華經》、《未來星斗圖》，輾轉分交李老欣、李相富收存。後於道光三年間，王法中與李老欣談及趙理父女相繼病故，教中甚爲冷落。憶及吳趙氏臨死，曾囑伊往北傳徒，隨創爲旗門卽佛門之說，起意進京，復興此教。並因習教年久，蠱惑已深，妄以申老敍等所遺經卷、紅紬，道理深奧，欲將各物進貢邀賞，囑李老欣斂錢接濟。九月間，王法中走至良鄉縣地方，因聞聖駕經過，欲在道旁跪接，當被縣役盤獲，解縣遞籍。十一月間，李老欣措辦盤費，送王法中來京，在廣安門外張大戶店內居住。王法中在京撿糞，李老欣當卽回家，向同教人斂得銀錢，陸續帶交王法中收用。五年二月間，王法中因張大戶欠錢未還控，經宛平縣斷，追錢文完案，後搬至俞性客店，並李六家居住。王法中稔知李六與肅親王府太監胡常慶係屬姻親，欲令李六帶往，面商進貢之事。李六見其積有銀錢，起意誆借，隨卽應允，陸續向王法中借用京錢一百六十餘吊。王法中因李六延不帶見，屢向催迫，經李六三次將王法中帶至肅親王府前，囑其在茶館等候，獨自往他處暫歇，捏稱胡常慶外出，向其支飾。王法中又因其徒鐵匠楊大曾言，常至海甸御馬圈修理鍘刀，認識王姓官員，復囑楊大帶見。楊大亦乘便向伊誆借京錢十四吊零，將王法中帶至海甸附近歇息，捏稱王姓官員因有事無暇接見，回覆而散。王法中并聞其徒王三，曾拜順承郡王府逃出太監、現充臥雲山廟道士之傅空靜卽傅三娃爲師，欲囑王三帶見，因山路遙遠，亦卽中止。十一年五月間，王法中托其徒劉大引進，搬至賃住覺羅常鼐攻房之郭五所開木匠鋪內寄住，卽傳郭五爲徒，並勸常鼐及院居住之唐八卽尼莽阿入教，唐八因陸續借用王法中京錢九吊零，亦卽允從，常鼐不甚相信，並未入教。王法中不時回籍，以「在京傳道，官員内監，甚見信重，即可進貢邀恩」之言，向同教人夸耀，教中人多有資助，計銀一二兩至十餘兩，錢數百文至十餘吊不等。又於七月間，其徒閻老得、張其德、宋維等，先後來京，與唐八並常霈等晤面。閻老得因唐八左手曾被燙壞拳曲，狀如獅爪，即以頗似唐山縣廟内獅子臥佛之言向其比擬，並稱旗門即是佛門。唐八同常霈均係旗人，又在城門附近居住，如佛寺把門之哼哈二將一般。王法中復買扇二柄，囑唐八書寫詩句，以便帶給教中人觀看，斂錢幫助。唐八貪利應允，即央常霈編作詩句。常霈編就「不辭千里訪賓朋，遇見知己細談心」二語，令唐八續成。唐八將首句用清文單字在扇上書寫，復信筆編寫十餘字，俱無文理。王法中將扇分給張其德、宋維帶回，向同教人告稱，係京中大人書寫，以實前言。九月間，閻老得向素識交好，另入井陘縣人杜玉教内之頡老毛談及，頡老毛亦欲與唐八交往，隨同閻老得赴京。路經靈壽縣，閻老得編成信稿，内稱：『俺今得了旗門入，會會哼哈二將軍；俺今入門來進貢，單等兩個端供人』等語，央頡老毛素識之已革該縣工房書吏李正身，書寫封固，面貼紅簽，塡寫『旗大人玉展』五字，到京後遞給唐八收存。切思該犯王法中，始則傳習邪教，繼復來京溷迹，以借貸市惠，藉圖結交官員太監，其心叵測，並將伊師申老敍遺留經卷，呈進邀恩，並藉此惑衆斂錢。至經卷内所載王姓等，據申老敍言及，早經獲罪身死，經内俱已載明。又據閻老得等供稱，因王法中告稱旗門即是佛門，伊等曾見佛寺門前均有哼哈二將塑像，是以將唐八等比作哼哈二將，並稱爲旗大人。又因聞知胡常慶、傅空靜均係太監，是以名爲端供人，因未經見面，所以信内有「單等兩個端供人」之語。此案王老頭子即王法中，先經聽從已故之申老敍，學習白陽教，後創爲旗門卽佛門之說，傳徒多人，并斂錢來京煽惑，實屬習教爲首。王老頭子卽王法中，合依傳習白陽教，拜師傳徒惑衆者爲首例，應絞立决。已革馬甲唐八卽尼莽阿，身係旗人，輒因圖借銀錢，聽從王法中入教，并寫給閻老得等詩扇。迨閻老得等以獅子臥佛、哼哈二將軍、旗大人等詞，妄加比擬，旣不卽行呈首，復將書信交伊女收藏衣內，實屬喪心昧良，任意妄爲。唐八卽尼莽阿，例應銷除旗檔，發新疆給官兵爲奴，再加枷號三個月。常鼐身係覺羅，不自檢束，輒容留王法中在其墳房居住，并於唐八寫給張其德等詩扇時，幫作詩句。迨閻老得以哼哈二將妄加比擬，又不卽行呈首。應請旨將常鼐發往吉林，交該將軍嚴加管束。至肅親王府太監胡常慶，並順承郡王府太監傅三娃卽傅空靜，均訊明並未與王法中交往，應免置議。其餘各男犯女犯尚有百餘名之多，俱依律重輕，分別擬結。此王法中等習教來京傳徒，遺留經卷，欲圖結交太監胡常慶等，藉端斂錢之原委也。余何以獨知？此案各犯供單甚詳，因刑部廣西司審理此案，該司經承內，有余認識相好之人，是以深悉甚詳且細，故知之也。除此尚有分在別司審理教匪之案，先後另行完結者甚多。如該犯尹老敍卽尹資源，接管劉四離卦教，自稱南陽佛，創立朝考等場，黑風等劫名目，神奇其說，煽惑至數千人之多，勾結至三省之遠，狂悖已極。現在該犯審明，已凌遲處死。伊子尹明仁，聽從伊父，習教多年，實屬世濟其惡，亦已處斬。又另案擬結之蕭老尤卽吉三白，先經聽從已正法之孫惟儉傳習大乘教，於具結免罪後，復起意興教，商令在逃之李如陵，僞造敕寶，張貼揭帖，種種逆詞，任意編寫，且牽列良民，注明謀逆，平空陷害，狂悖已極。蕭老尤卽吉三白，亦已凌遲處死。並前案伏法之尹老敍卽尹資源各犯，均奉旨將該犯伏法後，仍傳首犯事地方，以昭炯戒。至該教匪各犯供單，非但不得深知其詳，且供詞所載甚繁，無暇細論，今姑聊舉其概，大略言之。并切思該犯尹老敍卽尹資源，蕭老尤卽吉三白，王老頭子卽王法中，唐八卽尼莽阿，等等各犯，實與癸酉年叛逆教匪首犯林清、李文成、牛亮臣、徐安幗、馮克善、屈四、曹綸，並逆賊劉得財、劉金、張太、高廣幅、王幅祿、閻進喜、楊進忠等，同一邪教。該犯尹老敍、吉三白、王法中、尼莽阿等，只於尚未謀逆耳。然此幸犯案甚速，已煽惑千餘人之衆，若年復一年，日久回循，該犯流毒年久，其人愈衆，省分愈多，必至釀成不測之患，恐萬餘人不止。所謂星星之火能燎於原，涓涓不杜終成江河，實係養癰貽患，其害曷勝言哉？今得迅速發覺，實上賴聖天子之洪福，下可保全億兆蒼生爲良家子女，咸知警戒，庶不致傳染蠱惑，墮其邪術矣。誠如聖訓煌煌，「朕勤恤民隱，惟日致之，常思懲兇頑於已著，儆邪慝於未萌，法紀肅而吏不爲姦，淵藪靖而罔干予正」。大哉王言！雖三代以來，二《典》三《謨》亦不過如是也。實令吾儕小民，感激涕零，望闕泥首，莫知所措。伏思吾皇，聖德如天，自御極以來，愛憐蒸黎，如保赤子，籌暘雨，課農桑，省刑罰，薄稅斂，占雲子夜，禱雨天壇，稍有偏災，恩賑蠲租，無微不至。實令遐邇小民，何以仰答高厚鴻慈於萬一，惟有守分安常，四民各務本業，共樂昇平盛世。凡人之初生，其性本善。無如年齒漸長，知識漸開，薰陶日久，邪正分途，近硃者赤，近墨者黑。言及於此，余又憶及梨園優伶矣。卽以其人而論，從未聞自胎裏初生，卽能串戲者。推而言之，讀書識字，亦未聞自胎裏初生，卽能讀書識字者。此即邪正分途，總在年齒漸長，知識漸開，任伊父兄之指引耳。雖言生而知之，亦無非天資純粹，穎悟超羣，不待琢磨，易學易成耳。何況該教匪萌心不善，聚衆斂錢，流毒無窮，煽誘無知，實惑世污民之陷阱也。其所以深信不疑，如奉神明者，實不可解。若論該犯傳習之邪經，實無情無理，毫無文義，毫無禍福，毫無利害，念之不懂，聽者難明，如「趙州狗子」諸句，「紐宙脣末」等時，大都若此，乃該教匪傳授之經也。且該教匪竊取「天理」二字，爲邪教名目。凡人孰無天理，今被該犯如此敗污！又竊取大乘字面，爲邪教名目，妄充釋教，以僞亂眞，實名教中必誅，佛教内不赦，果楊朱、墨翟之流，無父無君之輩，實禽獸不如也。彼阿鼻地獄，正謂該教匪而設也。再該教匪，更有好人之所惡者，視凌遲斬絞極刑，爲超昇證果，惟願速速就戮，即可作大官矣。此非訛傳，亦癸酉季秋，禁城入寇之後，所有拿獲諸逆匪，綁赴市曹，明正典刑甚多。曾聞後綁之賊匪，見先刑者即痛哭不已，其行刑之人問以『畏死耶？』該逆尚言：『非也，我看他先就戮，先作高官，我後就戮，不及他矣，被他捷足爭先，奪標得彩，我恨落後，遲作高官，是以哭也。』如此冥頑悖論、荒誕已極，眞豬狗不如之畜類，喪心病狂，狀類瘋魔，以典刑爲授職，如是之邪，至於此極。以上諸語，竊聞朝列諸貴言之，非市井訛傳也。足下如未深信，余願同往一問，便了然矣。且呂祖之《全書》，正宗《詩集》内所載《戒殺歌》曰：「我書《戒殺歌》，奉勸世人讀。物類形體殊，豈甘遭慘毒。利刃刺肝心，尖刀割腸腹。皮掀肉顫搖，喉斷身顛撲。血濺滿砧几，悲號動牆屋。鰻剁尚盤旋，魚烹猶跳躍。大痛何可伸，極苦難逃脫。諸獸牛不羣，其形按列宿。非彼代人耕，農事倩誰役。於世大有功，何忍啖其肉。馬匹載乘勞，戰征亦爲國。報曉賴德禽，看家惟義畜。更有幾微靈，亦且倫常屬。烏能返哺親，羊且乳跪足。雁有信義實，鱧知夜朝北。大命須當憐，小命亦無忽。覩彼盤盂間，億萬生靈逐。活溺鹽醬中，生投湯沸鑊。一餐尚不飽，入腹味難復。何苦强搜求，省口多積福。曾見匿刀牛，跪向屠人哭。又言狗能言，乞憐免割肉。憐兒寸斷腸，莫射山中鹿。爲母肯投崖，身碎田間犢。鱔化黄衣童，夢求廚下僕。螺放水中光，欲免舟人獲。我曾昔爲儒，典制雖未博。茹毛飲血時，上古無嘉穀。相沿直至今，流弊世相續。然而不忍心，宰割非所欲。燔牛只祀天，雞豚亦不數。古有恤生人，聊爲君一錄。湯有解網恩，齊能舍觳觫。大哉孔子心，不網不射宿。天子釋羔羊，不忍無窮戮。恩官禁澤梁，呼號動水族。微生能報人，人亦當憐育。蟻度狀元橋，鼠分宰相粟。救雀報投環，放鯉貢雙玉。蛇啣梁上珠，黿獻藏珍殻。舍鼈救傷膚，聚蠅出冤獄。戒殺故有功，殺生報亦確。屠牛形似牛，殺狗狗形托。此日具人形，轉眼生毛角。輪迴實可憐，早修今面目」等句。伏思天道好生，純陽慈憫，垂勸世人，戒殺放生。彼禽獸牲畜，甚至昆蟲鱗甲之微，尚知救生畏死，俗所謂「螻蟻尚且貪生，爲人何不惜命」。夫死有輕如鴻毛、重若泰山者，再文不要錢，武不怕死，爲國捐軀，雖死猶生，豐碑懋績，萬代流芳，自古以來，不磨要論。若以該教匪之視正法爲作官，實螻蟻之不若矣。雖天道好生，亦無從曲佑也。余因此復思該教匪如是之妖言惑衆，陷人罪至大辟凌遲，尚自以爲高陞官職，至死不悟。余料該犯名登鬼簿，必自以爲姓列仙班。余獨詫異，若此怪誕悖謬不經之言，何能尚誘愚夫愚婦？約從嘉慶十年以後，至今二十八年之久，該教匪已煽惑將及數萬人，尚恐不止，傾心皈命，信受無疑。余之俚句，雖粗淺不佳，誠敢自命勸人自愛，勿甘居下流，爲人所賤，有益無損，毫無干名犯義之處，何勞足下再四戾駁、多方問難？該教匪實喪心病狂、衣冠禽獸，斂錢聚眾，煽惑庸愚，前車既覆，後車亦隨，泯不畏法，怙惡不悛，眞所謂誘人誤盡終身，滅族巨禍，豈止有損，必欲置之凌遲大辟而後已。夫人之好生惡死，本具天性，況人爲萬物之靈，何至被此邪慝蠱毒若此？翹首叩天穹，生民何罪也？足下何不向該教匪窮追盤詰，將該犯所授之經卷，逐一細詢耶？余之論不足以感觀世人，彼教匪之亂語胡言，倒足以引誘世人，此所謂冠履倒置也。且余所作《齀論》拙篇，雖不敢上同古今勸世之詩文比較，然若以此下等之下、無等之悖謬荒怪不經之「眞空家鄉」、「無生父母」、「飄高老祖」、「趙州狗子」等等無情無理之句論之，余之作大可自命高高乎居其最上等之又上等也。且余論中有何悖理亂常之文，荒怪離奇之句？況余前已言明，奢望後世諸公，觀余是論，儻十能化一，百能化十，千能化百，萬能化千，此無非十分之一耳。再白樂天所作《新製布裘》五古詩云「丈夫貴兼濟，豈獨善一身。安得萬里裘，蓋裹周四垠。穩暖皆如我，天下無寒人」諸句，豈有如此之大裘乎？無非志之所在，意味深長也。雖奉九重之恩命，亦礙難應詔遵行。足下以余之論，不足感勸後世之百餘人，彼教匪邪經亂呪，倒可引誘今世之千萬人，有是理乎？然勸人修身，導之以正，古今同轍。夫大千世界，億兆蒼生，有忠有佞，有正有邪，有智有愚，有賢能有敗類，豈可概而論之？余所作之《齀論》拙篇，後世諸公觀之，有是有非，有好有惡，有褒有貶，有欣慰有悲憫，又豈可概而論之？總之一語，惟求吾心所安，惟願上智首肯。此所謂君子一諾，價值千金，亦不枉余一腔熱血，九轉枯腸，將來皮囊腐後，此論流傳世上，雖死猶生，無遺恨也。今情義俱備，言盡於斯，敢求足下金諾，然耶？否耶？』

客又曰：『爾論之可否，姑置未定。然爾詩中所賦，「更有邪淫不忍聞，清夜捫心當自愧」諸句，此何意也？』

余曰：『足下果不知乎？或有心故問耶？《書》曰：「玩人喪德。」又曰：「比頑童實爲亂風。」注云：「比，昵也。倒置悖理曰亂。」夫《詩》載《牆有茨》三章，其首章云：「牆有茨，不可掃也。中冓之言，不可道也。所可道也，言之醜也。」次章云：「牆有茨，不可襄也。中冓之言，不可詳也。所可詳也，言之長也。」三章云：「牆有茨，不可束也。中冓之言，不可讀也。所可讀也，言之辱也。」今姑言其概，亦不必撰文套語。大都好男風者，居此梨園多半，只此一言而盡，尚待余饒舌耶？余竊料今之貴家公子，觀諸《感應篇》、《丹桂籍》、《配命錄》、《敬信錄》等等勸善戒淫諸書，能不搔頭吐舌，通身汗下者，有幾人哉？況亦未必觀也。今足下誠能自許衾影無愧乎？且孰無子弟，能保身前，恐難保身後耳。再出乎爾者，反乎爾者也。《悅心集》所載無名氏仿邵康節先生《醒世詩》，曰「各自回頭看後頭」之句，善哉斯言，意味深長也。今之時，不犯此戒者幾希。況雞奸幼童，律應斬，此實傷天害理、喪德敗度之惡習，且彼此俱損，人我何益，只圖片刻之歡娱，誤盡平生之品行，孰輕孰重，孰暫孰長，敢請足下細酌。夫萬惡淫爲首，余竊恐無間地獄，有待斯人也。且余卽深受此累，眞不白之苦心，人皆笑余，戲謂余曰：「糟鼻不好飲，枉自擔虛名。」余情甘擔此虛名，不受實禍，中心無愧也。此所謂只求吾心所安，無愧心，卽無愧神。若是欺心，便是欺神，更不必管對諸大眾也。』

客曰：『爾曾言因此受謗招愆，並禍及他人等等諸論，豈非實禍乎？爾今復言不受實禍，豈非自相矛盾耶？』

余曰：『不然，此另有一番議論也。余前所言受謗招愆者，諺所謂「慈悲生禍害」也。卽余所言負薪滅火、救人從井之論，并言禍及他人，拖累無辜者，揆諸余心本意，眞敢自許誠意救人，實非有意陷人也，欲保全人之品行，非敗壞人之聲名。此中所差者，非臻全美，籌畫欠通，亦太急烈耳。然觀彼梨園弟子，如困勁旅之中，愚意速解重圍之厄，不得不急，奮不自顧，背若負芒，尚何暇三思耶？余雖受謗招愆，禍則禍矣。然同一「禍」字，大有區別也。況「聽天由命」四字，自古名言，「謀事在人，成事在天」，機不密則禍生矣，畫虎不成，皆定數也，亦計拙也。且上蒼早有安排，豈人力可能强也，可能預料，可能窺測萬一也？白樂天《放言》之句云：「周公恐懼流言後，王莽謙恭未篡時。若使當年身便死，一生眞僞有誰知。」余所遭遇是非，後世自有公論。究諸中心，實無愧也，亦無憾也，更無悔也，足下以爲何如？』

客怒曰：『適爾問吾衾影無愧，斯言太重，此意何居？再四思維，實不甘心。吾今問爾，眞敢自許衾影無愧乎？』

余應之曰：『敢。足下果敢自信乎？』

客勉强而對曰：『亦敢也。且爾甫言無愧、無憾、無悔，此亦爾曾言之追悔無及，因何轉瞬即改口，言更無悔也。何前後之不相顧也如此？』

余曰：『適言追悔無及者，追悔禍及他人，拖累無辜也，實非謂一己而追悔也。』

客又曰：『天道福善禍淫。爾所自敍，已往之事，一切遭遇，以吾觀之，皆逆境，非順境也。且爾自言三折肱矣，豈非萌心未善，自罹殃咎耶？吾恐福善者未必如是也。況「達者知機早避殃」，此亦古人之妙句也。爾明知其非，自比作負薪滅火、從井救人，豈非飛蛾就燭，自取禍事，自甘作孽耶？』

余曰：『誠如足下高論，責余切當，余何敢强辯。且余因此受謗招愆，豈非因淫而致禍也？雖百喙難辭，一任巧舌如簧，莫能辯也。然竊念余自獲譴後，歲月未周，即邀恩赦。若果余存心淫亂，利己害人，今非但不能復蒙恩赦，且恐身命亦難保耳。迴憶丁亥獲咎之後，至戊子將及一載，實夢寐不敢妄憶，何得徼倖，復叨天赦？豈非冥冥之中，暗邀神明默佑也？切思丙戌嘉平之誤，丁亥小陽之愆，非不知輕舉妄動，自疏檢點，實預將禍福置諸腦後，早料吉兇未定也。知機而不能避殃也，誠然至愚，大非上智也。且凡事自有定數，死生榮辱，莫能逃也。再《曲禮》有云：「臨難無苟免。」大丈夫作事，雷厲風行，救拔無能，乃天意也。禍則禍矣，何孽之有？余平生心性，真敢自信重義輕財，從未患得患失、瞻前顧後，只曉『己所不欲，勿施於人』，此余之所以患病最久、釀禍最深之來源也。況余至親，卽係同病迥異，未滿三旬而歿。興言及此，哽噎吞聲，豈忍言哉！昔有同胞兄弟，共好梨園，各有所謂。弟樂兄苦，樂已夭折，苦今尚在，此即明效大驗，是非立辨也。余雖不敢妄希福善，亦可庶免不致禍淫也，敢請足下明以教我。且余言不足信。今案頭所置《敬信錄》第三卷内所載趙石麟先生《戒淫十八律》中，第五題曰《情外》，試與足下吟之。其詩曰：「姻緣雖巧豈宜男，漁獵紛紛作美談。淫創乾坤所未有，怒攖神鬼實難堪。赧顔對面誰無恥，穢行污身竟自甘。禽獸不如君愧否，雙雄相逐恣嬌憨。」』

客聞詩未竟，即怵惕動容，忸怩不安，起身欲去。余亟援手而止之曰：『足下眞可謂大丈夫、奇男子，誠然衾影無愧也。余之拙句亦驗矣，實所謂迂言逆耳也。足下既厭聞之，余亦不敢頻頻絮論，自取憎惡，自招罪戾耳。敢再請足下，尚有何駁，并懇乞足下再爲教誨，再爲責善，再爲下問，余謹候奉答，敢不惟命是聽。』

客聞是語，俯首沉思，其顙有泚，耳紅面赤，良久不語，潸然淚下。忽應之曰：『吾過矣，吾過矣，爾之言然。』

余方敢援筆書諸簡端，是爲之序，並繫以銘曰：

《靈臺小補》，迂論俗謳。一字一淚，痛指酸眸。梨園孽海，誰救幽囚？知我者謂我心憂，不知我者謂我邪謀。後世公論，付與東流。嗚呼哀哉，憐爾無數俳優。

時道光十有二年歲在玄黓執徐仲夏月望，白山自序。

（清道光十四年刪訂補刻本《靈臺小補》卷首）

是書成名靈臺小補復自題四截句

金連凱

平生烈性火添油，忿向梨園作對頭。毒害青春堪痛恨，苦憐聰慧盡俳優。

《靈臺小補》喜編成，淺陋庸言自品評。莫笑胷中無好句，亂彈腔調豈堪聽。

由來序短本文長，我撰茲篇另有方。不使層層多問難，何能訴透九迴腸。

一萬八千九百餘，（是編內，所有引載經書，並古人詩文，以及鈔入供詞，俱未核算字數。）寫憂全賴管城攄。更兼勳重（六品典儀）元章技，（蘇東坡詩云：『元章作書日千紙。』）無限雲烟傾刻書。（余撰《梨園竄論》，并前後題詞，以及《靈臺小補序》，約計字一萬八千九百有餘，皆親弄筆。然片紙隻字，西抹東塗，余只起草，無暇謄眞。至校對清釐，盡委之善書者王勳重，工楷鈔錄一分。統計九十四頁之多，未逾一月迅速而就，亦賴伊揮毫之助也。）

（清道光十四年刪訂補刻本《靈臺小補》卷中）

靈臺小補自題[一]

金連凱

《靈臺小補》一書，明余志向耳。今既開彫刊竣，續成二律，綴諸簡末，實未計句之工拙也。希惟仁人君子、博學高明，賞玩茲編，尚其諒之，非獨僕一己幸甚，實億兆蒼生幸甚幸甚。

《靈臺小補》已（一作付）彫刊，獨（一作兀）坐幽齋靜裏觀。緬憶當年增隱痛，追思往事倍含酸。蘭釭明滅神初倦，蓮漏丁東夜欲闌。愁緒萬端書不盡（一作非賦句），幾回掩卷再三嘆（一作縈懷撫枕涕汍瀾）。莫因小技不關心，無限青年受害深。鏡面拈花徒悵望，水中撈月杳難尋。半生迂性伸矗論，一點癡情付（一作寄）苦吟。風雨淒淒蟲切切，悲夫何處覓知音（一作茫茫大地幾知音）。

時道光壬辰乞巧日校刊印施〔二〕。

【箋】

〔一〕底本無題名。

〔二〕道光壬辰乞巧日：道光十二年（一八三二）農曆七月七日。

靈臺小補自題〔一〕

金連凱

余撰《靈臺小補》甫就，偶憶昔年曾聞已棄梨園有一過來人，向余嘗言：當伊髫齔時，實未曉此業之卑賤，只逞一時心性，好勝癡頑，亦不覺如此之難。到學諸技藝，雖間受凌逼，毫不介意，誠易事耳。此後知識漸開，方曉此業卑賤，被人藐視侮慢；又兼嘔血，傷巨擘，挫腰胯並瘖瘂，諸般辛苦備嘗。是時欲罷不能，進退兩難，空自追悔，無方解釋矣。因感是語，滴淚濡毫，悲成拙句三首，並識數語於後。

談何容易那優俳，聰慧天生不介懷。手眼口心都熟練，人人如此豈能柴。（嘗聞梨園內，愚魯鈍學者，謂之『柴頭』。是以詩中末句，隱藏諷刺之意，休怪。）

爭强好勝又癡頑（孤雁出羣），爲患遺殃誤少年。到老方知空自嘆，勞傷大半有誰憐？

臨崖勒馬收韁晚，船到江心補漏遲。萬苦千辛悲往事，細思今日悔當時。

竊聞入幽蘭之室，久而不覺其馨；入鮑魚之肆，久而不知其臭。近朱赤而近墨黑，此均不磨之論，誠必然之理也，傷哉慟哉！彼青年子弟，可正可邪。況人之初生，其性本善，全賴父兄之引領耳。孟子所謂『雞鳴而起，孳孳爲善者，舜之徒也；雞鳴而起，孳孳爲利者，蹠之徒也。欲知舜與蹠之分，無他，利與善之間也。』虎，猛獸也，尚愛其子而不忍食，何況人乎？陷親生於敗類，義方之訓安在？清夜捫心自問，能無愧乎？賢哉孟母三遷，慈愛擇鄰至深切矣。凡爲人父者，教子成名，光前裕後，可不慎歟？又題。

教子成名有義方，梨園深陷實堪傷。千辛萬苦身爲賤，欲話先垂淚兩行。

最難最纍最辛勤，卑賤低微不可云。何忍當場肆言笑，彼猶人也豈無聞？（夫觀劇者，貴賤難分，皆得列坐，良可浩嘆。）

（以上均道光十四年刪訂補刻本《靈臺小補》卷末）

【箋】

〔一〕底本無題名。

曲目新編（支豐宜）

支豐宜（一七八九—一八五四），原名方中，字午亭，號雲椒，鎮江（今屬江蘇）人。太學生，候選布政司理問，例授儒林郎，議敍知州。道光間，以兩淮報效軍需，封資政大夫。傳見民國間木活字本《鎮江支氏宗譜・鎮派西分四房世表》。參見闞慶濤《支豐宜家世考略》（《勵耘學刊》二〇一九年第一輯，社會科學文獻出版社，二〇一九）。

據《揚州畫舫録》所載黃文暘《曲海目》，及焦循增補部分，再加增補，撰《曲目新編》，現存道光二十三年（一八四三）樸存堂刻本、清末刻本（改題《曲目表》，《重訂曲苑》本據此重印）、《中國古典戲曲論著集成》第九冊校點本。

曲目新編小序〔二〕

錢　泳

昔揚州黃文暘工帖括之文，而兼通於詞曲，著有《曲海》二十卷，爲藝林佳話。乾隆四十六年，奉高宗純皇帝敕旨，著兩淮鹽政伊齡阿等修改古今詞曲，文暘與有力焉。又取蘇州織造府進呈院本，合傳奇、雜劇共計一千餘種，載李艾塘《畫舫録》中，可云備矣。

余嘗論之：今之詞曲，猶古之樂府也，有清廟明堂之樂，有飲食燕享之樂，郭茂倩俱訂其名，彰彰可考。今詞曲多門，南北異調，家絃戶誦，幾至傳習九州，而欲問歌者之所自出，輒謝曰『不知也』。譬諸讀唐詩者，罔知有漢、魏、六朝；讀古文者，罔知有《左》、《國》、《史》、《漢》以及唐、宋諸家也。

我朝聖德巍巍，右文稽古，儒林輩出，著作如山，雖里巷小民，亦聽絃歌之化。是以文章鉅公，山林墨客，莫不有賦頌典策之文，以鳴國家之盛，即詞曲亦多於前代，皆足以發揚徽美而歌咏太平。若國初之尤侗、毛奇齡、吴偉業、袁令昭、馮猶龍、洪昉思、李漁及蔣士銓輩①，其最著者也。顧作之者每自隱其姓氏，或假託於名流，其時代後先，尤難考核，余甚病之。

支君午亭，余至②友也，博雅好古，精③於詞曲。嘗④取艾塘收録之書，復參以近代所作⑤者，彙爲一卷，以便翻閲，俾知某曲出某本，某曲出某劇，長歌之下，開卷瞭然，亦未始非顧曲者之一助也。余故樂爲之序，以傳海内云。

道光二十三年春王正月，句吴錢泳書，時年八十有五。

【校】

①輩，清末刻本《曲目表》無。

②至，清末刻本《曲目表》作『舊』。

③精，清末刻本《曲目表》作『稱』。

④嘗，清末刻本《曲目表》無。

⑤作，清末刻本《曲目表》作『足』。

【箋】

〔一〕南京圖書館藏清末刻本《曲目表》卷首有此文，題爲《曲目表序》。

（曲目新編）題詞

嚴保庸　等

此是詞家麗寶船，幾人銷滅幾人傳？阿誰不是傷心客，今古相望五百年。我亦曾傳法曲來，新聲流譽滿燕臺。千秋同付雙鬟唱，誰是旗亭第一才？嚴保庸。（號問樵，丹徒人。道光己卯解元，己丑進士，授庶吉士，改官山東知縣。）

宰官仕女總非眞，卅二金仙司相頻。寵辱從來各天定，可憐傀儡慣由人。笑面韡皮僞也眞，無端欲泣怪伊頻。榮枯一瞬雲烟散，多少登場過去人！湯貽汾。（號雨生，武進人。世襲雲騎尉，歷官浙江樂清等處副總兵。）

總干蹈厲傳奇始，《破陣》形容砌抹俱。逮及握奇珍法曲，古今人總上氍毹。不須剿說下場難，離合誰能破此關？我亦上場裝老外，歸來仍看六朝山。包世臣。（字慎伯，涇縣人。舉人，官江西新喻知縣。）

歌管年年慶太平，悲歡離合寄深情。世間院本無徵久，難得新編曲目成。盛世元音響遏雲，紅牙按譜盡新聞。喜將《畫舫》書頻補，不數揚州月二分。阮亨。（號梅叔，江都人。副貢生。雲臺相國弟。）

院本紛紛按譜陳，元、明昭代各爭新。請君再列功臣表，付與旗亭畫壁人。孰爲兒女孰英雄，都賦相如亡是公。急管繁絃多少事，一時收拾笑談中。韓崇〔一〕。（號履卿，元和人。國子生，官山東鹽庫大使。大司寇桂舲先生弟。）

半涉①荒唐半的眞，哀絲急管總怡神。當場顧曲今誰似？前度周郎我替身。

法曲飄零一網收，就中無限古今愁。儂家也譜《千金壽》，付與吳伶已十秋。魯頌〔二〕。（號嬾仙，浙江蕭山人。諸生。）

【買陂塘】拾東風碎花零錦，裁縫巧試鍼線。干卿底事關心②甚，歌海搜羅欲遍。箋五彩，想幾輩流傳，幾輩烟雲散。梨園妙選任屢換。滄桑迴殊，南北渾未雅音變。梅花叟，垂老風懷不淺，妍辭爲品黄絹。秦淮酒暖香溫夜，知我寄情絃管。貽一卷，教舊譜重尋，分付雙鬟，按桂秋小院。待何日邀君，紅燈白髮，扶醉羽商辨。張鴻卓〔三〕。（號筱峯，華亭人。諸生。）

好替詞人著姓名，開編示我最分明。幾時淨洗箏琶耳，來聽《霓裳》第一聲。

風雪旗亭畫壁時，也曾傾耳到清絲。笠翁滑熟臨川拗，畢竟誰爲絕妙詞？雷浚〔四〕。（號甘溪，吳縣人。諸生。）

舊曲新詞一例收，《元人百種》讓風流。他年傳出支家譜，忙煞江南菊部頭。

幾年嚼徵復含商，編出新書字字香。莫怪梅花溪上客，戲場原可做文場。程爾亭〔五〕。（字書侯，元和人。諸生。）

梅花觀裏拜瞿曇，曾與諸姑半日譚。譚到精忠丞相傳，一時清淚落春衫。（梅花觀石道姑事，見《牡丹亭》。）

百種元人本最先，清歌檀板和三絃。笑將曲目從頭數，絕勝《南華》第一篇。吳規臣〔六〕。（號香輪，金壇女史。長洲顧小雲大令繼室。）

今古才人聚一編，尤、吳、李、蔣最堪憐。世人莫認爲兒戲，不比《桃花》、《燕子箋》。（尤西堂、吳梅村、李笠翁、蔣莘畬，四家所制詞曲，爲本朝第一。）

人生離合等浮萍，夢到邯鄲便不醒。滿眼旌旗場欲散，空留江上數峯青。（謂梅溪先生也。）周綺〔七〕。（號綠君，常熟女史。吳縣諸生王雪香繼室。）

（清道光二十三年樸存堂刻本《曲目新編》卷首）

【校】

①涉，底本作『陟』，據《中國古典戲曲論著集成》第九冊本改。

②心，《中國古典戲曲論著集成》第九冊本作『情』。

【箋】

〔一〕韓崇（一七八三—一八六〇）：字元芝，又作元之，號履卿，別署南陽學子，室名寶鐵齋、寶鼎山房，元和（今江蘇蘇州）人。大司寇韓崶（一七五八—一八三四）弟。國子生。官山東洛口批驗所大使，咸豐初加鹽運使銜。著有《寶鐵齋詩錄》、《續錄》。傳見《皇清書史》卷一〇。

〔二〕魯頌：號嬾仙，蕭山（今屬浙江）人。諸生。

〔三〕張鴻卓（一八〇三—一八七六）：字偉甫，號筱峯，一作小峯、嘯峯，華亭（今屬上海）人。增貢生。歷署丹陽、元和、嘉定諸學教諭，官至寶山訓導。著有《綠雪館詩鈔》、《綠雪館文鈔》、《綠雪館詞鈔》、《百和詞》、《綠雪館詞二集》、《綠雪館遺稿》等。傳見光緒《寶山縣志》卷七、光緒《婁縣續志》卷一七等。

〔四〕雷浚（一八一四—一八九三）：字深之，一字廣文，號甘溪，又號寓樓，吳縣（今江蘇蘇州）人。歲貢生。

同治八年（一八六九），入國子監。後就職訓導。光緒十五年（一八八九），講學於蘇州學古堂。著有《說文外編》、《引經例辨》、《韻府鉤沉》、《睡餘偶筆》、《道福堂詩集》、《乃有廬雜著》等。傳見邵曾鑒《艾廬遺稿》卷一《傳》、曹允源《復庵續稿》卷三《傳》、張煐《知退齋稿》卷六《墓志銘》、《清儒學案小傳》卷八、民國《吳縣志》卷六六等。

〔五〕程爾亭：字書侯，元和（今江蘇蘇州）人。諸生。

〔六〕吳規臣：字飛卿，號香輪，一號曉仙，金壇（今江蘇常州）人。知縣長洲（今江蘇蘇州）人顧鶴（字小雲）室。工詩詞，精醫理，通劍術，善畫花卉。顧鶴遠宦，常往來金陵、揚州間，鬻書畫自給。著有《曉仙樓詩》。傳見《墨林今話》卷一五、《畫林新詠》卷三、《清畫家詩史》癸下、《清代畫史增編》卷五、《清朝書畫家筆錄》卷四、《清代閨閣詩人徵略》卷八等。

〔七〕周綺（一八一四—一八六一）：字綠君，小字琴娘，常熟（今屬江蘇）人。原姓王，隨母氏姓。吳縣（今江蘇蘇州）諸生王希濂（字雪香）繼室。善畫花鳥，解音律。著有《雙清仙館詩鈔》、《雙清仙館詩餘》（清南崖堂鈔本）。傳見《墨林今話》卷一六、《清畫家詩史》癸下、《清代畫史增編》卷二三、《清朝書畫家補錄》卷四、《清代閨閣詩人徵略》卷八等。

題曲目新編後

錢　泳

余嘗聞之隨園先生云：『自虞、夏、商、周以來，即有詩文。詩當始於《三百》，一變而爲騷、賦，再變而爲五、七言古，三變而爲五、七言律。詩之餘變爲詞，詞之餘又變爲曲。詩而至於詞曲，不復能再變矣。文當始於二《典》，一變而爲《左》、《國》，再變而爲《史》、《漢》，三變而爲六朝駢體以及唐宋八家。八家之文，又變而爲時藝。文而至於時藝，亦不復能再變矣。』

嗚呼！圖刑畫地之法廢而傳奇作，以戲示人，演爲詞曲，此泰平之有象也。鄉舉里選之法廢而科舉興，以文取士，設爲範程，此治世之良規也。然則時藝者，實《典》、《謨》、《訓》、《誥》之遺風；而詞曲者，亦《國風》、《雅》、《頌》之餘韻也。

昔金壇王罕皆太史，選時藝以訓士子，謂之『八集』。八集者何？啓蒙、式法、行機、精詣、參變、大觀、老境、別情之謂也。試以傳奇、雜劇證之：如《佳期》、《學堂》，啓蒙也；《規奴》、《盤夫》，式法也；《青門》、《瑤臺》，行機也；《尋夢》、《叫畫》，精詣也；《掃秦》、《走雨》，參變也；《十面》、《單刀》，大觀也；《開眼》、《上路》、《花婆》，老境也；《番兒》、《慘覩》、《長亭》，別情也。

余以爲成、弘、正、嘉搭題、割裂可廢也，而傳奇不可廢也；淫詞豔曲、小調新腔可廢也，而雜劇不可廢也。今讀支君《曲目新編》，而深有感於斯文。

道光癸卯暮春之初，梅花谿上老人再題。

（同上《曲目新編》卷末）

金臺殘淚記（張際亮）

張際亮（一七九九—一八四三），字亨甫，榜名亨輔，號匡廬，别署華胥大夫、松寥山人，建寧（今屬福建）人。道光十五年乙未（一八三五）舉人。有狂名，與魏源、龔自珍、湯鵬並稱爲『道光四子』。著有《張亨甫全集》、《思伯子堂詩集》、《婁光堂稿》、《金臺殘淚記》等。傳見姚瑩《東溟文後集》卷一一《傳》、《清史稿》卷四八六、《清史列傳》卷七三、《續碑傳集》卷七八、《國朝耆獻類徵初編》卷四四二、《皇清書史》卷一五等。參見李云誥編《張亨甫先生年譜》（同治六年刻本《張亨甫全集》卷首）。

《金臺殘淚記》，現存道光三十年（一八五〇）刻本、光緒十四年（一八八八）刻本、民國二十三年（一九三四）北平邃雅齋排印張次溪輯《清代燕都梨園史料》本、民國六年（一九一七）上海掃葉山房《清人説薈二集》石印本。

金臺殘淚記自敍〔一〕

闕　名〔二〕

敍曰：孔子泣獲麟後，天下有二淚焉：漢賈生之哭時事也，晉阮籍之哭窮途也。余居都門三載，深觀當世之故，頗能言其利而捄其弊。無薦之者，既不敢獻策，復不敢著書，輒慟哭；遭家多難，顧影自悲，又慟哭。故人憐之，恐其傷生，每爲徵樂部少年，清歌侑酒，以相嬉娛。余於醉後，則又慟哭。

今將歸矣，偶理舊衣，見嚮時醉後淚痕猶在，乃嘆曰：嗟乎！余之淚盡矣，此其殘痕。然一時之情也，不可忘。因撰次爲傳十篇，詩五十九首，詞三闋，雜記三十七則。燕本黃金臺舊地，故曰《金臺殘淚記》云爾。

太歲戊子臘八日〔三〕。

【箋】

〔一〕底本無題名，版心署『自敍』，據題。

〔二〕此文當爲張際亮撰。

〔三〕太歲戊子：清道光八年。是年臘八日，已入公元一八二九年。

金臺殘淚記題詞

劉家謀 等

當年子野每聞歌，明月清風喚奈何。寂寂夜臺還六載，不知人世淚痕多。侯官劉家謀芑川〔一〕

老我人間抱百憂，尋聲怕聽古《涼州》。如何驚代張平子，淚灑金臺亦感秋？侯官林昌彝香谿。《衣讔山房詩集》。

櫻珠豔入玉堂春，撲朔迷離寫未眞。天與詩人憐碧玉，風吹雛燕落紅塵。明明曾墮懷中月，嫋嫋空憐掌上身？一霎驚鴻渺何許，桃花何苦賺劉晨？

依舊花枝笑獨眠，明珠無價酒無邊。愛從絳樹傳新曲，恥向黃姑貰聘錢。湖海莫談莊子劍，飄零猶上鄂君船。憂時淚卽聽歌淚，寂寞人間老謫仙。

獨對秋花憶玉顏，眉痕宛似月痕彎。秦宮慣作鴛鴦夢，子野能歌《菩薩蠻》。手把芙蓉別塵世，笑騎鸞鶴入仙山。墨痕酒暈依然在，一曲天風紫翠間。臨桂張培仁子蓮〔二〕。《金粟山房詩集》。

一傳中含百苦辛，才華如此竟烟塵。少年痛哭尋常事，我亦悲歌感慨人。長樂謝章鋌枚如〔三〕。《賭棋山莊詩集》。

（以上均清道光三十年刻本《金臺殘淚記》卷首）

【箋】

〔一〕劉家謀（一八一四—一八五三）：字仲爲，一字芑川，侯官（今福建福州）人。清道光十二年壬辰（一八三二）舉人，歷任福建寧德知縣、臺灣府學教諭。著有《海音詩》、《芑川先生合集》（含《外丁卯橋居士初稿》、《東洋小草》、《觀海集》、《詞》）等。傳見謝章鋌《賭棋山莊文集》卷二《小傳》。

〔二〕張培仁（一八二三—？）：字子蓮，號鑄庵，賀縣（今屬廣西）人。清道光二十七年丁未（一八四七）進士，官福建知縣。著有《金粟山房詩集》、《金粟山房駢體文》、《妙香室叢話》等。傳見《道光二十七年丁未科會試庚戌拔貢覆試齒錄》。

〔三〕謝章鋌（一八二〇—一九〇三），初字崇祿，後字枚如，號江田生，別署藤陰客、癡邊人、藥階退叟，長樂（今屬福建）人。光緒三年丁丑（一八七七）進士，未殿試而歸。後官內閣中書。先後主講同州書院、豐登書院、漳州書院、白鹿洞書院、致用書院等。工詩詞。著有《賭棋山莊文集》、《賭棋山莊餘集》、《賭棋山莊遺稿》等。陳慶元編《謝章鋌集》（吉林文史出版社，二〇〇六）。傳見民國《長樂縣志》卷二二。參見陳昌强《謝章鋌年譜》（南京大學碩士學位論文，二〇〇七）。

金臺殘淚記跋〔一〕

闕　名〔二〕

本朝修明禮義，杜絕苟且，挾妓宿娼，皆垂例禁。然京師仕商所集，貴賤不齊，豪奢相尚。趙李狹斜，既恐速獄；田何子弟，乃共嬉春。蓋大欲難防，流風易扇，制之於此，則趨之於彼。政俗遞轉之機，卽天地自然之勢。今欲毁竹焚絲，憑權藉力，未嘗不行。然以數十里之區，聚數百萬之衆，游閒無所事，耳目無所放，終日飽食，誨盜圖奸，或又甚焉。故聖人之爲治也，嘗順人情，馴民氣，忍細故，全大體。夫優伶如海焉，狎者或溺，涉者或沈，雖無禁令，智者不褰裳焉。若以之納溝瀆之污，混鱗介之肆，則亦文武弛張之道，老氏谿谷之旨也。況大德曰生，習而相安，固賤貧自養之業；與民同樂，降而雖下，猶市井咸若之娱邪！今天下大計，在用申、韓之法，核名實，嚴刑賞；用管、商之法，理財用，强軍國。若家習節儉，人懷教富，則本振而末無不畢，源澄而流無不清，蠹政者皆將自革，何待動白簡哉？

從前伯相（卽和珅）貪擅，婉卿妖淫。《燕蘭小譜》一書，雖侈狐媚，可徵龜鑒。及今利權，視昔斂抑。然汰侈未革，故余深致譏詞；風俗所存，故余間爲紀錄。若其無聊之語，有會之作，皆藉以寫其抑塞之懷，消其豪宕之性。存而不廢，天下可共知其過；婉而多怨，天下可共原其情。

嗟乎！□君之意，未始非君子，惜未及大端，尚多急務；余之此編，未始非不肖，然新書猶在，罪言久緘。窮者，時也；困者，命也。酣嬉以保其生者，酒場歌板也；感激而出之予者，誰爲爲之邪？嗟乎！嗟乎！

（同上《金臺殘淚記》卷末）

【箋】

〔一〕底本無題名。

〔二〕此文當爲張際亮撰。

花天塵夢録（種芝山館主人）

種芝山館主人（一八〇二—？），姓名、生平均未詳。清道光時人。撰《花天塵夢録》，含《鳳城花史》、《蟫餘叢記》、《評花韻語》、《燕臺花鏡録》數種，現存清鈔本，馬彥祥舊藏，現歸首都圖書館。參見吳新苗《鈔本〈花天塵夢録〉中的崑曲史料》（《文獻》二〇一四年第一期）。

（花天塵夢錄）題詞　　春帆等

御街行（題鳳城花史）

殷勤細把芳名數。又斟酌、成新譜。繪聲繪影繪心情，知轉遍、柔腸千縷。管城花滿，眼中人在，直不放春光去。　者番應惹東君妒。笑彼美顏常駐。好從香國拜詞仙，總不怕夜來風雨。最忙人處，蠻箋競寫，早驚動尋芳侶。　春帆〔一〕

金縷曲（題評花韻語）

帝里春如瞥。盼芳時、流鶯喚起，嗁鵑催徹。一刹那中留幻影，淺碧深紅爭發早，又是花飛時節。十萬金鈴難護惜，怎匆匆、付與閑蜂蝶。花有恨，向誰說。　多君彩筆評量切。擘銀箋，齒牙生慧，豔於霏雪。冶葉倡條都入品，重把名芳分別。只廿四、司空詩格。可許薋花風約住，將娟娟，翠篠窗前列。（予請以竹生易薋仙，竟得從予更定焉。）君試度，水晶尺。　鳧葊

沁園春（題燕臺花鏡詩）

月地花天，歌臺舞榭，景麗春明。喜鶤笙象管，鶯嬌蝶媚，憑君彩筆，繪色傳聲。妙思拈來，好詩吟就，萬顆珠光燦列星。成佳話，寫梨園色藝，手敏心靈。　愛他逸趣縱橫。悵舊夢依稀恨又生。想尊開北海，曲徵南部，騁懷遊目，別有柔情。仙子丰裁，女郎身價，可許鯫生問姓名。攜

東絹，約香光（謂雲槎）遍訪，取次圖形。　潭影軒老人

一尊紅（題燕臺花鏡詩）

展新編，看長城五字，百二抵秦關。菊部名優，梨園小隊，都教譜入吟箋。曾吹徹，廿番風信，看花信早惹暮春天。最是多情畫，貽團扇，（俞小霞有贈先生畫扇。）讌啓連環。（范小桐有玉連環室，公宴啓。）遥憶春明樂地，列氍毹十丈，粉黛爭妍。吹竹彈絲，偎紅倚翠，撩人舞榭歌筵。消不盡烟花錦債，更吟詩，使我夢魂牽。何日長安走馬，醉倒花前。　丹石山樵

風流子（題鳳城花史）

皇都春景麗，絲管沸，歌吹雜人聲。看紅袖風前，粉侯脂相，青尊月下，檀板銀箏。長安市，樂遊天不夜，爛醉酒難醒。大有奇緣，十分可意，不須眞個一樣傾城。翩翩裘馬客，五陵美少年，意氣縱横。若個當場著眼，心苦分明。算風月平章，難爲此老鶯花留守，虧了先生。綰住流光多少，風雨陰晴。　品藻餘夫

沁春春

伊胡爲者，有此寫生，斑管一枝。將帝里風光，圖成粉本；長安春色，譜向烏絲。一片纏綿，十分愛惜，蜂抱羣芳釀蜜時。眞眼福，自《燕蘭譜》後，又見新詞。幾番掩卷猜疑。便寫盡傷心付阿誰。況滚滚紅塵，當場著我；盈盈翠袖，轉瞬非伊。早歲光陰，中年哀樂，且試從君陶寫之。留片語，共雪泥鴻爪，折證相思。　拂桐山人

絕句四首

梨園曲罷酒初醒，春光匆匆去不停。賴有寫生一枝筆，抵他十萬護花鈴。

粉紅駭綠舞東風，乳燕爭春怯未工。莫把妍媸論高下，一般俱是可憐蟲。

北地胭脂畫入神，《小名錄》上一番新。他年再到徵歌地，可見岐王宅裏人？

廿四番風力未齊，一編金粉豔新題。卷中亦有何戡在，重到桃源路已迷。 拂桐山人

絕句六首

萬選梨園各擅場，桃花箋上姓名香。文章遊戲通三昧，畫出江南協律郎。

格仿樓羅豔入神，名花爭放帝城春。何須更讀《羣芳譜》，玉蕊瓊枝別樣新。

不數紅兒與雪兒，伶玄色藝冠當時。等閑譜出承平象，豔絕珊瑚筆一枝。

檀板金尊唱紫雲，淡紅香白一羣羣（用韋端己句）。頭銜翻笑司花史，管領春風總讓君。

評花品遍咏花詩，見慣司空意更癡。詩品性情花品貌，廿番風信到吳兒。

愧我無才賦冶遊，枉教皮裏著陽秋。一編多少憐香意，佳話爭傳菊部頭。 蘋嶼

七律一首

雲璈湘管奏當筵，春到長安景倍妍。一卷傳神推彩筆，三生識面悟前緣。拚將詩品翻花品，著就新編續舊編。何日尋芳問仙侶，莫教歲月負華顛。 小藏書龕居士

絕句二首

多少閑情賦洛神，小名重寫一編新。瑤箋捧出殷勤看，願拜當時顧曲人。

《陽春》、《白雪》日徵歌，惆悵桓伊喚奈何。羡煞春風一枝筆，韶華駐向此中多。太平閑史

絕句四首

司勳綺語最多情，燕燕鶯鶯記小名。一樣看花同入夢，輸君有筆寫傾城。

未曾相見已相憐，（余初入都，先於先生扇上識蕊仙小影。）乍喜相逢最少年。游遍碧穹三十六，衹容子晉作神仙。

生來秀骨自姍姍，天許齊名玉筍班。（佩秋色藝爲都下近來第一，惟蕊仙得與齊名。）此時當筵一尊酒，定牽雙夢過江關。

菊芳蘭秀品評眞，不是紅裙更可人。願乞此編籠袖底，萬花叢裏徧尋春。綠綺外史

都門浪迹，去住有年。觀劇之餘，不無雜感。戲集《藏園九種曲》爲截句以遣興。適閱種芝山館《花天塵夢錄》，因彙成十二章，書之卷首，聊當題詞。

芳意相關信有之，不曾相見已憐伊。偎紅倚翠初承領，執手難分一樣癡。

紛紛穠豔競韶華，翠袖持觴暈臉霞。逗入花叢幽夢裏，今宵酒醒勝天涯。

分明羣玉峯頭見，舞袖歌裙記曲娘。靜對幽叢共徙倚，胎中曾帶女兒香。

樓中執手花前坐，騃女癡兒這點情。隨著東風爲定止，就中消息未分明。

詞客相逢賣酒樓，不風流處轉風流。青天再謫仙人下，不及盧家有莫愁。

仙宴纔終日未移，當時手贈玉交枝。三生留下相思債，腸斷魂消若個知。

且約花前飲玉杯，并刀剪水漫裁開。情場福分誰堪並，眼角眉稍一盼來。

一點餘芬沁肌骨，綠雲鬟下送橫波。心頭越地添留戀，懶向尊前喚奈何。

累我思他十二時，尋常夢裏便逢伊。人間只有情難盡，自己酸辛自己知。

都是生前墮劫人，冷吟閑醉獨傷神。多情慣惹無情罰，可惜聰明上界身。

保護花魂一樹幡，重將因果證諸天。江郎彩筆開生面，花氣香含墨氣鮮。

一片奇香染素衣，香蘭聚影勝新知。藏花代筑留春檻，碧杜芳蘅貽贈誰。　棣花館主人

絕句八首

題遍霓裳隊裏仙，珠香翠暖鬬芳妍。俊遊合有清閑福，片片優曇落眼前。

舌生蓮瓣筆生花，玉貌圖成絕點瑕。（先生藏有佩秋小照。）空谷幽蘭原第一，盈盈十五愛春華。

玉骨冰肌秀可餐，寒梅香繞十重欄。綺羅自醒繁華夢，未許旁人冷眼看。（時梅生甫南歸。）

珊網搜羅集眾芳，深紅淺碧助詩狂。依稀情影來燈右，午夜猶聞紙上香。

蝶媚鶯嬌燕語清，歌樓色藝想傾城。剛腸素未輕低首，纔得相逢已種情。謂郝小霞。

萬種芳香妙墨留，寫生手段競風流。年來我亦鍾情甚，猶覺於君遜一籌。

花品爭傳月旦高，情癡何異醉芳醪。目成各有前緣在，難逐人人癢處搔。

挑燈掩卷自疑猜，認取名花是處栽。一段柔情千種繫，知他誰入夢中來。　鐵石洺州漁叟

集錄中句代題

紅氍毹上識傾城，燕燕鶯鶯記小名。羨煞春風一枝筆，繪聲繪影繪心情。

評花品遍咏花詩，芳意相關信有之。此是太平全盛事，《燕蘭譜》後見新詞。
《陽春》、《白雪》日徵歌，懶向尊前喚奈何。一段柔情千種繫，帝城春色戀人多。
愿乞此編籠袖底，生香濃愛士同熏。年來我亦鍾情甚，管領春風總讓君。詠花外史

出都後寄題八絕句

春暖華堂絳燭燒，主人按拍客吹簫。亦知金粉皆空色，綺業年來未肯銷。
風流杜牧才名擅，珍重梨園月旦操。從此流傳新樂府，不須重問鄭櫻桃。
記取桃枝與柳枝，護花心事有誰知。他時倘畫旗亭壁，定唱黄河遠上詞。
檀板金尊落日斜，春風細細酌流霞。素心更結蘭爲佩，第一人宜第一花。
花月流連酒一巵，高懷灑落信吾師。鳳雛桐乳今何在，爲語東君好護持。
半載京華感舊遊，離筵爭唱畔牢愁。臨行多少西風淚，分付當時鞠部頭。
自笑疏狂本性生，敢云名士悅傾城。琵琶水上彈幽怨，都作今宵急雨聲。
浮雲西北是情天，望斷蘼蕪路渺綿。怪底蓬山風卻引，本無豔福作神仙。餐勝客

題詞

較量色藝譜新編，花史閒修到舞筵。豈有三生鍾豔福，可憐一笑總情緣。尊前標格摹能出，樓上歌聲聽更妍。博得羣芳齊下拜，紅兒也愛姓名傳。
留春春住一家家，幾度尋芳走鈿車。已信佳人是男子，但看麗色卽名花。癡如說夢情終幻，

品到傳神意自詩。惆悵綺廳詩酒地，重來可認壁籠紗。
絕無文筆與詞翰，高下從心取自看。譜得帝城花樣去，春風差不負長安。
《小名錄》上喚卿卿，自笑中年百感生。此是太平全盛事，不須絲竹譁陶情。
紅紅白白萬花枝，癡絕毫端費蠹詞。待得十年重展卷，名香爇到返魂時。
細選嬌童浪主盟，比他紅粉較關情。編成已醒繁華夢，莫怪人傳薄倖名。戊戌秋九月〔二〕，種芝山館主人自題

【箋】

〔一〕春帆：以下題詞作者，姓名、籍里、生平均未詳。

〔二〕戊戌：道光十八年（一八三八）。

（花天塵夢錄）例言

闕　名〔一〕

一、《花史》上下編，成於道光戊戌。所載都門五部名伶，皆以數年來余所及見爲斷。聊以傳信，亦以自娛。遺珠之誚，知不免也。同人見者，謬爲嘉賞。癸卯秋〔二〕，重來京師，友人輒以續編爲請。因就近所得見，隨時登記，逾一載而成帙。乙巳冬日，於坊間得吳太初《燕蘭小譜》，是成於乾隆乙巳者，迄今適甲子一周。爰投筆起曰：『可以已矣，賞音者盍姑於斯歎觀止乎！』

一、五部諸伶，詳略迥異，非有棄取於其間也，以余熟春臺，故所載較多。前編敍春臺爲上卷，次三慶、四喜、嵩祝、和春爲下卷，配之續編。雖雜載而和春仍止數人，此外實未獲一面緣也。同時看花者，慎勿以挂漏見罪，則幸甚，幸甚！

一、《花史》前列之三四名，皆準一時之公論而定，見者當不謂謬。此外有不可强分甲乙者，隨手記載，都無軒輊，眞乃萬花競秀，羣鳥亂飛矣。矧顧曲人多，賞心事異：或以色取，或以藝升，或嘉其德性之婉和，或愛其風情之佻蕩。凡此無端之契合，各有莫解之因緣。近有人傳新句云：『休問佳人誰第一，是儂知己便傾城。』人亦各好所好，而勿訾其品評未的，可乎？

一、《花史》續編成於乙巳，越一歲而始鈔定成帙，故有闌入丙午年事。丙午復成《囈餘叢記》一卷，載諸名伶佳話，皆取見聞極確者記之，以徵一時韻事。其名流題贈，擇所見之尤佳者錄之，而以拙作詩賦附焉。結習難忘，亦鍾情有素也。他如紀事之詩，惜芳之序，聊取證風俗習尚之殊，歲月遷流之速云爾。

一、《評花韻語》爲蘭士氏補作也。先是，蘭士氏成序一首，而難其評品。梟莽持以示余，囑撰成之。秋窗夜雨，篝燈戲筆爲《名花二十四品》，而於餘花，則取成詩爲寫照。梟莽實參定之。此戊戌年事，歲丙午而續品，亦因以成編。

一、《燕臺花鏡詩》爲觀劇作也。信手拈配，錯雜成文，有對必工，無詞不煉。初因人而識其戲，復因戲而繫以人。脱稿成百韻，即爲友人所傳鈔，益至百二十韻，而題詞見贈矣。續增至百六十韻，今仍删定成百二十韻。

（以上均清鈔本《花天塵夢録》卷首）

【箋】

〔一〕此文應爲種芝山館主人撰。

〔二〕癸卯：道光二十三年（一八四三）。下文所及乙巳是道光二十五年（一八四五），丙午是道光二十六年（一八四六）。

鳳城花史原序

種芝山館主人

憶予丙戌春初上公車〔一〕，年二十有五，不識所爲愁也。下第後從事筆耕，漸依人爲糊口計，往往抑鬱無聊，閉戶咄咄，作殷浩書空狀。繼乃囊書匣劍，走青齊，渡黄河，滕陽假館，吳下泛舟，賞端節於邗江，度殘年於睢水。足迹所歷，憑弔良多。俯仰山川，興懷陳迹。其間春明屢上，毷氉爲常。潦倒青衫，自傷憔悴。凡士女鶯花之會，琴尊詩酒之遊，他人所視爲行樂者，其中皆有不堪回首者在也。張船山先生有句云：『人到中年感慨多。』信有之矣！

丙申歲〔二〕，留滯都門，於歌舞叢中，薄有所識。今春北上，已不禁風流雲散之嗟。因念褐衣雖釋，墨綬未膺。對春色之撩人，嘆流年之似水。行將買車東返，仍尋磨鐵生涯。屈指重來，當須數載。異日燕市聽歌，定知燕燕鶯鶯，都非舊侶。求如夢得所云『舊人惟有何戡在』者，亦何可必哉？

秋雨連綿，篝燈濡墨，取近日之目習耳熟者，拉雜書之，不三日而成帙。將來於篋笥間偶一檢閱，未始非駐景之靈砂，留春之祕笈也。情之所鍾，正在我輩，豈不謂然？然亦可以證雪泥之痕，寄歲月之感已。

道光戊戌秋八月下浣，種芝山館主人自識。

【箋】

〔一〕丙戌：道光五年（一八二五）。

〔二〕丙申：道光十六年（一八三六）。

鳳城花史小引

綠綺外史〔一〕

蓋聞欲海無邊，同張愛網；情天不遠，藉破愁城。是以俏影登場，爭識蓮花之面；靈心照座，輕回楊柳之腰。拉雜箏琶，花能傍蝶；流連尊酒，蝶解尋花。或一見傾心，早通眉語；或幾番覿面，未許目成。美惡攸分，愛憎斯判。舞衫歌扇，正須歡笑。年年秋月春花，莫誤韶華冉冉。定眞評於甲乙，此中各有嗜痂；選麗質之精華，以外更無遺璞。毫端集豔，綺語生香；紙上傳神，羣芳設色。記兒家之門巷，輕車盡可尋春；寫月窟之樓臺，寶馬慣能識路。從此按圖相索，目迷五色之花；展卷重看，心豔三春之景。

道光乙巳小春下浣，綠綺外史書於靜能安齋。

（以上均清鈔本《花天塵夢錄》所收《鳳城花史》卷首）

【箋】

〔一〕綠綺外史：姓名、籍里、生平均未詳。

鳳城花史上編識語〔一〕

闕　名〔二〕

蓋聞吳苑鶯花，占溫柔於佳麗；燕臺風月，選色藝於優伶。聽弦管兮樓高，聊爾偎紅倚翠；醉笙歌之院落，何須傅粉塗脂。爰摘豔以熏香，曷秤珠而量玉？人到春臺部裏，往來幸少白頭；編成秋雨窗前，品第如登黃甲。

（清鈔本《花天塵夢錄》所收《鳳城花史》上編卷首）

【箋】

〔一〕底本無題名。

〔二〕此文當爲種芝山館主人撰。

鳳城花史下編識語〔一〕

闕　名〔二〕

夫春明有夢，銷魂半繫於春臺；而秋士多愁，集豔續編於秋夜。梨園隊裏，次數三慶（叶平）；菊部班頭，舊推四喜。爰博觀而約取，乃並蓄而兼收。言擇其尤，非敢矜夫月旦；姑從其節，亦聊加以品題。下至嵩祝、和春，悉略采以備錄。

（清鈔本《花天塵夢錄》所收《鳳城花史》下編卷首）

【箋】

〔一〕底本無題名。

〔二〕此文當爲種芝山館主人撰。

鳳城花史續編識語〔一〕

闕　名〔二〕

駒隙流光，寒暄易換；燕臺塵夢，茵溷難齊。長安之去五年，幻影如經一世。春明重涖，秋日多佳。莞爾相逢，喜故人之無恙；紛然莫識，宜今雨之不來。略辨妍媸，倘未目迷其色；漫徵居址，大都耳食其名。聊綜諸部，以續登用，志頻年所及見云爾。

（清鈔本《花天塵夢錄》所收《鳳城花史》續編卷首）

【箋】

〔一〕底本無題名。

〔二〕此文當爲種芝山館主人撰。

評花韻語序

蘭士氏〔一〕

蓋聞五行之秀，鍾於人者爲多；百年之中，當其少也最美。況乎國色天香之品，惟牡稱丹；鴛文鳳藻之華，得雄者豔。昳麗之譽，端有歸矣。則有吳苑名花，皖江秀品。以南朝之金粉，作北地之胭脂。備子弟數登場，宿諳六引；現婦人身說法，即是三摩。宜乎燕姬趙女，粉黛爲之不光；袖子施孫，珠玉所由專美也。然而愛河雖溢，亦當辨別淄澠；花市頻經，詎未周知香色。以綺懷之深淺，分湘管之等差，厥有數端，所堪縷述。

若夫公子多情，玉郎初嫁。春風識面，恍記三生；夏日相思，難消一晝。我固非伯牙之琴不聽，卿亦惟渙之之曲方歌。搴簾則阿堵撩人，入席則醉鄉庇我。小腰一捻，三眠軟玉之枝；大體雙呈，五夜銷金之帳。斯固蘭因絮果，自有前根；膩粉酥紅，親於凡豔矣。亦有以愛及愛，無情有情。以我客之結歡，幸彼姝之常聚。酒樓寄興，曾吟娟子之詩；歌館聞聲，已識念奴之曲。蘭蕙原視爲清友，蒹葭亦倚於玉人。若此之類，蓋亦繁矣。

至於逢場作戲，攜榼聽鶯，我無一面之緣，卿有十分之色。惟眾好之必察，亦有藝之皆庸。鄂君自美，本無翠被之情；小玉堪憐，未識黄衫之客。苟其人可取，亦於我無遺焉。風懷所寄，月旦斯評。言擇其尤，廿四花之品格；編書各部，一千佛之名經。蓋遠之仿《畫舫録》之遺規，而近以繼《燕蘭譜》之墜緒也。

僕長安作客，夢説春婆；短景懷人，愁深秋士。簪纓未繼，憐癡同紈袴之兒；文字無靈，賣賦作金臺之序。噫！世非無目者，請觀曲部班頭；我亦個中人，自笑名場傀儡。

道光著雍閹茂秋九月〔二〕，守安居士蘭士氏書。

（清鈔本《花天塵夢録》所收《評花韻語》卷首）

【箋】

〔一〕蘭士：姓名未詳，别署守安居士。籍里、生平均未詳。

〔二〕道光著雍閹茂：道光戊戌（十八年，一八三八）。

續評花韻語序

種芝山館主人

客有讀予《評花韻語》者，惜其零落過半也。前席而請曰：『目今雜花生樹，活色生香，不乏佳品。子既重來日下，曷不更加删綴，俾羣芳競豔，勿令觀者有落紅狼藉之嘅。豈非一大快事耶？』

予笑曰：『唯。不然。人生天地間，遠者百年爲一世，近則三十年爲一世。苟非有大功德能自不朽，雖尊爲宰相，貴如鼎甲，不數十年而湮沒無聞者，不知凡幾。況歌舞場中，昔人有言「五年一世耳」。朝榮夕萎，亦固其常。惟補造化、奪天工者，賴此筆在，庶幾貽若輩駐景之丹，繪吾人留春之譜，得與王郎、李郎兩歌並傳，幸矣！不然，彼圬者王承福、種樹郭橐駝，不有韓、柳二公爲之作傳，安能至今不朽哉？予之爲是錄也，傳不傳，正未可知。信如子言，當其人之存，有目共賞，評語自不見可貴；迨人去，而並其名亦去之，將李代桃僵，誰是不同歸於盡者？又何用僕僕焉浪費楮墨哉！』

客乃矍然而起，逡巡而謝曰：『某不敏，敬聞先生之命矣。然一片惜花心，獨不爲後來者豎一護花幡乎？』予曰：『諾。是則僕之所深願也。』遂援筆而論次之，復成《續韻語》焉。

道光乙巳夏五月，種芝山館主人自序。

（清鈔本《花天塵夢錄》所收《續評花韻語》卷首）

評花韻語跋〔一〕

闕名

於戲！選色必兼選藝，評花無異評詩。十二對之金釵，迴環侍我；廿四番之風信，點竄從余。別刊花花，非敢阿私所好；雜書草草，或云肖其神。借作畫圖，聊供晤對云爾。

（同上《評花韻語》上編卷末）

【箋】

〔一〕底本無題名。

評花韻語跋〔一〕

闕名

於戲！芳從衆取，妍醜難齊；品以彙收，薰蕕易混。高高下下，原非第以後先；見見聞聞，亦聊存其梗概。各從所好，請君盍往觀乎？毋笑我癡，姑待後之論者。

（同上《評花韻語》下編卷末）

【箋】

〔一〕底本無題名。

續評花韻語跋〔一〕

闕名

於戲！清才罕覯，豔質難求。既少二而寡雙，雖無獨而有偶。教成歌舞，或以藝稱；學就風流，亦能名起。慧性隨明眸俱轉，俏客與嬌態爭輝。光澤所存，聲名斯遠。拔尤以取數，僅備乎闌干。此類必精品，仍譬諸草木。

（同上《續評花韻語》上編卷末）

【箋】

〔一〕底本無題名。

續評花韻語跋〔一〕

闕名

於戲！豔質天成，必芳聲之常在；清歌雲遏，因衆口所交推。或格本不高，而當時競譽；或年方甚穉，而後起可期。眼底紛來，任伊滋蔓；耳邊熟聽，供我搜羅。連茹遂許以同登，非種特鋤其太甚。斷章博采，譬比類以分題；異卉無多，姑變名而錯列。

（同上《續評花韻語》下編卷末）

【箋】

〔一〕底本無題名。

燕臺花鏡詩跋〔一〕

種芝山館主人

戊戌秋日〔二〕，旅寓無聊，取都門五大部名伶所演戲，編成五言排律百二十韻。首末聯內，隱嵌五班名字，以示起結。中間剪裁，任意組織成文。雅調互賡，淫哇競進，固無能別後先矣。每句下係歌郎名並戲名，用備徵訪。

今重來都下，聞見益寬，而代謝過半。因細加推敲，合新舊佳伶，廣爲參綴。其獨步一時者，悉仍其舊。更有當時串演而今不傳者，亦備存之。惟五部詳略不勻，是雖與春臺、三慶較熟之故，然亦妍醜不齊，未可一概登之也。

丙午仲冬下澣〔三〕，種芝山館主人撰並識。

（清鈔本《花天塵夢錄》所收《燕臺花鏡詩》卷末）

【箋】

〔一〕底本無題名。

〔二〕戊戌：道光十八年（一八三八）。

〔三〕丙午：道光二十六年（一八四六）。

京塵雜錄（楊懋建）

楊懋建（一八〇六—一八七二），字掌生，號爾園，別署阿掌、蕊珠舊史、夢俠情禪室主人、辰溪戍卒、仰屋生，嘉應（今廣東梅州）人。道光十二年壬辰（一八三二）恩科舉人，官國子監學正。會試屢躓，遂流連於花巷。十七年，以科場作弊事，獲罪遣戍。晚歸廣東，主講南軒書院、韓山書院。學識廣博，兼通天文、輿地、曆算、音律、掌故之學。著有《實事求是齋文鈔》、《實事求是齋雜存》、《留香小閣詩詞鈔》、《帝城花樣》、《辛壬癸甲錄》、《長安看花記》、《丁年玉笋志》、《夢華瑣簿》等，後四種合稱《京塵雜録》。傳見張煜南等《梅水詩傳》卷四《小傳》、《皇清書史》卷一四、《歷代兩浙詞人小傳》卷一〇等。參見么書儀《楊掌生和他的〈京塵雜録〉——兼談嘉、道年間的『花譜』熱》（《戲曲藝術》二〇〇四年第一期）、張劍《楊掌生道光十七年科舉案發覆》（《北京大學學報》哲學社會科學版二〇一一年第三期）、杜桂萍等《晚清文人楊懋建生平創作若干問題考論》（《學術研究》二〇一九年第四期）。

《京塵雜録》，現存光緒十二年丙戌（一八八六）仲夏上海同文書局排印本。

楊掌生孝廉京塵雜録序

徐鴻復　等〔一〕

英雄老去，東山絲竹之場；婦女生愁，北地燕支之色。結眞賞於牝牡驪黄而外，居然翰墨生香；一定品題於鬚眉巾幗之間，畢竟人才難得。宦游如夢，空留鏡面之緣；傀儡登場，重演石頭之記。文章憎命，歲月催人，此渴司馬未免有情，醉太傅於焉增感也。

則有楊君掌生者，蕊珠舊史，明月前身。以盧前王後之才，爲趙北燕南之客。十年薄宦，一介書生。辰溪之戍夢輪迴，京洛之風塵寸積。德音鸞鷟，妙句欲仙；崔珏鴛鴦，婆心是佛。有花有酒，澆磊塊於胷中；選色選聲，閲滄桑於眼底。逢場作戲，借物抒情。拈來記事之珠，數遍後庭之玉。心識耳聞目覩，著手成春；過去現在未來，從頭説法。

鼇爲四集，贊以一詞。丈夫不遇於當時，良有以也；秀氣獨鍾於男子，亶其然乎？爰有月地詞人，雲林高士，藏魚生蠹，窺豹見斑。追思往日交游，浮生如寄；檢出返魂遺草，炙口猶香。擬付手民，俾留心血。吉光片羽，遺將雲鳥之音；印爪殘泥，猶作飛鴻之字。天涯知己，長留文字之因緣；地下有靈，應念裳袍而感泣。兹當校讎蒇事，弁言簡端；溯彼由來，志其緣起。長安日近，如聽承平雅頌之聲；江上峯青，勝讀樂府琵琶之曲。

光緒丙戌夏四月，上海同文書局主人序。

（清光緒十二年丙戌仲夏上海同文書局石印本《京塵雜錄》卷首）

【箋】

〔一〕光緒八年（一八八二），廣東人徐鴻復、徐潤（一八三八—一九一二）於上海創立同文書局，乃第一家由中國人集資創辦之石印書局。曾影印出版《古今圖書集成》、《二十四史》、《佩文齋書畫譜》、《通鑒輯覽》、《子史精華》、《康熙字典》、《快雪堂法書》等。光緒二十四年（一八九八）停辦。

京塵雜錄跋〔一〕

倪　鴻〔二〕

右筆記四種，蓋亡友楊掌生孝廉之碎金也。芬芳悱惻，才實可傳，藏余行篋三十餘年。兹檢付同文局主人，刊行於世。掌生有知，定當含笑於九原也。

光緒丙戌百花生日，桂林倪鴻識於滬上之詩卷光陰樓。

（同上《京塵雜錄》卷末）

【箋】

〔一〕底本無題名。

〔二〕倪鴻（一八二九—一八九二）：字延年，號耕劬，又號雲癯（一作雲劬、雲渠），臨桂（今廣西桂林）人。以簿尉官廣東番禺，巡司昌山、江村，歷二十年。光緒二年（一八七六），爲仇家所陷，避於福建，入巡撫署中，襄辦臺灣軍務。善書畫，所俸盡以購書。著有《桐陰清話》、《野水閒鷗館詩鈔》、《曼陀羅庵詩鈔》、《退遂齋詩鈔》、《退遂齋詩續集》等。傳見《粵西先哲書畫集序》。

辛壬癸甲錄（楊懋建）

《辛壬癸甲錄》，現存光緒十二年（一八八六）上海同文書局排印《京塵雜錄》卷一本（一九八四年江蘇廣陵古籍刻印社《筆記小說大觀》第十八冊據以影印），民國六年（一九一七）上海掃葉山房版雷瑨輯《清人說薈》二集本，民國二十三年（一九三四）北平邃雅齋排印張次溪輯《清代燕都梨園史料》本。

辛壬癸甲錄序〔一〕

楊懋建

道光丙申〔二〕，春試報罷，余出居保定。適有小伶翠林，新自京師來，自言舊隸春臺部。捧紈扇，乞塡【柳梢青】詞一闋。既而曜靈西匿，華鐙繼張，催花傳箭，豪飲達旦。酒酣，相與縱論春明門內人物，乘醉捉筆，爲《長安看花記》一冊授之，自序曰：『僕今說現在法，故但據目前爲斷。雖第一仙人，廣大教化主，如梅鶴堂之韻香，亦不得闌入。體例然也。』嗟夫，僕年三十矣！萬里未歸，二毛將及，每念陳同甫『華鐙縱博，雕鞍馳射』之語，能不怦怦？唐人王之渙與高適、李益、王昌齡輩，旗亭畫壁，至雙鬟發聲唱『黃河遠上白雲間』之句，撫掌曰：『田舍奴，我豈妄哉！』諸伶官羅拜遮邀，盡醉乃罷。此千古美談也。

僕以負俗之累，久作寓公。日月逾邁，英雄兒女，一事無成，遂有燕市酒人之目。及時行樂，排日選歡，無過藉彼柔情，銷我豪氣。而任性疏脫，慣無羈檢，雖不至如翁鐵庵遽遭怡園，爆竹炙面。（《藤陰雜記》：康熙朝，宛平相當國。元夕張燈，翁鐵庵太史乘醉踏月，過青箱堂門外，適值怡園歌姬歸院，避之不及。從者怪其平視，以爆竹炙面而歸。）然黃仲則粉墨淋漓，歌哭登場。（乾隆間，武進才人黃仲則，名景仁，居京師。落落寡合，權貴人莫能招致之。日惟從伶人乞食，或竟粉墨淋漓，登場歌哭，如唐六如、張夢晉大雪中效乞兒唱蓮花落故事。詳余所爲《小遊仙詩》第一首注。）秀師拈槌豎拂，見訶者屢矣。嘗自署大門曰：『南國衣冠，西京輪蓋；東山絲竹，北海壺觴。』尋復易之曰：『敢擬蓬萊誇白傅，聊將絲竹慰蒼生。』又集宋人句爲楹帖曰：『書卷五千誰入室（陸放翁詩），酒徒一半取封侯（劉龍洲詞）。』又集慢詞長句云：『仗酒祓清愁，花銷英氣（姜白石【翠樓吟】）；縱家傳白璧，誰鑄黃金（張弈山【渡江雲】）。』英雄習氣，豪傑初心，情見乎辭矣。

中秋後，杖策盧龍塞上，邊關風月，感慨尤多。《扶風豪士歌》不堪更讀，因自榜所居曰『夢俠情禪室』。九月三日，秋窗聽雨，用吳穀人祭酒【高陽臺】韻曰：『一桁簾垂，一枝鐙剪，如烟如夢光陰。又近重陽，秋痕易上秋襟。角巾已悔浮名誤，甚傳杯還勸深深？奈秋聲，不住如箏，彈破蕉心。客船換盡歌樓味，漸微寒斗帳，不耐羅衾。縱逼中年，誰曾慣聽秋砧。櫻桃記否開奩處，潤琴絃、煮夢沈沈。剩今宵，笛裏霖鈴，自譜微吟。』（時方學歌《長生殿·聞鈴》『武陵花』一齣。）安定郡王《侯鯖錄》載：『魏城君謂東坡曰：「秋月色不如春月好。」王子霞則謂：「奴所不能歌者，是『枝上柳緜吹又少，天涯何處無芳草。』」坡笑曰：「我方悲秋，汝又傷春。」』案：《毛詩傳》：『秋，士悲；春，女悲。』理固宜然。惟是言者心聲，與境推移。『長笛一聲人倚樓』，斷非謝鎮西著紫羅袴褶，據胡牀，臨城樓北窗，彈琵琶情態。倘使桓子野聞之，亦當但喚奈何而已。

僕以辛卯六月離家園〔三〕，今計當俟明年戊戌試後，乃得南歸。僂指正合八年之數。回憶壬辰入都時，有『辛壬癸甲』之語，殆爲之兆也。五載長安，四番矮屋。文章憎命，魑魅喜人。京洛緇塵，遽集衣袂。劉伶荷鍤，畢卓盜甕，阮籍眠爐，大抵有託而逃。古今傷心人豈獨信陵君？醇酒美人爲不可說、不可思議哉！

屠門酤肆中，酒食游戲相徵逐，閱人多矣。物換星移，風流雨散。岐王宅裏，崔九堂前，梨園菊部中老輩，存者寥落如曙星。昔乾隆年人，得吳太初郡丞撰《燕蘭小譜》以傳。嘉慶間雖有《鶯花小譜》之作，今寂無聞焉。傳不傳固有幸、有不幸耶？近年《聽春新咏》、《日下看花記》及時品中人物，余已多不及識。以余所識諸人，今亦半成老物。儻不及今撰定，恐更十年後，無復有能道道光年太平盛事者矣。

丁酉入春以來〔四〕，同雲釀雪，峭寒特甚。簾衣窣地，愁春未醒。西望帝城，好春如海。翦鐙命酒，坐憶故人。各爲撰小傳，命之曰《辛壬癸甲錄》，志緣始也。何平叔《景福殿賦》：『辛壬癸甲，爲之名秩。』斷章取義，於文亦詞，是爲《長安看花記》之前集。其中所見異辭，所聞異辭，所傳聞又異辭，善善從長，弗爲谿刻。

世之有心人，於寒夜重閤，玉幃四垂，氍毹重疊，燒椽燭四、五枝，參差列几案，設大小宣爐數事，選沈水結隔砂蒸之，溫香靜對，魂夢俱適。旁有知心青衣如紫雲其人者，方且撥鼎中獸炭，暖越中陳冬釀，於梅花水仙影中，按拍引曼聲，度【賞花時】北曲。不覺欣然，爲浮大白。又或清暑招涼於竹林深處，六扇文窗，茜紗盡拓。簟文如水，簾影如波。以大白瓷盂，貯新汲井華水，浸荔支三百顆，與調冰雪藕之人一同啖盡。已乃聞瓶笙聲，水火相得，吟歗互答。當此之時，展此錄，此記讀之。此中有人，呼之欲出。如聞其聲，如見其人。夕陽一片桃花影，知是亭亭倩女魂。是耶？非耶？以視落花時節，相逢定何如耶？

中和節後三日，春風加厲，陰霾竟日，日色皆黃。窗紙淅淅作秋聲，百花生日近矣。『二月邊城未見花』，今始信然。排悶折紙，自咏自寫，遂已裒然成衰。昔余澮心之作《板橋雜記》也，援道君在五國城作《李師師傳》爲說，豈非以『佳人難再』，故作此情癡狡獪耶？余讀《竹垞詞集》自題【解佩令】曰：『十年磨劍，五陵結客，把平生涕淚都飄盡。老去填詞，一半是空中傳恨。幾曾圍、燕釵蟬鬢。不師秦七，不師黃九，倚新聲、玉田差近。落拓江湖，且分付、歌筵紅粉。料封侯，白頭無分。』抗節長吟，不覺唾壺擊碎。呼童子起，爇火炙秝齊半罌，慨然酾三爵。起，奮筆題門曰：『燕巢豈足樂，龍性誰能馴。』烏虖，我輩鍾情，狂奴故態，一時呈見矣。書之當佛前發露懺悔。

夢俠情禪室主人蕊珠舊史記。

（清光緒十二年上海同文書局排印本《京塵雜錄》卷一《辛壬癸甲錄》卷首）

【箋】

〔一〕底本無題名。

〔二〕道光丙申：道光十六年（一八三六）。

〔三〕辛卯：道光十一年（一八三一）。本段下文提及戊戌是道光十八年（一八三八），壬辰是道光十二年（一八三二）。

〔四〕丁酉：道光十七年（一八三七）。

長安看花記（楊懋建）

《長安看花記》，現存清末民初朱格鈔本，光緒十二年（一八八六）上海同文書局排印《京塵雜錄》卷二本（一九八四年江蘇廣陵古籍刻印社《筆記小説大觀》第十八冊據以影印），民國六年（一九一七）上海掃葉山房版雷瑨輯《清人説薈》二集本，民國二十三年（一九三四）北平邃雅齋排印張次溪輯《清代燕都梨園史料》本。

長安看花記序〔一〕

楊懋建

我生也晚，不及見乾隆、嘉慶間人。比來長安，四喜部諸人又多轉入春臺、三慶部矣。辛壬癸甲以來，淹留京邑。洛陽名園，日涉成趣。青衫塵滿，翠袖寒多。迴首前塵，但唤奈何。丙申夏五〔二〕，適遇韻琴新來保定，皇州春色尚能言之，然所識已大半道光十六年内所生人矣。嗟夫！此中人不過五年爲一世耳。僕北來曾幾何時，已不勝風景不殊之感。金尊檀板，翠海香天。坐享盛名，消受豔福。爽鳩之感，樂果未渠央耶？

僕旬日後將仍入春明門，輒篝燈記此，以授韻琴。他時良辰美景、賞心樂事，能念及軟紅十丈中，尚有人低徊慨嘆，如桓大司馬者在否也？佛説因果，曰：去、來、今。今僕説現在法，故但據目前爲斷。綴《鶯花小譜》、《聽春新咏》、《日下看花記》之後，與之别行。

蕊珠舊史掌生記。於時荷花生日，有約避暑古蓮華池上，以使君五馬所駐踟蹰，竟不果往。

【箋】

〔一〕此篇並以下二篇底本皆無題名。

〔二〕丙申：道光十六年（一八三六）。

長安看花記序

楊懋建

湯臨川自題所塡南北曲云：『玉茗堂開春翠屏，新詞傳唱《牡丹亭》。傷心拍遍無人會，自掐檀痕教小伶。』嗟夫！解人難索，自古已然。小伶自教，固猶愈於執塗人而語之。不然而西子駴麋，其不遭按劍者幾希？

阿掌醉後又題。

長安看花記序

闕　名〔一〕

暇嘗集《世說新語》，得二事，曰『桓子野聞歌唤奈何』、『王伯輿爲情終當死』，典午風流，令人神游心醉。世傳俞華首大夫中考功法，其劾語曰：『稍有晉人風度，全無漢官威儀。』俞聞之笑曰：『「全無漢官威儀」，似我矣。「晉人風度」何止稍有？是非眞知我者。』嗟夫，世豈眞有此人哉？吾固將買絲繡之。

丁酉中秋〔二〕，記於小霞所居夢俠情禪室〔三〕。

（以上均清光緒十二年上海同文書局排印

本《京塵雜錄》卷二《長安看花記》卷首）

【箋】

〔一〕此文當爲楊懋建撰。

〔二〕丁酉：道光十七年（一八三七）。

〔三〕小霞：即俞鴻翠（一八二〇—？），字小霞，初名綺文，更名雯，别署吳下阿蒙，吳人。春臺部、四喜部伶人。生平詳見楊懋建《長安看花記》。

丁年玉笋志（楊懋建）

《丁年玉笋志》，現存光緒十二年（一八八六）上海同文書局排印《京塵雜錄》卷三本（一九八四年江蘇廣陵古籍刻印社《筆記小説大觀》第十八册據以影印），民國六年上海掃葉山房版雷，民國二十三年（一九三四）北平邃雅齋排印張次溪輯《清代燕都梨園史料》本，瑨輯《清人説薈》二集本。

丁年玉笋志序〔一〕

楊懋建

桐仙以丁酉首夏爲花君〔二〕，乞立傳。一時諸郎咸願得廁名《看花記》中，爭請余顧曲，乞品騭色藝，冀得一言爲重，招邀者武相接也。於時傳寫《看花記》者，幾有洛陽紙貴之歎。余笑曰：『陳壽乞米，許報佳傳。此事乃容請託，不幾如魏伯起穢史乎？』秋六夕，修秋禊尺五莊，略與同人商榷體製。秋試期近，未幾難作，遂爾閣筆。

重九前一日，余就逮，既下吏，從詔獄中謁椒山先生祠，摩挲手植榆樹，因用顧梁汾寄吳漢槎寧古塔【賀新郎】韻，塡詞二調。寒冬短晷，擁爐謀醉，醉則歌嗚嗚，乃命筆爲《看花後記》。

於是時，提牢主事桂林胡小初（元博），隨園外孫也。簡齋先生與先光祿爲戊巳同年生，故以年家子見，相得甚歡。戊戌元夕〔三〕，以《咏萍》【高陽臺】慢詞索和，且以錄別，爲依韻譜之，曰：『夢漸隨雲，春都成水，飄零別換心情。如此浮名，可知悔煞尋春。楊花誰說情根薄，儘纏緜，未放愁醒。肯貪看，五萬春華，誤了浮生。　衍波箋寫迴波曲，只約憑風片，護倩雲根。似葉青衫，笛中怕聽霖鈴。遙憐花韻樓前柳，漾春波，竹水三分。忒匆匆，秋影依依，又換蘆汀。』

百花生日，荷戈就道。道中無事，篝燈對酒，復取草藁增删移改，命之曰《丁年玉笋志》。凡得傳十二篇，其中如金麟、小秀蘭，則先已有傳，前略今詳。呂子明所謂『士別三日，便當刮目相待』。吾知之不蚤，所以旌吾過也。翠香、福齡、愛齡，則直取本傳移入，蓋其年輩皆與後記中人相等，從其類也。人才不擇地而生，歲時代謝，光景常新。跗鄂相銜，華實并茂。吾曩恨不及見乾隆、嘉慶間人，今所見後來諸郎，婉兮孌兮，總角丱者，未幾突而弁。將來子子孫孫，繼繼承承，勿替引之。和凝、范質，衣鉢相傳，吾知其方興而未艾也。謝太傅有言：『佳子弟正如芝蘭玉樹，欲使其生於庭階耳。』昔謂此中人不過五年爲一世，吾居京師裁七八年，已及見其三世矣。因潤色錄之，都爲一卷。

道光二十有二年太歲壬寅春三月三日，辰谿戍卒嘉應楊懋建掌生自敍於繭雲精舍之仰屋。

戊戌夏，到巴陵住八十日，與徐三穉青定交。臨別爲我畫《繭雲精舍圖》，且爲之記，洋洋灑灑數百言，相屬望，意良厚。余亦書畫中隙地，曰：『此掌生夢境也。蠶吐絲作繭，龍噓氣成雲，所憑依乃所自爲也，其纏縣亦其自取也。荷戈南戍，先寫此圖，留待他年築室以實之。』秋九月，既到戍所，自署大門曰：『聖代卽今多雨露，謫居猶得住蓬萊。』又一聯曰：『仰屋著書，我用我法；杜門卻掃，吾愛吾廬。』既而交劉大曉亭（家光），辰谿佳士也。見穉青畫，將爲我更作，久未命筆。己亥冬夜（四），酒醒興到，起，援筆疾成之，爲《四時圖》，凡四，亦爲之記，洋洋灑灑數百言，相屬望，意良厚，如穉青也。不侫生平，良朋密友愛我者既多且摯，每念知己，能不酸辛？因書《玉笋志》，附志於此，庶知阿掌爲天下有情人也。

（清光緒十二年上海同文書局排印本《京塵雜錄》卷三《丁年玉笋志》卷首）

【箋】

〔一〕底本無題名。

〔二〕丁酉：道光十七年（一八三七）。

〔三〕戊戌：道光十八年（一八三八）。

〔四〕己亥：道光十九年（一八三九）。

夢華瑣簿（楊懋建）

《夢華瑣簿》，現存光緒十二年（一八八六）上海同文書局排印《京塵雜録》卷四本（一九八四年江蘇廣陵古籍刻印社《筆記小説大觀》第十八册據以影印），民國六年（一九一七）上海掃葉山房版雷瑨輯《清人説薈》二集本，民國二十三年（一九三四）北平邃雅齋排印張次溪輯《清代燕都梨園史料》本。

夢華瑣簿自序〔一〕

楊懋建

史部有記載類，《三輔黄圖》、《西京雜記》之屬是也，子部有小説家，《拾遺記》、《世説新語》之屬是也，體例各殊。唐宋以來，遙遙千載，代有作者。乾隆朝，命儒臣因朱檢討錫鬯所撰，廣之爲《日下舊聞考》，煌煌作述，徵文考獻，鴻裁巨典，非詹詹小言所敢擬矣。余製《長安看花記》，復爲前後集，既成，釐爲三卷。爲諸伶各立小傳，以佛法過去、現在、未來命之。黄金臺下，按圖索驥；三生石上，似曾相識。一展卷間，如見其三世人矣。顧其舊聞軼事，旁見側出，耳目所及，書缺有間焉。

盧龍尉〔陳五湘舟〕，與予過從既習，每於午窗茶話，各舉歌樓雜事，藉資談柄。湘舟長予十餘歲，居京師卅餘年，所述多嘉慶年事，余所不及見也。始，余交成都安十二次香，其人風流倜儻，又多才藝，諸伶執贄學書畫者盈其門。余從永平入都，訪次香孔雀斜街四川會館，日夕談春明門内故事，如與湘舟縱談時。而次香見聞尤廣，且多身親得其實。鄙性健忘，輒隨事命筆錄之，積日既久，裒然盈冊。

曩者顧曲，置簿大書曰：『及時行樂，排日選歡。』辛壬癸甲以來，八年於外矣。迴念走馬看花，都如夢裏。宋人有《東京夢華錄》，記汴梁全盛時事；國朝孫北海少宰亦有《春明夢餘錄》。余私淑諸人，願竊比焉，因命之曰《夢華瑣簿》。簿中以陳、安二君所述爲主，而賓筵客坐，發難解嘲，故紙叢殘，委巷瑣屑，凡有關梨園掌故者，芻蕘葑菲，雜還采入。諸君子崇論閎議，莫不備書；而鄙人謏聞隟見，亦得疏記。隨所得纂之，不復排比類次。凡得若干條，繫於左。

荷戈南來，行道倭遲，復多筆削。所見異詞，所聞異詞，所傳聞又異詞。有修伶官傳者，以是爲長編而底簿焉可矣。『少年聽雨歌樓上』，『中年聽雨客船中』，前塵影事，殊難爲情。他日者，或叱覆醬瓿焉，或拉雜摧燒焉，或一日三摩挲珍重愛惜，以之爲記事珠，以之爲衣貧珠，以之爲《珍珠船》焉，聽之而已，非鄙人所及知也矣。

道光壬寅春三月三日，仰屋生記於辰溪戍所之賃廡。

（清光緒十二年上海同文書局排印本《京塵雜錄》卷四《夢華瑣簿》卷首）

【箋】

〔一〕底本無題名。

評花軟語（西溪雲客）

西溪雲客，姓名、籍里、生平均未詳。清乾隆、嘉慶間錢塘人吴昇（一七五五—一八二四），字瀛日，號壺山，别署秋漁、西溪雲客、錢塘酒民等，官至夔州知府，當非此人。按，吴友松，字秋鶴，秀水（今浙江嘉興）人。自少幕遊山左。以瘵疾卒，年僅三十六。著有《野花詞話》。與桂馥爲友。傳見阮元《小滄浪筆談》卷二、《兩浙輶軒錄補遺》卷八。其《月夜遊大明湖記》末云：『遊在庚戌六月既望之夜，同遊爲幻香叟，爲東皋烟侣，爲灑然亭長，爲適園灌者，與余而五。』（阮元《小滄浪筆談》卷一）此數人多爲《評花軟語》撰序、題辭，然則吴友松或即西溪雲客。《評花軟語》，現存咸豐間春雨山房刻本，浙江圖書館藏。

（評花軟語）序

灑然亭長〔一〕

七尺香毹，珍珠撒地；兩頭金管，紅燭如山。箋錦瑟以僉名，倚熏鑪而促坐。擘箏賭韻，青衫題漢上之襟；捧硯邀詩，絳淚染河東之絹。眞成軟語，並作花評。

方其細馬馱來，雛鶯喚起，身輕掌上，黛曲眉間。讕言則《囉嗊》三章，記事而《懊儂》一闋。繡簾且控，護他鸚鵡冬寒；團扇攜將，畫出薔薇春睡。則有柘顛茶癖，棋隱畫禪。書署字於猗玗，譜借鈔於桑苧。口傳鸞嘯，能潤琴絲；手掬鴦漿，都成酒氣。深杯百罰，任佯醉其何辭；橫笛雙吹，不聽歌而誰肯。驚飛來之蝴蝶，粉色難秋；防歸去之蟾蜍，鏡光易曉。

銅琶丈八，繚帊三千。敲殘紫玳釵梁，俊篇佻句；寫上畫羅衣袂，小字斜行。屬戲墨之弁言，題握蘭之外集。多君逸宕，願同斫玉以吹簫；笑僕情癡，終勝量金而聘伎。

庚戌竹小春之八日〔二〕，灑然亭長書於春雨山房。

【箋】

〔一〕灑然亭長：姓名、籍里、生平均未詳。

〔二〕庚戌：道光三十年（一八五〇）。竹小春：農曆八月。

評花軟語題辭

桂馥等

麝月團香拂素輕，烏絲手錄侍兒名。量來鈿尺無差爽，顛倒誰能一字更。

春曉無煩羯鼓催，新詞恰對好花開。雪兒不唱人間曲，字字心都歐出來。

逐逐風塵兩鬢絲，逢場也作有情癡。旁人莫笑漁郎誤，卻是桃花正好時。（曾於某公子席上一識花眷。）

小阮琵琶子晉笙，歌喉宛轉玉瑽琤。不因一顧添聲價，畢竟周郎最眼明。

絕世風流獨擅場，不關解語不關香。時名大抵無根蔕，豈是題花失海棠？（某伶豔稱衆口，此評不及。）

綺語連珠一串收，何曾俗事上心頭。人生飽喫桃花飯，不作神仙也便休。肅然山外史（一）

礬紫褒紅不志釵，清詞一卷費編排。揚州道上花名字，笑煞癡兒玉篆牌。

客遊乘興逐歡場，花品新題勝洛陽。老眼不須愁似霧，寫來活色盡生香。木者（二）

嚴分甲乙鑒衡空，蕊榜繽紛放錦叢。未敢雌黄隨月旦，卻憑坦白避雷同。佛經名列銀蟾窟，仙侶春臨玉樹風。十二巫山都縹緲，雲霞半在有無中。（花榜甲乙，大費平章，余得見其前列者。）

九天勝境鬬奇豔，似渡銀河貫月槎。評到溫柔詞亦軟，語能解識筆如花。謝公絲竹東山外，子晉文章洛水涯。桃李無言偏妒煞，空餘粉蝶競紛拏。（有名噪一時者，雲客鄙之，未錄。）雨花臺行脚僧

繡得平原酒共酣，園林芳事到春三。花枝十二珠郎小，妙筆拈來次第探。

淡沲春光颺雨絲，紅氍塵軟聽歌時。興來寫幅徐熙畫，當作纏頭贈雪兒。

惱亂蘇州刺史腸，蓮花人面（眷氏張）榜花香。姚家第一今無種，莫怪天衣不染黄。（花憨名在第四，灑然亭長以爲抑置，故嘲之。）

老去看花似霧迷，閑情如絮任東西。評量未必能諧俗，解事人稀莫浪題。幻香叟

看盡明湖湖上春，紛紛綺語惹情塵。評量欲向東風說，醉眼麻茶恐未眞。

想見當筵記拍時，擔風握月費沉思。張郎花骨江郎錦，並作《金荃集》內詞。

金丸十二較分銖，香國於今見董狐。從此不知花九錫，蕊珠仙榜下蓬壺。

麗句都應付雪兒，珠喉譜入玉參差。樓臺七寶新圖畫，莫繪當年李益詩。小孤山農

看遍飛英好句裁，雲階月地一尊開。自從移種三珠樹，多少名花較色來。

如許春光可奈何，酒紅花碧夜聞歌。傷心一曲傳《澆墓》，座上青衫淚更多。（憶香曼士製《杯酒自澆蘇小墓》新曲〔三〕，令花眷歌之，聲淚俱下，不忍卒聽。）東皋烟侶〔四〕

由來清淨是眞身，胡粉偏爲飾貌人。羯鼓梅花都在手，一分才思一分春。

三月穠花百態妍，東風舞倦柘枝顛。珠源獨領憨憨味，品作名山第四泉。（謂花憨）

曾聞繡佛偏耽酒，縱使長齋戒亦開。一座解頤鶯并語，使君林畔記銜杯。（夏日山房小集，曇以懺病持齋，余亦久斷杯中物矣。適眷來，偶作此論，遂朗吟老杜『莫厭傷多』之句，相與引滿。）

忙裏開編手自鈔，寒窗風雪夜初交。平明策馬蓬山去，行脚匆匆又打包。（時將赴東萊，適得此編，燈下呵凍錄之，達旦始竟。）小隱山樵〔五〕

品遍人間意可香，知音誰是紫雲娘。閑情只作南村賦，畢竟詩人鐵石腸。

荼蘼芳信了春欄，橫海東來暫解鞍。幸有一編花史在，曲中人向畫中看。垂虹逸客〔六〕

妃青儷白向花前，《豔異》難從妙處編。喜有諸君銛管在，爲余傾寫意纏綿。（予於諸花，非敢默默，輒恐唐突而止。今見是編，語語愜心，不啻余口所欲出矣。）

番風有信客無蹤，春事林亭翠又濃。一雨落紅思舊夢，百花頭上尚相逢。（羣芳既散，予亦南返。比來花陣翻新，而玉筍入部，昆玉桂枝，固不必有二也。）洛思山人

過眼匆匆認數枝，春叢別後繫長思。題花自笑塵緣淺，不見交柯比萼時。（余在歷下，所見僅西部數

花，讀是評，令人有海上神山之歎。）

詞成幼婦費心裁，買盡蔫支寫善才。安得聽歌常不醒，一生笑口向花開。大姚村夫

（以上均浙江圖書館藏清咸豐間春雨山房刻本《評花軟語》卷首）

【箋】

〔一〕肅然山外史：即桂馥（一七三六—一八〇五），別署肅然山外史，生平詳見本書卷七《後四聲猿》條解題。

〔二〕木者：及以下雨花臺行腳僧、幻香叟、小孤山農，姓名、籍里、生平均未詳。

〔三〕憶香曼士：即沈清瑞（一七五八—一七九一），初名沅南，字吉人，號芝田，一號芷生，別署太瘦生、憶香曼士，長洲（今江蘇蘇州）人。沈起鳳五弟。清乾隆四十八年癸卯（一七八三）舉人，五十二年丁未（一七八七）進士，任江寧府教授。工詩賦，善散曲。著有《帝王世本》、《春秋世系考》、《韓詩故》、《孟子逸語》、《史記補注》、《沈氏羣峯集》、《櫻桃花下銀簫譜》、《綠春詞》等。製《杯酒自澆蘇小墓》新曲。道光間吳江沈氏世楷堂刻本《昭代叢書》收錄沈清瑞《七娛》。傳見道光《蘇州府志》卷一〇二、民國《吳縣志》卷六八、《晚晴簃詩匯》卷一〇五、《清代科舉人物傳記資料》等。

〔四〕東皋烟侶：姓名、籍里、生平均未詳。

〔五〕小隱山樵：即王義祖（約一七八〇—約一八五三），字楡圃，別署小隱山樵、桂花山人，富陽（今屬浙江）人。嘉慶間廩貢生。工詩擅畫。道光元年辛巳（一八二一），舉孝廉方正，因年老不就。卒年七十四。著有《小隱山樵詩草》、《小隱山樵文存》、《康壽堂古文鈔》等。傳見光緒《富陽縣志》卷一九、《清畫家詩史》己上、《畫家知希錄》卷四、《兩浙輶軒錄續集》卷三〇等。

〔六〕垂虹逸客：以下三人姓名、籍里、生平均未詳。

一十二花譜序〔一〕

沈清瑞　等

花譜，譜花也。舍十二花，無花乎？曰：有。有則何以不譜？曰：香殘粉褪，非花也；柳重桃酣，亦非花也。有花之時，花之色，花之韻，而後可。作花譜。

己酉冬月〔二〕，憶香曼士、西溪雲客同訂。

（浙江圖書館藏清咸豐聞春雨山房刻本《評花軟語》附《一十二花譜》卷首）

【箋】

〔一〕底本無題名。

〔二〕己酉：道光二十九年（一八四九）。

一十二花譜跋〔一〕

香道人〔二〕

香道人曰：余品第諸花，嘗以春爲神品，卿爲仙品，曇爲淨品，史爲清品，憨爲妙品，臞爲能品，儂爲韻品，娟爲靜品，緣爲豔品，士爲秀品，男爲異品，蕤爲逸品，擬綴輯成篇，以附評後。今讀小東陽一十二花品，擬似諦當先得我心，余又將辦嚴東去，遂閣筆不贅述。

時庚戌重七前一夕〔三〕，識於峼山湖上之小香龕。

（同上《一十二花譜》卷末）

【箋】

〔一〕底本無題名。

〔二〕香道人：姓名、籍里、生平均未詳。

〔三〕庚戌：道光三十年（一八五〇）。

（評花軟語）跋

闕　名〔一〕

是評始於己酉〔二〕，成於庚戌，衆花之聚散，實始終之。古瓶山舊史北遊既返，焚香盥手，讚嘆書寫，已，復爲下一轉語曰：『我聞佛說，欲界諸天以曼陀羅華及諸天香，以散佛上。所散香華，於虚空中合而成。』蓋又維摩詰室天女，以天華散諸菩薩、大弟子上。華至菩薩，卽皆墮落；至大弟子，便著不墮。結習未盡，止處未斷者，華著身耳。今諸衆華，由散而聚，本是虚空，無所依著；及諸華散，便是止處，復何所斷。一切有懷衆華世界，皆作如是觀，大衆聞之，甚大歡喜。遂命舊史，並書於後。

時辛亥浴佛日後旬又六日也〔三〕。

（同上《評花軟語》卷末）

【箋】

〔一〕此文當爲西溪雲客撰。

〔二〕己酉：道光二十九年（一八四九）。

〔三〕辛亥：咸豐元年（一八五一）。

戲寄（何兆瀛）

何兆瀛（一八〇九—一八九〇），號青耜，又號心盦，晚號潄叟，别署棠梨館主，生平詳見本書卷九《仙合曲譜》條解題。撰觀劇詩百首，總題《戲寄》，現存同治間刻本。

戲寄自序

何兆瀛

曩見諸城劉文清公有觀劇詩〔一〕，嘗欲仿爲之，以連年罷於制舉業，卒未有暇也。今夏戢影棠梨館，簾櫳晝靜，蟬聲在空，炎風忽來，吹人如火，偶成一什，輒爲神往，如在善和坊裹紅牙按拍時也。自夏徂秋，得詩百首，爰錄而存之。非敢媲美文清，亦庶幾先哲風流於斯未墜耳。顏曰《戲寄》，自寄其所寄，其亦寓言十九之意也夫！

戊戌小陽朔〔二〕，棠梨館主青耜自志。

【箋】

〔一〕劉文清公：即劉墉（一七二〇—一八〇五），謚文清，諸城（今屬山東）人。

〔二〕戊戌：道光十八年（一八三八）。小陽：小陽春，農曆十一月。

戲寄自題

何兆瀛

一曲《霓裳》聽又終，歸來手把玉芙蓉。香名消得逢人說，倩影爭爲悅己容。十載春蠶纏未了，三生仙蝶去無蹤。自憐瘦盡梅花骨，便買胭脂畫不濃。

已嬾名心且放歌，閒中歲月耐消磨。髩絲禪榻柔情老，兒女英雄熱淚多。舊事早扶棠睡去，新愁無奈柳枝何。絕勝傅粉登場者，一晌匆匆作夢婆。青耜自題於第一情天閣。

戲寄序〔一〕

夏堜〔二〕

鳳城春重花枝嫵，萬斛珠塵天尺五。狂煞霓裳按拍人，紫雲深處喧簫鼓。門臨大道善和坊，法曲教成各擅場。紙醉金迷閑節序，笙清簧暖好排當。翩翩公子江南客，詩骨棱棱削秋碧。香草風懷短李身，放懷每恨情天窄。在山謝傅是華年，絲竹關情亦偶然。箏語無憀陪玉管，琴心何處訴冰絃。冰絃玉管天花旋，鏤雪團香春一片。記曲拈來字字珠，歡場爲爾開生面。東風嫋嫋雨霏霏，乍換吳綾白袷衣。十里櫻桃街畔路，玉驄親控去如飛。側身纔一蒲團地，人海中間恣游戲。忘是衣冠優孟裝，歡顏頃刻含清淚。怒罵聲喧笑語紛，睽睽萬目屬夫君。那知南部人間曲，都入東坡海外文。新詞唱與羣花聽，百和香詞爲花贈。旛綽龜年坐兩頭，吳歈楚些原笙磬。斜日西山蒼靄多，峯青江上奈愁何。人生不飲徒然耳，跌宕青袍翻酒波。酒波灧灧歌聲起，招手仙人彩雲裏。侍香認得舊金童，碧海横岑天亦喜。一樣香香唱小名，阿誰冠絕此蓉城。嬌雲一朵衫襟落，飛入瓊簫第一聲。酒酣大笑玉山倒，花影如潮壓詩草。醉裏沈沈紅燭光，萬花扶夢詩魂老。歌場我亦識何戡，素髮飄蕭百不堪。舊夢分明渾記得，那能重唱【望江南】（丙戌有贈王郎【望江南】十首）。冶游時共君排遣，老子于斯興不淺。萬隊魚龍曼衍來，悲歡恍惚風輪轉。可惜維摩酒戒持，十年辜負看花時。三郎自笑郎當甚，衹賸淒涼瑞鶴詞。（丙申有觀劇【瑞鶴仙】一解爲王郎作也。）擬喚綠韝人治具，買春一擲金無數。十部笙簫千朵花，錦箋爭索纏頭句。相看揎袖染花豪，白雨驚飛墨卷濤。老我酣嬉烏爨弄，讓君清響鬱輪袍。一回一曲催新製，百輩紅兒歌板脆。此時意氣迴淩雲，此際光榮過及第。明日都人萬口傳，長安市上有飛仙。狂懷偶作風中絮，說法休猜舌上蓮。衹恐和凝擅風雅，香奩名字冬郎假。轉眴裁紅刻翠人，翻爲袍笏登場者。道光庚子立夏後三日，金陵夏塽子峻題。

（以上均清同治間刻本《戲寄》卷首）

【箋】

〔一〕底本無題名。

〔二〕夏埙（一七九八—一八四三）：字子俊，一作子峻，號去疾，上元（今江蘇南京）人。建陽知縣夏塏（一七九五—一八六二）弟。道光五年乙酉（一八二五）拔貢，十五年乙未（一八三五）舉人。二十一年辛丑（一八四一）會試，留京，遽卒，年甫四十六。善詩文，著述甚富，多毁於兵火，今僅存《篆枚堂詩存》、《篆枚堂詞存》。傳見《金陵文徵小傳彙刊》。

三十六聲粉鐸圖咏（宣鼎）

宣鼎（一八三二—一八八〇），字子九，號瘦梅，生平詳見本書卷九《返魂香傳奇》條解題。《三十六聲粉鐸圖咏》，取折子戲三十六齣，繪成圖冊，並各賦慢詞一首，後附《鐸餘逸韻》七絶十九章，原本現藏江蘇揚州博物館。有文無圖本，現存光緒二年丙子（一八七六）上海申報館排印《異書四種》本。參見車錫倫、蔣靜芬《清宣鼎的〈三十六聲粉鐸圖咏〉》（《戲曲研究》第六十六輯，文化藝術出版社，二〇〇四）。

鐸餘逸韻題記〔一〕

闕　名〔二〕

雨窗無俚，集小戲三十六齣，繪成短冊，各繫小樂府一首，名曰《三十六聲粉鐸圖咏》，蓋欲警自家之聾瞶也。圖後更附七絶十九章，非敢賣腹笥，賈餘勇，悲從中來，有不知其然而然者耳。更

名之曰《粉鐸餘韻》。（光緒間上海申報館叢書本《三十六聲粉鐸圖咏》附刻《鐸餘逸韻》卷首）

【箋】

〔一〕本篇並以下二篇，底本無題名。

〔二〕此文當爲宣鼎撰。

鐸餘逸韻跋

宣　鼎

孝子康叔故里，閻羅包老部民，得二百五十二甲子。瘦梅甫宣鼎燈下走筆。時同治癸酉歲秋七月寫就。是夜正逢七夕良辰，天上人間，何離合之不同，悲歡之各別？爲之擲筆三嘆。子九甫又記。

三十六聲粉鐸圖咏題辭

傅福增　等

蕭蕭筆札走幽燕，傀儡登場劇可憐。寫就斯圖成一笑，自歌自遣總天然。

癡聾喚醒費精神，說法何妨屢現身。偌大乾坤都是戲，解人還賴個中人。瘦梅吟仁兄，予至交也。相別五載，兹一從任城來淮，離悰話餘，袖出斯圖屬題。率成二絕，即希斧政。時癸酉小陽春月〔一〕，淮上介清傅卓〔二〕。

是我是人，現諸法相。説破卽著，畫出卽象。惟知之者，當頭一棒。瘦梅先生近耽禪悦，因題數語，以當釋家説法小偈。知不值方家一笑也。伯蓉陳墉漫記〔三〕。

（以上均光緒間上海申報館叢書本《三十六聲粉鐸圖咏》附刻《鐸餘逸韻》卷末）

【箋】

〔一〕癸酉：同治十二年（一八七三）。

〔二〕傅卓：原名福增，字介清，别署石冰子，淮安（今屬江蘇）人。幼習賈，後業儒，入邑庠。工詩，著有《夢巖詩草》。傳見陳民牛主編《淮安人名詞典》（天津古籍出版社，一九九六）。

〔三〕陳墉：字伯蓉，山陽（今屬江蘇）人。著有《國朝人書平》。傳見《皇清書史》卷八（引《淮安府志》）。

燕市羣芳小集（譚獻）

譚獻（一八三二—一九〇一），原名廷獻，字滌生，更字仲修，號復堂，别署半厂居士、香隳月樓主，仁和（今浙江杭州）人。同治六年丁卯（一八六七）舉人，屢赴禮部試，不售。署浙江秀水教諭。未幾，以知縣入安徽，署歙縣、全椒、合肥、宿松等縣。不數年，告歸，潛心著述。晚年應張之洞（一八三七—一九〇九）之邀，主講湖北經心書院。輯録《復堂詞録》、《篋中詞》。著有《董子》、《復堂類集》、《復堂詩續》、《復堂文續》、《復堂日記補錄》、《復堂詞》、《燕市羣芳小集》、《羣英續集》等。傳見《清史稿》卷四九一、《碑傳集補》卷五一（夏寅官《傳》）、《清代七百名人傳》、《清儒學案小傳》卷一九、《昭代名人尺牘續集小傳》卷二三、《近世人物志》、《寒松閣談藝瑣錄》卷二、《歷代兩浙詞人小傳》卷一一等。

《燕市羣芳小集》，一名《羣芳小集》，又名《增補菊部羣英》，現存《瀛寰瑣記》第五卷（一八七三年三月）所收本（題《燕市羣芳小集》，《京劇歷史文獻匯編·清代卷·專書上》據以整理）、同治十三年（一八七四）刻本（與《羣英續集》合刻）、民國二十三年（一九三四）北平邃雅齋排印張次溪輯《清代燕都梨園史料》本。參見谷曙光《梨園花譜〈羣芳小集〉、〈羣英續集〉作者考略》（《文獻》二〇一五年第二期）。

燕市羣芳小集序〔一〕

王詒壽〔二〕

無雙妙品，人疑玉樹之花；第一情天，春滿金臺之柳。紅毹貼地，串串珠歌；藍帊當筵，娥娥粉笑。固已咏仙童於嶺上，無煩誇趙女於樓頭矣。加以生小聰明，心原藕比；隨身宛轉，骨是花栽。銀鸚之綺舌偏調，翠鳳之香箋解答。綠蠻窄袖，三年藏豆蔻之詞；碧暈纖眉，隔坐送芙蓉之語。愛風流之小史，洵婉孌之宜人已。

則有鳳城仙客、燕市寓公，來從西子之湖，解作東風之主。於是分曹貰酒，排日邀歡。烏巾屢側，人來柘枝之臺；金絡頻嘶，馬識桃櫻之巷。梅花笛裏，紅豆含情；蓮子杯前，黃河賭唱。朝呼鶯而夕呼燕，卿憐我而我憐卿。厥有《記事》之篇，遂續《燕蘭》之譜。麝霏寶墨，題遍春風；玉界烏絲，鐫來小字。瑤館之丰姿如畫，瓊枝之品藻都眞。花月平章，亦參狐筆；芳蘭聲價，倍長龍門者矣。

僕乾螢自守，縮馬不前。自爇戒香，已斷摩登之夢；何來綺障，别生兜率之天。想花底之靈貍，對卷中之幺鳳。珊珊欲出，絮絮安禁？三疊紅牙，不是《鶯啼》之序；幾時青眼，來尋蝶路之春。

山陰王眘子詒壽序於戴園之校經廬。

【箋】

〔一〕民國二十三年（一九三四）北平邃雅齋排印張次溪輯《清代燕都梨園史料》收錄此文，題爲《增補菊部羣英題詞》。文後附『櫻桃窗下』詞，末署『辛未六月山陰王詒壽眘子』。辛未，同治十年（一八七一）。

〔二〕王詒壽（一八三〇—一八八〇）：一名眙壽，字眘子，一字眘叔，號笙月，室名縵雅堂，山陰（今浙江紹興）人。清貢生，候選金華縣學訓導，任杭州書局校理。工詩詞，善駢文。著有《水琴詞》、《縵雅堂駢體文》、《縵雅堂詩稿》、《縵雅堂日記》、《縵雅堂尺牘》等。傳見譚獻《復堂文續》卷四《王詒壽傳》、馬綱章《效學樓述聞》卷二《先友記略》、孫德祖《寄庵文存》卷二《小傳》、《續碑傳集》卷八一等。

燕市羣芳小集題詞〔一〕

王畬子 等

王畬子題詞

櫻桃窗下，展瑤編一讀。簌簌飛紅滿吟屋。儘如花年紀，似燕身材，都寫入，小字烏闌詩幅。鳳城楊柳暗，粉約脂期，嬾聽春風杜孃曲。嬌月照幽坊，簾影燈痕，想吹罷、一雙笙玉。把綺瘦羅肥細評量，問修到梅花，幾生香福？（【洞仙歌】）

春寒料峭，是落英時候。客裏閒情鎮迤逗。柰花邊金犢，柳下銀驄，早又是、惜别啼痕盈袖。臨岐珍重話，如此銷魂，愁病書生怎禁受？無處覓平原，買得香絲，算只有、粉郎堪繡。又手擘檀箋賦新詩，似畫出玲瓏，東風紅豆。（前調）

翩翩驚蝶，正江南烟柳。依約箏堂羽衣奏。記銀羅索扇，紅燭題詩，曾密語、六曲畫鵝屏後。鬢絲今老矣，綺夢依依，撩破禪心十年久。把卷更沈吟，才調如君，料姓氏、尚提香口。且細壓鈿簫爲君歌，須識我三生，紅衫暠首。（前調）

河陽生題詞〔二〕

一醉長安賣酒家，東西勞燕話天涯。團團舞扇空明月，楚楚銖衣散綺霞。道遠憑誰寄芳芷，朝寒猶自惜春華。年來法曲飄零盡，珍重人間譜《琵琶》。

仁和朱虎兒題詞〔三〕

悄無人，落花啼煞流鶯。多少嫩紫嬌紅，怕細訴飄零。一夜一番月色，又一番風影，愁滿春城。問櫻桃斜畔，重重門巷，醉也還醒？　空階露濕，銀笙不語，玉佩無聲。如夢房櫳，更曲曲、圍屏遮住，半不分明。少年影事，有墜歡、夜雨重聽。算此際、笑青衫柳七，徵歌載酒，來換浮名。（【湘春夜月】）

寄瓢生題詞〔四〕

端居無那感春華，記看豐臺絕色花。祇爲胭脂羞北地，賓雲不按按賓霞。

小名箋出豔陳芳，施粉施朱費較量。何必按圖貞索驥，空羣端不在驪黃。

春明花榜自年年，爭看《霓裳》舞綺筵。要爲名花齊吐氣，氈書別署大羅天。

舞衫歌扇久沉酣，秋菊春蘭品各諳。我識吳中花月慣，不堪影事夢江南。

長安遊俠兒題詞

青衫破帽出春明，落拓江南載酒行。何處更尋裙屐會，墜歡如夢不勝情。

幾樹夭桃憶舊栽，嫣紅姹紫遍春臺。倘教重到玄都觀，可識劉郎去又來？

厭聽江南北里詞，枇杷花下慣傾巵。不堪回首金臺柳，猶向春風舞柘枝。

《燕蘭》重譜價增高，彩筆花垂五色毫。勝讀唐賢《小名錄》，不知誰是鄭櫻桃。

吳門小史薛寶笙瑤卿題詞附〔五〕

玉笛臨風語。訴年來、香愁粉怨，墜歡誰袖？　惆悵歌場留淺夢，依約春痕似雨。更莫問、柘枝新舞。同有天涯淪落感，勝《霓裳》法曲吟仙侶。聽未足，變淒苦。銖衣小試冰絃撫。算我亦、嬌傳口技，羞添傖嫵。回首紅簫傳恨字，恨入金臺樂府。并難附、《燕蘭》舊譜。慚愧吳中支敗局，喜陳芳許作羣芳主。花九錫，志恩遇。【金縷衣】

某濫竽樂部，按笛明湖。一曲雲迴，蕩春波而活潑；二分月出，映人影而冥濛。猥辱評花，不遺小草；自慚倚玉，敢賦《楊枝》？兹得見《羣芳小集》一冊，紛紅駭綠，燦作筆花；豪竹哀絲，寫其薌澤。恍標題於《詩品》，足紀勝於歌場。爰綴小詞，用志欣幸。所惜蘇臺烟月，聖水風花，今尚凋零，未能與日下競秀也。倚聲及此，彌用悵然。

寶笙附跋。

（以上均清同治十二年《瀛寰瑣記》第五卷所收《燕市羣芳小集》卷首）

【箋】

〔一〕底本無題名。

〔二〕何陽生：字號、籍里、生平均未詳。

〔三〕朱虎兒：仁和（今浙江杭州）人，字號、生平均未詳。

〔四〕寄瓢生：與下文長安遊俠兒，姓名、籍里、生平均未詳。

〔五〕薛寶笙：本姓邊，名琬，後改姓薛，名寶笙，字瑤卿，別署吳門小史，蘇州（今屬江蘇）人。清道光、同治間伶人。據云袁克文著《江湖老伶記》述有薛寶笙逸事，未見。同治十二年癸酉（一八七三），曾爲《瑤華夢影錄》撰題詞，詳本卷後文。

附　增補菊部羣英跋

姚　華

古工師皆瞽人。其奏也樂，其節也舞，其聲也詩，其容也禮。以致之天子，而錫之諸侯，有官司焉。逮於民者，庠序所教，以時習之。節奏聲容之美，於人也普矣。故附庸而上，莫不國有。其《風》彬彬焉，與《雅》、《頌》并列。皆其國人之所歌也。自樂正失其官，庠序失其教，民之循者，自贍其生而惟恐不給。然而，無用之民且自放於禮法，往往任其聰明詭浪，自適以成一藝之長。於是王豹、綿駒、薛談、秦青之徒聞。秦漢以來，博士所屬呫嗶不遑，號爲治經。然禮樂益殘缺，歌者益得挾其術以爲治生之具，而四民固不悉媚。於是也，歌者萬數，漢李延年獨傳其傳也，以爲郎，他不奏，御者不知其幾，史失諸野，無徵焉爾矣。六朝、隋唐殆緣此。則雖王郎曇首、謝傅安石並擅歌名，然名家貴盛，無與於斯業。其餘載籍所書，皆王、謝之比。惟詩人諷咏，不遺微小，一篇一什，時得所考據。讀劉隨州之作而何戡得名，今之優人宜祖。於是至龍門傳滑稽而錄優孟，盧陵史五代而獨著伶官，皆官司之選。宋、元相仍教坊色目，前聞至多，大抵爲士夫之所玩弄，鄙屑猥賤，甚於市井。其能自振拔於流俗，蔚然以文采相矜，周旋於士夫之間，使夫含毫吮墨之倫，不自惜其珠玉。歌者繼何戡而作，作者嗣隨州而起，則有清一代，優人之所擅，雖所操至賤，享名獨優。殆緣其人之善自薰陶，抑亦時會使然。習之也，豈一朝一夕之故耶？

予嘗考其所由，其原起於明季。士人自托豪放，不拘小節，以冠蓋之望，常自夷，而與輿臺窮乞相逐，六如、夢晉，其顯焉者也。明社既屋，人心不死，匹夫之賤，不忘忠愛，時以歌哭，致其悱惻。有爲當世士夫之所聞而生愧者，又嘗以微長末技奔走清流，恢復之謀不成而其名已遠。如蘇崑生、柳敬亭者，其何愧朱氏之逸民歟？蘇、柳之與士夫習也久，其吐屬至嫻雅，臺公巨卿十九優禮，以士夫接之。迦陵、芝麓諸家遺集猶在，可一一數也。自是而後，承其業多不肯自貶，益以風流自喜。而士夫寵之益高。王紫稼之獄，一時名流投間相援者，不絕於途，可以知一時之所好尚。又清法，職官狎娼律最嚴。杯酒之場，尤不可以無狎客。宅第相連，聲伎相聞，烏衣子弟時弄粉墨，每每以優爲師。士風豪習，兼濡並染，既無寒瘦可憐之風，亦少金銀市儈之氣。師傳弟受，世世相承，常以不勞而致豐澤，故習其業者日衆。國家無事，上下朝野相率以聲色爲歡。殊方遐士，能自致一第至京師者，莫不投縞素、豁耳目焉。快於一時之遇，輒不自已而吟咏之。或最錄且被之篇章，以誇其秀。每春官貢士，則菊部一榜，殆若成例。然其文或傳或不傳，予不及見其盛也。自戊戌入都，聞榜盂小如以下十人。癸卯再來，又見榜王琴儂以下十人。迄於甲辰貢舉悉罷，菊榜亦絕。不及十年而國變矣。建國元年，横被厲禁，而優人與士夫始絕。

嗟夫！一業之微，而其盛衰乃與前朝一姓興亡爲終始。若是者何耶？夫其興也，既承明季士流提倡之餘，而又乘以塞外不事詩書之族，遂致貴賤之防，獨施於優人。且教坊既廢，不設官司。內廷燕享，取材民間優人，所接益貴盛。其尤名者至使至尊動容，侯王納交，公卿論友，天下之美幾若蔽於是焉。而天下之人，亦時時各輸其材，以爲之奉。其勢既成，亘延二百餘年。逮至晚近，每一政變，莫不與優人有連。嗚呼！其盛若此，又孰知其斬然而遂止於是乎？

是雖細故，然於民生之所托業，猶足以考見古今之變，又係夫一朝之掌故，烏可以無記也？嘗欲網羅舊聞，列舉前録，自《燕臺花事録》以次，連得《帝京花樣》、《懷芳記》、《粉墨餘談》諸作，而《燕蘭譜》、《鶯花小譜》、《金臺殘淚記》則或存或亡，其他與其事而先後成一篇者，當益不乏其人。東莞張次溪先生博學好古，最喜搜集菊部史料，先後所得凡三十餘種。近又得山陰王眚子《菊部羣英》，馳書見示。予喜夫取材之地益宏，因更以昔之所見，益以今之所感，書其尾而歸之。

貴筑姚華茫父識於宣南蓮華盦。

（一九八八年中國戲劇出版社排印本《清代燕都梨園史料》正編續，頁四四四七—四四四九）

羣英續集（譚獻）

《羣英續集》，一名《羣芳小集續集》，譚獻（一八三二—一九〇一）撰。現存同治十三年（一八七四）刻本（與《燕市羣芳小集》合刻，《京劇歷史文獻匯編·清代卷·專書上》據以整理），民國二十三年（一九三四）北平邃雅齋排印張次溪輯《清代燕都梨園史料》本。

羣英續集跋〔一〕

陶方琦〔二〕

《羣英續集》者，選燕都嫢尾之春，賡菊部狀頭之録。新巢翡翠，揀翺而登；小海珊瑚，數珍以出。嬋娟此豸，琚瑀所聯。況復豐臺勺藥，緑陰易成；曲巷櫻桃，好華難壽。則又散春心之茀鬱，締瑤想之嬋嫣矣。當夫絳樹雙聲，粉郎十隊，慧匈璮朗，姣妒鏡空。春梢豆蔻之香，水曲蘭茖之戲。便嬛妝製，綽約情文。世有同心，誰能遺此？麋月樓主攀海燕之珍叢，仞雪鴻之舊印。鬟絲客裹，河滿君前。蓬萊之淺水難量，忉利之情天易老。顗璣單珩，重費平章。小扇輕衫，更憮要紹。唾風擡絮，九月迷花。佩小史之風流，寓中年之哀樂。但見徐陵珊管，著手成春；誰憐杜牧珠簾，傷心遲莫。僕緇衣入洛，金尊餞春。一曲琵琶，閑覓青鸚之院；二分塵土，偶隨青犢之車。哀豔未忘，清愁罕祓。則三年之夢，一卷之書，得無懷思曼於當年，引琅邪爲同調也乎？

甲戌夏五〔三〕，蘭當詞人纂。

（清同治十三年刻本《羣英續集》卷末）

【箋】

〔一〕底本無題名。

〔二〕陶方琦（一八四五—一八八五）：譜名孝邈，字子縝，一字子珍，號湀廬，一號湘湄，別署蘭當詞人，會稽（今浙江紹興）人。光緒二年丙子（一八七六）進士，以編修督學湖南。著有《湀廬初稿》、《漢孳室文鈔》、《漢孳室集外文》、《琳青山館詩稿》、《湘麋閣遺詩》（附《蘭當詞》）等。傳見譚獻《復堂文續》卷四《傳》、《清史稿》卷四九一、《續碑傳集》卷八一、《清儒學案小傳》卷一一、《詞林輯略》卷九、《近世人物志》、《清代七百名人傳》、《清畫家詩史》壬上、《清代畫史增編》卷一三、《清代畫史補錄》卷二等。

〔三〕甲戌：同治十三年（一八七四）。

樂府本事（平步青）

平步青（一八三二—一八九六），字景孫，號棟山，别署棟山樵、霞偶、三壺佚史、常庸等，山陰（今浙江紹興）人。清咸豐五年乙卯（一八五五）舉人，同治元年壬戌（一八六二）進士，選庶吉士，授編修。歷任侍讀、江西糧道署按察使等。同治十一年（一八七二），棄官歸里，專心校輯羣書，研治學術，從事撰述，手校羣書，刻爲《羣書斠識》十一種。著有《讀經拾瀋》、《讀史拾瀋》、《樵隱昔寱》、《霞外捃屑》、《兩負堂日記》、《棟山日記》、《上書房行走諸臣考略》、《司農公年譜》、《兩負堂札記》、《安越堂外集》、《安越堂駢文》、《越吟殘草》、《國朝文藪題辭》、《樂府本事》等，自訂《香雪崦叢書》。傳見《棟山先生回籍履歷稿》（《樵隱昔寱》附錄）、《近世人物志》、《詞林輯略》卷八等。參見謝國楨《平景孫事輯》（《謝國楨全集》第五冊《明清筆記談叢》，北京出版社，二〇一三）。

《樂府本事》，全名《峴斗薖樂府本事》，二卷，現存民國十三年紹興四有書局鉛印本。

樂府本事序〔一〕

平步青

光緒丙子秋〔二〕，薄游吴門，藓苫苻涉江，别五年矣。涉江憙收書，亦好鈔書。詢其别後所得，出傳奇鈔本數十册，署曰《蜆斗薖樂府》。問何人纂，曰：『同邑某太史外集也。官中外數年，意有所感，不曾强仕，已，歸田，謝客杜門，取短書小説，演作傳奇，易舊事以新詞，多者十六折，少或四出，謹守元人榘矱，不屑如湖上笠翁之等冗長也。』讀之數晝夜，憙其筆舌互用，層見疊出，奇警處不下藏園，若忘其爲稗販也者。惜卷如束笋，不暇傳録，僅取本事二卷録之。

涉江云：『尚有《紅樓拾夢平話》百卷，迺取《後》、《續》、《重》、《復》、《補》五書，及《夢補》、《增補》、《圓》、《幻》、《夢影》五種，芟薙增易，化朽腐爲神奇，皆點鐵成金手段。行匧未攜，不能與君共欣賞也。』

予曰：『近人好刻舊書，然太半可以無有。安得好事者出千金，取樂府拾夢，一一繡梓之，以餉遺海内。不知誰何之不遇才子，錯嫁佳人，焚香且讀且哭，豈非快事？』

涉江曰：『先生休矣。謝韻卿女史詩云：「詞章考據兩分馳，刻苦論文已太癡。等是積薪天地内，可憐總有一燒時。」考據、詞章，尚不足恃，下而至於傳奇、平話，不益癡乎？』

予謂：『亦視其書而何。乾坤終古不毁，則文字之必傳者，人亦不得而燒。祖龍毒焰，豈無壁藏復出之本？儻豫爲江陵斫柱計，如林汲山人，不著一書，不留隻字，自是別一種性情學問，不當望之人人。臨川李穆堂侍郎言，畢竟世間血性男子語也。』

涉江笑而起曰：『然哉，然哉！姑俟異日。』

（民國十三年紹興四有書局鉛印本《樂府本事》卷首）

【箋】

〔一〕底本無題名。

〔二〕光緒丙子：光緒二年（一八七六）。

詞餘叢話（楊恩壽）

楊恩壽（一八三五—一八九一），生平詳見本書卷九《姽嫿封》條解題。《詞餘叢話》，現存光緒間長沙楊氏刻《坦園全集》本，《重訂曲苑》本據以影印，《增補曲苑》本據《重訂曲苑》本排印。

（詞餘叢話）序

裴文祺〔一〕

古者入學習樂，弟子職也，少者可學，必非難事。自高視闊論者，執孔子『樂云樂云，鐘鼓乎哉』之說，窮極精微，屢牘連篇，究莫得善美之蘊。不知孔子所論，乃指作樂而云然，謂必有盛德大業，方可作一代之樂，非謂舍鐘鼓而别有所謂樂也。孟子曰：『今之樂猶古之樂。』古有樂，今亦有樂。古樂云亡，舍今奚從？而今日之樂，大而清廟明堂、燕享祭祀，小而樵歌牧笛、婦孺謳吟，凡有聲者，皆可謂樂。以此爲樂，則弟子可學矣。文褉奉使入覲大朝，得遇湖北護貢官楊都轉，晨夕晤對，一月有餘，無日不有唱和。湖光山色，助我詩情。既讀其詩集、詞集矣，漢陽旅次，又以院本數種見贈。文褉受而讀之，第覺其詞旨圓美，齒頰生香，而於製曲之源流，瞢如也。一再叩其底蘊，都轉略示梗概，並出是卷讀之。卷分三類：一曰《原律》，辯論宫商，審明清濁；一曰《原文》，凡曲之高下優劣，經都轉論定者，悉著於篇；一曰《原事》，詼諧雜出，耳目一新。製曲之道，思過半矣。較之《隨園詩話》、《制藝叢談》、《楹聯叢話》，更足啓發心思，昭示來學，不得以曲子相公爲名臣累也。

下邦有白毫子，明命王之十子，今王之叔父也，嘗以宫中應制第有魚龍曼衍之戲爲陋，訪得故黎承值樂工善吹笛者，出新意，製曲凡數十套，按節而歌，應聲而舞。四十年來，内廷賜宴，小臣得與聞焉。在下邦以創始爲奇，未嘗不咨嗟歎賞。以爲古之樂，則吾不知；若今之樂，亦觀止而不敢復請。惜白毫子薨已十有二年，不獲覩是編而考證之，亦憾事也。

付梓後，願以百本見寄。海邦童子，尚多穎秀之資，倘循是以求其精微，不獨今之樂可學，即古樂之善美者，不亦可測其涯涘耶？

丁丑秋九月〔二〕，越南國貢部正使珠江裴文褉殷年甫拜序於漢陽鸚鵡洲舟次。

（清光緒間長沙楊氏刻《坦園全集》所收《詞餘叢話》卷首）

【箋】

〔一〕裴文禩：字殷年，珠江人。光緒初，爲越南國貢部正使，奉使至北京。與楊恩壽合撰《雉舟酬唱集》，現存光緒三年（一八七七）刻本。著有《萬里行吟》（阮朝嗣德三十一年刻著山藏版）。

〔二〕丁丑：光緒三年（一八七七）。

曲曲（茅恒）

茅恒（一八四〇—一九一三），族名億年，學名恒，字子久，號北山，丹徒（今江蘇鎮江）人。畫家茅鹿鳴（一八一九—一八七〇）子。歲貢生，候選訓導，敕授修職郎。工書法，頗負盛名。曲學世家，擅唱崑曲，尤精於吹笛彈奏。宣統元年（一九〇九），受兩江總督端方（一八六一—一九一一）之聘，任南京音樂傳習所所長，於朝天宫教習崑曲及古樂。著有《樂說》、《曲曲》傳奇等。傳見蘋梗《秦淮感舊集》上『紀軼事』（民國十七年上海掃葉山房石印本《秦淮香豔叢書》第五册）、民國《丹徒縣志摭餘》卷八、民國六年（一九一七）排印本《京口草巷茅氏宗譜》卷六等。參見《江蘇藝文志·鎮江卷》（江蘇人民出版社，一九九四）、《江蘇戲曲志·鎮江卷》（江蘇文藝出版社，一九九七）等。

《曲曲》傳奇八齣，未見著録，演述崑曲唱法與理論，標工尺譜，現存光緒二十九年（一九〇三）周蓉波（道一八三六—一九〇九）鈔本《霓裳新詠譜》第十五册所收本，南京圖書館藏；另有第二一册殘鈔本，存三齣，文字亦多有出入。參見吳新雷《奇特的崑曲唱論——〈曲曲〉》（趙景深主編《戲曲論叢》第一輯，甘肅人民出版社，一九八六；吳氏《中國戲曲史論》）、孫書磊《茅恆及其論曲傳奇〈曲曲〉考》（《南京圖書館藏孤本戲曲叢考》）。

（曲曲）自序

茅　恆

或有謂北山者曰：『夫子之於曲也，可謂天人交盡者矣，曷不著爲論説，以傳諸後來者乎？』予應之曰：『唯唯，否否。』

或又曰：『古人之不垂諸簡編者，云待後人之自悟。然如夫子之善悟者，有幾人哉？即以夫子而論，尚有遲至數年而後悟者，有遲至數十年而後悟者，後之人安得盡如夫子？況今也，去古事益遠，此道已將廢墜，不有人高出而提唱之，不幾乎世無知音者乎？』予因舉所知者而告之無遺。

或又固請予曰：『此數言可罄者也，烏足以成書？』徐而思之曰：『子言良是，予今不言，疇言？言者無以清，卽以曲言之，可乎？』於是八日而填八曲，其未能綴諸曲者，以白代之。一曰《稔音》，雖似無與於曲焉，而實爲曲之所由始。次曰《精聽》，卽余曲之所從入者。三曰《辨聲》，字且弗識，如曲文何？四曰《考樂》，樂則又較曲而大矣，樂尚可得而知，曲胡不可得而言耶？矧所關匪細，安得不起而正之？五曰《悟塡》，非誇也，悟則得，不悟則否，亦欲期諸來者之善悟耳。六曰《致訪》，蓋天下之知音，惟此人耳，其他雖非盡無，然而罕遇之矣。七曰《砭俗》，豈與俗伶爲讎，殆曲之所以亡者，亡於若輩耳。不有以砭之，曲豈能存哉？八曰《究情》，夫曲以字起，次音，次節，又次則各肖，而究於情終焉。

或見而退，爰志爲序。

光緒二十三年十有一月冬至，朱方茅恆北山氏自序。

《曲曲》敍

李暎庚〔一〕

《曲曲》者何？茅子論曲之曲也。曲胡以名曲耶？清白如話之謂詞，文情宛轉之謂曲。其命名也，以義起耳。然而今也不然矣，以文勝者爲詞，以可歌者爲曲，名寔不大相反乎？且也自上之曲言之，則自元迄今之曲；自下之曲言之，則今此八曲之曲。雖止八曲，而百千萬曲之理，悉寓其中。卽自元明以降，凡能譜此曲者，其塡曲之法，無不寓乎其中。雖推之百千萬世以後，百千萬人，苟不塡曲則已，如有志乎曲也，能不於此八曲之中，守其塡法以塡之也哉？

光緒龍飛二十有三祀歲次彊圉作噩玄英辜月冬至日，朐陽年愚弟李暎庚曜西氏序。

（以上均清光緒二十九年周蓉波鈔本《霓

【箋】

〔一〕李暎庚(一八四五—一九一六):字曜西,一字嘯溪,海州(今江蘇連雲港)人,僑寓沭城(今江蘇沭陽)。光緒十五年己丑(一八八九)進士,歷任永平、正定、大名、天津等府知府。民國初,入登禮館,繼擢肅政使。上書反對袁世凱稱帝,不納,憤然辭官。歸里後,任沭陽縣農會會長,未幾卒。著有《樂譜》、《政書》等。傳見民國《重修沭陽縣志》卷一六。

蓮湖花榜(朱庭珍)

朱庭珍(一八四一—一九〇三),原名庭凱,字舜臣,改名庭珍,字小園,一作筱園、曉園,號詩隱,别署龍湖詩隱,石屏(今屬雲南)人。光緒元年乙亥(一八七五)鄉試副榜,十四年戊子(一八八八)舉人。屢應進士不第,入雲南總兵丁槐(一八五〇—一九三五)幕,參修通志,主講經正精舍。提倡新學,開滇中風氣之先。嗜戲,善詩,結蓮湖吟社,爲社長。輯録《蓮湖吟社稿》、《滇雅》等。著有《筱園詩話》、《穆清堂詩鈔》及《續集》、《蓮湖筆記》、《蓮湖詩話》、《蓮湖花榜》等。傳見袁嘉穀《袁嘉穀文集·墓志銘》(雲南人民出版社,二〇一〇)、民國《石屏縣志》、《新纂雲南通志》卷二三三等。參見李豔蕾《朱庭珍行年考略》(《現代中文學刊》二〇一〇年第四期)。

《蓮湖花榜》,現存光緒二十五年己亥(一八九九)滌綺池館刻本,《京劇歷史文獻匯編·清代

蓮湖花榜序

朱庭珍

夫《鄭風》別解，芍藥見於詩；趙記附書，櫻桃傳於史。《國策》志鄂君被，捧手以上莊辛；選樓錄魏臣書，賞心而誇車子。考金元之南曲，古調不彈崑山；聆秦晉之西腔，悲歌猶憶燕市。論聲容於菊部，定次序於梨園。妙舞合按夫梁州，豔名宜編諸花案。此昔人品藻，所爲先樹風聲；今人采芳，所以續評月旦也。

顧日下久沿陳蹟，滇中則屬創聞。議者謂鍾儀慣操土風，《巴》曲高非郢《雪》。何必銀箋削稿，翠管霏香。飾絳樹以珠喉，矜紫雲之玉貌。鶯嬌燕姹，榮等泥金；鳳笛鸞笙，奏同檗木。而不知顧曲江南，歡場若夢；空羣冀北，眞賞爲誰？謝公中年，賴絲竹之陶寫；白傅遠謫，賦《琵琶》而自傷。彼龜年之遇少陵，何戡之逢禹錫。句拈七字，名附千秋。前賢不諱憐香，吾輩何妨染翰耶？

嗟乎！劉蕡下第，李郃登科。溯取士於有唐，尚失人於文苑。區區游戲，又何足云！喚醒春夢之婆，江花久謝；寄語夏畦之客，柯竹休訾。

戊戌中秋後一日〔一〕，龍湖詩隱自題。

（清光緒二十五年己亥滌綺池館刻本《蓮湖花榜》卷首）

【箋】

〔一〕戊戌：光緒二十四年（一八九八）。

蓮湖花榜跋

闕　名〔一〕

以上共取四名。滇中各班時豔，不盡於此。茲則就耳目所及錄之，不敢謂一顧空羣，亦庶幾拔其尤矣。倘有遺珠，安知將來不遇賞音，重羅珊網也？至於各班久負重名，如唐二喜、丁三鳳、金蘭芳、鄭雲芳、張四鴻、周洪官、周桂芳諸伶，人所共知，先進之英，不能與後起並列，別著有《梨園紀豔》一編，校刊期諸異日。

己亥五月附識〔二〕。

【箋】

〔一〕此文當爲朱庭珍撰。

〔二〕己亥：光緒二十五年（一八九九）。

蓮湖花榜後序

李　坤〔一〕

在昔東海揚塵之會，西山壓雪之辰，達邏騎於甘泉，警堠烽於樂浪。僕以羈旅，滯於上京。哀哀斫地之歌，黯黯憂天之色。則有延陵退叟，洛下清才，燕市同遊，韓潭偶值。相與批風抹月，摘豔薰香。評史筆於情天，泛酒船於恨海。敦槃既晉，書劍迺歸。息影衡茅，腐精豪楮；樣摹鸞閣，津問麟洲。頂千佛之名經，習衆仙之雅咏。勞深腕脱，事與心違。夜雨愁城，邊聲忽入；彩雲淨土，花事未闌。每懷隱憂，復萌故態。

時則龍湖居士，螺岫寓公，暇召梨園，肇修芳譜。昔者昔者，廣陵殿最之篇；左之左之，元獻風懷之什。踵豔情於北地，鞠部羅英；補闕事於南邦，蓮湖置榜。不淫其色，首推孝子之花；（巧雲少孤，本良家子。值歲饑，其母將下堂，先鬻其妹。巧雲煢煢無依。菊部沈伶，見而憐之，教以歌，慧甚。未幾，名噪一時，積貲營室，迎出母，奉養備至。復贖其妹以歸。天性肫篤，可謂孝伶。以之首選，亦藉以風末俗云。）秉直司聰，妙選音聲之木。書層霄之喬采，挹空谷之國香。雅意評量，豪垂秋露；苦心覈校，髭染肅霜。儻如有爲而言，抑亦無聊之極。

嗟嗟！以馬喻馬，大都寄托之詞；非魚知魚，試擬牢騷之旨。向使金閨早入，玉尺親操，網得珊瑚，量來杞梓。識汾陽於裨將，拔信國爲狀頭。必能和晏三靈，清怡九服。弭謗山公之楦，息機水母之睛。而乃李廣難封，劉蕡下第。池乾緑水，屋破秋風。計已拙於謀身，詩遑咏夫薦士？兼以苕華寄慨，時事關懷。因而梅史持衡，科名借例。續伶官之小傳，廣曲謙之新評。徵及鄙文，贊斯豔什。君以美人遲暮，藉探杏譜寫愁；我慚好麗殷勤，爲擷華錄作序。

光緒己亥天貺節，雪道人綴於周彝漢鏡室。

【箋】

〔一〕李坤（一八六七—一九一六）：字厚安，一字櫟生，號雪園，別署雪道人、思亭生，昆明（今屬雲南）人。

光緒十九年癸巳（一八九三）舉人，二十九年癸卯（一九〇三）進士，官翰林院編修。曾從朱庭珍學。民國後爲雲南高等學堂國文教授。著有《思亭詩文鈔》、《雪園叢書》、《齊風説》、《篠風閣隨筆》等。傳見《詞林輯略》卷九、袁丕鈞《傳》（《滇南碑傳集》）。

（蓮湖花榜）題詞

陳　鵾　等

草占科名花占魁，苴蘭一樣也掄才。不殊日下傳臚唱，檀板金尊動地來。

且看霧鬟與風鬟，漫説風流任往還。果是迷樓稱絶豔，從今許列鳳池班。

彩雲深處舞雲翹，喜氣迎人酌酒邀。爲問梨園誰乞巧，一分巧是一分嬌。

舞衫歌扇不生塵，媚影姗姗亦可人。與我周旋原是我，拈花一笑急抽身。集翠軒主人題〔一〕

湖山終古彩雲鄉，風月嘉時侑一觴。不是江南落花節，岐王宅裏亦尋常。

翠湖風颭鬧紅輕，難遣中年以後情。料得東山謝安石，偏耽絲竹爲蒼生。吴江冷客題〔二〕

（以上均清光緒二十五年己亥滌綺池館刻本《蓮湖花榜》卷末）

【箋】

〔一〕集翠軒主人：即陳鵾，字蘭卿，祖籍山陰（今浙江紹興），居昆明（今屬雲南）。與朱庭珍結蓮湖詩社，交往甚密。見賞於林則徐。年八十三卒。能詩，著有《集翠軒詩稿》（附《好湖山樓詩鈔》）等。

〔二〕吴江冷客：姓名、籍里、生平皆未詳。

擷華小錄（余嵩慶）

余嵩慶（一八五四—一九三〇），字子澄，號芷苓、梅友，別署沅浦癡漁，武陵（今湖南常德）人。余嘉錫（一八八四—一九五五）父。光緒元年乙亥（一八七五）恩科舉人，二年丙子（一八七六）恩科進士，授戶部主事，改任河南新安、偃師、商丘知縣。二十七年加捐知府，發往湖北。後轉雲南大理、楚雄知府。著有《緝芳仙館詞存》等。傳見《光緒二年丙子恩科會試同年齒錄》、《清代官員履歷檔案全編·光緒朝》等。

撰《擷華小錄》，現存光緒二年（一八七六）精刻本、民國二十三年（一九三四）北平邃雅齋排印張次溪輯《清代燕都梨園史料》本等。

（擷華小錄）自序

余嵩慶

日下春多，酒邊花笑。舊雨今雨，尋綺夢於青門；柳枝柘枝，記香痕於紅豆。有懷欲訴，輒喚奈何！蓋自初涉燕臺，旁徵花事。金尊檀板，曉風殘月之時；翡翠蘭苕，人影衣香之地。酒浮大白，塵蹋軟紅。嘯侶飛觴，半是雛鶯乳燕；推襟送抱，靡非夕秀朝華。信四美之能兼，問百年其有幾？離離芳草，嫋嫋秋風。杜少陵同谷作歌，空悵三年皮骨；劉司馬玄都訪舊，試尋千樹桃花。則見慘綠成陰，落紅如海。碧梧枝老，棲幺鳳以翩翩；玉笋林高，簇新篁之个个。幾許輕塵朝雨，釀來無限春痕；曩時冶葉柔條，都復出人頭地。何戡猶在，莫盡低徊；子野聞歌，彌多棖觸。爰以瀹茗焚香之暇，抒滋蘭藝蕙之情。合瓊花玉樹以成林，想見當年張緒；幸蝶粉蜂黄之未褪，漫云天壤王郎。穠豔如新，容華不減。或神光離合，姿替月以俱圓；或情韻纏綿，思停雲而共遠。或聽珠喉之歷落，炙暖鵝笙；或灑墨汁以淋漓，摹殘繭紙。凡兹韻事，孰匪名流？撫歲月之婆娑，歷烟雲之變幻。鉛華易洗，陳迹難尋。能無倦眼重揩，秃豪獨染，繪羣玉山頭之粲者，結三生石上之良緣乎？或謂梅根蘭畹，儘多老幹叢苗；水佩雲裳，不少繁花嫩蕊。數眞靈之位業，月三五而猶盈；擷香國之菁英，風廿番而未暮。誰云妙選，祇在中年？不知喬木陰森，早入羣芳之譜；瓊芽質弱，待分膏露之華。未了緣多，不辭杜舉；它年論定，詎乏江毫。唯兹清友之重逢，所幸韶光之我假。用摹逸致，以寫幽懷。敢云滴粉搓酥，貌出風光旎旖；竊願鸞飄鳳泊，都成仙佛團圞。

光緒二年乞巧前二夕，沅浦癡漁。

擷華小録序

好麗殷勤客〔一〕

粤自歙州感遇，合録斯成；邗上搜奇，羣英畢紀。展《曇波》之幾帙，佳傳居多；留《豔瀣》

之一塵，勝游如昨。閲茲數種，自成香國新書；蔽以一言，胥本《法嬰祕笈》。然皆情天廣覆，色界窮探。扇暖衫輕，衹快游仙之夢；花驕柳寵，未開選佛之緣。裙屐翩翩，果誰心賞；笑言晏晏，幾許目迷。夫珉玉同纍，拱璧因之而失貴；簀蘭合畹，國香由是以不珍。體例無聞，空入成均之諷；搜羅雖富，徒增《豔異》之編。誰似是書成於吾友爾？

其居鄰湘水，工美人香草之思；客到薊門，入大酒肥魚之社。三年遍閲，無分夕秀朝華；一字定評，略寓王前盧後。數苗條之玉樹，麗容合列璧人；聆宛轉之珠喉，能事兼推車子。抑茲韻友，別具逸情。或紙擘硬黃，規橅章句；或琴調寒碧，軫惜爨桐。彈棋則黑白分奩，兼精象戲；作畫則丹青尺幅，雅似龍眠。都從夾袋收來，盡付柔毫寫出。仿《國風》之篇次，識來芳草名多；比明月之團欒，聞得木樨香遍。間有藥名獨活，蟲是可憐。對月凝愁，悼閑花之遲暮；臨風寫怨，傷弱草之飄零。亦爲點綴成文，靡不淋漓盡致。陸子《小名》之錄，箋姓字以都香；孟家《本事》之詩，繪聲情而逼肖。尤服其品題特慎，界畫從嚴。未踰舞象之年，弗登斯選；縱擅驚鴻之譽，任軼其名。穉燕嬌鶯，亦靳西園之翰墨；紛桃鬱李，詎參南部之烟花。辱示鄙人，屬訾贅語。君眞作者，卽斯峴董史之才；僕有請焉，盍爲補陸郎之傳？

光緒丙子冬孟下澣〔二〕，古茂苑好麗殷勤客綴於都門鄉館之羣玉山房。

（以上均清光緒二年精刻本《擷華小錄》卷首）

【箋】

〔一〕好麗殷勤客：姓名未詳，長洲（今江蘇蘇州）人。光緒間生活於京師。

〔二〕光緒丙子：光緒二年（一八七六）。

燕臺花選（染雲主人）

染雲主人，姓名、籍里、生平均未詳。編輯《燕臺花選》，現存同治十年（一八七一）鴻文齋藏板本，中國藝術研究院圖書館藏。

（燕臺花選）序

染雲主人

夫佳人掩袖，爭薰蛺蝶之香；才子攤箋，幾滴蟾蜍之淚。花天酒地，數遍雞籌；舞館歌樓，睡沈鴛枕。況兹都會，尤屬名區。徵故事於勾欄，詩吟北部；聽新聲於別院，畫溯南朝。豆蔻梢頭，櫻桃葉底，奇緣屢證，幻夢良多。

僕旅橐蕭蕭，征衫落落。焉散挑紅買翠，何容訪燕尋鶯。然紈扇能圖，銅琵復擅。效司勛之步月，隨太史以采風。公評既可質同人，私約亦偶逢知己。研指擣粉，曲通梅使之情；拾帕扶鈿，備盡檀奴之職。論彎弓於木底，商圓鏡於花邊。啓到朱唇，垂來青眼。逍遙五月，幸逃斧鉞之誅；游冶半年，尚合裙釵之用。爰舉所知於目賞，豈阿所好於心裁①。結翰墨因緣，表英雄粉黛。非操選政，致嗤竽濫之吹；聊佐談場，用遣杯間之興。

同治十年歲次辛未孟夏月下浣，染雲主人自序於都門之憶梅仙館。

（中國藝術研究院圖書館藏清同治十年鴻文齋藏板刻本《燕臺花選》卷首）

【校】

①裁，底本作『栽』，據文義改。

瑤花夢影錄（朱慕庵）

朱慕庵，別署慕庵主人，籍里、生平均未詳。輯錄《瑤花夢影錄》。或以該書爲阮恩灤（一八三一——一八五四）撰，疑誤。恩灤，字媚川，儀徵（今屬江蘇）人。阮元（一七六四——一八四九）孫女，阮常生（？——一八三三）女，錢塘增生沈霖元妻。能詩，善書畫，嗜琴。生平見其《慈暉館詩詞草》（咸豐四年武林沈氏刻本）卷首阮恩海《傳》、《清代閨閣詩人徵略》卷九、《清畫家詩史》癸下等。清光緒元年（一八七五）刻《慈暉館詩詞草》附刻《瑤花夢影錄》一卷。

《瑤花夢影錄》，現存《瀛寰瑣記》第十二卷（一八七三年十月）本，同治十二年癸酉（一八七三）刻本（光緒元年、光緒十八年抱經堂書局據以重印）。

瑤華夢影記

笙月詞人（一）

夫雜靈莞於髮爬之澤，不抑其幽馨；潛特珠於叢確之川，無掩乎宵鏡。夫渠秋潔，出淤泥而自芳；梅花春寒，冠眾香以獨絕。如瑤卿邊生〔二〕，有足多也。

生紅衫能歌，素面不俗。學泰孃之眉嫵，身原吳苑之花；認蘇小作鄉親，寓近西泠之柳。小字則玲瓏月底，試聽銀葉之笙（小名寶笙）；芳年則羅綺風前，纔過木蘭之信。生成玉質，藉甚香名。而乃瘦影自憐，孤心冷抱。促嬌鼉之節，嬾上紅毹；卷畫蝶之衣，厭熏翠餅。綠韝挾彈，不逐雕陵少年；白袷尋春，得遇丹陽公子。

朱慕庵者，詩栽花骨，月證吟身。余情洵芳，本紫雲之解拍；卿意良厚，遂青眼以高歌。脈微波以通詞，叩香囊而結佩。皎皎秋月，同茲素心；的的明瓊，嵌以紅豆。織橦花之錦，爲譜《金荃》；傳玉璫之緘，輒呼翠羽。可謂蕩迴腸於九轉，結芳果於三生者矣。

時則雁燈欲炧，鵲爐未寒。宛轉工愁，流連絮恨。悵碧雲其易暮，感青春以自傷。由來蕙抱，本自耽書；如此瓊姿，忍教墜溷？念鶯花之小劫，回首五年；作風月之主人，何辭一諾？遂乃小拓瓊樓，別開桂戶。屏圍鏡壁，軸插羅廚。南朝宮體，非無刻葉之篇；汝陰夫人，大有簪花之格。雁頭擘粉，午蝶催吟。鴝眼揩雲，晨螺仿字。聽書聲於月裏，銀箭三更；商笛語於梅邊，金釭二等。靈心犀鏤，豈匹詅癡之符？小部鸞迴，永謝趾離之幻。將刮目於三日，詎換骨於九還？臨風玉樹，卽成宗之之俊才；竟體芳蘭，非直謝生之雅度。

僕也越溪愁客，明湖寓公。十載題詩，已覺揚州之夢；一官聽鼓，相逢閬苑之仙。以爲少府筵前之戲，無怍乎鬬猴；參軍簾外之謳，未殊於唱鶴。衣冠善媚，尚效俳優；崽弱何知，偏羞歌舞。誠宜瑤華深護，展崔家五色之旛；豈云璧月多情，種楚國邊枝之樹？前番扇影，乍識何戡；兩度衣香，曾留荀令。鳥依人其宛似，馬知塗以自慚。傳《玉臺》之詩格，不辭著錄於絳紗；灑金粉作文章，先已增春於青鏤。

笙月詞人。

（清同治十二年刻、光緒元年重印本《瀛寰瑣記》卷十二所收《瑤華夢影錄》卷首）

【箋】

〔一〕笙月詞人：浙江人，姓名、生平均未詳。

〔二〕瑤卿邊生：即邊琬，字瑤卿，改姓名爲薛寶笙，生平詳見本卷《燕市羣芳小集題詞》條箋證。

瑤華夢影錄跋

邊　琬

一番春夢，顧曲登場；十載天涯，飛花墜溷。忽逢青眼，爲拍紅牙。遂雅集之追陪，得名流之題品。抽黄對白，六朝金粉之篇；墮絮吹香，雙調鶯花之譜。龍門倍價，鳩質增慚。今者調笙樓上，已抽羅綺之身；問字堂前，來作琴書之伴。慕庵主人緝蕙纕之衆製，付棗鏤以成編。露盥紅薇，函開縹葉。鏡中影瘦，敢誇玉樹之枝？卷裏香多，永結秋蘭之佩。

同治癸酉仲夏，瑤卿邊琬。

（同上《瑶華夢影録》卷末）

鞠部羣英（王小鐵）

王小鐵，别署小游仙客、小游仙館主人，揚州（今屬江蘇）人。同治間在京任職，留意梨園。撰《鞠部羣英》二卷，僅刻上卷，現存同治十二年癸酉（一八七三）刻本、同治十三年序楊靜亭編《都門彙纂》附刻本、光緒九年（一八八三）刻《增補都門紀略》本（宣統二年據以重印）、民國二十三年（一九三四）北平邃雅齋排印張次溪輯《清代燕都梨園史料》本。

鞠部羣英自序〔一〕

王小鐵

僕燕臺匏繫，十餘年來，雅有徵歌之癖。然聞其聲而莫辨其人，美哉猶有憾。因於庚辛以還，暇時留意梨園，旁諮博訪，彙爲上下兩編。搜輯尚未全備，友人索觀甚夥。爰取下卷先爲校定，付之欹劂，以公同好。上卷並諸公所賜題咏，容俟彙齊續刊。

同治十二年歲次癸酉三月，邗江小游仙客謹識〔二〕。

【箋】

〔一〕底本無題名。

〔二〕光緒九年（一八八三）刻《增補都門紀略》本，題署後題『光緒五年歲次己卯孟夏月燕市游子初識』。燕市遊子，姓名、籍里、生平均未詳。

（鞠部羣英）凡例

闕　名〔一〕

一、是編專就時下梨園子弟，全行搜錄。其有從前名下翛然塵外，不事應酬者，未及備載。

一、各班人名，悉照腳色序列；　各堂次序，悉依住址編列，並非意存軒輊。

一、各堂子弟無多，悉數編入；　各班腳色人數極繁，僅擇其尤。遺漏之處，誠知難免。

一、各腳色宗族姻親而隸梨園籍中，亦就訪得者注明，尚恐缺而不備。

一、各堂主人曾係籍隸梨園者，備書籍貫等項。即物故者，亦略分注於下。非是者但繫以姓。

一、各堂主人所出門下，亦皆備載，以識淵源。其有老輩年深無從考究者，闕以俟補。

一、各堂主人多係以藝擅名，惟現不登場者，無從覶記，概從略焉。

一、梨園腳色，向分外、付、貼、淨、末等名目，此編分注概從俗稱。

一、戲名所傳不一，如《小宴》即《醉妃》、《琵琶行》即《送客》、《七星燈》即《五丈原》、《八大錘》即《朱仙鎮》之類。兹編所載，亦皆從俗，俾閱者易曉。

一、京都舊有《法嬰祕笈》刊本，現在物色維艱，其中編列人名，無憑查注，留俟續增。

一、京都高腔及各小班，頗有擅長腳色，惟素鮮見聞，難於搜輯，姑從割愛。

一、是編匆促付梓，各腳色籍貫、技藝等項，難免遺漏。且恐傳聞有誤，率爾操觚者，尚希大雅鑒正。

一、是編僅就各腳色籍貫、技藝等項，詳細考訂，不加贊語，識者自能辨之，無俟詞贅。

一、是編梓成後，其有續增改正者，請付本鋪照辦，以期美備，且能歷久常新。

（以上均清同治十二年癸酉刻本《鞠部羣英》卷首）

【箋】

〔一〕此文當爲王小鐵撰。

日下梨園百咏（醉薇居士）

醉薇居士，姓名未詳，錢塘（今浙江杭州）人。光緒十一年乙酉（一八八五）舉人。撰《日下梨園百咏》，現存光緒十七年辛卯五月天津石印書屋石印本。

（日下梨園百咏）自序

闕　名〔一〕

夫傀儡登場，事涉游戲。然俗有貞淫，即風殊正變，觀今鑒古，懲勸昭然。至於忠臣孝子，義夫節婦，以及閨房之細事，里巷之俗情，摹繪一眞，亦足激發人意。

昔先君子嘗以西崑諸劇拈題，作試帖一百首。舉游戲之事，而以清新典雅之筆出之，故能將各題義曲曲傳出，引人入勝。劫後板燬，舊本亦無存者。近年風尚遞更，專工湖廣調，俗所謂『二黃』也。京師梨園，講求最至。精斯藝者，輒名噪一時。而西崑之音，不啻《廣陵散》矣。即或偶爾登場，觀者必厭倦思臥。

余於崑曲，曾略諳一二。乃十數年來，南北奔走，塵累困人，此事遂廢。光緒己丑、庚寅，僑寓都門，輒約友縱觀諸部，所演皆湖廣調也。雖其詞粗鄙，不免傖父對人，而譜之管絃，按之音節，疾徐高下，亦復渢渢移情。旅窗遣興，戲拈劇名，成試帖一百首，名曰《日下梨園百咏》，皆擇其情眞理摯，余所目及者爲之。顧余素不工吟咏事，其間或意有挂漏，或詞涉繁蕪，各題之義，愧未能曲曲傳出。今姑集印成冊，亦聊以爲游戲之助也云爾。

闕　名〔一〕

【箋】

〔一〕此文當爲醉薇居士撰。

（日下梨園百咏）凡例

一、劇名甚夥，是冊限於首數，不能遍及。

一、武劇專尚巧力，往往有無理取鬧者，故是冊從略。

一、是冊專載湖廣調及亂彈。其《雙湖船》一齣，係屬吳歈，例似不應雜入。惟此齣京師梨園中能者甚少，近時有雛優數人工此，不能沒其所長，故附及之。《畫倉》一齣，係屬崑劇，亦恐限以書例，能者不彰，因爲附咏，用特表明。此外并不援例焉。

一、各題下注明戲角姓字，其時下俊優，則繫以堂名，小字以示區別。

一、劇名不宜混淆。如《審刺客》一齣，或云『審刺』，易混崑戲內《審頭》、《刺湯》兩齣，故必繫以『客』字。《嫖院》一齣，或云《大嫖院》，易混『思致誠』一齣，故去『大』字。

一、是詩不過游戲之筆，一首中間有複字而不能改去者，均仍之，閱者諒焉。

【箋】

〔一〕此文當爲醉薇居士撰。

（日下梨園百咏）敍

伴仙道人〔一〕

錢塘醉薇居士，余從兄，乙酉同年友也〔二〕，與余交最深。爲人倜儻有奇氣，富於才，而尤工於詩，所至輒名噪一時。歲庚寅〔三〕，春闈報罷，出游津門。暇拈京師梨園劇名爲題，戲爲《日下梨園百咏》。不兩閱月，而一袠告成。

適余亦以事至津，翦燭西窗，欣然見示。展誦一過，無美不收。其題之典麗者，則慷慨激昂，例同咏史；其題之幽誕者，則陸離光怪，奇等《搜神》。至於鄙俚之題，則出以典雅之筆，毫添頰上，眇得環中。雖以游戲爲文章，具見學問之根柢。或以爲烘雲托月，足爲諸伶生色，猶其淺焉者也。

余於詩學，素乏研究。而於戲中之關目情形，時或略諳一二。長夜無事，爰爲逐一點評，並綴數語於後，聊以志鴻雪之意云。

時庚寅初冬，琴谿伴仙道人識於析津旅舍。

【箋】

〔一〕伴仙道人：琴谿（今屬安徽）人，姓名、生平均未詳。

〔二〕乙酉：光緒十一年（一八八五）。

〔三〕庚寅：光緒十六年（一八九〇）。

（日下梨園百咏）跋

避塵盦主〔一〕

新雨初歇，曉風試晴。蘭陵王孫至，笑謂予曰：『子臨池有興乎？吾將爲子助之。』爰出醉薇居士《梨園百咏》一册，屬予楷書一通，擬付諸石印。予授而讀之，頓覺口角生香，眉色飛舞。正如十丈軟紅中，一聆天上《羽衣霓裳曲》也。因思詩人吟咏，動以賦物爲工，而羌無故實之譚，則尠見。茲詩之作，正不嫌史傳之所無，奇譎案衍，光怪陸離，直使當日情神，躍躍紙上。醉薇其具《三百篇》之遺意乎？而必故變其體者，則又爲操觚家一示法門也。遂不計工拙，而樂爲之書。書竟，而贅此數語。

避塵盦主謹跋。

（以上均清光緒十七年辛卯五月天津石印書屋石印本《日下梨園百咏》卷首）

【箋】

〔一〕避塵盦主：姓名、籍里、生平皆未詳。

曇波（四不頭陀）

四不頭陀，姓名、籍里、生平均未詳。撰《曇波》，現存咸豐間刻本（《京劇歷史文獻匯編·清代卷·專書上》據以排印）、民國二十三年（一九三四）北平邃雅齋排印張次溪《清代燕都梨園史料》本。

（曇波）自敍

四不頭陀

三十年來，高搴蘭芷；四千里外，倦賦《琵琶》。易水變聲，燕雲作態。玉珂斷其消息，珠樹領其風情。氣短英雄，聊取青梅煮酒；歌傳懊惱，且看紅杏裁衫。蓋與其桂窟含冤，空對友朋扼腕；何如梨園買笑，猶邀子弟傾心也。不選良辰，但憑正午。浮將綠蟻，醉游消夏之園；撲得青蚨，飛入爭春之館。笙簫沸地，樓樹排雲。有菊部之芳卿，上蘭臺而惱我。幾回蝶板，三度《霓裳》。怪他裹足纏頭，較勝青衣侍者；對此歌裙舞扇，逼眞紅粉佳人。固已耳繞八音，目迷五色。洎乎下場，於焉上座，紛披花柳，各露天姿。淨洗鉛華，好看本質。當之以冷眼，繞之以熱腸。渠皆顧影自憐，我則縱心孤往。就中麗者，果然霞舉軒軒；以外童兮，豈足竽吹一一。效王龍標畫壁，佳品冥搜；擬張燕國摩珠，香名暗記。當夫金烏西墜，玉兔東升，共訂雅游，更饒餘興。喚得佳兒似雪，邀來勝友如雲。馬足蓬飛，向燈樓而解脫；車輪雷動，過酒肆以招搖。把臂傾談，猜枚鬭勝。觴令行而點翠，燭影照而搖紅。自非顧盼生姿，安得風流相賞？柳腰低折，何珊珊其來遲；鶴膝微彎，遂緩緩而歸矣。玉樓歇賞，金屋藏嬌。淨窈窕之房櫳，蕩迷離之金碧。歡未終而夜步，杯重把以筵開。清寫龍頭，香吹象口。今宵何處，唱『曉風殘月』之詞；此中有人，稱緩帶輕裘之度。拍紅牙而再按，腔《白雪》以閒調。

涼雲滿空，微霜點鬢，則又愁宴娛之易逝，嘆良會之難陳者也。無端生感，有爲而言。閱歷既多，品題難已。可人姓字，胥歸夾袋之中；騷客心靈，半貯錦囊之內。描出羣芳一譜，不負甯馨；妝成衆美全圖，何嫌優孟？問兒聲價，從此登龍；殫我才華，眞如修鳳。笑人間穢史，但存幾命之官；看世上讒碑，徒遺萬年之臭。閒情似此，快意奚如？況復蒿艾不收，芝蘭是采。分雁行之次第，陋魚目之混淆。既定鑒衡，始精品藻。蓋徵歌而選舞，必遺貌以取神。相馬有眞，在牝牡驪黃之外；好龍非假，豈常鱗凡介之儔。我是知音，卿應解語。百年鼎鼎，誰修皮裹之春秋；四海茫茫，難别胷中之涇渭。無惑乎量才玉尺，顛倒而持；何異乎司命朱衣，鬼神是聽。

嗟乎！世多怪事，僕本恨人。淪落既同，悲歌何極？看眼前之兒女，卽是蒼生；擎掌上之珍珠，都宜憐惜。倘或漫誇斷袖，自詡纏腰，前席方虚，後庭重問，强下陳蕃之榻，直登子反之牀，是又搴芳公子别具肺腸，逐臭庸夫毫無顧忌者也。狂瀾既倒，雅道宜存。佛歡喜而皈依，天有情其奚補？婆心不死，生面自開。撫兹月旦平章，聊當香花供養。庶幾沈沈黑海，來度苦之慈航；滚滚紅塵，變聞香之淨域。噫嘻乎！老夫耄矣，少者懷之。敢拂花箋，用成小引，强分流品，貽笑大方。

壬子仲冬月望六日〔一〕，四不頭陀自敍於蓮燕雙清之精舍。

【箋】

〔一〕壬子：咸豐二年（一八五二）。

（曇波）敍

勉　齋〔一〕

兩大清淑之氣，不妄鍾於等倫，而優伎之流，間多俊秀。就中尤物，幾有百里一見，千里一見，并舉世而僅一見者。蓋鍾靈若此之難也。彼蒼者天，既不爲靳之，又不少爲重之，卒使之黜於侏儒優雜之場，日以爭姸取憐爲長技，豈眞造物者之好惡與人異心，故爲之顛倒反覆於其間耶？抑賦予之後，本自無心，聽其爲輪爲彈，如風花之飄墮，不必證其因果耶？夫天下賢知多矣，卽瑰意琦行，超然獨舉之士，亦非絕無其誼矣。乃負盛名而厄奇運，終日坎壈纏身。振古如兹，可勝浩嘆，獨優伎也與哉？天道茫茫，誰其搔首而問之也？

吾友四不頭陀，以跌宕之筆，寫綺麗之辭；品藻論才，極妍盡態。固風流之韻事，抑亦有慨於中而不能已者。則巴人下里之詞（適爲題詞三章），或者其有當於寄托乎？

勉齋謹識。

【箋】

〔一〕勉齋：姓名、籍里、生平均未詳。

（曇波）序

羅浮癡琴生〔一〕

大千世界，無非傀儡之場；第一功名，亦等俳優之戲。嘆世間顛倒，儘容巴客濫觴；笑我輩婆娑，未免矮人逐隊。衆人皆醉，舉國若狂，是戲是眞，卽空卽色。然而衣冠優孟，其中正大有人；弦管樓臺，此間得少佳趣。幾行玉立，體段風流；一串珠穿，歌喉雲遏。現女郎身說法，爲古人事傳情。盡態極妍，燕瘦與環肥並妙；新聲逸韻，秦筝與趙瑟同工。洵日下之繁華，萃人間之豔麗。固宜書之銀管，用識雛鶯乳燕之名；貯以錦囊，合有問柳評花之句者也。況復心枯秋士，夢醒春婆，感絲竹於中年，觸琵琶於此日。胷中磊塊，借杯酒以頻澆；眼底珍奇，操鑒衡而自定。作梨園主宰，居然榜列珠宫；爲菊部平章，何異才量玉尺。經品題而增價，留姓名以皆馨。

色藝俱傳，兼寫性情之春煦；評量各當，詎嗤頭腦之冬烘。君意良深，我心先得。蓋以絕豔驚才之筆，繪香珠暖翠之神；以熱腸冷眼之思，爲惜玉憐香之作。人皆好色，誰是知音？此《曇波》之所以成書，四不頭陀之所以寄興也。

僕長安羈滯，短劍飄零；一名未成，萬里空涉。孫興公戲頭自著，態笑狂奴；狄武襄銅具常隨，面慚故我。任揶揄於鬼物，學游戲於神仙。偶爾逢場，翩然入座。花驚郎目，漫誇秋菊春松；釵挂臣冠，無取鄂香董袖。自分心如木石，未免有情；相看貌似蓮花，不禁忍俊。顧春蠶力薄，恆抽獨繭之絲；秋燕情多，空繫銷金之縷。殷殷留客，楚楚依人。愛同掌上之珍，因結意中之果。縱使未能免俗，何須眞個銷魂。事有同心，言皆愜意。讀《丁卯》、《花間》之集，眞成香國春秋；題甲乙簿上之名，不負璚臺月旦。『吹縐一池春水，何事干卿』；聽殘滿樹秋風，多愁似我。敢陳蕪語，聊綴簡端。搔首問天，好句誰如謝朓？哀歌斫地，何期乃有王郎？共此呻吟，相爲慰藉。翻去伶倫舊譜，看青蓮學士之章；編來樂府新篇，寓香草美人之意云爾。

咸豐昭陽赤奮若桂月〔二〕，羅浮癡琴生謹序於春明浥露軒。

【箋】

〔一〕羅浮癡琴生：姓名、籍里、生平皆未詳。

〔二〕咸豐昭陽赤奮若：咸豐癸丑（三年，一八五三）。

（曇波）題詞

李　洽　等

三年絲竹委塵埃，孤負宮花寂寞開。一自笙歌天半起，人間重見鄭州來。

縹渺樓臺望不真，娉婷忽見女兒身。靈心一點情千縷，飛上眉梢巧殢人。

廿四番花取次看，葳蕤春銷玉闌干。多情丁卯橋邊客，揀盡繁枝下筆難。

修成金屋貯嬌深，一樣平生呪筍心。婉轉青絲相對吐，綠章夜夜奏春陰。（時著《丁壬烟語》）南國生〔一〕

寶馬雕輪走玠車，梨園曲部盛京華。珠圍翠繞春常醉，人影衣香日易斜。絕勝豐臺觀芍藥，何須商婦訴琵琶。憑他玉樹臨風態，寫出江郎筆底花。

繞梁餘韻幾勾留，二十年前記舊游。選勝時經楊柳岸，徵歌曾上酒家樓。雲烟過眼渾如夢，弦管宜人又一秋。我是天涯憔悴客，曉風殘月不勝愁。鳳凰客〔二〕

菊部新腔按小伶，舞衫歌扇總婷娉。只今猶是南巡曲，誰見周郎掩淚聽？

揀得如花五六枝，徵歌選舞豈情癡？憑將落溷飄茵意，說與司風使者知。

一曲纏頭百萬奢，人間幾見頓琵琶。坡公舊句君知否，優鉢曇花豈有花？勉齋

山眉譜恨，水盼描妍，江毫約住輕顰。未要窺圖，尋思已是銷魂。掃螺做弄，春色剩豔評。聊付吟尊杜郎老，甚酒痕和墨，尚帶芳溫。一樣看花心。眼底櫻桃重見，冷了歌茵。綺夢惺殘，

章臺愁送斜曛。青衫近來悴損，怎消他鸞袖殷勤？醉歸也，怕塵香都化彩雲。逋隱者

絕調不逢魏良輔，登場幾見陸開三。傳來白嫩銀箏曲，留待金罍助美談。

周妻何肉誰無累，白日黃雞唱不停。近爲章臺翻舊案，（時予《章臺》院本新成。）欲將院本度諸伶。

希蕺山人〔三〕

一偈波羅蜜，優曇次第紅。文章小游戲，身世老英雄。此曲亦何綺，予懷殊未空。拈花參妙諦，微笑倚東風。書舫

天女何年爲散花，幾枝零落在天涯？多君一笑都拈出，會爇心香禮釋迦。

世界浮沈皆苦海，流年何事不堪悲？欲憑現在除煩惱，且看曇花乍放時。

兒女蒼生太可憐，慈航有願總纏綿。愛河難滿無邊岸，看取靈犀一點圓。

思爾多情眞似佛，行蹤如我亦枯僧。年來色界蹉跎甚，也向蓮華悟上乘。南海生

【箋】

〔一〕底本此處眉批：『《丁壬烟雨》，楚南李舜卿孝廉作，自丁未至壬子，倡樓中所品評者。未梓。』按鄧之誠《骨董瑣記》卷七載：『《丁壬烟雨》，寶慶李洽撰。洽舉道光丙午舉人，有文辭而好冶游。丁壬者，起丁未至壬子。所記皆都中北里事。文筆俊潔，間載詩詞，亦頗清雅。』李洽（一八二〇？—一八八〇？），又名熙贊，字舜卿，別署擣塵子、南國生，興化（今屬湖南）人。道光二十六年丙午（一八四六）舉人，大挑以教諭用。著有《擣塵集詞鈔》、《磵東詩鈔注要》、《譚詩追錄》、《夜譚追錄》、《舜卿詩鈔》等。撰《丁壬烟雨》，又名《胭脂魗》，現存光緒四年（一八七八）刻楊靜亭編、李靜山增補《增補都門紀略》附刻本（見孫殿起《琉璃廠小志》）、光緒十一年（一八八

五）刻本。

〔二〕鳳凰客：　並以下逋隱者、書舫、南海生，姓名、籍里、生平均未詳。

〔三〕希葺山人：　姓名、籍里、生平均未詳。撰《章臺》院本，未見著録，已佚。

曇波跋〔一〕

南國生

京師爲人才薈萃之區，笙歌之美，甲於天下。乾嘉以來，此風尤盛。間嘗訪故老之傳聞，覽私家之紀載，風流佳話播於南北。蓋其時海内殷富，士大夫吟風弄月，亦不以是相詬病。而一二妙伶尚知風雅，故豔而傳之也。遞至今日，餘韻稍衰，然以物色所及，如所稱蓮芬、燕仙諸伶，清資妙質，倘受鎔冶，又豈出徐紫雲、李桂官下哉？

吾友四不頭陀冷眼看花，婆心護法，寄懷高曠，移情綿緲。於是寫曼衍之戲，作狡獪之珠，悟色相於菩提，徵因緣於現在。而各伶之性情色藝，與夫二三同志流連贈答之作，畢著於篇。假再閲數十年，名花已老，春夢重尋，則此一編也，又將感慨繫之矣。

南國生謹跋。

（以上均清咸豐間刻本《曇波》卷首）

【箋】

〔一〕底本無題名。

法嬰祕笈（雙影盦生）

雙影盦生，姓名、籍里、生平均未詳。清咸、同年間人。撰《法嬰祕笈》，現存咸豐五年（一八五五）刻本、民國二十三年（一九三四）北平邃雅齋排印張次溪《清代燕都梨園史料》本。

法嬰祕笈序

雙影盦生

向之爲《燕臺花譜》者，憑臆妍媸，任情增減。壬、癸之年以後〔一〕，甲乙之籍更多。豈知雲臺烟閣，論功猶有未平；雪嶺墨池，湜筆何嘗足據？況乎月旦半類風聞，或尊嫫母而黜仍妃，或出劉賁而入李郃。殊嫌蛇足之加，無當於事；倘召蛾眉之妒，轉取其愆。

僕乃別出心裁，定爲齒錄。百花皆采，莫笑蜂狂；一字不加，何嫌蠡測。序羣芳之月令，不妨礬弟梅兄；集大地之春光，豈有姚王魏后？更爲詳其籍貫，隸以堂名。石州粉黛，匪遜南都；溪水胭脂，無慚北國。輕烟淡月，是十二之名樓；員嶠方壺，盡三千之福地。小名有錄，大會無遮。其或臣瓚所未知，則亦自鄶之以下。

至於品列名流，年過弱冠。流鶯啼倦，或志遂以還鄉；雛鳳聲清，早情同於退院。舞衫歌扇已屬前塵，酒國詩壇漸疏故侶。凡斯之類，不列於篇。雖聯星之珠光耀采，韞山之玉樹臨風，概不搜羅。轉防漏罣，亦以善其體例，非敢削其精華。普願閲是編者，石佩苕華，香薰迷迭。苟按圖而索駿，益增價於登龍。從此桂宮姓氏，織雲錦以爲文；何時蓬島因緣，集霓裳而同咏。

時咸豐乙卯秋七月，雙影盦生識。

（一九八八年中國戲劇出版社版張次溪《清代燕都梨園史料（正續編）》本）

【箋】

〔一〕壬、癸：即壬寅、癸卯，道光二十二年（一八四三）、二十三年（一八四四）。

法嬰祕笈跋〔一〕

雙影盦生

余之爲是録也，初擬遍索諸人所生月日，以爲同歲之序次。憶停雲館主人見其稿本〔二〕，急欲出徵同人題咏，倉促卒付之梓。固知詢訪未周，遺漏不免，舛誤亦多。俟題詞集後，再當釐正，且補月日，以成定本。幸弗嗤其鹵莽也。

雙影盦生又識。

（同上《法嬰祕笈》卷首）

【箋】

〔一〕底本無題名。

〔二〕停雲館主人：或即朱少棠，别署停雲館主人，鄞縣（今屬浙江）人。畫家朱印然子。工畫，尤善繪石。

明僮合録（餘不釣徒、殿春生）

《明僮合録》，係餘不釣徒《明僮小録》、殿春生《明僮續録》二書合編。餘不釣徒，姓名、生平均未詳，浙江人。與爲《懷芳記》作序之雲居山人友善。殿春生，歙縣（今屬安徽）人。生平未詳。《明僮合録》，現存同治六年（一八六七）擷芷館刻本（《京劇歷史文獻匯編·清代卷·專書》據以點校）、民國二十三年（一九三四）北平邃雅齋排印張次溪輯《清代燕都梨園史料》本。

明僮合録序

劍石主人〔一〕

夫數廿四番花風，爰著羣芳之譜；灑十八部法雨，因名千佛之經。眞靈則位，業成圖髙。士亦閒情作賦，況乎綺懷如結，瑤想别開。抒客裏之羈愁，輯閒中之雜録，不足令聞而心醉、讀者㸔飛乎？則有騷壇詞伯，燕國酒人，聽雅奏於梨園，寓深情於藻鑒。每值雲璈按罷，星駕歸時，十幅瑤箋，因時寄興；一枝珊管，不斷生香。徐陵之妙序未鐫，許劭之新評重續。界烏絲之細格，摹來宋豔班香；排雁序之芳名，分出王前盧後。金迷紙醉，非花是花；璧合珠聯，今雨舊雨。都爲一冊，辱下諉以弁言；厥有數端，請代標夫綱目。

蓋其碧蕙心靈，紅蕖骨豔。眉不峯而何黛，眼非水而亦秋。衣薰荀令之香，從風未歇；巾拭何郎之汗，出水尤鮮。鄴下聞歌，認櫻桃之的的；靈和寫影，憐楊柳之依依。則嘗坐衛玠之羊車，駕陸郎之騅馬。薰天絳蠟，誰家宋玉之釵；颺日青簾，幾處陳遵之轄。銀瓶索酒，畫壁哦詩。藏鈎弋之拳，引襄成之袖。分曹射覆，綽有餘妍；同伴吹花，藉徵小慧。一石亦醉，齊贅壻炙輠之談；四座勿喧，郭舍人俳諧之口。何必紅牙輕按，始令杜牧魂銷；倘教青眼偶邀，定顧瑯琊情死矣。別有《雞碑精選》、《雀籙叢鈔》。初寫黃庭，兼通碧篆。蘇長公燕瘦環肥之喻，別有會心；趙明誠吉金樂石之編，不迷慧眼。騷人韻事，墨客清言，何慚裙屐風流，豈等文章游戲？至於五陵裘馬，紛紛結客之場；三月烟花，黯黯傷春之地。嘆飄零於碧鸛，憐憔悴於黑貂。傾越橐之千金，不殊敝屣；灑鮫人之雙淚，盡化明珠。既分鮑叔之財，旋毁馮驩之券。雲天高義，潭水深情。不圖此風重見今日。

若夫采蘭潔養，士類當矜；負米忘勞，末流罕覯。而乃蓼莪入手，一編孝子之詩；萱草縈懷，千里高堂之夢。問江南之鮭菜，別冀北之鶯花。探珍果於懷中，尚餘陸橘；舞《霓裳》於膝下，即是萊衣。但觀天性之獨超，尤覺風塵之傑出。他如珠喉甫囀，共識驊駒；翠袖初翻，輒呼彩鳳。乍迴眸於去扇，或凝睇於低帷。抱月飄烟，想離魂之倩女；飛花滚雪，觀舞器之公孫。凡爲衆口所交推，僅綴片言而非略顧。或謂金刀玉案，張平子自寫牢愁；瑤草瓊枝，屈左徒藉攄幽怨。古來寓意，每有借詞，兩君所爲，得毋類是。然而書非咄咄，色豈成空？畫是眞眞，呼之欲出。讀四角盤中之字，如見其人；織千迴錦上之文，乃成斯集。無雙無對，不雜粉桃鬱李之名；亦諧亦莊，偶書鄂渚秦宮之事。觀其止矣，竊有請焉。

夫崑山片玉，有美弗彰；幽谷芳蘭，無言自閟。椽間取笛，誰憐識曲偏遲；海上攜琴，或恐知音未遇。所望勤搜珊網，廣纂瑤編。庶幾玉沼魚多，不作暴腮之鯉；玳梁燕小，皆爲接翼之禽。慧出牙餘，相殊皮表。則僕將命儔嘯侶，選勝徵奇。滌北海之樽，啓東山之墅。燃金鴨玉螭之炬，列晨凫露鵠之肴。執鏡招鸞，按圖索駿。聽新樂府人間唱遍，何殊井水詞清；看《小名錄》日下傳來，定卜洛陽紙貴矣。

同治六年歲次彊圉單閼荷花生日，殳山劍石主人敍於宣武城南之撲紅詞館。

【箋】

〔一〕劍石主人：嘉興（今屬浙江人），姓名、生平均未詳。曾寓居江蘇南京。

明僮小錄序

餘不釣徒

軟紅十丈，珠溫玉暖之鄉；拾翠三春，蝶醉蜂迷之候。過枇杷之門巷，室盡如蘭；住楊柳之樓臺，人原是璧。入時梳裹，西家返而效顰；絕世丰神，南威望而卻步。爾乃歌場雅集，廣座姍來。染翠黛於樓中，散紅芳於簾外。貌嬋媛之舊事，猶在人間；譜霓舞之新音，祗應天上。目招屢屢，青眼伊誰；耳語匆匆，黃昏有約。於是招邀勝侶，薈萃吟朋。簾影泥人，壚頭遲汝。雙行押字，命鳩鳥以迎來；一笑搴簾，倏驚鴻之至止。省識廬山眞面，裙屐風流；爭看虢國脩眉，鉛華淨洗。松醪挹注，無妨大斗之斟；鞠膯興辭，更屈高軒之過。遂乃同車，有美氤氳。奉倩香留越巷，停驂依約秦宮。花底指兒家兮，是處絳蠟迎門。偕妹子以登堂，銀蟾在戶。曲房窈窕，人窺小有之天；繡榻橫陳，花種長生之地。密密翔鸞之字，補壁書工；疎疎待燕之簾，臨窗鏡啓。筆牀研柙，觀塗乙於新詩；繡履香囊，衍祕辛之雜事。數遍檀欒位置，東鰈西鶼；揭來萍聚因緣，南鴻北燕。三蕉戰拇，從看鈎弋張拳；百萬迴眸，莫負杯行到手。罌粟香濃之右，膩友吹纔；胡麻飯罷之時，仙郎歸未？蘭釭背卻，一握情賒；蓮漏催殘，三通鼓遍。緩須臾以命駕，且住爲佳；聽嘈雜以呼鐙，不留也去。是知桃花洞祕，曾無易問之津；山木枝遙，每有聞歌之感。正使瑯琊情死，顛倒難忘；奈何溱洧思空，迷離莫辨。僕都門印爪，驛路濡毫。目限窺蠡，腹慚飲鼴。舞衫歌扇，長安之舊雨無多；柳寵花驕，出谷之新雛自貴。爰就見聞所及，麤爲梗概之陳。藉慰牢愁，非矜藻飾。所願花宮月窟，爭傳千佛之名；會看酒國詩壇，更踐三年之約。

時咸豐丙辰孟夏，餘不釣徒序於峒峿旅舍〔一〕。

【箋】

〔一〕咸豐丙辰：咸豐六年（一八五六）。

明僮小録題辭

挹翠主人 等

辛酉長夏〔一〕，梅雨積階，煩襟若渴。獲讀斯録，清風忽披，字珠照豔，足令玉筍班中頓增聲價。曩歲珥筆春明，屢預文宴。大酒肥魚之局，斜街炒栗之鐙。洄溯前塵，撫感今昔，聊成七截五章。

豔絕珊瑚筆一枝，蠶眠小字寫烏絲。錦氍毹上三生影，幻到春明入夢時。

霓裳小隊演《長生》，並蔕花開擅盛名。一事難忘惆悵處，不將殘墨弔雲英。（春暉主人與棣香昆季善演《長生殿》諸劇，惜彩雲易散，故及之。）

悔踏天街十丈塵，《玉臺新咏》譜前因。櫻桃門巷春如海，何處吹簫教玉人。

芙蓉旖旎玉溫存，泥醉曾銷一段魂。底事輕懸徐穉榻，大江烽火怨黃昏。

長安我亦負看花，贏得樽前兩鬢華。漫向南州爭賦豔，青衫一例感琵琶。（芷馨善演《琵琶行》。）

并州挹翠主人〔二〕

綗千絲，箋十色，約略豔如許。潤到櫻桃，舊雨間新雨。不須眞箇銷魂，玉人天上，儘消受，酒邊偎嫵。　漫來去，幾人席帽黄塵，賦盡斷腸句。清淺蓬萊，準擬伴他住。累儂刻骨相思，紅牆那角，偏難說，夢曾游處。（調寄《祝英臺近》）　錫山晚晴庵主

傳來小録署明僮，排比班眞玉筍同。我欲隨風花底去，一生常得傍秦宮。

幾向天街踏軟行，三千弱水隔蓬瀛。可憐造鳳雕龍手，難競靈貍乳燕名。

生面重勞妙手開，不虛造物此生才。君家自有琉璃硯，新咏應成續《玉臺》。春明陳迹已天涯，牢落飢驅鬢亦華。身世若增遲莫感，也應珍重過時花。古歙殿春生

五色箋書小錄工，燕臺歌舞豔簾櫳。羨君興采評花細，愧我心情黏絮同。好夢曾圓紈扇月，舊游已斷翦刀風。枇杷門巷殊今昔，陳迹徒勞憶軟紅。

雙輪轆轆走如龍，市上長安春色穠。檀板漫教歌一曲，杏簾拚醉酒千鍾。翻新月旦非私好，別有風姿記阿儂。老眼未能看撥霧，拈毫何以滌塵胷？武林耔薌居士

千佛名經，羣芳合譜，寫得深情如許。曾記鶯儔燕侶，檀板清歌，霓裳妙舞。問長安歸客，今人面、桃花何處？恨世間、會少離多，惆悵瓊樓玉宇。　應念關山修阻，月夕風晨，獨抱相思情緒。休說都門稅駕，燭燦銀葩，曲翻金縷。指京華舊路，又春水、暗生南浦。約明年、人到蓬萊，握手重聯舊雨。（調寄【奪錦標】）采蕺山詞客

茗水新詞，燕臺舊譜，眴息烽烟如許。多少雲鴻失侶。捫蝨空談，聞雞起舞。問天天聾矣，拚尋箇、桃花深處。忽憶他、玉冷香溫，爭忘冰輪碧宇。　偏是癡情難阻。芍藥櫻桃，老卻風流張緒。余亦浮沈海國，杏薄紅綃，柳縈青縷。望蓬山隔路，似齊婦、訴愁湓浦。問誰歌、天上霓裳，叫破巴山夜雨。（調和前韻）滬江漁者

孝穆才名孰與齊，華詞讀罷首頻低。軟紅羨覩羣花笑，閒向豐臺細品題。

豔編菊部姓名存，動我風懷舊夢溫。回首十年前顧誤，王郎一曲最銷魂。（追憶歌者王長生，故云。）　雲間啜醨生

秦宮花底，玉臺豔筆分明記。承平京洛歡游地。感我青衫，綺恨重提起。　家盡江南風月里，可憐市骨千金意。夢華舊譜今誰擬？鳳彩鴛文，十幅苔箋膩。（調寄【醉落魄】）　於越夢玉居士

【箋】

〔一〕辛酉：咸豐十一年（一八六一）。

〔二〕挹翠主人：並以下題詞作者，姓名、生平均未詳。

明僮續錄序

殿春生

夫程形於定鏡，則渥飾自呈；尋聲於絕絃，則繁音故在。是以覯先施之影，都人因而冶容；聆月華之歌，豔姿宛其按節。豈不以華鋡易謝，芳馨載流，對來軫之方遒，諗前歡之未已哉？曩者，吾友餘不釣徒來游京師，以好奇兼愛之心，爲選色侔聲之舉。清眸皓齒，發其瑤思；瑋態瓌姿，鏤之銀管。斯時也，翩鴻一顧，精魂與以回移；素蜆下垂，神光爲之離合。盛矣！麗矣！是邪？非邪？無何，越人大去，攀山木而無枝；夫君未來，搴江蘋而誰憶？秋風掩淚，沈吟棄扇之詞；翠被淒馨，塊獨薰香之夜。此則雲車窈窕，青童無再返之期；錦瑟悲涼，素女乏長年之術。苕顏漸老，蕙嘆方滋。懟曜靈之不留，怨淑明之忘我者矣。

洎僕之來也，舞臺未改，鸞影遽收；歌扇初開，鶯聲新囀。經過趙李，言尋娱樂之方；來去尹邢，已見容顔之易。嗟乎！願安弱體，怨茵席之代更；信美余情，羌荃茆之善變。有不悟成虧之理，摅遲莫之懷者乎？顧嘗以爲盈輝生於朏魄，繁英綴於衰枝。苟由昔以視今，何矜晚而怨早？然而明月耀夜，隨指卽呈；名花當春，賞心斯寄。惟陳迹之難追，而當境之足控也。爰乃廣彼前聞，哀爲續錄。用遺同好之士，不辭效顰之譏。庶幾使知音者見求於盛時，悦影者流連於異日云爾。

同治五年青龍在攝提格招搖指亥既生霸，古歙殿春生敍。

（以上均清同治六年擷芷館刻本《明僮合錄》卷首）

明僮續錄跋

餘不釣徒

《明僮小錄》爲丙辰南旋所作〔一〕。吾友殿春生見而韙之，促命手民。塵事膠擾，未之及也。今歲展覲來都，則吾友方觀政爽鳩，晨夕過從，互搜陳話。稔錄中人，多牢落不偶，爲悵惘者久之。深憾表章之不蚤也！夫崔護一呼，桃花復活；而樊川再至，綠葉空存。我之數奇耶？人之薄命耶？傷已！

乃吾友復勒爲《續錄》一編，將並鄙作登之梨棗。余卒讀一過，質而不俚，文而不縟，踵事增華。余之作，覆瓿可也，續云乎哉？然有是續，而余所錄若而人並賴以傳，豈唯余之私幸耶？用覼縷書之以志余遷延之過，而吾友實爲余補過如此云。

時在同治柔兆攝提格陽月下澣〔二〕，餘不釣徒跋。

【箋】

〔一〕丙辰：咸豐六年（一八五六）。

〔二〕同治柔兆攝提格：同治丙寅（五年，一八六六）。

明僮續錄題辭

蔡爾康　等

山鳥悲鳴，厥有笙磬之奏；衆流怒瀉，乃聞鼓鐘之音。靈芬鬱呈，奇氣間作。雕華鏤麗，則瓊瑰奪其工；陶質出眞，則卉木掩其色。故其滂沱於豪芒，冥發於誠素。目無凡鳥，手此雕蟲。傷已！僕緇染半生，鬱伊十載。石氏之唾壺擊缺，王郎之長劍歌哀。謂爲若人導揚慧業乎？抑亦自攄其老瓢也。

不必求神仙，飲酒被紈素。落落投風塵，草草怨遲莫。生花結古歡，綢繆慰中路。此間得佳趣，誰復知其故？蝴蝶一萬里，鴛鴦兩三行。黄金叩虛牝，接軫飛新陽。豈徒惜顏色，況復含芬芳。華簪易凋謝，及時勞斷腸。營營笑南榮，富貴空爾爲。世無百年人，況此瓊瑤姿。秋霜亦磬折，飛藿終朝移。願乞造化仁，長葆三春時。蓬山不可期，引之亦可至。中有綽約人，此境毋乃

類。春風方駘蕩，天涯已憔悴。安得胡盧中，控彼寸心累。鵝湖鑄鐵生〔一〕

憶初逢，半遮團扇，畫闌攜手私語。秋深多少相思恨，都上病時眉嫵。留不住，化一縷游絲便逐歌塵去。柔情漫訴，算人面當年，衣香竟日，此事總輕負。羣芳譜，嬌紫嫣紅幾許？只今風月長聚。獨憐啼宇催春色，惆悵落花無主。君記取，借翠管、鸞箋替寫傷心句。招魂是處，但院落莓苔，牆陰薜荔，徙倚碧雲暮。（調寄【摸魚兒】）五亭舊隱〔二〕

【箋】

〔一〕鑄鐵生：卽蔡爾康（一八五八—？），字紫紱，一作子茀，別署鑄鐵生、鑄鐵庵主、采芝翁、縷馨仙史、海濱野史、海上蔡子等，上海人。廩生，鄉試屢薦不售。二十餘歲任《申報》主筆，編輯增刊《民報》、文藝副刊《寰宇瑣記》。光緒八年（一八八二），任《字林滬報》編纂總主任。十八年，受聘廣學會，與李提摩太合譯《泰西新史攬要》。次年參與創建《新聞報》。二十年至二十七年，主持《萬國公報》華文筆政，與林樂知合輯《中東戰紀本末》。

〔二〕五亭舊隱：姓名、籍里、生平均未詳。

明僮合錄跋

碧里生〔一〕

《明僮合錄》者，餘不釣徒及殿春生之所著也。燕市徵歌，忽入周郎之顧；中流搴芷，偏知越客之心。是以車子引聲，謇姐慚其餘弄；襄成揄袂，衛姬輸其可憐。固已頑豔均思、嬋娟可玩矣。況復秋風紅豆，傷心獨活之名；江水青楓，遠道當歸之寄。但令捉麈，卽是清流；妙解揮毫，居然名士。若斯之類，尤有取焉。嗟乎，芙蕖之生下澤，自振芳馨；鸚鵡之在雕籠，顧憐文采。夫其植根擢秀，殊智異心，存乎其人，實惟作者兩君。於是悟浮歡之易盡，稔慧業之可傳。殫厥瑤思，證茲紈質。仙人芍藥，重編《本事》之詩；樂府櫻桃，會補《小名》之錄。

丁卯且月〔二〕，碧里生跋於宣南水心雲意之軒。

（以上均清同治六年擷芷館刻本《明僮合錄》卷末）

【箋】

〔一〕碧里生：姓名、籍里、生平均未詳。

〔二〕丁卯：同治六年（一八六七）。

鞠部明僮選勝錄（李鍾豫）

李鍾豫，字毓如，號江淮散人，因眇一目，自號了然先生，人稱『李五瞎子』，揚州（今屬江蘇）人。出身官宦之家，生性狂狷，不喜逢迎。嗜戲曲，喜與伶遊，以善編皮黃劇本聞名於世，有劇本《兒女英雄傳》、《粉妝樓》、《十粒金丹》、《蕩寇除姦》、《龍馬姻緣》等。生平見吉水《近百年來皮黃劇本作家》（《劇學月刊》第三卷第十期，一九三四年十月刊）、傅惜華《皮黃劇本作者草目》（天津《大公報·劇壇》，一九三五年四月九日至六月十八日）等。

《鞠部明僮選勝錄》，現存光緒二十四年（一八九八）榮寶齋刻本、民國二十三年（一九三四）雙肇樓排印《清代燕都梨園史料續編》本（《京劇歷史文獻匯編·清代卷·專書下》據以整理）。

鞠部明僮選勝錄序

李鍾豫

予自庚午入都〔一〕，角逐文壇者廿餘年。同社諸君，以班馬之才，潤色鴻業，率皆綴巍科，躋清要，破壁飛去爲廊廟光。蹉跎如予，亦祇於長安道上，傭書賣畫，爲乞米計耳。樂天詩云：『同時六學士，五相一漁翁。』可勝慨也。不謂渭城一咏，猶能見重旗亭，而鞠部諸伶亦欲登龍門，以增聲價。爰寫風流之名字，爲月旦之品評。雖非大雅名言，要亦文人韻事。昔吾家太白作《清平》三闋，而龜年益著盛名。以今方古，並稱佳話。然則是編也，謂爲游戲文章可也；謂爲鼓吹休明，亦無不可也。

了然先生漫識。光緒二十有四年戊戌花朝，怡園主人書〔二〕。

【箋】

〔一〕庚午：同治九年（一八七〇）。

〔二〕怡園主人：怡園爲清代顧文彬（一八一一—一八八九）所建，爲怡園第一代主人。其孫顧麟士（一八六五—一九三〇）承其業，續其《過雲樓書畫記》而著《過雲樓續書畫記》，疑此『怡園主人』爲顧麟士。

鞠部明僮選勝録跋

竺生小謝〔一〕

余讀了然先生鞠部題名，不禁掩卷而嘆，奮袂而興。嗟乎！天可補，海可填，南山可撼，北斗可移。日月一往，不可復追。戴圓履方之儔，由少而壯，而老而衰。終年奮志，皓首窮經。厄於帖括，闃寂無聞，不知凡幾。彼操衡鑒者，又皆尚虛聲爲特識，動輒曰『天下無人，天下無人』以自文。此下和所以遭刖足之遇，毛錐所以無脱穎之期也。今先生題名，或以色取，或以藝登，無濫無遺，一時名下胥歸珊網。豈靈淑盡鍾若輩耶？亦甄録貴得其人也。相天下士者，其亦三復於是編。

竺生小謝。

（以上均民國二十三年雙肇樓排印本《清代燕都梨園史料續編》所收《鞠部明僮選勝録》卷首）

【箋】

〔一〕竺生小謝：姓名、籍里、生平均未詳。

評花新譜（藝蘭生）

藝蘭生，苕溪（今浙江湖州）人，姓名、生平均未詳。著有《評花新譜》、《側帽餘譚》、《宣南雜俎》等。

《評花新譜》，現存光緒間尊聞閣主輯排印《申報館叢書》所收《鴻雪軒紀豔四種》本、民國二十三年（一九三四）北平邃雅齋排印張次溪輯《清代燕都梨園史料》本等。

評花新譜序

香溪漁隱〔一〕

軟紅醉踏，風暖六街；大白狂浮，春深三雅。恨江南之草長，怨煞王孫；看冀北之花濃，忽逢仙子。春風香徑，地盡鋪金；夜月紅樓，人皆倚玉。羡翩翩之裙屐，洛下風流；嘆碌碌之琴書，客中愁緒。是宜招邀勝友，薈萃吟朋，聯雅集於梨園，寓深情於藻鑒。賦王子淵《洞簫》之句，裁李玉溪《錦瑟》之詩。名刻苕華，印鈐蘭篆。靡不雕瓊鏤璧①，摘豔擒英。拂十樣之鸞箋，訂羣芳之雁序已。

則有弘農望族、燕市寓公，當蘭成作賦之年，饒杜牧尋春之夢。江湖載酒，羡君先得驪珠；花月怡情，愧我忝居驥尾。每當麴塵春暖，璧月秋高，《霓裳》咏罷，星駕歸時。菊部倦游，綺情脈脈；杏簾在望，逸興綿綿。憑青鳥以傳來，搴㡘一笑；聽黃鸝之囀起，把斾三撾。乃至玉漏春催，金尊酒罄。尋芳客去，步月人來。鳳笛鸞笙，看我輩眞能行樂；鶯期燕約，到兒家且住爲佳。窗入銷金，認枇杷之門巷；人攜聯璧，登楊柳之樓臺。於是蠟再燒紅，蟻重泛綠。筵開玳瑁，觴捧珊瑚。何處吹簫，夢繞梨花院宇；伊誰弄笛，香飄桂子闌干。何須聞江上琵琶，青衫始濕也。

應感中年絲竹，紅豆閒抛矣。況復紫曲尋嬌，無非遺恨；黄金買笑，只爲多情。蕙質蘭心，猶是相思之種；瑶林琪樹，依然絶代之姿。問字談詩，亦耽大雅；薰香傅粉，各具丰標。且品有蘭茝之芳，操秉芙蕖之潔。誰云蕉葉有心，未能捲雨；楊枝無力，衹解隨風乎？則嘗韻寫蠻箋，詞霏翠管。騷蘭頌菊，固異曲而同工；咏袖題襟，亦寫聲而繪影。或表彈絲之技，或推染翰之長；或傳玉貌之娉婷，或記珠喉之宛轉。梨癡棠醉，各述情懷；玉潤冰清，難分甲乙。不有佳作，誰知風月無邊；一遇詞人，頓使鶯花增價。僕驚文入洛，聯武游春。慨成迹之難留，悵浮歡之易盡。歌珠舞翠，綺恨重題；醉墨題香，瑶思可證。聽新樂府倚闌唱遍，争傳鄭氏櫻桃；看羣芳譜信手編成，咸貴豐臺芍藥矣。

同治甲戌季冬之月〔二〕，香溪漁隱序。

【校】

①璧，底本作『壁』，據文義改。

【箋】

〔一〕香溪漁隱：姓名、籍里、生平均未詳。

〔二〕同治甲戌：同治十三年（一八七四）。

評花新譜序

鐵花岩主〔一〕

曩讀餘不釣徒、殿春生《明僮合錄》，歎其趙瑟燕筑，善陶性情；申椒畹蘭，自樂佩帶。數年華則不逾象舞，排姓氏而差肖雁行。固不啻摹向巷中，呼來紙上已。吾友藝蘭生，以慘綠之年，戀軟紅之夢。湖州重到，豈恨生遲？長安可居，休言不易。入彼姝之蘭室，粉笑盈盈；聽法曲於梨園，珠歌串串。爾乃情移琴工，興託豪素。側理增色，隃麋騰芳。月旦恣其品評，香國長夫聲價。萃冀北之名駿，寄江南之故人。水曲蘭苕，珍叢可數；漢宮楊柳，粉本如描。或綽約如處子，或灑脫若高人。或擅翰墨之長，或工竹肉之技。蓋《評花新譜》之作，與《明僮合錄》相輝映焉。乃彼則檀板荒涼，車轍冷落，荀令之香久歇，秦宮之燕已飛。曾日月之幾何，倏烟雲之都過。而僕於是重有感焉。夫曜靈易謝，芳華難留。當其朱顏媚春，纏頭之錦爭擲焉。及其青鬢彫鏡，同心之結虛藏焉。則雖鈴善繫金，幡爭翦彩，而花終泣雨，絮必沾泥。是非釆勾漏之砂，乞姮娥之藥，不足蠲茲離恨，滌此幽懷也。

時同治十一年壬申一陽生日，鐵花岩主序。

【箋】

〔一〕鐵花岩主：姓名、籍里、生平未詳。

評花新譜題辭

惜花老人　等

一枝花管散芳芬。燕瘦環肥次第分。淡我心懷同水月，豔君香夢續梨雲。櫻桃門巷春常滿，楊柳樓臺日漸曛。落拓青衫無賴甚，且揩醉眼讀奇文。

長安有客倦題橋，曾記評花十載遥。（甲子春曾定花榜。）聯句罰依金谷酒，倚聲譜入玉人簫。迷離夢暖知香醉，根觸愁多感絮飄。昨夜華堂開綺宴，重提往事倍魂銷。武林惜花老人〔一〕

評花妙手惜花心，展罷瑤編春意深。但是有情皆滿願，新書一卷值千金。

樓臺深處是兒家，遥指櫻桃曲巷斜。余亦天涯潦倒客，漫將心事訴琵琶。（謂梅卿）

一曲清歌譜綠腰，含情脈脈黯魂銷。干卿底事傷春甚，閒把箏琶慰寂寥。（謂亦仙、小儂輩）

鯨飲千杯興未休，敢將詩酒傲公侯。阿儂別有關心處，拚醉壚頭爲解愁。（謂蓉秋）

傳來小影幻靈和，一笑微微紅透渦。冰雪心腸冰雪貌，蓮花畢竟讓郎多。（謂楞仙）

燭燦銀葩照座明，樽前絲竹最關情。玉人相顧時時笑，喜聽瓊簫斷續聲。（謂薇仙，湘航）長白山人〔二〕

悔踏天街聽碧簫，綺懷今日已全消。一枝彩筆憑君寫，香瀋應教遍綠蕉。

長安市上我曾經，檀板金樽夢乍醒。粉膩脂柔如覿面，笑他周昉枉丹青。武源夢蕉居士〔三〕

蟾宮一一舊知名，玉筍班聯次第清。試展瑤編證仙籍，霓裳風度記分明。

芝蘭玉樹好丰姿，寫入生花筆一枝。我亦長安曾看遍，願拋紅豆寄相思。湘湖散人〔四〕

勞將韻事纂瑤編，菊部羣芳記北燕。鐵綽銅琵容我醉，鶯歌燕舞讓君憐。莊辛狂語留成迹，張緒風流感少年。抬舉烟花憑妙手，安排翠管寫鸞箋。

枇杷巷裏雨霏霏，游子天涯夢未歸。瓊液拚教人一醉，冰絃不惜手千揮。門留白板家猶是，漿飲藍橋事已非。增我青衫零落感，春風楊柳認依稀①。古歙飲香詞客〔五〕

一曲簾櫳夢裏簫，思量歌榭夜迢迢。櫻桃不是無情種，應倩編排上素綃。

漫道脂香與粉痕，料回眸處最溫存。紅毹忽下驚鴻影，爭不觀場欲斷魂。

酒滴金樽密意酬，問誰玉貌占風流。燕環肥瘦休相較，斜露弓彎應解羞。

低囀歌喉小步遲，聞君說著惹相思。阿儂此去京華路，也折如花第一枝。於越琴餘閣主人〔六〕

用溫飛卿春江花月夜詞韻

蓮花妙相鬘雲黑，華嚴世界眾香國。一枝湘管繪春風，梨醉棠癡皆弄色。金臺韻事結重重，飛上瑤編舞墨龍。歷數秦宮春色好，擎來朶朶玉芙蓉。韓潭烟月燈明滅，樓臺處處清謳發。別有丰姿記玉人，豔如桃李冷如雪。（謂妙珊）歌聲和月畫樓西，華宴初停破曉雞。柳絮隨風空繾綣，憐花依舊隔花迷。（謂亦仙）軟紅十丈情波起，年年沈夢梨雲裏。而今綺障漸消除，莫向蓬萊求弱水。香溪漁隱

裘馬長安獻賦年，閒將韻事寫瑤箋。影圖楊柳青春麗，名擬茗華翠琬鐫。十朶花分新姊妹，三生石記舊因緣。平章風月參狐筆，紙貴爭看洛下傳。西爽看霞客〔七〕

弘農才子少年場，狎客歡呼酒滿觴。濡墨疾書一小傳，天風散作好花香。

東風昨夜逗簾旌，展譜閒看花小名。回首三年前顧誤，碧梧枝下倚桃笙。（憶鳳寶舊事，故云。） 鴻城濤華潭主

試讀評花譜，飄然意欲仙。新聲歌白紵，小字寫紅箋。目醉眾香國，情生兜率天。酒痕猶故在，爭奈此娟娟。珠江泛月客

一管凌雲筆欲仙，果然風月浩無邊。秦宮千載無眞史，留待君家腕底傳。

一枝濃豔壓羣芳，花史修成句亦香。潤飾承平添韻事，題紅品綠未荒唐。洞庭鐵笛生

贊姚黃，評魏紫，蓮舌粲如許。走馬長安，題遍畫屏句。玉人眞個銷魂，酡顏也視②，又添上幾分媚嫵。　春將去，豔君口角噙香，閒把眾芳數。翠蓋飄零，莫說鄂君渚，惹儂入骨相思。桃花人面，感崔護舊曾游處。（調寄【祝英臺近】） 北平紅豆詞人〔八〕

嶺上仙童詠《玉臺》，心花到此一齊開。楊株身段芙蓉面，賞對風前合巹杯。

《菊部羣英》新紀豔，《明僮合錄》舊分編。憑君又長鶯花價，珠玉隨風落九天。稽山老樵〔九〕

花譜，花譜，豔絕秦宮歌舞。幾多玉暖香溫，惹得遊人斷魂。魂斷，魂斷，紙上呼來如見。（調寄【調笑令】） 白門攀柳童子〔一〇〕

徵奇選勝興彌豪，簾外春風試翦刀。百寶欄前花鬬豔，伶官新奏《鬱輪袍》。

好憑青鳥迓鸞車，粉笑娥娥畫不如。一曲《梁州》珠一斛，舞筵更試九華裙。

一醉長安不計年，昵他小史自翩翩。蘭因絮果從頭證，試問誰參解脫禪？ 羊城聽春樓主〔一一〕

少年偶上玉京游，評跋瓊枝藻思抽。莫值等閒風月看，憑他點綴帝王州。

不負金樽瀲灔開，一編略試史臣才。楊肥趙瘦工評騭，曾向蘭臺秉筆來。鏡湖釣徒〔一二〕

幾多韻事萃花晨，鄂渚歌翻一曲新。芍藥朝酣金作帶，芙蓉秋豔玉爲神。試看蕊譜標名候，何異蓬瀛得意人。千古癡情鍾我輩，芳樽和淚餞殘春。

旖旎風情綽約姿，幾回相見幾相思。舞衫歌扇翻新樣，檀板金樽憶舊時。司馬淚多愁白傅，羅虯體效比紅兒。（謂廉月樓主）春窗一覺梨花夢，鏡裏樊川鬢欲絲。瀋陽倚雲閣主〔一三〕

笙歌處處鬧芳晨，品綠題紅錦字新。梨醉棠癡逾豔冶，梅肥菊瘦見精神。雙聲絳樹無雙譜，一曲楊枝第一人。（謂蓉秋）荀令翩翩方入坐，畫堂香暖不勝春。

碧桃紅藥好丰姿，隱約簾櫳繫夢思。蠟燭嬌啼添綺恨，羊車游冶及芳時。偶然解語眞傾國，似此寧馨最可兒。按譜莫愁花事了，鴛針暗度一絲絲。（和倚雲閣主元韻） 棠城護花尉〔一四〕

（清光緒間申報館排印本《鴻雪軒紀豔四種》所收《評花新譜》卷首）

【校】

①楊柳，張次溪《清代燕都梨園史料（正續編）》（中國戲劇出版社，一九八八，頁四五七）作『無恙』。

②也，疑當作『乜』。

【箋】

〔一〕惜花老人：武林（今浙江杭州）人，姓名、生平均未詳。

〔二〕長白山人：姓名、籍里、生平均未詳。

〔三〕夢蕉居士：　武源（今屬湖南臨武）人，姓名、生平均未詳。

〔四〕湘湖散人：　姓名、籍里、生平均未詳。

〔五〕飲香詞客：　古歙（今安徽歙縣）人，姓名、生平均未詳。

〔六〕琴餘閣主人：　於越（今浙江）人，姓名、生平均未詳。

〔七〕西爽看霞客：　與以下濤華潭主、泛月客、洞庭鐵笛生，姓名、生平均未詳。

〔八〕紅豆詞人：　北平（今北京）人，姓名、生平均未詳。

〔九〕稽山老樵：　浙江人，姓名、生平均未詳。

〔一〇〕攀柳童子：　白門（今江蘇南京）人，姓名、生平均未詳。

〔一一〕聽春樓主：　羊城（今廣東廣州）人，姓名、生平未詳。

〔一二〕鏡湖釣徒：　姓名、籍里、生平均未詳。

〔一三〕倚雲閣主：　瀋陽（今屬遼寧）人，姓名、生平均未詳。

〔一四〕護花尉：　棠城（今屬重慶）人，姓名、生平均未詳。

（評花新譜）自跋

藝蘭生

春風沈醉，夢繞梨花；秋月閒吟，香飄桂子。踏華嚴之色界，地盡鋪金；居姑射之仙山，人原如玉。當夫青衫入洛，紫陌揚塵。賞芍藥於豐臺，聽櫻桃之樂府。銀屏倚遍，幾多燕約鶯期；

金勒嘶驕，恰值梅肥菊瘦。則有粉郎十隊，齊號團雲。絳樹雙聲，羞歌暮雨。綠綺閒調之際，燕寢凝香； 黃河賭唱之時，貂裘貰酒。固已逞豪北海，莫肯貽笑東風矣。

然而空谷芝蘭，終含芳以自閟； 漫山桃李，雖媚春而無言。用宜貌彼嬋娟，寫入烏絲之格； 且喜感均頑豔，抛來紅豆之詞。爰命管城，累登翹楚。鴛鴦小小，珍偶堪憐； 楊柳依依，風流可愛。春濃葼尾，寫梨癡棠醉之懷； 譜訂同心，訪葛嫩、李香之紀。則是編也，聊以遣興，深慚秃管不芳； 未免有情，願與好華同壽爾。

同治十有三年歲次閼逢閹茂未月哉生霸，吳興藝蘭生書於燕都之貿羅廿八宿館。

（以上均清光緒間申報館排印本《鴻雪軒紀豔四種》所收《評花新譜》卷首）

【箋】

〔一〕同治十有三年歲次閼逢閹茂： 甲戌年，公元一八七四年。

評花新譜跋〔一〕

藝蘭生

是譜作於壬申之秋〔二〕，藏諸敗篋，閟不示人。後得賦豔詞人、麋月樓主各贊，春風披讀，如證心頭，爰歡喜無量。亟登篇左，以符體格。間有略者，拙句補之。

甲戌夏日〔三〕，藝蘭生識。

（同上《評花新譜》卷末）

【箋】

〔一〕底本無題名。

〔二〕壬申：同治十一年（一八七二）。

〔三〕甲戌：同治十三年（一八七四）。

附　鴻雪軒紀豔四種題詞

飯顆山樵〔一〕

藝蘭生以《紀豔四種》函索題詞，各賦二截句贈之。

側帽當筵態欲仙，清歌妙舞泥人憐。如何燕趙佳人外，別有羣芳譜一編。

櫻桃聲價重當時，開卷翻嫌識面遲。客裏閒情消不得，拈毫戲譜品花詞。（《評花新譜》）

風月閒情老未忘，鳳城春色屬羣芳。勞他一管生花筆，姹紫嫣紅費品量。

書劍飄零感歲華，人生會合等摶沙。客中我亦鍾情者，不信才人例愛花。（《鳳城品花記》）

十年京洛舊知名，過眼飛花感易生。舊雨不來春欲去，戲拈斑筦賦閒情。

工愁未許此身閒，錦瑟新篇仿義山。我亦三生狂杜牧，無題詩句未全刪。（《宣南雜俎》）

翩翩裘馬出鄉閭，十載長安感客居。煞羨風流楊萬里，軟紅塵裏著新書。

嘲風弄月興逾狂，韻事流傳未忍忘。幾度燃脂勞記載，要留佳話在詞場。（《側帽餘譚》）

海昌飯顆山樵題。

（清光緒間申報館《鴻雪軒紀豔四種》卷首）

【箋】

〔一〕飯顆山樵：海昌人，姓名、生平均未詳。

側帽餘譚（藝蘭生）

《側帽餘譚》，現存光緒間尊聞閣主輯排印《申報館叢書》之《鴻雪軒紀豔四種》本、民國二十三年（一九三四）北平邃雅齋排印張次溪輯《清代燕都梨園史料》本等。

側帽餘譚敍

鐵笛生〔一〕

夫錬京都之賦者，咸騁志乎繁華；刪鄭衛之詩者，尚采風於狂狡。是以樂府唱櫻桃之曲，叛兒傳楊絮之歌。燕入秦宮，錦袍銘夫舊寵；翰乘鄂渚，繡被挹其餘音。莫不播諸篇章，抑且衍爲稗說。吾友以四傑才名，就三徵幣聘。司馬題橋之際，意氣自豪；士龍入洛之年，聲名藉甚。偶以退食餘閒，忽發游春雅興。踏軟紅之土，猶是少年；披慘綠之衣，慣居末座。襟期自遠，獨攜璧月登樓。壘塊何消，時取金裘換酒。則有宜人婉孌，粉蜯蓮花；絕世聰明，香吟荳郡，悵綠葉兮成陰。司勛乞北部以歸，馬嘶金埒。固已手編芳譜，價長豐臺矣。而乃季子上書，嘆黑貂之徒敝；偶游蔻。紅箋一寸，遲來瑇瑁筵邊；翠袖雙垂，時值柘枝舞罷。閒倚東風之曲，燕語雕梁；

爰辭市駿之臺，來作飛凫之客。碧筒自勸，舊雨無多。紅豆相思，春雲如夢。談揮麈尾，好趁月白風清；帽側烏紗，眞個金迷紙醉。推之樂坊善材，儘羅珊網；旗亭名勝，亦付瑤籤。仿《西陽雜俎》之編，踵《日下舊聞》之錄。仲其雅愫，權當繫樹金鈴；託諸寓言，卽是迷津寶筏。翳昔稽山修禊，壺觴成今昔之悲；邗水題襟，賓主興去來之感。當良辰而共賞，慨勝事之不常。況乎花好月圓，芳痕易墮；珠溫玉軟，綺恨長盈。惟名士之風流，斯達觀而放浪。笑看杭州，襟上酒有餘香；頓教韋杜，城南春堪不老。僕自應甲科，預聞丁曲，未能遣此，不忘豪竹哀絲；何以爲情？已是曉風殘月。春深驛路，催歸望帝之魂；夜半鯨聲，敲醒春婆之夢。適觀鉅製，僭識弁言。深慙花管無靈，入夢久衰乎江令；所冀木天聯武，觀光重到夫皇州。

戊寅春仲〔二〕，鐵笛生識於申江舟次。

【箋】

〔一〕鐵笛生：姓名、籍里、生平均未詳。

〔二〕戊寅：光緒四年（一八七八）。

側帽餘譚敍〔一〕

藝蘭生

杜門卻掃，悄焉寡歡。回憶匹馬長安，六經寒暑。承平景象，竊幸躬逢。時與鄉士大夫聯襼游春，娛極視聽，琴觚雜陳，履舄交錯，致足樂也。倦飛知還，倏成陳迹。茶餘酒後，意之所及，信手札記，凡得如干條，顔曰《側帽餘譚》，不類廁者雜紀例也。歲月駸逝，今昔殊軌，悲夫！

强圉赤奮若橘冬〔二〕，苕溪藝蘭生。

（以上均清光緒間申報館排印本《鴻雪軒紀豔四種》所收《側帽餘譚》卷首）

【箋】

〔一〕底本無題名。

〔二〕强圉赤奮若：即丁亥，光緒十三年（一八八七）。

宣南雜俎（藝蘭生）

《宣南雜俎》，今存有光緒間尊聞閣主輯排印《申報館叢書》之《鴻雪軒紀豔四種》本、民國二十三年（一九三四）北平邃雅齋排印張次溪輯《清代燕都梨園史料》本等。

（宣南雜俎）跋

平陽酒徒〔一〕

右《宣南雜俎》一卷，吴興藝蘭生輯其友風懷篇什，録而存之者也。藝蘭生富於年，湛於學，性豪邁，鄙章句。闈期近矣，余訪諸胷羅二十八宿館，見其方録此帙，吮毫伸紙，意得甚。戲曰：『是亦抱佛脚耶？』笑答曰：『聊備宣南掌故耳。』因就其手讀之，如食五侯鯖，各有儁味。其命名『雜俎』者，義亦類此。

搜羅惜尚儉，滿幅琳琅，願以俟諸異日。

光緒紀元秋孟〔二〕，平陽酒徒讀竟偶題。

（清光緒間申報館排印本《鴻雪軒紀豔四種》所收《宣南雜俎》卷末）

【箋】

〔一〕平陽酒徒：姓名、籍里、生平均未詳。

〔二〕光緒紀元：光緒元年（一八七五）。

鳳城品花記（香溪漁隱）

香溪漁隱，姓名、籍里、生平均未詳。撰《鳳城品花記》，現存光緒間尊聞閣主輯排印本《申報館叢書》之《鴻雪軒紀豔四種》本、民國二十三年（一九三四）北平邃雅齋排印張次溪輯《清代燕都梨園史料》本等。

鳳城品花記序

藝蘭生

香溪漁隱於余爲總角交，又同時被辟北上。公退之暇，常與戴折角巾，衝風雪，覓醉長安市上。聲伎滿前，觥籌交錯。酒後抵掌談時事，歌呼嗚嗚，泣數行下，旁若無人。嘗欲濡筆紀其事，會圖南未果也。

迨重入都，而漁隱方省親句吳。其友賦豔詞人出《鳳城品花記》一冊示余〔一〕，曰：此漁隱於客冬之夜，燒三條燭立成者。余受而卒業，其記事，文而不縟，質而不俚，乃歎：『鄉欲濡筆紀之而未果者，漁隱已實獲我心矣！』詞人既以此冊見示，復與余戲綴評注其下，各錄副本，緘之行篋久矣。今奉檄來滬，僦居榷署之絜園。於時冬也，凍雲不飛，密雪蕩影。客有餉烏程釀者，苦無下酒物，忽憶此帙，啓緘出之，相與翻一葉酌一螺，似不減讀《漢書》已。

光緒二年丙子小除夕，藝蘭生書。

（清光緒間申報館《鴻雪軒紀豔四種》所收《鳳城品花記》卷首）

【箋】

〔一〕賦豔詞人：姓名、籍里、生平均未詳。

懷芳記（蘿摩庵老人）

蘿摩庵老人，姓名、籍里、生平均未詳。撰《懷芳記》，現存宣統三年（一九〇九）至民國二年（一九一三）上海國學扶輪社排印《香豔叢書》第十八集本、民國四年（一九一五）上海國學扶輪社排印《古今説部叢書》十集本。

懷芳記序

雲居山人〔一〕

京師歌伶甲於天下。人原是璧，室盡如蘭，一經品題，聲價何止十倍。記咸豐丙辰，吾友餘不釣徒展覲入都，招勝侶，萃吟朋，選伎徵歌，尋花問柳，曾有《明僮小錄》之刊。勤搜珊網，廣纂瑤編，盛事一時，貽芳千載。可以按圖索驥，執鏡招鸞焉。

兹蘿摩老人《懷芳記》一記，成於丙子秋仲〔二〕。相去十年，用情一致。舞衫歌扇，當年之舊雨無多；寵柳驕花，出谷之新鸝更貴。想見軟紅十丈，珠溫玉暖之鄉；拾翠三春，蝶醉蜂迷之候。清眸皓齒，發其瑤思；瑋態瓌姿，鏤之銀管。盛矣麗矣，幻耶眞耶？竊恐陳迹之難追，所貴手民之是付。傳來日下，何殊千佛之經；唱遍人間，猶是羣芳之譜。

光緒五年歲次己卯閏三月，武林雲居山人序。

（清宣統三年至民國二年上海國學扶輪社排印本《香豔叢書》第十八集所收《懷芳記》卷首）

【箋】

〔一〕雲居山人：武林（今浙江杭州）人，姓名、生平均未詳。

〔二〕丙子：光緒二年（一八七六）。

情天外史（情天外史）

情天外史，姓名、籍里不詳。曾宦黔十載，因不適官場而挂冠。晚年遣興梨園。撰《情天外史》，現存光緒二十一年乙未（一八九五）天津石印本、民國二十三年（一九三四）北平邃雅齋排印張次溪輯《清代燕都梨園史料》本等。

情天外史自序

情天外史

一縷情絲，大千色界。任天而動，與生俱來。情不自禁，欲將彌熾。情能善用，理乃常存。不入情中，天機胡暢？不超情外，天趣胡深？興匪兕之歌，操獲麟之筆；寫靈均之怨，續方朔之諧。《情天外史》所由作也。則有公堂秉鑒，鎖院持衡，墨客爲卿，管城奏雅。當其箋描十樣，錦織七襄，固宜梅占春魁，芍居近侍。爾乃桃陳妖冶，擅寵專房；絮逞顛狂，乘隙入硯。是知花花籍貫，草草科名，文場一情選也。

若乃封疆管領，屏翰旬宣，濟濟人才，磐槃吏治。儻有矢躬清潔，酬遇錯盤，固宜卽墨特封，士元大用。爾乃眾女謠諑，輕棄蛾眉；鷙鳥飛揚，濫膺鶚薦。是知澤蘭委地，甘蕉障天，行省一情緣也。

又如秉鈞報最，當軸奮庸；外患憑陵，時艱孔棘。儻有賢豪遺佚，英俊下沈，固宜資格不拘，吐握弗倦。爾乃濫竽充數，南郭吹齊；文馬移情，龜山蔽魯。是知我善卽善，人云亦云，樞府一情竇也。

嗟乎！衣冠優孟，身世梨園，歌苦識希，曲高和寡。情誰能遣，欲問青天。象以外超，特修豔史。知我者，其在雛伶粉黛間乎？

光緒乙未三月初吉。闕名〔一〕

（情天外史）凡例

一、是書專爲天仙部表彰幽隱，故以天仙十人入正冊，各班十人入續冊。雖天仙腳色，一散入丹桂，再散入鴻奎，部名仍從其朔。

一、是書專爲司坊揄揚色藝，是以科班名角，概未登入。

一、是書專爲後進提倡風雅，是以出師立堂，毋庸贅述。

一、天姿天籟，過時難保，是以十六歲以上，不入論列。

一、是書於三月初八日託始，十六日告成。各省公車，爭索觀覽，藉以流傳海內。茲更添敘小傳，補繪圖形，以公同好，或亦消遣世慮者之所不棄也。

（以上均光緒二十一年乙未天津石印本《繪圖情天外史》卷首）

【箋】

〔一〕此文當爲情天外史撰。

情天外史後（序）

闕名〔一〕

書寓繁華，莫如滬上；司坊色藝，無過都中。扮美妓作名優，插宮花於帽側；飾小童爲少女，理雲鬢於窗前。巾幗焉，鬚眉焉，倏忽變相；清揚也，婉孌也，綽約生姿。天下事是非莫辨，好惡無憑，晝夜混淆，陰陽反覆，情天外史竊有感焉。

當其舞衫映日，歌扇隨風，節方赴而袂投，絃乍調而響應。不含愁而自美，勿庸效西子之顰；每換徵與移宮，常恐動周郎之顧。選勝在『黃河遠上』，固應雙鬟發聲；逞妍於殘月曉風，恰稱紅牙按板。斯編亦信史也。若乃肆筵設席，授几侑觴，耳鬢廝①磨，履舄交錯。值燈紅與酒暖，儘堪射覆藏鈎；念圭白與木柔，何忍踰閑蕩檢。嘆我生之靡樂，聊以自娱；辟爾德以俾嘉，庶無大悔。斯編亦佐史也。又如香車馳騁，美景游觀。或佈金於祇園，或致賂於僕從。或青衿挑達，悠悠我心；或斷袖垂憐，耿耿不寐。寤言一室，誰知烏之雌雄；執策三年，竟忘馬之牝牡。斯編豈穢史哉？

嗟乎！微危之關，幾希之界。忍之頃刻，清白兩完；縱之須臾，衣衵均涴。木犀香發，美矣味回；銀海炫生，油然光黯。艾豭賈禍，婁豬蕩情，容或有之，伊可畏也？識者諒不河漢斯言。

光緒乙未三月中浣。

【校】

①廝，底本作『撕』，據文義改。

【箋】

〔一〕此文疑即情天外史撰。

附　京華消遣記

情天外史

予宦黔十載，任衝難，調衝繁。捐廉俸，募親兵，衛閭閻，丈田畝。捕積匪二十餘起，復匿糧五千餘石。不合於大人先生，乃罷官去。家無立錐地，亦無擔石儲。就養於予弟，督兒輩習舉子業，送考游粱燕。思以家學矯挽浮薄風氣，於鄉會試及大考輒擬作，大人先生或否之。

越癸巳、甲午〔一〕，兒輩有所成就，家學幸不墜，擬作亦無庸矣。年逾六十，耳聰目明，貿然無所事。惟遣興梨園，擊節賞奇，倚歌屬和。或訕笑見者，予自適其適，弗較也。漸以顧曲周先生者，今垂青於雛伶後進也。華衮之榮，奚過是。有以雛伶行酒者邀予，諸伶來見時，各眉飛色舞，作小鳥依人狀。詢及予姓氏，羣呼予『老頭』。予喜其情親而意切也，遂受之。或以先來傲後至者曰：『汝詎識若耶！』仿西洋氣學，製造萊菔槍，分贈諸雛伶，爲郎相引重。京華各樂部，非老手頹唐，卽才人膽大，格格不相入。

日從事於小天仙。憶年時七夕，聽他班《鵲橋》，甫散，出大栅欄，有豔品坐車中，搴簾呼曰：『胡未聽小天仙？貌則滴粉搓酥，聲則吹蘭振玉。』方稠人過市，未及通姓名。忽獨顧予言：『向不白於大人，萊菔槍隊，藉諗其色藝，並悉其性情焉。』

小天仙班中多後起之秀。知音苦希，座客不滿，予心爲不平，作《情天外史》正冊表揚之。益以各班之翹楚爲續冊。正冊十人，首神品。續冊十人，首超品。此二十人者，有經歲之周旋，無通風之關節，視向之花榜不侔焉。有曾冠花榜而次二，弗甘易爐金之躍冶，斯秀品闕文矣。有曾冠花榜而次四，亦悅采崑玉之韞山，斯上品者錄矣。有夜光暗投，按劍相視，如正冊雋品，不理人口也。有呼聲甫絕，飛鉤著胷，如續冊媚品，善解人意也。又詳加考核，於簡末移置三人，《情天外史》之全冊乃定。二十人皆善予，惟正冊第三人與予爲尤善，儻亦佛家所謂前世因耶？

嗟夫！三閒之香草，尚在山中；二姚之美人，不離世上。東坡有言曰：『風月山川無主人，得閒者便是主人。』予幸得閒於京華，平章風月。行將游江浙，泛淮泗，歸隱光、黄，槃作山川主人，不若靈均鬱鬱也。汨羅有知，當投《情天外史》全册贈之，即以爲反《離騷》也可。

光緒乙未六月中浣，情天外史自記。

（以上均清光緒二十一年乙未天津石印本《繪圖情天外史》卷末）

【箋】

〔一〕癸巳甲午：光緒十九年（一八九三）、二十年（一八九四）。

新情天外史（天恨生）

天恨生，即黄漢傑，字上峯，别署平江居士，平江（今屬湖南）人。撰小説《陸公案》（一題《陸稼書演義》）、《溫生才行刺始末記》、《革命軍》、《繪圖滿清滅亡笑話奇談》等。仿《情天外史》，撰《新情天外史》，現存宣統三年（一九一一）政新書局發行本，《京劇歷史文獻匯編·清代卷·圖録上》據以影印。

（新情天外史）敍

天恨生

穆天子見西王母，靡曼之音繞梁三日。音學之盛，由來久矣。厥後，唐玄宗置教坊，而青蓮之醉歌，龜年之遊咏，亦居入檀板玉簫，足徵雅趣。詩云：『一曲昇平人盡樂。』蓋音樂之事，必興於極盛之時代，夫非《胡笳十八拍》所可同日語也。國朝鼎盛之初，訓世以樸素，而於游藝之事，挫抑無遺力，故優孟一術，論諸卑賤。然而五紫一素，踴貴屨賤，是非得失職乎？時事之遷牽，風氣之崇尚耳。海上舞臺之譽，戛戛於世界者，數十年矣。然一起而爲爭妍鬭媚之章本，再變而爲兼聲實力之章本。嗚呼！戲者，戲者耳！鼓眼綫於斯，爲盛戲之術，不其窮耶而未也。

蓋自廿世紀歐化輪入而後，而伶界之中，始日及文明之思想，於是由改良戲劇爲起點。色藝之中，汰淫而演情；於力藝之中，存巧而去險；於聲藝之聲，曲傳其忠憤之氣、邪回之概，足令閱者心爲起舞，而無事喁器；色爲揄揚，而無所迷惑。嗚呼！魯國衰，伶人隱。值此物競天日之時日，而海上於伶界事日發達，藝員之學業日益進步，國家庶幾之兆，其在是乎？

僕本愚憨，鮮同顧之才，然梨園消遣，日所品題。因前有《情天外史》一書，頗爲世界所清賞，爰仿其式，復製新帙，而選當代名伶，分品編入。設有失當處，閱者諒之。

宣統辛亥仲春月上浣，天根生識〔二〕。

（《京劇歷史文獻匯編·清代卷·圖録上》影印清宣統三年政新書局發行本《新情天外史》卷首）

【箋】

〔一〕宣統辛亥：宣統三年（一九一一）。

〔二〕題署之後有陽文方章二枚：「上峯」、「平江居士」。

燕臺集豔（播花居士）

播花居士，别署迦羅奴，姓名、籍里、生平均未詳。撰《燕臺集豔》，全名《燕臺集豔二十四花品》，現存道光三年癸未（一八二三）刻本、民國二十三年（一九三四）北平邃雅齋排印張次溪輯《清代燕都梨園史料》本等。

燕臺集豔二十四花品序集《選》

播花居士

自唐司空表聖撰《二十四詩品》，嗣是仿其例，作續詩品者有人；廣其例，作書品、畫品者亦有人。辭各美麗，余讀而愛之。兹值雨窗無事，爰於四喜、春臺、三慶、嵩祝四部中，就耳目之所及，戲拈二十四人，以伎藝優劣爲高下，小變體裁，用成《花品》。至於臆見之私，遺珠之憾，則在所不免焉。道光癸未乞巧節，播花居士迦羅奴識。

高唐渫雨（謝希逸《宋孝武宣貴妃誄》），飛閣干雲（何平叔《景福殿賦》）。芳草被堤（班孟堅《西都賦》），長楊映沼（潘安仁《閒居賦》）。日下壁而沉彩（江文通《別賦》），月水幌而通暉（謝惠連《雪賦》）。華酌既陳（宋玉《招魂騷》），祕舞更奏（張平子《西京賦》）。從逸遊於角觝（潘安仁《西征賦》），托末契於後生（陸士衡《嘆逝賦》）。

惟彼狡童（任彥昇《宣德皇后令》），此郊之姝（宋玉《登徒子好色賦》）。生於蒿萊之間（張茂先《鷦鷯賦》），長於蓬茨之下（王子淵《聖王得賢臣頌》）。冠五行之秀氣（王元長《三月三日曲水詩序》），流千載之英聲（王仲寶《褚淵碑文》）。美貌橫生（宋玉《神女賦序》），妙思天造（陸士衡《嘆逝賦》）。榮其文身（左太沖《魏都賦》），則音徽自遠（陸士衡《演連珠》之七）；丐其餘論（劉孝標《廣絕交論》），則延譽自高（任彥昇《宣德皇后令》）。霞駁雲蔚（王文考《魯靈光殿賦》），烟交霧凝（鮑明遠《舞鶴賦》）。鸞鳳之文奮矣（吳季重《答魏太子箋》），鈞天之樂張焉（王元長《三月三日曲水詩序》）。其形也（曹子建《洛神賦》），若流波之將瀾（宋玉《神女賦》）；其致也（陸士衡《文賦》），若輕雲之蔽月（曹子建《洛神賦》）。

詳而視之（宋玉《神女賦序》），淡乎若深淵之靜（賈誼《鵩鳥賦》）；迫而察之（嵇叔夜《琴賦》），慠然有凌雲之操（石季倫《思歸引序》）。榮曜秋菊（曹子建《洛神賦》），華縱春葩（左太沖《魏都賦》）。和順內凝（王仲寶《褚淵碑文》），英華外發（沈休文《齊故安陸昭王碑文》）。度白雲以方潔（孔德璋《北山移文》），謝朝華於已披（陸士衡《文賦》）。濯明月於漣漪（左太沖《吳都賦》），吐清風之飂戾（潘安仁《西征賦》）。援綺琴兮坐芳縟（謝惠連《雪賦》），發皓羽兮奮翹英（班孟堅《白雉詩》）。姁媮致態（傅仲武《舞賦》），特稟逸異之姿（顏延年《赭白馬賦》）；睇眩流光（曹子建《七啓》），動有環珮之響（范蔚宗《後漢書·皇后紀傳》）。翩翩然有以自樂也（張茂先《鷦鷯賦》）。

於是天清日晏（揚子雲《羽獵賦》），歲阜民和（陸佐公《石闕銘》）。元巳之辰（張平子《南都賦》），九秋之夕（曹子建《七啓》）。五行布序（班孟堅《靈臺詩》），百卉含葩（張平子《思玄賦》）。朝霞啓暉（趙景眞《與魏茂齊書》），春蘿罷月（孔德璋《北山移文》）。明室夜朗（張景陽《七命》），素琴晨張（江文通《恨賦》）。瑰異日新（張平子《西京賦》），倔佹雲起（王文考《魯靈光殿賦》）。越香掩掩（宋玉《神女賦序》），珍樹猗猗（左太沖《魏都賦》）。鐘石畢陳（顏延年《三月三日曲水詩序》），絲竹并奏（魏文帝《與吳質書》）。笙竽俱唱（左太沖《吳都賦》），簫管齊鳴（曹子建《七啓》）。乃正六樂（陸佐公《石闕銘》），抗五聲（班孟堅《東都賦》）；吹洞簫（左太沖《蜀都賦》），發清角（嵇叔夜《琴賦》）；戴翠帽（張平子《西京賦》），動朱脣（傅武仲《舞賦》）。引商刻羽（《宋玉對楚王問》），抗昔高歌（潘安仁《閒居賦》）。振輕綺之飄颻（曹子建《七啓》），奮長袖之颯纚（張平子《西京賦》）。播芳蕤之馥馥（陸士衡《文賦》），敷華蕊之蓑蓑（張平子《南都賦》）。如彼樹芳（顏延年《祭屈原文》），又申之以攬茝（屈平《離騷經》）；如彼錦績（潘安仁《夏侯常侍誄》），又綴之以江蘺（張平子《思玄賦》）。鏡朱塵之照爛（江文通《別賦》），夜光在焉（班孟堅《西都賦》）；颸翠氣之宛延（揚子雲《甘泉賦》），華容備些（宋玉《招魂騷》，『些』，原注音『娑』，去聲）。耳目之娛（張平子《南都賦》），遊戲之樂（司馬長卿《子虛賦》），何其壯也（丘希範《與陳伯之書》），何其富也（馬季良《長笛賦》）。

若夫豐約之裁（陸士衡《文賦》），錦繡之飾（李斯《上秦始皇書》）。冰紈霧縠之積（范蔚宗《宦者傳論》），妍歌妙舞之容（顏延年《三月三日曲水詩序》）。吳蔡齊秦之聲（鮑明遠《蕪城賦》），韶濩象武之樂（司馬長卿《上林賦》）。

裛以藻繡（張平子《西京賦》），畫以仙靈（左太沖《吳都賦》）；　飾以碧丹（嵇叔夜《琴賦》），藉以翠綠（何平叔《景福殿賦》）。　錯以荊山之玉（曹子建《七啓》），潄以華池之泉（孫興公《遊天台山賦》）。　薰以幽若（曹子建《七啓》），發蘭蕙與芎藭（揚子雲《甘泉賦》）；　糅以蘼蕪（司馬長卿《上林賦》），雜杜蘅與芳芷（屈平《離騷經》）。　桃李蔭翳（左太沖《魏都賦》），菡萏敷披（潘安仁《閒居賦》）。　采采粲粲（嵇叔夜《琴賦》），鬱鬱菲菲（司馬長卿《上林賦》）。　玩春翹而有思（陸士衡《嘆逝賦》），紉秋蘭以爲佩（屈平《離騷經》）。　掩金觴而誰御（江文通《別賦》），整神容以自持（傅武仲《舞賦》）。　華蓮重葩而倒披（左太沖《魏都賦》），瓊枝抗莖而敷蕊（左太沖《蜀都賦》）。　旦爲朝雲（宋玉《高唐賦》），泄爲行雨（左太沖《魏都賦》）。　乍近乍遠（馬季良《長笛賦》），若往若來（傅武仲《舞賦》）。　神人之和允洽（班孟堅《東都賦》），風舞之情咸蕩（王元長《三月三日曲水詩序》）。

於斯時也（潘安仁《藉田賦》），巴姬彈弦（左太沖《蜀都賦》），伶倫比律（嵇叔夜《琴賦》）。　荊豔楚舞（左太沖《吳都賦》），吳歈蔡謳（宋玉《招魂賦》）。　鞭洛水之宓妃（揚子雲《羽獵賦》），載太華之玉女（張平子《思玄賦》）。　其林藹藹（東廣微《崇丘詩》），其樂陶陶（劉伯倫《酒德頌》）。　音要妙而流響（成公子安《嘯賦》），非假北里之操（陸士衡《演連珠》之二十七）；　顏的皪以遺光（張平子《思玄賦》），不悅西施之影（陸士衡《演連珠》之九）。　是以眾庶悅豫（班孟堅《兩都賦序》），希世罕工（任彥昇《奉答敕示七夕詩啓》）。　緜駒吞聲（馬季良《長笛賦》），毛嬙彰袂（宋玉《神女賦》）。　醜父爲之改貌（潘安仁《射雉賦》），南威爲之解顏（曹子建《七啓》）。　和氏之璧（班孟堅《答賓戲》），未足語其豐（左太沖《吳都賦》）；　夏后之璜（劉孝標《辨命論》），不能爲其氣（王子淵《洞簫賦》）。　使先施徵舒（枚叔《七發》），罔識所屈（何平叔《景福殿賦》）；　風謠歌舞（左太沖《三都賦自序》），莫測其端矣（傅季友《爲宋公修張良廟教

（碑）》）。

於是鄭女曼姬（司馬長卿《子虛賦》），吳宫燕市（江文通《別賦》）。歌童舞女（范蔚宗《宦者論傳》），俳優侏儒（司馬長卿《上林賦》）。或采明珠（曹子建《洛神賦》），或隱碧玉（左太沖《蜀都賦》）。或言拙而喻巧（陸士衡《文賦》），或名奇而見稱（左太沖《魏都賦》）。緹室與素瀨交輝（任彦昇《齊竟陵文宣王行狀》），音徽與春雲等潤（王仲寶《褚淵碑文》）。綺組繽紛（班孟堅《西都賦》），若翡翠之奮翼（宋玉《神女賦》）；綃紈綷縩（潘安仁《藉田賦》），若白鷺之下翔（枚叔《七發》）。集芙蓉以爲裳（屈平《離騷經》），靡薜荔而爲席（揚子雲《羽獵賦》）。遊涉乎雲林（枚叔《七發》），流盼乎洛川（曹子建《洛神賦》）。競媚取榮（張平子《西京賦》），冶容求好（張茂先《女史箴》）。色授魂與（司馬長卿《上林賦》），志往神留（陸士衡《文賦》）。

亦將有才人妙伎（曹子建《七啓》），弱冠王孫（劉孝標《廣絶交論》）。騈部曲（班孟堅《東都賦》），雜綺羅（司馬長卿《子虛賦》）。朱英秀（王元長《三月三日曲水詩序》），素華斐（左太沖《吳都賦》）；蒹葭贙（左太沖《魏都賦》），形態和（傅武仲《舞賦》）。宴於蘭房（張平子《南都賦》），躋於羅幃（宋玉《風賦》）。明五采之彰施（何平叔《景福殿賦》），漱六藝之芳潤（陸士衡《文賦》）；濟九成之妙曲（劉孝標《廣絶交論》），覩萬方之歡娛（班孟堅《東都賦》）。聊遊目而遨魂（曹大家《東征賦》），愈情駭而神悚（潘安仁《西征賦》）。莫不締恩狎（劉孝標《廣絶交論》），降氤氳（班孟堅《東都賦》），悦心意（李斯《上秦始皇書》），接歡欣也（傅武仲《舞賦》）。

余少好音樂（嵇叔夜《琴賦》），小事簡牘（杜元凱《春秋左氏傳序》）。雖乏鄉曲之譽（江文通《詣建平王上書》），竊高下風之行（鄒陽《上吳王書》）。既遊觀中原（曹子建《七啓》），亦傭書成學（任彦昇《爲蕭揚州薦士表》）。幸得遇聖明之世（揚子雲《解嘲》），揚樂和之聲（班孟堅《西都賦》）。婆娑乎術藝之場（班孟堅《答賓戲》），遙集乎文雅之囿（揚子雲《劇秦美新》）。總會仙倡（張平子《西京賦》），廣求異伎（繁休伯《與魏文帝書》）。恣意所幸（張平子《西京賦》），曲得其情（王文考《魯靈光殿賦》）。

於是遊覽既周（孫興公《遊天台山賦》），有懷妍唱（謝惠連《雪賦》）。述清都之閒麗（左太沖《魏都賦》），集華夏之至歡（何平叔《景福殿賦》）。是用綴輯遺文（任彥昇《王文憲集序》），托清風什（任彥昇《奉答敕示七夕詩啓》）。掉三寸之舌（揚子雲《解嘲》），成一家之言（班孟堅《典引》）。以美風俗（馬季良《長笛賦》），以當談笑（陳孔璋《爲曹洪與魏文帝書》），以爲潤色（左太沖《三都賦自序》），以致太平也（曹子建《求自試表》）。

乃撰四部要略（任彥昇《齊竟陵文宣王行狀》），裁二十餘篇（孔安國《尚書序》）。雖以一字爲褒貶（杜元凱《春秋左氏傳序》），而文非一體（魏文帝《典論·論文》）；依類託寓（司馬長卿《封禪文》），辭義可觀（皇甫士《三都賦序》）。又作傳（王子淵《四子講德論》），以爲之贊云（袁彥伯《三國名臣贊》）。其發凡（杜元凱《春秋左氏傳序》），年十三以上、二十以下（范蔚宗《後漢書·皇后紀論》），二十人（王仲寶《褚淵碑文》），弱冠秀發（陸士衡《辨亡論上》），才捷若神（曹子建《七啓》），自一時之儁也（魏文帝《與吳質書》），用成等級（沈休文《恩倖傳論》），都爲一集（魏文帝《與吳質書》），集錄如左（任彥昇《王文憲集序》）。二十許年（任彥昇《奏彈劉整文》）四人（袁彥伯《三國名臣序贊》），多才豐藝（潘安仁《楊荊州誄》），妙絶時人（魏文帝《與吳質書》），雖殊其年（潘安仁《楊武仲誄》），不可限以位貌（任彥昇《爲蕭揚州薦士表》），繫之篇末（范蔚宗《後漢書·二十八將傳論》），聊復備數（馬季良《長笛賦序》）。其餘得失未聞（任彥昇《爲范尚書讓吏部封侯第一表》），姓字不傳（謝惠連《祭古冢文》），未覩厥狀（魏文帝《與鍾大理書》），此焉二等（王文考

《魯靈光殿賦》)、三等(范蔚宗《後漢書·皇后紀論》)，優劣異姿(應休璉《與廣州長岑文瑜書》)，巧拙有素(魏文帝《典論·論文》)，未有殊尤絕迹(司馬長卿《封禪文》)。若斯之類(左太沖《三都賦自序》)，蓋以百數(班孟堅《西都賦》)，不可殫書(范蔚宗《宦者傳論》)，未之詳也(范蔚宗《後漢書·二十八將傳論》)。尺璧有盈(左太沖《魏都賦》)，玉卮無當(左太沖《三都賦自序》)。凡我四方同好之人(蔡伯喈《郭有道碑文》)，如曰不然(沈休文《宋書·謝靈運傳論》)，以俟來哲(潘安仁《西征賦》)。

太歲(陸佐公《新刻漏銘》)癸未(劉越石《勸進表》)秋七月(班孟堅《封燕然山銘》)，聽覽餘日(潘安仁《西征賦》)，獨坐愁苦(李少卿《答蘇武書》)。酒後耳熱(楊子幼《報孫會宗書》)，慨然有懷(夏侯孝若《東方朔畫贊》)，於是染翰操紙(潘安仁《閒居賦》)，綴而序之(任彥昇《齊竟陵文宣王行狀》)。

燕臺集豔二十四花品題辭 集唐

播花居士

舞腰新染麴塵羅(牛嶠)，燈下妝成月下歌(劉禹錫)。瑤瑟玉簫無意緒(關盼盼)，繁華濃豔竟如何(陳宮嬪妃)？人間定有崔羅什(李商隱)，時俗猶傳晉永和(劉長卿)。從此不知蘭麝貴(裴思謙)，一生惆悵爲伊多(李郢)。

萬態千情料可知(裴夷直)，風流不減杜陵時(韓翃)。但經春色還秋色(李山甫)，莫遣佳期更後期(李商隱)。越女沙頭爭拾翠(孫光憲)，桃花紙上待吟詩(張嬪)。司空見慣渾閒事(劉禹錫)，醉煞長安輕薄兒(賈至)。

但憑春夢訪天涯(廣利王女),摸手新詩片片霞(薛濤)。不是相如憐賦客(李羣玉),惟教宋玉擅才華(李商隱)?纖蘿自合依芳樹(江陵士子),宮體何曾爲杏花(溫庭筠)。縱使筆精如逸少(陸龜蒙),一分難減亦難加(吳融)。

行香天樂羽衣新(王建),消息佳期在此春(韓偓)。弱柳未勝寒食雨(張泌),花箋好作斷腸人(皮日休)。漫誇書劍無知己(許渾),別有詩名出世塵(翁洮)。過客不須頻問姓(翁承贊),東方曼倩是前身(徐鉉)。

播花居士漫吟。

(以上均清道光三年癸未刻本《燕臺集艷》卷首)

燕臺集豔跋[一]

播花居士

都中伶人之盛,由來久矣。而文人學士爲之作花譜、花榜者,亦復汗牛充棟。名作如林,續貂匪易。余何人,斯自知才力不逮,敢蹈覆瓿之誚?勢不得不求味於兼采,取製於羣狐。惟是既格陳言,又拘律調,浮辭滿紙,慊意多端。友人未俟修飾,遽付剞劂,貽笑大方。希閱者諒之,則幸甚。

播花居士又識。

（清道光三年癸未刻本《燕臺集豔》卷末）

【箋】

〔一〕底本無題名。

燕臺花史（蜃橋逸客等）

《燕臺花史》，一名《燕臺花榜題詞》、《燕臺花品》，撰成於咸豐九年（己未，一八五九），蜃橋逸客、兜率宫侍者、寄齋寄生合著。三人姓名、籍里、生平均未詳。現存民國二十三年雙肇樓排印本張次溪輯《清代燕都梨園史料續編》本，《京劇歷史資料匯編·清代卷·專書上》據以整理。

燕臺花史序

寄齋寄生

曾聞樓居盡是仙人，國色可當名士。是以洛陽三月，爭登蹴踘之場；建業千秋，猶結探花之隊。過邯鄲之里，耳熱鳴箏；經燕市之臺，心傾度曲。蓋子南之在鄭國，擲果偏多；城北之有徐公，搴裳不去。豈獨環肥燕瘦，莫御鉛華；然而代馬越禽，各宜水土。當其遲遲麗日，牡丹占四序之先；靄靄長安，鼓吹沸五都之會。邈矣中原之蒼莽，逾乎西蜀之繁華。路迴織錦，坊東簸金錢於芳樹；月上吹簫，市外橫磁笛於旗亭。天寶宮人，流出數聲羯鼓；岐王門客，傳來一曲琵琶。是知燕子頡頏，只舞宜春之苑；蕪蘼絡繹，唯栽長信之宮。觀夫鬬雞韋曲之間，走馬章臺之候，乃有翩翩愛子，簇簇花鄉。嬝楊柳之腰，相攜裁紅而暈碧；拭芙蓉之面，每疑滴粉與搓酥。迎叔寶之羊車，翩其綿羽；挾安仁之雀彈，蹲彼圓吭。極樂世間，抹倒三千游女；莫愁湖畔，羣誇二八阿侯。況乎霧髩風鬟，百媚齊生，天乎帝矣；星宮月殿，眾仙同咏，是也非耶？酒果忘憂，漫灑南朝金粉；花堪長樂，莫非北地胭脂。奈何百子池頭，蓮難一色；三珠樹上，鶴久羣栖。晻靄毬堂，縱春人之似織；參差繡幄，須風剪以裁成。

於是僕本情儂，愧居知己，爲列風流小隊，暫膺花月分司。誇江左之風流，似曾相識；持汝南之月旦，自詡無私。唯其名不挂於春官，安容附驥；世共賞爲奇士，自應登龍。然而卵墜覆巢，猶非窮鳥；石填滄海，原有冤禽。待他薄命吟詩，盟心白水；續我登科有記，再造青天。即此一百五日之風光，綠飛蝴蝶；二十四番之花信，紅綻櫻桃。故將蕊榜高張，以賞梨園佳製。播後之代，居然雁塔題名；詢其前身，恰是鴛箋小譜。

咸豐己未夏五月，寄齋寄生書於嫩蕉窗下。

燕臺花史題詞

寄齋寄生

芙蓉新築塞邊城，誰使櫻桃太憨生。佐酒綠鬟偏可意，臨箋青眼亦多情。風飄鸞袖香盈座，月送羊車夜幾更。暫署頭銜花御史，爲開蕊榜漫題名。花裏珠喉百囀遲，歌樓風月屬分司。玉闌倚遍閑尋畫，金谷相逢怕說詩。千古癡心蝴蝶夢，六朝春怨杜鵑時。證盟誰扣三生石，繡像焚香拜牧之。

（以上均民國二十三年雙肇樓排印本張次溪輯《清代燕都梨園史料續編》所收《燕臺花史》卷首）

燕臺花史跋

圓嶠花主〔一〕

帝里笙歌，乾坤春靄；燕臺風月，錦繡才多。聚荊豔與越吟，來吳頭兮楚尾。梨園韻事，菊部佳伶。夫固有待譜向吟箋，品資彩筆者也。彼夫編侍兒之名牘，豔溯南朝；搜俠妓之錦緘，志留北里。何況三生慧業，修道《落①梅》；一度新聲，爭傳《玉樹》。墜情天之浩劫，參色界之菩提。聽說法於遠公，彌天花雨；助吟情於劉子，鋪戶梨雲。樣換花坊，悲青琴之易老；調翻鴛譜，憐絳樹之絕倫。如水鑒衡，難淆軒輊；爭春梅雪，殊費平章。此蜃橋諸公所由志以傳贊，而雜以謳吟也。余臺賦黄金，詞慙《白雪》。值彈鋏吹簫之境，仿鏤金錯采之章。蕊榜高搴，陰濃桃李；蘭言雅集，露盥薔薇。寫小品以遣情，不覺春風滿座；譜大羅之雅韻，恰當明月連橋。

咸豐己未夏五月，圓嶠花主跋於宣武城南之集翠軒。

【校】

①落，底本脱，一九八八年中國戲劇出版社出版點校本《清代燕都梨園史料（正續編）》作空格，兹據曲名補。

【箋】

〔一〕圓嶠花主：姓名、籍里、生平均未詳。

燕臺花史跋

閑閑道人〔一〕

此吾友蜃橋逸客、兜率宫侍者、寄齋寄生三先生平章花月之所作也。三先生才各縱横，性皆放誕，共住烏衣之巷，結爲皂帽之儔。逸唱停雲，高張鳳視；清歌盡日，屢作鸞吟。每當花下樽前，聽彼菖蒲豔曲；遂爾樓頭扇底，倚他芍藥新聲。衮撲金蟬，尋樂於芳池翠館；斜行紅蕫，遍書於繡帕羅裙。掀硬句兮高鶻盤空，旁愁腕脱；摛藻思而春蠶食葉，笑欲眥飛。於是錦瑟二千，唯奏元微之曲；銅琶丈八，爭傳玉局之詞。兹更翦緑裁紅，編成小帙；品花題月，綴以閑吟。麝粉搨來，光映揚州明月；鮫綃裹就，香生漢水春風。恐白傅柳條，自此梨園不習；董公蓉渡，漸知菊部羞歌矣。

僕游客鄒枚，攀交李杜。章臺走馬，各爲北地之游；班管續貂，愧說南宫之跋。開府文皆是玉，齊中猶濫竽吹。繁昌碑上生金，洛下行看紙貴。

己未五月，閑閑道人跋於沁藕亭。

（以上均民國二十三年雙肇樓排印本張次溪輯《清代燕都梨園史料續編》所收《燕臺花史》卷末）

【箋】

〔一〕閑閑道人：姓名、籍里、生平均未詳。

燕臺花事録（王增祺）

王增祺（一八四五—？），或名曾祺、增琪，字師曾，號也樵，别署蜀西樵也、聊園老樵，華陽（今屬四川成都）人。清末舉人，授陝西韓城知縣，攝石泉，調洋縣。一年後，告官歸養，居成都西玉龍街同福巷聊園。其母曾淑品，字芳型，著有《吟仙館剩餘小草》。著有《詩緣》（前編、正編）、《樵説》、《詩緣樵説拾遺》、《聊園詩存》、《聊園詞存》、《聊園雜文略》、《燕臺花事録》等。傳見民國《華陽縣志》卷一五、《華陽人物志》等。

《燕臺花事録》，現存光緒三年（一八七七）上海申報館排印本、民國三年（一九一四）上海國學扶輪社排印《香豔叢書》本、民國二十三年（一九三四）北平邃雅齋排印張次溪輯《清代燕都梨園史料》本。

《燕臺花事錄》序

王增祺

《燕臺花事錄》何爲而作也？明人有言：『窮措大抱牀頭黄面婆子，自云好色，豈不羞死？』此言固也，而義未盡。人間眞色，要不當於巾幗中求之。不則，歷遍青樓，亦只得贋物耳。京師女閒，視臨淄奚翅十倍。瞢騰過眼，尤覺無花。而選笑徵歌，必推菊部。其間不無粉飾，亦判媸妍。所謂天然美好者，歲要得一二人焉。豈西山多白櫻桃花，秀氣所鍾，故生尤物耶？良由人間眞色，固在此不在彼也。燈窗無俚，冥想前游，一夕成此。蓋懼美人遲暮，藉以稍留顔色。雖然人情無正色，悅目卽爲姝。香山早經道破，遺珠之憾，僕也先羣芳而雪涕矣！長安道上，大半看花。各舉所知，是望諸寓公之好事者。

蜀西樵也識。

（民國三年上海國學扶輪社排印《香豔叢書》所收《燕臺花事錄》卷首）

瑤臺小咏（𨯫𨯫軒主）

𨯫𨯫軒主，又作𨯫𨯫軒主人，姓名、籍里、生平均未詳。《瑤臺小咏》，一名《瑤臺小録》，現存光緒十九年（一八九三）淞隱廬排印《淞濱瑣話》卷一二所收本、民國三年（一九一四）上海國學扶輪社排印《香豔叢書》第一二輯《淞濱瑣話》卷一二所收本、民國二十三年（一九三四）北平邃雅齋排印張次溪輯《清代燕都梨園史料》本（題《瑤臺小録》，誤署『王韜』）。

瑤臺小咏序〔一〕

王　韜〔二〕

南朝金粉，徒攬愁懷；北地胭脂，空勞夢想。京洛綺紛之地，侲童婉孌之場。爭妍取憐，別標風格。所謂賞識於牝牡驪黄之外，品題在鬢眉巾幗之間。僕也素衣未染緇塵，車轍不逾析木。得之耳食，略識二三。

側聞冀闕風高，燕臺月冷。才人不偶，游子離鄉。旗亭畫壁，唱『黄河遠上』之篇；鐵板銅琶，歌『烏鵲無依』之曲。清樽沓置，童冠偕來。鞠䠞而前，偎肩而坐。觥籌交錯，逸興遄飛；招手成令，善心爲窈。人來日邊，警敏無匹；語妙天下，忍俊不禁。雜以俳諧，恣其歡謔，滑稽多辯，標弄百端。匙倉庚之療妒，怕鸚鵡之多言。齒喜梅酸，性忘桂辣。即看鋪歠，亦自風流。大有牢愁，都堪陶寫。華酌瓊漿，何減蓬池之飲；網軒涼吹，幾疑化人之居。時復刻燭題詩，烹茶説餅。一枰坐隱，五絃手揮。檢滕王蛺蝶之圖，仿逸少驚鴻之格。抑亦雅人之深致，達士之閒情。

洎乎酒闌燈灺，月落參横。良會不常，離懷斯軫。迴風送遠，三疊《陽關》；珍重臨歧，一聲《河滿》。因而吮毫濡墨，鏤月裁雲。咏周生之圓頤，憶定子之睡臉。山木相悦，澧蘭有思。白眼窮途，猶勝老兵共飲；紫微仙吏，儻爲杜秋寫愁。以抑塞磊落之才，成哀感頑豔之什。柯亭之笛聲欲裂，漁陽之鼓撾如聞。問心期以誰親，撫骨體而不媚。此余友[illegible][illegible]軒主人《瑤臺小咏》之所由作也。公車南還，出以示余。

余謂此中人才，殊復難得。豈秀氣獨鍾於男子，而風懷偏托之美人哉？顧其品彙，厥有數端。公子裼裘，佳人修竹。手玉同色，智珠孕胷。琪花照世，衆芳皆歇；桃李成蹊，不言自馨。此一流也。清詞霏屑，吹氣勝蘭；鳴琴在牀，晴波生指。桓伊三弄，柳公雙鎖。文楸響答，時出疏簾。更或寫黄筌之折枝，静女分香；學茂漪之筆法，仙娥顧影。此一流也。靡顔膩理，敷粉凝脂。望若璧人，宛如處子。夷姤自喜，昳麗可鑒。濯濯春柳，深色蕩魂；娟娟秋荷，微波通款。此一流也。奏《陽阿》，發《激楚》，唱曹子於兜鈴，效少年爲拍彈。薛仿之聲，潛氣内轉；韓娥之謳，餘音繞梁。不抗不幽，亦雅亦鄭。此一流也。英姿颯爽，對酒當歌；星眸善窺，風氣日上。作皮裏之陽秋，笑目論之下士。羞同兒女，徒解人顰。别具肺肝，兼知援手。又一流也。借吹噓以生翅，經盼睞而成飾。愛則加膝，口所偏肥。芙蓉鏡下，居然及第；櫻桃宴中，推爲上賓。傳觀千佛之經，壓倒羣芳之譜。喜《霓裳》之同奏，異名紙之生毛，又一流也。至如柔曼傾意，尋梁契集。揭來城北，偷嫁汝南。靈貍之體，惆悵東平；共枕之樹，托生上界。風斯下矣，亦一流也。

今將就此編，依次錄之，非曰好事，聊以怡情。

（光緒十九年淞隱廬排印《淞濱瑣話》卷十二《瑤臺小咏》卷首）

【箋】

〔一〕底本無題名。

〔二〕王韜（一八二八—一八九七）：字紫詮，號仲弢，別署弢園老民、天南遯叟，吳縣（今江蘇蘇州）人。諸生。中年辦報，宣傳變法。曾遊歷英、法、俄等國。晚歸上海，主持格致書院。通經學、算法，工詩古文。著有《蘅華館詩錄》、《弢園文錄外編》、《弢園尺牘》、《淞濱瑣話》等，輯爲《弢園叢書》。傳見《弢園文錄外編》卷一一《自傳》、張相文《南園叢稿》卷八《附傳》、《近代名人小傳·文苑》等。參見吳靜山編《王韜一生事略》（民國二十五年中華書局排印《上海研究資料》本）、紅樹《王韜年譜》（民國三十年《國藝》三卷二期）、剛克編《弢園先生年表》（民國三十二年《江蘇文獻》一卷一一—一二期）、王崇煥編《天南遁叟年譜》（稿本）等。

瑤臺小咏跋〔一〕

王韜

𩯭𩮜軒主更擬爲廣編、前編。廣編則錄南中諸名優，前編則專及都中庚辰以前諸老輩，庶存南北之宗，表後先之美。不意甫登金榜，遽赴玉樓，庚寅冬杪〔二〕，沒於杭垣旅舍。文字深交，失此良友，惜哉！

海上諸伶，以二周爲冠，周鳳林字桐蓀，周釗泉字補枝。他如徐介玉、丁蘭蓀，亦其矯矯者也。孌䶵軒主云：『僕嘗三至京師，遍觀菊部，妍姿妙藝，洵不乏人。其間如楊蕙仙之英武，時奎芳之清雋，尤樂觀之。然楊能武而不善歌，時善謳而未工武，蓋全才又若斯之難也！上海富春部雛伶阿福，籍本蘇臺，來游輦下，乃能兼蕙仙之技擊，似奎芳之善歌，造物生才，何限中外！顧流傳小字，頗非雅馴，竊爲更其名曰瑋雲，字曰儷奎，稱厥徽美。復爲四詩旌之。世多桓子野，或不病其僭踰乎！「是眞嫵媚魏元成，誰向風塵重姓名？觸我英雄遲暮感，欲從飛騎下長城。」「巾幗鬚眉本不同，男兒安用婦人風？刀光如雪身如燕，絶代風流顧盼中。」「廣樂迷離記鳳城，奇才今又草茅生。英姿似爾眞殊絶，未合人前喚小名。」「絳灌解文隨陸武，茫茫今古孰能全？新詩寫入《燕蘭譜》，吳山吳水别樣妍。」』按阿福操武生藝，兼善《雅觀樓》、《雙官誥》諸劇，性極巧慧，然不自修飾，恒敝衣以行市中，未有屬而目之者也。何孌䶵軒主若甚惓惓於中，獨附於是編之末？豈嗜好有餘於酸鹹之外者歟？世不乏頓、漸兩家，請於此參一轉語。

（同上《瑤臺小咏》卷末）

【箋】

〔一〕底本無題名。

〔二〕庚寅：光緒十六年（一八九〇）。

粉墨叢談（黄協塤）

黄協塤（一八五三—一九二四），原名本銓，字式權，號夢畹，别署鶴窠村人、海上夢畹生、畹香留夢室主、意琴室主、意琴室主人，南匯（今屬上海）人。博學工詩詞，尤長於駢體文。曾主《申報》筆政。著有《淞南夢影錄》、《鋤經書舍零墨》、《鶴窠村人初稿》、《賓紅閣豔體詩》、《鶴窠村人詩稿》、《賓紅閣樂府》、《粉墨叢談》等。傳見民國《上海縣志》卷一五。

《粉墨叢談》，現存光緒十三年（一八八七）排印本、民國三年（一九一四）上海國學扶輪社排印《香豔叢書》本、周光培編《清代筆記小説》第四十四册影印本（河北教育出版社，一九九六）。另有楊逸著、陳正青標點《海上墨林》本（上海古籍出版社，一九八九）。

粉墨叢談序

黄協塤

莽莽乾坤，悠悠日月，陰陽無間，是色界天，情緣所充滿人間世。秀靈之氣，固無往而不鍾；造化之機，亦有蓄而必洩。九州一片淨土，人其贅疣；六合一大戲場，疇非傀儡。迂拘者每多固執，融貫者爲能洞觀。要知眷懷西方，會心别具；寄情南國，相思本同。離離豆蔻之花，灼灼櫻桃之樹。芙蓉色麗，見者魂銷；芍藥香濃，聞之心醉。而況棠嫣杏韻，海上風華；竹脆桐清，吴中材美。在昔已盛，於今尤繁。冠玉郎君，蓮花比面；鑄金弟子，楊柳爲腰。髣髴天仙化人，强半霓裳舊隊。別有輕裾豔侶，能爲秦聲；長袖少年，雅善楚舞。一聲羌笛，飛出關山；萬片天花，散落塵壒。隨風絮集，聚水萍逢。蘭如美人，香兮堪挹；菊有佳色，秀也可餐。霞蔚雲蒸，珠聯璧合。色色入妙，簇簇生新。騏驥之羣，所以常空冀北；瓊瑤之選，居然畢萃江南。迺自桂窟元音，羽商空按；梨園故實，梗概不聞。甄綜久虛，妍華終祕。後庭花隱，訪豔莫從；仙源路迷，問津無處。幾使笙笛隊裏，繁響消沈；裙屐場中，流風歇絕。此《粉墨叢談》所由作也。

夫歌翻《白紵》，羣俊喧傳；曲唱黃河，諸伶羅拜。事如許韻，悉屬文人；情之所鍾，正在我輩。烟花矧值夫三月，絲竹復感於中年。地處繁華，時逢饒樂。激揚清濁，擫管消閒；馳騁詞章，藉題抒感。所事不嫌破格，伊人其有遐心乎？爾乃振鐸情天，轉輪香地；晨飛意蕊，夕炳心鐙。風送妙花，結而成蓋；月臨玉樹，湛然流輝。情逐境移，影由形起。爲領嬰茵之趣，遂參靡曼之禪。集舞衫歌袖以相形，約脂彩粉光而使聚。或寫娉婷之玉貌，或傳宛轉之珠喉，或描溫婉之性情，或狀纏綿之意態。或詩或畫，一技必登；或琴或書，片長亦錄。舉凡珠塵玉屑，靡不囊括網羅。鸞翔鳳翥之神，心形手繪；燕蘭鶯花之譜，舊樣新翻。錄仿《小名》，人繫一傳。雖品紅題翠，豔溢行間；而墮溷飛茵，意在言外。綺懷有托，雅什同鐫。名儻藉詩詞以傳，集宜與金石並壽矣。雖然習俗移人，賢哲不免；少見多怪，物情類然。鬚眉巾幗之間，品衡詎無一當；牝牡驪黃之外，賞識庸有幾人？聲涉同聲，似尤易滋疑市虎；道非常道，或不免貽誚野狐。則將誣游戲文章，爲荒唐筆墨；而豈知安懷志量，即胞與規模。東山伎女，亦是蒼生；南部歌兒，罔非赤子。風流未艾，況不獨舊日冠裳；月旦無私，又何異普天霖雨哉！眞空無像非像，實際無言非言。神而明之，思過半矣。

僕心灰彈鋏，氣沮吹簫；骯髒風塵，窮愁傲世；淋漓粉墨，痛哭登場；燕月歌聲，十年夢囈；吳霜鬢影，幾點飄零。然而萬劫歷殘，三昧拾得，悟懷絕冥之肆，游心無量之天。合古今宇宙於一堂，正自形容不盡；分雲月風霆爲四部，敢云聲色俱佳？見塔樹而知海影之翻，對鏡花而悟優曇之見。卷中人似曾相識，眼前事無可奈何。每當歌罷酒闌，同付一嘆；轉念芳名豔譽，自有千秋。則又藉慰於心，並且破涕爲笑。以故無徐陵之文藻，亦序《玉臺》；非必有韓偓之筆花，始題粉字也。嗟乎！空中樓閣，彈指皆非；紙上雲烟，轉瞬即變。身世俄驚電石，神仙亦感滄桑。發空谷之幽香，夢畹眞生九畹；修歌臺之豔史，懺情轉覺多情。作之者難，成亦不易。略窺微旨，還質解人。大千世界光明，一切人天歡喜。夭桃紅杏，齊付東風；翠竹黄花，永爲閑伴。擲筆化虹之日，相約騎蝴蝶登仙；按圖索駿之人，莫錯認蟾蜍爲馬。

光緒歲在强圉大淵獻陬月望日〔一〕，意琴室主。

【箋】

〔一〕光緒歲在强圉大淵獻：光緒丁亥年（十三年，一八八七）。

自題粉墨叢談

黄協塤

漫調錦瑟思華年，且約閑愁赴管絃。紅豆子繁新記曲，碧桃花瘦舊傳箋。常教白紵臨風舞，也勝黄壚倚醉眠。豔錦百端歌幾疊，管他人罵柘枝顛。

占斷春江花月場，天魔十六盡成行。四檐紅桂銀蟾鎖（謂蟾仙），一曲青桐紫鳳翔（謂桐蓀）。翠館秋閑雲掩碧（謂翠喜），蘭簃宵靜月流黄（謂蘭仙）。唐雞味俊春鶯稺，留與詞人話夕陽。

謝盡空花指一彈，歡筵纔上已汍瀾。秋聲譜按銀箏冷（桐秋已返都門），壽字香燒石鼎殘（桂壽色藝極佳，久悲玉殞）。化作鴛鴦仍易散，夢爲蝴蝶不成歡。茫茫恨海終無極，忍把情緣付達觀。

曾住蓬萊最上層，謫居意氣尚飛騰。閑情紫陌春調馬，奇想蒼冥曉駕鵬。書劍飄零塵夢醒，鶯花泛濫鬢絲增。誰憐跋扈詞壇客，哭倒歌場淚欲冰。

道是無情越有情，惺惺相與惜惺惺。朱門挾瑟顔終赤，碧樹聽歌眼獨青。敢以餘桃增罪孽，祇因弱絮感飄零。鸞漂鳳泊休惆悵，我亦春江斷梗萍。

粉香爲澤玉爲田，小籙然脂手自編。如我何能拘禮法，得卿端不羨神仙。刻來楮葉成何用，修到梅花各有緣。春水一池波四壁，與誰共證有情禪？

（以上均清光緒十三年排印本《粉墨叢談》卷首）

檀青引（楊圻）

楊圻（一八七二—一九三八或一八七五—一九四一），榜名朝慶，更名鑒瑩，後更名圻，字雲史，一字野王，常熟（今屬江蘇）人。李鴻章（一八二三—一九〇一）長孫女婿。光緒二十八年壬寅（一九〇二）舉人。曾任新加坡領事。民國後，入吳佩孚幕，任祕書長。著有《江山萬里樓詩詞鈔》、《楊雲史先生僑港詩文鈔》、《雲史悼亡五種》、《檀青引》等。傳見陳贛一《家傳》（《民國人物碑傳集》卷九）、《同光風雲錄》卷下等。

《檀青引》，現存民國二十三年（一九三四）雙肇樓排印《清代燕都梨園史料續編》本，一九八八年中國戲劇出版社《清代燕都梨園史料（正續編）》據以排印。

（檀青引）跋

易順鼎

煌煌巨製，包羅一代掌故，可作咸豐外傳。讀《長恨歌》、《永和宮詞》，並此鼎足而三，稱之詩史，洵無愧色。時作者年方弱冠，以此詩早享盛名。比事屬詞，音節哀怨，一代興衰，安可無此名篇？張長沙謂『江東獨步』，良非虛譽。又曰：『清圓嫵媚，絕代風華，梅村再世。』又曰：『情詞哀亂，音節蒼涼，令人低徊欲絕。』又曰：『白太傅作《長恨歌》，敍玄宗之倦勤，爲帝王之炯戒，有變風變雅之遺意。』其自述詩云：『一篇《長恨》有風情，十首《秦吟》近正聲。』蓋隱然以可興可觀自命，非誇言也。清自文宗荒政，海內擾亂，顛沛播越，宗社幾墟。同光之衰，實基於此。作者夙有澄清之志，而目擊時艱，撫今惜昔，嘆息痛恨，乃藉檀青一事，以見其意婉而多諷，與香山有同志焉。緣情綺靡，其餘事矣。

漢陽易順鼎記。

（民國二十三年雙肇樓排印本《清代燕都梨園史料續編》所收《檀青引》卷末）

曲錄（王國維）

王國維（一八七七—一九二七），初名國楨，字靜安，一字伯隅，號禮堂，晚號觀堂，又號永觀，海寧（今屬浙江）人。清諸生。留學日本。曾任清華學校研究院教授。卒後，溥儀贈謚忠慤。手批手校書近二百種。著有《觀堂集林》、《人間詞話》、《曲錄》、《優語錄》、《唐宋大曲考》、《戲曲考源》、《古劇腳色考》、《宋元戲曲考》等。合刊有《海寧王忠慤公遺書》。參見趙萬里《王靜安先生年譜》（民國十七年四月清華研究院刊行《國學論叢》第一卷第三號），王德毅《王國維年譜》（一九六七年臺北排印本），袁英光、劉寅生《王國維年譜長編》（天津人民出版社，一九九六）等。

《曲錄》一書，撰於光緒三十四年（一九〇八），現存宣統元年（一九〇九）刻《晨風閣叢書》本（《日本所藏稀見中國戲曲文獻叢刊》第二輯據以影印）、民國十年（一九二一）古書流通處刻《曲苑》本、民國十六年（一九二七）至十八年石印羅振玉編校《海寧王忠慤公遺書》（又題《王靜庵先生遺書》、《王國維先生遺書》、《王國維遺書》）本等。

曲錄序

王國維

余作《詞錄》竟，因思古人所作戲曲，何慮萬本，而傳世者寥寥。正史藝文志及《四庫全書提要》，於戲曲一門，既未著錄；海內藏書家，亦罕有蒐羅者。其傳世總集，除臧懋循之《元曲選》、毛晉之《六十種曲》外，若《古名家雜劇》、《盛明雜劇》等，今日皆絕不覯。餘亦僅寄之伶人之手，且頗遭改竄，以就其脣吻。今崑曲且廢，則此區區寄於伶人之手者，恐亦不可問矣。

明李中麓作《張小山小令序》，謂：『明初諸王之國，必以雜劇千七百本資遣之。』今元曲目之載於鍾嗣成《錄鬼簿》，及甯王權《太和正音譜》者，合之僅五百餘本也。臧晉叔評《元曲選》時，假之黄州劉延伯者，又僅存二百五十種（見朱彝尊《靜志居詩話》），則其散失不自今日始矣。

繼此作曲目者，明鬱藍生之《曲品》，國朝焦循之《曲考》、黄文暘之《曲目》、無名氏之《傳奇彙考》等。焦氏里堂《叢書》，未刻《曲考》。而《曲目》，則儀徵李斗載之《揚州畫舫錄》；《曲品》、《傳奇彙考》，僅有舊鈔殘本。惟黄氏之目最夥，其所見之曲，通雜劇、傳奇，共一千零十三種，復益以《曲考》所有而彼所未見者六十八種。

余乃參考諸書，並各種曲譜及藏書家目録，共得二千二百六七十本，視黃氏之目，已增踰一倍。又就曲家姓名可考者考之，可補者補之，粗爲排比，成書二卷。黃氏所見之書，今日存者，恐不及十之三四，何況百種外之元曲，曲譜中之原本，豈可問哉，豈可問哉！則玆録之作，又烏可以已也。

光緒戊申秋八月之望〔一〕，海寧王國維敘。

（一九八四年中國戲劇出版社版《王國維戲曲論文集》卷首「作者手迹」圖版）

【箋】

〔一〕光緒戊申：光緒三十四年（一九〇八）。

曲録序

王國維

戲曲之興，由來遠矣。宣和之末，始見萌芽；乾淳以還，漸多纂述。泗水潛夫，紀武林之雜劇；南村野叟，録金人之院本。醜齋《點鬼》，丹丘《正音》，著録斯開，蒐羅尤盛。上自洪武諸王就國之裝（見李開先《張小山小令跋》），下訖天、崇私家插架之軸。則有若章丘之李（《列朝詩集》李開先小傳），臨川之湯（姚士粦《見只編》卷中），黃州之劉（《靜志居詩話》卷十五「臧懋循」條下），山陰之澹生（同上卷十六「祁承㸁」條下），海虞之述古（錢曾《也是園書目》），富者千餘，次亦百數。然中麓諸家，未傳目録；《也是》一編，僅窺崖略。存什一於千百，或有録而無書。暨乎國朝，亦有撰著。然《傳奇彙考》之作，僅見殘鈔；

廣陵進御之書，惟存《總目》。放失之阨，斯爲甚矣！鄙薄之原，抑有由焉。

粤自貿絲抱布，開敍事之端；織素裁衣，肇代言之體。追原戲曲之作，實亦古詩之流。所以窮品性之纖微，極遭遇之變化。激蕩物態，抉發人心。舒軫哀樂之餘，摹寫聲容之末。婉轉附物，怊悵切情。雖《雅》、《頌》之博徒，亦滑稽之魁桀。惟語取易解，不以鄙俗爲嫌；事貴翻空，不以謬悠爲諱。庸人樂於染指，壯夫薄而不爲。遂使陋巷言懷，人人青紫；香閨寄怨，字字桑間。抗志极於利祿，美談止於蘭芍。意匠同於千手，性格歧於一人。豈託體之不尊，抑作者之自棄也。

然而明昌一編，盡金源之文獻；吳興《百種》，抗皇元之風雅。百年之風會成焉，三朝之人文繫焉。況乎第其卷帙，軼兩宋之詩餘；論其體裁，開有明之制義。考古者徵其事，論世者觀其心，游藝者玩其辭，知音者辨其律。此則石渠存目，不廢《雍熙》；洙泗刪詩，猶存《鄭》、《衛》者矣。

國維雅好聲詩，粗諳流別。痛往籍之日喪，懼來者之無徵。是用博稽故簡，撰爲總目。存佚未見，未敢頌言；時代姓名，粗具條理。爲書六卷，爲目三千有奇。非徒爲考鏡之資，亦欲作搜討之助。補三朝之志，所不敢言；成一家之書，請俟異日。

宣統改元夏五月，海寧王國維自序。

（《日本所藏稀見中國戲曲文獻叢刊》第二輯影印）

清宣統元年刻《晨風閣叢書》所收《曲錄》卷首）

優語錄（王國維）

《優語錄》，輯錄唐、五代、宋、金時期俳優以優語箴諫時政之記載，成書於宣統元年（一九〇九）。現存《國粹學報》本、《盛京時報》本、《曲苑》本、《海寧王忠愨公遺書》本等。

優語錄序〔一〕

王國維

元錢唐王曄日華，嘗撰《優諫錄》，楊維楨爲之序，顧其書不傳。余覽唐宋傳說，復輯優人戲語爲一篇。顧輯錄之意，稍與曄殊。蓋優人俳語，大都出於演劇之際，故戲劇之源與其遷變之迹，可以考焉，非徒其辭之足以裨闕失、供諧笑而已。

呂本中《童蒙訓》云：『作雜劇，打猛諢入，卻打猛諢出。』吳自牧《夢粱錄》謂：『雜劇全託故事，務在滑稽。』洪邁《夷堅志》謂：『俳優侏儒，周伎之最下且賤者，然亦能因戲語而箴諫時政，世目爲雜劇。』然則宋之雜劇，卽屬此種。是錄之輯，豈徒足以考古，亦以存唐宋之戲曲也。若其囿於聞見，不遍不賅，則俟他日補之。

宣統改元冬十月，海寧王國維識。

（一九八三年上海古籍出版社據一九四〇年商務印書館《海寧王靜安先生遺書》影印本《王國維遺書》所收《優語録》卷首）

【箋】

〔一〕底本無題名。

宋元戲曲考（王國維）

《宋元戲曲考》，成書於民國二年（一九一三）年初，現存《東方雜志》（題名爲《宋元戲曲史》）本、《海寧王忠愨公遺書》本等。

附 宋元戲曲考序〔一〕

王國維

凡一代有一代之文學，楚之騷，漢之賦，六代之駢語，唐之詩，宋之詞，元之曲，皆所謂一代之文學，而後世莫能繼焉者也。獨元人之曲，爲時既近，託體稍卑，故兩朝史志與《四庫》集部，均不著於録；後世儒碩，皆鄙棄不復道。而爲此學者，大率不學之徒；即有一二學子以餘力及此，亦未有能觀其會通，窺其奧窔者。遂使一代文獻，鬱堙沈晦者，且數百年，愚甚惑焉。

往者讀元人雜劇而善之，以爲能道人情，狀物態，詞采俊拔，而出乎自然，蓋古所未有，而後人所不能髣髴也。輒思究其淵源，明其變化之迹，以爲非求諸唐、宋、遼、金之文學，弗能得也。乃成《曲錄》六卷，《戲曲考原》一卷，《宋大曲考》一卷，《優語錄》二卷，《古劇脚色考》一卷，《曲調源流表》一卷。

從事既久，續有所得，頗覺昔人之説與自己之書，罅漏日多，而手所疏記與心所領會者，亦日有增益。壬子歲莫，旅居多暇，乃以三月之力，寫爲此書。凡諸材料，皆余所蒐集；其所説明，亦大抵余之所創獲也。世之爲此學者自余始，其所貢於此學者，亦以此書爲多。非吾輩才力過於古人，實以古人未嘗爲此學故也。

寫定有日，輒記其緣起。其有匡正補益，則俟諸異日云。

海寧王國維序。

（同上《宋元戲曲考》卷首）

【箋】

〔一〕底本無題名。

奢摩他室曲話（吴梅）

吴梅（一八八四—一九三九），生平詳見本書卷九《風洞山》條解題。《奢摩他室曲話》，刊載於光緒三十三年(一九〇七)《小説林》第二、三、四、六、八、九期，未完稿。王衛民編校《吴梅全集·理論卷下》(河北教育出版社，二〇〇二)據以排印。

奢摩他室曲話自序

吴　梅

往余少時，篤好詞章之學，自漢魏兩晉，以至六朝，詩文詞賦，皆條辨其源流得失，而會通其旨趣，亦頗自負以爲能。繼與亡友潘君養純交〔一〕，養純憙詩餘，日夕手一卷，寒暑無間焉。余竊笑之。然薑辣桂辛，其道不同，而要皆有至味存乎其間，亦不敢褻視之也。劉逖春華，辛毗寒木，各阿所好，龂不相干而已。

稍長，讀《雙白詞》〔二〕，心好之；讀關、馬諸作，心更好之。私心叩斷，以爲彫蟲小技，亦可以寓至理於其中，彼詩文詞賦之規規於格律者，蓋不相侔，遂大好之，亦無以别養純也。乃窮搜音韻宫調諸籍，盡得其底藴，而其規規於格律中者，擬詩文詞賦尤甚焉，大疑之。遍叩同好，所云皆同，間一命筆，鉤輈格磔，搏扶爲難，遂舍詞論曲。而曲之格律，與詞相類，然流水落花，自饒風調，遂遍覽元明諸作，而獨阿詞餘矣。里中歌者，日夕麕至，詢以九宫十三調之順犯，陰陽清濁之辨别，則嗒焉不知所對，卽對亦非吾意之所欲聞者，乃知歌者與作者，其道不同，而余又得進一級矣。

如是者有年。父兄長老，亦不以我爲不肖。余亦自以爲粗知聲律，而與養純議論，若合符節，深服其用意之專。前此所好者，若詩文詞賦，犁然知爲二途，不可以彼此相絜也。癸卯，作《血花霏》〔三〕；甲辰，作《風洞山》〔四〕；丙午，作《煖香樓》〔五〕。又得黃君摩西相指示〔六〕，而所學益進。故余與詞曲之道，雖不能至，而此中甘苦險夷，皆備嘗之矣。養純導於先，摩西成於後，是二人者，皆大有造於我者也，而惜乎養純死矣。

今以耳目所及者，交友所得者，彙錄成帙，名曰《曲話》，公之於世，而與昔人所作者，大不相似。舉凡聲韻音律，備論其理；雜劇院本，亦鉤提其要領。而是書之體格，固不必拘拘也。

丁未正月十四日〔七〕，長洲吳梅靈鳷父撰。

（光緒三十三年《小說林》第二期排印本《奢摩他室曲話》卷首）

【箋】

〔一〕潘君養純：即潘承庠（一八七九—一九〇一），字養純。

〔二〕《雙白詞》：王鵬運（一八四九—一九〇四）輯，含宋姜夔《白石道人詞》三卷、《詞別集》一卷，宋元間張炎《山中白雲詞》二卷、《白雲詞補》二卷、《白雲詞續補》一卷，元陸輔之《詞旨》一卷，現存光緒十四年（一八八八）四印齋刻本。

〔三〕癸卯：光緒二十九年（一九〇三）。《血花霏》：一名《萇弘血》，傳奇，《古典戲曲存目彙考》附錄一著錄，並引黃人題詞云：『《血花霏》，蓋吳子靈鳷感戊戌之變所譜樂府也。』已佚。

〔四〕甲辰：光緒三十年（一九〇四）。《風洞山》：傳奇，現存光緒三十二年丙午（一九〇六）四月上海《小說林》總編輯所排印本等，參見本書卷九該條解題。

〔五〕丙午：光緒三十二年。《煖香樓》：雜劇，現存光緒三十三年《小說林》月刊第一期排印本等，參見本書卷九該條解題。

〔六〕黄君摩西：即黄人（一八六六—一九一三），字摩西。

〔七〕丁未：光緒三十三年（一九〇七）。

杏林擷秀（謝素聲）

謝素聲，餘姚（今屬浙江）人。活動於清末民初。撰《杏林擷秀》、《梨雲綴錄》（民國十九年二月《戲劇月刊》二卷六期）、《燕京名伶故居志》（《戲劇月刊》三卷三期）等。曾爲民國六年（一九一七）版穆辰公《伶史》作序，爲民國二十年版方問溪《梨園話》作序。

《杏林擷秀》，現存民國二十三年（一九三四）雙肇樓排印《清代燕都梨園史料續編》本，《京劇歷史文獻匯編·清代卷·專書下》據此整理。

杏林擷秀序

謝素聲

流水斜陽之地，豈必桃李始芳；曉風殘月之場，原許棠梨並植。列羽霓之隊，曲帳愈光；賦鐵石之腸，令名何損？矧乃穉龍挺秀，雛鳳振聲。文杏宋牆，春意十分之鬧；櫻桃鄭圃，秋容一抹之輪。乍逢羣玉山頭，身疑月是；同咏大羅天上，仙欲眾呼。首善蜚聲，名流交口。可乏羣芳之譜，志將側豔之詞。

則有終童年少，陸子才多。豐城之氣燭霄，秋水之文暈遠。絳雲舒卷，萬象俱空。銀漢光明，一塵不到。白太傅前身兜率，從應彩鳳文鸞；蘇子瞻風骨神仙，住合瓊樓玉宇。屯田楊柳，徵旖旎於臨風；康樂芙蓉，擅光華於映日。爾乃皎如玉樹，望若瓊枝。鳴鳳集於朝陽，振鷺翔於林表。七襄錦織，天孫欲失其妍；百寶裝成，神女亦輸其豔。賦閑情於陶令，應教墮落勿辭；起重色之漢皇，直使溫柔欲築。吳宮花滿，子夜飛聲；蜀道鈴霖，行雲度響。髫齡竟起，同調可賡。譜翻賀老之垂，誤觧周郎之顧。仙韶合冠，作菊部之上頭；門業克承，信桂林之獨秀。五月江城之譜，一聲河滿之歌。聞者傾心，觀者擊節。大江東去，銅琶鐵板之音；一鶴南飛，金管玉簫之奏。鼓孺悲之瑟，應許升堂；受安道之琴，要推入室。翩翩惨綠，落落軟紅。門巷豈出烏衣，子弟如來素族。笑言胥寡人，菊影而淡如；馨逸自成月，梨花而靜著。似此清泉石上，允稱佳士座中。在昔船號總宜，竊淡濃之湖；比人稱蘊藉，咏平遠之山。如共此芳馨，不隨塵俗。周黨清談之作，眞率時形；齊髠豪飲之能，詼諧間作。芝蘭入室，徵欣賞之僉同；芍藥當階，亦風華之別具。空谷蕭蘭之韻，譜出南湘；春江花月之陰，移來北部。碧桃楚楚，絳樹聲聲。淞濱雲影，如逢海上風光。

倘若接西施之裝點，唐突何嫌；即北里之爭馳，齊驅奚讓。犀角之鍾靈，見說鳳毛之濟美。

曾聞此中有人，乃逢香士。未能免俗，不共凡葩。屏啓金鶤，好畫圖之省識；座張銀鹿，覺少小之爭憐。嬌癡之態猶存，偏多佳趣；聲價之增可俟，行見他年。議者謂簫吹何處，二分明月催來；簾捲不如，十里香塵步去。襄成君翠衣之立，綽約終輸曲逆；侯冠玉之如芬芳，總遜不知。枝開南北，實相羣推；澗列東西，清光並著。音有齊梁之別，色無燕趙之區。除卻目無，一任烟雲之過；倘非心死，誰能風月之忘？況琴如靜對，令百慮之皆清；香等妙聞，愈六根之俱淨。最宜揮麈，偕松下之談；絕好當筵，共花間之酌。而且仙吏蓬萊，無俟翠羽之飾；空山姑射，不藉朱粉之施。披五嶽之圖，眞形眼底；疊九天之錦，秀色斗旁。紅牙按而描畫入神，白紵歌而風流盡得。珠如索貫，氣更蘭吹。以視玉佩明璫，結石家之錦幛；雲鬟花影，列唐帝之金釵。譬之簫勺鏗鏘，雜以桑間之奏；蕙蘭鬱烈，移偕春檻之中。清濁見矣，雅俗分焉。

僕愧多才，偏希好事。臥棠下而顛任人喚，坐篁裏而影每對邀。東堂之風景依然，攬欲百花之帶；南內之月明如故，披將萬斛之沙。序《新咏》於玉臺，圖陳穆駿；志芳蹤於金谷，譜續《燕蘭》。深情太令之書，閑坐開元之說。雪鴻聊志，琴鶴漫評。如謂冀北已空，汝南卽是。則僕風花影裏，塊磊借澆；雲水光中，麻茶待洗。回雖不敏，敢云正法眼藏；由也闕如，容有遺珠憾抱。宏珊網而收取，請俟紅豆詞人；持玉尺而準量，還待彩毫才客。

餘姚謝素聲自識於海王村畔。

（民國二十三年雙肇樓排印本《清代燕

海上梨園新歷史（趙苕狂）

趙苕狂（一八九一或一八九二—一九五三），名澤霖，字雨蒼，號苕狂，以號行，別署苕水狂生，筆名憶鳳、走肖生等，吴興（今屬浙江湖州）人。讀書南洋公學。南社社友。民國十一年（一九二二）後，主編《四民報》、《紅玫瑰》、《游戲世界》等報刊雜志。致力於小說創作，作品載《小說大觀》、《小說世界》等，合集爲《趙苕狂小說集》。另有長篇《十五年僑滬記》、《世外探險記》等。參見鄭逸梅《南社社友事略·趙苕狂》（《南社叢談》，二〇〇六）、李健青《民初上海文壇》（《上海地方史資料》（四），上海人民出版社，一九八六）。

撰《海上梨園新歷史》，現存宣統二年（一九一〇）上海小說進步社排印本。

（海上梨園新歷史）自序

趙苕狂

昔者孔子聞《韶》，三月不知肉味。以大成之聖，猶且入於耳者動於心。至心一於是，而不及於他。甚矣哉，音樂感人之深也！若夫彈絲吹竹，戛玉敲金，淵魚爲之聳鱗，櫪馬爲之仰秣。季札因之觀德，師曠用以覘兵。則樂也者，尤可以移風而易俗也。

嘗考舞始於黄帝，樂始於帝堯。垂及後世，唐有上元之作，漢有文始之傳。玄宗有《霓裳羽衣》之曲，後主有《後庭花》之歌。崔學士之《回波》，酣沉内殿；戚夫人之翹袖，悵望天涯。歌舞於斯爲盛。至於元代，騷客詞人，競爲彈詞，而崑曲卽濫觴於是。

迨夫今日，二簧、秦腔之風盛，有迭爲盛衰之勢，而崑曲遂如廣陵散矣。然而此二曲者，皆無崑曲之雅馴，漸失前人之遺意。雖然，觀《三娘教子》等戲，則思孝；《二進宫》等戲，則思忠；《硃砂痣》等戲，則喜善人之終有後；《雙投唐》等戲，則嘆元憝之終授首。其餘如廉吏之狷介，烈婦之節義，武士之捐軀禦敵，義士之爲國忘身，皆能一一演諸於戲，奕奕乎有生氣。則今日之戲曲，猶可激發人心，尚不失勸善懲惡之旨也。

申江乃通商大埠，梨園之盛，甲於天下。余每逢窮愁寂寞之時，輒約二三韻友，效周郎之故事。歸而以其所見所聞筆之於書，久而成帙。乃付之剞劂，聊以供諸公酒後茶餘之談助，亦何異詣桂園而顧曲哉？然操觚率爾，俚俗不文，閲是編者，當不禁哄堂一笑耳。

己酉冬月〔一〕，編錄既竟，爰志數語於右。

【箋】

〔一〕己酉：宣統元年（一九〇九）。

《海上梨園新歷史》序

傖　楚〔一〕

《左傳》有觀優魚里之事，《樂記》有優侏儒之語，漢和帝有弄參軍戲，唐明皇有梨園子弟。他如蹋摇孃、蘇郎中之類，無非後世演戲之權輿。唐咸通以後，弄假婦人爲戲，見段安節《樂府雜錄》，則又喬裝扮演之濫觴。戲之由來，蓋已久矣。顧鄉村報賽，廟宇酬神，會館公所之款賓，富室巨家之行樂，氍毹貼地，粉墨登場，非不風發而韻流，亦自興高而彩烈。然而臺場草草，既尠輝煌金碧之觀；角色平平，誰當優孟衣冠之選？則春申江上之繁華，有足尚也；而苕水狂生之記載，大可觀已。

上海除舊有戲園外，近有大舞臺也，有新舞臺也，有新劇場也。層樓高起，傑構翻新。電火通明，不夜之城差擬；笙歌競奏，極樂之國如何？又復藝員有拿手之戲文，客串有擅場之佳作。嬉笑怒罵，皆成文章；離合悲歡，許多關目。以改良爲宗旨，新劇頻編；以勸善爲關鍵，苦心煞費。一洗舊劇誨淫之習，足饜周郎顧曲之心也。

狂生此著，曰《名伶列傳》，曰《遺珠補錄》，曰《歌①舞叢談》，曰《劇名錄》，曰《各名伶拿手戲表》，殿以遊戲文一篇，彙成一冊。鑒空衡平，譬諸選佛，量才較藝，迥不猶人。鐵網宏開，赢得珊枝無算；瑶篇乍啓，耀將銀海都迷。拜讀一過，爲之定其名曰《海上梨園新歷史》，並志數語於簡喘而歸之。

時宣統二年孟夏中浣，傖楚序於吳門。

（以上均清宣統二年上海小說進步社排印本《海上梨園新歷史》卷首）

【校】

①歌，底本作『鼓』，據目錄與正文改。

【箋】

〔一〕傖楚：姓名、籍里、生平皆未詳。

海上梨園雜志（慕優）

慕優，姓名、籍里、生平均未詳。撰《海上梨園雜志》，現存宣統三年（一九一一）上海振聵社排印本，《京劇歷史文獻匯編·清代卷·專書下》據以整理。

海上梨園雜志序

思魯氏〔一〕

十數年來，中國凡舉一事，莫不舍舊而謀新，於是戲劇亦有改良之名。京師而外，天津、漢口、廣州各城市，皆爲繁華歌舞之地，而上海尤中土之法蘭西也。滬地巨商之業是者，既窮極土木之巧，糜數十萬巨金而構爲劇場。劇場之中，陳設之美，布置之巧，其值約略稱是。而伶界無男女，凡以色藝勝人者，輒朝取暮取而拔其尤，其傭值恆視一品官之廉俸，或轉過焉。

舉國若狂，爭以戲劇爲務。文士之善屬文者，或爲記傳以述之，或爲詩歌以張之，或爲雜俎叢說以評騭之，其文屬散見於各報章之中，不成片段。慕優君寓滬多暇，爲之廣摭博采，成《梨園雜志》一書，可謂好事者之所爲矣。然俗尚之所趨，足以覘民生豐悴、物力盈縮之故，非細事也。且以時變之亟，有待於改良者何限？今一切不稍厝意，獨於游戲觀覽之事，鈎心鬬角，而相競以技巧，作無益以害有益。嗟我兄弟，邦人諸友，莫肯念亂。慕優君此書之輯，或有《小雅》詩人之憂歟！

宣統二年歲次庚戌十二月，思魯氏敍。

（清宣統三年上海振聵社排印本《海上梨園雜志》卷首）

【箋】

〔一〕思魯氏：姓名、籍里、生平均未詳。

評花（緝香氏）

緝香氏，姓名、籍里、生平均未詳。撰《評花》，記錄嘉慶二十年至二十一年（一八一五—一八一六）北京地區三慶、和春、四喜、春臺四部戲班三十六名演員狀況，現存嘉慶二十一年刻袖珍本，中國藝術研究院圖書館藏,《京劇歷史文獻匯編·清代卷·專書上》據以校點整理。

(評花)總序

緝香氏

余於乙亥孟冬入都〔一〕,僑寓五百日有奇,中間爲鄉試之年。丹鉛塗抹,兀兀案頭,酒陣歌場,其過從之時甚暫。然雪泥鴻爪,一時之邂逅,豈乏前因;而酒箋詩簡,他日之流傳,競留佳話。茲有山左之行,驪歌將唱,別緒縈懷,未免有情,誰能遣此。晴窗稍暇,爰就平日愜心貴當者,定爲花案,得三十人焉,序列後先,品無軒輊。尺非量玉,漫誇剖璧之精;網有遺珠,尚望他山之助。

嘉慶二十有一年冬十二月,南州緝香氏書於京寓之好春軒。

【箋】

〔一〕乙亥:嘉慶二十年(一八一五)。

(評花)題詞

常月卿 等

多少嫣紅嫩綠,都被春風咻噢。燕子不歸來,好伴鶯兒飛復。清淑,清淑,我憶幽人空谷。(調寄【如夢令】)

香鎖一園秋,桂占花頭。桃根桃葉舊風流。最是多情贏織女,顧盼牽牛。(雙桂兄弟同演《鵲橋》一劇，見者魂銷。）喜氣壓蜃樓，無限溫柔。（全喜喜氣迎人。）烟花依舊讓揚州。（編中揚州人過半，雙桂始，全喜終，皆揚郡籍。）細數羣芳留畫譜，者自添愁。（調寄【浪淘沙】） 邗江常月卿〔一〕

花花相對復相當，譜入《燕蘭》小字香。寄語繁英休鬥豔，從今管領屬東皇。

評花細細寫鸞箋，展卷驚奇第一篇。記得鴿原誇競爽，魁名今日果爭先。

海底珊瑚一網收，解人可索最風流。何時雅結羣英會，貰酒酣歌醉小樓。

美人芳草有同心，湘纍由來寄托深。解識此中眞意趣，騷壇千載附知音。 閩綏鄢奕圃〔二〕

羨君端合號風流，眼底鶯花次第收。贏得瓊函書小字，勝他十萬贈纏頭。

淡紅香白品來精，腕下花生月旦評。聲價從君新論定，環肥燕瘦不須爭。

風調憑將玉尺衡，相人應不憶唐生。《燕蘭》舊譜今翻樣，誰說櫻桃浪得名。

我曾載酒入情天，花月三生未了緣。他日重尋京洛勝，按圖好索蕊珠編。 大興徐既若〔三〕

旗亭韻事繼騷壇，四部春花過眼看。生受羣芳稱主領，者編眞不數《燕蘭》。

就中雙桂冠羣英，我見猶憐應得名。卻惜舞衫輕不著，鵲橋無路聽歌聲。

蘆溝泣別動征人，一曲《陽關》黯翠顰。料得江州情不盡，春衫試展淚痕新。

春明舊夢最風流，寄去花評代別愁。安得紅牙親按拍，爲君一一囀歌喉。 康樂辛芝生〔四〕

天生江管爲判花，紅紫叢中大筆加。從此羣芳憑物色，歌樓誰復濫竽誇。

芙蓉獨秀昔相遭，贈箑曾加位置高。（集中梅仙，予曾貽以詩箑。）今日拔吟羣豔譜，始知不數鄭櫻桃。

《陽關》三疊欲開樽，小傳留題漫輊軒。好似旗亭爭絕句，一回一唱一銷魂。

㕘史修成幼婦詞，儼然玉尺較奇姿。憑君小試探花筆，兆取西清屬草時。霅水於達泉〔五〕

（以上均嘉慶二十一年刻袖珍本《評花》卷首）

【箋】

〔一〕常月卿：邗江（今江蘇揚州）人，字號、生平均未詳。

〔二〕鄢葵圃：閩綏（今屬福建）人，字號、生平均未詳。

〔三〕徐既若：大興（今北京）人，字號、生平均未詳。

〔四〕辛芝生：康樂（今屬甘肅）人，字號、生平均未詳。

〔五〕於達泉：霅水（今浙江湖州）人，字號、生平均未詳。

評花題詞〔一〕

常月卿

花影參差花意嬌，探花細細訪花朝。可憐園外花多少，未入花仙淡筆描。

何幸遺珠一搜，六郎爭上倚紅樓。阿誰解識春風意，疋獻花枝當酒籌。

邗江常月卿續題。

（同上《評花》卷末）

【箋】

〔一〕底本無題名。

梨園聲價録（滬上寓公）

滬上寓公，即孫點、朱昌鼎二人合稱。

孫點（一八五五—一八九一），字君異，一字聖與，號頑石，別署三夢詞人、皖北游戲道人，來安（今屬安徽）人。光緒初拔貢生，曾任山東學政幕賓，後官知縣。十四年，調充駐日使館隨員。十七年五月十二日，於歸國船上，投海自沉。著有《歷下志遊》、《夢梅華館集十三種》、《嚶鳴館百迭集》等。傳見民國《安徽通志稿》卷一六。參見趙山林《中國近代戲曲編年史》（華東師範大學出版社，二〇〇八，頁三四）。

朱昌鼎（一八五三—一八九九），字錦雯，號子美，一號紫嫰，別署雲間最不羈生、江南最不奇生、薔紅巢主人、臥讀生等，松江（今屬上海）人。光緒二年丙子（一八七六）副貢，十六年庚寅（一八九〇）恩貢，就職直隸州州判。曾批評《儒林外史》，首倡『紅學』一詞。著有《一樂居文稿》、《屯窗詩稿》、《夢曇庵詩稿》、《梨園竹枝詞二十首》、《海上四伶詩》、《詞媛姓氏錄》等。傳見《清代硃卷集成》卷四一八履歷。

《申報》光緒三年（一八七七）四月初七日載滬上寓公評定《梨園聲價》，同年七月二十二日載滬上寓公《梨園贊語》，二文均收入《梨園聲價錄》。《申報》光緒九年（一八八三）五月三日載薈紅巢主人江南最不奇生《海上四伶詩》，序云：『曩在丁丑、戊寅間，與皖江孫君頑石同輯《梨園聲價錄》。今閲數年，名優星散，逢場偶顧，後起有人，戲咏小詩，聊當月旦。』《梨園聲價錄》，現存鈔本，上海藝術研究所藏。《京劇歷史文獻匯編·清代卷·專書下》據《河北戲曲資料匯編》本校點。

（梨園聲價錄）小引

孫　點

僕涹游上海十有餘年，間作北里之遊，雅有徵歌之癖。自謂逢場作戲，不過適意於一時；短喝長歌，遑識此中三昧？而乃烟雲過眼，浪說繁華；珠玉當前，未聞評騭。僕也不敏，心竊憾焉。

因以乙丙以還，暇與雲間最不羈生，留意梨園，旁諮博訪，得百五十餘人，別上中次三品，分別各項角色，詳其籍貫姓名，隸何園，兼何技，各排其當行諸劇，上品且綴以贊詞。嘻！抹月批風，不免貽譏於君子；調①絲品竹，或亦不失爲雅人云爾。

光緒四年歲次戊寅八月朔日，皖北游戲道人識於滬濱。

【校】

①調，底本作『而』，據文義改。

（梨園聲價錄）凡例

闕　名〔一〕

一、海上京班自熊氏創始後，接踵而至者不一其人，茲就十餘年來見聞所及者，得腳色若干。後有來者，再行補人。

一、各班腳色人數極繁，概予搜羅不能遍載，茲僅擇優者，遺珠之憾深知不免。

一、是編分爲三品，不過偶而品題，並非意存軒輊，知我罪我，所不暇計。

一、各腳色外號小字暨聯姻親，亦就訪得者說明，其有無從查考者，概從略焉。

一、分列當行諸劇，本自見聞。其有戲名偶而遺忘，與新排未及登入者，留候續增。

一、各園弟子，來去不常，其已去與亡故者，注明前隸何園；其供奉各班者，注明現隸何園。

一、是編專就各班腳色廣爲搜錄，其有雅興登場不留姓氏者，不及備載。

一、梨園腳色，向分外、付、淨、生、旦、貼、末、丑等名目，茲編所錄，概從伶稱。

一、海上文班暨以前之聚美等園，頗有擅長腳色，惟素鮮見聞，難以搜輯，姑從割愛。

一、是編匆促告成，其腳色之籍貫、技藝多係得自傳聞，率爾操觚，難免挂漏，倘蒙大雅不棄，改正而續增焉，尤爲至幸。

【箋】

〔一〕此文當爲海上寓公撰。

（梨園聲價錄）序

少玉溪生〔一〕

夫哀絲豪竹，謝太傅之風流；鐵板銅琶，蘇長公之韻事。靡不聆音識曲，對酒當歌，借弦管之嗷嘈，寫襟懷之磊落。而況古今之一瞬，只傀儡之登場；哀樂萬端，極俳優之變態。嘻笑怒罵，皆成文章；兒女英雄，別開生面。可以想其遭遇侘傺，蘊寄幽遐闗①。則有皖江名士，滬上寓公，屬多囊筆之閒，雅有徵歌之癖。每當選聲鞠部，遴藝梨園。或慷慨激昂，似擊荊卿之筑；或纏綿悱惻，如彈趙女之箏。新響雜陳，眾妙取景。於是加之評騭，綴以品題。綦風月於一編，拾珠玉於寸管。斯固才人好事，壯士拊心已。

或謂伶倫賤伎，下里新聲，只供世俗之娛，何當通人之賞。不知抉風邃學，不廢笙歌；公瑾將才，妙解音律。必欲收視反聽，蔽聰塞明，抑亦一孔之儒，目論之士也。夫人志在高騫，才堪遠利。感奮投筆，笳鼓助其壯懷；雍容珥彤，笙簧聆其雅奏。若斯盛遇，庶幾素期。而乃春去秋來，旅懷淒惻；鶯啼草長，客夢婆娑。托阮籍之猖狂，類東方之遊戲。大慚大好，驚夢幻於衣冠；可泣可歌，乞知音於婦孺。籲可悲夫，豈得已與？

僕昔滯燕臺，曾徵樂部；每嘆觀止，未有言傳。今則鈞天廣樂，好夢難尋；月府霓裳，舊遊已渺。展閱是錄，不啻異曲而同工，非可優彼而劣此也。

雲間少玉溪生撰。

【校】

①此句疑底本有誤。

【箋】

〔一〕少玉溪生：松江（今屬上海）人。姓名、生平未詳。

（梨園聲價錄）序

璀皋頑絕生〔一〕

嘗謂優孟之習入於詞林，太師之門過於花柳。侏儒猶雜，臧武仲之登朝；坐俳歌謠，東方生之執戟。凡茲傀儡，本屬牽來；如彼衣冠，寧堪嘻笑。此僕所以有不可一世之心，欲橫灑九天之唾也。

乃有山中君子，海上寓公，三年淚雨，剪燭相逢；一代新聲，援書以示。網羅所致，賓主盡於東南；珠玉爲評，言語妙於天下。不知者謂抹月批風，情鍾我輩；知之者謂朝雲暮雨，哀滿人間。夫使子黑頭作相，白面從戎。置後堂之絲竹，聽絕塞之征笳。秉宮燭以纂《唐書》，未必元吉①辱罵；奪燕支而還漢主，且教杜老狂歌。不然而幸幸一廛，間間十畝。婦爲趙女，頗習秦聲；友得周郎，雅能顧曲。於是時也，蘇堤鶯囀，小紅度以銀簫；赤壁烏②飛，大漢持其鐵板。

君非客者，僕以解人，可以領無盡之清風，指長終於明月。夫何喧喧二鳥，天地爲聾；唧唧孤蟲，秋風助嘆。吁嗟同甫，居然子貢之華；寂寞原思，不繼丹朱③之粟。辭蒸豚於兩廡，傷癡肉之半斤。

嗚呼！寄深心於詩酒，誰知阮籍猖狂；求知己於優伶，我爲昌齡痛哭。至於許劭月旦，或見喜於姦雄；仲尼《春秋》，亦得罪於當世。則斯書得失，僕誠弇鄙，未足以知。

光緒三年丁丑秋重陽前一日，璀皋頑絕生撰，時同客海上。

（以上均鈔本《梨園聲價録》卷首〔二〕）

【校】

①吉，底本闕，據史實補。

②鳥，底本作『烏』，據文義改。

③朱，底本作『求』，據文義改。

【箋】

〔一〕璀皋頑絕生：姓名、籍里、生平皆未詳。

〔二〕此本未見，據傅謹主編、谷曙光副主編《京劇歷史文獻匯編·清代卷·專書下》迻録。

梨園聲價序〔一〕

闕　名〔二〕

近見《滬遊雜記》中載金、丹二園角色，品列頗當，第不别何項角色而統爲甲乙，恐未見專門之長。且金、丹二園外，概不之及；而二園中遺珠，亦復不少，閱者終未愜心。

僕等薄遊海上，十有餘年，擬將目所及見者，分各項角色，列上中次三品，得百二十人，各詳名姓籍貫，隸何園，擅何技，上品者綴以評贊，並列其當行之劇，俟有成書即以問世。兹先錄其品目一則，煩貴館列諸報中。如或搜采未周，評騭未當，尚祈大雅君子，有以教我焉。

（清光緒三年四月初七日《申報》載滬上寓公評定《梨園聲價》卷首）

【箋】

〔一〕底本無題名。

〔二〕此文當爲滬上寓公撰。

鈞天儷響（譚芝林）

譚芝林，别署韶山野史，韶山（今屬湖南）人。光緒間舉人。橐筆幕遊，足迹半天下。客天津某將軍所近十年，數次往來京師。撰《鈞天儷響》，以劇目爲對聯，共得劇目八百五十餘齣，現存光緒二十七年（一九〇一）夏湘鄉譚氏刻本，中國藝術研究院圖書館藏。

鈞天儷響自序〔一〕

譚芝林

懿夫葛天浩唱，遐宣三古之龢；虞室上儀，近著七句之化。中音以詠，物殖斯蕃；人籟既傳，綴行維肅。未有篇登雅頌，還陋《皇荂》；治懋發揚，猶疑《激楚》。是以功德象乎天地，制作合乎陰陽。六引諧調，證宮二而角四；八風宣節，渾秋籥與春干。沈幽之窾竅胥通，瑟縮之筋骸盡暢。昔爲其盛，今增厥華。

則有優孟登場，教坊協律。琵琶賀老，流韻事於開元；劍器公孫，銜奇逢於大曆。角觝何須革俗，祇貽彬雅之嗤；《霓裳》最善偷聲，即是承平之譜。裦衣博帶，不圖復見官儀；豪竹哀絲，聊爾借銷塵世。是則歌來小海，興采彌增；唱去『大江』，冠裾欲舞者已。

野史未工度曲，遑冀徵歌。少侶樵漁，長馳書劍。風塵澒洞，偶從海外聽琴；烟水蒼茫，還過仙人弄笛。遂乃家園居少，汗漫遊多。歎蒲潮迴，極檀板金尊之樂；竹林烟紫，多調冰雪藕之緣。況乃天樂慣聞，何戡未老；江南弗去，崔九同聽。作劇逢場，雅人何諱；當筵詢齣，得目遂多。裒其華腴，輯爲聯偶。大方見笑，遊戲自如。

烏虖！世少秦青，誰傳絕技；座留公瑾，總是知音。儂唱吳趨，嚦嚦珠璣在口；客來秦塞，烏烏噍殺驚心。蓋久矣，鸞鳳之吭引清，靡曼之聲必屏。興亡倏忽，看古來之傀儡何多；簫鼓喧闐，贈俗耳之針砭惟是。

光緒辛丑春二月〔二〕，韶山野史自識於洗筆池之柏悅軒。

【箋】

〔一〕底本無題名。

〔二〕光緒辛丑：光緒二十七年（一九〇一）。

（鈞天儷響）序

李希聖〔一〕

京師盛時，梨園之技甲天下。名腳如叫天（譚姓，名鑫培）、孫處（名菊仙）、十三旦（侯姓，名□□①）、想九宵（田姓，名際雲），皆食五品俸，供奉内廷，頗蒙眷睞。士大夫效之，寖以成風。外省督撫兩司入覲，其同鄉及所部公宴於會館，必演戲，一日夜之費，幾至千金。而内庭所費則十倍之，纏頭之賞，何啻五媖三百萬，可謂極太平之盛事矣。

戊戌以後〔二〕，國家多故，内宴漸稀。訖於庚子〔三〕，紅巾倡亂，正陽門外四千餘家，一炬皆成焦土。所謂四喜、三慶、玉成、福壽、寶勝和諸部，一散如烟，光沉響絕。樂府舊人，向之乘堅策肥、窮奢極侈者，或至吹簫市中。事殊興極，樂盡悲來。宮院烏啼，秋槐自落。山河尚在，絃管無聲。言之傷心，聞者隕涕。

譚君芝林以俊爽之才，客天津某將軍所。近十年數往來京師。妙解音律，輒以戲名屬對，至千數百齣之多，何其工且博也。他日海宇安定，天子還鑾，整頓宮懸，重徵樂譜，則是編也，不惟發人盛衰之感，而爲梨園之助亦大矣。

辛丑春二月〔四〕，余適出，赴行在，遇於縣治之洗筆池，索弁簡端，因爲識之如此。

蠹翁李希聖撰。

【校】

①『名』字後，塗抹二字，疑作『俊山』。

【箋】

〔一〕李希聖（一八六四—一九〇五）：字亦元，號臥公，別署蠹翁、雁影山人，湘鄉（今屬湖南）人。光緒十八年壬辰（一八九二）進士，授刑部主事，薦舉經濟特科。著有《重光大荒落有恆學士詩稿》、《雁影齋詩存》等。傳見成本璞《濟庵文存》卷一《墓表》、《清史稿》卷四八六、《碑傳集補》卷一一二、《近代名人小傳·官吏》等。

〔二〕戊戌：光緒二十四年（一八九八）。

〔三〕庚子：光緒二十六年（一九〇〇）。

〔四〕辛丑：光緒二十七年（一九〇一）。

《鈞天儷響》序

江遠舉〔一〕

唐代叢書，類登《教坊記》暨《樂府雜錄》兩門。論者謂：游戲文章，多出才人之手；稗官野史，未始不可以名家也。自唐而後，以雜著傳者，莫如我朝尤氏展成。尤氏著作如林，而集中《鈞天樂》、《讀離騷》樂府諸書，特蒙世祖章皇帝嘉賞，諭令梨園子弟播之管絃，用作宫中雅樂。較之唐采李供奉《清平調》三章登諸樂部，尤加寵異。嗣是羣書疊出，並未聞有才子之文可入教坊選者。蓋騷壇韻事，幾乎息矣。

吾友譚君芝林，爲湘中名孝廉，寄情超曠。橐筆幕遊，足迹半天下。所作詩古文辭，早爲海内所推重。閒於觀劇場中，以戲名屬對，積至八百餘聯，編分上下，顔之曰《鈞天儷響》。烏虖，進乎技矣！信手拈來，都成妙諦，是亦才人遊戲之所爲矣。奇耦諧聲，宫商應節，其殆尤氏諸書之嗣音乎！稱爲《教坊記》可，稱爲《樂府雜録》亦無不可。

歲在重光赤奮若首夏〔二〕，天岳樵叟江遠舉謹撰。

（以上均清光緒二十七年夏湘鄉譚氏刻本《鈞天儷響》卷首）

【箋】

〔一〕江遠舉：字鴻岩，號天岳樵叟，平江（今屬湖南）人。曾官湘鄉儒學訓導。著有《箭峯山館詩鈔》、《嗜古堂評文》等。

〔二〕重光赤奮若：即辛丑，光緒二十七年（一九〇一）。

同光梨園紀略（哀梨老人）

哀梨老人，姓名、籍里、生平均未詳。咸豐至光緒間人。光緒三十年（一九〇四）撰《同光梨園紀略》，後連載於民國五年（一九一六）《小説新報》、民國三十五年（一九四六）《半月劇刊》，另有民國十二年（一九二三）上海國華書局單行本。

（同光梨園紀略）自序

哀梨老人

鄙人自咸豐十年庚申春，避匪亂由魏塘來滬，至甲辰〔一〕，四十有五年矣。京班初來，在同治五年丙寅〔二〕，咟叻人羅逸卿創開滿庭芳〔三〕。自後續開者，實繁有徒。始與崑、徽二班爭勝，大有喧賓奪主之勢。繼而愈來愈衆，長江數千里，上至漢口，内及蘇杭，遠去閩粤，甚至湖南之常德郡，亦有京班足迹，僉以上海爲根本，崑、弋幾成廣陵散。

惟此數十年中，彼梨園中人怪怪奇奇，無所不有，以楊月樓、高彩雲、霍春祥三案爲主腦，鄙人皆所目擊，纖悉無遺。久恐湮沒，爲仿紀事本末體裁，彙集成書，名《同光梨園紀略》。僅就上海之事，據事直書，無偏無倚。喜我怒我，則非我所知也。至光緒三十年爲止，以後再著續集。

時光緒三十年歲在甲辰夏五月端陽節，哀梨老人自序於申北曲江里之麗雲樓。

（民國五年《小說新報》第二期載《同光梨園紀略》卷首）

【箋】

〔一〕甲辰：光緒三十年（一九〇四）。

〔二〕同治五年丙寅：公元一八六六年。

〔三〕呫叻人羅逸卿創開滿庭芳：呫叻，華僑舊稱新加坡岌巴港水道爲「呫叻門」，因稱新加坡爲「呫叻」。羅逸卿創開滿庭芳，羅逸卿，英籍華人，同治五年（一八六六）於上海開始建造仿京式的滿庭芳戲園，是爲上海的第一家京劇戲園，位置在石路（福建中路）和五馬路（廣東路）附近。同治六年（一八六七）重金禮聘北京的京戲班來滬唱演，在當時上海戲曲界引起了較大轟動。後被丹桂茶園擠垮。光緒三十年（一九〇四），滿庭芳戲園亦因鄰居失火而被燒燬。

滬江色藝指南（上海公益書社）

《滬江色藝指南》，上海公益書社編輯，光緒三十四年（一九〇八）出版。

（滬江色藝指南）敍言

上海公益書社

暮雨朝雲，近思有錄；哀絲豪竹，教坊傳歌。過輕烟淡粉之樓，金釵欲墮；問結綺含香之閣，玉笛誰横？憶昔聽鶯楚館，傳豔品於秦淮；迄今走馬章臺，噪盛名於歇浦。西江媚婦，慣習鉛華；東國妖姬，亦知歌舞。烏衣巷裏，依然王謝流風；朱雀航邊，不減齊梁勝迹。所惜人來白下，興寄紅樓。尋南部烟花，那得馮君之錄；訪東山絲竹，空懷謝傅之情。睠言佳麗，竟日徘徊。未免有情，誰能遣此？抑或人如鶴去，聽雨樓空；室等鶯遷，伴霞居杳。樓臺依舊，非當年題扇之人；門巷更新，卻曩日迷香之洞。問津碌碌，訪美皇皇。祇此一日，六時未免寸腸九轉，此《色藝指南》之所以作也。刻茗華而炫采，豈徒名擅雙珠；聚桃李以傳芳，聊擬詠成百美。宜乎燈紅酒綠，都聯好好蘋蹤；鬢影衣香，盡入青青柳眼矣。

戊申花朝〔一〕，本社敍。

（光緒三十四年出版《滬上色藝指南》卷首）

【箋】

〔一〕戊申：光緒三十四年（一九〇八）。

（滬江色藝指南）例言

闕名

一、本編以『色』、『藝』二項編列。色類分書寓、么二、粤妓及日本藝妓四種；藝類分生、旦、淨、丑四種，依次編列，以便檢查。

一、書寓名數甚多。茲以名字之首一字，及筆畫之多少，挨次逐編其名字。有一二字相同或相仿者，亦編列一處，俾閲者易於檢查。

一、書寓名字之相同者甚多，並有於一衖内常見同名同姓者。故編者於名字下，均注明住址門牌號數及第幾家，其有電話者，亦詳載號數，以免蒙混。

一、么二、粤妓、日本藝妓，與書寓迥乎不同，且人數亦少。故以名字挨戶編列，惟總牌號列高一字，以期醒目。

一、本編所載住址，僅記以某某里、某某坊，恐不熟馬路者，仍難以尋覓。故編者另於一紙，詳載某里、某坊在某馬路之東西南北，及相近何處，由何處向何方轉灣，或某里與某坊可通。迷津者閲此，又何患馬路之不熟耶？

一、滬江花叢風氣，每逢元宵、端午、中秋三節後，或有遷調住址，或有更换名字。本社隨時調查，按期出版，俾尋春者有所訪覓。

一、藝門以生、旦、淨、丑分類編列。每類將滬上之著名各優伶，標其姓名，並隸某某戲館，使觀劇者得所選擇焉。

一、本編調查至花朝日止。自花朝後或有添出，或有遷移者，本編不及備載。

（浙江圖書館藏清光緒三十四年排印本《滬上色藝指南》卷首）

梨雲影（石君、冷佛）

石君，字勝華，號彀禪，生平未詳。冷佛（一八八八—一九三七後），原名王綺，又名王咏湘，筆名佛或冷佛，北京内務府旗籍。清末入京師大學堂。歷官京城工巡局委員、知縣。後任北京《公益報》編輯。民國間，任《愛國白話報》、《燕都報》、《盛京時報》、《大北新報》等編輯或主筆。著有長篇小説《春阿氏》、《金指環》、《十年冤獄》、《珍珠樓》、《惡社會》、《不了緣》、《井裏屍》、《續水滸傳》等，另有短篇小説、戲劇、筆記等。

《梨雲影》，記述北京梨園伶人，各繫以傳，並加品評。前編爲石君撰，續編爲冷佛撰，現存宣統二年（一九一〇）北京愛國白話報館排印本。

（梨雲影）序

勉　齋〔一〕

兩大清淑之氣，不妄鍾於等倫，而優伎之流，間多俊秀。就中尤物，幾有百里一見，千里一見，並舉世而一見者。蓋鍾靈者，若斯之難也。彼蒼者天，不爲靳之，又不少爲重之，黜於侏儒優雜之場，日以爭妍取憐爲長技，豈眞造物者之好惡與人異心，故爲之顛倒反覆於其間耶？抑賦予之後，本自無心，聽其爲輪爲彈，如風花之飄墜，不必證其因果耶？夫天下賢知多矣，卽瑰意奇行，超然獨舉之士，亦非絕無其誼矣。乃負盛名，而厄奇運，終日坎壈纏身，振古如兹，何勝浩嘆！獨優伎也歟哉！天道茫茫，誰其搔首而問之也。

吾友戕禪君，以跌宕之筆，寫綺麗之辭。品藻論才，極妍盡態。固風流之韻事，抑亦有慨於中而不能已者，則巴人下里之詞，或者其有當於寄托乎？

勉齋謹識。

【箋】

〔一〕本篇全襲勉齋《曇波》敘，見本卷。勉齋：姓名、籍里、生平均未詳。

（梨雲影）序

闕名〔一〕

大千世界，無非傀儡之場；第一功名，亦云俳優之戲。嘆世間顛倒，盡容巴客濫觴；笑我輩婆娑，未見矮人逐隊。衆人皆醉，舉國若狂。是戲是眞，即空即色。然而衣冠優孟，其中正大有人；絃管樓臺，此間得少佳趣。幾行玉立，體段風流；一串珠穿，歌喉雲遏。現女郎身說法，爲古人事傳情。盡態極妍，燕瘦與環肥並妙；新聲逸韻，秦箏與趙瑟同工。洵日下之繁華，萃人間之豔麗。固宜書之銀管，用識雛鶯乳燕之名；貯以錦囊，含有問柳評花之句者也。

況復心枯秋士，夢醒春婆。感絲竹於中年，觸琵琶於此日。胷中磊塊，借杯酒以頻澆；眼底珍奇，探鑒衡而自定。作梨園主宰，居然榜列珠宮；爲菊部評章，何異才量玉尺。經品題而增價，留姓字以皆馨。色藝俱傳，兼寫性情之春煦；評量各當，詎嗤頭腦之冬烘。君意良深，我心先得，蓋以絶豔驚才之筆，繪香珠暖翠之神；以熱腸冷眼之思，爲惜玉憐香之作。人皆好色，誰是知音？此《梨雲影》之所以成書，跋禪之所以寄興也。

僕長安羈滯，短劍飄零。一名未成，萬里空涉。孫興公戲頭自著，態笑狂奴；狄①武襄銅具常隨，面慚故我。任揶揄於鬼物，學游戲於神仙。偶爾逢場，翩然入座。花驚郎目，漫誇秋菊春松；釵挂臣冠，無取鄂香董袖。自分心如木石，未免有情；相看邈②似蓮花，不禁忍俊。顧春蠶力薄，恆抽獨繭之絲；秋燕情多，空繫銷金之縷。殷殷留客，楚楚依人。愛同掌上之珍，因結意中之果。縱使未能免俗，何須眞個銷魂？

事有同心，言皆愜意。續《丁卯》、《花間》之集，眞成香國春秋；題甲乙簿上之名，不負璚臺月旦。吹縐一池春水，何事干卿？聽殘滿樹秋風，多愁似我。敢陳蕪語，聊綴簡端。搔首問天，好句誰如謝朓？哀歌斫地，何期乃有王郎。共此呻吟，相爲慰藉。翻去伶倫舊譜，看青蓮學士之章；編來樂府新篇，寓香草美人之意云爾。

【校】

①狄，底本作『秋』，據文義改。

②貌，底本作『邈』，據文義改。

【箋】

〔一〕本篇除個別字外，全襲自羅浮癡琴生《曇波》序，見本卷所收。

（梨雲影）題辭一

南國生〔一〕

三年絲竹委塵埃，孤負宮花寂寞開。一自笙歌天半起，人間重見鄭州來。縹緲樓臺望不眞，娉婷忽見女兒身。靈心一點情千縷，飛上眉梢巧殢人。廿四番花取次看，葳蕤春鎖玉闌干。多情瀛島風流客，揀盡繁枝下筆難。修成金屋貯嬌深，一樣平生呪筍心。婉轉青絲相對吐，綠章夜夜奏春陰。南國生

【箋】

〔一〕南國生：以下鳳凰客、免齋、希蕺山人、隱龕等人，姓名、籍里、生平均未詳。

（梨雲影）題辭二

鳳凰客

寶馬雕輪走玠車，梨園曲部盛京華。珠圍翠繞春常醉，人影衣香日易斜。絕勝豐臺觀芍藥，何須馮婦訴琵琶。憑他玉樹臨風態，寫出江都筆底花。

繞梁餘韻幾勾留，二十年前紀舊遊。選勝時經楊柳岸，徵歌曾上酒家樓。雲烟過眼渾如夢，絃管宜人□又秋。我是天涯憔悴客，曉風殘月不勝愁。鳳凰客

（梨雲影）題辭三

勉　齋

菊部新腔按小伶，舞衫歌扇總娉婷。只今猶是南巡曲，誰見周郎掩淚聽。
揀得如花五六枝，徵歌選舞定情癡。憑將落溷飄茵意，説與司風使者知。
一曲纏頭百萬奢，人間幾見頓琵琶。坡公舊句君知否，優缽曇花豈有花。勉齋

（梨雲影）題辭四

希葴山人

絕調不逢魏良輔，氍場幾見陸開三。傳來白嫩銀簫曲，留待金壘助美談。
周妻何肉誰無累，白日黄雞唱不停。近爲章臺翻舊案，欲將院本度諸伶。希葴山人

（梨雲影）題辭五

南海生

玉女何年爲散花，幾枝零落在天涯。多君一笑都拈出，會爇心香禮釋迦。
世界浮沉皆苦海，流年何事不堪悲。欲憑現在除煩惱，且看曇雲乍放時。

兒女蒼生太可憐，慈航有願總纏綿。愛河難免①無邊岸，看取靈犀一點圓。
思爾多情眞似佛，行蹤如我亦枯僧。年來色界蹉跎甚，也向蓮花悟上乘。南海生

【校】

①免，《曇波》作『滿』。

（梨雲影）跋一

南國生

京師爲人才薈萃之區，笙歌之美，甲於天下。乾嘉以來，此風尤盛。閒嘗仿故老之傳聞，覽私家之紀載，風流佳話，播於南北。蓋其時海内殷富，士大夫吟風弄月，亦不以是相訴病，而一二妙伶，尚知風雅，故豔而傳之也。遞至今日，餘韻稍衰。然以物色所及，如所稱蓮芬、燕仙諸伶，清資妙質，倘受鎔冶，又豈出徐紫雲、李桂官下哉？

吾友冷眼看花，婆心護法。寄懷高曠，移情綿緲。於是寫曼衍之戲，作狡獪之珠。悟色相於菩提，徵因緣於現在。而各伶之性情色藝，與夫二三同志流連贈答之作，畢著於篇。假再閱數十年，名花已老，春夢重尋，則此一編也，又將感慨繫之矣。

光緒十四年中秋後二日〔二〕，南國生謹跋。

（梨雲影）跋〔一〕

冷　佛

氣短英雄，聊取青梅煮酒；歌傳懊惱，日傳紅杏裁衫。蓋與其桂窟含冤，空對友朋扼腕；何如梨園買笑，猶邀子弟傾心。此我봤禪兄《梨雲影》之所由作也。

大丈夫生不逢時，浮將綠蟻，醉滋涓夏之園；繼得青蚨，飛入爭春之館。有菊部之芳卿，上蘭臺而惱我。幾回蝶板，三度《霓裳》。怪他裹足纏頭，軟勝青衣侍者；對此歌裙舞扇，逼眞紅粉佳人。花柳紛披，天姿各露；鉛華盡洗，品質鈔傳。此余續《梨雲影》之別衷也。

無端生感，有爲而言。閱歷既多，品題難已。可人姓字，胥歸夾帶之中；騷客心靈，半貯錦囊之內。描出羣芳一譜，不負寧馨；妝成眾美全圖，何嫌優孟？問兒聲價，從此登龍；殫我才華，眞如修鳳。笑人間穢史，但存幾命之官；看世上讒碑，徒遺萬年之臭。閒情如此，快意奚如？敢步後塵，用茲附驥。

庚戌花朝〔二〕，冷佛謹跋。

（以上均北京愛國白話報館印本《梨雲影前編》卷首）

【箋】

〔一〕本篇鈔撮四不頭陀《曇波》自敘，見卷十二。

〔二〕庚戌：宣統二年（一九一〇）。

（梨雲影續編）序

石君

《梨雲影》一書，我少年游戲筆也，從未壽介於世。冷佛見而愛之，而冷佛才氣，實可與我伍。非空談玄理，不道而道也；非空談禪諦，不僧而僧也；非空談道學，不儒而儒也。然三教亙古如此，所以《板橋雜志》、《菊部羣英》，寧可費筆於倡優，絕不爲諛碑奴。故續《梨雲影》，而筆之風雅，文之褒貶，實《三百篇》之遺旨，麟經之一脈也。

庚戌七月三日，石君勝華敍。

（梨雲影續編）題辭一

石君

夢醒槐安老作僧，卅年心事佛前燈。如今又被曇花引，綺語撩人懺未能。
轉眼鶯花事已空，新愁舊恨一般同。誰憐白髮崑山老，淚灑春明燕子風。
懶向諸天話不平，舞衫歌扇寄閒情。神仙游戲原如此，强似鵑魂哭錦城。
兩心相印若爲情，朶朶梨雲尾尾生。絃管未終春已去，有人腸斷鷓鴣聲。弢禪

（梨雲影續編）題辭二

隱　盦

珠樹風情寄舞臺，卻將玉尺苦量才。品題别定羣芳譜，應有霓裳送曲來。

采香擢豔細評量，心醉臨川玉茗堂。我欲重聽《金縷曲》，不知誰是杜秋娘。

燕舞鶯歌繫所思，旗亭畫壁憶當時。羨君一管生花筆，不寫名流寫可兒。隱盦

（以上均北京愛國白話報館印本《梨雲影續編》卷首）

羣芳譜（闕名）

《羣芳譜》，作者不詳。現存清末刻本，吴曉鈴原藏，現藏首都圖書館。谷曙光稱：『此書未言刊刻年代，然據書中記録諸優伶之年齡推斷，則書成於同治十一年（一八七二）前後。』（《京劇歷史文獻匯編·清代卷·專書下》），页二五

（羣芳譜）凡例

闕　名

一、此譜僅記現在當場出色脚色，所串戲目亦僅擇其優者。

一、此譜原列四卷，嵩祝成散後，除去一卷，有分歸三部者，陸續編入。
一、此譜各部以堂主爲准，未經立堂之徒附入，下書所隸某部，以示簡易。
一、此譜祇載羣芳，以外各項腳色另立一編。而□□□雙奎、久和春、小和春、祥和泰、雙順和、小和勝、金臺、安慶各部，亦得分載。

（清末刻本《羣芳譜》卷首）

海上羣芳譜（懺情侍者）

懺情侍者，姓田，名字、籍里、生平均未詳。又號恬宜居士。光緒間撰《海上羣芳譜》，現存光緒十年（一八八四）《申報館叢書》本。

（海上羣芳譜）自序

懺情侍者

客有問於余曰：『百花之品，以梅爲冠，古名人及後之騷人韻士，詠花者、品花者莫不遵循，而子獨以蓮花列之梅上，子其別有會心耶？抑以蓮之高潔能駕乎梅上耶？吾恐子一己之偏，徒爲有識者所笑耳，曷若更之？』

余聞之，瞿然曰：『唯唯否否。人心之不同如其面也。子既知夫梅之高潔，何待余言；余亦知夫蓮之高潔，品列梅上，請爲子陳之。嘗考夫《羣芳譜》曰：花之君子，其名曰蓮，其根曰藕，其號芙蕖，其心菂慧，其葉如蘧，其莖若茄，其花菡萏，其性幽潔，結花而爲蓮房，結實而成蓮子，入污泥而不染，濯秋水而彌鮮。俱稱五沃之奇姿，記載千年之殊豔。既進御夫宮掖，兼貯備乎藥籠。天言垂愛喻西子之一灣，文士效忠託比干之七竅。豈不若孤山伴逸士爲妻，林下作美人之小影哉？若夫半株茅屋江城落，弄笛之花千葉華。山蓮服有神仙之稱，清香滿嶼，不輸清淺一枝；素質輕盈，足敵淡粧素服。曾聞騷士集以爲裳，更有名賢依之爲幕。故濂溪作說以重之，康樂詠詩以美之，誰謂若耶溪下不如大庾嶺頭蓮。既具此高潔，子猶以我爲偏執乎？且余更有說焉。余今品花，既與彼美同詠，更宜以入泥塗而不辱者爲之冠，庶得其微旨。況此等筆墨，如行雲流水，過而不留，更不可以覆瓿。若有人焉譏我之偏，是余之幸也，余何慚焉？子又何必欲我更之耶？』

客起而言曰：『聽子言，是誠別有會心也。』余笑應之曰：『唯！』客退，泚筆存之，即以弁首。

光緒太歲在閼逢涒灘攝提格月金吾不夜節〔一〕，清風溪恬宜居士識。

【箋】

〔一〕光緒太歲在閼逢涒灘：光緒甲申年（十年，一八八四）。攝提格月：寅月，農曆正月。金吾不夜節：正月十五日元宵燈節。

#（海上羣芳譜）贅言

闕　名〔一〕

一、是作首詠名花百種，下列青樓百人，後紀事蹟百篇，是名花、美人、事蹟相輔而詠，未免牽制不雅。所謂拉雜成文，閱者諒之。

一、是作所集贈句、楹聯，或係同人所作，或得之彼美處，均是年來隨時摘錄。拾人牙慧，未免貽譏。若是刪去，一則無以彰彼姝之豔，且負贈者之雅；一則專藉余一人之品題，難免有阿好諛私之誚。故將題者、贈者一一標列，庶紅粉青衫，從此與春申風月共傳不朽，未始非一段佳話。桃花扇上曾製芳詞，楊柳樓頭嘗爲鈴護者，閱之必拈記事珠而吞歡喜丸也。間有題者，姓名業已遺忘，未能標出，概以贈句二字別之。挂漏之愆，尚祈末減。

一、是作所標庚、辛、壬、癸花榜〔二〕，皆是歷年品題，見諸《申報》，采錄引證，以爲羣芳增色。

一、是作所載百美，大半尚居北里，儘可考別妍媸，非若天寶宮人談開元遺事，天花亂墜，無從質訊焉。

一、是作載列百美，分爲清、寓、逸、秀四品，皆係就往證今，因材而定。人事互更，風景迭變，諺云：『近朱則赤，入蘭室而氣質爲化。』是在彼美之自立，余又何敢作爲定評哉。

一、是作祇詠名花百種，限於所制，儘有可傳可詠者，未能珊網全收，遺珠之憾，私心多歉。將來擬續輯滄海遺珠，錄以補此愆。

一、是作悤悤脱稿，未加修飾，同人亟以先覩爲快，慫恿付梓。勉從所請，自愧不文。

【箋】

〔一〕此文當爲懺情侍者撰。

〔二〕庚、辛、壬、癸：　庚辰、辛巳、壬午、癸未，即光緒六年（一八八〇）、七年（一八八一）、八年（一八八二）、九年（一八八三）。

（海上羣芳譜）序

紫薇舍人〔一〕

余曩遊海上，得獲交懺情侍者，瀟灑軼羣，襟懷卓犖，領略其言論丰采，歎爲不易才。君蓋田春航先生後人，風雅自有淵源，如曲江小友，遂訂忘年交。每值月夕花朝，輒偕與遨遊北里，平章風月。君具衛玠之丰標，懷陳思之華藻，翩翩如霽月光風，以故粉白黛綠者，爭以一被容接，爲登龍門。而君雖徵歌選勝，惜玉憐香，要其守身如玉，所謂詹大游實未曾眞箇消魂。余初未之信，歷試皆不苟，十數年如一日。是殆畸人也。嘗爲余誦蔣礪堂相國句云〔二〕：『人言此是鴛鴦侶，我當哀鴻一例看。』味此二語，用見仁心。《關雎》之『樂而不淫』，侍者其深得情之正者歟？

余自京華一館，别君三年，遠隔汪洋，能無洄溯？　去春得君書，請以懺除色相、砍絶情緣。余謂君之色相本已空空，若情緣二字，則喜怒哀樂莫非情也，會合分離莫非緣也，失於此則得於彼，誠於中而形於外，是從天性中帶來者，豈可砍絶耶？ 況君又善用其情，未嘗失其正。噫！ 其有不得已而發此乎？

今者郵寄《海上羣芳譜》稿，屬序於余。閲其旨，雖詠詞比事，寓言中多所懲勸。嗚呼！ 以君之才，宜登之廊廟，佐治聖明，以成郅隆之化； 出其餘緒，使鳴國家之盛，必有可觀。道不行，而作此風雲月露之詞，毋乃大才小用歟？ 雖然被之弦歌，點綴川野，亦未始非昭昇平之休，紀文明之盛。爰樂得而爲之序，並以質諸夫知侍者者，且爲侍者慰。

光緒十年正月穀旦，紫薇舍人書於都門紫薇垣館。

【箋】

〔一〕紫薇舍人： 姓名、籍里、生平均未詳。

〔二〕蔣礪堂相國： 蔣攸銛（一七六六—一八三〇），字穎芳，號礪堂。寶坻人。乾隆四十九年（一七八四）中進士，爲翰林編修。道光二年（一八二二），任刑部尚書，旋任直隸總督。五年，任軍機大臣，管理刑部。七年，任兩江總督，後任太子太傅。謚號文勤。著有《繩枻齋集》、《黔軺紀行集》。

（海上羣芳譜）序

顧曲詞人〔一〕

橐筆遊春申十餘年矣，聞小藍田懺情侍者之名而未之晤，讀其詩想見其爲人。甲申春〔二〕，侍者介友人周恂卿，以《海上羣芳譜》四卷見示，並乞弁言。披閲一過，見其搜羅名豔如數海市奇珍，情文相生，雅俗共賞。雖間有傳聞失實之處，然西子一舸逐鴟夷，千古卒成疑案。昔人猶然，又何必鰓鰓焉以是爲實録哉？前人著作如《小名録》、《本事詩》，夷考其實，未必言皆有物，但取其大略，志其芳名，俾其名傳、其人傳，而其事亦與之俱傳。蕭寺避兵，名園入夢，作寓言觀也可，作實事觀也亦無不可。讀是書，而益歎侍者之善於懺情焉。

夫情已懺矣，則必戒綺語，屏豔辭，絶口不作一評花語，而後情絲以斷，情根以拔。然以不情者懺其情，轉不若以有情者懺其情之爲妙。何則？爲仙，爲佛，爲聖，爲賢，決非無情之人所能造其境。今侍者以懺情故，而使天下有情人皆得各傳其情。

且使天暑月，花葉齊放，晨起，攜一小几，手一卷書，茶一甌，吟詠其中，意濟神遠，覺清風徐來，香氣襲人，飄飄然有遺世獨立之想。少焉日出紅舒，白者如玉盤貯雲，赤者如龍燭耀空翠，蓋參差翻風滴露，更覺裊娜可愛。是謂色與香兼擅者矣。且其吐葉以至結實，可備半載之娱，其耐久爲何如哉？而落花敗葉，又足以供不時之用，眞無一而可廢者。君子不棄以其才也。起吾家茂叔而執卷問之，當必更有揄揚雅論，羣芳之冠，誠無足愧。迺食古不化者，猶欲以梅花爲爭，是殆沾沾於三春花事，蹈人窠臼。余故論列之，喜侍者之獨出機杼，並爲侍者評其甲乙，品爲四等，曰清、雋、逸、秀，猶四科之意云爾。

光緒甲申孟春月，莫釐峯顧曲詞人拜序於藕香小榭。

（清光緒十年《申報館叢書》本《海上羣芳譜》卷首）

【箋】

〔一〕顧曲詞人： 姓周，名字、籍里、生平均未詳。

〔二〕甲申： 光緒十年（一八八四）。

讀海上羣芳譜書後

王韜

滬曲鶯花近卅年，霓裳曾見集羣仙。南方茉莉宵爭豔，西域烟脂遠鬭妍。欲選娥眉歸蕊榜，好憑象管譜瑤編。旗亭畫壁留詩句，慚愧搜羅繼衆賢。（集中采及余作。）《百豔圖》中呼豔友，《羣芳譜》裏識芳卿。（文玉、素貞皆余舊識。）文壇夙愧無雙譽，玉磬初聞第一聲。（《北里志》當推一。）青女素娥俱入選，芳蘭貞菊 知名。董狐花史原無忝，月旦從今有定評。

天南遯叟王韜紫詮氏稿。

（首都圖書館藏清光緒十二年刻本《重訂海上羣芳譜》卷末）

【箋】

〔一〕底本無題名。

海上羣芳譜序

闕　名〔一〕

清光緒甲午，余年三十有二，其時跌宕花叢，自詡識人既多，目光有獨到處，見有人開花榜者，每慨其私心用事，評騭不公，因戲作集評《海上羣芳譜》二卷行世。凡列入花品者，一百二十四人，又雛妓二十八人，或繫以小傳，或贈以集唐，而皆以六才爲評，百花爲品。共印五千册，不旬日而即罄。今檢點舊作，篋中猶有存稿，緣擇其尤者，載入我餘墨中。雖事隔四十餘年，美人早悲遲暮，且有埋香黄土者，然方之虎阜眞娘、錢塘蘇小，不妨作一例觀也。兹録其當日之序云：

春風弦管，聽殘紫陌鶯歌；秋月簾櫳，照出緑窗花影。看到張矯李豔，人孰無情；評來燕瘦環肥，世應共許。予徵歌北里，遍歷花枝；選勝章臺，時思月旦。惟恨香奩刻畫，俗筆堪憎①；因思名作流傳，古人可恃。剪唐詩以貽贈，不妨就我範圍；借豔曲爲品評，猶是因人成事。譜到花名歷歷，畫出羣芳；删將草稿重重，不著一字。庶幾替花寫照，不致神女生嗔；如謂與古爲新，是則癡生豈敢。是爲啓。

（海上漱石生《退醒廬餘墨》，熊月之《稀見上海史志資料叢書》二，上海書店出版社二〇一二年，頁四〇四）

【校】

①憎，底本作『僧』，據文義改。

【箋】

〔一〕此文當爲懺情侍者撰。以文首知。

海上羣芳譜（孫玉聲）

孫玉聲（一八六四—一九四〇），名家振，字玉聲，别署海上漱石生、漱石生、退醒廬主人、警夢癡仙等，以字行。上海人。一生中曾主政《新聞報》等多家報紙，爲多家報紙撰稿。著有《退醒廬筆記》、《滬壖話旧錄》、《退醒齋餘墨》、《退醒齋詩鈔》、《海上繁華夢》、《三十年來上海伶界之拿手戲》、《上海梨園變遷志》、《上海百名伶史》、《海上羣芳譜》等。《海上羣芳譜》，今有李婉清整理校點《退醒齋餘墨》本，收錄於熊月之主編《稀見上海史志資料叢書》第二册（上海書店出版社二〇一二年版）。參段懷清《海上漱石生生平考》（《杭州師範大學學報（社會科學版）》二〇一三年第四期）段懷清《海上漱石生著述考》（《明清小説研究》二〇一四年第三期）

海上羣芳譜序〔一〕

孫玉聲

春風絃管，聽殘紫陌鶯歌；秋月簾櫳，照出綠窗花影。看到張嬙李豔，人孰無情；評來燕瘦環肥，世應共許。予徵歌北里，遍歷花枝；選勝章臺，時思月旦。惟恨香奩刻畫，俗筆堪憎①；

因思名作流傳，古人可恃。翦唐詩以貽贈，不妨就我範圍；借豔曲爲品評，猶是因人成事。譜到花名歷歷，畫出羣芳；刪將草稿重重，不著一字。庶幾替花寫照，不致神女生嗔；如謂與古爲新，是則癡生豈敢。是爲啓。

（海上漱石生《退醒廬餘墨》，熊月之《稀見上海史志資料叢書》（二），上海書店出版社二〇一二年版）

【校】

①憎，底本作『僧』，據文義改。

【箋】

〔一〕底本無題名。

〔二〕底本此序前有一段序文：『清光緒甲午，余年三十有二，其時跌宕花叢，自詡識人既多，目光有獨到處，見有人開花榜者，每慨其私心用事，評騭不公，因戲作集評《海上羣芳譜》二卷行世。凡列入花品者，一百二十四人，又雛妓二十八人，或繫以小傳，或贈以集唐，而皆以六才爲評，百花爲品。共印五千冊，不旬日而即罄。今檢點舊作，篋中猶有存稿，緣擇其尤者，載入我餘墨中。雖事隔四十餘年，美人早悲遲暮，且有埋香黄土者，然方之虎阜真娘，錢塘蘇小，不妨作一例觀也。兹錄其當日之序云。』

燕臺樂部小錄（蘇蔚生）

蘇蔚生，清道光間人。梁紹壬《兩般秋雨庵隨筆》卷三『京師梨園』條載：『表弟蘇蔚生，雅有今樂之好，取自四喜以下七班，某日至某園，一月之中周而復始，譜爲《小錄》一編，界以烏絲之闌，裝以紅錦之裹，題其簽曰「燕臺樂部，爲日下梨園」。』《燕臺樂部小錄》，已佚。

燕臺樂部小錄序

梁紹壬

首善繁華之地，太平歌舞之時。幾處旗亭，能謳《水調》；誰家簫鼓，不按《涼州》？既紙醉以金迷，復花交而錦錯。樓臺十二，一時捲上珠簾；裙屐三千，幾個偷來鐵笛？固已猜疑長樂，彷彿廣寒矣。

爰有家居浙水，人號斜川。慶當定子之筵，屢顧周郎之曲。衫裳倜儻，襟袖溫存。每當燈酒良宵，春秋佳日，今雨舊雨，無花有花，未嘗不高倚闌干，俯臨珠玉。評量粉黛，環肥燕瘦之間；品藻冠裳，賈佞江忠之列。紅牙拍去，青眼搜來。莫不采菲無遺，存花有案。

爰集部下名班曰四喜、三慶、春臺、和春、重慶、金鈺、嵩祝，分隸七部，合彙一編。排如春水魚鱗，準遞年年之信；序似秋風雁翅，不愆月月之期。其間粉墨登場，丹青變相。銅琶鐵板，『大江東』高調淩雲；翠繞珠圍，小海唱低歌醉月。選聲選色，取貌取神；宜喜宜嗔，可歌可泣。於是按圖集錦，照譜徵花。看來欲遍長安，佳處爭傳日下。羣仙簇綵，大羅自有因緣；一佛拈花，下界都來供養。亦足遍邀袍澤，同聽《霓裳》也已。其他舞綵之行，尚有集芳之部。然而此曲只應天上，序班未遍人間。不隸梨園，難歸菊部。慶已同於割玉，情匪類於遺珠。至若趙北新音，秦西變調，仰天撫缶，但唱嗚嗚；匝地繁絃，惟聞艾艾。已同檜下，概比鄭聲。凡此旁搜，俱不贅列。顧或者根擷芳玉籍，未識雛鶯乳燕之名；采艷金臺，不書董袖鄂香之事。豈知酒闌燈炧，茶熟香溫。但陳玉笥之新編，不類《燕蘭》之小譜。然而三年宋玉，好色雖異於登徒；十五王昌，薄倖迥殊乎崔顥。使僅闌凭儂袖，亦知眼過烟雲；倘教釵挂臣冠，未必心同①木石。而兹者寄情絲竹，用佐琴樽，聊寄娱耳之資，不敍銷魂之事云爾。」

（光緒四年刻本《兩般秋雨庵隨筆》卷三「京師梨園」條）

【校】

①同，底本作「何」，據文義改。

西廂辨僞（闕名）

《西廂辨僞》，一作《西廂正錯》，作者未詳。現存康熙間刻《西來意》附錄本、清鈔本。

西廂正錯序〔一〕

闕　名

《西廂記》不知何人所作，或云王實甫，或云董解元。《輟耕錄》則載董作。陶宗儀①，元人也，當非漫傳。（今董有別本《西廂》，廼彈唱詞，非打本也。）漱者敍則云得之董解元原稿，尤可徵也。《西廂》一書，昔人稱爲化工，非騷人詞客擬議思維可到。爲王爲董，造物或者假手其間，以發其靈奇慧巧。即使董、王能作，輟筆之後，卽欲復作一字不能。此如天籟所發，疾徐和怒，時至氣行，卽有過量不及量處，亦無從追易也。近有貫華堂僞本，將原本從頭竄易，全非本來面目，而猶冠以『西廂』二字，何異山魈冒竊人形，意欲取媚於人，到底本相盡露。貫華才子，其無始稟受來，只有小說伎倆，故童年一見《水滸傳》，如逢故我，因遂沐浴寢處其中，卽有竄易，自見鋒穎，人亦以此見許。彼遂矜誇自得，便將此一副伎倆，逐處施去。施於《小題》，一《水滸》也；施於《西廂》，亦一《水滸》也。夫《小題》爲昔聖賢傳神寫照，其不可以放浪自喜也，固矣。若夫《西廂》，爲言情之書，筆筆風雲，字字波俏，情在或出或沒之間，意在若近若遠之際，其靈洞恍惚，使人捉著，猶將飛去。而才子所說《西廂》異是，其寫張生，必粗狠莽撞，渾身是一個李逵。（辨詳後。）至其雄狐綏綏之狀，又似西門慶。其寫小姐，必易笑易哭，渾身是一個潘金蓮；做張做勢，又似閻婆惜。其寫紅娘，鬼頭鬼腦，渾身是一個時遷；忽然狠毒，又似石秀。只因才子止有一副《水滸》伎倆，心眼不能少變，遂欲將《西廂》作一例看。不知《水滸》與《西廂》，人物事情，各各不同。《水滸》一味爽快，《西廂》一味飄逸；《水滸》飄逸處亦皆爽快，《西廂》爽快處亦皆飄逸，將來一例看不得。才子未免多此一事，以至出乖露醜，彼猶喋喋於《左》、《史》、《莊》、《騷》，又將誰欺哉？世或不察，存僞失眞，因略舉紕繆，列爲四端，以質原詞。苟有耳目，自能辨析，然舛錯甚多，何堪殫述。

（清康熙間刻《西來意》附《西厢辨僞》卷首）

【校】

①陶宗儀，底本作「陶儀客」，蓋因陶氏《輟耕録》序「宗儀客松江」而誤。